KB253936

역주 시품

서남동양학자료총서
역주 시품 詩品

초판 1쇄 발행/2007년 2월 1일
초판 2쇄 발행/2009년 9월 25일

지은이/종영
역주자/이철리
펴낸이/고세현
책임편집/신채용 이명애
펴낸곳/(주)창비
등록/1986년 8월 5일 제85호
주소/413-756 경기도 파주시 교하읍 문발리 513-11
전화/031-955-3333
팩시밀리/영업 031-955-3399 · 편집 031-955-3400
홈페이지/www.changbi.com
전자우편/human@changbi.com
인쇄/한교원색

© 이철리 2007
ISBN 978-89-364-1303-3 93820

역주 시품

● 종영 지음 ● 이철리 역주

● 서남동양학자료총서 ●

창비

서남동양학자료총서 간행사

전체주의에 깊이 물든 20세기의 우울한 황혼을 진정으로 넘어설 새로운 문명은 어떻게 가능하며, 그 문명을 머금은 사상의 씨앗은 어디에서 발견될 것인가. 이것이 우리가 서남동양학술총서라는 새로운 기획을 시작하면서 스스로에게 제기했던 물음이다. 동아시아라는 것에서 그 씨앗이 발견될 수 있으리라는 작업가설이 우리의 총서 작업의 출발점이었고, 그 출발점에서 우리는 우리 작업의 축적이 그 씨앗을 발견하고 키우는 데 기여할 수 있기를 간절히 희망했다.

그동안 수행되어온 총서 작업은 크게 보면 동아시아 담론 세우기라고 할 수 있다. 담론은 범주상으로 객관적 진실과도 다르고 실제 현실과도 다른 것이지만, 객관적 진실을 자처하며 현실에 관한 설명을 산출함으로써 주체성의 형식과 모양을 만들어내고, 그리하여 결과적으로 진실 및 현실과 불가분의 관계를 갖는다. 서양 중심주의와 자민족 중심주의가 뒤얽혀 있는 기존의 지배담론에 대항하여 주체성의 형식과 모양을 새롭게 바꾸고자 하는 것이 동아시아 담론 세우기가 뜻하는 바이다.

우리가 또 하나의 새로운 기획으로 시작하는 자료총서는 동아시아 담론의 기초를 튼튼히하자는 데 뜻이 있다. 자료학을 경시하고 거대담론으로만 치닫는 것은 관념적이고 추상적인 데로 추락하는 결과가 되기 십상이다. 반대로 자료학에만 편향되어 담론 차원에서의 반성과 탐색이 없는 자료주의는 일종의 실증주의에 갇히기 십상이다. 한국 학계에서 널리 발견되는 이 두 편향을 동시에 극복하고 변증법적 지양을 이룰 때 동아시아 담론은 보다 튼튼해질 수 있을 것이다.

역점은 주로 근대 자료에 주어질 것이다. 동아시아가 문제로 떠오르는 것은 서양이라는 타자와의 관계 속에서이기 때문에 시대적으로 서세동점 이후를 주목하게 되는 것이다. 하지만 고전을 전적으로 배제하자는 것은 아니다. 고전은 소극적 의미에서든 적극적 의미에서든 뿌리이기 때문이다. 다만, 고전이 상업출판에 의해 그중 소수의 일반적인 것들만 중복 출판되어왔고 정작 중요한 자료들은 외면당해왔다는 점을 잘 알기에, 우리는 외면당해온 중요한 자료들을 우선시하고자 한다. 물론 일반적인 고전의 경우도 정말 충실하게 다루는 일이 절실히 필요하므로 이에 대해서도 열린 자세를 취할 것이다. 중요한 것은, 서두르지 말고 천천히 단단하게 작업을 해나가야 한다는 점이다.

아무쪼록 뜻있는 이들의 광범한 동참으로 자료총서의 작업이 활발해지고 그 축적이 새로운 문명을 머금은 사상의 씨앗을 발견하고 키우는 데 튼튼한 기초가 되어주기를 바란다.

서남포럼운영위원회
www.seonamforum.net

책머리에

　　종영(鍾嶸)의 『시품(詩品)』은 한대(漢代)로부터 남조(南朝) 시대 양대(梁代)까지의 대표적인 오언시(五言詩) 작가 123명을 대상으로 하여, 그들의 작품을 상(上)·중(中)·하(下) 세 품으로 나누어 우열을 매긴 다음 각기 간단한 평을 가해놓은 전문적인 시 비평 저술이다. 이는 거의 같은 시기에 완성된 유협(劉勰)의 『문심조룡(文心雕龍)』과 더불어 육조(六朝) 시대 문학비평 저술의 쌍벽(雙璧)으로 군림해오면서, 중국문학비평사에서 가장 중요한 고전의 하나로 주목받아왔다.

　　일반적으로 중국에서의 문학비평은 매우 일찍이 생겨난 반면에 상당히 느리게 발전되어온 학문이라고들 이야기한다. 사실 선진(先秦) 시대 여러 경전(經典)과 제자백가서(諸子百家書)들 중에는 단편적인 문론(文論) 및 시론(詩論)에 관한 문장들이 많이 실려 있다. 그리고 위진남북조(魏晉南北朝) 시대에 이르러서는 작가들의 문학에 대한 광범한 자각과 반성에 편승하여, 문학비평에 관한 전문적인 저술들이 속속 출현하게 된다. 조비(曹丕)의 『전론(典論)』「논문(論文)」과 육기(陸機)의 『문부(文賦)』를 비롯하여 유협의 『문심조룡』 및 종영의 『시품』 그리고 심약(沈約)의 '사성팔병설(四聲八病說)' 등이 모두 이 시기의 산물로서, 이 시대는 중국문학비평사에 있어서 질적인 면이나 양적인 면 모두에서 가장 괄목할 만한 성과를 거둔 시기로 평가된다. 당대(唐代) 이후로 창작 방면에는 뛰어난 작가들이 많이 배출되어 시의 발전을 극점에까지 끌어올렸으나, 비평 방면에 있어서는 대가(大家)들의 시문(詩文) 속에 약간의 단편적인 서술들이 보일 뿐이다. 표면상 문학비평 전서(專書)라고 할 수 있는 저작으로는 승려[釋] 교연(皎然)의 『시식(詩式)』이 시의 품식(品式)을 논하고 있고, 사공도(司空圖)의 『시품(詩品)』이 시의 풍격(風格)에 대한 주관적인 품평(品評)을 가하고 있는 정도이며, 비평이론 방면에는 별다른 진전이 없었다. 송대(宋代)에는 당시 유행하였던 불교 어록체(語錄體)의 영향을 받아 시화(詩話) 창작이 크게 성행하였으며, 오대(五代) 이래로 확산된 사(詞)의 보급으로 사화(詞話) 창작도 고개를 들기 시작하였다. 명(明)·청(淸) 대를 거치면서 이러한 시화와 사화들은 계속 꼬리를 물고 씌어져서, 마침내는 중국 고대 시문 비평의 중요한 양식의 하나로 굳어지기에 이르렀다. 그외에도 또한 여러 시인이나 문사(文士)들에 의해 씌어진 문론 및 시론에 관한 단편적인 저술들이 더 있다.

그러나 이러한 비평저술들 중에서는 오직 유협의 『문심조룡』과 종영의 『시품』만이 각기 문학이론과 문학비평을 상당히 정연한 체제를 갖추어 다루고 있을 뿐, 그 나머지는 대다수가 체계적이지 못한 이론 전개와 자질구레하고 지엽적인 문제들을 논급의 대상으로 삼고 있다는 점에서 전문적인 비평저작이라고는 보기 어려운 실정이다. 이러한 현상은 청나라 말기에 서양으로부터 진보된 문학이론이 도입될 때까지 계속 이어져왔다. 이런 흐름 속에서 작가나 작품들에 대한 정밀한 분석과 비평을 가하고 있으며 정연한 이론체계를 갖추고 있는 『시품』의 가치가 더욱더 돋보일 수 있었던 것이다.

한편 이 『시품』은 간행연대가 워낙 오래된데다 난해한 문언문(文言文)으로 기술되어 있어서, 원문 교감(校勘)과 자구(字句)의 훈석(訓釋) 그리고 출처의 탐색(探索) 등을 가하고 있는 주석서들이 지금까지 상당히 많이 나왔음에도 불구하고, 주석서들 역시 축약성이 강하고 난해한 문언문으로 씌어져 있어 외국인은 물론 오늘날의 중국인들조차 쉽게 이해하기 어려운 문제점을 안고 있는 실정이다. 게다가 123명의 시인들을 세 등급으로 나누어 분류한 품평방식과 각 시인들의 시풍상(詩風上)의 계보(系譜)를 추론한 시체원류론 (詩體源流論) 등이 결코 절대적인 것이 될 수 없는데다가, 시대의 변화에 따른 시관(詩觀)의 변화로 인해 후세의 많은 시론가들에 의해 갖가지 이의가 제기되어오기도 하였다.

그런데 이『시품』은 거의 동시대에 저술된『문심조룡』과 비교해볼 때, 전문적인 연구결과가 훨씬 적은 양에 불과하며 연구되기 시작한 시기도 훨씬 나중부터였다. 그 이유로는『문심조룡』이 문학 전반을 대상으로 한 전문적인 문학이론서인 데 반해,『시품』은 단지 시(詩), 그중에서도 특히 오언고시 (五言古詩)만을 대상으로 한 전문성이 아주 강한 문학비평 내지 작가비평 관계 저술이라는 점을 들 수 있을 것이다. 구체적으로『시품』에 대한 전문적인 연구는 청말(淸末) 무렵에 와서야 진연(陳衍)의『시품평의(詩品平議)』와 황간(黃侃)의『시품강소(詩品講疏)』 등을 시작으로 그 싹을 틔우게 되었다. 1920년대 후반부터 전문적인 연구가 본격화하여, 장진경(張陳卿)의『종영시품연구(鍾嶸詩品硏究)』, 진연걸(陳延傑)의『시품주(詩品注)』, 허문우(許文雨)의『시품석(詩品釋)』, 고직(古直)의『종기실시품전(鍾記室詩品箋)』, 진직(陳直)의『시품약주(詩品約注)』, 섭장청(葉長靑)의『시품집석(詩品集釋)』 등이 6~7년 사이에 한꺼번에 쏟아져나왔다. 그후 30여 년 동안은 왕숙민(王叔岷)의『종영시품소증(鍾嶸詩品疏證)』을 제외하고는 별다른 연구업적 없이 침체기를 거듭해오다가, 1959년부터 중국·일본 등 각지에서 다시 연구업적이 나타나기 시작하였다. 중국에서는 유춘화(劉春華)의『종영시품휘전(鍾嶸詩品彙箋)』, 왕중(汪中)의『시품주(詩品注)』 등이 나왔으며, 일본에서는 나카자와 마레오(中澤希男)의『시품고(詩品考)』, 타카마츠 코메이(高松亨明)의『시품상해(詩品詳解)』와『종영시품의 교감(鍾嶸詩品の校勘)』, 리츠메이칸대학(立

命館大學) 시품연구반(詩品硏究班)의 『종씨시품소(鍾氏詩品疏)』, 코젠 히로
시(興膳宏)의 『시품(詩品)』 같은 저술들이 나왔다.

국내에서는 차주환(車柱環) 교수가 1960년과 61년에 걸쳐 『아세아연구
(亞細亞硏究)』 제3집 2호와 제4집 1호에 『종영시품교증(鍾嶸詩品校證)』을
비롯한 여러 논문들을 발표함으로써, 『시품』에 대한 연구를 처음으로 시도
하여 학계에 커다란 관심을 불러일으켰다. 뒤이어 이휘교(李徽敎) 교수는
1970년 대만대학(臺灣大學) 중문연구소(中文硏究所) 석사학위논문 『시품휘
주(詩品彙註)』를 비롯한 여러 논문들을 통해, 많은 학자들의 방대한 견해들
을 종합하고 또 나름대로 새로운 증거도 제시하면서 『시품』에 관련된 여러
문제들을 해명하려는 노력을 기울임으로써, 『시품』 연구의 새로운 국면을
개척하기에 이르렀다. 그후 필자가 『시품』 원문에 대한 주석 및 번역 작업을
진행하여 1986년부터 『중국어문논집(中國語文論集)』과 『중국어문학(中國語
文學)』 및 『중국인문과학(中國人文科學)』 등 학회지들에 나누어 게재하였으
며, 1990년에는 기왕의 자료들을 바탕으로 영남대학교 박사학위논문 『종영
시품연구(鍾嶸詩品硏究)』를 발표한 바 있다.

필자는 20여 년 전 『시품』에 관심을 갖고 주석 작업에 착수하면서부터,
『시품』 주석 및 연구의 완결편으로 손색이 없는 제대로 된 『시품』 주해서
(註解書)를 단행본으로 출판하는 것을 목표로 설정하였다. 어느 정도 주석
작업이 진행되어 학위논문으로 제출한 이후에는 주위 분들의 권유도 많이
받게 되어, 곧바로 『시품』에 관한 기왕의 연구성과들을 한데 모아 수정 보완
작업을 거친 후 단행본으로 출판할 계획이었다. 그렇지만 마음 한편으로는
필자의 이러한 섣부른 시도가 혹시라도 『시품』 연구에 있어서 세계 최고의
권위를 인정받고 있는 차주환 교수와 이휘교 교수 두 분의 연구성과에 오히
려 누를 끼치게 되지는 않을까 하는 두려움을 쉽게 떨쳐버릴 수 없었다. 또
한 막상 출판을 전제로 원고를 다시 정리하려고 하니 관련 자료들을 일일이
대조하면서 치밀하게 분석하고 판단을 내려야 하는 부분들이 워낙 많은데

다, 원문에 대한 주석을 상세하게 달고 쉬운 우리말 표현으로 번역해내는 것
역시 매우 많은 시간을 요하는 어려운 작업이었다. 그래서 도중에 몇 번씩이
나 중단되면서 예상대로 순조롭게 진척되지 못하던 중, 다행스럽게도 2002
년도에 서남재단으로부터 번역연구비를 지원받아 2년 동안 자료 분석과 정
리 및 원고 작성에 몰두함으로써 비로소 작업을 마무리할 수 있었다. 요즈음
처럼 전문 학술서의 역주나 번역 작업에 대한 학계의 인식이 그리 우호적이
지 못하고 더군다나 상업성 낮은 전문 번역서의 출판을 꺼릴 수밖에 없는
출판업계의 사정을 고려해볼 때, 이 책이 세상에 모습을 드러낼 수 있도록
지원해주신 서남재단과 창비사 관계자 여러분들께 진심으로 감사의 말씀을
올리지 않을 수 없다.

　모쪼록 이 책을 통하여 중국문학이나 한문학을 전공하는 후학들이 『시품』
의 내용을 제대로 이해하고, 그 품평의 정당성 여부와 사용된 평어(評語)들
의 적합성 여부를 확인함으로써 『시품』의 진면목이나 참가치를 재조감할 수
있기를 바랄 뿐이다. 또한 『시품』에 대한 이러한 이해를 바탕으로 한(漢)·
위(魏)로부터 위진남북조(魏晉南北朝) 시대에 이르는 동안의 중국시사(中國
詩史)와 오언시의 발전양상 그리고 각 시대 시 작품들의 독특한 풍격에 대한
심층적인 이해와 나아가 중국문학비평 분야의 발전과정을 이해하는 데에도
도움이 될 수 있을 것으로 기대해본다.

　필자의 학문이 단천(短淺)한 관계로 분석이나 검증 과정에 불합리한 면들
이 더러 있을 수 있고, 주석이나 번역문 중에도 잘못된 부분이나 매끄럽지
못한 부분이 적지 않을 것으로 생각된다. 이러한 점들에 대해서는 독자 여러
분들의 아낌없는 지적과 가르침을 기다린다.

2007년 元旦
이철리 씀

차례

일러두기

1. 이 책은 이휘교(李徽教) 교수 찬(撰) 『시품휘주(詩品彙註)』(대구 : 영남대학교 출판부 1983)를 저본(底本)으로 삼아 주석과 번역을 가한 것이다. 저본 이외에 『고씨문방소설(顧氏文房小說)』본, 『산당군서고색(山堂群書考索)』본, 『진학사음창잡록(陳學士吟窗雜錄)』본, 『이문광독(夷門廣牘)』본, 『패사휘편(稗史彙編)』본, 『천도각장서(天都閣藏書)』본, 『진체비서(津逮秘書)』본, 『설부(說郛)』본, 『오조소설대관(五朝小說大觀)』본, 『고금도서집성(古今圖書集成)』본, 『시촉(詩觸)』본, 『역대시화(歷代詩話)』본, 『증정한위총서(增訂漢魏叢書)』본, 『용위비서(龍威秘書)』본, 『학진토원(學津討源)』본, 『택시거총서(擇是居叢書)』본, 『담예주총(談藝珠叢)』본, 『전상고삼대진한삼국육조문(全上古三代秦漢三國六朝文)・전양문(全梁文)』본, 『형설헌총서(螢雪軒叢書)』본, 『대우루총서(對雨樓叢書)』본 등 판본을 두루 대조하였다. 또한 장진경(張陳卿)의 『종영시품연구(鍾嶸詩品研究)』, 진연걸(陳延傑)의 『시품주(詩品注)』, 고직(古直)의 『종기실시품전(鍾記室詩品箋)』, 허문우(許文雨)의 『문론강소(文論講疏)・시품석(詩品釋)』, 섭장청(葉長靑)의 『시품집석(詩品集釋)』, 왕숙민(王叔岷)의 『종영시품소증(鍾嶸詩品疏證)』, 유춘화(劉春華)의 『종영시품휘전(鍾嶸詩品彙箋)』, 두천미(杜天縻)의 『시품신주(詩品新注)』, 왕중(汪中)의 『시품주(詩品注)』, 진경호(陳慶浩)의 『종영시품집교(鍾嶸詩品集校)』, 양조율(楊祖聿)의 『시품교주(詩品校注)』, 상장청(向長淸)의 『시품주석(詩品注釋)』, 요동량(廖棟樑)의 『시품(詩品)』, 조중읍(趙仲邑)의 『종영시품역주(鍾嶸詩品譯注)』, 장백위(張伯偉)의 『종영시품연구(鍾嶸詩品研究)』, 나카자와 마레오(中澤希男)의 『시품고(詩品考)』, 타카마츠 코메이(高松亨明)의 『시품상해(詩品詳解)』와 『종영시품의 교감(鍾嶸詩品の校勘)』, 리츠메이칸대학(立命館大學) 시품연구반(詩品研究班)의 『종씨시품소(鍾氏詩品疏)』, 코젠 히로시(興膳宏)의 『시품(詩品)』, 타카키 마사카즈(高木正一)의 『종영시품(鍾嶸詩品)』 및 차주환(車柱環) 교수의 『종영시품교증(鍾嶸詩品校證)』과 『종영시품교증보(鍾嶸詩品校證補)』 등을 참고본으로 활용하였다.
2. 책의 앞부분에 「해제」를 덧붙여 종영의 『시품』에 대한 전체적인 해설을 가하였다. 구체적으로 저술 동기 및 연대를 추론해낸 다음, 각 품에서의 품제(品第) 상황과 품평(品評) 척도에 대한 분석과 정리를 가함으로써 『시품』의 의의와 한계점을 나름대로 파악하고자 하였다.
3. 「서」 부분에서는 내용에 따라 전체를 11개 단락으로 구분한 다음, 각 단락별로 원문・주석・직역・의역・해설 등의 순으로 서술하였다. 주석과 해설 부분에서는 원문 이해에 도움이 될 만한 주요 단어 및 용어에 대한 해설과 내용 설명 등을 비롯하여 원문 교감(校勘)・자구 훈석(訓釋)・출처 탐색(探索)・평설(評說)에 대한 비판・명물(名物) 고사(故事)에 대한 주석 등을 병행함으로써, 『시품』에 관련된 모든 문제를 적시(摘示)하고 나름대로 뚜렷한 증거 제시와 함께 그 해결점을 모색하고자 하였다.
4. 「상품」・「중품」・「하품」에서는 각 조(條)별로 표제어(標題語) 바로 다음에 시인의 생애와 문학활동을 간단히 소개한 후, 그 시인의 생애와 작품과 관련된 전기(傳記) 자료나 작품집 등을 제시해 두었다. 이어서 원문・주석・직역・의역・해설 등 서술을 통하여 원문 내용을 정확하게 이해하고 나아가 그 품평의 정당성 여부와 평어(評語)들의 적합성 여부를 나름대로 확인하고자 하였다.
5. 책의 끝부분에 「색인」을 첨부하여, 『시품』 원문 중에 나오는 글자들마다 그 글자가 나오는 페이지와 해당 구절 중의 위치를 편리하게 찾아볼 수 있도록 하였다.
6. 이 책의 인용문들에는 원서의 권수(卷數)와 편명(篇名)을 모두 밝히는 것을 원칙으로 하였다. 다만 『문심조룡(文心雕龍)』「명시(明詩)」편과 『세설신어(世說新語)』「문학(文學)」편 등과 같이 인용 빈도가 아주 높은 경우에는 편의상 서명과 편명만 밝히고 권수는 생략하였다.
7. 이 책 중의 모든 서명은 부호 『　』으로, 편명이나 작품명 등은 부호 「　」으로 통일하여 표기하였다. 예를 들면 『시품』「상품」과 같다.

18

해제

1. 들어가는 말

　종영(鍾嶸)의 『시품(詩品)』은 유협(劉勰)의 『문심조룡(文心雕龍)』과 더불어 최초의 전문적인 중국문학비평 저술로서, 중국문학비평사에서 가장 중요한 고전의 하나로 지목받아왔다. 한(漢)·위(魏)로부터 양(梁)나라 때에 이르는 123명의 유명 시인들과 그들의 작품에 대해 정밀한 분석과 비평을 가하고 있고 이론체계를 완비하고 있다는 점에서, 역대로 많은 문학관계 저술들 속에 인용되고 거론되어왔으며, 중국문학이나 한문학을 전공하는 사람들에게 필독서로 손꼽혀왔다.

　그렇지만 『시품』은 거의 동시대에 저술된 『문심조룡』과 비교해볼 때, 전문적인 연구결과가 훨씬 적은 양에 불과하며 연구되기 시작한 시기도 훨씬 나중부터였다.[1] 그 이유로는 『문심조룡』이 문학 전반을 대상으로 한 전문적인 문학이론서인 데 반해, 『시품』은 단지 시(詩), 그중에서도 특히 오언고시(五言

---

1) 『문심조룡』의 경우 송대에 이미 주석본이 출현한 바 있다. 『宋史』 卷209, 「藝文志·八」 「文史類」 '辛處信注文心雕龍十卷'(上海古籍出版社 축인본 『二十五史』, 1986, 총 5834면).

古詩)만을 대상으로 한 전문성이 아주 강한 문학비평 내지 작가비평 관계 저술이라는 점을 들 수 있다. 구체적으로『시품』에 대한 전문적인 연구는 청말(淸末) 무렵에 와서야 진연(陳衍)의『시품평의(詩品平議)』와 황간(黃侃)의『시품강소(詩品講疏)』를 시작으로 그 싹을 틔우게 되었다. 1920년대 후반부터 전문적인 연구가 본격화하여, 장진경(張陳卿)의『종영시품연구(鍾嶸詩品之硏究)』, 진연걸(陳延傑)의『시품주(詩品注)』, 허문우(許文雨)의『시품석(詩品釋)』, 고직(古直)의『종기실시품전(鍾記室詩品箋)』, 진직(陳直)의『시품약주(詩品約注)』, 섭장청(葉長靑)의『시품집석(詩品集釋)』 등이 6∼7년 사이에 한꺼번에 쏟아져나왔다. 그후 30여 년 동안은 왕숙민(王叔岷)의『종영시품소증(鍾嶸詩品疏證)』을 제외하고는 별다른 연구업적 없이 침체기를 거듭해오다가, 1959년부터 중국·일본 등 각지에서 다시 연구업적이 나타나기 시작했다. 중국에서는 유춘화(劉春華)의『종영시품휘전(鍾嶸詩品彙箋)』, 왕중(汪中)의『시품주(詩品注)』 등이 나왔으며, 일본에서는 나카자와 마레오(中澤希男)의『시품고(詩品考)』, 타카마츠 코메이(高松亨明)의『시품상해(詩品詳解)』와『종영시품의 교감(鍾嶸詩品の校勘)』, 리츠메이칸대학(立命館大學) 시품연구반(詩品硏究班)의『종씨시품소(鍾氏詩品疏)』, 코젠 히로시(興膳宏)의『시품(詩品)』 같은 저술들이 나왔다. 국내에서는 차주환(車柱環) 교수가 1960년과 61년에 걸쳐『아세아연구(亞細亞硏究)』 제3집 2호와 제4집 1호에『종영시품교증(鍾嶸詩品校證)』을 비롯한 여러 논문들을 발표함으로써『시품』에 대한 연구를 처음으로 시도하였고, 뒤이어 이휘교(李徽敎) 교수도 1970년 대만대학(臺灣大學) 중문연구소(中文硏究所) 석사학위논문『시품휘주(詩品彙註)』를 시작으로 여러 논문들을 발표한 바 있다. 1980년대에는 필자가『시품』의 원문에 대한 주석을 가하여『중국어문논집(中國語文論集)』과『중국어문학(中國語文學)』 등 학회지들에 나누어 게재하였으며, 1990년에는 기왕의 자료들을 바탕으로 영남대학교 박사학위논문『종영시품연구(鍾嶸詩品硏究)』를 발표하였다.

　한편『시품』은 간행연대가 워낙 오래된데다 난해한 문언문(文言文)으로 기술되어 있어, 원문 교감(校勘)과 자구(字句)의 훈석(訓釋) 그리고 출처의 탐색(探索) 등을 가하고 있는 주석서들이 지금까지 상당히 많이 나왔음에도 불구하고, 주석서들 역시 축약성이 강하고 난해한 문언문으로 씌어져 있어 외국인은 물론 오늘날의 중국인들조차 쉽게 이해하기 어려운 문제점을 안고 있다. 게다가 123명의 시인들을 세 등급으로 나누어 분류한 품평(品評) 방식과 각 시인들의 시풍상(詩風上)의 계보(系譜)를 추론한 시체원류론(詩體源流論) 등이 결코 절대적인 것이 될 수 없는데다가, 시대의 변화에 따른 시관(詩觀)의 변화로 인해 후세의 시론가들에 의해 갖가지 이의가 제기되기도 하였다.

필자는 이러한 상황을 고려하여, 이 글에서 『시품』의 품제(品第) 상황에 대한 세밀한 분석과 정리를 함으로써 『시품』의 진면목과 참가치를 재조명해보고자 한다. 우선 『시품』「서(序)」의 내용을 중심으로 『시품』의 저술 동기와 정확한 저술 연대를 추론해보고, 이어서 『시품』에 품급(品及)되어 있는 각 시인들의 품제 상황을 개괄적으로 정리한 다음, 그 바탕에 깔려 있는 품평 척도들을 분석해냄으로써 그 의의와 문제점들을 밝혀보고자 한다.

2. 『시품』의 저술 동기 및 저술 연대

(1) 저술 동기

주지하다시피 한대(漢代)에는 주로 부(賦)가 대표적인 문학장르로 군림하면서 대단한 성행을 누려왔다. 그런데 부는 원래 도회(都會)나 궁전 풍경 그리고 천자(天子)의 제사나 수렵 장면 등을 주된 소재로 삼아 그것들을 길게 포장(鋪張) 서술하는 장편 운문으로서, 근본적으로 형식적이며 수사주의적(修辭主義的)인 경향을 짙게 띠고 있는 문학양식이었다. 또한 그 작자들 대부분이 황제나 제왕(諸王)들 밑에서 벼슬을 하며 주로 궁정 안에서 작품활동을 한 사람들이었기 때문에, 자연히 대상 독자층 역시 일부 계층으로 한정될 수밖에 없었고 작품의 내용적인 면에서도 상당한 제약을 받을 수밖에 없었다. 그런 점에서 볼 때 한대는 작자의 개성이 담긴 문학 작품의 탄생을 가로막았던 시기였으며, 더욱이 자각된 문학비평의 출현은 전혀 기대하기 어려운 시대였다고 할 수 있다.

한대의 이같은 문학적인 흐름은 훗날 조씨(曹氏) 삼부자의 등장과 함께 일대 변혁의 계기를 맞게 된다. 조씨 삼부자, 즉 조조(曹操)·조비(曹丕)·조식(曹植)은 모두 당시의 정계를 주도하였던 위대한 정치가였으며, 젊은 시절부터 유학적(儒學的)인 교양을 몸에 익힌 당대 일류의 지식인이자 문학가이기도 하였다. 이들이 그때까지 줄곧 천시되기만 하였던 악부시체(樂府詩體)에 깊은 관심을 기울이면서 몸소 창작에 임하자, 악부시를 짓는 창작기풍은 그들의 막료 문인들인 '건안칠자(建安七子)'에 의해 즉각 추종되기에 이르렀다. 이리하여 오언시(五言詩)라는 길이가 짧고 경쾌하면서 서정에 부합되는 새로운 형식의 시체(詩體)가 예전의 폐쇄적인 궁정문학 양식으로서의 부를 대신하는 새로운 시형(詩形)으로 자리잡게 되었으며, 아울러 향후 수백년 동안 중국문학의 중심 장르로 군림하게 되는 출발점을 맞기에 이른다.

한편 이 시기에는 문학에 대한 관념이나 의식 면에서도 커다란 변혁이 일어났으며, 그에 수반하여 본격적인 문학비평이 처음으로 생겨나기도 하였다. 그 대표적인 예로 조비의 『전론(典論)』「논문(論文)」을 들 수 있는데, 조비는 이 글에서 문학을 도덕이나 사상 고취의 수단으로 보는 유가적인 정교관(政敎觀)에서 탈피하여, 그 시간적·공간적인 가능성을 높이 부르짖음으로써 문학의 독립적인 가치를 한층 제고시킨 바 있다.[2] 이러한 의식이 싹트게 된 데는 물론 한제국의 붕괴와 함께 유가적인 윤리가 통치사상으로서의 빛을 상실하게 된 배경을 먼저 떠올릴 수 있다. 그런데 여기서 특히 우리의 주목

---

2) 蕭統 『文選』 冊6(上海古籍出版社 1986), 卷52, 총 2271면. "蓋文章, 經國之大業, 不朽之盛事. 年壽有時而盡, 榮樂止乎其身, 二者必至之常期, 未若文章之無窮……"

을 끄는 사실은 이 당시의 시인들은 한대의 부 작가들이 그들의 후원자인 황제나 제왕들에게 일방적인 복종을 강요당하였던 것과는 달리, 신분상으로는 비록 그들의 지배자에게 예속되어 있을지라도 문학 작품을 창작하고 비평하는 데 있어서만은 수직적인 관계가 아니라 서로 동지적인 유대관계로 맺어져 있었다는 점이다. 이들은 이러한 수평적인 관계 속에서 함께 오언시 작품을 짓고 서로 자유롭게 교류를 나누었으며, 나아가서는 서로의 작품에 대해 기탄없는 비평을 주고받았던 것으로 보인다.

그 단적인 예로 진림(陳琳)이란 문인을 들 수 있다. 진림은 원래 조조와 적대관계에 있던 원소(袁紹)의 휘하에서 문서들을 관장하는 직책을 맡으며 지극히 격렬한 어조로 조조를 비난하는 「위원소격예주(爲袁紹檄豫州)」란 격문(檄文)을 지은 적이 있는데, 훗날 원소가 패망한 뒤에 조조의 막하로 귀순하여 조조로부터 옛일을 용서받은 것은 물론 대단한 신임까지 받으며 함께 문학활동을 전개하였다는 유명한 일화가 전하고 있다.[3] 그외에도 조식이 양수(楊修)에게 보낸 「여양덕조서(與楊德祖書)」라는 서간문 가운데 당시 문인들이 신분 고하에 얽매이지 않고 서로 거리낌없는 비평을 주고받았던 관대하고도 자유로운 문단의 분위기를 짐작케 하는 대목이 보이며,[4] 조비의 『전론』「논문」이나 「여오질서(與吳質書)」[5] 등에도 동료 문인들의 작품에 대한 기탄없는 비판이 가해져 있어 당시의 자유로운 비평풍토를 잘 시사해준다.

종영이 『시품』을 저술하기로 결심하게 된 배경은, 우선 오언시가 한(漢)나라 말기부터 위(魏)·진(晋) 시대를 거쳐 송(宋)·제(齊)·양(梁) 대로 내려오면서 상당히 오랜 기간 동안 유행을 거듭해왔고, 작자층 또한 비약적으로 늘

---

3) 湖南師範學院 中文系 古代文學敎硏室 『中國歷代作家小傳』 上冊(湖南人民出版社 1981), 183~84면 참조.

4) 『文選』 冊5, 卷42, 총 1902면. "世人之著述, 不能無病. 僕常好人譏彈其文, 有不善者, 應時改定. 昔丁敬禮常作小文, 使僕潤飾之, 僕自以才不過若人, 辭不爲也. 敬禮謂僕：'卿何所疑難, 文之佳惡, 吾自得之, 後世誰相知定吾文者邪?' 吾常歎此達言, 以爲美談."

5) 『文選』 冊5, 卷42, 총 1896~99면에 수록되어 있음.

어난 점을 들 수 있을 것이다. 다시 말해 작품의 양이나 질적인 면에서 감상과 비평을 가할 만한 여건이 충분히 무르익어 있었다는 점이 크게 작용하였을 것으로 보인다. 아울러 당시 문단에 확산되어 있던 자유로운 비평풍토 역시 『시품』이 저술될 수 있었던 또 하나의 중요한 배경으로 지적될 수 있을 것이다.

그러면 좀더 구체적으로 들어가 『시품』「서」의 기록을 중심으로 종영이 『시품』을 집필하게 된 동기를 추론해보겠다.

1) 당시의 작품경향에 대한 반발

앞에서 서술한 대로 오언시는 육조(六朝) 시대를 통틀어 문학장르의 새로운 주류로 군림하면서 대대적인 성장을 거듭해왔을 뿐만 아니라, 작자층이 훨씬 두터워졌고 작품의 양도 비약적으로 증가하기에 이르렀다. 그렇지만 이 당시의 오언시 작품이라고 해서 문제점이 전혀 없었던 것은 아니었다. 무엇보다 당시의 작자들이 비록 한부(漢賦) 작가들처럼 황제나 제왕들에게 완전히 예속된 처지는 아니었다 하더라도, 그들 역시 귀족문벌 사회에서의 지배계층에 속한 사람들이었기 때문에6) 전형적인 상류계층 문인들의 작품에 드러나는 폐쇄적이고 정체된 문학경향을 떨쳐버릴 수가 없었다.

이러한 경향은 육조 시대 후반으로 접어들면서 더욱더 두드러지게 된다. 가령 제(齊)나라 경릉왕(竟陵王) 소자량(蕭子良)이나 양(梁) 간문제(簡文帝) 소강(蕭綱) 등이 문학집단을 주도하였던 것처럼 시작(詩作) 모임이 활성화되면서 문학은 거의 귀족계층 문인들의 전유물이 되어버렸고, 결국은 초창기

---

6) 육조 시대에는 한대의 부와는 비교가 되지 않을 정도로 문학 행위자층이 훨씬 확대되기는 하였지만, 그래도 그 대상은 역시 당시의 사회구성원들 가운데 일부 관료계층 정도로만 제한되어 있었던 것이 사실이다. 이러한 현상은 『시품』에 품제되어 있는 120여 명의 시인들 대부분이 정사(正史)에 전기가 수록될 정도로 관료생활을 하였던 지식인계층이라는 점에서 충분히 짐작할 수 있다.

24

의 오언시 작품들이 지니고 있던 활발한 시 정신 내지는 야성적인 생명력 같은 것을 완전히 상실한 채로 실속 없는 언어유희와 흡사한 표현지상주의적인 문학으로 전락해버리고 말았다.[7] 흔히들 육조 시대를 귀족의 시대라고 일컫는데, 오언시가 이들 귀족계층에 급속히 보급되어 일부 상류계층 문인들의 독점물로 전락하면서 갈수록 퇴폐적인 경향이 짙어진 것이다.

그리하여 이 시기의 시 작품들에는 종영이 탄식한 것처럼 전고(典故)가 지나치게 남용되었으며,[8] 수사기교(修辭技巧) 면에서도 종영이 지적한 바와 같이 인위적인 성률미(聲律美)에 과도하게 집착한 나머지 작품 본연의 아름다움이 손상되는 결과를 빚고 말았다.[9] 이 당시의 시인들은 대단한 창작열의를 갖고 있긴 하였지만, 그들의 시는 한결같이 유희적인 성향이 강하고 경박한 느낌을 주는 잡박(雜駁)한 내용의 평범하고 진부한 한계를 벗어나지 못하였던 것이다.

이처럼 오언시가 널리 보급되면서 불가피하게 퇴폐적인 경향으로 흐르게 된 당시의 문단 상황에 직면하여 종영은 나름대로 상당한 불안 내지는 위기감 같은 것을 느끼게 되었으며, 이러한 현상에 대해 경종을 울릴 수 있는 비평서의 필요성을 절감하고 『시품』의 집필을 결심하였던 것으로 보인다.

2) 당시의 비평풍조에 대한 반발

한편 이 당시의 시단은 작품에 대한 뚜렷한 평가기준은 설정하지 못한 채, 왕성한 창작열풍으로 많은 작품들이 천차만별로 난립하는 혼란국면에 놓여 있었다. 물론 이러한 현상은 오언시의 급속한 성장과 보급에 따른 불가피한

---

7) 劉大杰 『中國文學發達史』(臺灣中華書局 영인본 臺3版 1972), 288면. "文心雕龍著作的時代, 駢儷聲病之風氣雖已流行, 但到了詩品. 這種風氣更是變本加厲, 再加以浮艷的宮體詩盛極一時, 於是詩風日卑, 唯美文學的過度發展, 造成了文學上極度的柔弱與貧血."

8) 『詩品』 「序」 第九段. "遂乃句無虛語, 語無虛字……."

9) 『詩品』 「序」 第十段. "……故使文多拘忌, 傷其眞美."

결과였을 수도 있다. 그렇지만 종영은 훌륭한 작품이 갖추어야 할 가장 필수적인 요건은 솔직한 감정의 발로와 왕성한 시 정신의 구현이라고 보았기 때문에, 당시 문단에서 언어유희와 흡사한 표현지상주의적인 문학 작품들을 높이 평가하거나 또는 그러한 작품을 조장하고 있는 바람직하지 못한 비평 풍토를 매우 못마땅하게 생각하였다. 그는 당시 문단의 풍토에 대해 상당한 위기감을 느끼게 되었고, 이런 위기상황으로부터 문학을 구출해내고 나아가 이상적인 문학의 진로를 설정해줄 수 있는 시금석이 될 만한 문학비평 저술을 남겨야겠다는 취지에서 결국 『시품』을 저술하기로 결심하였던 것 같다. 『시품』「서」에 그 저술 동기에 대한 구체적인 언급이 있다.

천자(天子)와 제후(諸侯) 그리고 높은 벼슬을 하고 있는 사대부들을 보면, 정사(政事)를 두루 논의할 때마다 늘 시를 화제로 삼아 이야기를 나누곤 한다. 그렇지만 사람들의 기호에 따라 작품에 대한 비평도 달라지며, 마치 치수(淄水)와 승수(澠水)가 모두 황하(黃河)로 흘러들어가서 한데 어우러져 있듯이 또는 붉은색과 자주색이 서로 뒤섞여 있듯이 분명하게 구별지어 평가를 내리기가 매우 어려우니, 분분한 여러가지 의견들이 무성하게 쏟아져나와서 의거할 만한 기준이 설정되어 있지 못하다. 근래의 팽성인(彭城人) 유회(劉繪)는 작품을 비평하는 안목이 매우 뛰어났던 선비로서 이러한 시 비평상의 혼란한 양상을 싫어하였기에, 당대의 시들을 나름대로 품평하고자 생각하고 자기의 견해를 구두(口頭)로 진술하기에 이르렀다. 하지만 그의 견해는 구두 발표로 그쳤을 뿐 문장으로 기록되지 못하였다. 이에 내가 느끼는 바가 있어서 이 『시품』이란 책을 저술하게 되었다.[10]

여기서 우리는 종영이 당시의 무분별한 시 비평풍토를 개선하기 위해 뚜렷한 표준이 될 만한 비평서를 저술해야겠다는 필요성을 절감하고 있었으며, 그의 이러한 인식이 곧 『시품』의 저작 동기가 되었음을 알 수 있다. 그리고 그

---

10) 『詩品』「序」第六段.

26

보다 앞서 유회라고 하는 동시대 문인이 『시품』과 비슷한 성격의 비평서를 저술하려 하였다가 완성을 보지 못하였는데, 종영이 이로부터 직접적인 자극을 받아 『시품』의 저술에 임하였다는 사실도 알 수 있다.

종영은 또한 『시품』「서」에서 역대의 문학비평 관계 저술들에 대한 나름의 불만을 토로하여, 다음과 같이 언급해놓고 있기도 하다.

> 육기(陸機)의 「문부(文賦)」는 문학 전반에 걸쳐 두루 잘 논술하고 있긴 하지만 구체적인 작품비평이 가해져 있지 않다. 이충(李充)의 『한림론(翰林論)』은 전체적인 대의는 순조롭게 통하고 있으나 요점을 적절하게 지적해내지 못하였다. 왕미(王微)의 『홍보(鴻寶)』는 서술이 치밀하기는 하지만 독자적인 판단이 결여되어 있다. 안연지(顔延之)의 「논문(論文)」은 서술이 정교하기는 하나 이해하기가 너무 어렵다. 지우(摯虞)의 『문장유별지론(文章流別志論)』은 서술이 상세하면서도 다루고 있는 범위가 넓고 풍부하다. 이 저술들은 모두 그런대로 탁월한 문학이론 문장들로 평가받을 만하다. 다만 이들 여러 명의 저술들을 검토해보면 모두 문학의 본질이나 양식 등의 문제들에 대해서만 논의를 가해놓았을 뿐, 작가나 작품의 우열을 분명히 가려놓지 않고 있다. 사영운(謝靈運)이 편찬한 시선집에는 시라는 시는 모조리 다 수록되어 있고, 장즐(張騭)의 『문사전(文士傳)』에서는 문인이란 문인은 모두 선택하여 기술해놓고 있다. 여러 훌륭한 문인들이 편찬한 시문선집(詩文選集)들이 모두 작품을 모으는 데에 급급하였을 뿐, 전혀 품평을 가해놓지 않고 있다.[11]

종영은 진(晋)·송(宋) 시대 문인들의 문학비평 관계 저술들을 열거하며 이들 저술에 전반적으로 개별적인 작가론이나 작품론적인 요소가 결여되어 있는 데 대한 강한 불만을 나타냄으로써, 이러한 불만이 곧 그가 『시품』을 집필하게 된 동기로 이어졌음을 시사하고 있다. 다시 말해 종영은 앞에 든 여러 저술들이 한결같이 '문체(文體)' 즉 문학의 본질이나 양식 면에 중점을

---

11) 『詩品』「序」第九段.

둔 문학이론서 성격의 저술들로서, 이런 유의 저술들로는 당시 시단의 무분별한 비평풍토를 개선하는 데 별다른 도움을 기대하기 어렵다는 판단을 하였던 것이다. 그는 이러한 풍토를 개선하기 위해서는 개별적인 작가나 작품의 우열을 분명하게 품평해내는 일이 가장 급선무라고 생각하여, 『시품』 집필을 결심하게 된 것으로 보인다.

(2) 저술 연대

『시품』이 저술된 시기가 언제인지, 또 어느 시기에 완성되었는지는 정확하게 단정을 내리기 어렵다. 다만 『시품』과 그에 관한 제반 기록들을 대상으로 하여 개략적인 저술 연대를 추측해보기로 한다.

1) 양 무제의 재위 기간(502~549)

『시품』 「서」에서는 당시의 황제였던 양(梁) 무제(武帝) 소연(蕭衍)의 작품에 대해 다음과 같은 별도의 평가를 해놓고 있다.

> 지금의 황제이신 양(梁) 무제(武帝) 소연(蕭衍)께서는 천부적인 재능을 지니고 계시며 깊고도 풍부한 사상까지 갖추고 계시므로, 자연히 그의 작품이 해와 달처럼 찬란하게 빛날 뿐 아니라 그의 비평능력 또한 우주와 인생 모든 방면에 두루 통달해 있을 정도이니, 예전에 경릉왕(竟陵王)이 주최하였던 여러 귀족 자제들의 모임에서도 이미 시에 있어서의 제일인자로 높이 평가받으셨다. 더군다나 지금은 온 중국 천하가 완전히 통일되어 풀이 바람에 쏠리듯 구름이 떠오르듯 무제의 위세가 대단히 강성해졌으므로, 이러한 사회안정에 편승하여 마치 옥을 품고 있는 이들이 어깨를 나란히하고 구슬을 쥐고 있는 이들이 발걸음을 잇듯이 뛰어난 작가들이 수없이 모여들었다. 그리하여 한(漢)나라와 위(魏)나라 때 작가들을 얕잡아보며 진(晋)나라와 송(宋)나라 때 작가들을 경시하기에 충분할 정도이니, 이처럼 훌륭한 작가의 작품은 진실로 농부나 천민들의

28

노래같이 평범한 작품이 아니므로, 감히 나의 저술 안에 함께 포함시켜서 분류
평가할 수가 없다.[12]

이 대목에서 우리는 종영이 "지금의 황제(方今皇帝)"라고 일컬은 양 무제의
재위 기간, 즉 서기 502~549년 사이에 『시품』이 완성되었음을 알 수 있다.

2) 심약의 사후·오균의 사망 이전(513~520)

이번에는 『시품』의 저술 시기를 좀더 압축해보기 위해, 『시품』에 품제되
어 있는 인물들의 사망연도를 한번 검토해보기로 한다.

종영은 「서」에서 품평 대상을 이미 세상을 떠난 시인들로 한정하였음을
밝히고 있는데,[13] 『시품』에 품제된 시인들 중 사망연도가 알려진 사람으로
는 심약(沈約)이 가장 늦게까지 생존한 인물이다.[14] 심약이 세상을 떠난 것
이 양(梁)나라 천감(天監) 12년 곧 서기 513년의 일이므로, 자연히 『시품』의
저술 시기는 그 이후였음을 알 수 있다.

한편 종영은 그와 거의 동시대 인물인 오균(吳均, 469~520), 유준(劉峻,
462~521), 왕승유(王僧孺, 465~522) 등을 『시품』의 품평 대상에서 제외시켜
놓고 있는데, 이들 중 특히 오균과 같은 이는 청신한 기풍의 시를 잘 지어서
당시에 대단한 영향을 끼쳤으며 심지어 그러한 시풍의 시를 '오균체(吳均體)'
라고 불렀을 정도로 높은 비중을 차지한 작가였다. 이러한 시인들이 『시품』
의 품제 대상에서 제외된 점으로 미루어볼 때, 『시품』의 저술 시기는 이 시
인들이 사망하기 전인 서기 520년 이전이었을 가능성이 아주 짙다 하겠다.
여기서 우리는 『시품』의 저술 시기가 대략 서기 513년 이후부터 520년 이

---

12) 『詩品』 「序」 第八段.

13) 『詩品』 「序」 第九段 참조.

14) 『시품』에 품제된 시인들 중에서 양대(梁代) 인물은 모두 10명인데, 그중 사망연도가 분
명치 않은 범진(范縝)·우희(虞羲)·강홍(江洪)·포행경(鮑行卿)·손찰(孫察) 등 5명을 제외
하면 심약의 사망연도가 가장 나중이다.

전의 어느 때였을 것이라는 추정을 해보게 된다.

3) 서중랑진안왕기실 재임 시(518~531)

『남사(南史)』와 『양서(梁書)』의 「종영전(鍾嶸傳)」에 의하면, 종영은 서중랑진안왕기실(西中郎晋安王記室) 직을 역임하고 있을 당시에 『시품』을 저술한 것으로 기술되어 있다.[15] 한편 『양서』「간문제기(簡文帝紀)」에 의하면 간문제(簡文帝) 소강(蕭綱)은 천감(天監) 5년(506)에 진안왕(晋安王)으로 봉해졌고 천감 17년(518)에 서중랑장(西中郎將)에 임명되었으며, 중대통(中大通) 3년(531)에 소명태자(昭明太子)의 뒤를 이어 황태자로 책봉되었다고 한다.[16] 그러므로 종영이 '서중랑진안왕기실'이란 직책을 맡고 있으면서 『시품』을 저술하였던 시기는, 훗날 간문제로 즉위한 소강이 서중랑장 직을 맡았던 서기 518년 이후였을 것이란 추측이 가능하게 된다.

이상 분석한 내용들을 종합하여 추측 가능한 『시품』의 저술 연대를 최대한으로 압축해보면, 『시품』은 간문제 소강이 서중랑장으로 임명된 서기 518년 이후부터 오균이 사망한 520년 이전 사이의 어느 때에 저술된 것으로 추정된다.

3. 『시품』의 품제 상황

『시품』에는 한대(漢代)부터 양대(梁代)에 이르는 기간 동안의 유명 시인 123명이 각기 그 작품 수준의 고하에 따라 상·중·하 세 품급으로 나뉘어

---

15) 『南史』卷72, 「文學傳」(上海古籍出版社 축인본 『二十五史』, 총 2863면) 및 『梁書』卷 49, 「文學傳·上」(上海古籍出版社 축인본 『二十五史』, 총 2095~96면) 등 참조.
16) 『梁書』卷4, 「簡文帝紀」(上海古籍出版社 축인본 『二十五史』, 총 2031면) 참조.

품평되어 있다. 그 구체적인 품제 상황을 정리하여 알아보기 쉽게 표로 작성
해보면 다음과 같다.

표 1) 품제 일람표

作者姓名	字號	品第	生存年代	代表 作品
「古詩」		上品	漢	古詩十九首
李 陵	少卿(李都尉)	上品	漢	與蘇武詩三首
班婕妤	(班姬)	上品	漢	怨歌行(團扇短章)
曹 植	子建(陳思)	上品	魏	七哀詩・贈白馬王彪・雜詩
劉 楨	公幹	上品	魏	公讌・雜詩・贈從弟
王 粲	仲宣	上品	魏	詠史詩・七哀詩
阮 籍	嗣宗(阮步兵)	上品	晋	詠懷詩 82首
陸 機	士衡(陸平原)	上品	晋	招隱詩・擬古詩・爲顧彥先贈婦詩
潘 岳	安仁(潘黃門)	上品	晋	悼亡詩・河陽縣作・在懷縣作
張 協	景陽	上品	晋	詠史詩・雜詩
左 思	太冲	上品	晋	詠史・招隱・雜詩
謝靈運	(謝康樂・謝客)	上品	宋	晚出西射堂・登池上樓・歲暮詩
秦 嘉	士會	中品	漢	留郡贈婦詩
徐 淑		中品	漢	答秦嘉詩
曹 丕	子桓(魏文帝)	中品	魏	雜詩・芙蓉池作
何 晏	平叔	中品	魏	擬古詩
應 璩	休璉	中品	魏	百一詩
嵇 康	叔夜(嵇中散)	中品	晋	幽憤詩・酒會詩
張 華	茂先	中品	晋	答何劭・情詩・雜詩
孫 楚	子荊	中品	晋	征西官屬送於陟陽侯作
王 讚	正長	中品	晋	雜詩
張 翰	季鷹	中品	晋	雜詩
潘 尼	平叔	中品	晋	迎大駕詩

作者姓名	字號	品第	生存年代	代表 作品
陸 雲	士龍(陸淸河)	中品	晉	答兄機・爲顧彦先贈婦詩
石 崇	季倫	中品	晉	王明君辭
曹 攄	顔遠	中品	晉	感舊詩
何 劭	敬祖(何朗陵)	中品	晉	贈張華・雜詩・遊仙詩
劉 琨	越石	中品	晉	重贈盧諶・扶風歌
盧 諶	子諒(盧中郎)	中品	晉	答魏子悌・時興・覽古詩
郭 璞	景純	中品	晉	遊仙詩
袁 宏	彦伯	中品	晉	詠史詩
郭泰機		中品	晉	答傅咸詩
顧愷之	長康	中品	晉	
謝世基		中品	宋	
顧 邁		中品	宋	
戴 凱		中品	宋	
陶 潛	淵明(元亮)	中品	宋	歸園田居・飮酒・詠貧士詩
顔延之	延年(顔光祿)	中品	宋	五君詠・北使洛
謝 瞻	宣遠(謝豫章)	中品	宋	九日從宋公戲馬臺集送孔令詩
謝 混	叔源(謝僕射)	中品	宋	遊西池
袁 淑	陽源(袁太尉)	中品	宋	俲古詩
王 微	景玄(王徵君)	中品	宋	雜詩
王僧達	(征虜)	中品	宋	答顔延年
謝惠連	(謝法曹・小謝)	中品	宋	秋懷詩・擣衣詩
鮑 照	明遠(鮑參軍)	中品	宋	詠史詩・還都道中作
謝 朓	玄暉	中品	齊	新亭渚別范零陵詩
江 淹	文通	中品	齊	望荊山・雜體詩
范 雲	彦龍	中品	梁	贈張徐州謖
丘 遲	希範	中品	梁	旦發漁浦潭
任 昉	彦昇	中品	梁	出郡傳舍哭范僕射

作者姓名	字號	品第	生存年代	代表 作品
沈 約	休文	中品	梁	宿東園·早發定山
班 固	孟堅	下品	漢	詠史詩
酈 炎	文勝	下品	漢	見志詩
趙 壹	元叔	下品	漢	疾邪詩
曹 操	孟德(魏武帝)	下品	魏	苦寒行
曹 叡	元仲(魏明帝)	下品	魏	長歌行·種瓜篇
曹 彪	朱虎(白馬王)	下品	魏	
徐 幹	偉長	下品	魏	室思·雜詩
阮 瑀	元瑜	下品	魏	駕出北郭門行
歐陽建	堅石	下品	晋	臨終詩
應 璩		下品	晋	
嵇 含	君道	下品	晋	悅晴
阮 侃	德如	下品	晋	答嵇康
嵇 紹	延祖	下品	晋	贈石季倫
棗 據	道彦	下品	晋	雜詩
張 載	孟陽	下品	晋	七哀詩
傅 玄	休奕	下品	晋	雜詩
傅 咸	長虞	下品	晋	贈何劭王濟
繆 襲	熙佰	下品	晋	挽歌詩
夏侯湛	孝若(孝沖)	下品	晋	
王 濟	武子	下品	晋	
劉 駿	休龍(宋孝武帝)	下品	宋	登覆舟山
劉 鑠	休文(宋南平王)	下品	宋	擬明月何皎皎·擬行行重行行
劉 宏	休道(宋建平王)	下品	宋	
謝 莊	希逸(謝光綠)	下品	宋	遊豫章西觀洪崖井
蘇寶生		下品	宋	
陵修之		下品	宋	

作者姓名	字號	品第	生存年代	代表 作品
任曇緒		下品	宋	
戴法興		下品	宋	
區惠恭		下品	宋	
惠休上人		下品	齊	怨詩行
道猷上人		下品	齊	陵峯采藥觸興爲詩
[釋]寶月		下品	齊	估客樂
蕭道成	紹伯(齊高帝)	下品	齊	群鶴詠
張 永	景雲	下品	齊	
王 儉	仲寶(王文憲)	下品	齊	春日家園
謝超宗	幾卿(謝黃門)	下品	齊	
丘靈鞠		下品	齊	
劉 祥	顯徵	下品	齊	
檀 超	悅祖	下品	齊	
鍾 憲		下品	齊	
顔 則		下品	齊	
顧則心		下品	齊	
毛伯成	(名：玄)	下品	齊	
吳邁遠		下品	齊	飛來雙白鵠・長相思
許瑤之		下品	齊	詠楠榴枕詩
鮑令暉		下品	齊	擬客從遠方來・題書後寄行人
韓蘭英		下品	齊	
張 融	思光	下品	齊	別詩
孔稚珪	德璋	下品	齊	遊太平山・白馬篇
王 融	元章	下品	齊	寒晚敬和何徵君點
劉 繪	士章	下品	齊	有所思・餞謝文學離夜
江 祐	弘業	下品	齊	
杜 預	元凱	下品	晋	

作者姓名	字號	品第	生存年代	代表 作品
孫 綽	興公	下品	晋	秋日
許 詢	玄度	下品	晋	竹扇
戴 逵	安道	下品	晋	
殷仲文	仲文	下品	晋	南州桓公九井作
傅 亮	季友	下品	宋	奉迎大駕道路賦詩
何長瑜		下品	宋	
羊曜璠	(名：璿之)	下品	宋	
范 曄	蔚宗	下品	宋	樂遊應詔詩
王 巾	簡棲	下品	齊	
卞 彬	士蔚	下品	齊	
卞 錄		下品	齊	
袁 嘏		下品	齊	
張欣泰	義亨	下品	齊	
范 縝	子眞	下品	梁	
陸 厥	韓卿	下品	梁	奉答內兄希叔
虞 羲	子陽・士光	下品	梁	詠霍將軍北伐
江 洪		下品	梁	詠荷
鮑行卿		下品	梁	
孫 察		下品	梁	

- 자호(字號) 바로 뒤의 ( ) 속에 밝혀둔 것은 해당 작자의 별칭이다.
- 각 시인들의 생존연대 곧 조대명(朝代名)은 종영이 『시품』의 표제어에서 잘못 밝혀놓고 있는 경우가 더러 있지만, 여기서는 일단 종영이 밝혀둔 조대명을 그대로 따랐다.

위 표에서 보는 바와 같이 『시품』에는 한대부터 양대에 이르는 기간 동안의 시인 123명이 그 작품 수준의 고하에 따라 상·중·하 세 품급으로 나뉘어 품평되어 있다. 그 구체적인 품제 상황을 살펴보면 「상품(上品)」에 「고시(古詩)」조를 포함한 12명, 「중품(中品)」에 39명, 「하품(下品)」에 72명 등 모두 123명이 품평 대상에 올라 있다. 시대별로는 한대(漢代) 시인이 「상품」에 3명, 「중품」에 2명, 「하품」에 3명 등 모두 8명이고, 위대(魏代) 시인이 「상품」에 3명, 「중품」에 3명, 「하품」에 5명 등 모두 11명이며, 진대(晉代) 시인이 「상품」에 5명, 「중품」에 16명, 「하품」에 17명 등 모두 38명이고, 송대(宋代) 시인이 「상품」에 1명, 「중품」에 12명, 「하품」에 13명 등 모두 26명이며, 제대(齊代) 시인이 「중품」에 2명, 「하품」에 28명 등 모두 30명이고, 양대(梁代) 시인이 「중품」에 4명, 「하품」에 6명 등 모두 10명으로 되어 있다.

그런데 이처럼 123명의 시인들을 각기 상·중·하 세 품으로 나누어 품제해놓고 있는 『시품』에서는 각 품에서의 품평 방식이 서로 약간의 차이를 보이고 있다. 그러한 품평 방식의 차이를 전체적인 품제 상황과 관련지어 정리해보면 다음 표와 같다. 여기서도 역시 각 시인들의 조대명은 『시품』의 표제어에 밝혀져 있는 조대명을 그대로 따른다.

표 2) 품평 상황표

朝代	上品 品評方式	名數	中品 品評方式	名數	下品 品評方式	名數	計
漢	1人 獨評 (3組)	3	2人 合評 (1組)	2	3人 合評 (1組)	3	8
魏	1人 獨評 (3組)	3	1人 獨評 (2組) 1人 晋代 시인 4명과 合評	3	2人 合評 (2組) 1人 晋代 시인 6명과 合評	5	11
晋	1人 獨評 (5組)	5	1人 獨評 (4組) 2人 合評 (1組) 4人 合評 (1組) 4人 魏代 시인 1명과 合評 2人 宋代 시인 3명과 合評	16	2人 合評 (1組) 4人 合評 (1組) 5人 合評 (1組) 6人 魏代 시인 1명과 合評	17	38
宋	1人 獨評 (1組)	1	1人 獨評 (4組) 5人 合評 (1組) 3人 晋代 시인 2명과 合評	12	1人 獨評 (3組) 3人 合評 (2組) 4人 合評 (1組)	13	26

朝代	上品 品評方式	名數	中品 品評方式	名數	下品 品評方式	名數	計
齊			1人 獨評 (2組)	2	1人 獨評 (2組) 2人 合評 (3組) 3人 合評 (4組) 7人 合評 (1組) 1人 梁代 시인 1명과 合評	28	30
梁			1人 獨評 (2組) 2人 合評 (1組)	4	1人 獨評 (1組) 2人 合評 (2組) 1人 齊代 시인 1명과 合評	6	10
總計	獨評 (12組)	12	獨評 (14組) 合評 (7組 ; 25명)	39	獨評 (6組) 合評 (21組 ; 66명)	72	123

　이 표에서 우리는 종영이 「상품」에서는 각 시인들을 따로 하나의 조(條)로 독립시켜 품평을 가하고 있지만 「중품」, 「하품」으로 내려갈수록 한 조에다 여러 사람을 함께 묶어 품평한 경우가 점점 많아진다는 사실을 확인할 수 있다. 이는 우선 종영이 「상품」, 「중품」, 「하품」 순으로 그 비중을 차츰 낮게 보았기 때문에 그런 식의 품평 방식을 택한 것으로 보인다. 이러한 방식을 택한 것은 곧 「상품」에서 「중품」, 「하품」으로 내려갈수록 점점 그 평문(評文)이 간략해지는 현상과도 무관하지 않을 듯싶고, 아울러 그가 「상품」에 품제된 12명의 시인들에 대해서는 예외없이 모두 그 시체(詩體)의 원류관계를 밝혀놓고 있는 데 반해 「중품」에서는 상대적으로 그러한 예가 훨씬 줄어 있으며, 「하품」에서는 심지어 대부분의 경우 그 체원(體源)에 대한 언급을 생략하고 있는 현상과도 같은 맥락에서 이해할 수 있을 것이다.

4. 『시품』의 품평 척도

『시품』에는 종영이 작가나 작품들의 우열을 평가함에 있어서 구체적으로 어떠한 기준이나 척도에 입각하여 품평을 가했는지에 대해 전혀 언급이 되어 있지 않다. 따라서 필자는 종영이 기준으로 삼았던 비평척도들을 추론해내는 가장 효과적이고 타당한 방법의 하나로 『시품』의 평문들에 사용된 여러 용어들 가운데 눈에 띄게 사용빈도가 높고 중요하게 쓰이고 있는 4개의 용어를 중점 분석해보고자 한다.

(1) 풍력(風力)

종영은 『시품』「서」에서 이상적인 경지의 시 작품이 갖추어야 할 요건에 대해 다음과 같이 설명한 바 있다.

> 왕성한 생명력——풍력(風力)——으로 작품의 근본을 삼고 화려한 수사——단채(丹彩)——를 가하여 작품을 윤택하게 하여서, 감상하는 이들로 하여금 한없이 심취해 있도록 하고 듣는 이들로 하여금 마음속 깊이 감동하도록 하는 시. 이러한 시가 바로 지극히 훌륭한 시이다.[17]

여기서 그는 훌륭한 시의 필수조건으로 '풍력(風力)'과 '단채(丹彩)' 두 가지를 제시하고 있다. '풍력'은 작품 내면에 갖추어져 있는 왕성한 생명력을 뜻하며 '단채'는 작품의 외면적인 표현상의 화려한 수식을 뜻하는 말로, 이 둘은 문학 작품을 지탱해주는 가장 중요한 두 기둥이라 할 수 있다. 『시품』에는 위에 든 인용문 외에도 「상품」 중의 조식(曹植)에 대한 평에서 "아름다운 형식과 질박한 내용을 두루 잘 구현하고 있다(體被文質)"라고 하였고, 역

---

17) 『詩品』「序」第三段.

38

시 「상품」 중의 왕찬(王粲)에 대한 평에서 "수사는 빼어나게 아름답지만 실질이 허약하다(文秀而質羸)"라 하였으며, 「서」에서도 반고(班固)의 「영사시(詠史詩)」를 평하여 "질박하기만 하고 문채롭지 못하다(質木無文)"고 하는 등 여러 군데에 '문(文, 단채에 해당)'과 '질(質, 풍력에 해당)'이 함께 거론되어 있어서 종영이 이 두 가지 요소를 모두 중시하였음을 알 수 있다. 곧 그는 '문'과 '질'이 고루 갖추어진 작품이야말로 가장 훌륭한 경지의 작품이라고 생각하였던 것이다.[18]

『시품』에는 '풍력' 이외에도 이와 동일한 개념의 '골기(骨氣)'·'기(氣)'·'골(骨)'·'풍(風)' 등의 용어가 여러 곳에 사용되고 있는데, 그러한 예들을 나열해보면 다음과 같다.

1) 영가(永嘉) 시대에는 도가사상을 중시하여 점점 청담(淸談)을 숭상하는 풍조가 만연해졌다. 그리하여 당시의 시 작품들은 철학적 이치가 문장의 수사(修辭)보다 지나치게 중요시되어 담박(淡泊)하며 무미건조하다. 동진(東晋) 시대로 시대가 변한 뒤에도 청담을 숭상하던 영가 시대의 여파는 여전히 이어져서, 손작(孫綽)·허순(許詢)·환온(桓溫)·유양(庾亮) 등 작가들의 시가 모두 평범하고 단조롭기만 하여 마치 도가사상을 해설해놓은 문장들과 흡사할 정도이다. 건안(建安) 시대의 시 작품들이 지니고 있던 왕성한 생명력——건안풍력(建安風力)——이 이 시기에 와서 완전히 사라져버렸던 것이다. (「서」)

2) 그 내면에 흐르고 있는 정신——골기(骨氣)——은 기발하면서도 고상하며, 표현상의 수사——사채(詞彩)——또한 화려하고 풍부하다. 그 속에 아지(雅旨)와 원심(怨心), 곧 바르고 고상한 생각과 원망하는 마음 두 가지 정취를 두루 겸비하고 있으며, 아울러 아름다운 형식과 질박한 내용 역시 완벽하게 조화를 이루고 있다. (「상품」 「조식(曹植)」조)

---

18) 車柱環 「劉勰·鍾嶸二家的詩觀」, 『東亞文化』 8輯(서울대 문리대 동아문화연구소 1968. 7), 128면 참조.

3) 그의 작품은 내면의 정신——기(氣)——을 구현하는 데 치중하고 기발한 독창성을 중시하여서, 항상 매우 왕성한 생명력으로 가득 차 있다. 그 진실된 골력(骨力)——진골(眞骨)——은 강인하여서 어떠한 시련도 견디어낼 듯하고, 그 고매한 풍격——고풍(高風)——은 산뜻하게도 유속(流俗)을 초월하였다. 다만 작품 중의 정신——기(氣)——만이 그 문채(文采)를 도외시한 채 지나치게 추구되어져서, 애석하게도 아름다운 수사(修辭)가 매우 부족한 결함을 지니고 있다. (「상품」 「유정(劉楨)」조)

4) 그들의 시는 슬픈 내용의 시어(詩語)를 잘 구사하고 있으며, 맑고 빼어난 기운——청발지기(淸拔之氣)——을 독자적으로 잘 보유하고 있다. (「중품」 「유곤(劉琨)・노심(盧諶)」조)

5) 또한 좌사(左思) 시에 보이는 왕성한 생명력——풍력(風力)——도 아울러 갖추고 있다. (「중품」 「도잠(陶潛)」조)

이상의 내용을 종합해보면, 종영은 우선 시 작품의 내용과 형식 면을 모두 중시하여 '풍력'과 '단채'가 아울러 잘 구비되어야 한다는 생각을 전제로 하고 있으며, 그중에서도 특히 '풍력' 면에 더 비중을 두어 독자들을 감동시킬 수 있는 작품 내면의 생동적이고 활기 넘치는 기운이 제대로 갖추어져 있는지의 여부와 '풍력'의 강약 정도에 초점을 맞추어서 역대 시인들의 작품을 품평하고 있음을 알 수 있다. 그는 조식을 역대 오언시 작가들 중 가장 뛰어난 시인으로 높이 평가하여 시 분야의 성인(聖人)으로까지 추앙하였으며, 유정(劉楨)을 조식에 버금가는 훌륭한 시인으로 칭송한 바 있는데, 그들의 시를 그처럼 높이 평가하게 된 근거로 각각 "작품 내면에 흐르고 있는 정신이 기발하면서도 고상하다(骨氣奇高)"는 것과 "내면의 정신을 구현하는 데 치중하고 기발한 독창성을 중시하였다(仗氣愛奇)"는 것, 그리고 "진실된 골력이 강인하여 어떠한 시련도 견디어낼 듯하다(眞骨凌霜)" 같은 점을 들고 있다. 두 경우 모두 작품의 내면에 구현된 왕성한 생명력을 우선적인 척도로 삼아 호평을 한 것으로 보인다. 아울러 그는 훌륭한 시를 짓는 데에는 무엇보다 작자가 지니고 있는 기발한 독창성——기(奇)——을 어떻게 잘 살려내느냐가 중요한 관건이며, 이러한 독창성이나 개성이 바로 작품 속의 활기찬 '풍력'을 형성하는 좋은 밑거름이 된다고 생각하였음도 알 수 있다.

(2) 원정(怨情)

종영은 시의 본질을 감동을 불러일으키는 성정(性情)의 표현으로 인식하였으며,[19] 그러한 맥락에서 시의 효용을 논하면서 "사람들이 서로 어울릴 수 있도록 해주며, 불평을 토로하여 사회를 풍자할 수도 있게 해준다"[20]라고 역설한 바 있다. 이처럼 종영은 사람의 성정을 매우 중시하는 입장을 견지하였기에, 「상품」에 품급시켜놓은 시인들의 작품은 모두 '심정(深情)' 즉 작자의 깊이있고 절실한 감정을 잘 표현한 작품들로 채워져 있다.

그런데 종영은 사람의 다양한 감정 중에서도 특히 '원정(怨情)' 곧 슬프고 원망어린 감정에 더 주목하고 있다. 그 구체적인 사례들을 열거해보면 다음과 같다.

1) 수사(修辭)가 온화하면서도 화려하고 그 내용이 구슬프면서도 심원(深遠)하여서 읽는 이의 마음을 깊이 감동시키니, 마치 한 글자가 천금(千金)에 상당할 정도로 매우 대단한 가치를 지녔다고 할 수 있을 것이다. (「상품」「고시(古詩)」조)

2) 문사(文辭)에 슬픈 표현들이 많으니, 원정(怨情)을 표현해내는 문학의 유

---

19) 『詩品』「序」第一段. "……故搖蕩性情, 形諸舞詠."
20) 『詩品』「序」第四段. "……詩可以群, 可以怨."

파라고 하겠다. (「상품」「이능(李陵)」조)

3) 「원가행(怨歌行)」이라고 하는 짧은 시는 그 문사(文詞)의 취지가 맑고 민첩하며, 원정이 깊고 수사가 아름다워 한 여인의 정취를 잘 표현해내었다. (「상품」「반희(班姬)」조)

4) 아지(雅旨)와 원심(怨心), 곧 바르고 고상한 생각과 원망하는 마음 두 가지 정취를 두루 겸비하고 있으며, 아울러 아름다운 형식과 질박한 내용 역시 완벽하게 조화를 이루고 있다. (「상품」「조식(曹植)」조)

5) 상심에 가득 찬 시구들을 주로 표현해내었으므로, 수사(修辭)는 빼어나게 아름답지만 실질(實質)이 유약한 허점을 남기고 있다. (「상품」「왕찬(王粲)」조)

6) 작품경향이 전아(典雅)하면서도 원망하는 감정으로 가득 차 있으며, 그 비판이 상당히 정교하고 절실하게 이루어져 있어서 풍자하는 정신을 잘 살려내었다. (「상품」「좌사(左思)」조)

7) 작품내용 중에는 현실사회에 대한 비분강개(悲憤慷慨)를 표현한 대목이 매우 많지만, 그 발상이 워낙 심오하고 분방하여서 궁극적인 진의(眞意)를 파악하기에는 매우 힘이 든다. (「상품」「완적(阮籍)」조)

8) 학식이 풍부한 선비들은 오히려 그의 작품들 속에 아녀자의 감상적인 정취가 많이 담겨 있고 풍운아의 호방한 기운이 부족함을 애석해하기도 하였다. (「중품」「장화(張華)」조)

9) [유곤(劉琨)과 노심(盧諶)의 시는] 슬픈 내용의 시어(詩語)를 잘 구사하고 있으며, 맑고 빼어난 기운을 독자적으로 잘 보유하고 있다. 유곤은 원래 훌륭한 문재(文才)를 지닌데다 나라가 멸망하고 집안이 몰락하는 불운까지 겪었기 때문에, 큰 난리의 참상을 잘 묘사해낼 수 있었고 사무치는 원한을 담은 시구

들을 많이 남길 수 있었다. (「중품」 「유곤(劉琨)·노심(盧諶)」조)

  위에 든 예들을 통해 볼 때 종영은 『시품』에서 각 시인들의 작품을 품평하면서 '원정'의 구현 여부를 아주 중요한 척도의 하나로 삼고 있음을 알 수 있다. 그 단적인 예로 「상품」에 품제된 12명의 시인들 중 「고시(古詩)」조·「이능(李陵)」조·「반희(班姬)」조·「조식(曹植)」조·「좌사(左思)」조 등 모두 다섯 번에 걸쳐서 평문에 '원(怨)'이란 글자를 직접 사용하고 있으며, 그 외에 「왕찬(王粲)」조·「완적(阮籍)」조 등에서도 '원'과 거의 같은 개념의 '초창(怊悵)'·'감개(感慨)' 등의 평어를 각각 사용하고 있다. 요컨대 전체의 반이 넘는 7명에 대해 모두 '원정'이라고 하는 개념을 척도로 삼아 비평을 가한 것이라 할 수 있다.[21]

  한편 종영은 작가의 개인적인 경험이나 처한 환경이 시 작품과 매우 긴밀한 관계를 맺고 있는 것으로 인식하였는데,[22] 특히 그는 인간의 갖가지 경험들 중에서도 괴롭고 고생스러운 경험이 작품으로 승화되는 것을 더욱 중시하였다. 「상품」 중의 이능(李陵)에 대한 평에서 "이능은 명문집안의 자손으로 매우 뛰어난 재주를 지니고 있었지만, 타고난 운명이 워낙 기구하여 명성은 실추되어버렸고 몸도 허망하게 세상을 뜨고 말았다. 만약 이능이 그처럼 쓰라린 고생을 겪지 않았더라면, 그의 시 작품이 어떻게 이처럼 훌륭한 경지에까지 도달할 수 있었겠는가?(陵, 名家子, 有殊才, 生命不諧, 聲頹身喪. 使陵不遭辛苦, 其文亦何能至此?)"라고 하였으며, 또 「중품」 중의 유곤(劉琨)에 대한 평에서도 "유곤은 원래 훌륭한 문재(文才)를 지닌데다 나라가 멸망하고 집안이 몰락하는 불운까지 겪었기 때문에, 큰 난리의 참상을 잘 묘사해낼 수

---

21) 陳慶浩 『鍾嶸詩品集校』(파리 제7대학 東亞出版中心 1978), 2면 참조.
22) 종영은 「서」의 제4단(第四段) 부분에서 "초(楚)나라 신하가 변경으로 내쫓기고(楚臣去境)" "한(漢)나라 궁녀가 궁궐을 떠나간(漢妾辭宮)" 사례 등을 거론함으로써, 개인적인 특수한 경험이 독특한 작품으로 촉발된 예를 일일이 들고 있다.

있었고 사무치는 원한을 담은 시구들을 많이 남길 수 있었다(琨旣體良才, 又
罹厄運, 故善敍喪亂, 多感恨之詞.)"라고 서술한 바 있다.[23]

그는 이처럼 작품에 표현된 '원정'을 대단히 중요한 하나의 척도로 삼았던
반면에, '공담현리(空談玄理)' 즉 고답적이고 철학적인 담론들만 숭상하는 현
언시풍(玄言詩風)에 대해서는 강력한 비판을 가해놓고 있다.[24] 그의 견해에
따르면 시는 시다운 맛 다시 말해 '자미(滋味)'를 지녀야 하며, 그렇게 되기
위해서는 '풍력'으로써 작품의 근본을 삼고 '단채'로써 작품을 윤택하게 하여
서 감상하는 이들로 하여금 한없이 심취해 있도록 하고 듣는 이들로 하여금
마음속 깊이 감상하도록 하는 시라야만 한다. 그런데 특정한 사상에 얽매여
자신의 사상이나 종교적인 이론을 전달하는 데 집착하다 보면, 작품 본연의
예술적인 아름다움이 제대로 구사될 수 없을 뿐만 아니라 시 작품 특유의
감동력조차 형성될 수 없으므로, 이러한 현언시풍은 당연히 지양되어야 한
다고 생각하였다. 요컨대 종영은 시를 사상 전달 내지 사상 선전의 도구로
삼는 것을 배격하였으며, 수사의 미를 도외시하고 감정이나 경험이 녹아들
어 있지 않은 단조로운 사상의 발휘에만 그치는 것을 시작(詩作)에 있어서의
큰 폐단의 하나로 인식하였던 것이다.[25]

한편 위의 인용문들에 거론된 시인들이 모두 종영에 의해 '원정'을 잘 담
고 있는 작품들을 남긴 것으로 평가받은 바 있기는 하지만, 이들 중 왕찬이

---

23) 車柱環 「劉勰·鍾嶸二家的詩觀」, 『東亞文化』 8輯, 131면 참조.

24) 『詩品』 「序」 第二段. "영가(永嘉) 시대에는 도가사상을 중시하여 점점 청담(淸談)을 숭상
하는 풍조가 만연해졌다. 그리하여 당시의 시 작품들은 철학적 이치가 문장 수사(修辭)보다
지나치게 중요시되어 담박(淡泊)하며 무미건조하다. 동진(東晋) 시대로 시대가 변한 뒤에도
청담을 숭상하던 영가 시대의 여파는 여전히 이어져서, 손작(孫綽)·허순(許詢)·환온(桓
溫)·유양(庾亮) 등 작가들의 시가 모두 평범하고 단조롭기만 하여 마치 도가사상을 해설해
놓은 문장들과 흡사할 정도이다. 건안(建安) 시대의 시 작품들이 지니고 있던 왕성한 생명
력이 이 시기에 와서 완전히 사라져버렸던 것이다."

25) 車柱環 『中國詩論』(서울 : 서울대학교 출판부 1989), 53면 참조.

나 장화(張華) 등의 작품에 가해진 종영의 평은 다른 시인들에 대한 그것과 상당한 차이를 보인다. 우선 종영은 왕찬의 시에 대해 "수사는 빼어나게 아름답지만 실질은 허약하다(文秀而質羸.)"는 평을 가하고 있는데, 그 근거로는 다음과 같은 점들을 생각해볼 수 있다. 먼저 '풍력' 면에서 살펴보면, 조식이나 유정의 시가 독창적인 생명력과 고매한 정신세계를 구현해놓고 있는데 반해 왕찬의 시는 유약하고 단순한 '원정'의 표현에 머물고 있을 뿐이다. 그리고 언어예술적인 측면에서 보더라도 왕찬의 시는 묘사상의 기교가 아름답게 이루어져 있긴 하지만, 전고(典故)의 사용에만 치중하고 있을 뿐 조식 시에 보이는 온후하고 점잖은 기풍이나 완적(阮籍) 시에 보이는 함축적이고 심원한 풍격이 결여되어 있다. 종영은 왕찬 시의 이와같은 폐단을 지적하여 "실질은 허약하다(質羸)"란 평을 가하였던 것으로 보인다. 또한 종영은 왕찬 시의 이러한 경향이 「상품」 중의 반악(潘岳)과 「중품」 중의 장화에게로 이어졌다고 보았다. 그는 이들 두 사람의 작품들 역시 '원정'을 잘 표현해내고 있긴 하지만, 장화의 시에는 유약하고 단순한 면——"시상(詩想)에 독창성이 결여되어 있다(興託不奇)", "아녀자의 감상적인 정취가 많이 담겨 있다(兒女情多)", "천 편의 시를 더 짓는다 하더라도 천편일률적일 수밖에 없다(千篇一體)"——이 드러나 있으며, 반악의 시는 함축적인 맛이 없고 깊이가 부족한 면을 노출하고 있는 것——"육기(陸機)의 시보다는 얕고 천박한 느낌을 준다(淺於陸機)"——으로 인식하였다.

이상에서 살펴본 바와 같이, 종영은 똑같이 '원정'을 표현하고 있는 일련의 작품들이라 하더라도 그 '원정'이 얼마만큼 온후하고 심원한 풍격을 형성하고 있느냐 하는 경중에 따라서 작품의 수준을 매우 다르게 보았음을 알 수 있다.

(3) 형사지언(形似之言)

종영은 『시품』 「서」에서 오언시가 여러 문학장르들 중에서 가장 중요하고 가장 묘미있는 시체(詩體)라고 천명한 다음, 사람들이 어떤 사건을 가리켜 드러내고[指事] 어떤 형태를 만들어 보이거나[造形] 자신의 감정을 충분히 표현해내고[窮情] 외계 사물을 묘사해내는[寫物] 데 있어서 가장 상세하고 절실한 시체가 바로 오언시라고 역설한 바 있다.[26] 그러한 주장 속에서 우리는 종영이 근본적으로 '조형(造形)'이라고 하는 예술수법을 상당히 중시하였음을 엿볼 수 있다. 그는 『시품』에서 역대 시인들을 품평함에 있어서, '조형'이 얼마만큼 잘 이루어져 있는지 다시 말해 시인이 지니고 있는 감정이나 그가 접한 사물들을 얼마만큼 있는 그대로 잘 묘사해놓았는지의 여부를 하나의 중요한 척도로 삼고 있다. 그러한 구체적인 예들을 나열해보면 다음과 같다.

1) 작품 체재가 화려하고 깨끗하며 결함이 적다. 특히나 사실적인 표현——형사지언(形似之言)——을 교묘하게 잘 구사하였다. (「상품」「장협(張協)」조)

2) 그러므로 [장협(張協)과 마찬가지로] 사실적인 묘사——교사(巧似)——를 중시하였지만, 그러한 면에 있어서는 장협보다도 훨씬 더 지나치게 탐닉하였다. (「상품」「사영운(謝靈運)」조)

3) 사실적인 묘사——교사(巧似)——를 중시하였고 작품 구성이 화려하고 짜임새 있으며, 감정 표현이 심오하여 어떤 경우에도 쓸모없는 표현이 전혀 없고, 하나의 구나 한 글자에 이르기까지 세심한 배려가 가해져 있다. (「중품」「안연지(顏延之)」조)

4) 사실적인 표현——형상사물지사(形狀寫物之詞)——을 잘 구사하였다. …… 그렇지만 문학 분야에 있어서는 사실적인 묘사——교사(巧似)——를 너무 중시하여 표현이 불안정해질 수밖에 없었고, 자연히 청신하고 우아한 격조를 손상시키는 결과를 빚고 말았다. (「중품」「포조(鮑照)」조)

---

26) 『詩品』「序」第三段.

46

위에 인용한 평문들을 통해 볼 때, 종영은 시인의 감정이나 그가 대한 경물(景物)들이 직접 눈앞에서 보는 것처럼 생생하게 느껴질 수 있도록 사실적으로 묘사되어 있는 작품을 매우 중시하였음을 알 수 있다. 그러한 점에서 장협(張協)의 작품이 특히 성공을 거두고 있다고 보았으며, 결국 "고상한 품격이 조화롭게 잘 갖추어져 있으니, 정말이지 여러 시대를 통틀어 드물게 보일 정도로 탁월한 시인의 작품이다(風流調達, 實曠代之高手.)"라고까지 칭찬을 하였던 것이다.

다만 포조(鮑照)의 경우에는 '교사(巧似)'에 너무 집착한 나머지 표현이 한쪽으로 치우칠 수밖에 없었으며, 자연히 지나치게 통속적인 경향을 띠게 되면서 청아한 격조를 손상시키는 결과를 빚고 말았다는 비판을 가해두었다.

(4) 단채(丹彩)

종영은 『시품』「서」에서 이상적인 경지의 시 작품이 갖추어야 할 요건으로 '풍력'과 '단채(丹彩)'를 함께 제시한 바 있다. 그가 '단채'라는 용어의 개념을 정확하게 규정해놓지는 않았지만, 일반적인 용례(用例)로 풀이해 한자(漢字)라는 중국 문자가 지니고 있는 형(形)·음(音)·의(意) 세 가지 요소를 적절히 잘 운용함으로써 작자가 표현하고자 하는 감정이나 경물들을 화려하고 아름답게 수식하는 예술적인 기교를 뜻하는 것으로 볼 수 있을 것이다.

그의 관점에 따르면, '국풍(國風)'의 계통을 이은 조식의 분파와 '초사(楚辭)'의 계통을 이은 왕찬의 분파에 속한 시인들의 작품이 대체로 이 '단채'를 잘 살려놓고 있는 것으로 평가된다. 그 구체적인 예들을 열거해보면 다음과 같다.

1) 표현상의 수사──사채(詞彩)──또한 화려하고 풍부하다. (「상품」「조식(曹植)」조)

2) 수사가 빼어나게 아름답다──문수(文秀). (「상품」 「왕찬(王粲)」조)

3) 문학적인 재능이 아주 출중하였으며 작품의 수사기교 역시 매우 풍부──사섬(辭贍)──하여서, 여러가지 체재의 문학 작품들이 모두 화려하고 아름답다. (「상품」 「육기(陸機)」조)

4) 사혼(謝混)은 "반악의 시 작품은 마치 비단을 펴놓은 것처럼 화려하여서 아름답지 않은 구절이 없을 정도이며……"라고 평하였다. (「상품」 「반악(潘岳)」조)

5) 수사상의 아름다움──사채(詞彩)──이 대단히 풍부하며 그 음조(音調)는 분명하고 또렷하여, 독자들로 하여금 그를 감상하여서 언제까지나 아끼고 싫증을 느끼지 않도록 해준다. (「상품」 「장협(張協)」조)

6) 그의 시가 그처럼 번잡하면서도 수사가 풍부한 경향을 띠고 있는 것도 당연히 그럴 수밖에 없는 것으로 생각된다. 그렇지만 대단히 뛰어난 시구들이 도처에 산재해 있고, 화려하면서도 점잖은 참신한 구절들이 연이어 계속 집중되어 있다. (「상품」 「사영운(謝靈運)」조)

7) 기탁(寄託)된 시상(詩想)에 독창성이 결여되어 있다. 시어를 뛰어나게 구사하였으며 수사상의 아름다움──연야(姸冶)──을 힘껏 추구하였다. (「중품」 「장화(張華)」조)

8) 문채(文彩)가 뚜렷하고 아름다워 즐겨 감상할 만하다. (「중품」 「곽박(郭璞)」조)

9) 하나의 구나 한 글자에 이르기까지 세심한 배려가 가해져 있다. 또 전고(典故)를 남용하여서 지나치게 제약을 받고 있다는 느낌을 주기도 한다. …… 탕혜휴(湯惠休)는 평하기를 "…… 안연지의 시는 아름답게 색칠을 하고 금빛으로 아로새겨놓은 듯한 느낌을 준다"고 하였다. (「중품」 「안연지(顔延之)」조)

10) 장화 시의 곱고 아름다운 기풍을 흡수하였다. (「중품」「포조(鮑照)」조)

11) 비록 그의 시가 형식적인 아름다움을 충분히 갖추지는 못하였지만, 그래도 그 교묘하게 아름다운 기풍만은 역시 그 당시의 작품들 중 가장 탁월하였다. (「중품」「심약(沈約)」조)

위에 열거한 평문들을 통해 볼 때, 종영은 역대 시인들의 작품을 품평함에 있어서 '풍력'과 더불어 '단채' 역시 중요한 척도의 하나로 삼고 있음을 알 수 있다. 육조 시대에는 문인들 사이에 미문(美文) 의식이 널리 팽배해 있어서 작품의 창작이나 비평을 막론하고 화려한 문채가 매우 중시되어왔는데, 종영 역시 이러한 문학사조를 반영하여 '단채'로써 작품을 윤택하게 하여야 함을 역설한 것이다. 그렇지만 그는 형식적인 수식에만 너무 얽매여서 자칫 통속적인 경향으로 흐르게 되는 것은 바람직하지 못한 현상이라고 생각하였으며, 아울러 전고의 사용에 주력한다든지 성률(聲律)에 지나치게 집착한다든지 하는 것은 작품의 '자연영지(自然英旨)'나 '진미(眞美)' 곧 시 본연의 자연스럽고 참다운 아름다움을 손상시키게 된다는 입장을 견지하고 있었다. 요컨대 그는 훌륭한 시 작품이 되기 위해서는 작자가 보고 느낀 바를 그대로 생생하게 묘사해내야 하며, 작품에 가해지는 '단채'란 모름지기 자연스러운 범위 내에서 우러나온 점잖은 예술미여야 하지 인위적이고 무리한 수식이어서는 오히려 작품을 망치는 결과를 빚고 만다는 인식을 갖고 있었던 것으로 보인다.

한편 "문학적인 재능이 아주 뛰어났으며 작품의 수사기교 역시 매우 풍부하여서, …… 장화(張華)가 그의 탁월한 재능에 깊이 감탄하였다(才高辭贍, …… 張公歎其大才. 「상품」「육기(陸機)」조)", "육기의 재능이 바다와 같다면, 반악의 재능은 강과 같다(陸才如海, 潘才如江. 「상품」「반악(潘岳)」조)", "사영운과 같은 시인은 시흥(詩興)이 풍부하고 재능이 뛰어나서, …… 그의 시가 그처럼 번잡하면서도 수사가 풍부한 경향을 띠고 있는 것도 당연히 그럴 수밖에 없는 것으로 생각된다(若人興多才高, …… 其繁富宜哉.「상품」「사영운(謝靈運)」조)”,27) “작품 구성이 화려하고 짜임새 있으며, …… 정치에 관한 문장을 짓는 데는 탁월한 재능을 발휘하였다(體裁綺密, …… 是經綸文雅才.「중품」「안연지(顔延之)」조)”, “장화 시의 곱고 아름다운 기풍을 흡수하였다. …… 장협·장화·사혼·안연지 등 네 명의 시가 지닌 특색들을 총망라하여서 아름다움을 자유자재로 나타내었으며, …… 안타깝게도 그는 훌륭한 재주를 지녔음에도 불구하고 워낙 미천한 집안에서 출생하였기 때문에……(舍茂先之靡嫚. …… 總四家而擅美, …… 嗟其才秀人微, …….「중품」「포조(鮑照)」조)” 등과 같이 언급해놓은 점으로 미루어볼 때, 종영은 작품의 화려하고 아름다운 수사가 바로 작자의 재력(才力) 곧 선천적으로 타고난 뛰어난 수사능력으로부터 비롯되는 것이라고 인식하였음을 알 수 있다. 그는 훌륭한 시를 짓기 위해서는 높은 학식이나 근면한 습작 내지는 첨삭 수정만으로는 결코 이루어낼 수 없는 작자의 타고난 천재성 같은 것이 있어야 한다는 관념을 지니고 있었던 것이다.28) 이처럼 그가 작시상(作詩上)의 ‘재기(才氣)’를 학문이나 수양보다 훨씬 더 중시하고 있는 점은 조비를 위시한 초기의 문학평론가들이 대체로 ‘재기’만을 중시하고 있는 현상과 일맥상통된다. 그런 점에서 전고의 사용에 반대한 그의 견해와 함께 다분히 보수적이고 구파적(舊派的)인 색채가 짙다고 할 수 있을 것이다.29)

지금까지 종영이 역대 시인들을 상·중·하 세 품으로 나누어 품급시키면서 염두에 두었던 품평 척도들을 『시품』의 평문을 통해 나름대로 분석해

---

27) 사영운의 시에 관한 이와 유사한 평은「서」제2단(第二段) 중에도 “대상을 표현하는 재주가 특출하였고 문장 수사능력 또한 풍부하여서 그 풍부한 재능과 아름다운 수사기교를 다른 작가들이 감히 따를 수 없을 정도였다(才高詞盛, 富艶難蹤.)”라는 평문이 더 보이고 있다.

28) 車柱環『中國詩論』, 52면 참조.

29) 車柱環「劉勰·鍾嶸二家的詩觀」, 132면 참조.

보았다. 결론적으로 종영은 주로 앞에 든 네 가지 척도, 즉 '풍력'과 '원정' 그리고 '형사지언' 및 '단채' 등에 입각하여 각 시인들의 작품을 품평해놓고 있다 하겠다. 그런데 여기서 한 가지 짚고 넘어가야 할 점이 있다. 다름 아닌 이 네 가지 척도가 각기 독립적으로 운용되는 별개의 요소가 아니라 서로 밀접한 관련을 맺고 있는 유기적이고 보완적인 요소라는 점이다. 아울러 이러한 제반 요소들이 조화롭게 총체적으로 잘 발휘된 작품이야말로 진정 예술적인 성과가 뛰어난 작품이라 할 수 있고, 나아가 종영이 제창한 '자미(滋味)'를 갖춘 작품으로 평가받을 수 있을 것이다.

5. 『시품』의 의의 및 문제점

왕사정(王士禎)은 그의 『어양시화(漁洋詩話)』에서 『시품』의 품급 상황에 대해 다음과 같이 비판을 하고 있다.

종영의 『시품』을 나는 어린 시절부터 대단히 애독해왔는데, 근래에 와서야 비로소 그 가운데 잘못된 부분이 적지 않음을 알게 되었다. 종영은 세 품으로 나누어서 작자들의 우열을 저울질하여 등급을 매겨놓았으며, 스스로 이를 가리켜 반고(班固)가 『한서(漢書)』「고금인표(古今人表)」에서 인물들을 아홉 가지 품급으로 나누어 논하고 있고, 유흠(劉歆) 부자가 『칠략(七略)』에서 선비들을 일곱 가지 부류로 분류해놓고 있는 것에다 비유를 해두었다. 그리고 유정(劉楨)과 진사왕(陳思王) 조식(曹植)을 병칭(竝稱)하여 문학의 성인(聖人)으로 같이 평가하였는데, 대저 유정의 시 수준을 조식과 비교해보면 마치 자그마한 메추라기가 커다란 곤어(鯤魚)나 붕새와 비교되는 것과 같을 정도로 그 수준차이가 현격한 실정이다. 또한 조조(曹操)를 「하품」에 품급시키면서, 유정과 왕찬은 거꾸로 「상품」에 품제해놓았다. 그밖에 「상품」의 육기와 반악 같은 시인들은 의당 「중품」에 품급되어야 하고, 「중품」의 유곤(劉琨)·곽박(郭璞)·도잠(陶

潛)·포조(鮑照)·사조(謝朓)·강엄(江淹) 등과 「하품」의 위(魏) 무제(武帝) 조
조 같은 시인들은 마땅히 「상품」에 품급되어야 하며, 「하품」의 서간(徐幹)·사
장(謝莊)·왕융(王融)·백도유(帛道猷)·탕혜휴(湯惠休) 등 시인들은 의당 「중
품」에 품급되어야 옳을 것이다. 그런데 위치가 잘못 전도되고 흑백이 그릇되
게 어지럽혀져 있으니, 천추의 정론(定論)이라는 평가를 어찌 가할 수 있겠는
가? 건안 연간의 여러 시인들 중에서는 서간의 작품 수준이 실제로 유정보다
뛰어난데도, 종영은 그를 유정보다 훨씬 못 미치는 정도라고 비난하였으니 사
리에 어긋남이 더욱 심하다. 그리고 도잠 시의 원류가 응거(應璩)로부터 나왔
고 곽박 시의 원류가 반악으로부터 나왔으며 포조 시의 원류가 장협과 장화로
부터 나온 것으로 인식하였는데, 이는 더더욱 좁은 소견일 뿐 도저히 깊이있는
설명이라고 할 수 없다.

> 鍾嶸詩品, 余少時深喜之, 今始知其蹖謬不少. 嶸以三品銓敍作者, 自譬諸九品論
> 人, 七略裁士. 乃以劉楨與陳思竝稱, 以爲文章之聖. 夫楨之視植, 豈但斥鷃之與鯤
> 鵬耶? 又置曹孟德下品, 而植與王粲反居上品. 他如上品之陸機·潘岳, 宜在中品,
> 中品之劉琨·郭璞·陶潛·鮑照·謝朓·江淹, 下品之魏武, 宜在上品. 下品之徐
> 幹·謝莊·王融·帛道猷·湯惠林('林'은 '休'의 誤字─인용자), 宜在中品. 而位置
> 顚錯, 黑白淆譌, 千秋定論, 謂之何哉? 建安諸子, 偉長實勝公幹, 而嶸譏其以莛扣
> 鐘. 乖反彌甚. 至以陶潛出於應璩, 郭璞出於潘岳, 鮑照出於二張. 尤陋矣. 又不足
> 深辯也.[30]

이러한 왕사정의 지적 이외에도, 종영이 『시품』에서 123명의 역대 시인
들을 상·중·하 세 품급으로 나누어 귀납시켜놓고 있는 데 대해서는 후대
의 여러 비평가들로부터 분분한 이의가 제기되어왔다.

그중에서도 가장 많이 이의가 제기된 인물은 「중품」에 품급된 도잠(陶潛)
이다. 대표적으로 민문진(閔文振)의 『난장시화(蘭莊詩話)』[31]나 왕사정의 『어

---

30) 王士禎 『漁洋詩話』 卷下·7(『淸詩話』 上冊, 上海古籍出版社 1978, 203∼204면).

31) 黃尙信 『詩品綜論』(新竹 : 先登出版社 1978), 95면에서 재인용. "鍾嶸品陶潛詩 : '……',
　可謂知言矣. 而置之「中品」. 其「上品」十一人, 如王粲·阮籍輩, 顧右於潛耶? 論者謂嶸洞悉元

양시화』 등에서 한결같이 「상품」에 품급되어야 옳다고 역설하였으며, 고직(古直) 찬(撰) 『종기실시품전(鍾記室詩品箋)』에서도 『태평어람(太平御覽)』의 기록에 근거하여 도잠이 원래 「상품」에 품제되었는데 후인들이 잘못 고쳐 「중품」에 품급시킨 것일 거라고 추정하였다.[32] 그러나 『태평어람』에서 「상품」에 품급된 시인들을 열거하는 가운데 도잠의 이름을 같이 거명해놓은 것은 후인들이 그중 12명이라고 하는 명수(名數)에 「고시(古詩)」 작품의 작자인 무명씨도 함께 포함된다는 사실을 모르고 잘못 첨기(添記)한 데서 빚어진 착오일 뿐이다. 사실 도잠 시에 대한 진가가 일반인들 사이에 제대로 인식되기 시작한 것은 당대(唐代)에 이르러서이며, 그의 시에 대한 높은 평가가 확립된 때는 송대(宋代)에 들어서였다. 종영이 생존하였던 육조 시대까지만 하더라도 수사주의 문학이 극성을 누린 가운데, 도잠의 시는 그저 상당히 이색적인 기풍의 작품들이라는 정도로 인식되었을 따름이다. 소통(蕭統)은 당시 도잠의 작품을 누구보다도 애호하여 『도연명집(陶淵明集)』을 편찬하기도 하였지만, 도잠의 문학을 가장 잘 이해하였던 그 역시 『문선(文選)』에는 시 8수와 「귀거래사(歸去來辭)」 1편만을 수록해놓고 있을 뿐이다. 이 역시 당시 문인들의 도잠 시에 대한 인식을 단적으로 증명해주는 한 예라 하겠다.

그 다음으로는 심약의 경우에 대해 많은 이의들이 제기되었다. 『남사』「종영전(鍾嶸傳)」의 기록에 의하면, 종영은 일찍이 심약에게 자신의 능력을 인정해줄 것을 부탁한 적이 있는데 심약이 이를 거절하자, 앙심을 품고 훗날 『시품』을 통해 고금(古今)의 시 작품들에 대한 우열을 평가하면서 심약의 시를 낮추어 평가한 것이라고 서술되어 있다.[33] 후세 평론가들 사이에서도

理, 曲臻雅致, 標揚極界, 以示法程, 自唐而上莫及也. 吾獨惑於處陶焉."

32) 古直 『鍾記室詩品箋』(臺北 : 廣文書局 1968), 22면 참조.

33) 『南史』「文學傳」. "嶸嘗求譽於沈約, 約拒之, 及約卒, 嶸品古今詩爲評, 言其優劣云 : '觀休文衆製, 五言最優. 齊永明中, 相王愛文, 王元長等皆宗附約. 于是謝朓未遒, 江淹才盡, 范雲名級又微, 故稱獨步. 故當辭密于范, 意淺于江.' 蓋追宿憾, 以此報約也."

이 기록을 근거로 심약의 시가 「중품」에 품급되어 있는 데 대한 분분한 이의가 제기되었던 것이다. 비교적 중도적인 입장을 취하고 있는 『사고전서총목제요(四庫全書總目提要)』에서는 심약의 시가 「중품」에 품급된 것은 의도적인 과소평가로 보기 어렵지만, 「서」에서 그의 성률론에 대해 신랄하게 비판을 가해놓은 데에는 아무래도 고의적인 비난 의사가 다분히 개입되어 있는 것으로 설명하고 있다.[34] 후자의 견해와 같이 종영이 『시품』「서」에서 성률론에 강력히 반대하고 있는 데에는 심약의 주장을 반박하고자 한 의도가 어느정도 드러나 보이지만, 심약의 시를 「중품」에 품급한 데에는 종영 나름의 객관적인 근거가 있었던 것으로 보는 편이 타당할 듯하다. 그 이유로는 우선 종영이 고의로 심약의 시를 낮추어 품평하였다는 일화가 유독 『남사』에만 소개되어 있을 뿐, 그보다 일찍 씌어진 『양서』에는 오히려 그러한 일화가 보이지 않는다는 점에서 일단 신빙성이 별로 없어 보인다. 또한 종영이 자신의 능력을 인정받지 못하고 평생을 제왕들의 속료(屬僚)로만 전전한 데 대해 상당한 불만을 느꼈을 것이란 사실은 충분히 짐작이 가지만, 그렇다고 해서 황제에게까지 직언을 서슴지 않았을 정도로 강직하고 분명한 성격의 소유자였던 그가 굳이 심약의 생전이 아닌 사후에야 비로소 사사로운 감정을 앞세워 그 작품을 낮추어 평가하였을 것으로 생각하기는 어렵다는 점에서도 역시 의문의 소지를 안고 있다. 뿐만 아니라 종영은 『시품』을 저술함에 있어서 시종일관 엄정하고 진지한 태도로 품평을 가하고 있으며, 사사로운 개인감정에 얽매여서 편파적인 평가를 내린 듯한 흔적을 거의 보이지 않고 있기도 하다.[35] 이런 여러가지 점들을 고려해볼 때, 심약 시에 대한 종영의

---

34) 『四庫全書總目提要』 卷195, 「集部・48」 「詩文評類・1」, 6a면. "案約詩列之中品, 未爲排抑, 惟序中深詆聲律之學, 謂'蜂腰鶴膝, 僕病未能, 雙聲疊韻, 里俗已具.' 是則攻擊約說, 顯然可見, 言亦不盡無因也."

35) 그 비근한 예로 종영은 자신의 종조부인 종헌(鍾憲)이나 스승인 왕검(王儉) 등의 시를 겨우 「하품」에 품급시켜놓고 있으며, 또한 유회(劉繪) 같은 이를 「서」에서 "작품을 비평하는 안목이 매우 뛰어났던 선비(俊賞之士)"라고 극찬한 바 있음에도 불구하고 역시 「하품」에 품

평가를 단순한 보복심의 발로로 보기에는 아무래도 무리가 많다. 호응린(胡應麟) 역시 심약의 시가 아름답게 꾸미는 재주는 뛰어났지만 고상한 풍격은 전혀 갖추지 못한 것으로 보았으며, 「중품」에 품급된 것도 바로 그러한 한계성 때문이지 종영의 사사로운 감정 때문이 아니라고 설명하였다.[36] 이도현(李道顯) 또한 종영이 「심약(沈約)」조에 가해놓은 "수사는 범운(范雲)의 시보다 한결 치밀하지만, 내용적인 깊이는 강엄(江淹)의 시보다 훨씬 얕다(詞密於范, 意淺於江.)"는 평이 그의 실제 작품에 그대로 부합되는 표현이며, 따라서 『남사』「종영전」에 기술된 내용은 전혀 근거 없는 억측에 불과하다고 단언해놓고 있다.[37] 그는 또한 성률론에 반대한 종영의 주장 역시 성률에의 집착이 작품에 지나친 구속을 가하여 오히려 그 진미를 손상시킨다는 인식으로부터 비롯된 것이지, 단순히 심약에 대한 반감으로 인해 가해진 것이 아니라고 해명하였다. 사실 그 당시, 즉 제(齊) · 양(梁) 대에는 작품의 화려한 수식을 중시하는 풍조가 만연해 있었으며 사성팔병설(四聲八病說)이 대단한 성행을 누리던 때였으므로, 도도한 당시의 풍조에 외롭게 반대하고 나선 그의 주장을 단지 특정인 한 사람에 대한 복수심의 발로로 보기에는 아무래도 무리가 많이 따른다 하겠다.

그외에도 왕세정(王世貞)은 고매(顧邁) · 대개(戴凱) · 임방(任昉) · 심약 등이 「중품」에 품제되기에는 부족하고, 「중품」에 품제된 조비는 당연히 「상품」에 열거되어야 하며, 조조가 「하품」에 품제되기에는 수준이 너무 높은 것으로 비판한 바 있다.[38] 이 중 특히 조조가 「하품」에 품급된 데 대해서는

급시켜두었다. 이러한 점들이 바로 『시품』 저술에 임한 종영의 태도가 얼마나 엄정하고 객관적이었는가를 잘 시사해주는 단적인 예라 하겠다.

36) 胡應麟 『詩藪』 冊2(臺北 : 廣文書局 1973), 「外編 · 二」 「六朝」, 14b면. "〔休文〕諸作, 材力有餘, 風神全乏. 視彦升 · 彦龍, 僅乃過之. 世以鍾氏私憾抑置「中品」, 非也."

37) 李道顯 『詩品研究』(華岡出版部 1968), 48~49면. "『南史』「鍾嶸傳」 曰 : '……', 此乃傳者臆測之詞, 觀休文詩篇, 謂其'詞密於范, 意淺於江'. 殆非虛誣之詞也."

38) 『藝苑巵言』(『續歷代詩話』, 臺北 : 藝文印書館 1983. 6) 卷3, 11b면. "邁 · 凱 · 昉 · 約, 濫

나근택(羅根澤) 역시 불만을 표시하였다.[39] 이에 대해 왕숙민(王叔岷)은 조조의 시가 '고직(古直)'한 기풍만을 간직하고 있을 뿐 '단채'가 결여되어 있기 때문에, 질박하면서도 화려한 수사를 갖추고 있는 것으로 인식되어 「중품」에 품급된 조비·응거(應璩)·도잠 등의 작품들보다는 수준이 뒤떨어지는 것으로 볼 수밖에 없으며, 그러한 이유에서 종영이 그를 「하품」에 품제시켰을 것이라고 종영의 견해를 옹호한 바 있다.[40]

이처럼 『시품』은 특히 품제된 시인들의 품급이 얼마만큼 타당성을 지니고 있느냐 하는 측면에서 후대의 여러 비평가들로부터 많은 비판을 받아왔다. 그렇지만 『시품』의 저자인 종영이 그 당시로서는 가장 뛰어난 시 비평가였음은 누구도 부인할 수 없는 엄연한 사실이다. 더욱이 지금 우리가 그 당시의 문학 작품을 논하고 있는 현재의 상황과 종영이 생존하였던 육조 시대의 상황은 모든 면에서 엄청난 차이가 있다. 우선 작품의 양만 놓고 보더라도 그 당시 대부분의 작가들 작품이 거의 실전(失傳)되어버렸고, 지금은 극히 일부 작품들만 남아 전하고 있을 뿐이다. 이러한 상황에서 종영이 제시한 품급의 타당성을 의심한다거나 비판을 가하는 것은 어쩌면 애초부터 사리의 핵심을 벗어나 피상적인 논의로 그칠 수밖에 없는 일인지도 모른다. 기윤(紀昀) 역시 이러한 한계성을 충분히 인식하여, 양대(梁代)로부터 1,000년이 넘는 세월이 흘러 그 당시 작품들 중 9할 이상이 이미 실전되어버린 현재 상황에서는 남아 있는 일부 작품들만 놓고 당시의 전체적인 작품 수준의 우열을 단정지을 수 없다고 해명하면서, 왕사정의 비판에 반박을 가하였다.[41]

居「中品」. 至魏文不列乎「上」, 曹公屈第乎「下」, 尤爲不公, 少損連城之價."

39) 『魏晉六朝文學批評史』(『中國文學批評史』, 臺北 : 學海出版社 1980), 146면. "但'古直甚有悲凉之句'的曹操, 無論如何, 不宜抑居「下品」."

40) 王叔岷 「讀鍾嶸詩品札記」, 『說文月刊』 5卷 1·2期(1944. 11), 103~111면 참조.

41) 『四庫全書總目提要』 卷195, 「集部·48」 「詩文評類·1」, 5b~6b면. "近時王士禎, 極論其品第之間多所違失. 然梁代迄今, 邈蹟千祀, 遺篇舊製, 什九不存, 未可以綴拾殘文, 定當日全集之優劣."

물론 어떠한 작품의 우열을 평가하는 데 있어서는 누구나 공통적으로 수긍할 수 있는 절대적인 평가란 있을 수 없고, 시대별 문학사조나 또는 같은 시대라 하더라도 그를 대하는 사람들이 저마다 어떠한 기준에 입각하여 비평을 하느냐에 따라 그 평가가 제각기 달라질 수밖에 없다. 종영 역시 문학비평의 이러한 속성을 충분히 인식하여, 자신이 설정한 품급이 절대적인 것이 될 수 없으므로 지자(知者)들의 새로운 재평가를 부탁한다는 겸사(謙辭)를 밝혀놓은 바 있다.[42) 그렇지만 이러한 겸사는 당시의 문학비평 관계 문장들 말미에 상투적으로 부가되었던 말로서, 자신의 저술에 대한 겸손한 태도를 나타내 보이고자 첨부한 것일 뿐, 말 그대로 자신이 설정한 품급에 대해 확신이 서지 않는다는 의미로 받아들여서는 안 될 것이다. 그는 『시품』을 저술함에 있어서 시종일관 엄정하고 진지한 태도로 품평을 가하고 있으며, 경우에 따라서는 시인의 품급 설정을 놓고 대단히 고심한 흔적을 보이고 있기도 하다.[43) 뿐만 아니라 각 조의 평문들을 자세히 살펴보면, 자신이 그렇게 품급을 설정하게 된 근거나 이유를 충분히 시사해놓고 있음을 확인할 수 있다. 곧 그는 앞의 절에서 고찰한 바 있는 여러가지 품평 척도들을 기준으로 삼아서, 훌륭한 시 작품이 갖추어야 할 여러 조건들이 얼마만큼 다양하고 조화롭게 고루 갖추어져 있는가를 깊이 검토하여 나름대로 객관적이고 타당한 평가를 내리고자 최대한의 노력을 경주하였던 것으로 보인다. 황상신(黃尙信) 역시 『시품』의 이러한 점을 높이 평가하여, 왕사정을 비롯한 여러 비평가들의 비판이 한결같이 사물의 한쪽 면만 보고 다른 한쪽은 보지도 않은 채 함부로 내뱉는 말과 같이 수긍할 수 없는 주장들이라고 한마디로 일축해

---

42) 『詩品』「序」第九段.

43) 그러한 고심의 흔적은 「중품」「장화(張華)」조에서 "지금 그를 「중품」에다 품급하려고 하니 아무래도 작품 수준이 못 미치는 것 같아 염려되고, 그렇다고 해서 「하품」에다 품급하자니 너무 과소평가하는 것 같아 애석하니, 작품 수준이 「중품」과 「하품」의 중간 정도에 해당된다 하겠다"라고 한 대목에서도 잘 나타난다.

버린 바 있다.[44] 실제로 종영의 태도나 각 조의 평문 내용을 면밀히 검토해 볼 때, 『시품』에 등재되어 있는 각 시인들의 품급은 일단 그 나름대로 충분한 이유와 근거를 지니고 있는 것으로 인정해주어야 할 것이다.

주지하다시피 『시품』은 『문심조룡』과 더불어 최초의 전문적인 중국문학 비평 저술로 인정받고 있다. 뿐만 아니라 한(漢)·위(魏)로부터 양(梁)나라 때에 이르기까지 123명의 작가와 작품들에 대해 정밀한 분석과 비평을 가하고 있고 구성상의 이론체계를 완비하고 있다는 점에서 그 가치가 가히 독보적이라 할 수 있다. 더욱이 근대에 들어 서양의 진보한 문학이론들이 도입되기 전까지만 하더라도 『시품』이나 『문심조룡』만큼 정연한 이론체계를 갖춘 문학비평서는 전혀 출현하지 않았다. 그러하기에 이 두 저서는 역대로 많은 문학관계 저술들 속에 인용되고 거론되어왔을 뿐만 아니라 중국문학이나 한문학을 전공하는 사람들에게는 필독서로까지 손꼽혀왔던 것이다. 나근택이 일찍이 "순수한 문학비평을 다룬 전문적인 논문은 위대(魏代)에 비롯되어서 진대(晋代)에 성행하였으며, 문학비평을 다룬 전문저서는 진대에 비롯되어서 양대(梁代)에 성행하였다"[45]라고 한 언급도 바로 『문심조룡』과 『시품』의 이와같은 공전절후(空前絶後)의 가치를 염두에 두고 한 설명이라 할 수 있을 것이다. 그리고 장학성(章學誠)이 설파한 것처럼 『시품』이 비록 그 논급범위의 광범위함이나 전체적인 체계성 면에서는 『문심조룡』보다 부족한 것이 사실이지만, 평문의 명쾌한 표현들이나 행간에 흘러넘치는 역동감 면에서는 오히려 『문심조룡』을 훨씬 더 능가하는 높은 가치를 지니고 있기도 하다.[46]

---

44) 黃尙信 『詩品綜論』, 104~105면 참조.

45) 羅根澤 『魏晋六朝文學批評史』, 102면. "純粹的文學批評的專篇論文, 始於魏而盛於晋 ; 文學批評的專書, 則始於晋而盛於梁."

46) 章學誠 『文史通義』(『四部備要』本, 中華書局) 卷5, 「詩話」篇. "詩品之於論詩, 視文心雕龍之於論文, 蓋專門名家, 勒爲成書之初祖也. 文心體大而慮周, 詩品思深而意遠. 蓋文心籠罩群言, 而詩品深從六藝, 溯流別也. 論詩論文, 而知溯流別, 則可以探源經籍, 而進窺天地之純, 古人之大體矣. 此意非後世詩話家流所能喩也."

내용 면에서도 『시품』은 한대로부터 남조(南朝) 양나라 때까지의 유명 시인들의 오언시 작품 수준과 경향을 파악하는 데 있어 가장 중요하면서도 거의 유일한 비평저술이며, 그 기간 동안의 오언시의 발전양상과 각 시대 시작품들의 독특한 풍격들을 일목요연하게 이해하는 데 뚜렷한 길잡이가 되는 대단한 가치를 지닌 자료이다. 아울러 평문에 밝혀져 있는 여러가지 견해나 품평 척도들이 당시의 공허하고 화려하기만 하였던 문풍(文風)에 전혀 동요됨 없이 매우 독자적인 종영의 문학관을 고스란히 간직하고 있다는 점에서도 『시품』은 그 이론상의 참신성을 높이 인정받기에 충분하다. 그 당시에는 수사와 성률을 통한 형식적인 아름다움을 추구하는 이른바 '영명체(永明體)'라 불리는 시체가 널리 유행하였고, 심약의 사성팔병설이 두루 확산되면서 문단 전반에 기교주의 문학사조가 팽배하게 자리잡고 있었다. 그러나 종영은 이러한 대세에 전혀 구애받지 않고 자연스러운 표현을 통해 작자의 개성적인 발상들을 진솔하게 표출해냄으로써 한(漢)·위(魏) 시대의 시 작품들이나 더 거슬러 올라가서는 '국풍'의 작품들이 지니고 있는 '풍력' 즉 건강한 생명력을 회복할 것을 과감하게 주장하고 있다. 바로 이러한 점들에 의해서 『시품』은 중국문학비평 분야나 나아가서는 중국시사(中國詩史) 분야에서까지도 그 독보적인 가치를 차지할 수 있었던 것으로 판단된다.

한편 『시품』은 오늘날의 관점으로 볼 때에는 몇가지 한계 내지는 문제점을 안고 있다고 하겠는데, 그러한 사항들을 하나하나 지적하고 비판을 가해 보기로 하겠다.

먼저 품평분야를 오언시 영역으로 한정해놓고 있어서 범위가 비교적 좁다는 점을 지적할 수 있다. 여기에는 물론 종영의 생존 당시에 이미 오언시의 작자층이 비약적으로 늘어나 작품의 양이나 질적인 면에서 감상과 비평을 가할 만한 여건이 무르익어 있었던 점과, 오언시야말로 다른 어떤 형태의 시체들보다 작자의 감정이나 미의식을 드러내 보이는 데 가장 적합한 특성을 지닌 것으로 생각한 그의 인식이 배경으로 고려되어야 할 것이다. 그렇지만 어쨌든 문학 전반을 대상으로 하여 폭넓은 문학이론을 다루고 있는 『문심조룡』 같은 저술과 비교해볼 때, 『시품』은 단지 오언고시만을 대상으로 한 문학비평 내지는 작가비평 관계 저술이라는 전문성을 강하게 띠고 있다. 『시품』이 안고 있는 이러한 단면적이고 국부적인 인상은 결국 후대 문인들로부터 『문심조룡』만큼 중시되고 호평받지 못하는 까닭이 되기도 하였다.

  다음으로 역대 시인들을 상·중·하 세 품급으로 나누어 등급을 매기는 데 있어 주관적인 선입견이 상당 부분 개입되어 있고, 또 시대가 변함에 따라 문학관도 크게 달라지게 마련이어서 현재의 관점으로 볼 때에는 그 타당성을 충분히 인정하기 곤란한 대목도 상당히 포함되어 있는 것이 사실이다. 특히 후세 문학사가들의 평가를 고려해볼 때, 「상품」에 품급되어 있는 이능·유정·반악·장협 등은 지나치게 높이 평가된 인상을 지울 수 없고, 반면에 「중품」에 품급되어 있는 조비·도잠·포조·사조(謝朓) 등은 실제 작품 수준보다 훨씬 낮은 평가를 받은 것으로밖에 볼 수 없으므로, 온전히 공평한 평가로 보기 어렵다는 지적들이 많다. 물론 종영의 생존 당시에 존재했던 작품들이 지금은 거의 다 실전되어버려서 극히 일부 작품만 남아 있는 상황을 고려해볼 때, 이러한 지적들을 그대로 다 수용할 수는 없을 것이다. 다만 종영이 특정 작품 한 수 또는 한두 구절만을 대상으로 하여 그 작가의 작품 전체에 대한 우열을 평해놓은 경우들이 『시품』에 흔히 보이는데,[47] 이

___

[47] 종영은 「서」에서 "그대를 생각함이 흐르는 물과 같거늘(思君如流水)", "높은 망루엔 쓸쓸한 바람 많이도 불고(高臺多悲風)", "맑은 새벽기운이 농산 꼭대기로 솟아오르는데(淸晨登隴首)", "밝은 달빛이 쌓인 눈을 비추는데(明月照積雪)" 등의 구가 전고(典故)를 사용하지 않았으면서도 고금을 통틀어 가장 뛰어난 시구들이라고 극찬해놓은 것을 비롯하여, 「상품」의 사영운에 대한 평문에서는 "대단히 뛰어난 시구들이 도처에 산재해 있다(名章逈句, 處處間起.)"라고 평하였으며, 「중품」의 사조에 대한 평문에서는 "독창적이고 뛰어난 구절들이 자주 출현하여 참신하고 힘있는 기풍을 드러내 보인다(奇章秀句, 往往警遒.)"라고 평하였다. 또 「하품」의 조조에 대한 평문에서는 "작품 중에 구슬프고 쓸쓸한 내용의 시구가 많이 사용되어 있다(甚有悲涼之句.)"라고 평하였다. 이와같이 종영은 역대 시인들의 일부 뛰어난 시구들에 초점을 맞추어 평을 가한 예들을 많이 보여주고 있다.

러한 점은 의문이 제기될 소지가 다분한 것으로 판단된다. 모름지기 한두 편의 작품이나 심지어 한두 구의 단편적인 부분들만 갖고서 그 작가의 작품 전체의 풍격을 포괄적으로 설명해내는 데에는 무리가 따르게 마련이며, 아울러 그 수준의 뛰어남이나 졸렬함 등을 평가하는 데에도 상당한 어려움이 뒤따를 수밖에 없을 것이란 점에서 재고의 여지가 많다 하겠다.

그리고 작가들의 작품을 품평함에 있어서 '풍력' 면에 더 큰 비중을 두어 평가를 내린 반면에 '단채'는 상대적으로 소홀하게 취급하고 있는데, 이러한 점 역시 작품 본연의 순수문학적인 예술성을 충분히 인정하지 않은 태도라는 비판을 면하기 어렵다. 물론 남북조(南北朝) 시대에 확립된 조탁(彫琢) 위주의 화려함 일변도로 흐른 유미주의적 문학사조에 대해서는 인간의 자연스럽고 충분한 감정표현에 많은 저해요인으로 작용하였다는 비판이 있기는 하지만, 한편으로는 이러한 경향이 문학 자체의 아름다움을 추구함으로써 순수하고 자유로운 발전에 크게 이바지하였다는 점도 동시에 인정하지 않으면 안 될 것이다. 다시 말해 유미주의적 풍조가 지나치게 만연되고 일방적으로 추구되는 데 대해 종영이 우려를 표명한 점은 높이 살 만하지만, 반면에 이런 경향을 너무 백안시하였다는 사실 역시 자신의 주관에 치우쳐 공정성을 잃은 처사로 지적받을 소지가 다분히 있다 하겠다.

또한 종영이 '풍력'에 편중된 시각으로 시인들을 품평하였음에도 불구하고, 『시품』에는 때때로 작품의 사상이나 감정을 도외시한 채 '사채(詞彩)'를 일차적인 기준으로 삼아 품평을 가한 흔적이 보이고 있어서, 상당히 자가당착적인 면을 드러내고 있기도 하다. 이를테면 "문학적인 재능이 아주 출중하였으며 작품의 수사기교 역시 매우 풍부하여서, 여러가지 체재의 문학 작품들이 모두 화려하고 아름답다(才高辭贍, 擧體華美.)"[48]란 평을 받은 육기의

허세욱(許世旭) 교수는 이처럼 한두 구절의 경구만으로 작가들의 작품 전체를 평가하려는 이른바 '적구품제(摘句品第)'의 악습이 바로 종영이 남긴 악영향이라고 비판을 가하였다(許世旭 『中國古代文學史』, 서울 : 法文社 1986, 243면 참조).

시를 '태강지영(太康之英, 태강 연간의 최고 시인)'이라 높이 평가하여 좌사(左思)보다 뛰어난 것으로 인식하였고, "대상을 표현하는 재주가 특출하였고 문장 수사능력 또한 풍부하여서, 그 풍부한 재능과 아름다운 수사기교를 다른 작가들이 감히 따를 수 없을 정도였다(才高詞盛, 富艷難蹤.)"[49]란 평을 받은 사영운의 시를 '원가지웅(元嘉之雄, 원가 연간의 최고 시인)'이라 높이 평가하여 도잠이나 포조보다 뛰어난 것으로 인식하였으며, 심지어는 '건안풍골(建安風骨)'이란 평을 받기에 손색이 없는 조조의 시를 도잠이나 포조보다 한 단계 낮은 「하품」에 품급시킨 점 등이 바로 그러한 모순을 드러내는 단적인 예들이다. 이러한 모순이 야기된 배경으로는 우선 아무래도 남조 시대의 형식주의적 문학사조로부터 영향을 받지 않을 수 없었던 시대적인 한계에서 비롯된 것으로 이해할 수 있을 듯하다.[50] 이처럼 종영은 '풍력'의 중요성을 극구 강조하고 중시하였음에도 불구하고, 한편으로는 생존 당시의 문단 풍조를 완전히 불식시킬 수는 없었기에 때때로 '사채'를 지나치게 의식한 품평 예를 남기게 되었던 것으로 보인다.

아울러 오언시의 원류를 '국풍(國風)'·'초사(楚辭)'·'소아(小雅)' 등 세 부류로 설정하여 역대 시인들을 각기 하나의 유파에 열입(列入)시키고 그 계통을 정리해둔 시체원류론(詩體源流論) 부분 역시 상당한 논란의 소지를 내포하고 있다. 물론 작품경향이 두드러진 40명 가까운 시인들의 원류상(源流上)의 계보를 일목요연하게 정리해둠으로써, 당시 시인들의 대체적인 시풍의 맥락을 이해하는 데 대단히 도움을 주는 것은 사실이다. 그렇지만 한 시인의 전반적인 작품경향을 놓고 어느 특정 시인 한 사람 또는 어느 특정한 시집 한 권에만 국한시켜서 그 연원을 규명하는 작업이 애초부터 많은 모순을 내포하고 있는 시도라는 한계점으로 인해, 너무 단편적이고 기계적이며 견강

---

48) 『詩品』「上品」「陸機」條.

49) 『詩品』「序」第二段.

50) 游國恩 等 『中國文學史』 冊1(北京 : 人民文學出版社 1982), 323면 참조.

62

부회(牽强附會)로 흐르고 있다는 지적을 받지 않을 수 없다. 특히 도잠 시의 원류를 응거의 시로 설정한 견해 등이 이러한 점에서 많은 비판을 불러일으켰다. 더군다나 원류관계를 명시한 시인들에 대해 가하고 있는 평문들을 살펴보면, 한결같이 그러한 계통을 설정하게 된 뚜렷한 근거가 밝혀져 있지 않고 다분히 암시적인 서술방식을 취하고 있기 때문에, 저자의 의도를 정확하게 파악하기 어려운 실정이다. 이러한 현상은 비단 『시품』뿐만 아니라 중국의 전통 문학비평 저술들에 공통적으로 나타나는 폐단이기도 한데, 특히 시화(詩話)나 사화(詞話) 같은 비평저술들을 보면 대개가 주관적인 직각(直覺)에만 주로 의존하는 인상식(印象式) 비평의 범주를 크게 벗어나지 못하고 있다. 장학성 같은 이가 종영의 시체원류론의 의의를 높이 평가하여 『시품』을 "비평 취지나 의도가 심오하고 원대하다(思深而意遠)"라고 칭송한 바 있기는 하지만,51) 그 자체가 안고 있는 다분히 기계적이고 틀에 박힌 듯한 한계성만은 비판을 면하기 어려울 듯하다.

한편 『시품』 속에 나타난 심약의 시에 대한 품평 태도에 대해서도 약간의 분석을 가해볼 필요가 있을 것으로 생각된다. 종영이 개인적인 앙심으로 심약의 시를 낮추어 평가하였다는 『남사』 「종영전」의 내용52)은 일단 그 신빙성이 희박하다 하더라도, 어쨌든 심약은 자타가 공인하는 양대(梁代) 문단의 거두이자 제(齊)·양(梁) 문학의 지도자였던 인물임에 틀림없다. 그의 그러한 문학적 명성이나 지위를 고려해볼 때 설령 종영이 단순히 인간적인 면에서 심약을 싫어한 것은 아니었을지라도, 자신의 문학관과 정반대되는 노선을 취했던 심약의 작품을 대하는 데 있어서 다른 시인들의 작품에서보다는 단점을 골라내고자 하는 의식을 훨씬 더 짙게 깔고서 대하였던 것이 아닐까 하는 추측을 해보게 된다. 특히 그는 심약이 당시 문단에서 독보적인 명성을 누릴 수 있었던 것은 그 자신의 능력보다는 사조·강엄·범운 등 주위 문인

---

51) 주 46) 참조.
52) 주 33) 참조.

들이 모두 전성기에 도달하지 못하였거나 아니면 이미 쇠퇴기에 접어든 이후였기 때문에 비롯된 외부적인 행운에 힘입은 덕분이라고 평해놓고 있는데, 이러한 평에서는 종영의 악의가 다분히 엿보인다는 점을 부인하기 어렵다. 덧붙여서 종영은 심약뿐만 아니라 심약과 직접적인 교류를 나눈 사조나 심지어는 일생 동안의 사적(事蹟)이 심약과 흡사하였던 부양(傅亮) 등에게까지도 간접적인 비판을 가해놓고 있다. 이러한 사례들을 모두 의도적인 비판의식으로부터 비롯된 것으로 치부하기는 어렵겠지만, 그러한 평가의 이면에 자신과 똑같은 빈한한 가문[寒門] 출신이면서도 정계는 물론 문단에서까지 영수로 군림하였던 심약의 출세에 대해 느꼈던 콤플렉스가 어느정도 깔려 있었을 가능성도 완전히 배제하기는 어려울 듯하다.

그리고 『시품』 중의 빈한한 가문 출신 시인들에 대한 비평에도 종영의 개인적인 감정이 다분히 개입되어 있는 듯한 인상을 주는 점이 주목된다. 대표적인 예로 「중품」 중의 포조에 대한 평을 들 수 있다. 종영은 제(齊)·양(梁)대의 통속적이고 음미(淫靡)한 시풍을 주도한 포조의 작품경향을 매우 부정적인 시각으로 인식한 바 있는데,[53] 실제로 작품을 평가할 때는 "안타깝게도 그는 훌륭한 재주를 지녔음에도 불구하고 워낙 미천한 집안에서 출생하였기 때문에, 당대에 제대로 인정을 받지 못한 채 매몰되어버렸다(嗟其才秀人微, 故取湮當代.)"라고 하여 빈한한 가문 출신인 포조에 대해 대단한 동정을 표함과 동시에 "장협·장화·사혼·안연지 등 네 명의 시가 지닌 특색들을 총망라하여서 아름다움을 자유자재로 나타내었으며, 진(晋)·송(宋) 양대를

---

53) 포조는 탕혜휴와 함께 종영이 부정적으로 보았던 음미(淫靡)한 시풍의 대표자 격인 인물이었으며, 『시품』 중에는 「서」에 "경박한 무리들이…… 포조(鮑照)를 복희씨(伏羲氏)가 황제였던 상고(上古) 시대 때의 사람처럼 훌륭한 대가라고 일컫는다(輕薄之徒, ……謂鮑照義皇上人.)"라 하였고 또 「중품」「포조(鮑照)」조에 "청신하고 우아한 격조를 손상시키는 결과를 빚고 말았다. 그러므로 통속적인 경향의 시를 짓는 작자들은 대부분이 포조의 시풍을 그대로 답습하고 있다(傷淸雅之調, 故言險俗者, 多以附照.)"라고 한 간접적인 비판들이 가해져 있다.

통틀어 독보적으로 뛰어난 시인이었다(總四家而擅美, 跨兩代而孤出.)"라고
하여 매우 높은 평을 해두었다. 또한 「하품」의 손찰(孫察)에 대한 평문에서
도 "손찰은 세상에 전혀 알려지지 않은 극히 미천한 신분이었지만, 시적 감
각과 감상능력만은 대단히 주도면밀하였다(察最幽微, 而感賞至到耳.)"라고
하여, 세상에 알려지지 않은 채 미천한 신분에 머무른 데 대한 동정심을 표
명하고 그럼에도 시적인 감각과 감상능력만은 대단히 훌륭하였다고 극찬을
함으로써, 역시 포조의 경우와 거의 흡사한 어투의 비평을 가해놓고 있다.
두 경우 모두 빈한한 가문 출신이라 출세의 길이 막혀버렸던 자신의 처지와
매우 유사하다는 동질감을 느낀 나머지, 다분히 자기이입 투에 가까운 서술
을 가한 평문으로 이해할 수 있다.

6. 나오는 말

『시품』은 한대(漢代)부터 위(魏)·진(晋) 그리고 남조(南朝) 송(宋)·제(
齊)·양(梁) 대에 이르는 기간 동안의 유명 오언시 작가 123명을 엄선하여,
이들의 작품을 각기 상·중·하 세 품으로 나누어 우열을 매긴 다음 각기
간단한 평을 가해놓은 전문적인 시 비평 관계 저술이다. 각 조의 평문에서
는 역대 시인들의 작품 원류를 밝혀놓음으로써 그들간의 시풍상의 맥락관
계를 규명해 보이고 있으며, 아울러 「서」에서는 종영 자신의 시관(詩觀)을
두루 제시해두고 있다. 이 『시품』은 오언시 분야의 작가와 작품에 대해 광
범위하고 밀도 높은 비평을 가하고 있는 전문적인 시 비평 저술로서, 문학
전반적인 이론탐구에 초점이 맞추어져서 거의 같은 시기에 유협에 의해 완
성된 『문심조룡』과 더불어 육조 시대 문학비평의 쌍벽으로 군림하면서 중
국문학비평사상 찬란한 금자탑을 이루어놓았다는 독보적인 가치를 널리 인
정받아왔다.

종영 당시에는 이미 오언시의 창작이 상당히 활성화되어 있었고 타인의 작품에 대한 자유로운 비평 분위기도 무르익어 있는 등 상당히 성숙된 문단 여건이 갖추어져 있었는데, 그는 이러한 바탕 위에서 표현지상주의적이고 퇴폐 일변도인 당시의 작품경향에 대한 반발과 또 뚜렷한 기준 없이 무분별하기만 한 당시의 비평풍조에 대한 불만 등을 구체적인 동기로 삼아 『시품』의 집필을 결심한 것으로 보인다. 그리고 그 저술 연대는 『시품』「서」의 제반 기록과 『시품』에 품급된 인물들의 사망연도 그리고 『남사』 및 『양서』의 「종영전」에 기록된 내용 등에 입각하여볼 때, 대략 양(梁) 간문제 소강이 서 중랑장 직을 맡았던 서기 518년 이후부터 오균의 사망연도인 520년 이전의 어느 때였을 것으로 추정된다.

각 품에서의 품제 상황을 정리해보면 앞의 표 1) 품제 일람표와 같은데, 이러한 품급 설정은 대체로 '풍력'·'원정'·'형사지언'·'단채' 등 네 가지의 요소를 기본 척도로 삼아 분류 평가한 결과임을 알 수 있었다.

한편 종영이 설정해놓은 품급에 대해서는 후세 평론가들로부터 많은 비판이 제기되어왔는데, 이 점에 대해서는 육조 시대 당시에 존재하던 작품들의 9할 이상이 이미 실전되어버린 현재의 상황을 고려하고, 또 종영이 그 당시로서는 가장 뛰어난 시 비평가였으며 『시품』에 나타난 그의 엄정하고 진지한 품평 태도라든지 품급 설정에서 대단히 고심한 흔적을 보이고 있는 점, 그리고 각 조의 평문들을 통해 품급 설정에 대한 근거나 이유 같은 것을 충분히 시사해놓고 있는 점 등을 고려해볼 때 그 나름대로 충분한 타당성을 지니고 있는 것으로 판단된다.

『시품』은 최초의 전문적인 중국문학비평 저술이면서 123명에 이르는 많은 작가들의 작품세계에 대해 정밀한 분석과 비평을 가하고 있고 구성상의 이론체계를 완비하고 있다는 점에서 실로 높은 가치를 지닌다. 반면에 그 품평 대상이 오언시 분야로만 한정되어 있어서 범위가 비교적 좁은 한계를 드러내고 있으며, 또 품급 설정에 주관적인 선입견이 상당 부분 개입되어 있고 그중 '적구품제(摘句品第)' 방식을 통한 단선적인 비평의 예들에서처럼 합리성이 결여된 부분들이 더러 보이고 있기도 하다. 뿐만 아니라 '단채'보다는 '풍력' 면에 지나치게 비중을 두어 작품 본연의 순수문학적인 예술성을 충분히 인정하지 않고 있으며, 그러면서도 때때로 '사채'를 기준으로 삼고 작품의 사상이나 감정을 도외시한 채 품평을 가한 흔적도 보이고 있어서 자가당착적인 면을 드러내고 있기도 하다. 그외에도 심약을 위시하여 몇몇 빈한한 가문 출신 시인들에 대한 평가에 개인적인 감정이 어느정도 개입되어 있지 않나 하는 의문의 소지도 안고 있다.

서

序

氣[1]之[2]動物，物之感人，故搖蕩[3]性情[4]，形諸[5]舞詠．照燭[6]三才[7]，暉麗[8]萬有[9]，靈祇[10]待之以致饗[11]，幽微[12]藉之以昭告．動天地，感鬼神，莫近[13]于詩．

1) 氣(기) : 기운. 만물을 생성(生成)하는 원기(元氣).

2) 之(지) : 어조사(語助辭). 여기서는 주격(主格) 조사(助詞)처럼 쓰였다.

3) 搖蕩(요탕) : 요동(搖動). 뒤흔들다.

4) 性情(성정) : 타고난 감정(感情).

5) 諸(저) : 어조사(語助辭). 지어(之於)와 같은 뜻이다.

6) 照燭(조촉) : 조요(照耀). 비추다.

7) 三才(삼재) : 천(天)·지(地)·인(人).

8) 暉麗(휘려) : 빛내다. 진연걸(陳延傑) 찬(撰) 『시품주(詩品注)』, 두천미(杜天糜) 찬(撰) 『시품신주(詩品新注)』, 왕중(汪中) 찬(撰) 『시품주(詩品注)』 등에는 '휘(暉)'자가 '휘(輝)'로 되어 있으며, 『전양문(全梁文)』본과 『양서(梁書)』 「종영전(鍾嶸傳)」, 그리고 『자사정화(子史精華)』 등의 인용문에는 '휘(輝)'로 되어 있다. '휘(暉)' '휘

(煇)’ ‘휘(輝)’는 모두 같은 뜻으로 통용된다.

9) 萬有(만유) : 우주만물.

10) 靈祇(영기) : 천신(天神)과 지기(地祇). 곧 하늘 신(神)과 땅 귀신(鬼神). 『이문광독(夷門廣牘)』본, 『고씨문방소설(顧氏文房小說)』본, 『학진토원(學津討源)』본, 『시촉(詩觸)』본, 진연걸(陳延傑) 찬(撰) 『시품주(詩品注)』 등에는 ‘기(祇)’가 ‘지(祇)’로 되어 있다. ‘기(祇, 땅 귀신)’와 ‘지(祇, 공경하다)’는 별자(別字)이다.

11) 致饗(치향) : 흠향함을 이루다. 신명(神明)이 제사음식을 받아먹음을 다한다는 뜻이다.

12) 幽微(유미) : 유명(幽冥). 깊숙하고 어둡다. 곧 심오하고 미묘한 것을 가리키는 말이다.

13) 近(근) : 과(過)와 같은 뜻. 낫다.

 기(氣)는 물(物)을 움직이고 물은 사람을 감동시킨다. 고(故)로 사람의 성정(性情)을 요동(搖動)시켜 그것을 무영(舞詠)으로 나타내게 한다. 삼재(三才)를 비추고 만물(萬物)을 빛내주며, 영기(靈祇)도 그것을 기다려서 치향(致饗)하고, 유미(幽微)도 그것을 바탕하여서 밝게 고(告)해진다. 천지(天地)를 움직이고 귀신(鬼神)을 감동시키는 데는 시보다 더 나은 것이 없다.

 기운은 사물을 변화시키고 사물은 사람의 마음을 감동시킨다. 그리하여 사람의 감정을 뒤흔들어놓아 그 격동하는 감정을 춤과 노래로 표출시키도록 한다. 시는 천(天)·지(地)·인(人) 삼재(三才)를 환히 비추어주고 우주만물을 밝게 빛내주며, 하늘 신과 땅 귀신도 그 시가 낭송되기를 기다렸다가 제사음식을 모두 받아먹고, 심오하고 미묘한 의미들까지도 시의 힘을 빌려서 환하게 알려진다. 천지를 감동시키고 귀신을 감동시키는 데는 시보다 더 적절한 것이 없다.

이 단락에서는 시 작품의 생성과정과 그 공용성(功用性)을 역설해놓고 있다.

만물의 생성 근원인 '기(氣)'가 천태만상의 자연 경물(景物)들을 형성·변화시키고, 그 자연 경물들의 복잡미묘한 모습들이 우리 인간들의 마음을 자극하여 감동을 일으키며, 이러한 감동이나 감정변화들이 곧 노래와 춤으로 표현된다고 하였다. 먼저 시 즉 노래의 가사가 생성되는 과정을 이렇게 설명한 것이다.

그 다음으로는 시의 작용 내지는 효용에 관한 언급이 이어져 있다. 시는 천(天)·지(地)·인(人) 삼재(三才)를 환히 비추어주고 우주만물들을 밝게 빛내어주며 신에 대한 제사나 깊고 어두운 곳과의 의사소통 등도 가능하게 해준다고 하였다. 한걸음 더 나아가 천지를 움직이고 귀신을 감동시키는 데는 시보다 더 나은 것이 없다고 하여, 시의 공용성을 극도로 강조해놓고 있다.

昔「南風」[1]之詞, 「卿雲」[2]之頌, 厥義夐[3]矣. 夏歌[4]曰: '鬱陶乎予心.'[5] 楚謠[6]曰: '名余曰正則.'[7] 雖詩體未全, 然是五言之濫觴[8]也. 逮漢李陵[9], 始著五言之目矣[10].

1) 「南風(남풍)」: 옛날 순(舜)임금 때 불렸던 노래이다.

2) 「卿雲(경운)」: 옛날 순(舜)임금 때 불렸던 노래이다.

3) 夐(형): 멀다. 여기서는 그 의미가 심원(深遠)하다는 뜻으로 쓰였다.

4) 夏歌(하가): 하(夏)나라 때 노래. 「오자지가(五子之歌)」를 말한다.

5) 「오자지가(五子之歌)」(其五)에서 이른 "嗚呼曷歸? 予懷之悲. 萬姓仇予, 予將疇依? 鬱陶乎予心, 顏厚有忸怩. 弗愼厥德, 雖悔可追." 중의 한 구절이다. 여기서 '울도(鬱陶)'는 우울하고 답답한 모양을 뜻한다.

6) 楚謠(초요): 초(楚)나라 때 노래. 굴원(屈原)의 「이소(離騷)」를 말한다.

7) 「이소(離騷)」 중의 "名余曰正則兮, 字余曰靈均." 구절을 지적한 말이다.

8) 濫觴(남상): 시작. 기원(起源).

9) 李陵(이능): 전한(前漢) 시대의 명장(名將)·시인. 「상품」에 품제되었다.

10) 『양서(梁書)』「종영전(鍾嶸傳)」, 『음창잡록(吟窗雜錄)』본, 허문우(許文雨) 편저(編
    著) 『문론강소(文論講疏)』본 『종영시품(鍾嶸詩品)』 등에는 '의(矣)'자가 누락되어
    있다.

 옛날 「남풍(南風)」의 사(詞)와 「경운(卿雲)」의 송(頌)은 그 뜻이 심원
(深遠)하였다. 하가(夏歌)에 '울도호여심(鬱陶乎予心)'이라 하였고 초요
(楚謠)에 '명여왈정칙(名余曰正則)'이라 하였다. 비록 시체(詩體)가 온전
치는 못하지만 오언(五言)의 남상(濫觴)이었다. 한(漢) 이능(李陵)에 이
르러서 비로소 오언의 부문이 드러나게 되었다.

 옛날 순(舜)임금 때의 노래 「남풍(南風)」과 「경운(卿雲)」은 그 의미가 대
단히 심원하였다. 하(夏)나라 때 노래 「오자지가(五子之歌)」에 "답답하도
다! 내 마음이여(鬱陶乎予心)"란 구절이 있는 것을 비롯하여, 『초사(楚辭)』
「이소(離騷)」에도 "나를 이름지어 정칙(正則)이라 하였다(名余曰正則)"란
구절이 있다. 이 구절들은 비록 시의 체재 면에서 온전히 다듬어진 것들은
아니지만, 그래도 오언시의 기원이라 할 수 있다. 한(漢)나라 때 이능(李陵)
에 이르러서, 비로소 완비된 오언시가 지어져 오언시 부문의 기틀이 확고
히 마련되었다.

여기서부터 오언시의 역사에 대한 서술을 시작하여, 우선 본격적인 오언
시체(五言詩體)가 성립되기 이전 단계에 대해 개괄적으로 언급해놓고 있다.
먼저 순(舜)임금의 작품이라고 전해지고 있는 「남풍(南風)」과 「경운(卿雲)」
을 중국 시가사(詩歌史)에서 가장 오래된 작품으로 지적해놓았다.
이어서 사냥에만 심취해 있으면서 정치를 돌보지 않은 하(夏)나라 태강(太
康)황제에 대해 그의 다섯 형제들이 격렬한 비판을 가하고 있는 내용의 「오
자지가(五子之歌)」 5수 중 마지막 작품에 나오는 '울도호여심(鬱陶乎予心)'이
란 구를 비롯하여, 전국(戰國) 시대 초(楚)나라의 대시인이었던 굴원(屈原)의

「이소(離騷)」에 나오는 '명여왈정칙(名余曰正則)'이란 구를 제시하고서, 이러한 작품들이 비록 오언시의 체재를 온전히 갖추고 있지는 않더라도 오언으로 된 구들을 상당수 포함하고 있다는 점에서 오언시의 기원이 된다고 지적하였다.

'연시오언지남상야(然是五言之濫觴也)' 구의 '연시(然是)'가 『음창잡록(吟窓雜錄)』본에는 '약시(略是)'로 되어 있다. 『양문기(梁文紀)』본과 『전양문(全梁文)』본에는 '시(是)'자 앞에 '약(略)'자가 더 추가되어 있으며, 『양서(梁書)』 「종영전(鍾嶸傳)」과 『주사(麈史)』 등의 인용문에도 마찬가지로 되어 있다. 차주환(車柱環) 교수는 『종영시품교증(鍾嶸詩品校證)』에서 문맥을 고려해볼 때 '약(略)'자가 있는 것이 의미가 더 잘 통하며, '약(略)'자는 앞의 구의 '전(全)'자와 대(對)를 이루고 있다고 설명하였다.

여기서 한 가지 거론되어야 할 것은 『시경(詩經)』에는 오언으로 된 구들이 여러 곳에서 아주 많이 보이는데, 종영은 이에 대해서는 전혀 언급을 하지 않고 있다는 점이다. 실례(實例)로 「소남(召南)」「행로(行露)」편을 살펴보면 다음과 같다.

厭浥行露. 豈不夙夜, 謂行多露?
誰謂雀無角? 何以穿我屋? 誰謂女無家? 何以速我獄? 雖速我獄, 室家不足.
誰謂鼠無牙? 何以穿我墉? 誰謂女無家? 何以速我訟? 雖速我訟, 亦不女從.

위에서 보는 바와 같이, 「소남」「행로」편은 제2장과 3장이 각기 전체 6구 중 4구가 오언구(五言句)로 되어 있어서, 유협(劉勰)의 『문심조룡(文心雕龍)』이나 지우(摯虞)의 『문장유별지론(文章流別志論)』 등에서는 이 작품을 오언시의 남상(濫觴)으로 지적하고 있기도 하다. 이런 점에서 고직(古直)이 찬(撰)한 『종기실시품전(鍾記室詩品箋)』과 코젠 히로시(興膳宏)가 찬(撰)한 『시품(詩品)』 등에서는 종영이 『초사(楚辭)』 중의 오언구를 지적하였으면서도 『시경』 시에 대해서는 전혀 언급을 하지 않은 점을 의심스럽게 생각하고 비난하였다. 하지만 이휘교(李徽敎) 교수는 『시품휘주(詩品彙註)』에서 이 점에 대해 "종영이 『시경』의 오언구를 지적하지 않은 것은 개괄적으로 설명하고자 한 의도에서이다. 앞시대와 뒷시대의 작품들 중에서 각기 한 구절씩을 예로 들어둠으로써 남상기(濫觴期) 전체를 통괄하려 하였던 까닭이지, 종영처럼 박학하였던 이가 어찌 『시경』 시를 보지 않았을 리 있겠는가?"라고 지적하고 있으니, 자못 수긍이 가는 견해라 하겠다.

그 다음으로는 한(漢)나라 이능(李陵)에 이르러 비로소 완비된 오언시 작품들이 지어졌다고 단언해놓고 있는데, 이 역시 논란의 소지를 안고 있는 언급이라 하겠다. 양(梁)나라 소명태자(昭明太子) 소통(蕭統) 역시 『문선(文選)』 「서(序)」에서 이능을 오언시의 시조(始祖)로 보았으며, 그의 작품으로 「여소무시(與蘇武詩)」 3수를 수록해놓고 있다. 『문선』에 수록된 이 작품들이 실제로 이능의 작품임에 틀림이 없다면, 그는 분명 오언시의 창시자라 할 수 있을 것이다. 그러나 종영과 동시대 사람이었던 유협이 일찍이 『문심조룡』 「명시(明詩)」편에서 이능의 오언시에 대한 의심을 피력하였으며, 이능의 작품들에 대해서는 후대에 많은 논란이 계속되어왔다. 오늘날에는 타인의 위작(僞作)이란 설이 거의 정설(定說)로 받아들여지고 있는 실정이다.

古詩眇邈[1], 人世[2]難詳, 推其文體[3], 固是炎漢[4]之製, 非衰周[5]之倡也.

1) 眇邈(묘막) : 멀다. 요원하다.
2) 人世(인세) : 인물과 세대(世代). 곧 작자와 시대.
3) 文體(문체) : 문장의 체재(體裁). 여기서는 시의 체재를 가리킨다.

4) 炎漢(염한) : 활활 타오르듯 융성을 누리던 한조(漢朝). 곧 한나라의 전성시대. 한
   (漢) 고조(高祖) 유방(劉邦)이 화덕(火德)을 받아 천자의 자리에 올랐다 하여 한나
   라 왕조를 칭하는 말로도 흔히 사용되고 있지만, 여기서는 그 다음 구의 쇠주(衰
   周)라는 단어와 대(對)를 이루고 있는 점을 감안하여 한나라의 전성시대를 의미하
   는 것으로 보았다.
5) 衰周(쇠주) : 기울어져가는 주(周)나라 조정. 곧 주나라 말기.

 고시(古詩)는 묘막(眇邈)하여서 인세(人世)를 자세히 알기 어려우나,
그 문체(文體)를 미루어보건대 진실로 염한(炎漢) 때에 지어진 것이
지 쇠주(衰周) 때에 불렸던 것이 아니다.

 고시(古詩)는 지어진 지가 너무 오래되어 그 작자나 지어진 시대를 자세히
알기 어렵다. 하지만 그 체재를 미루어보건대, 틀림없이 한(漢)나라 전성기
때의 작품이지 주(周)나라 말기의 작품이 아니다.

　고시(古詩)의 창작연대에 대해 언급해놓고 있다.

　고시는 넓게는 평측(平仄)·대우(對偶)·압운(押韻)·구법(句法) 등 형식
적인 제약을 심하게 받는 당대(唐代) 이후의 근체시(近體詩)와 상대되는 개
념의 용어로 쓰이며, 좁게는 한(漢)나라 시대에 지어진 작자를 알 수 없는
오언시 작품들을 통칭하는 개념으로 받아들여지고 있다. 여기서의 고시는
물론 후자의 의미로 사용되었다.

　「상품」「고시(古詩)」조에는 육기(陸機)가 의작(擬作)하여 지은 「의고시(擬
古詩)」의 모방 대상이 되었던 원래의 고시 14수를 비롯하여, 그밖의 45수
등 고시 작품들에 대한 품평이 가해져 있다. 오늘날 전하는 대표적인 고시
작품으로는 『문선』 권29에 수록되어 있는 고시 19수가 있다.

　여기서는 고시 작품들의 문체(文體)에 입각하여, 이들 작품의 창작시기가

78

주(周)나라 말기가 아니고 한나라 전성기 때였음을 역설해놓았다. 오늘날에는 일반적으로 대부분의 고시 작품들의 창작시기를 후한(後漢) 초기로 보며, 일부가 그보다 약간 앞선 전한(前漢) 말기에 지어진 것으로 추정하고 있다.

'비쇠주지창야(非衰周之倡也)' 구의 '창(倡)'자가 『양문기』본, 『전양문』본 및 『시인옥설(詩人玉屑)』 인용문 등에는 '창(唱)'으로 되어 있다. '창(倡)'과 '창(唱)'은 서로 통용된다.

自王·揚·枚·馬[1]之徒, 詞賦[2]競爽[3], 而吟詠[4]靡[5]聞. 從李都尉[6]迄班婕妤[7], 將[8]百年間, 有婦人焉, 一人而已. 詩人[9]之風, 頓[10]已缺喪[11].

1) 王(왕)·揚(양)·枚(매)·馬(마) : 왕포(王褒)·양웅(揚雄)·매승(枚乘)·사마상여(司馬相如) 등을 가리킨다. 모두 전한(前漢) 시대의 부(賦) 작가들이다. 양웅의 '양(揚)'은 '양(楊)'으로 쓰기도 한다.

2) 詞賦(사부) : 한부(漢賦)를 가리키는 말이다. '사(詞)'는 원래 모든 시문(詩文)에 대한 범칭(凡稱)으로 쓰였다.

3) 競爽(경상) : 경명(競明). 밝음을 다투다. 곧 세력이 왕성하여 두각을 나타낸다는 뜻이다.

4) 吟詠(음영) : 시가(詩歌). 여기서는 오언시를 지칭한 말이다.

5) 靡(미) : 무(無)와 같은 뜻.

6) 李都尉(이도위) : 이능(李陵). 한(漢)나라 때 기도위(騎都尉)를 지냈다.

7) 班婕妤(반첩여) : 한(漢)나라 성제(成帝) 때의 후궁(後宮). 「상품」에 품제되었으며, 첩여(婕妤)는 후궁들에게 주어진 관명(官名)의 하나이다.

8) 將(장) : 거의. 대략.

9) 詩人(시인) : 『시경(詩經)』 시를 지은 무명의 작자들을 가리킨다.

10) 頓(돈) : 갑자기. 갑작스럽게.

11) 缺喪(결상) : 없어지다. 사라지다. 잃어버리다. 왕중(汪中) 찬(撰) 『시품주(詩品注)』
와 고직(古直) 찬(撰) 『종기실시품전(鍾記室詩品箋)』에는 '결(缺)'자가 '궐(闕)'로 되
어 있다. '결(缺)'과 '궐(闕)'은 서로 통용된다.

**왕(王)·양(揚)·매(枚)·마(馬) 등의 무리로부터 사부(詞賦)는 경상(競
爽)하였으나 시는 지어졌음을 듣지 못하였다. 이도위(李都尉)로부터
반첩여(班婕妤)에 이르기까지 거의 100년 사이에 부인(婦人)이 한 명
있는 외에는 단 한 사람뿐이다. 시인(詩人)의 풍(風)이 갑자기 이미
사라져버렸다.**

왕포(王褒)·양웅(揚雄)·매승(枚乘)·사마상여(司馬相如) 때부터 부(賦)는
매우 왕성하게 지어졌으나, 오언시는 전혀 지어지지 않았다. 이능(李陵)으
로부터 반첩여(班婕妤)에 이르기까지 대략 100년 동안에 부인 한 명——반
첩여——을 제외하고 나면 오직 한 사람——이능——뿐이다. 『시경』의 시
작자들의 활발한 창작열기가 갑작스럽게 완전히 식어버렸던 것이다.

　전한(前漢) 시대 문단의 동향을 간략히 설명하면서, 오언시가 그다지 발
전을 보지 못한 데 대한 안타까움을 피력하고 있다.

　주지하는 바와 같이 한나라 시대에는 부(賦)가 가장 대표적인 문학장르로
행세하여, 여기 거론된 4명 이외에도 여러 작가들의 많은 작품이 전하고 있
다. 부는 원래 운문(韻文)의 일종이기는 하지만 서정(抒情) 위주의 시와는
달리 서사적(敍事的)이고 산문적(散文的)인 성격을 짙게 깔고 있으며, 자수
(字數)에 있어서도 장단구(長短句)를 혼용하여 길이가 일정하지 않은 작품들
이 많다.

　왕포(王褒)·양웅(揚雄)·매승(枚乘)·사마상여(司馬相如) 등 네 명의 작
가들은 모두 전한 시대를 대표하는 작가들이었는데, 종영은 이들이 부만을

80

왕성하게 창작하였을 뿐 오언시는 전혀 짓지 않았다고 단언하였다. 그리하여 전한 중기부터 말기에 이르기까지 약 100년 동안은 이렇다 할 시인이 이능과 여류시인 반첩여(班婕妤)밖에 없다고 하였으며 『시경』 시 작자들의 시를 즐겨 짓고 노래하던 기풍이 순식간에 사라져버렸다고 한탄하였다.

'음영미문(吟詠靡聞)' 구에 대해서 허문우(許文雨) 편저(編著) 『문론강소(文論講疏)』본 『종영시품(鍾嶸詩品)』에서는 『한서(漢書)』의 여러 기록들과 『옥대신영(玉臺新詠)』에 매승이 지은 「잡시(雜詩)」 9수가 실려 있는 점 등을 들어, 종영이 오언시라는 구체적인 단어를 사용하지 않고 시를 의미하는 '음영(吟詠)'이란 용어를 사용한 데 대해 불만을 표시하였으며, 고직 찬 『종기실시품전』에서는 종영이 사용한 '음영'이란 단어가 오언시만을 지칭하는 것으로 풀이해놓았다.

『음창잡록』본에는 '종이도위흘반첩여(從李都尉迄班婕妤)' 구가 '종이지반첩여(從李至班婕妤)'로 되어 있으며, 『종기실시품전』에는 '장백년간(將百年間)' 구가 누락되어 있다.

'유부인언(有婦人焉), 일인이이(一人而已)' 구에 대해서는, 범문란(范文瀾)이 찬(撰)한 『문심조룡주(文心雕龍注)』(2) 부록 『종영시품(鍾嶸詩品)』을 비롯해 차주환 교수의 『종영시품교증』, 이휘교 교수의 『시품휘주』, 코젠 히로시의 『시품』 등에서 부인 한 명——반첩여——이 있었던 것을 제외하면 오직 한 사람——이능——뿐이라는 의미로 해석하고 있다. 종영이 여성의 지위를 낮추어보아서, 『논어(論語)』 「태백(泰伯)」편 중의 "武王曰 : 予有亂臣十人. 孔子曰 …… 有婦人焉, 九人而已."라는 구절을 연상하고 그러한 의미로 서술하였다고 보는 것이 타당할 것 같다.

1) 東京二百載(동경200재) : '동경(東京)'은 동한(東漢)의 도읍이었던 낙양(洛陽)을 지
   칭하는 말로 동도(東都)라고도 한다. 여기서는 동경을 도읍으로 하였던 동한, 즉
   후한(後漢) 왕조의 존립기간을 뜻한다. 광무제(光武帝)가 서기 25년에 황제로 즉위
   한 때부터 헌제(獻帝)가 위(魏) 문제(文帝)에 의해 폐위된 서기 220년까지로, 정확
   히 말하면 195년간이지만 여기서는 수(數)를 채워서 200재라고 하였다.
2) 班固(반고) : 후한 때의 역사가 · 시인. 「하품」에 품제되었다.
3) 質木(질목) : 질박하다. 순박하다. 꾸밈이 없다.
4) 文(문) : 문채(文采). 곧 아름답게 꾸민 문장의 수식.

 동한(東漢) 200재(載) 중에는 오직 반고(班固)의 「영사(詠史)」가 있으나,
질목(質木)하며 문채(文采)가 없다.

 후한(後漢) 시대 약 200년 동안에는 오직 반고(班固)가 지은 「영사(詠史)」
시가 있긴 하였지만, 질박하기만 하고 문채롭지 못하다.

후한(後漢) 시대 오언시에 대한 짧은 평이다.

종영이 반고(班固)의 「영사(詠史)」 시만 언급한 데 대해서는 고직 찬 『종
기실시품전』에 그 의문이 제기되어, "후한 시대의 오언시 작품으로는 반고
의 「영사」 외에도 장형(張衡)의 「동성가(同聲歌)」 1수, 진가(秦嘉)의 「증부시
(贈婦詩)」 3수, 서숙(徐淑)의 「답진가시(答秦嘉詩)」 4수, 역염(酈炎)의 「견지
시(見志詩)」 2수, 조일(趙壹)의 「질사시(疾邪詩)」 2수, 채옹(蔡邕)의 「취조(翠
鳥)」 1수, 채염(蔡琰)의 「비분시(悲憤詩)」 1수, 공융(孔融)의 「잡시(雜詩)」 2
수와 「임종시(臨終詩)」 1수, 응형(應亨)의 「증사왕관시(贈四王冠詩)」 1수, 신
연년(辛延年)의 「우림랑(羽林郎)」 1수, 송자후(宋子侯)의 「동교요(董嬌嬈)」 1

수 등 도합 17수가 더 있으며, 진가·서숙·조일·역염 등의 시는 종영의
『시품』에도 품급되어 있는데, 여기서는 어째서 '오직 반고의 「영사」 시만 있
다'라고 하였는지 모르겠다"고 하였다. 이휘교 교수는 『시품휘주』에서 "문장
의 의미를 살펴보건대 '유(惟)'는 '수(雖)'의 형오(形誤)인 것 같다. 「중품」에
품제되어 있는 진가·서숙 등을 제쳐놓고 굳이 「하품」에 품제되어 있는 반
고를 거론한 것은 반고가 당대에 명성이 대단히 높았고 세상의 추앙을 한몸
에 받았던 문인이므로 그를 대표로 거론하여 품평한 것이 아닌가 한다"고
조심스럽게 추측하고 있다.

'질목무문(質木無文)' 구는 『음창잡록』본에 '질이무문(質而無文)'으로 되어
있다. 『양서』 「종영전」의 인용문과 『전양문』본에는 '문(文)' 다음에 '치(致)'
자가 더 추가되어 있다. 차주환 교수는 『종영시품교증』에서 "문맥을 고려해
볼 때 '치(致)'자가 있는 것이 의미가 더 잘 통하며, '문치(文致)'는 '질목(質
木)'과 대(對)를 이루는 용어로 문채(文采)와 풍치(風致)를 말한다"고 설명하
였다.

降及建安[1], 曹公父子[2], 篤好斯文[3] ; 平原兄弟[4], 鬱爲文棟[5], 劉
楨·王粲[6], 爲其羽翼[7]. 次有攀龍託鳳[8], 自致於屬車[9]者, 蓋將
百計[10]. 彬彬[11]之盛, 大備於時矣.

1) 建安(건안) : 후한(後漢) 말 헌제(獻帝) 때의 연호로 서기 196∼219년 사이.

2) 曹公父子(조공부자) : 조조(曹操)와 그의 아들들인 조비(曹丕)·조식(曹植)·조표
   (曹彪) 등을 가리킨다. 조조는 「하품」에 품제되었으며, 조비·조식·조표는 각기
   「중품」「상품」「하품」에 품제되었다.

3) 斯文(사문) : 이러한 문체(文體). 여기서는 시 특히 오언시를 중점적으로 지칭한
   말이다.

4) 平原兄弟(평원형제) : 조식과 조비 형제를 가리키는 말이다. 조식은 일찍이 평원후(平原侯)에 봉해졌었다.

5) 文棟(문동) : 문단의 동량(棟梁). 즉 문단의 대가(大家)나 영도자(領導者)를 뜻한다.

6) 劉楨(유정)·王粲(왕찬) : 둘 다 한나라 말기의 시인. 모두「상품」에 품제되었다.

7) 羽翼(우익) : 새의 날개. 나아가 보좌하는 사람이라는 뜻.

8) 攀龍託鳳(반룡탁봉) : 반룡부봉(攀龍附鳳). 용의 비늘을 잡아당기고 봉황의 날개에 의탁한다는 뜻으로, 훌륭한 임금이나 인물을 섬겨 공명(功名)을 얻는 것을 비유한 말이다.

9) 屬車(속거) : 부거(副車). 시종(侍從)들이 타고 따르는 수레.

10) 計(계) : 수(數)[를 세다. 『택시거총서(擇是居叢書)』본과 『대우루총서(對雨樓叢書)』본에는 '계(計)'가 '년(年)'으로 되어 있다. '년'은 오자(誤字)이다.

11) 彬彬(빈빈) : 문(文)과 질(質)——문채(文采)와 바탕, 곧 작품의 형식과 내용——이 고루 겸비되어 찬란한 모양.

건안(建安)으로 내려와서는 조공(曹公) 부자(父子)가 이 문(文)을 대단히 좋아하였으며, 평원형제(平原兄弟)는 왕성하게 문동(文棟)이 되었고, 유정(劉楨)과 왕찬(王粲)이 그 날개 역을 맡았다. 그 다음으로 반룡탁봉(攀龍託鳳)하기 위해 스스로 속거(屬車)로 나오는 자가 대략 100여 명이나 되었다. 문질빈빈(文質彬彬)한 융성(隆盛)이 이 당시에 크게 갖추어졌다.

건안(建安) 시대로 접어들어서는 조조(曹操) 부자가 오언시를 대단히 애호하였으며, 평원후(平原侯) 조식(曹植)과 그의 형 조비(曹丕)는 왕성한 활동으로 당당히 문단의 영도자가 되었고, 유정(劉楨)과 왕찬(王粲)이 그들을 보필하였다. 그외에도 훌륭한 영도자를 섬겨 명성을 누리고자 스스로 그들 뒤를 따랐던 시인들이 대략 100여 명쯤 되었다. 시의 형식과 내용 면에서의 융성함이 이 당시에 훌륭하게 갖추어졌다.

건안(建安) 시대 오언시의 발전상을 개략적으로 설명하였다.

한대를 지나 그 말기 건안 시대에 이르러 조씨 삼부자와 건안칠자(建安七子) 등에 의해 오언시는 비로소 찬란한 꽃을 피우게 되었으며, 오언시에 있어서의 첫번째 황금시대로 중국문학사의 한 페이지를 장식하게 되었다. 당시의 시는 거칠고 투박한 형식에다 천하통일의 이상(理想)과 웅장한 기개 그리고 전란(戰亂)에 시달리는 백성들의 고통 등을 잘 반영하고 있어서, 왕성한 생명력을 지닌 작품으로 평판이 높다.

진연걸(陳延傑) 찬(撰) 『시품주(詩品注)』와 섭장청(葉長靑) 찬(撰) 『시품집석(詩品集釋)』에서는, '조공부자(曹公父子)'가 조조(曹操)와 그의 장남 조비(曹丕)를 가리키며, '평원형제(平原兄弟)'는 조식(曹植)과 조표(曹彪)를 가리키는 것으로 해석하고 있다. 이 해석을 그대로 따르면 조표 역시 '문동(文棟)'이 되었다는 내용이 되는데, 종영이 조표를 「하품」에 품제하였으면서 문동이라는 표현을 사용하였다는 것은 수긍이 가지 않는다. 이휘교 교수는 『시품휘주』에서 '독호사문(篤好斯文)'은 시를 애호한 그들의 성품을 설명한 말이며 '울위문동(鬱爲文棟)'은 오언시 방면에서의 그들의 문학적 성취를 설명한 말이라고 분석하고, '조공부자'와 '평원형제'를 굳이 관련지어 따로 이해하지 않고 전자는 조씨 부자 모두를 지칭한 말로 후자는 조비와 조식 형제를 지칭한 말로 해석하고 있다. 코젠 히로시 찬 『시품』에서도 '평원형제'를 조식과 조비를 가리키는 것으로 보았으며, 조식이 삼남이고 조비가 장남임에도 형인 조비를 내세우지 않고 동생인 조식을 앞세워 이른 까닭은 시인으로서 조식이 한 수준 위이기 때문에 그를 앞으로 내세운 것 같다고 추측하였다. 타당한 견해인 듯하다.

'유정·왕찬(劉楨·王粲), 위기우익(爲其羽翼)'에 대해서는 이 책의 「서」 제2단 마지막 부분에서도 "고(故)로 알 수 있듯이, 진사왕(陳思王)은 건안지걸이었고, 공간(公幹, 유정의 자)·중선(仲宣, 왕찬의 자)이 그 보좌관이었다(故知陳思爲建安之傑, 公幹·仲宣爲輔.)"라고 하여 같은 내용의 언급을 해놓고 있다. 유정(劉楨)과 왕찬(王粲)은 모두 「상품」에 품제되어 있으며, 조씨 부자가 주축이 된 문학집단 건안칠자 중에서도 대표적인 시인들이다. 종영은 그래서 이들 두 사람을 들어 '우익'이라고 한 것이다. 두 사람의 오언시 작품에 대한 평가에서 종영은 유정에게 좀더 높은 가치를 둔 듯한데, 현재까지는 일반적으로 오히려 왕찬이 유정보다 더 수준이 높은 것으로 평가받고 있다.

'반룡탁봉(攀龍託鳳), 자치어속거자(自致於屬車者)'에 해당하는 이들로는, 『삼국지(三國志)』 권21 「위지(魏志)·왕찬전(王粲傳)」에 거론되어 있는 감단순(邯鄲淳)·번흠(繁欽)·노수(路粹)·정의(丁儀)·정이(丁廙)·양수(楊修)·순위(荀緯)·응거(應璩)·오질(吳質)·반욱(潘勖)·왕상(王象)·유이(劉廙)·유소(劉劭)·무습(繆襲)·중장통(仲長統)·소림(蘇林)·위탄(韋誕)·하후혜(夏侯惠)·손해(孫該)·두지(杜摯)·부하(傅蝦) 등이 모두 해당된다 하겠다.

'문질빈빈(文質彬彬)' 구는 『논어』「옹야(雍也)」편의 "子曰 : 質勝文則野, 文勝質則史. 文質彬彬, 然後君子也."라는 구절을 연상하고 한 말로서, 당시의 시 작품들이 형식과 내용 모든 면에서 모두 훌륭한 수준에까지 도달하였다는 평가이다.

爾後[1]陵遲[2]衰微, 迄於有[3]晉. 太康[4]中, 三張[5]·二陸[6]·兩潘[7]·一左[8], 勃爾[9]復興, 踵武[10]前王[11], 風流[12]未沫[13], 亦文章[14]之中興也.

1) 爾後(이후) : 이후. 그후. 『이문광독(夷門廣牘)』본, 『학진토원(學津討源)』본, 허문우(許文雨) 편저 『문론강소(文論講疏)』본 『종영시품(鍾嶸詩品)』 등에는 '이(爾)'자가 '시(是)'로 되어 있다. '이(爾)'와 '시(是)'는 같은 뜻으로 서로 통용할 수 있다.

2) 陵遲(능지) : 점점 쇠퇴하다.

3) 有(유) : 국명(國名) 앞에 붙이는 의미 없는 어조사(語助辭).

4) 太康(태강) : 서진(西晋) 무제(武帝) 때의 연호로 서기 280~289년 사이.

5) 三張(삼장) : 장재(張載)·장협(張協)·장항(張亢) 형제. 장재와 장협은 각기 「하품」
   과 「상품」에 품제되었고, 장항은 품제되지 않았다.

6) 二陸(이륙) : 육기(陸機)와 육운(陸雲) 형제. 각기 「상품」과 「중품」에 품제되었다.

7) 兩潘(양반) : 반악(潘岳)과 그의 조카인 반니(潘尼). 각기 「상품」과 「중품」에 품제
   되었다.

8) 一左(일좌) : 좌사(左思). 「상품」에 품제되었다.

9) 勃爾(발이) : 발연(勃然). '갑작스럽게'의 뜻.

10) 踵武(종무) : 발자취를 이어받다. 곧 유업(遺業)을 계승하다.

11) 前王(전왕) : 윗대의 위대한 인물들. 여기서는 건안 시대의 뛰어난 시인들을 가
    리킨다.

12) 風流(풍류) : 유풍(遺風). 여기서는 훌륭한 시를 지을 줄 아는 운치있는 전통을
    말한다.

13) 沫(말) : 그만두다. 그치다. 『대우루총서(對雨樓叢書)』본, 『택시거총서(擇是居叢
    書)』본, 『학진토원(學津討源)』본, 『형설헌총서(螢雪軒叢書)』본, 『오조소설(五朝小
    說)』본, 진연걸(陳延傑) 찬(撰) 『시품주(詩品注)』, 고직(古直) 찬(撰) 『종기실시품전
    (鍾記室詩品箋)』 등에는 '말(沫)'자가 '매(沫)'로 되어 있다. '매(沫)'는 땅이름(현재의
    河南省 淇縣) 또는 어둑어둑하다는 뜻으로, '말(沫)'의 오자(誤字)이다.

14) 文章(문장) : 오늘날의 문학(文學)이란 용어와 비슷하게 쓰였다. 여기서는 시 분
    야를 중점적으로 지칭한 말로 보인다.

 그 이후로 점차 쇠미(衰微)해져서 진(晋)에까지 이르렀다. 태강(太
康) 중에는 삼장(三張)·이륙(二陸)·양반(兩潘)·일좌(一左) 등이 발
연(勃然)히 부흥(復興)하여 전왕(前王)들의 발자취를 이어받아서 풍
류(風流)가 그치지 아니하였고 또한 문학(文學)이 중흥(中興)되어졌다.

그후로는 오언시가 점점 쇠퇴하고 미약해지면서 진(晋)나라 시대에까지 이르렀다. 태강(太康) 연간에 이르러서야 장재(張載)·장협(張協)·장항(張亢) 형제와 육기(陸機)·육운(陸雲) 형제, 반악(潘岳) 및 그의 조카 반니(潘尼), 그리고 좌사(左思) 등이 일시에 배출되어서 건안 시대의 위대한 시인들의 유업(遺業)을 계승하였고, 이리하여 훌륭한 시를 짓는 멋진 전통이 끊어지지 아니하였으며 또한 시가 다시 중흥될 수 있었다.

건안(建安) 시대 이후로 태강(太康) 연간에 이르는 기간 동안의 오언시의 흐름을 개략적으로 설명하였다.

오언시는 건안 시대를 지나 진(晋)나라 때에 이르기까지 줄곧 쇠퇴일로를 걸어왔으며, 태강 연간에 이르러서야 비로소 장협(張協)·육기(陸機)·반악(潘岳)·좌사(左思) 등의 작품활동에 힘입어 제2의 융성기를 맞이하게 된다고 보았다.

오언시는 건안 시대의 생명력 넘치는 시풍(詩風)을 거쳐, 태강 연간에 이르러 형식과 수사상(修辭上)의 아름다움까지 추구함으로써 한층 더 세련되고 아름다운 수사주의 문학으로 그 면모를 일신하면서 또 한번의 융성기를 누리게 되었다.

종영은 '이후능지쇠미(爾後陵遲衰微), 흘어유진(迄於有晋)'이라고만 서술하여서, 정시(正始, 240~248. 魏 廢帝 齊王 芳의 연호) 연간의 완적(阮籍)·혜강(嵆康) 등을 비롯한 죽림칠현(竹林七賢)에 대해서는 경시한 듯 언급의 대상에서 제외하였다. 실제로 건안 이후 진나라 시대에 이르는 동안의 시인들이 『시품』에 품제되어 있는 상황을 살펴보면, 하안(何晏)·응거(應璩)·혜강 등이 「중품」에, 명제(明帝) 예(叡)·무습(繆襲) 등이 「하품」에 품제되어 있는 정도이며, 「상품」에 품제되어 있는 이는 완적 한 사람뿐이다. 건안 시대의 조식·유정·왕찬 세 명과 태강 연간의 육기·반악·장협·좌사 등 네 명의 시인이 「상품」에 품제되어 있는 사실과 비교해보면, 종영이 당시 시인들을

88

경시하였음을 충분히 짐작할 수 있으며, 그래서 그는 '능지쇠미(陵遲衰微)'라는 표현을 썼던 것 같다.

'삼장·이륙·양반·일좌(三張·二陸·兩潘·一左)' 구는 숫자상의 조화를 꾀한 기발한 표현이라 하겠는데, 삼장(三張) 중의 장항(張亢)이 상·중·하 어느 품에도 품제되어 있지 않은 것으로 볼 때 무리하게 숫자를 배합하려고 한 흔적이 엿보인다. 다만 장협·육기·반악·좌사 등 네 명의 시인이 이 시기의 문단을 주도하였던 중심인물들임은 누구나 인정하는 사실이다.

'종무전왕(踵武前王)' 구는 태강 연간의 시인들이 건안 시대의 오언시 발전상을 그대로 이어받아 재현해냈다는 뜻으로 해석된다.

마지막 구의 '문장(文章)'은 이휘교 교수의 『시품휘주』에 의거하여 여기서는 시 분야만을 지칭한 말로 해석하였다.

永嘉¹⁾時, 貴黃老²⁾, 稍尙³⁾虛談⁴⁾. 於時篇什⁵⁾, 理⁶⁾過其辭⁷⁾, 淡乎寡味. 爰及江表⁸⁾, 微波⁹⁾尙傳¹⁰⁾ : 孫綽¹¹⁾·許詢¹²⁾·桓·庾¹³⁾諸公, 詩皆平典¹⁴⁾似道德論¹⁵⁾. 建安風力¹⁶⁾盡矣.

1) 永嘉(영가) : 서진(西晋) 회제(懷帝) 때의 연호로 서기 307～312년 사이.

2) 黃老(황로) : 황제(黃帝)와 노자(老子)의 도(道). 곧 노자·장자(莊子)의 도가사상(道家思想)을 말한다.

3) 稍尙(초상) : 점점(차츰) 숭상하다. 『양서(梁書)』 「종영전(鍾嶸傳)」에는 '초(稍)'자가 누락되어 있다.

4) 虛談(허담) : 청담(淸談). 곧 세속적이지 않고 고답적인 이야기.

5) 篇什(편십) : 시가(詩歌). 또는 시가의 편장(篇章).

6) 理(리) : 철학적인 이치.

7) 辭(사) : 문사(文辭). 즉 문장에 있어서의 수사(修辭).

8) 江表(강표) : 강의 바깥. 곧 강남(江南). 여기서는 동진(東晋) 왕조가 강남 지역에
   수도를 정하였으므로 동진 시대를 가리키는 말로 사용되었다.

9) 微波(미파) : 잔물결. 여기서는 영가(永嘉) 시대에 청담(淸談)을 숭상하던 풍조의
   여파(餘波)를 뜻한다.

10) 尙傳(상전) : 여전히 계속 전하여지다.

11) 孫綽(손작) : 진(晋)나라 때의 시인. 「하품」에 품제되었다.

12) 許詢(허순) : 진(晋)나라 때의 시인. 「하품」에 품제되었다.

13) 桓(환)·庾(유) : 환온(桓溫)과 유양(庾亮). 둘 다 진(晋)나라 때의 시인으로 『시품』
    에는 품제되지 않았다.

14) 平典(평전) : 평범하고 단조롭다.

15) 道德論(도덕론) : 노자의 『도덕경(道德經)』에 관하여 해설해놓은 문장들. 하안
    (何晏)의 「도덕론(道德論)」 등이 있다.

16) 風力(풍력) : 풍골(風骨). 즉 풍채(風采)와 골력(骨力). 문학 작품의 내면에 갖추어
    져 있는 왕성한 생명력을 뜻한다.

영가(永嘉) 시(時)에는 황로(黃老)를 귀(貴)히 여겨서 차츰 허담(虛談)을 숭상하게 되었다. 당시에 지어진 시가(詩歌)들은 이치(理致)가 문사(文辭)를 지나쳐서 담박(淡泊)하고 맛이 적었다. 동진(東晋)으로 바뀌고도 그 여파(餘波)는 여전히 이어져서 손작(孫綽)·허순(許詢)·환(桓)·유(庾) 제공(諸公)들의 시가 모두 평전(平典)하기만 하여 마치 도덕론(道德論)과 유사하다. 건안(建安)의 풍력(風力)이 다해 버렸던 것이다.

영가(永嘉) 시대에는 도가사상을 중시하여 점점 청담(淸談)을 숭상하는 풍조가 만연해졌다. 그리하여 당시의 시 작품들은 철학적 이치가 문장의 수사(修辭)보다 지나치게 중요시되어 담박(淡泊)하며 무미건조하다. 동진(東晋) 시대로 시대가 변한 뒤에도 청담을 숭상하던 영가 시대의 여파는 여전히 이어져서, 손작(孫綽)·허순(許詢)·환온(桓溫)·유양(庾亮) 등 작가들

의 시가 모두 평범하고 단조롭기만 하여 마치 도가사상을 해설해놓은 문
장들과 흡사할 정도이다. 건안(建安) 시대의 시 작품들이 지니고 있던 왕성
한 생명력——건안풍력(建安風力)——이 이 시기에 와서 완전히 사라져버렸
던 것이다.

서진(西晋) 말 영가(永嘉) 연간으로부터 동진(東晋) 시대에 이르는 동안의
오언시의 경향을 설명하고 있다.

태강 연간에 제2의 융성기를 누렸던 오언시는 서진이 멸망의 위기에 처
하게 되는 영가 연간에 이르러 또다시 긴 침체기를 맞이하게 된다. 그 당시
에는 도가사상이 중시되면서 고답적이고 철학적인 담론들을 숭상하는 풍조
가 만연하였다. 그리하여 시 작품들에서조차도 태강 연간의 형식주의가 잠
시 자취를 감추고 철학적인 내용이 문학성을 초월하여 지나칠 정도로 추구
되었으며, 도가적인 담박함에 밀려 문장 자체의 아름다움 같은 것은 도외시
되었다. 이러한 경향은 서진이 멸망하고 동진이 들어선 후에도 100여 년 동
안 그 여파가 계속되었다.

그래서 종영이 보기에는 손작(孫綽)·허순(許詢)·환온(桓溫)·유양(庾亮)
등 당시의 대표적 작가들의 작품이 모두 천편일률적으로 평범하고 단조롭기
만 한 도가사상 해설서와 흡사하였으며, 건안 시대 시 작품들의 생명력 넘치
는 기풍은 완전히 사라져버린 것으로 판단되었던 것이다.

'환(桓)·유(庾)'에 대해서는 호적(胡適)의 『백화문학사(白話文學史)』 제8
장에 환온과 유양을 가리키는 것으로 지적되어 있으며, 그밖에도 여러 『시품』
주석서들이 동일한 해석을 하고 있어서, 여기서도 이를 따랐다.

'시개평전(詩皆平典)' 구의 '시(詩)'자는 『진체비서(津逮秘書)』본, 『학진토
원(學津討源)』본, 『사부비요(四部備要)』본 등에 '시(時)'로 잘못 기재되어 있
고, 『전양문』본과 『양서』「종영전」 등에는 아예 누락되어 있다. 그러나 문
맥으로 보아서는 '시(詩)'자가 있는 편이 더 순조롭다.

　‘도덕론(道德論)’에 대해서는 진연걸 찬 『시품주』와 두천미(杜天縻) 찬(撰) 『시품신주(詩品新注)』에 위(魏)나라의 노장학자 하안(何晏)이 지은 「도덕론(道德論)」이란 저술을 가리키는 고유명사로 해석되어 있다. 그러나 『세설신어(世說新語)』 「문학론(文學篇)」 주(注)를 보면 하안의 「도덕론」뿐만 아니라 하후현(夏侯玄)이나 완적(阮籍) 등이 저술한 「도덕론」도 있었음을 알 수 있으므로, 여기서는 굳이 하안의 「도덕론」만을 지칭하는 것으로 보지 않고 도가사상을 해설해놓은 당시의 문장들 모두를 가리키는 말로 해석하였다. 이휘교 교수의 『시품휘주』와 코젠 히로시의 『시품』 등에도 동일하게 해석되어 있다.

　‘풍력(風力)’은 풍골(風骨)과 같은 개념의 문학비평 용어로서, 문학 작품 내면에 갖추어져 있는 왕성한 생명력을 뜻하는 말이다. 『전양문』본과 『양서』 「종영전」에는 ‘건안풍력진의(建安風力盡矣)’ 구가 ‘건안지풍진의(建安之風盡矣)’로 되어 있다.

先是郭景純[1], 用儁上之才[2], 變創其體[3] ; 劉越石[4], 仗淸剛之氣[5], 贊成[6]厥美[7]. 然彼衆我寡[8], 未能動俗[9].

1) 郭景純(곽경순) : 곽박(郭璞). 진(晉)나라 때의 시인으로 「중품」에 품제되었다. 경순(景純)은 그의 자.
2) 儁上之才(준상지재) : 뛰어난 재능.
3) 其體(기체) : 그 모습. 여기서는 오언시의 풍격(風格) 곧 곽박에 의해 변창(變創)된 도가적인 현언시풍(玄言詩風)을 지칭한 말인 듯하다.
4) 劉越石(유월석) : 유곤(劉琨). 진(晉)나라 때의 시인으로 「중품」에 품제되었다. 월석(越石)은 그의 자.

5) 淸剛之氣(청강지기) : 맑고 굳센 기품.

6) 贊成(찬성) : 조성(助成). 도와서 이루다. 또는 이루어지도록 돕다.

7) 厥美(궐미) : 그러한 아름다움. 곧 오언시가 원래 지니고 있는 힘있고 생동감 넘치는 멋을 말하는 듯하다. 이휘교(李徽敎) 교수 찬(撰)『시품휘주(詩品彙註)』에는 '궐(厥)'자가 '궐(闕)'로 되어 있다. '궐(闕)'은 '궐(厥)'의 오자(誤字)이다.

8) 彼(피)…我(아)… : 전자(前者)…후자(後者)…. 여기서 전자는 앞에서 언급한 바 있는 평전(平典)하기만 하여 마치 도가사상 해설서와 흡사한 시를 지었던 작가들을 가리키고, 후자는 지금 언급하고 있는 곽박·유곤 등을 지칭한다.

9) 俗(속) : 사회 전반에 만연해 있는 습속이나 풍조.

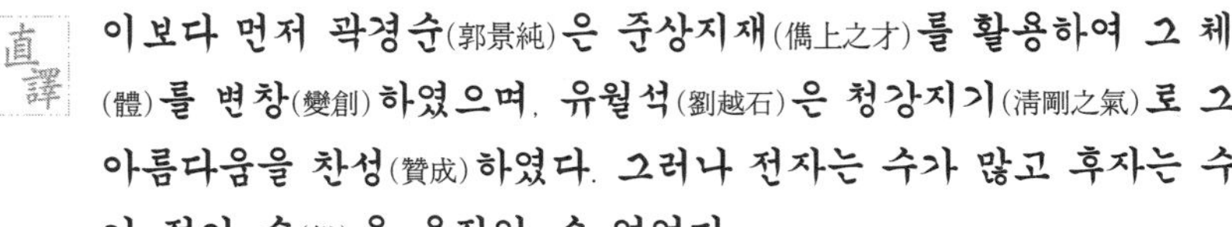

이보다 먼저 곽경순(郭景純)은 준상지재(儁上之才)를 활용하여 그 체(體)를 변창(變創)하였으며, 유월석(劉越石)은 청강지기(淸剛之氣)로 그 아름다움을 찬성(贊成)하였다. 그러나 전자는 수가 많고 후자는 수가 적어 속(俗)을 움직일 수 없었다.

손작(孫綽)·허순(許詢) 등의 시인들에 앞서 곽박(郭璞)은 뛰어난 재능을 발휘하여서 오언시의 풍격에 변화를 가져와 현언시풍(玄言詩風)을 새로이 창출해내었다. 유곤(劉琨)은 맑고 굳센 기품을 발휘하여 오언시의 힘있는 아름다움이 이루어질 수 있도록 노력을 아끼지 아니하였다. 그러나 이들의 이러한 노력은 손작·허순 등의 무리들과 비교해볼 때 수적으로 워낙 열세였기 때문에, 당시 사회에 만연해 있던 청담(淸談)을 숭상하는 풍조를 바꾸어놓을 수는 없었다.

서진(西晉) 말 영가(永嘉) 연간부터 만연되었던 고답적인 현언시풍(玄言詩風)에 역류하는 풍격의 작품활동을 전개하였던 곽박(郭璞)·유곤(劉琨) 등 소수의 시인들에 대해 간평(簡評)을 가해놓았다.

'변창기체(變創其體)'의 체(體)는 흔히 문체(文體) 곧 문학 작품의 체재를 뜻하는 말로 많이 쓰이고 있으나, 여기서는 오언시의 풍격 곧 구체적으로는 현언시풍을 의미하는 것으로 보았다. 곽박은 「유선시(遊仙詩)」 14수 등을 비롯하여 현세의 영화를 돌아보지 않고 자유와 은일(隱逸)을 동경하는 도가사상적 색채가 짙은 작품들을 창작하였는데, 종영은 그의 시의 이러한 풍격이 그 이전 작가들의 작품에서는 찾아볼 수 없는 것이라 생각하여 '변창기체'라는 표현을 사용하였던 것이다. 고직 찬 『종기실시품전』에서는 한말(漢末) 중장통(仲長統)의 「술지(述志)」를 비롯하여 정시(正始) 연간에는 혜강(嵇康)의 「답이곽(答二郭)」, 완간(阮侃)의 「답혜강(答嵇康)」, 장화(張華)의 「증지중흡(贈摯仲洽)」, 손초(孫楚)의 「정서관속송어양후작시(征西官屬送於陽侯作詩)」, 석숭(石崇)의 「답조가(答曹嘉)」 등 많은 작품들이 이미 곽박 이전에 도가적인 어휘들을 사용하였던 점을 들어서, 종영의 견해에 대한 의심을 피력해놓고 있다. 그러나 곽박은 도가사상을 담은 이러한 작품들을 창작하면서도 그 이전의 도가적 작품들과는 달리 단순히 환상과 허경(虛景) 묘사에만 그치지 않고 한걸음 더 나아가 사실성과 서정성을 겸비한 작품들을 남겨놓았다. 그리하여 종영뿐만 아니라 유협의 『문심조룡』 등에서도 동진 시대 최고의 시인으로 평가받고 있으며, 여기에서도 그가 대표 격으로 지칭되어 마치 그가 그러한 작품들을 처음으로 지은 작가인 것처럼 서술되어 있는 것이다. 『고일서(古逸書)』본과 『전양문』본 그리고 『양서』 「종영전」, 『자사정화(子史精華)』, 『고금문초(古今文鈔)』, 『남북조문초(南北朝文鈔)』 등의 인용문에는 '변창(變創)'이 '창변(創變)'으로 되어 있다.

　허학이(許學夷)는 『시원변체(詩源辨體)』 권5에서 이 부분을 인용하고, 곽박과 유곤의 생졸연대에 근거하여 곽박이 '변창기체(變創其體)'하였으며 유곤이 '찬성궐미(贊成厥美)'하였다는 종영의 서술이 온당치 못함을 지적하였다. 이휘교 교수도 『시품휘주』에서 이에 동조하고 있다. 이들의 생졸연대는 유곤(270~317)이 곽박(276~324)보다 약간 앞서는 것이 사실이다. 그렇지만 종영은 동진 시대 최고의 시인으로 평가받는 곽박의 문학적 지위를 고려하

94

여 유곤보다 먼저 언급한 듯하다. 또한 그는 현언시풍이나 유선시풍(遊仙詩風)에 대해 부정적인 시각을 지니고 있었으므로 '궐미(厥美)' 역시 곽박이 변창해놓은 현언시풍의 아름다움을 뜻하는 것이 아니라 오언시 고유의 힘차고 생동감 넘치는 멋을 의미하는 용어로 사용하였을 가능성이 높다 하겠다.

어쨌든 곽박과 유곤은 국가의 위기를 대변하고 은인군자(隱人君子)를 찬미하는 등 당시의 현언시풍과 구별되는 서정적이고 독자적인 풍격의 작품을 창작하였다는 점에서 높이 평가받고 있지만, 이들의 이러한 활동은 당시 문단에서 수적인 열세를 면할 수 없었으며 현언시풍이라는 대세의 흐름을 바꾸어놓기에는 한마디로 중과부적(衆寡不敵)이었다.

逮義熙[1]中, 謝益壽[2]斐然[3]繼作[4] ; 元嘉[5]中, 有謝靈運[6], 才高詞盛, 富艶難蹤, 固已含跨[7]劉·郭[8], 凌轢[9]潘·左[10].

1) 義熙(의희) : 동진(東晉) 안제(安帝) 때의 연호로 서기 405∼418년 사이.

2) 謝益壽(사익수) : 사혼(謝混). 진(晉)나라 때의 시인으로 「중품」에 품제되었다. 익수(益壽)는 그의 소자(小字)이다.

3) 斐然(비연) : 화려하게 문채(文采)가 드러나 있는 모양.

4) 繼作(계작) : 계흥(繼興). 뒤이어 나타나다.

5) 元嘉(원가) : 남조(南朝) 송(宋)나라 문제(文帝) 때의 연호로 서기 424∼453년 사이.

6) 謝靈運(사영운) : 남조(南朝) 송(宋)나라의 시인. 「상품」에 품제되었다.

7) 含跨(함과) : 수용하였다가 [더 발전시켜] 초월하다.

8) 유(劉)·곽(郭) : 유곤(劉琨)과 곽박(郭璞).

9) 凌轢(능력) : 능가하다. 압도하다.

10) 반(潘)·좌(左) : 반악(潘岳)과 좌사(左思).

 의희(義熙) 연간에 이르러 사익수(謝益壽)가 비연(斐然)히 계흥(繼興) 하였으며, 원가(元嘉) 연간에는 사영운(謝靈運)이 있었는데, 재(才)가 높고 사(詞)가 성(盛)하여 부염(富艶)하기가 뒤따르기 어려울 정도였으니, 진실로 이미 유(劉)·곽(郭)을 함과(含跨)하였으며 반(潘)·좌(左)를 능력(凌轢)하였던 것이다.

 의희(義熙) 연간으로 접어들자, 사혼(謝混)이란 시인이 출현하여 문채(文采)가 화려하게 드러나 있는 작품들을 창작하면서 곽박과 유곤 등의 뒤를 이어 활약하였다. 원가(元嘉) 연간에는 사영운(謝靈運)이란 시인이 출현하였는데, 대상을 표현하는 재주가 특출하였고 문장 수사능력 또한 풍부하여서 그 풍부한 재능과 아름다운 수사기교를 다른 작가들이 감히 따를 수 없을 정도였으니, 정말이지 유곤(劉琨)과 곽박(郭璞)을 능가하였을 뿐 아니라, 반악(潘岳)과 좌사(左思)까지도 압도하였다.

동진(東晉) 말 의희(義熙) 연간으로부터 종영 자신이 생존하였던 남북조(南北朝) 시대까지의 오언시에 대해 간단히 평해놓았다.

서진 말 영가 연간부터 긴 침체기에 접어들었던 오언시는 의희 연간에 이르러 다시 활기를 되찾게 되어 건안 시대와 태강 연간에 이은 제3의 융성기를 구가하게 된다. 동진 말기에 도잠(陶潛)이 출현하면서 그동안 100여 년이 넘도록 풍미해왔던 현언시풍이 서서히 퇴조하기 시작하였으며, 남조(南朝) 송(宋)에 이르러서는 산수시(山水詩)라는 독특한 풍격의 시 작품들이 등장하게 되었다. 이러한 산수시는 한말(漢末) 조조의 「관창해(觀滄海)」를 비롯하여 동진의 손작·도잠 및 사혼(謝混) 등을 거치며 그 싹이 트기 시작하였고, 사혼의 조카인 사영운(謝靈運)에 이르러 그 대성(大成)을 보게 된다.

사혼은 자연의 아름다움을 묘사해내고 수사상의 미적 효과를 추구한 산수시 작품들을 통하여 오랫동안 시단을 지배해왔던 철학적이고 고답적인 현언시풍을 일소해내는 기수 역할을 하였으며, 사영운은 산수 묘사에 풍부한

96

수사를 동원함으로써 언어의 폭을 넓히는 한편 시구의 정련(精煉)을 통해 언어의 참신성과 감각성을 살려내었다. 사혼으로부터 사영운을 거쳐 드디어 현언시풍은 불식되기에 이르렀으며, 대자연의 신비한 미를 재현해내고 언어의 감각성·참신성을 살려 예술적인 아름다움을 추구하는 데 성공을 거두게 되었던 것이다.

허문우 편저 『문론강소』본 『종영시품』에서는 '재고(才高)'와 '사성(詞盛)'을 각기 '함과유·곽(含跨劉·郭)'과 '능력반·좌(凌轢潘·左)'와 관련지어, 종영은 사영운이 재주가 뛰어난 점에서 유곤과 곽박을 능가하였고 수사력이 풍부한 점에서 반악과 좌사를 압도한 것으로 이해하였을 것이라고 설명하였다. 이와 관련하여 '부염(富艶)'이란 단어 역시 대상을 표현해내는 풍부한 재능과 작품에 발휘된 아름다운 수사기교를 함께 지칭한 말로 볼 수 있을 것 같다.

이 기간의 대표적 시인으로는 사영운 외에도 동진 말기의 도잠과 원가 연간의 안연지(顔延之)·포조(鮑照) 등을 들 수 있다. 그러나 도잠은 당시의 현언시풍에 밀려 줄곧 정당한 평가를 받지 못하다가 당대(唐代)에 들어서야 비로소 그의 작품에 대한 평가가 높아지기 시작하였던 탓으로, 종영 역시 그를 「중품」에 품급해놓고 「서」에서 따로 언급을 하지 않았다.

종영은 안연지와 포조 등도 모두 「중품」에 품급하여 사영운보다 훨씬 낮게 평가해놓았는데, 안연지의 작품은 전고(典故)를 많이 사용하였고 지나치게 조탁적(雕琢的)이어서 자연스럽지 못하다는 지적을 받고 있으며, 포조는 남북조를 통틀어 가장 탁월한 시인으로 평가받기도 하지만 그의 작품의 대중영합적인 민가풍(民歌風)의 속된 면을 꺼렸던 종영은 그를 「중품」에 품급하였다.

1) 陳思(진사) : 진사왕(陳思王) 조식(曹植). 일찍이 진왕(陳王)에 봉해졌고 시호(諡號)
   가 사(思)였다.

2) 傑(걸) : 뛰어나다. 걸출하다. 준걸(俊傑).

3) 公幹(공간) : 유정(劉楨)의 자.

4) 仲宣(중선) : 왕찬(王粲)의 자.

5) 英(영) : 빼어나다. 뛰어나다. 영재(英才).

6) 安仁(안인) : 반악(潘岳)의 자.

7) 景陽(경양) : 장협(張協)의 자.

8) 謝客(사객) : 사영운(謝靈運). 그의 어릴 적 이름이 객아(客兒)였다. 15세 때까지
   집을 떠나 절에서 양육되었기에 불린 이름이라고 한다.

9) 雄(웅) : 뛰어나다. 걸출하다. 우두머리 또는 웅걸(雄傑).

10) 顔延年(안연년) : 안연지(顔延之). 남조(南朝) 송(宋)나라의 시인으로 「중품」에 품
    제되었다. 연년(延年)은 그의 자.

11) 冠冕(관면) : 갓과 면류관. 곧 우두머리의 뜻.

12) 命世(명세) : 명세(名世). 대대로 이름을 남기다. 또는 그러한 사람.

고(故)로 알 수 있듯이, 진사왕(陳思王)은 건안지걸(建安之傑)이었고
공간(公幹)・중선(仲宣)이 그 보좌관이었으며, 육기(陸機)는 태강지영
(太康之英)이었고 안인(安仁)・경양(景陽)이 그 보좌관이었으며, 사객
(謝客)은 원가지웅(元嘉之雄)이었고 안연년(顔延年)이 그 보좌관이었다.
이들은 다 오언(五言)의 관면(冠冕)이었으며 문사(文詞)의 명세(命世)
였다.

그러므로 이상을 통해 알 수 있듯이, 조식(曹植)은 건안(建安) 시대 시인들 중에서 가장 뛰어났으며 유정(劉楨)과 왕찬(王粲)이 그를 보좌하였고, 육기(陸機)는 태강(太康) 연간의 시인들 중 가장 빼어났으며 반악(潘岳)과 장협(張協)이 그를 보좌하였고, 사영운(謝靈運)은 원가(元嘉) 연간의 시인들 중 가장 뛰어났으며 안연지(顔延之)가 그를 보좌하였다. 이들은 모두 오언시에 있어서 당시 작가들의 우두머리였으며, 문학 방면에서 대대로 명성을 떨쳤던 시인들이다.

지금까지 서술해온 오언시의 전반적인 흐름을 그중 세 융성기에 초점을 맞추어서 일목요연하게 정리해놓았다.

'석「남풍」지사(昔「南風」之詞)'부터 이 부분까지가 하나의 단락으로서 제2단(第二段)에 해당된다. 전체적으로 오언시의 역사 및 그 연변(演變) 과정에 대해 간단한 서술을 가해놓았다.

이 단락에서 종영은 오언시의 전반적 역사를 기술하면서 그 한계를 남조(南朝) 송(宋)까지로 설정하여 서술을 가해놓고 있으며, 그 이후 제(齊)·양(梁) 대의 작가들에 대해서는 언급을 피하였다. 사실상 제·양 시대에도 오언시는 작가층이 차차 두터워지면서 창작활동이 꾸준하게 이어졌다. 그런데도 종영이 제·양 시대 시인들에 대한 논급을 회피한 이유는 이른바 '귀원천근(貴遠賤近)'하는 비평의 통습(通習)에 따랐던 것으로 이해할 수 있을 것이며, 또한 자신이 생존하였던 동시대의 시인들에 대해 엄정하게 평가를 내리기가 그리 쉽지 않아서였을 것으로 보면 별 무리가 없을 듯하다.

종영이 '귀원천근'하는 통습에 입각하였다고 볼 수 있는 근거는 그가 상·중·하 세 등급으로 나누어 역대 시인들을 품평한 가운데에도 잘 나타나 있다. 한대(漢代)부터 양대(梁代)에 이르는 기간 동안의 시인들을 품평하면서, 그는 작자미상인 「고시(古詩)」까지 포함하여 모두 12명의 작가를 품평하고 있는 「상품」에 한(漢)·위(魏)의 시인을 6명이나 포함시킨 반면에 제(齊)·

양(梁)의 시인은 1명도 포함시키지 않았으며, 「중품」에는 한·위의 시인을 5명, 제·양의 시인을 6명 포함시켰고, 「하품」에는 한·위의 시인을 8명만 포함시킨 반면에 제·양의 시인은 무려 34명이나 포함시켜놓았다.

夫四言, 文約意廣, 取効風·騒[1], 便可多得. 每[2]苦文繁而意少, 故世罕習焉. 五言, 居文詞之要, 是衆作之有滋味[3]者也. 故云會[4]於流俗. 豈不以指事造形, 窮情寫物, 最爲詳切者邪.

1) 風(풍)·騒(소) : 『시경(詩經)』 중의 「국풍(國風)」과 『초사(楚辭)』 중의 「이소(離騒)」. 여기서는 『시경』과 『초사』를 두루 지칭하고 있다.

2) 每(매) : 비록 그렇기는 하나. 그렇지만.

3) 滋味(자미) : 좋은 맛. 묘미(妙味).

4) 會(회) : 부합하다. 부합되다.

무릇 사언(四言)이란 문(文)은 약(約)하되 의(意)가 광(廣)하니, 풍(風)과 소(騒)를 취하여 본받으면 곧 많은 소득을 거둘 수 있다. 그렇지만 괴롭게도 문만 번(繁)하고 의는 적어져서 고(故)로 세인들이 거의 익히지 않게 되었다. 오언(五言)은 문사지요(文詞之要)에 해당하며, 중작(衆作) 중에서 자미(滋味)를 지니고 있는 것이다. 고로 유

속(流俗)에 부합된다고 일컫는다. 어찌 지사조형(指事造形)하고 궁정사물(窮情寫物)하는 데 있어 가장 상절(詳切)한 것이 아니겠는가.

 일반적으로 사언시(四言詩)의 특성은 그 시체(詩體)가 간결하면서도 내포하고 있는 의미가 매우 넓다는 데 있다. 『시경(詩經)』과 『초사(楚辭)』 중의 시들을 본받아 익힌다면 많은 성과를 거둘 수 있을 것이다. 그러나 애석하게도 문채(文采)만 번잡할 뿐 내포하고 있는 뜻이 부족해지는 경향을 띠게 되어, 자연히 현세에 와서는 사언시를 익히는 사람이 드물게 되었다. 오언시는 여러가지 문학장르들 중 가장 중요한 위치를 차지하고 있으며, 여러 형식의 시체들 중에서 가장 묘미(妙味)를 지니고 있는 시체이다. 그러므로 보편적인 대중적 취향에 가장 부합되는 시체라고 일컫는 것이다. 오언시는 어떤 사건을 가리켜 드러내고 어떤 형태를 만들어 보이거나 자기 감정을 충분히 표현해내고 외계(外界) 사물을 묘사해내는 데 있어서 가장 상세하고 절실한 시체가 아닐 수 없다.

사언시와 오언시의 문학적인 특성을 비교해 서술하고, 오언시체의 우월성을 역설하였다.

사언시는 오언시에 비해 그 역사가 훨씬 더 깊다. 『시경』 시 작품들이 거의 대부분 사언(四言)을 기본 리듬으로 삼고 있으며, 『초사』 중에서도 「천문(天問)」, 「초혼(招魂)」, 「대초(大招)」편 등은 사언구(四言句)가 차지하고 있는 비율이 상당히 높은 작품들이다. 그 이후 한대(漢代)부터 사언시는 점점 지위가 약화되어 소통의 『문선』에도 사언시는 극히 일부에 해당되는 분량만 수록되어 있을 뿐이어서, 꾸준히 발전을 거듭해온 오언시와 좋은 대조를 보여주고 있다.

종영이 생존하였던 제(齊)·양(梁) 시대에는 오언시 작자와 작품들이 그 이전보다 비약적으로 증가하였으며, 오언시에 대한 인식 역시 현저하게 변화되었다. 오언시는 육조인(六朝人)들에 의해 중점 육성되어온 장르로서, 육조인들은 오언시가 자신들의 감정과 미의식을 드러내 보이는 데 가장 적절한 양식이라는 인식을 갖고 있었다. 이를테면 종영과 동시대 사람인 소자현(蕭子顯)도 『남제서(南齊書)』 「문학전・논(文學傳・論)」에서 "五言之製, 獨秀衆品."이라고 하여 오언시 체재가 여러 시체들 가운데서 가장 빼어난 체재임을 역설한 바 있다. 종영의 오언시 우월론은 이러한 인식들을 근거로 해서 피력된 것이라 할 수 있겠다. 명대(明代) 호응린(胡應麟)도 『시수(詩藪)』에서 "사언체는 간략하고 질박하며 구가 짧아서 음조가 길게 펴지지 못하는 반면에, 칠언체는 경박스럽고 화려하며 문(文)이 번잡하여서 음조가 어수선해지기 쉽다. 번잡한 칠언체와 간략한 사언체를 절충하여 문채와 바탕 양면의 핵심을 차지하고 있는 시체로는 오언체보다 나은 것이 없다(四言簡質句短, 而調未舒 ; 七言浮靡文繁, 而聲易雜. 折繁簡之衷, 居文質之要, 莫尙於五言.)"라고 하여서 종영과 일치되는 견해를 보여주고 있다.

허문우 편저 『문론강소』본 『종영시품』, 섭장청 찬 『시품집석』, 왕숙민(王叔岷) 찬(撰) 『종영시품소증(鍾嶸詩品疏證)』 등에서는 종영이 사언시 체재에 대해 본래 지을 만한 것이 못 된다고는 생각하지 않았으며, 『시경』 시와 같은 워낙 뛰어난 사언시 작품들이 이미 오래 전에 지어져 내려와 이 당시에 더이상 『시경』 시에 필적할 만한 수준의 작품들이 지어지지 못하였고, 또한 사언시의 문채만 점점 번잡해지는 경향이 생겨나면서 사언시를 짓는 이들이 점점 드물어졌기 때문에 이렇게 언급한 것으로 보고 있다. 이백(李白)도 일찍이 "興寄深微, 五言不如四言."이라 하여, 작품을 통해 심오하고 미묘한 정취를 일으켜 표현해내는 데 있어서는 오언체가 사언체만 못하다고 단언한 바 있다.

'문약의광(文約意廣)' 구의 '의(意)'자는 『고씨문방소설(顧氏文房小說)』본, 『설부(說郛)』본, 『시촉(詩觸)』본, 『산당고색(山堂考索)』본, 『택시거총서(擇是居叢書)』본, 『대우루총서(對雨樓叢書)』본, 『오조소설(五朝小說)』본, 『한위총서(漢魏叢書)』본, 『학시진체(學詩津逮)』본, 『용위비서(龍威秘書)』본, 『오조소설대관(五朝小說大觀)』본, 문학고적간행사본(文學古籍刊行社本) 등에 모두 '이(易)'로 되어 있다. 차주환 교수는 『종영시품교증』에서 '의광(意廣)'으로 하면 아래 문장의 '의소(意少)'와 앞뒤가 맞지 않기 때문에 '이(易)'를 쓰는 것이 맞지만, '이(易)'자가 '의(意)'와 발음이 비슷한데다 또 아래 문장의 '의소(意少)'에 이끌리어서 '의(意)'로 잘못 기재된 것일 거라고 설명하였다. 왕숙민 찬 『종영시품소증』에서도 "四言每句僅四字, 易廣其詞, 故曰 : '文約易廣'也."라 하여 견해를 같이하고 있다.

故詩有三義焉 : 一曰興[1], 二曰比[2], 三曰賦[3]. 文已盡而意有餘, 興也 ; 因物喩志, 比也 ; 直書其事, 寓言寫物, 賦也. 宏斯三義, 酌而用之, 幹[4]之以風力[5], 潤之以丹彩[6], 使味之者無極, 聞之者動心 : 是詩之至也. 若專用比興, 患在意深[7], 意深則詞躓[8] ; 若但用賦體, 患在意浮, 意浮則文散. 嬉[9]成流移[10], 文無止泊[11], 有蕪漫[12]之累[13]矣.

1) 興(흥) : 다른 사물을 제시·묘사함으로써 작자가 표현하고자 하는 주요 대상을 간접적으로 연상시키는 수사기법. 은유법에 해당된다.

2) 比(비) : '갑(甲)은 을(乙)과 같다'는 식으로 다른 사물을 끌어와서 표현하고자 하는 사물을 비유해내는 수사기법. 직유법에 해당된다.

3) 賦(부) : 비유를 가하지 않고 표현하고자 하는 사물을 직접적으로 묘사해내는 수사기법. 직서법(直敍法)에 해당된다.

4) 幹(간) : 근간(根幹). 근본(根本). 또는 근본으로 삼다.

5) 風力(풍력) : 풍골(風骨). 즉 문학 작품 내면에 갖추어져 있는 왕성한 생명력.

6) 丹彩(단채) : 붉은 채색(彩色). 여기서는 화려한 문장(文章) 수식(修飾)을 뜻한다. 진연걸(陳延傑) 찬(撰) 『시품주(詩品注)』, 두천미(杜天縻) 찬(撰) 『시품신주(詩品新

注)』, 왕중(汪中) 찬(撰) 『시품주(詩品注)』 등에는 ‘채(彩)’자가 ‘채(采)’로 되어 있다. ‘채(彩)’와 ‘채(采)’는 동자(同字)이다.

7) 患在意深(환재의심) : ‘환(患)’은 병폐(病弊)·폐단(弊端)의 뜻. 고직(古直) 찬(撰) 『종기실시품전(鍾記室詩品箋)』, 허문우(許文雨) 편저(編著) 『문론강소(文論講疏)』 본 『종영시품(鍾嶸詩品)』, 왕중(汪中) 찬(撰) 『시품주(詩品注)』, 코젠 히로시(興膳宏) 찬(撰) 『시품(詩品)』 등에는 이 구의 첫머리와 아래 문장의 ‘환재의부(患在意浮)’ 첫머리에 각기 모두 ‘즉(則)’자가 첨가되어 있다.

8) 躓(지) : 넘어지다. 차질이 생기다.

9) 嬉(희) : 희(戲). 유희(遊戲). 즐겁게 노닐다.

10) 流移(유이) : 정처없이 옮겨다니다.

11) 止泊(지박) : 머무르다. 곧 일정한 곳에 멈추어 있다.

12) 蕪漫(무만) : 난잡(亂雜)하고 산만하다.

13) 累(누) : 허물. 폐단.

예부터 시에는 삼의(三義)가 있으니, 첫째는 흥(興)이라 하고, 둘째는 비(比)라 하며, 셋째는 부(賦)라 한다. 문(文)이 이미 끝났는데도 의(意)에 여운이 남는 것이 흥이고, 물(物)에 인하여 지(志)를 비유하는 것이 비이며, 그 일을 솔직하게 써내려가고 말에 의탁하여 물(物)을 본떠내는 것이 부이다. 이 삼의를 넓혀서 그것들을 잘 참작하여 사용하며, 풍력(風力)으로써 그 근간을 삼고 단채(丹彩)로써 그를 윤택하게 하여서, 그를 음미하는 자들로 하여금 끝이 없도록 하고 그를 듣는 자들로 하여금 마음을 움직이도록 하는 것. 이것이 시의 지극한 경지이다. 만약 오로지 비(比)나 흥(興)만을 사용하면 폐단이 의(意)가 너무 깊어지는 데에 있으며, 의(意)가 깊어지면 사(詞)가 차질이 생기게 된다. 만약 단지 부체(賦體)만을 사용하면 폐단이 의(意)가 너무 들뜨는 데에 있으며, 의(意)가 들뜨면 문(文)이 산만해지게 된다. 희(嬉)가 유이(流移)를 이룩고 문(文)에는 머무름이 없어 무만(蕪漫)한 폐단을 지니게 되는 것이다.

옛날부터 시를 짓는 데에는 세 가지 수사기법이 있었으니, 첫째가 흥(興)이요 둘째가 비(比)이며 셋째가 부(賦)이다. 시문(詩文)이 이미 다 끝난 뒤에도 의미의 여운이 남아 있도록 하는 기법을 흥이라 하고, 사물을 끌어와서 작자의 생각을 비유해내는 기법을 비라고 하며, 어떤 사건을 꾸밈없이 솔직하게 서술해내고 말을 빌려서 어떤 사물을 있는 그대로 묘사해내는 기법을 부라고 한다. 이러한 흥·비·부 세 가지 수사기법을 확충시켜서 그들을 잘 참작하고 취사선택하여 사용하며, 왕성한 생명력——풍력(風力)——으로 작품의 근본을 삼고 화려한 수사——단채(丹彩)——를 가하여 작품을 윤택하게 하여서, 감상하는 이들로 하여금 한없이 심취해 있도록 하고 듣는 이들로 하여금 마음속 깊이 감동하도록 하는 시. 이러한 시가 바로 지극히 훌륭한 시이다. 만약에 작품 전체를 통틀어 오로지 비나 흥 두 가지 수사기법만 사용하면 작품 속의 의미가 지나치게 깊이 파묻혀버리는 폐단이 생겨나고, 의미가 깊이 파묻혀버리면 문사(文詞)가 그 의미를 다 수용하지 못하게 되어 표현에 차질이 생기게 된다. 또한 만약에 오직 부체(賦體)만을 사용하게 되면 작품 속의 의미가 지나치게 가벼이 들뜨게 되는 폐단이 생겨나며, 의미가 들뜨게 되면 곧 문사가 산만해지게 된다. 마치 즐겁게 노닐며 정처없이 마구 옮겨다니듯 작품의 내용에 일관성이 결여되고, 문사에 있어서도 어느 한곳에 차분히 머무르는 듯한 안정감이 없어서, 실속도 없이 난잡하고 산만하기만 한 결함을 지니게 되는 것이다.

오언시의 수사기법으로 화제를 돌려서, 흥(興)·비(比)·부(賦) 세 가지 기법들에 대한 각각의 정의를 내린 다음, 이 기법들을 적절히 운용할 것을 역설하고 있다.

'부사언(夫四言)'부터 이 부분까지가 하나의 단락으로서 제3단(第三段)에 해당된다. 앞부분에서는 오언시의 문학적인 특성을 사언시와 비교하여 서술하였으며, 뒷부분에서는 오언시의 수사기법에 대한 설명을 가해놓았다.

『모시주소(毛詩注疏)』「대서(大序)」에서는 "예부터 시에는 육의(六義)가 있었다(故詩有六義焉.)"고 한 다음 풍(風)·부(賦)·비(比)·흥(興)·아(雅)·송(頌) 등 여섯 가지 요소를 지적해놓고 있는데, 종영은 여기에서 "예부터 시에는 삼의가 있었다(故詩有三義焉.)"고 하고 흥·비·부 세 요소만 제시해놓았다. 흥·비·부 세 요소는 『시경』 시에 활용되어 있는 수사기법인 데 반하여, 풍·아·송은 원래 시 내용에 따른 『시경』 시의 세 가지 종류라고 할 수 있다.

차주환 교수 찬 『종영시품교증』에서는 『천도각장서(天都閣藏書)』본, 『고씨문방소설』본, 『대우루총서』본, 『택시거총서』본, 『오조소설』본, 『설부』본, 『양문기』본, 『고일서』본, 『한위(漢魏)』본, 『광한위(廣漢魏)』본, 『학시진체』본, 『전양문』본, 『용위비서』본, 문학고적간행사본 등에 '삼의(三義)'의 '삼(三)'자가 모두 '육(六)'으로 되어 있으며, 『양서』 「종영전」, 『산당고색』, 『패편(稗編)』, 『휘원상주(彙苑詳註)』, 『광박물지(廣博物志)』, 『문장연기(文章緣起)』 주(注), 『천중기(天中記)』, 『시기(詩紀)』 「별집(別集)」, 『자사정화』, 『남북조문초』 등의 인용문에도 '육(六)'으로 되어 있으므로, 원래의 『시품』에는 '육(六)'으로 되어 있었는데 아래 문장에 흥·비·부 세 요소만 거론되어 있기 때문에 후인들이 그 뜻에 맞추어 '삼(三)'으로 고친 것일 거라고 설명하고 있다. 왕중(汪中)도 『시품주(詩品注)』에서 차주환 교수와 마찬가지로, 좌사의 「삼도부(三都賦)」 「서(序)」에 나오는 "蓋詩有六義焉. 其二曰賦."라는 용례를 제시하고 동일한 견해를 피력하였다. 이에 반해 왕숙민은 『종영시품소증』에서 『학진토원』본, 『진체비서』본 등에 '육(六)'이 모두 '삼(三)'으로 되어 있고, 아래 문장에 흥·비·부 삼의(三義)만을 거론해놓았으므로 '삼(三)'이라고 하는 것이 옳다고 주장하였다.

차주환·왕숙민 두 교수의 견해가 완전히 달라서 누구의 설이 옳다고 단언할 수는 없다. 다만 문맥으로 보아서는 '삼(三)'이라고 하는 것이 더 적절한 반면에, '육(六)'으로 되어 있는 판본이 많고 또 전통적으로 '시지육의(詩之六義)'라는 말을 많이 사용해왔다는 점에서는 '육(六)'이라고 하는 편이 더 무리가 없을 듯도 하다. 『이문광독(夷門廣牘)』본, 『형설헌총서(螢雪軒叢書)』본, 진연걸 찬 『시품주』, 고직 찬 『종기실시품전』, 두천미 찬 『시품신주』, 리츠메이칸대학(立命館大學) 시품연구반(詩品硏究班)찬(撰) 『종씨시품소(鍾氏詩品疏)』, 코젠 히로시 찬 『시품』, 이휘교 교수 찬 『시품휘주』 등에도 모두 '삼(三)'으로 되어 있다.

『예원치언(藝苑卮言)』, 『자사정화』 등의 인용문에는 '고시유삼의언(故詩有三義焉)' 중의 '고(故)'자가 누락되어 있다.

삼의의 배열순서에 있어서도 종영은 『모시주소』 「대서」 이래로 전통적으로 부·비·흥이라고 말해온 순서를 따르지 않고, 정반대로 흥·비·부의 순서로 서술해놓고 있다. 이는 그 나름대로 문학비평에서의 비중이나 중요도를 고려한 배열순서라고 볼 수 있을 것이다.

'흥(興)'은 『시경』 시의 독특한 수사기법으로, '비'와 함께 여러가지 이설(異說)들이 많이 제기되고 있어서 그 개념을 정의하기가 퍽 곤란한 기법이다. 굳이 정의하자면, 간접적인 표현방법의 하나인데 '비'보다는 차원이 높고 더 광범한 수사기교라 할 수 있다. 『주례(周禮)』 「춘관(春官)」 「대사(大師)」 주(注)에 인용된 정사농(鄭司農[衆])의 해설은 "興者, 託事於物."이라고 되어 있으며, 송대(宋代) 주희(朱熹)는 『시경집전(詩經集傳)』에서 "興者, 先言他物以引起所咏之詞也."라고 하였다. '비(比)' 역시 간접적인 표현방법의 일종인데, '흥'보다는 단순하고 좁은 비유법이라 할 수 있다. 『주례』 「춘관」 「대사」 주에 인용된 정사농의 해설은 "比者, 比方於物."이라고 되어 있으며, 주희의 『시경집전』에는 "比者, 以彼物比此物也."라고 되어 있다. '흥'과 '비'의 차이점으로는 공영달(孔穎達)과 유협이 각각 『모시주소』 「대서」의 소(疏)와 『문심조룡』 「비흥(比興)」편에서 "比顯而興隱"이라고 지적하였다. '부(賦)'는 가장 근본적이고 일차적인 수사기법이라 하겠는데, 한대(漢代) 정현(鄭玄) 이래로 유협·종영·주희 등 학자들에 이르기까지 그 특징을 "直陳其事"로 설명하는 일치된 견해를 보여주고 있다. 『주례』 「춘관」 「대사」 주에 인용된 정사농의 해설은 "賦之言鋪, 直鋪陳今之政敎善惡."이라고 되어 있으며, 주희의 『시경집전』에는 "賦者, 敷陳其事而直言之者也."라고 되어 있다.

또 한 가지 지적할 사항은 '삼의' 즉 세 가지 수사기법을 정의하면서, '흥'에 대한 설명과 '비'·'부'에 대한 설명을 다른 각도에서 해놓고 있다는 점이다. '비'와 '부'에 대해서는 정사농과 정현 등 한대 학자들의 해설방식을 그대로 답습하여 그 기법들을 구사하는 방법적인 측면에 설명의 초점을 맞추어 놓고 있는 데 반하여, '흥'에 대해서는 완전히 다르게 흥이라는 수사기법이 활용된 시 작품이 독자에게 주는 감흥에 초점을 맞추어 정의를 가해놓았다. 이에 대해 고직은 『종기실시품전』에서 "仲偉以文盡意餘爲興, 但見其流, 未明其源."이라고 하여, 종영의 설명이 근본적인 접근을 통한 일관성있는 정의가 못 된다고 아쉬움을 피력해놓고 있다. 흥은 본래 가장 복잡하고 광범위한 수사기법이어서 개념을 정의하는 일이 아주 까다롭기 때문에, 종영도 이처럼 각도를 달리하여 그 특성을 규정지어보려고 시도하였던 것 같다.

'풍력(風力)'과 '단채(丹彩)'는 각기 작품의 내면에 갖추어져 있는 왕성한 생명력과 작품 표현상의 화려한 수식을 뜻하는 문학비평 용어로, 이 둘은 문학 작품을 지탱해주는 가장 중요한 두 기둥이라 할 수 있다. 종영과 동시대 사람인 유협은 『문심조룡』의 「풍골(風骨)」과 「정채(情采)」 두 편에서 이 문제를 다루고 있는데, 종영의 '풍력'·'단채'는 바로 유협이 사용한 '풍골(風骨)'·'정채(情采)'와 같은 개념의 용어이다.

'시지지야(詩之至也)' 구는 『모시주소』 「대서」 중의 "[風·小雅·大雅·頌], 是謂四始, 詩之至也."란 언급을 의식하고 사용한 말이다.

'의심(意深)'은 의미가 깊이 가라앉았거나 깊이 파묻힌다는 뜻으로, 고직 찬 『종기실시품전』에서는 '의은(意隱)'과 같다고 해설하였다.

若乃[1]春風春鳥, 秋月秋蟬, 夏雲暑雨, 冬月祁寒[2], 斯四候之感諸
詩者也. 嘉會[3]寄詩以親, 離群[4]託詩以怨. 至於楚臣[5]去境, 漢妾[6]
辭宮 ; 或骨橫朔野[7], 或魂逐飛蓬[8] ; 或負戈外戍, 殺氣雄邊 ; 塞
客[9]衣單, 孀閨[10]淚盡 ; 或士有解佩[11]出朝, 一去忘反 ; 女有揚
蛾[12]入寵, 再盼傾國[13] : 凡斯種種, 感蕩[14]心靈, 非陳詩[15]何以展
其義, 非長歌[16]何以騁其情. 故曰 : '詩可以群[17], 可以怨[18].' 使窮
賤[19]易安, 幽居[20]靡悶, 莫尙於詩矣.

1) 若乃(약내) : 그런데. 그리고. '약(若)'은 내(乃)와 같은 뜻.

2) 祁寒(기한) : 혹한(酷寒). 대단한 추위.

3) 嘉會(가회) : 즐겁고 운치있는 모임.

4) 離群(이군) : 동료들과 이별하다.

5) 楚臣(초신) : 전국(戰國) 시대 초(楚)나라의 시인 굴원(屈原)을 의식하고 한 말이다.

6) 漢妾(한첩) : 한(漢)나라 성제(成帝)의 첩이었던 반첩여(班婕妤)와 한(漢) 원제(元
帝) 때의 궁녀였던 왕소군(王昭君) 등을 의식하고 한 말로 보인다.

7) 朔野(삭야) : 북녘 들판.

8) 飛蓬(비봉) : 나부끼는 쑥.

9) 塞客(새객) : 변방을 지키는 나그네. 곧 새졸(塞卒)과 같은 뜻. 『역대시화(歷代詩
    話)』본 『시품(詩品)』과 고직(古直) 찬(撰) 『종기실시품전(鍾記室詩品箋)』에는 '새
    (塞)'자가 '한(寒)'으로 되어 있다. '한(寒)'은 '새(塞)'의 오자(誤字)이다.

10) 孀閨(상규) : 과부가 거처하는 방. 여기서는 과부·홀어미의 뜻.

11) 解佩(해패) : 노리개를 풀다. 곧 벼슬을 그만두다.

12) 揚蛾(양아) : 눈썹을 쳐들다. 또는 의기양양해하다.

13) 再盼傾國(재반경국) : 다시 한번 더 쳐다보면 나라를 기울일 정도로 아름답다는
    뜻. 『한서(漢書)』 권97 「외척전(外戚傳)」 「이부인전(李夫人傳)」에 실린 이연년(李
    延年)의 「가인가(佳人歌)」에서, 한(漢) 무제(武帝)의 총애를 받았던 이부인(李夫人)
    의 아름다움을 그의 오빠인 이연년이 "北方有佳人, 絶世而獨立. 一顧傾人城, 再顧
    傾人國. 寧不知傾城與傾國, 佳人難再得."이라 칭송하였다.

14) 感蕩(감탕) : 감동시키다.

15) 陳詩(진시) : 시를 늘어놓다. 시를 진술(陳述)하다.

16) 長歌(장가) : 노래를 길게 부르다.

17) 群(군) : 떼지어 모이다. 함께 어울리다.

18) 怨(원) : 원망하다. 불평을 토로하다.

19) 窮賤(궁천) : 궁핍하고 비천하다. 가난하고 천하다.

20) 幽居(유거) : 세상을 피하여 한적한 곳에서 살다. 또는 그러한 사람.

 그런데 춘풍춘조(春風春鳥)와 추월추선(秋月秋蟬) 그리고 하운서우(夏
雲暑雨)와 동월기한(冬月祁寒) 등. 이들은 네 절후(節候)가 그것들을 느
껴서 시에다 나타내도록 하는 것이다. 즐거운 모임에서는 친근감
을 시에다 부쳐 싣고, 동료들을 이별하여서는 슬픔을 시에다 의
탁하여 나타낸다. 초신(楚臣)이 변경(邊境)으로 내쫓기고 한첩(漢妾)
이 궁월을 떠나감이나, 혹은 뼈가 삭야(朔野)에 가로놓여 있거나
혹은 혼(魂)이 비봉(飛蓬)을 따라 흔들거리고 있거나, 혹은 창을 짚

어지고서 멀리 국경을 지키니 살기(殺氣)가 변방에 드세고, 새객(塞
客)이 홑옷 입고 떠나 빈방 지키는 홀어미에게는 눈물마저 말라버
렸다거나, 혹은 한 선비가 노리개 풀고 조정을 떠나더니 한번 가
서는 돌아올 줄 모르며, 한 여인이 눈썹을 쳐들고서 총애를 받는
데 두 번 쳐다보면 나라를 기울일 정도로 아름답다든지 하는 등
등의 이러한 여러가지가 모두 심령(心靈)을 감탕(感蕩)시키니, 진시
(陳詩)하지 않고서 무엇으로써 그 뜻을 펼칠 것이며, 장가(長歌)하지
않고서 무엇으로써 그 정(情)을 펴낼 수 있으리오? 고로 이르기를
"시는 그것으로써 무리를 이룰 수도 있고, 그것으로써 원망할 수
도 있다"고 하였으니, 궁천(窮賤)한 이로 하여금 안정되게 해주며
유거(幽居)하는 이로 하여금 번민(煩悶)을 없애게 해주는 데에는 시
보다 더 나은 것이 없다.

그런데 봄바람과 봄새, 가을달과 가을매미, 여름구름과 무더운 여름비, 겨
울달과 혹독한 겨울추위 등 자연의 경물(景物)들은 네 계절의 변화가 사람
들로 하여금 그에 대한 감흥을 느껴 그 감흥을 시에다 표현해내도록 하는
것이다. 즐거운 모임에 임하여서는 시를 통하여 그 친근감을 표현해내고,
동료들을 이별하여서는 시를 통하여 그 슬픔을 나타낸다. 굴원(屈原) 같은
초(楚)나라 신하가 변경으로 내쫓기고 반첩여(班婕妤)·왕소군(王昭君) 같
은 한(漢)나라 궁녀가 궁궐을 떠나감이나, 혹은 시체들이 북녘 들판에 즐
비하게 널려 있다거나 혹은 죽은 이의 넋들이 나부끼는 쑥을 따라 배회하
고 있다든지, 혹은 창을 쥐고서 멀리 국경지방을 지키는데 무시무시한 살
기(殺氣)가 온 변방에 가득 서려 있고, 요새를 지키는 병졸이 홑옷 입고 떨
며 지내는데 고향에서 남편 기다리는 홀어미에게는 이제 눈물마저도 다
말라버렸다거나, 혹은 한 선비가 벼슬을 그만두고 조정을 떠나더니 한번
가서는 돌아올 줄을 모르며, 한 여인이 눈썹을 쳐들고서 의기양양하게 총
애를 받는데 두 번 쳐다보면 국사(國事)를 돌보지 않아 나라를 망칠 정도
로 아름답다든지 하는 등등의 갖가지 상황들은 모두가 사람의 마음을 깊

이 감동시키는 것들이니, 시를 짓지 않고서야 어떻게 그러한 생각들을 다 표출해낼 수 있겠으며, 노래를 길게 뽑지 않고서야 어찌 그러한 정감(情感)들을 충분히 표현해낼 수 있겠는가? 그러므로 『논어』에 이르기를 "시는 그것을 통하여 사람들이 서로 어울릴 수 있도록 해주며, 불평을 토로하여 사회를 풍자할 수도 있게 해준다"라고 하였던 것이다. 가난하고 천한 사람들로 하여금 그 마음을 편안하게 해주며 속세를 떠나 은거하는 사람들로 하여금 번민을 없애게 해주는 데에는 시보다 더 나은 것이 없다.

이 단락에서는 시 작품이 지어지는 배경, 구체적으로 말해서 창작동기에 대해 서술하고 있다.

우선 여러가지 자연현상에 대한 인간의 감흥이나 즐거운 모임에서 맛보게 되는 친근감, 또는 동료들로부터 떠나 있을 때 느끼는 외로움 등이 모두 시 작품의 주제로 설정될 수 있음을 지적하였고, 이어서 사람들이 생활해오는 동안 처하게 되는 갖가지 상황과 경험들을 다양하게 제시함으로써 시가 어떠한 상황에서 어떠한 소재로 지어질 수 있는가 하는 문제에 대해 구체적인 설명을 가해놓았다. 이 단락은 그 내용으로 볼 때 제1단 첫머리의 "物之感人, 故搖蕩性情, 形諸舞詠."이란 대목을 풀어 설명한 주석에 해당된다.

'초신(楚臣)'이 굴원을 의식하고 쓴 말임은 의심의 여지가 없다. 하지만 '한첩(漢妾)'에 대해서는 이견이 존재하는데, 진연걸 찬 『시품주』에서는 왕소군(王昭君)을 지칭한 말로, 고직 찬 『종기실시품전』에서는 반첩여(班婕妤)를 지칭한 말로 각각 다르게 풀이하고 있다. 왕소군은 원래 궁녀 신분이었으나 흉노족에게 시집보내져 비극적인 삶을 마쳤으며, 반첩여 역시 황제의 첩으로 상당한 총애를 받다가 조비연(趙飛燕) 자매의 모함을 받아 결국은 후궁으로 쫓겨나는 비운을 맛보았던 여인이다. 반첩여의 경우 궁궐에서 완전히 물러나지는 않았다는 점에서 본다면, '한첩사궁(漢妾辭宮)'의 '한첩(漢妾)'은 왕소군을 가리키는 말로 이해하는 편이 더 타당할 것 같기도 하다. 그렇지만 종영이

반첩여를 「상품」에 품급해놓았고 「서」에서도 이능과 함께 전한(前漢) 시대
를 대표하는 오언시 작가로 높이 평가하고 있는 상황을 아울러 고려한다면,
후궁으로 옮겨앉은 반첩여에 대해서도 충분히 염두에 두고 한 말로 보인다.
이에 대해 이휘교 교수는 『시품휘주』에서, 초신(楚臣)·한첩(漢妾)·양아입
총(揚蛾入寵) 등이 모두 굴원·왕소군(혹은 반첩여)·이부인(李夫人) 등을 연
상하고 쓴 말들이긴 하지만, 반드시 어느 특정 인물만을 지칭한 것이 아니라
처지가 그와 같은 사람들을 두루 포괄하는 말로 보아야 하므로 꼭 어느 사람
어느 사건을 지시하는 것이라고 따져서 말할 필요가 없다고 설명하였다.
  '진시(陳詩)'에 대해서는 고직 찬 『종기실시품전』에서, 『예기(禮記)』「왕제
(王制)」에 이르기를 "命大師陳詩以觀民風."이라 하였고 정주(鄭注)에 "陳詩,
謂采其詩而視之."라 되어 있는데, 안(案)컨대 종영이 말한 '진시(陳詩)'는 시
를 짓는다는 뜻으로 사용된 말이어서 그 문장이 『예기』「왕제」 중의 문장에
출처를 두고 있기는 하지만 그 의미는 약간 다르다고 설명하였다.
  '장가(長歌)'는 『상서(尙書)』「순전(舜典)」 중의 "詩言志, 歌永言."과 『모시
주소』「대서」 중의 "詩者, 志之所之也, 在心爲志, 發言爲詩. 情動於中而形於
言, 言之不足故嗟歎之, 嗟歎之不足故永歌之, ……." 등을 연상하고 쓴 말일
것이다.
  '시가이군(詩可以群), 가이원(可以怨)'은 『논어』「양화(陽貨)」편에 나오는
언급으로 시의 효용을 설명한 말인데, 하안(何晏)의 『논어집해(論語集解)』에
서는 "孔安國曰 : 群, 居相切磋也. 怨, 刺上政也."라고 풀이하였다.

故詞人[1]作者，罔不愛好．今之士俗[2]，斯風熾矣：纔能勝衣[3]，
甫就小學[4]，必甘心而馳騖[5]焉．於是庸音雜體[6]，人各爲容．至使
膏腴子弟[7]，恥文不逮，終朝[8]點綴[9]，分夜[10]呻吟[11]．獨觀謂爲警
策[12]，衆覩終淪平鈍[13]．次有輕薄之徒，笑曹·劉[14]爲古拙[15]，謂
鮑照[16]羲皇上人[17]，謝朓[18]今古獨步．而師鮑照，終不及'日中市
朝滿'[19]；學謝朓，劣得[20]'黃鳥度青枝'[21]．徒自棄於高聽[22]，無涉
於文流[23]矣．

1) 詞人(사인) : 시(詩)·문(文)을 짓는 사람. 곧 당시의 문인들을 가리키는 말이다.

2) 士俗(사속) : 사인(士人)과 속인(俗人). 곧 지식인과 일반인.

3) 勝衣(승의) : 옷을 감당하다. 곧 남의 도움을 받지 않고 혼자 힘으로 옷을 입고 벗는다는 뜻.

4) 小學(소학) : 고대의 아동 교육기관으로, 8세에 입학하였다.

5) 馳騖(치무) : 말을 빨리 몰다. 또는 분주히 일하다. 여기서는 시를 매우 열성적으

로 짓는다는 뜻. 고직(古直) 찬(撰)『종기실시품전(鍾記室詩品箋)』과 코젠 히로시
(興膳宏) 찬(撰)『시품(詩品)』에는 '무(騖)'자가 '목(鶩)'으로 되어 있다. '무(騖, 달리
다)'와 '목(鶩, 달리다)'은 같은 뜻으로 통용된다.

6) 庸音雜體(용음잡체) : 평범한 음조와 잡박(雜駁)한 체재. 곧 수준이 낮고 어수선
한 시 작품들을 일컫는 말이다.

7) 膏腴子弟(고유자제) : 부유한 집안의 자제.

8) 終朝(종조) : 아침나절. 곧 새벽부터 아침식사 때까지를 가리키는 말이다.

9) 點綴(점철) : 점을 찍고 선을 긋다. 여기서는 시문(詩文)을 짓는다는 뜻.

10) 分夜(분야) : 반야(半夜). 한밤중.

11) 呻吟(신음) : [시문(詩文)을] 읊조리다.

12) 警策(경책) : 사람을 감동시키는 훌륭한 문구나 작품.

13) 平鈍(평둔) : 평범하고 둔탁하다.

14) 曹(조)·劉(유) : 조식(曹植)과 유정(劉楨).

15) 古拙(고졸) : 예스럽고 서툴다.

16) 鮑照(포조) : 남조(南朝) 송(宋)나라의 시인으로 「중품」에 품제되었다.

17) 羲皇上人(희황상인) : 복희씨(伏羲氏)가 황제였던 상고(上古) 시대 때 사람. 속세
를 떠나 한가하게 살아가는 신선 같은 사람을 비유하는 말로 흔히 쓰이는데, 여기
서는 속기(俗氣)가 없이 청아(淸雅)한 작품들을 남긴 훌륭한 시인들을 높여서 일
컫는 말로 사용되었다.

18) 謝朓(사조) : 남조(南朝) 제(齊)나라의 시인으로 「중품」에 품제되었다.

19) 日中市朝滿(일중시조만) : 포조(鮑照)의 악부(樂府) 「대결객소년장행(代結客少年
場行)」 중에 "日中市朝滿, 車馬若川流."란 구절이 보인다. '일중(日中)'은 한낮, 정
오. '조만(朝滿)'은 가득 모이다. '조(朝)'는 '회(會, 모이다)'와 같은 뜻.

20) 劣得(열득) : 근득(僅得). 겨우 얻다. 근근이 달성하다.

21) 黃鳥度靑枝(황조도청지) : 남조(南朝) 제(齊)나라의 시인 우염(虞炎)의 악부(樂府)
「옥계원(玉階怨)」 중에 보인다. '황조(黃鳥)'는 꾀꼬리. '도(度)'는 건너다.

22) 高聽(고청) : 높은 식견. 곧 작품을 보는 탁월한 안목이나 뛰어난 감상능력을 말
한다. 『역대시화(歷代詩話)』본과 『형설헌총서(螢雪軒叢書)』본 그리고 고직(古直)
찬(撰)『종기실시품전(鍾記室詩品箋)』, 진연걸(陳延傑) 찬(撰)『시품주(詩品注)』,

두천미(杜天縻) 찬(撰) 『시품신주(詩品新注)』, 섭장청(葉長靑) 찬(撰) 『시품집석(詩品集釋)』, 이휘교(李徽敎) 교수 찬(撰) 『시품휘주(詩品彙註)』 등에는 모두 '청(聽)' 자가 '명(明)'으로 되어 있다. 차주환(車柱環) 교수는 『종영시품교증(鍾嶸詩品校證)』에서 '청(聽)'으로 된 것이 『시품』의 본모습일 거라고 추정하였다.

23) 文流(문류) : 문(文)의 흐름. 곧 문학의 전통.

고(故)로 사인(詞人) 작자(作者) 중에서 〔시(詩)를〕 애호(愛好)하지 않은 이가 없었다. 오늘날의 사속(士俗)들에게도 이런 풍조가 왕성하여서, 겨우 옷을 이길 수 있거나 근근이 소학(小學)에 나아가게 되기만 하면 모두들 달갑게 〔시작(詩作)에〕 치무(馳騖)한다. 이에 용음잡체(庸音雜體)들을 사람들은 각기 다른 모습으로 지어낸다. 고유(膏腴) 자제(子弟)들은 그들의 시문(詩文)이 미치지 못함을 수치스럽게 여기게 되면 종조(終朝)에도 점철(點綴)하고 분야(分夜)에까지 신음(呻吟)한다. 혼자서 보고는 경책(警策)이라고 이르지만, 여러 사람들이 보기에는 마침내 평둔(平鈍)한 지경에 빠져들어 있을 뿐이다. 다음으로 경박한 무리들이 있어서, 조(曹)·유(劉)를 고졸(古拙)하다고 비웃으며 포조(鮑照)를 희황상인(羲皇上人)이라 하고 사조(謝朓)를 금고(今古)의 독보적(獨步的)인 존재라고 일컫는다. 그러나 포조를 스승으로 삼으면서도 마침내 '일중시조만(日中市朝滿)'이란 구에는 미치지 못하며, 사조를 배우면서도 겨우 '황조도청지(黃鳥度靑枝)'란 구를 얻는 정도에 그치고 있을 따름이다. 다만 스스로 고청(高聽)을 포기하였을 뿐 문류(文流)로 건너들 수는 없게 되었다.

그러므로 옛 문인들치고 시를 좋아하지 않은 이가 없었다. 오늘날에도 지식인이냐 일반인이냐를 막론하고 시를 좋아하는 이러한 풍조가 만연해 있어서, 겨우 자기 스스로 옷을 챙겨 입을 수 있고 근근이 소학(小學)에 다닐 수 있는 정도의 어린이들이라면 누구나 할 것 없이 모두들 기꺼이 열성적으로 시작(詩作)에 몰두하게 된다. 이리하여 평범하고 잡박(雜駁)한 시 작

품들을 사람들은 저마다 자기의 개성에 맞는 독자적인 형태로 지어낸다. 부유한 집안의 자제들은 혹시라도 자기의 시문(詩文)이 다른 사람들의 것보다 뒤떨어질까봐 걱정이 되어, 새벽부터 밤늦게까지 시를 지어서 교정을 거듭하고 끙끙거리며 읊조리곤 한다. 그리하여 지은 작품을 자기 혼자 보고서는 대단히 훌륭한 작품이라고 호평(好評)하지만, 사람들이 보기에는 역시 평범하고 둔탁한 지경을 벗어나지 못한 작품에 불과하다. 그외에도 경박한 무리들이 조식(曹植)과 유정(劉楨)의 작품을 예스럽고 서툴다고 비웃으며, 반대로 포조(鮑照)를 복희씨(伏羲氏)가 황제였던 상고(上古) 시대 때의 사람처럼 훌륭한 대가라고 일컫고, 사조(謝朓)를 고금을 통틀어 독보적인 시인이라고 칭찬한다. 그렇지만 포조의 작품을 본받으면서도 "한낮이 되어 시장에 많은 사람과 온갖 물건들 가득 모여들고(日中市朝滿)"라는 구와 같은 수준에는 끝내 미치지 못하며, 사조를 모방하면서도 "꾀꼬리는 푸른 나뭇가지 위로 날아 건너는구나(黃鳥度靑枝)"라는 구 정도의 수준에 겨우 도달한 것이 고작이다. 그러니 뛰어난 작품 감상능력을 스스로들 포기하였을 뿐, 문학의 전통이란 큰 흐름에는 동참할 수 없게 되고 말았다.

이 단락에서는 작자와 작품의 비약적인 증가추세에 따른 당시 시단의 병폐를 지적하였다.

코젠 히로시 찬 『시품』에서는 첫머리 두 구 '고사인작자(故詞人作者), 망불애호(罔不愛好)'를 제4단의 끝부분으로 이어서 단락을 나누어놓았다. 그러나 내용의 성격으로 보아 제5단의 첫머리로 분단(分段)하는 편이 타당할 듯하다.

'인각위용(人各爲容)' 구는 『양서』「종영전」과 『고일서』본, 『전양문』본 등에 모두 '각위가법(各爲家法)'으로 되어 있다. 『고씨문방소설』본, 『대우루총서』본, 『택시거총서』본, 『오조소설』본, 『설부』본, 『한위총서』본, 『광한위총서(廣漢魏叢書)』본, 『학시진체』본, 『용위비서』본, 『오조소설대관』본, 『형설헌총서』본 등에는 '인각(人各)'이 모두 '각각(各各)'으로 되어 있다. 차주환 교수는 『종영시품교증』에서 '인각(人各)'이나 '각위가법(各爲家法)' 등은 모두 후인들이 의개(意改)한 것이며 '각각위용(各各爲容)'으로 되어 있는 것이 『시품』의 본모습일 거라고 추정하였다.

'희황상인(羲皇上人)'에 대해서는 진연걸 찬 『시품주』에 포조 시의 예스럽고 질박함을 비난한 말이라고 설명되어 있다. 왕숙민 찬 『종영시품소증』에서는 『남제서』「문학전·논」에 소개된 포조의 시풍에 관한 언급을 근거로 제시하고 진연걸의 설을 반박하였으며, '포조희황상인(鮑照羲皇上人), 사조금고독보(謝朓今古獨步)' 두 구가 순접(順接)관계로 이어져서 당시의 경박한 문인들이 포조와 사조의 시를 극히 숭상한 반면 조식과 유정의 고졸(古拙)함을 비웃었음을 지적한 말이라고 설명하였다.

'황조도청지(黃鳥度靑枝)' 구는 『악부시집(樂府詩集)』 권43 「상화가사(相和歌辭)」 18에 실려 있는 우염(虞炎)의 악부(樂府) 「옥계원(玉階怨)」(紫藤拂花樹, 黃鳥度靑枝. 思君一歎息, 苦淚應言垂.) 중에 보인다. 사조의 작품 중에도 같은 제목의 악부 「옥계원」(夕殿下珠簾, 流螢飛復息. 長夜縫羅衣, 思君此何極.)이 있다. '학사조(學謝朓), 열득'황조도청지'(劣得'黃鳥度靑枝')'는 당시의 문인들이 사조의 시를 모방하면서도 사조의 작품 수준에는 훨씬 미치지 못하였고, 다만 모방해서 지어진 시 중에 보이는 '황조도청지(黃鳥度靑枝)'라는 구 정도의 수준에만 겨우 도달할 수 있었을 뿐이라는 뜻이다. 앞의 구절 '사포조(師鮑照), 종불급'일중시조만'(終不及'日中市朝滿')'이 당시 문인들이 포조의 시를 본받으면서도 포조의 시 작품 중에 보이는 '일중시조만(日中市朝滿)'과 같은 구의 수준에는 도저히 미치지 못하였다는 의미로 되어 있는 것과는 약간 다른 방식으로 기술되어 있다.

종영은 『시품』에서 조식과 유정을 역대 시인들 중 가장 뛰어난 작가로 높이 평가하여서 「상품」에 품급해놓고 있는 반면, 포조와 사조는 「중품」에 품급해놓았다. 특히 그는 사조·심약(沈約) 등을 비롯하여 당시의 문단을 대표한 문인들인 이른바 '경릉팔우(竟陵八友)'의 화려하고 유약한 유미주의적(唯

美主義的) 취향의 시 작품들에 대해서는 전반적으로 대단한 혹평을 가하고 있다. 양(梁)나라 간문제(簡文帝) 소강(蕭綱)이 「여상동왕서(與湘東王書)」에서 “至如近世謝朓・沈約之詩, 任昉・陸倕之筆, 斯實文章之冠冕, 述作之楷模.”라고 하였듯이, 사조・심약 등의 시가 일반적으로 대단한 호평을 누렸던 당시 문단의 풍조로 미루어볼 때 종영의 이러한 평가는 퍽 이례적인 것이라 하지 않을 수 없다.

觀王公[1]縉紳[2]之士, 每博論之餘, 何嘗不以詩爲口實[3] ： 隨其嗜欲, 商摧[4]不同, 淄澠並泛[5], 朱紫相奪[6], 喧議[7]競起, 準的無依. 近彭城劉士章[8], 俊賞[9]之士, 疾其淆亂[10], 欲爲當世詩品, 口陳[11] 標榜[12]. 其文未逐, 感而作焉.

---

1) 王公(왕공) : 천자(天子)와 제후(諸侯).

2) 縉紳(진신) : 조복(朝服)의 큰 띠에 홀(笏)을 꽂다. 곧 높은 벼슬아치를 일컫는 말. 『고씨문방소설(顧氏文房小說)』본, 『오조소설(五朝小說)』본, 『설부(說郛)』본, 『한위총서(漢魏叢書)』본, 『광한위총서(廣漢魏叢書)』본, 『학시진체(學詩津逮)』본, 『학진토원(學津討源)』본, 『전양문(全梁文)』본, 『담예주총(談藝珠叢)』본, 『용위비서(龍威秘書)』본, 『오조소설대관(五朝小說大觀)』본, 『사부비요(四部備要)』본, 『형설헌총서(螢雪軒叢書)』본, 고직(古直) 찬(撰)『종기실시품전(鍾記室詩品箋)』, 진연걸(陳延傑) 찬(撰)『시품주(詩品注)』, 두천미(杜天縻) 찬(撰)『시품신주(詩品新注)』, 문학고적간행사(文學古籍刊行社)본, 『양서(梁書)』「종영전(鍾嶸傳)」 등에는 모두 '진(縉)' 자가 '진(搢)'으로 되어 있다. '진(搢)'은 '진(縉)'의 고자(古字)이다.

3) 口實(구실) : 이야깃거리. 화제(話題).

4) 商榷(상각) : 비교하여 생각하다. 여기서는 작품에 대한 비평을 뜻한다. 『학시진체
(學詩津逮)』본, 『역대시화(歷代詩話)』본, 진연걸(陳延傑) 찬(撰) 『시품주(詩品注)』,
두천미(杜天縻) 찬(撰) 『시품신주(詩品新注)』, 섭장청(葉長靑) 찬(撰) 『시품집석(詩
品集釋)』, 문학고적간행사본(文學古籍刊行社) 등에는 모두 '각(榷)'자가 '각(権)'으로
되어 있다. '각(榷, 헤아리다)'과 '각(権, 도거리하다, 독차지하다)'은 옛날에 같은 뜻
으로 통용되었다.

5) 淄澠並泛(치승병범) : 치수(淄水)와 승수(澠水)가 한데 흘러든다. 곧 두 가지 사물
의 구별이 분명하지 못하고 애매모호하다는 뜻. 치수와 승수는 둘 다 황하(黃河)
의 지류로서 물맛이 서로 다르다고 한다.

6) 朱紫相奪(주자상탈) : 붉은빛과 자줏빛이 서로 어지럽게 뒤섞이다. 역시 두 가지
사물의 구별이 분명치 않다는 뜻.

7) 喧議(훤의) : 떠들썩하게 의논하다. 곧 여러가지 의견들이 분분하다는 뜻. 『양서
(梁書)』「종영전(鍾嶸傳)」에는 '훤화(諠譁, 떠들썩하게 지껄이다)'로 되어 있다.

8) 彭城劉士章(팽성유사장) : 유회(劉繪). 남조(南朝) 제(齊)나라의 시인·평론가로,
「하품」에 품제되었다. 팽성(彭城)은 그의 적관(籍貫)이며, 사장(士章)은 그의 자
이다.

9) 俊賞(준상) : 감상에 뛰어나다. 곧 작품을 비평하는 안목이 뛰어나다.

10) 淆亂(효란) : 뒤섞여 어지럽다.

11) 口陳(구진) : 말하다. 진술하다. 『산당고색(山堂考索)』본에는 '구진(具陳, 자세히
말하다)'으로 되어 있다. 차주환(車柱環) 교수 찬(撰) 『종영시품교증(鍾嶸詩品校證)』
에서는 '구진(具陳)'이 다음 구의 '미수(未遂)'와도 서로 잘 어울리고 의미에 있어
서도 더 나으며, '구(口)'자로 된 것은 앞부분의 '구실(口實)'이란 단어로 인한 잘못
일 거라고 추측하였다.

12) 標榜(표방) : 어떤 명목을 붙여 자기의 주장이나 견해를 내세우다.

 왕공(王公)과 진신지사(縉紳之士)들을 보면, 매양 박론(博論)하는 여가
마다 어찌 일찍이 시로써 구실을 삼지 않던가. 하지만 그 기욕(嗜
欲)을 따라 상각(商榷)도 달라지며, 치수(淄水)와 승수(澠水)가 나란히

흘러가듯 붉은색과 자주색이 서로 뒤섞여 있듯 하니, 떠들썩한 의견들이 다투어 일어나 의거(依據)할 만한 기준이 없다. 근래 팽성인(彭城人) 유사장(劉士章)은 준상지사(俊賞之士)로서 그 어지러움을 싫어하였기에, 당세(當世)의 시 품평을 하고자 하여 그 표방(標榜)을 구진(口陳)하였다. 그렇지만 그 문(文)이 이루어지지 못하였으므로, 〔내가〕 이에 느껴 〔이『시품』을〕 짓는다.

천자(天子)와 제후(諸侯) 그리고 높은 벼슬을 하고 있는 사대부들을 보면, 정사(政事)를 두루 논의할 때마다 늘 시를 화제로 삼아 이야기를 나누곤 한다. 그렇지만 사람들의 기호에 따라 작품에 대한 비평도 달라지며, 마치 치수(淄水)와 승수(澠水)가 모두 황하(黃河)로 흘러들어가서 한데 어우러져 있듯이 또는 붉은색과 자주색이 서로 뒤섞여 있듯이 분명하게 구별지어 평가를 내리기가 매우 어려우니, 분분한 여러가지 의견들이 무성하게 쏟아져나와서 의거할 만한 기준이 설정되어 있지 못하다. 근래의 팽성인(彭城人) 유회(劉繪)는 작품을 비평하는 안목이 매우 뛰어났던 선비로서 이러한 시 비평상의 혼란한 양상을 싫어하였기에, 당대의 시들을 나름대로 품평하고자 생각하고 자기의 견해를 구두(口頭)로 진술하기에 이르렀다. 하지만 그의 견해는 구두 발표로 그쳤을 뿐 문장으로 기록되지 못하였다. 이에 내가 느끼는 바가 있어서 이『시품』이란 책을 저술하게 되었다.

이 단락에서는『시품』이란 책을 저술하게 된 동기를 간단히 설명하고 있다. '치승병범(淄澠並泛)' 구에 대해서는 고직 찬『종기실시품전』에서 "『列子』「仲尼」篇曰 : '口將爽者, 先辨淄澠.' 張湛注 : '淄水出魯郡萊蕪縣 ; 澠水西自北海郡千乘縣界, 流至壽光縣, 二水相合.' 殷敬順『釋文』 : '淄澠水異味, 旣合則難別.'"이라 주석하였다.

'주자상탈(朱紫相奪)' 구는『논어』「양화」편의 "子曰 : 惡紫之奪朱也."라는 구절을 연상하고 한 말이라 하겠는데, 이에 대해 하안은『논어집해』에서 "孔

安國曰 : 朱, 正色 ; 紫, 間色之好者. 惡其邪好而奪正色也."라고 풀이하였다.

유회(劉繪)는 『남제서』 권48 「유회전(劉繪傳)」에 상세히 소개되어 있는데, 시에 대한 그의 높은 안목을 충분히 짐작할 수 있다.

昔九品論人[1], 七略[2]裁[3]士, 校以賓實[4], 誠多未值[5]. 至若詩之
爲技, 較爾[6]可知 ： 以類推之, 殆均[7]博弈[8].

1) 九品論人(구품논인) : 반고(班固)의 『한서(漢書)』「고금인표(古今人表)」에서 고금
   인물들을 아홉 등급으로 나누어 논해놓은 것을 지칭한 말이다.

2) 七略(칠략) : 유향(劉向)과 유흠(劉歆) 부자에 의해 완성된 중국 최초의 도서목록.
   「집략(輯略)」, 「육예략(六藝略)」, 「제자략(諸子略)」, 「시부략(詩賦略)」, 「병서략(兵
   書略)」, 「술수략(術數略)」, 「방기략(方技略)」 등 일곱 부류로 나누어 각기 간단한
   해제(解題)와 비평을 가해놓고 있다.

3) 裁(재) : [헤아려] 분별하다.

4) 賓實(빈실) : 명실(名實). 곧 겉모양과 실속.

5) 未值(미치) : 온당치 못하다. 타당하지 못하다.

6) 較爾(교이) : 현연(顯然). 분명한. 현저(顯著)한. 차주환(車柱環) 교수 찬(撰) 『종영
   시품교증(鍾嶸詩品校證)』에는 '이(爾)'자가 '이(尔)'로 되어 있다. '이(尔)'는 '이(爾)'
   의 속자(俗字)이다.

7) 均(균) : 평평하다. 동일하다.『양서(梁書)』「종영전(鍾嶸傳)」과『전양문(全梁文)』
   본 등에는 '동(同)'자로 되어 있다. '균(均)'과 '동(同)'은 같은 뜻이다.
8) 博弈(박혁) : 쌍륙(雙六, 주사위놀이)과 바둑.

옛적에 구품(九品)으로 논인(論人)하였던 것이나 칠략(七略)으로 재사(裁士)하였던 것들은 빈실(賓實)로써 교열(校閱)하여 보면 정말이지 다분히 온당치 못하다. 시의 기술(技術)됨에 있어서는 현저하게 알 수 있으니, 분류하여서 그를 추측하여 보면 거의 박혁(博弈)과 같다 하겠다.

이전에 반고(班固)는 인물들을 아홉 가지 품급으로 나누어 평가하였으며 유향(劉向)·유흠(劉歆) 부자는 저술을 남기고 있는 선비들을 일곱 가지 부류로 분류하였는데, 이러한 분류는 그 외형과 실질을 면밀히 비교 검토 하여볼 때 진실로 매우 타당하지 못하다. 시의 기교에 있어서는 그 우열을 분명하게 알 수 있으니, 종류별로 나누어서 그것들을 미루어 평가해보면 거의 쌍륙(雙六)이나 바둑에서와 마찬가지로 작품의 우열이 명확하게 드러 난다.

  이 단락에서는 시 품평의 정당성을 역설함으로써,『시품』의 편찬 요지를 간단히 밝혀놓고 있다.
  '구품논인(九品論人)' 구와 같이 중국인들이 역대 인물을 몇가지 등급으로 나누어 평가한 예는 오래 전 문헌에서도 드물지 않게 보이고 있다.『논어』「옹야」편의 "子曰 : 中人以上, 可以語上也. 中人以下, 不可以語上也."와 「양화」편의 "子曰 : 唯上知與下愚不移." 등의 언급에서 알 수 있듯이, 공자(孔子) 역시 사람들을 지식 정도에 따라 세 등급으로 나누어 생각한 바 있다. 반고(班固)는『한서(漢書)』「고금인표(古今人表)」에서 이러한 삼분법을 더욱 세분화하여 상상(上上, 聖人)·상중(上中, 仁人)·상하(上下, 智人)·중상(中

126

上)·중중(中中)·중하(中下)·하상(下上)·하중(下中)·하하(下下, 愚人) 등 아홉 단계를 설정해놓고, 이에 역대 유명인사들을 귀속시켜 분류하였다. 종영이 『시품』에서 역대 시인들을 상·중·하 세 품으로 나누어 품평한 것도 직접적으로는 반고의 이러한 분류법에서 착안한 것이라 할 수 있을 것이다. 한편 위(魏)나라 때 진군(陳群)은 '구품관인법(九品官人法)'을 창시하였다고 하는데, 이는 각 지방으로부터 인재를 그 능력에 따라 아홉 단계로 분류해서 추천받았던 일종의 관리등용 방법으로, 진(晉)나라 이후부터 남북조 시대에 이르는 동안 능력 본위에서 가문 또는 문벌 본위로 그 기준의 변화는 있었 지만 줄곧 시행되어왔다. 이러한 제도적인 배경 아래에서 남북조 시대에는 인물들의 등급을 나누어 우열을 평가하는 풍조가 매우 성하였음을 『수서(隋 書)』「경적지(經籍志)」, 『전양문』, 『세설신어』 등에 소개된 서명(書名)들을 통해 충분히 짐작할 수 있다. 그러므로 종영이 '구품논인(九品論人)'이라 한 것은 물론 반고의 「고금인표」를 지칭한 말이겠지만 그외에도 진군이 제창 한 '구품관인법'까지도 의식하고 한 말로 볼 수 있을 것이며, 『시품』을 창작 하게 된 동기 역시 유회로부터 직접적인 자극을 받은 것으로 앞단락 말미에 언급되어 있지만 또한 당시에 만연하였던 이러한 인물품평 풍조의 영향도 적지 않게 받았을 것으로 추측된다.

'교이빈실(校以賓實)'의 '교(校)'자는 고직 찬 『종기실시품전』에 '교(較)'로 되어 있다. '교(校, 헤아리다. 조사하다)'와 '교(較, 견주다)'는 서로 통용된다. '빈 실(賓實)'은 『장자(莊子)』「소요유(逍遙遊)」편의 "名者, 實之賓也."란 구절을 의식하고 쓴 말이라 하겠다.

'지약(至若)'의 '약(若)'이 고직 찬 『종기실시품전』에는 '우(于)'로 되어 있 으며, 이휘교 교수 찬 『시품휘주』에는 '지약(至若)'이 생략되어 있다.

'태균박혁(殆均博弈)' 구는 『논어』「양화」편의 "不有博弈者乎? 爲之猶賢乎 已."란 언급을 의식한 말로서, 사람을 품평하기는 어려우나 시 작품의 수준 을 품평하는 문제에 있어서는 그 우열이나 승부가 분명하게 드러난다는 의

미이다. 왕숙민 찬 『종영시품소증』에서는 "南朝人好博弈, 並爲之品第, 故仲偉引以爲喩."라 하였다. '혁(弈)'자가 '혁(奕)'으로 되어 있는 판본도 있다. '혁(弈, 바둑)'과 '혁(奕, 바둑)'은 서로 통용된다.

方今皇帝[1], 資生知之上才[2], 體沈鬱[3]之幽思 : 文麗日月, 賞究天人[4], 昔在貴游[5], 已爲稱首. 況八紘[6]旣奄[7], 風靡[8]雲蒸[9] ; 抱玉者聯肩, 握珠者踵武. 以瞰[10]漢·魏而不顧, 呑[11]晋·宋於胸中 : 諒非農歌轅議[12], 敢致流別[13]. 嶸之今錄, 庶周旋[14]於閭里[15], 均[16]之於談笑耳.

1) 方今皇帝(방금황제) : 지금의 황제. 곧 양(梁)나라 무제(武帝) 소연(蕭衍)을 가리킨 말이다.

2) 生知之上才(생지지상재) : 태어나면서부터 [사물의 이치를] 다 아는 최상의 재주.

3) 沈鬱(침울)〕: 깊고 풍부하다.

4) 天人(천인) : 천상(天象)과 인사(人事). 즉 우주와 인생.

5) 貴游(귀유) : 상류사회. 귀족 가문 또는 그 자제들. 여기서는 제(齊)나라 경릉왕(竟陵王) 소자량(蕭子良)이 귀족 자제들을 자주 청하여 시를 짓고 문학을 논하곤 하였던 모임을 가리킨다. 『양서(梁書)』 「종영전(鍾嶸傳)」과 허문우(許文雨) 편저(編著) 『문론강소(文論講疏)』본 『종영시품(鍾嶸詩品)』 등에는 '유(游)'자가 '유(遊)'로 되어

있다. '유(游)'와 '유(遊)'는 각각 고금자(古今字)이다.

6) 八紘(팔굉) : 사방(四方)과 사우(四隅). 곧 팔방(八方).

7) 奄(엄) : 덮어 가리다. 진압하다. 『고일서(古逸書)』본과 『전양문(全梁文)』본 그리고 『양서(梁書)』「종영전(鍾嶸傳)」, 『고금문초(古今文鈔)』, 『남북조문초(南北朝文鈔)』 등의 인용문에는 모두 '엄(掩)'으로 되어 있다. '엄(奄)'과 '엄(掩)'은 같은 뜻으로 서로 통용된다.

8) 風靡(풍미) : 바람에 풀이 쏠리다.

9) 雲蒸(운증) : 구름이 떠오르다.

10) 瞰(감) : 내려다보다.

11) 呑(탄) : 삼키다. 경시하다.

12) 農歌轅議(농가원의) : 격양지가(擊壤之歌)와 격원지가(擊轅之歌). 곧 농부의 노래와 천민의 노래. 여기서는 평범하고 저속한 작품을 뜻한다.

13) 流別(유별) : 분류하여서 평가하다.

14) 周旋(주선) : 두루 돌아다니다. 곧 널리 유전(流傳)되다. 『양서(梁書)』「종영전(鍾嶸傳)」과 『전양문(全梁文)』본 등에는 '선(旋)'자가 '유(遊)'로 되어 있다. 앞부분 '귀유(貴遊)'라는 단어로 인한 잘못인 듯하다.

15) 閭里(여리) : 마을. 곧 일반 백성들이 사는 시골.

16) 均(균) : 부(賦)와 같은 뜻. 곧 주다 또는 수여하다.

 지금의 황제께서는 생지지상재(生知之上才)를 바탕으로 하고 침울지유사(沈鬱之幽思)를 바탕으로 하여서, 시문(詩文)이 일월(日月)처럼 빛나며 작품감상이 천(天)·인(人)까지 다 헤아릴 정도이니, 옛적에 귀유(貴游)에서 이미 우두머리로 일컬어졌다. 하물며 팔굉(八紘)이 이미 진압되어서 [국세(國勢)가] 풍미(風靡)하듯 운증(雲蒸)하듯 하니, 옥을 품은 자들이 어깨를 나란히하고 구슬을 쥔 자들이 뒤를 잇는 듯하다. 써 한(漢)·위(魏)를 내려다보면서 돌아보지 아니하고 진(晋)·송(宋)을 흉중에다 삼키고 있으니, 참으로 [이는] 농가(農歌)나 원의(轅議)가 아닐진대 감히 유별(流別)할 수 있겠는가. 종영의

130

지금 기록이 여리(閭里)에 주선(周旋)되기를 바라면서 담소(談笑)에다 그것을 줄 따름이다.

지금의 황제이신 양(梁) 무제(武帝) 소연(蕭衍)께서는 천부적인 뛰어난 재능을 지니고 계시며 깊고도 풍부한 사상까지 갖추고 계시므로, 자연히 그의 작품이 해와 달처럼 찬란하게 빛날 뿐 아니라 그의 비평능력 또한 우주와 인생 모든 방면에 두루 통달해 있을 정도이니, 예전에 경릉왕(竟陵王)이 주최하였던 여러 귀족 자제들의 모임에서도 이미 시에 있어서의 제일 인자로 높이 평가받으셨다. 더군다나 지금은 온 중국 천하가 완전히 통일되어 풀이 바람에 쏠리듯 구름이 떠오르듯 무제의 위세가 대단히 강성해졌으므로, 이러한 사회안정에 편승하여 마치 옥을 품고 있는 이들이 어깨를 나란히하고 구슬을 쥐고 있는 이들이 발걸음을 잇듯이 뛰어난 작가들이 수없이 모여들었다. 그리하여 한(漢)나라와 위(魏)나라 때 작가들을 얕잡아보며 진(晉)나라와 송(宋)나라 때 작가들을 경시하기에 충분할 정도이니, 이처럼 훌륭한 작가의 작품은 진실로 농부나 천민들의 노래같이 평범한 작품이 아니므로, 감히 나의 저술 안에 함께 포함시켜서 분류 평가할 수가 없다. 종영은 지금 이『시품』을 지어서 민간에 널리 유전(流傳)될 수 있기를 바라며, 담소(談笑)할 때의 화젯거리 정도로나 활용될 수 있도록 발표할 따름이다.

이 단락에서는 당시의 황제 양(梁) 무제(武帝) 소연(蕭衍)의 시에 대해 따로 지면을 할애하여 극찬을 한 다음, 아울러 자신의 저술에 대한 형식적인 겸사(謙辭)를 덧붙이고 있다.

『양서』「종영전」, 『고금문초』, 『남북조문초』 등에 실린『시품』「서」는 모두 이 단락까지로 되어 있다.

소연은 502년에 양(梁)나라를 건국하면서 황제로 즉위하여 549년까지 근 50년 가까운 기간 동안 재위하였던 인물로서, 극히 혼란스러웠던 남북조 시대에서는 보기 드물 정도로 오랜 기간 황제로 군림하면서 잠시나마 태평시대를 개척하였다. 그는 문학에도 매우 뛰어나서 청년시절에 이미 제(齊)나라 경릉왕(竟陵王)의 문하에서 시문(詩文)을 함께 짓고 논하였던 '경릉팔우(竟陵八友)' 중의 한 명이기도 하였다. 그래서 종영은 이 단락에서 소연의 시를 높이 극찬하고 있지만, 그 이면에는 당시의 황제 지위에 있던 사람이라는 배려도 상당히 작용하였음을 부인할 수 없을 것이다.

'생지지상재(生知之上才)'는『논어』「계씨(季氏)」편의 "生而知之者, 上也 ; 學而知之者, 次也 ; 困而學之, 又其次也 ; 困而不學, 民斯爲下矣."란 언급을 의식한 말이다.

'상구천인(賞究天人)'의 '상(賞)'자가『고일서』본과『전양문』본 그리고『양서』「종영전」,『광박물지』,『고금문초』등의 인용문에는 모두 '학(學, 학술을 뜻함)'으로 되어 있다. '학구천인(學究天人)'이 관습적으로 어울리는 말이긴 하지만, 이 단락의 문장 성격으로 볼 때는 '상(賞)'으로 되는 편이 더 낫다.

'팔굉기엄(八紘旣奄), 풍미운중(風靡雲蒸) ; 포옥자연견(抱玉者聯肩), 악주자종무(握珠者踵武)'는 조식의 「여양덕조서(與楊德祖書)」 중의 "當此之時, 人人自謂 : '握靈蛇之珠', 家家自謂 : '抱荊山之玉'. 吾王於是設天網以該之, 頓八紘以掩之, 今悉集茲國矣."라는 언급을 강하게 의식한 말이라 하겠는데, 조식은 여기서 그의 부친인 조조의 휘하에 뛰어난 문인들이 수없이 모여들었음을 역설하고 있다. '연견(聯肩)'의 '연(聯)'자가『양서』「종영전」과『전양문』본에는 '연(連)'으로 되어 있다. '연(聯)'과 '연(連)'은 같은 뜻이다.

『고일서』본과『전양문』본 그리고 진연걸 찬『시품주』, 허문우 편저『문론강소』본『종영시품』, 두천미 찬『시품신주』, 왕중 찬『시품주』,『양서』「종영전」,『광박물지』,『고금문초』,『남북조문초』등의 인용문에는 모두 '이감한 · 위이불고(以瞰漢 · 魏而不顧)' 구의 첫머리에 '고(固)'자가 추가되어 있다. 문맥상으로는 '고(固)'가 있는 편이 더 낫다.『용위비서』본과 허문우 편저『문론강소』본『종영시품』에는 '이(以)'자가 '이(已)'로 되어 있다. '이(已)'는 '이

(以)’와 같은 뜻으로 통용된다.

‘균지어담소이(均之於談笑耳)’ 구의 ‘이(耳)’자가 『휘원상주』에는 ‘이(爾)’로 되어 있고, 차주환 교수 찬 『종영시품교증』에는 ‘이(尒)’로 되어 있다. ‘이(耳)’와 ‘이(爾)’는 같은 뜻으로 서로 통용되며, ‘이(尒)’는 ‘이(爾)’의 속자(俗字)이다.

一品之中, 略以世代[1]爲先後, 不以優劣爲詮次[2]. 又其人旣往[3], 其文克定[4]. 今所寓言[5], 不錄存者[6].

1) 世代(세대) : [시인이 생존하였던] 시대.

2) 詮次(전차) : 차례를 설정하는 기준.

3) 往(왕) : 세상을 떠나다. 죽다.

4) 克定(극정) : 충분히 정해질 수 있다. 곧 정당하게 평가될 수 있다.

5) 寓言(우언) : 말을 빌려서 자기 견해를 밝히다.

6) 存者(존자) : 생존해 있는 사람.

 하나의 품(品) 속에서는 대략 세대로써 선후를 삼았으며, 우열로써 전차(詮次)를 삼지는 않았다. 또한 그 사람이 이미 세상을 떠난 뒤라야 그 시문(詩文)이 충분히 정해질 수 있으므로, 지금 우언(寓言)하는 바에서 생존해 있는 자는 수록하지 않는다.

상·중·하 각 품에서는 대체로 시인들의 생존연대를 기준으로 하여 품평의 순서를 결정하였으며, 작품의 우열에 의거하여 차례를 매기지 않았다. 그리고 어느 시인이든지 그가 세상을 떠나고 난 뒤에야 그의 작품에 대한 정당한 평가가 내려질 수 있으므로, 지금 『시품』이란 저술을 통하여 품평을 가함에 있어서 현재 생존해 있는 시인들은 취급 대상에서 제외하였다.

각 품에서의 품평순서와 전체적인 품평범위를 간단히 서술하고 있다.

각 품에서의 품평순서는 작품의 우열에 기준을 두지 않고 작가들의 생존연대를 근거로 하였음을 밝혀놓았다. 또 집필 당시 생존자들의 작품은 품평 대상에서 제외하였다고 밝히고 있는데, 이러한 품평범위 설정은 계급질서가 엄격하였던 당시 사회에서 생존해 있는 사람들의 작품에 대해 정당한 평가를 내리기가 극히 어려웠을 것이란 사실을 고려한다면 매우 타당성있는 비평태도라 할 수 있다.

‘우기인기왕(又其人旣往)’ 구의 ‘우(又)’자가 진연걸 찬 『시품주』와 두천미 찬 『시품신주』에는 모두 ‘유(有)’로 되어 있다. ‘유(有)’는 옛날에 ‘우(又)’와 같은 뜻으로 서로 통용되었다.

夫屬詞[1]比事[2], 乃爲通談[3]. 若乃經國文符[4], 應資博古[5], 撰德駁奏[6], 宜窮往烈[7]. 至乎吟詠情性[8], 亦何貴於用事[9]. ‘思君如流水’[10], 旣是卽目[11] ; ‘高臺多悲風’[12], 亦惟所見[13] ; ‘淸晨登隴首’[14], 羌[15]無故實[16] ; ‘明月照積雪’[17], 詎[18]出經史. 觀古今勝語, 多非補假[19], 皆由直尋[20].

1) 屬詞(촉사) : 시문(詩文)을 짓다. 차주환(車柱環) 교수 찬(撰) 『종영시품교증(鍾嶸

詩品校證)』에서는 ‘사(詞)’자가 ‘사(辭)’로 되어야 옳다고 하였다.

2) 比事(비사) : 과거 사례를 들어 비유하다. 곧 전고(典故)를 사용한다는 뜻.

3) 通談(통담) : 통설 또는 통념. 곧 사회 일반에 널리 통하는 견해나 사조(思潮).

4) 經國文符(경국문부) : 나라를 다스리는 데 사용되는 문서(文書)나 부절(符節).

5) 博古(박고) : 옛것을 널리 잘 알다.

6) 撰德駁奏(찬덕박주) : 덕을 기록하는 문장이나 남을 논박하는 상소문.

7) 往烈(왕렬) : 전열(前烈). 곧 전인(前人)들의 위업이나 공적.

8) 吟詠情性(음영정성) : 성정(性情)을 읊조리다. 여기서는 시를 짓는다는 뜻.

9) 用事(용사) : 예사구(隸事句)나 전고(典故)를 사용하다.

10) 서간(徐幹)의 「잡시(雜詩)」 중 "思君如流水, 何有窮已時."에 나오는 구절이다.

11) 卽目(즉목) : 눈앞에서 바로 사물을 대하는 것처럼 표현이 생생하다는 뜻.

12) 조식(曹植)의 「잡시(雜詩)」 제1수 중 "高臺多悲風, 朝日照北林."에 나오는 구절이다.

13) 所見(소견) : 직접 바라보는 것처럼 묘사가 또렷하다는 뜻.

14) 『북당서초(北堂書鈔)』157 「농편(隴篇)」 8 「청신등농수(淸晨登隴首)」조 중의 "張
   華詩云 : '淸晨登隴首, 坎壈行山難. ……'" 가운데에 보인다. ‘농수(隴首)’는 농산(隴
   山, 지금의 섬서성 농현[隴縣] 서북쪽에 있는 산)의 꼭대기.

15) 羌(강) : 감탄사. 아!

16) 故實(고실) : 옛날에 있었던 사실.

17) 사영운(謝靈運)의 「세모(歲暮)」 중 "明月照積雪, 朔風勁且哀."에 나오는 구절이다.

18) 詎(거) : 어찌.

19) 補假(보가) : 보충하고 빌려오다. 여기서는 시작(詩作)에서 전고(典故)를 사용하
   는 수법을 말한다.

20) 直尋(직심) : 직접 찾아내어 쓰다. 여기서는 시작(詩作)에서 전고(典故)의 사용
   등을 지양하고 작자가 보고 느낀 바를 직접적으로 묘사하는 수법을 말한다.

 대저 촉사(屬詞)함에 비사(比事)하는 것이 곧 통념으로 되어 있다.
만약 곧 경국문부(經國文符)의 경우라면 응당 박고(博古)할 필요가
있겠고, 찬덕박주(撰德駁奏)의 경우에도 마땅히 왕렬(往烈)을 충분히

알아야 할 것이다. 하지만 음영정성(吟詠情性)함에 이르러서는 또한 어찌 용사(用事)를 귀히 여기겠는가. '사군여류수(思君如流水)'는 이미 즉목(卽目)하듯 표현이 생생하고, '고대다비풍(高臺多悲風)'도 또한 오직 소견(所見)같이 묘사가 또렷하며, '청신등농수(淸晨登隴首)'에도 역시 고실(故實)로부터 인용된 흔적이 없고, '명월조적설(明月照積雪)'도 어찌 경서(經書)나 사서(史書)에서 나왔는가. 고금의 승어(勝語)들을 보면, 대다수가 보가(補假)함이 아니라 모두 직심(直尋)으로 말미암은 것들이다.

모름지기 시를 지을 때 전고(典故)를 사용하는 풍조가 사회 전체의 일반적인 통념처럼 되어 있다. 그러나 나라를 다스리는 데 사용되는 공문서를 작성하는 경우에는 당연히 옛것을 널리 알아야 할 필요가 있겠고, 또 덕을 기리는 문장이나 남을 논박하는 상소문을 작성한다면 마땅히 옛사람들의 업적을 충분히 알고 있어야 하겠지만, 시를 지을 때에는 전고의 사용을 중시할 필요가 전혀 없다. 전고를 사용하지 않았으면서도 뛰어난 시구들의 예를 들어보건대, "그대를 생각함이 흐르는 물과 같거늘(思君如流水)"이란 구는 눈앞에서 바로 어떤 사물을 대하고 있는 것처럼 표현이 생생하게 되어 있을 뿐만 아니라, "높은 망루엔 쓸쓸한 바람 많이도 불고(高臺多悲風)"라는 구 역시 눈으로 그 풍경을 직접 바라다보고 있는 것처럼 묘사가 또렷하게 되어 있다. "맑은 새벽기운이 농산 꼭대기로 솟아오르는데(淸晨登隴首)"란 구에도 전고는 전혀 사용되지 않았으며, "밝은 달빛이 쌓인 눈을 비추는데(明月照積雪)"라는 구 역시 경서(經書)나 사서(史書)로부터의 전고를 일체 사용하지 않고 있다. 고금을 통틀어 뛰어난 시구들을 살펴보면 대부분 전고를 사용하지 않은 것들이며, 모두 직접적으로 작자 자신이 보고 느낀 바를 그대로 묘사해놓은 것들이다.

전고(典故)를 사용하는 폐단을 지적하였다. 전고는 중국의 시(詩)·문(文) 분야에서 풍부한 함축성을 부여하기 위한 매우 중요한 수사법 중의 하나로 받아들여져왔다. 하지만 종영은 감각적인 문학장르인 시에서만큼은 전고의 사용이 전혀 필요하지 않다는 입장을 취하고 있으며, 까다로운 전고의 사용에 집착하기보다는 작자가 보고 느낀 바를 직접적이면서도 자연스럽게 묘사할 것을 주장하고 있다.

　'음영정성(吟詠情性)' 구의 '정성(情性)'이 『대우루총서』본, 『택시거총서』본, 『양문기』본, 『진체비서』본, 『학진토원』본, 『전양문』본, 『담예주총(談藝珠叢)』본, 『사부비요』본 등에는 모두 '성정(性情)'으로 되어 있다. 차주환 교수는 『종영시품교증』에서 이 서문의 제1단 중에 '고요탕성정(故搖蕩性情)'이란 구가 이미 사용되었으며, 또 위아래 문장의 음운상 조화를 고려해보더라도 '성정(性情)'으로 되어 있는 것이 『시품』의 본모습일 거라고 추정하였다.

顔延[1]・謝莊[2], 尤爲繁密[3], 於時化之. 故大明[4]・泰始[5]中, 文章殆同書抄[6]. 近任昉[7]・王元長[8]等, 詞不貴奇[9], 競須新事[10]. 爾來作者, 寖[11]以成俗. 遂乃句無虛語[12], 語無虛字[13], 拘攣補衲[14], 蠹文[15]已甚. 但自然英旨[16], 罕値其人. 詞旣失高, 則宜加事義[17]. 雖謝天才[18], 且表學問, 亦一理乎.

1) 顔延(안연) : 안연지(顔延之)의 약칭.
2) 謝莊(사장) : 남조(南朝) 송(宋)나라의 시인으로 「하품」에 품제되었다.
3) 繁密(번밀) : 번잡하고 조밀하다. 여기서는 전고(典故)를 많이 사용한 폐단을 지적한 말이다.
4) 大明(대명) : 남조(南朝) 송(宋)나라 효무제(孝武帝) 때의 연호. 서기 457～464년.
5) 泰始(태시) : 남조(南朝) 송(宋)나라 명제(明帝) 때의 연호. 서기 465～471년.
6) 書抄(서초) : 여러 책에서 마음에 드는 문장들을 뽑아 베낀 것.
7) 任昉(임방) : 남조(南朝) 양(梁)나라의 시인으로 「중품」에 품제되었다.

8) 王元長(왕원장) : 왕융(王融). 남조(南朝) 제(齊)나라의 시인으로 「하품」에 품제되
   었다. 원장(元長)은 그의 자.

9) 奇(기) : 기발하다. 곧 표현에 있어서의 작자의 독창성을 뜻하는 말이다.

10) 新事(신사) : 참신한 예사구(隸事句). 전고(典故).

11) 寖(침) : 점점. 차차로 『산당고색(山堂考索)』본과 『패편(稗編)』 인용문에는 '침
   (寖)'자로 되어 있다. '침(寖)'은 '침(寖)'의 속자(俗字)이다.

12) 虛語(허어) : 전고를 사용하지 않은 어휘.

13) 虛字(허자) : 전고를 사용하지 않은 글자.

14) 拘攣補衲(구련보납) : 전고의 사용에 얽매인다는 뜻. '보납(補衲)'은 보충하고 깁
   는다는 뜻으로, 시를 지을 때 전고를 사용하는 수법을 가리키는 말이다.

15) 蠹文(두문) : 문(文)을 좀먹다. 곧 문학에 해독을 끼친다는 뜻.

16) 自然英旨(자연영지) : 자연스럽고 취지(趣旨)가 빼어난 작품. 여기서는 전고(典故)
   를 사용하지 않고 자연스럽게 묘사해놓은 뛰어난 작품을 가리키는 말로 쓰였다.

17) 事義(사의) : 전고(典故).

18) 天才(천재) : 선천적인 시재(詩才).

안연(顏延)과 사장(謝莊)은 더욱더 번밀(繁密)하여졌고, 당시 사람들
이 그들에 동화되었다. 고로 대명(大明)·태시(泰始) 중에는 문학이
거의 서초(書抄)와 동일하였다. 근인(近人) 임방(任昉)·왕원장(王元長)
등은 문사(文詞)에 있어서 기발함을 귀히 여기지 않고 다만 신사(新
事)만을 다투어 사용하였다. 그 이래로 작자들에게는 이러한 풍조
가 점점 습속을 이루었다. 마침내 곧 구마다 허어(虛語)가 없고 어
휘마다 허자(虛字)가 없이 보납(補衲)에만 얽매여서 문(文)을 좀먹는
폐단이 대단히 심해졌다. 또 자연스럽고 취지가 빼어난 작품은
그 작자를 만나기가 거의 어렵다. 문사에 있어 이미 고상함을 잃
게 되면 곧 마땅히 사의(事義)를 더하여야만 한다. 비록 천재(天才)
가 부족하더라도 또한 학문이나 나타낼 수 있다면 또한 한 가지
이치는 되지 않겠는가.

안연지(顔延之)와 사장(謝莊)의 시에는 더욱더 전고가 많이 사용되어 있으며, 당시 문인들이 모두 그들의 이러한 작품경향에 동화되었다. 그리하여 대명(大明) 및 태시(泰始) 연간에는 시 작품들이 거의 대부분 옛책들 가운데서 마음에 드는 구절들을 뽑아 베껴놓은 것처럼 되어버렸다. 최근 임방(任昉)과 왕융(王融) 등 시인들은 표현에 있어서 작자 자신의 독창성을 중요시하지 않고 오직 전고를 사용하는 데에만 주력하였다. 그 이후로 시인들에게는 이러한 전고 사용의 풍조가 차츰 관습처럼 되어버렸다. 그리하여 급기야는 모든 구마다 전고를 사용하지 않은 어휘가 하나도 없고 모든 어휘마다 전고를 사용하지 않은 글자가 하나도 없이, 오로지 전고의 사용에만 얽매여서 문학 작품에 극심한 해독을 끼치게까지 되었다. 반면에 자연스러우면서도 취지가 뛰어난 작품들을 창작한 작가는 정말 찾아보기가 어렵다. 어휘 구사에 있어서 고상한 맛을 잃게 되면 곧 마땅히 전고라도 사용하여야 할 것이니, 비록 선천적인 시재(詩才)는 부족하다 하더라도 또한 학식이나 드러낼 수 있다면 이 또한 한 가지 의의는 있는 것이리라.

육조(六朝) 시대 문인들은 전고를 병적이라 할 정도로까지 지나치게 많이 사용하여, 그 작품들이 결국은 수사주의 일변도로 흘러 내용이 결핍된 형식주의 문학으로 전락하고 말았다는 평을 받고 있다. 종영은 이처럼 지나친 전고의 사용이 문학에 심한 해독을 끼친다고 인식하여, 가급적이면 전고의 사용을 지양하고 자연스러운 시문(詩文)을 구사하여야 한다는 생각을 지녔던 것이다.

'부촉사비사(夫屬詞比事)'부터 이 부분까지는 전고 사용의 폐단을 비판하는 내용으로, 이 책의 배열순서나 품평범위 또는 저술동기 및 품평방식 등을 설명하고 있는 범례(凡例), 즉 일러두기 성격의 앞뒤 부분과 별다른 관련을 맺고 있지 않다. 그래서 차주환 교수는 『종영시품교증』에서 이 부분이 본래는 「상품」「사영운(謝靈運)」조의 평문(評文) 뒤에 첨부되어 있었던 것인지도 모른다고 추측하였다.

140

‘안연·사장(顔延·謝莊), 우위번밀(尤爲繁密)’ 중의 ‘사장(謝莊)’에 대하여, 차주환 교수는 『종영시품교증』에서 본래 ‘사객(謝客)’──사영운(謝靈運)──으로 되어 있었던 것이 초서(草書)의 형태가 비슷해 ‘사장(謝莊)’으로 잘못 고쳐진 것일 거라고 추정하였다. 종영은 「하품」「사장(謝莊)」조에서 사장의 시를 “기풍이 매우 산뜻하다(氣候淸雅)”고 좋게 평하였을 뿐 번밀(繁密)하다는 언급을 전혀 가해놓지 않았으며, 반면에 「상품」「사영운」조에서는 사영운의 시를 평하여 “상당히 번잡한 감을 주는 것이 결점이다(頗以繁蕪爲累)”라고 하였고, 「중품」「안연지(顔延之)」조에서는 안연지의 시를 평하여 “작품 구성이 화려하고 짜임새 있다(體裁綺密)”라고 지적해놓은 바 있다. 또한 사영운과 안연지는 『시품』「서」에도 “사영운은 원가 연간의 시인들 중 가장 뛰어났으며, 안연지가 그를 보좌하였다(謝客爲元嘉之雄, 顔延年爲輔.)”라고 함께 거론되어 있을 뿐 아니라, 역대로 두 사람이 같이 병칭된 예들이 허다하였다. 이러한 점들을 고려할 때, 차주환 교수의 설은 상당히 설득력이 있어 보인다. 그렇지만 사영운과 안연지가 옛날부터 그렇게 널리 병칭되어왔다면, 사장(謝莊)을 사객(謝客)으로 잘못 오인하기는 쉬울지 모르지만 사객을 사장으로 잘못 알고 고쳤을 거라는 데에는 좀처럼 수긍이 가질 않는다. 더군다나 ‘장(莊)’이 ‘객(客)’으로 되어 있는 판본도 전혀 없는 실정이므로, 차교수의 설을 그대로 따르기에는 아무래도 많은 무리가 따른다 하겠다.

‘고대명·태시중(故大明·泰始中), 문장태동서초(文章殆同書抄)’라는 견해에 대하여는, 종영과 동시대 사람인 소자현도 『남제서』「문학전·논」에서 “今之文章, 作者雖衆, 總而爲論, 略有三體. …… 次則緝事比類, 非對不發；博物可嘉, 職成拘制；或全借古語, 用申今情；崎嶇牽引, 直爲偶說；唯覩事例, 頓失精采.”라고 하여 인식을 같이하였다. ‘문장(文章)’은 문학 또는 문학 작품을 뜻하는 말로, 여기에서는 오언시 분야를 중점적으로 지칭하고 있다. 『시품』「서」 중의 ‘역문장지중흥야(亦文章之中興也, 또한 시가 다시 중흥될 수 있었다)’ 구와 ‘석조·유태문장지성(昔曹·劉殆文章之聖, 옛날 시인들 중 조식과 유정은 문학 분야의 성인이라 할 만하다)' 구, 그리고 「상품」「조식(曹植)」조 중의 '진사지어문장야(陳思之於文章也, 시에 있어서의 조식의 위치는)' 구 등에 동일한 용례가 보인다.

'근임방·왕원장등(近任昉·王元長等), 사불귀기(詞不貴奇), 경수신사(競須新事)' 중의 '왕원장(王元長)'은 왕융(王融)을 가리키며, 원장(元長)은 그의 자이다. 이 단(段)에서 유독 그의 경우에만 이름 대신 자로 일컫고 있는 것은 제(齊)나라 화제(和帝)의 휘자(諱字)를 피하기 위해서인 것으로 보인다. '사불귀기(詞不貴奇)'의 '기(奇)'는 문학 작품에 나타난 작자의 개성이나 독창성을 뜻하는 용어로, 종영이 『시품』에서 아주 중요한 비평기준의 하나로 제시해 둔 것이다. 「상품」「조식」조 중의 '골기기고(骨氣奇高)', 「유정(劉楨)」조 중의 '장기애기(仗氣愛奇)' 그리고 「중품」「장화(張華)」조 중의 '흥탁불기(興託不奇)' 등 여러 군데에서 동일한 용례를 찾아볼 수 있다. 임방(任昉)이 독창성을 중시하지 않고 전고를 남용하였다는 데 대하여는, 「중품」「임방(任昉)」조에도 "다만 안타깝게도 임방은 사물들에 두루 해박한 지식을 갖고 있었기 때문에, 시를 지을 때마다 번번이 전고를 남용하는 버릇을 드러내었으며, 그 결과 시 작품들에 독창성이 결여될 수밖에 없었다(但昉既博物, 動輒用事, 所以詩不得奇.)"라는 동일한 시각의 평이 가해져 있으며, 『남사(南史)』 권59 「임방전(任昉傳)」에서도 "時人云 : '任筆沈詩'. 昉聞, 甚以爲病. 晚節轉好著詩, 欲以傾沈. 用事過多, 屬辭不得流便. 自爾都下之士慕之, 轉爲穿鑿, 於是有才盡之談矣."라 하여 종영과 견해를 같이하였다. 왕융의 시에 대해서는 종영이 「하품」에서 "[그의] 오언시 작품들은 마치 한 재[尺]의 길이에도 짧은 바가 있는 것과 마찬가지로 그다지 훌륭해 보이지 않는다(至於五言之作, 幾乎尺有所短.)"라고 평하고 있는데, 이 평문 가운데 '소단(所短)'이 바로 전고를 남용하고 음률을 중시하였던 폐단을 지적한 말이 아닌가 싶다.

142

陸機「文賦」, 通而無貶[1] ; 李充『翰林』[2], 疎而不切[3] ; 王微[4]
『鴻寶』, 密而無裁[5] ; 顔延「論文」, 精而難曉[6] ; 摯虞『文志』[7],
詳而博瞻[8]. 頗曰知言[9]. 觀斯數家, 皆就談文體[10], 而不顯優劣.
至於謝客集詩[11], 逢詩輒取 ; 張騭『文士』[12], 逢人卽書. 諸英志
錄, 並義在文, 曾無品第.

1) 通而無貶(통이무폄) : 두루 미치기는 하였지만 깎아내림이 없다. 여기서는 문학
   전반에 걸쳐 부족함 없이 잘 논술해놓고 있긴 하지만 구체적인 작품비평이 되어
   있지 않다는 뜻.
2) 李充『翰林』(이충『한림』) : 이충(李充, 동진 시대 문인)의 『한림론(翰林論)』.
3) 疎而不切(소이부절) : 통하기는 하지만 절실하지 못하다. 곧 전체적인 대의(大意)
   는 통하지만 요점을 적절하게 지적해내지 못하였다는 뜻.
4) 王微(왕미) : 남조(南朝) 송(宋)나라의 시인으로 「중품」에 품제되었다.
5) 密而無裁(밀이무재) : 치밀하기는 하나 품재(品裁)가 없다. 곧 서술 자체는 치밀하
   나 독자적인 판단이 결여되어 있다는 뜻.
6) 精而難曉(정이난효) : 서술이 정교하기는 하나 이해하기가 어렵다.
7) 摯虞『文志』(지우『문지』) : 지우(摯虞, 서진 시대 문인)의 『문장유별지론(文章流別志
   論)』.
8) 詳而博瞻(상이박섬) : 서술이 상세하면서도 다루고 있는 범위가 넓고 풍부하다.
9) 知言(지언) : 사리(事理)에 통달한 말이나 견해.
10) 文體(문체) : 문장(文章)의 본바탕. 여기서는 문학 작품의 본질이나 양식 등을 두
    루 가리킨 말로 보는 편이 좋을 듯하다.
11) 謝客集詩(사객집시) : 사영운이 펴낸 시선집(詩選集).
12) 張騭『文士』(장즐『문사』) : 장즐(張騭, 진나라 때 문인)의 『문사전(文士傳)』.

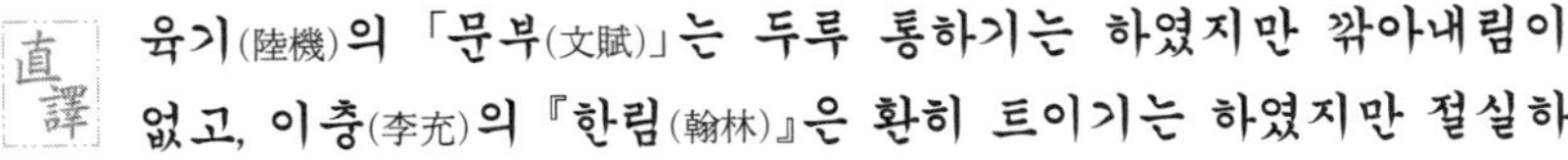

直譯 육기(陸機)의 「문부(文賦)」는 두루 통하기는 하였지만 깎아내림이
    없고, 이충(李充)의 『한림(翰林)』은 환히 트이기는 하였지만 절실하

지 못하며, 왕미(王微)의 『홍보(鴻寶)』는 치밀하기는 하나 품재(品裁)가 없고, 안연(顔延)의 「논문(論文)」은 정교하기는 하나 난해(難解)하며, 지우(摯虞)의 『문지(文志)』는 상세하면서도 박섬(博贍)하다. 자못 지언(知言)이라 일컬을 만하다. 이들 수가(數家)를 보면 모두 문체만을 담론(談論)하고 있을 뿐, 우열을 나타내지는 않았다. 사객(謝客)의 시선집(詩選集)에 이르러서는 접한 시들은 번번이 다 취하였으며, 장즐(張騭)의 『문사(文士)』도 대(對)한 문인들은 곧바로 다 써놓았다. 제현(諸賢)들의 지록(志錄)이 모두 그 의도가 문(文)에만 있었지, 일찍이 품제는 해놓지 않았다.

육기(陸機)의 「문부(文賦)」는 문학 전반에 걸쳐 두루 잘 논술하고 있긴 하지만 구체적인 작품비평이 가해져 있지 않다. 이충(李充)의 『한림론(翰林論)』은 전체적인 대의는 순조롭게 통하고 있으나 요점을 적절하게 지적해내지 못하였다. 왕미(王微)의 『홍보(鴻寶)』는 서술이 치밀하기는 하지만 독자적인 판단이 결여되어 있다. 안연지(顔延之)의 「논문(論文)」은 서술이 정교하기는 하나 이해하기가 너무 어렵다. 지우(摯虞)의 『문장유별지론(文章流別志論)』은 서술이 상세하면서도 다루고 있는 범위가 넓고 풍부하다. 이 저술들은 모두 그런대로 탁월한 문학이론 문장들로 평가받을 만하다. 다만 이들 여러 명의 저술들을 검토해보면 모두 문학의 본질이나 양식 등의 문제에 대해서만 논의를 가해놓았을 뿐, 작가나 작품의 우열을 분명히 가려놓지 않고 있다. 사영운(謝靈運)이 편찬한 시선집에는 시라는 시는 모조리 다 수록되어 있고, 장즐(張騭)의 『문사전(文士傳)』에서는 문인이란 문인은 모두 선택하여 기술해놓고 있다. 여러 훌륭한 문인들이 편찬한 시문선집(詩文選集)들이 모두 작품을 모으는 데에 급급하였을 뿐, 전혀 품평을 가해놓지 않고 있다.

화제를 다시 돌려 역대의 문학이론 문장들에 대한 논평을 가해놓고 있다. 진(晋)·송(宋) 시대 문인들의 저작을 검토 대상으로 삼아 논평을 가함으로

144

써, 은연중에 자신이 저술하는 『시품』이란 저서가 이들 저작과는 상당히 다른 성격을 띠고 있다는 자부심을 시사해두었다. 종영이 역대의 문학이론 관계 문장들에 대해 느꼈던 가장 큰 불만은 구체적이고 개별적인 작가론이나 작품론적 요소가 전반적으로 결여되어 있다는 점이었으며, 이러한 불만이 바로 그가 『시품』을 집필하게 된 동기로 이어진 것이라 하겠다. 유협의 『문심조룡』 역시 그 「서지(序志)」편에 역대 문인들의 문학론에 대한 짤막한 논평을 가해둠으로써, 작자가 그 이전 이론들에 대해 지녔던 불만이 저술 동기로 작용하였음을 시사하고 있다.

육기(陸機)의 「문부(文賦)」는 부(賦)의 형식을 빌려 문학행위의 본질적인 문제들을 파헤치고 있는 위(魏)·진(晉) 시대의 대표적인 문학이론 관계 문장으로서, 현재 『문선』 권17에 수록되어 전하고 있다.

『한림(翰林)』은 동진(東晉) 초기에 이충(李充)이 저술한 『한림론(翰林論)』의 약칭이다. 『수서』 「경적지」에 "『한림론』 3권"(原注는 '李充 撰, 梁54卷.')이라 하였으나, 현재는 극히 일부 문장들만 다른 서적들에 인용되어 전하고 있을 뿐 거의 망실되어버렸다.

왕미(王微)의 『홍보(鴻寶)』 역시 그 내용이 전혀 전하지 않는다. 『송서(宋書)』 권62 「왕미전(王微傳)」에는 그가 『홍보』를 저술하였다는 언급이 없으며, 『수서』 「경적지·자부(子部)」에도 『홍보』 10권이란 서명(書名)은 소개되어 있지만 그 작자는 밝혀져 있지 않다. 다만 『문경비부론(文鏡秘府論)』 천권(天卷)에 유선경(劉善經)의 『사성지귀(四聲指歸)』에 보이는 "왕미가 제작한 『홍보』(王微之製『鴻寶』)"라는 언급이 인용되어 있는 점을 볼 때, 『홍보』가 왕미의 저작이라는 데에는 별반 의심의 여지가 없을 듯하다.

안연지(顔延之)의 「논문(論文)」이 구체적으로 무엇을 가리키는지에 대해서는 정확히 알 수가 없다. 그의 문집에도 「논문」이란 편은 보이지 않고, 단지 그가 저술한 「정고(庭誥)」 중에 문론(文論) 관계 언급이 약간 포함되어 있을 뿐이다. 고직 찬 『종기실시품전』과 허문우 편저 『문론강소』본 『종영시품」 등에서는 종영이 '안연「논문」(顔延「論文」)'이라 한 말이 바로 이 「정고」 중의 문론 관계 언급들을 가리키는 것일지도 모른다고 추측하였다.

'지우『문지』(摯虞『文志』)'의 '『문지(文志)』'는 그의 『문장유별지론(文章流別志論)』을 가리킨 말일 것이다. 『진서(晉書)』 권51 「지우전(摯虞傳)」 중에 "……又撰『古文章類聚』, 區分爲三十卷, 名曰『流別集』, 各爲之論, 辭理愜當, 爲世所重."이라 하였으며, 『수서』「경적지」에도 "『문장유별집(文章流別集)』 41권(原注는 '梁60卷, 志2卷, 論2卷. 摯虞撰.') …… 『문장유별지론(文章流別志論)』 2권(原注는 '摯虞撰.')"이라 소개되어 있다. 『문장유별집』은 역대의 뛰어난 문학 작품들을 장르별로 구분해 수록한 작품선집이며, 그중 각 장르별로 첨부된 논(論)만을 따로 떼어 독립시킨 것이 바로 『문장유별지론』 2권이다. 이역시 망실되어 전문(全文)을 알 수 없으며, 엄가균(嚴可均)이 편찬한 『전진문(全晉文)』에 일부가 수록되어 전할 뿐이다. 『진서』「지우전」과 『수서』「경적지」에는 또 그가 이외에도 『문장지(文章志)』 4권을 더 찬(撰)한 것으로 소개되어 있는데, 이 『문장지』가 『문장유별지론』과 어떠한 관계에 있는 것인지는 확인할 길이 없다.

'파왈지언(頗曰知言)'은 지우의 『문장유별지론』에만 국한시킨 평이 아니라, 앞에 제시된 5명의 저술들 전체에 대한 총평으로 보아야 할 것이다.

'개취담문체(皆就談文體)'의 '문체(文體)'는 문학 작품의 본질적인 바탕을 뜻하는 경우도 있고, 또 그 형식적인 됨됨이를 가리키는 경우도 있다. 여기서는 다음 구의 '우열(優劣)'이란 단어와의 호응관계를 고려하여, 이 두 가지 면을 두루 지칭하고 있는 것으로 이해하는 편이 좋을 듯하다.

'지어사객집시(至於謝客集詩)'의 '사객집시(謝客集詩)'에 대해서는 『수서』「경적지」에 "『시집초(詩集鈔)』 10권(原注는 '謝靈運撰. 梁有『雜詩抄』10卷, 錄1卷, 謝靈運撰, 亡.') …… 『시집(詩集)』 50권(原注는 '謝靈運撰, 梁51卷.') …… 『시영(詩英)』 9권(原注는 '謝靈運集, 梁10卷.')"이라 하여 여러 시선집들이 소개되어 있는데, 이것들 중 구체적으로 어느 것을 가리킨 말인지 단정할 수가 없다.

146

장즐(張騭)은 진대(晉代) 문인으로 추측될 뿐 전기가 일체 전하지 않으며, 그의 『문사전(文士傳)』역시 지금은 망실되어버렸고 『삼국지』의 배송지(裴松之) 주(注)에 더러 인용되어 있는 정도이다. '봉인즉서(逢人卽書)'의 '인(人)'자가 『이문광독』본을 제외한 나머지 판본들에는 모두 '문(文)'으로 되어 있다. 차주환 교수는 『종영시품교증』에서 '문(文)'이 시 분야를 지칭하는 용어이므로 시(詩)·부(賦)·장(章)·주(奏) 및 잡저(雜著) 등을 두루 포괄하고 있는 『문사전』의 내용에 부합하지 않으며, 또 앞의 구 '봉시첩취(逢詩輒取)' 중의 '시(詩)'자와의 호응관계를 고려해보더라도 '인(人)'으로 되는 것이 옳다고 주장하였다.

1) 五言(오언) : 오언시.
2) 網羅(망라) : 남기지 않고 모두 거두어들이다.
3) 詞文(사문) : 문학 작품.
4) 輕(경) : 변(便). 곧. 바로
5) 辨彰(변창) : 분별을 가하여 명확히 밝혀내다.
6) 淸濁(청탁) : 맑고 탁함. 여기서는 작품 수준의 높고 낮음을 뜻하는 말로 쓰였다.
7) 掎摭(기척) : 주워 모으다.
8) 病利(병리) : 병폐와 이로움. 곧 장단점.
9) 預(예) : 참예(參預)하다. 곧 참여하다 또는 간여하다.
10) 宗流(종류) : 종파와 유파. 곧 큰 줄기와 작은 갈래.
11) 定制(정제) : 만들어 정하다. 여기서는 완전하게 정해져서 다시는 변화시킬 수

없는 확고한 기준을 뜻하는 말로 쓰였다.

12) 變裁(변재) : 변화된 품재(品裁). 곧 새로운 시각에 입각하여 변경을 가한 평가를
    뜻한다.

 영(嶸)이 지금 기록하는 바는 오언(五言)에만 그친다. 비록 그렇지
만 고금을 망라하고 사문(詞文)들이 거의 수집되어, 곧 청탁(淸濁)을
가려 밝히고 병리(病利)를 주워 모으고자 하였으니 모두 120인이다.
이 종류(宗流)에 참예(參預)한 이들은 곧 재자(才子)라고 일컬을 만하
다. 이 삼품(三品)의 높고 낮음에 있어서는 아마도 정제(定制)가 아
닐 것이다. 바야흐로 새로운 품재(品裁)를 진술하는 것은 청컨대
지자(知者)에게 맡기고자 할 따름이다.

 나 종영이 지금 이 책을 기술함에 있어서는 그 대상을 오언시 분야에만 한
정하였다. 그렇지만 고금의 시인들을 총망라하여 취급하고 작품들을 거의
완벽하게 수집하여 분석을 가한 후에, 그 작품 수준의 고하를 명확하게 평
가해내고 그 장단점들을 두루 취합하여 지적해내고자 모두 120여 명의 시
인에 대해 논평을 가하였다. 이 책의 여러 종파들에 품급된 사람들은 곧
모두 뛰어난 시인들이라 할 수 있을 것이다. 다만 이 중 상·중·하 세 품
에 품제된 시인들 사이의 우열에 대해서는 아무래도 이 저술에서의 분류
가 절대적인 것이라고 단언할 수 없다 하겠다. 이제 이들 시인들에 대한
새로운 재평가는 다른 여러 박식한 문인들에게 맡기고자 할 따름이다.

『시품』의 품평 대상이 오언시 분야에만 한정되어 있으며, 또 그 초점이
작품의 수준 평가에 맞추어져 있음을 밝히고 있다.
　'일품지중(一品之中)'부터 이 부분까지가 하나의 단락으로서 제9단에 해당
된다. 전체적으로 『시품』의 저술 동기에서부터 품평의 대상과 범위 및 방식
그리고 배열순서와 자신의 저술에 대한 겸사(謙辭) 등에 이르기까지 범례 성

148

격의 여러 사항들이 직·간접적으로 두루 소개되어 있다.

다만 그중 '부촉사비사(夫屬詞比事)'부터 '역일리호(亦一理乎)'까지가 전고 사용의 폐단을 비판하는 내용으로, 앞뒤 문장들과의 연결이 매우 부자연스러운 면을 보이고 있다. 그래서 차주환 교수 찬『종영시품교증』에서는 이 부분이 본래는 「상품」「사영운」조의 평문 뒤에 첨부되어 있었던 것인지도 모른다고 추측하였다. 차교수는 또한 이 단의 첫머리 '일품지중(一品之中)'부터 '불록존자(不錄存者)'까지가 문장 성격상 '지호오언(止乎五言)' 다음으로 옮겨져야만 앞뒤의 논리가 정연해지므로, 당연히 그렇게 옮겨져야 한다고 주장하기도 하였다.

'영금소록(嶸今所錄), 지호오언(止乎五言)'에 대하여, 허문우 편저『문론강소』본『종영시품』에서는 「중품」「사혜련(謝惠連)」조에 "더욱이 곱고 화려한 가요들을 잘 지었다(又工爲綺麗歌謠)"라고 한 평 중의 '가요(歌謠)'가 오언시가 아니라 악부체(樂府體)라는 점과 또 「하품」「장재(張載)……」조에 "효충은……안인에게 중시되어졌다(孝冲……見重安仁.)"라 하였는데 안인(安仁, 반악의 자)이 효충(孝冲, 夏侯湛의 자인 孝若의 잘못)의 사언시 「주시(周詩)」를 극구 칭찬한 일화가『세설신어』에 소개되어 있는 점 등을 들어, 종영이 품평 대상을 오언시 분야에만 국한시킨다고 한 자신의 말을 철저하게 고수하지는 않았다고 지적하였다. 한편 종영은 「중품」「조비(曹丕)」조에서도 "그가 지은 100수 가량의 시 작품(所歌百許篇)"이라 하였는데, 조비의 문학 작품이 시 이외의 다른 장르들까지 통틀어서 모두 100편 정도였다는 사서(史書)의 기록을 고려할 때, 이 대목 역시 오언시 이외의 다른 형식들까지도 함께 염두에 두고 가한 평으로 보인다.

'사문태집(詞文殆集)'의 '문(文)'자가『산당고색』인용문과『패편』인용문 등에는 모두 '인(人)'으로 되어 있다. 차주환 교수는『종영시품교증』에서 '문(文)'이 '인(人)'의 잘못이라는 아오키 마사루(靑木正兒)의 설(『支那文學槪說』, 222면)을 제시하고, 뒷부분의 '범백이십인(凡百二十人)'과의 호응관계를 고려할 때 '인(人)'으로 되는 것이 옳으며, 앞부분에 '문(文)'자가 많이 사용된 때문에 잘못 고쳐진 것일 거라고 추정하였다. 『시품』 「서」에 "그러므로 옛 문인들치고 시를 좋아하지 않은 이가 없었다(故詞人作者, 罔不愛好.)"라는 동일한 용례가 보이고 있다.

'경욕변창청탁(輕欲辨彰淸濁)'의 '변창(辨彰)'이 고직 찬 『종기실시품전』에는 '변장(辨章)'으로 되어 있다. '청탁(淸濁)'은 작품 수준의 높고 낮음을 뜻하는 말로, 인물을 평하는 문장들에 흔히 사용되어온 용어이다.

'기척병리(掎摭病利)'의 '병리(病利)는 고직 찬 『종기실시품전』, 섭장청 찬 『시품집석』, 코젠 히로시 찬 『시품』, 타카키 마사카즈(高木正一) 찬(撰) 『종영시품(鍾嶸詩品)』 등에는 모두 '이병(利病)'으로 되어 있다. 『문선』 권42에 수록된 조식의 「여양덕조서」 중에 "劉季緖, 才不能逮於作者, 而好詆訶文章, 掎摭利病."이라고 한 용례가 보이고 있다.

'범백이십인(凡百二十人)'은 『시품』에 품제된 시인이 대략 120명이라는 말이다. 정확한 수치로는 「고시」조의 작자 무명씨를 포함하여 모두 123명이지만, 여기서는 대강 수를 채워서 120인이라고 하였다.

'예차종류자(預此宗流者)'의 '종류(宗流)'는 『시품』이 각 시인들을 품평하면서 밝혀놓고 있는 작품의 원류관계를 의식하고 한 말일 것이다.

'방신변재(方申變裁), 청기지자이(請寄知者爾)'는 자신의 저술에 대한 일종의 겸사로서, 당시의 문학비평 관계 문장들 말미에 상투적으로 부가되었던 말이다. 예를 들면 심약의 『송서』 「사영운전·논(謝靈運傳·論)」 말미에 "如曰不然, 請待來哲."이라 하였고, 유협의 『문심조룡』 「시서(時序)」편 말미에도 "鼴言讚時, 請寄明哲."이라 하였다. '변재(變裁)'는 『주역(周易)』 「계사상(繫辭上)」 중의 "化而裁之, 謂之變. …… 化而裁之, 存乎變."이란 언급을 의식하고 쓴 표현이다.

昔曹・劉[1]殆文章之聖, 陸・謝[2]爲體貳之才[3], 銳精[4]硏思[5], 千百年中, 而不聞宮・商[6]之辨, 四聲之論. 或謂前達[7]偶然不見, 豈其然乎.

1) 曹・劉(조・유) : 조식(曹植)과 유정(劉楨). 두 사람 다 「상품」에 품제되었다.

2) 陸・謝(육・사) : 육기(陸機)와 사영운(謝靈運). 역시 둘 다 「상품」에 품제되었다.

3) 體貳之才(체이지재) : 두번째 정도의 수준을 형성한 재주.

4) 銳精(예정) : 예의(銳意). 곧 마음가짐을 단단히하여 힘껏 노력한다는 뜻.

5) 硏思(연사) : 생각을 깊이 하다. 곧 어떤 일에 전념한다는 뜻.

6) 宮(궁)・商(상) : 중국 음악의 5음계인 궁(宮)・상(商)・각(角)・치(徵)・우(羽). 여기서는 시의 성률(聲律)을 뜻하는 말로 쓰였다.

7) 前達(전달) : 예전의 달통(達通)한 문인. 여기서는 앞에 언급된 조식・유정・육기・사영운 등 시인들을 중점적으로 지칭한 말이다.

옛날 조(曹)와 유(劉)는 거의 문장지성(文章之聖)이었고 육(陸)과 사(謝)는 체이지재(體貳之才)였으며, 천백 년 동안 드물게 보일 정도로 정성을 다 쏟고 전념하였지만, 궁·상지변(宮·商之辨)이나 사성지론(四聲之論)은 들리지 않는다. 혹자는 전달(前達)들이 우연히 깨닫지 못하였다고 말하기도 하지만, 어찌 그것이 그러하겠는가.

옛날 시인들 중 조식(曹植)과 유정(劉楨)은 문학 분야의 성인이라 할 만하고, 또 육기(陸機)와 사영운(謝靈運)은 그들에 버금갈 정도로 재주가 뛰어난 시인들이었다. 이들은 모두 시작(詩作)에 온갖 정성을 기울이며 전념하여서, 1000여 년 동안의 중국문학사 가운데에 우뚝 솟아 있다. 그렇지만 나는 여태까지 그들이 시를 지음에 있어서 음률을 따진다거나 사성(四聲)을 논하였다거나 하는 이야기를 한번도 들어본 적이 없다. 어떤 이는 말하기를 이들 시인들이 의외로 음률이나 사성의 필요성을 제대로 인식하지 못하였다고 비판하기도 하지만, 어찌 그러한 평가가 타당하다고 하겠는가.

다시 화제를 바꾸어 제(齊)·양(梁) 시대에 크게 유행하였던 성률(聲律) 중시 풍조에 대해 강도 높은 비판을 가하고 있다. 우선 과거의 위대한 시인들이 성률에 관한 이론을 주장한 예가 없었음을 지적해놓았다.

'문장지성(文章之聖)'은 문학 분야에서 지극히 높은 성인(聖人)의 경지에까지 이른 시인을 뜻하는 말로, 흔히 두보(杜甫)를 시성(詩聖)이라 일컫고 왕희지(王羲之)를 서성(書聖)이라 일컫는 것과 같은 맥락의 용어이다. 종영은 『시품』에서 역대 시인들 중 조식을 가장 뛰어난 시인으로, 그리고 유정을 그에 버금가는 시인으로 높이 평가해둔 바 있다.

'체이지재(體貳之才)' 구의 '이(貳)'는 부(副)나 아(亞)와 같은 뜻으로, 앞의 구의 '성(聖)'자와 서로 대(對)를 이루고 있다. 곧 조식과 유정 두 사람이 성인(聖人)의 수준이라면, 육기와 사영운은 아성(亞聖)의 수준에 해당된다는 의미이다.

152

'궁·상지변(宮·商之辨)'의 '변(辨)'자에 대해, 차주환 교수 찬『종영시품교증』에서는 "『梁文紀』本 '辨'作 '辯'. 辯, 辨, 正假字, 辯猶論也."라 설명하였다.

'혹위전달우연불견(或謂前達偶然不見)'의 '혹(或)'은 여러 자료들의 기록으로 미루어보아 심약을 지칭한 말임에 틀림이 없을 것이다. 그는 중국어의 음절을 평(平)·상(上)·거(去)·입(入)의 네 가지 성조(聲調)로 구분하고 이 성조들을 일정한 법칙에 따라 적절하게 결합하여 시의 리듬을 잘 살려야 한다는 주장을 전개하면서, 왕융(王融)·사조(謝脁) 등과 함께 그러한 운율의 조화를 특징으로 하는 '영명체(永明體)' 시인으로 활약하였다. 그의『사성보(四聲譜)』는 현재 망실되어 전하지 않으나,『송서』「사영운전·논」과 또 동시대 문인 육궐(陸厥)과 주고받았던 서신들에 그의 그러한 견해들이 잘 나타나 있다. 그는 특히「사영운전·논」에서 성률론을 극구 찬양한 다음, 선진(先秦) 시대 문인인 굴원(屈原) 이후로 역대 시인들이 모두 이 점에 대해서는 전혀 의식을 하지 못하였다고 역설한 바 있다. 종영이 말한 '전달(前達)' 즉 조식·유정·육기·사영운 등이 심약이 말한 굴원 이후의 역대 시인들에 그대로 포함되어 있음은 물론이다.

종영은 이처럼 동시대 저술인 유협의『문심조룡』이 원칙적으로 사성론(四聲論)에 대해 긍정하는 입장을 취하고 있는 것과는 대조적으로, 사성론에 대해 정면으로 반대하는 입장을 견지하고 있다. 이는 물론 비평가의 입장에 서서 성률에 지나치게 집착하는 당시의 그릇된 풍조에 경종을 울려야겠다는 의도에서 비롯된 것이겠지만, 아울러 인간적인 면에서 심약을 매우 싫어하였던 개인적인 감정도 본능적으로 상당히 작용하였을 것이란 사실을 역시 부정할 수 없을 듯하다.

1) 曰(왈) : 발어사(發語辭). 『산당고색(山堂考索)』본과 『패편(稗編)』 인용문 등에는 ‘자(者)’자로 되어 있다. ‘왈(曰)’과 ‘자(者, 어조사)’는 같은 뜻으로 통용된다.

2) 金竹(금죽) : 쇠붙이로 만든 타악기와 대나무로 만든 관악기. 여기서는 모든 악기들로 연주되는 음악을 통칭하는 말로 쓰였다.

3) 五音(오음) : 중국 음악의 5음계인 궁(宮) · 상(商) · 각(角) · 치(徵) · 우(羽).

4) 諧會(해회) : 적절하게 조화를 이루다.

5) 조식(曹植)의 「공후인(箜篌引)」에 나오는 구이다. “置酒高殿上, 親交從我遊. ……”

6) 조식(曹植)의 「칠애시(七哀詩)」에 나오는 구이다. “明月照高樓, 流光正徘徊. ……”

7) 韻之首(운지수) : 운(韻)의 으뜸. 곧 운율의 조화가 가장 잘 이루어진 작품.

8) 三祖(삼조) : 위(魏) 태조(太祖) 무제(武帝, 曹操)와 고조(高祖) 문제(文帝, 曹丕) 그리고 열조(烈祖) 명제(明帝, 曹叡) 등 세 사람을 합쳐서 이른 말이다.

9) 管弦(관현) : 관악기와 현악기. 앞의 ‘금죽(金竹)’과 마찬가지로 모든 악기들로 연주되는 음악을 통칭하는 말이다. ‘현(弦)’과 ‘현(絃)’은 같은 뜻으로 통용된다.

시험삼아 말해보건대, 옛 시송(詩頌)은 다 그것에 금죽(金竹)을 덮었다. 고로 오음(五音)을 조화시키지 아니하고는, 써 적절히 잘 어울리게 할 수가 없었다. ‘치주고당상(置酒高堂上)’이나 ‘명월조고루(明月照高樓)’와 같은 것들은 운(韻)의 으뜸이다. 고로 삼조(三祖)의 문학은 문사(文辭)가 더러 공교(工巧)하지는 못하나, 운(韻)이 들어가서 노래 불려진다. 이는 음운(音韻)의 의의(意義)를 중시한 것이지 세속에서 말하는 궁상(宮商)과는 다른 것이다. 근래에는 이미 관현(管弦)이 덮이지 않게 되었으니, 또한 어찌 성률(聲律)에서 취해오겠는가.

154

시험삼아 성률에 관한 나의 견해를 피력해보겠다. 고대의 시(詩)나 송(頌)과 같은 작품들은 모두 악기의 연주가 수반되어져서 노래 부를 수 있는 성격의 것들이었다. 그러므로 5음계 중의 음률을 잘 조화시키지 않고는, 악곡과 그 가사에 해당하는 시 작품이 잘 어울리게 할 방도가 없었다. "높다란 집에 술자리를 베푸니(置酒高堂上)"와 "밝은 달빛이 높은 누각을 비추고(明月照高樓)" 등과 같은 작품들은 다 운율의 조화가 가장 잘 이루어진 작품들이다. 그러므로 위(魏) 태조(太祖) 조조(曹操)와 고조(高祖) 조비(曹丕) 그리고 열조(烈祖) 조예(曹叡) 등 세 사람의 시 작품들은 수사가 간혹 교묘하지 못한 면이 있기는 하지만, 그래도 성률의 조화가 잘 이루어져서 자연스럽게 노래 부를 수 있었다. 이런 점은 음운(音韻)의 의의(意義)를 중요시하였기에 가능하였던 것일 뿐, 근래 문인들이 주장하는 바처럼 궁상(宮商)을 따지는 것과는 그 성격이 다른 것이다. 근래에 와서는 시가 이미 악기 연주가 수반되어 노래로 부를 수 있는 가사의 성격을 벗어나버렸으니, 구태여 성률을 지나치게 따질 필요가 없다 하겠다.

성률 중시의 불필요성을 역설해놓았다. 종영은 시를 짓는 데 있어서 운율을 따지는 문제는 시가 음악의 반주에 맞춰 노래로 불릴 수 있을 때에만 논의의 대상으로 성립될 뿐이며, 그것이 이미 음악 가사로서의 성질을 벗어나버린 이후에는 쓸데없는 공론(空論)에 지나지 않는다고 생각하였다.

'고왈시송(古曰詩頌), 개피지금죽(皆被之金竹)'에 대하여는, 『사기(史記)』 권47 「공자세가(孔子世家)」에 "三百五篇, 孔子皆弦歌之, 以求合韶·武·雅·頌之音."이라 하였고 구우(瞿佑)의 『귀전시화(歸田詩話)』 권상(卷上)에 "古詩三百首, 皆可弦歌以爲樂."이라 하였듯이, 『시경』 시 작품들이 모두 원래는 음악 반주를 수반하여 노래 부를 수 있는 것들이었다. 후대로 와서 한대(漢代)의 악부시(樂府詩) 역시 『시경』 시의 전통을 이어받아 민간가요의 가사 형식을 띠어 음악에 맞춰 노래 부를 수 있었다.

'치주고당상(置酒高堂上)'은 『문선』 권27에 수록된 조식의 「악부사수(樂府

四首)」제1수「공후인(箜篌引)」중의 첫째 구이다. 다만 원문(原文)에는 '당(堂)'자가 '전(殿)'으로 되어 있는데, 이는 고직이 『종기실시품전』에서 설명한 대로 종영이 다른 판본을 보았거나 또는 잘못 인용한 것으로 보인다. 한편 『전삼국시(全三國詩)』권3에 수록된 완우(阮瑀)의「잡시(雜詩)」제2수 중에도 "置酒高堂上, 友朋集光輝."란 구절이 포함되어 있다. 허문우 편저 『문론강소』본 『종영시품』부록2「평고직종기실시품전(評古直鍾記室詩品箋)」에서는 육조 시대 문인들이 의작(擬作)한 상화가사(相和歌辭) 등에 모두 '치주고당상'이라 하였지 '당(堂)'이 '전(殿)'으로 되어 있는 경우가 없음을 들고, 종영이 말한 '치주고당상'이 바로 완우의「잡시」제2수를 가리킨다고 주장하였다. 이휘교 교수도 『시품휘주』에서 이 설에 찬동을 표하였다. 만약 그렇게 본다면, 종영이 이 대목에서 두 수의 시 작품을 제시하면서 조식의 휘하에서 '건안칠자' 중의 한 사람으로 활동하였으며「하품」에 품제된 완우의 작품을 그가 역대 시인들 중 가장 뛰어난 사람으로 평가하였던 조식의 작품보다 앞에 거론해둔 사실이 또 좀처럼 납득하기 어려운 점으로 남는다. 그러므로 여기서는 '전(殿)'이 '당(堂)'으로 되어 있는 차이는 있지만, 조식의「공후인」을 가리키는 것으로 보는 편이 타당할 듯하다. 다만 '운지수(韻之首)'란 말은 고직이 이해한 것처럼 시 작품 중의 수구(首句)라는 의미가 아니라, 허문우나 이휘교 교수의 설명대로 운율의 조화를 가장 잘 살린 작품을 뜻하는 말로 보인다.

'명월조고루(明月照高樓)'는 호응린의 『시수』「내편(內編)」권2「고체중오언(古體中五言)」조에 언급된 대로, 이능의 일시(逸詩) "明月照高樓, 想見餘光輝."가 아니라 『문선』권23에 수록된 조식의「칠애시(七哀詩)」를 가리킨다.

'고삼조지사(故三祖之詞)'의 '삼조(三祖)'는 조조(曹操)·조비(曹丕)·조예(曹叡) 등 세 사람을 가리키며, '사(詞)'는 문학 작품 특히 시 분야를 중점적으로 지칭한 말이다. 한대(漢代)의 악부는 대다수가 작자를 알 수 없는 민가(民歌)들이며, 건안 연간에 이르러 비로소 조씨 부자를 비롯한 유명 문인들이 본격적으로 악부의 옛 제목[舊題]에다 새로운 가사를 지어넣게 되었다. 이때의 작품들 중에는 지금까지 현존하는 작품도 상당수 있어서, 비록 그 악곡은 망실되어버렸지만 이 시기의 문학을 대표하는 중요한 작품들로 인정받고 있다.

'차중음운지의야(此重音韻之義也), 여세지언궁상리의(與世之言宮商異矣)'란 평에 대해서는, 고직 찬『종기실시품전』에서 "「武帝紀」注引『魏書』曰：'太祖創造大業, 文武並馳. 登高必賦. 及造新詩, 被之管弦, 皆成樂章.'『南史』「蕭惠基傳」曰：'解音律, 尤好魏三祖曲.' 案, 此言前達非不重音韻, 特異近世聲律之談耳."라 설명하였다. 유협의『문심조룡』「악부(樂府)」편에도 "至於魏之三祖, 氣爽才麗, 宰割辭調, 音靡節平."이라 하여, 비슷한 시각의 평이 실려 있다.

'역하취어성률사(亦何取於聲律邪)'란 견해에 대해서는, 왕숙민 찬『종영시품소증』에서 "案,『鶴山文集』五十二云：'詩以吟詠性情爲主, 不以聲韻爲工.' 正符仲偉之旨."라 설명하고 있다.

齊有王元長[1]者, 嘗謂余云：'宮・商與二儀[2]俱生, 自古詞人不知之, 惟顔憲子[3]乃云："律呂[4]音調", 而其實大謬. 唯見范曄[5]・謝莊[6]頗識之耳. 常欲進『知音論』, 未就.' 王元長創其首, 謝朓[7]・沈約[8]揚其波. 三賢[9]或貴公子孫, 幼有文辯[10]. 於是士流景慕, 務爲精密[11], 襞積[12]細微[13], 專相陵架[14]. 故使文多拘忌[15], 傷其眞美[16]. 余謂：文製[17], 本須諷讀[18], 不可蹇礙[19]. 但令淸濁[20]通流[21], 口吻[22]調利[23], 斯爲足矣. 至平上去入, 則余病未能 ; 蜂腰[24]・鶴膝[25], 閭里[26]已具.

1) 王元長(왕원장) : 왕융(王融). 「하품」에 품제되었으며, 원장(元長)은 그의 자이다.

2) 二儀(이의) : 천지(天地).

3) 顔憲子(안헌자) : 안연지(顔延之). 「중품」에 품제되었으며, 헌자(憲子)는 그의 시호(諡號)이다.

4) 律呂(율려) : 음조(音調). 곧 음악의 가락.

5) 范曄(범 엽) : 남조(南朝) 송(宋)나라의 시인으로 「하품」에 품제되었다.

6) 謝莊(사장) : 남조(南朝) 송(宋)나라의 시인으로 「하품」에 품제되었다.

7) 謝朓(사조) : 남조(南朝) 제(齊)나라의 시인으로 「중품」에 품제되었다.

8) 沈約(심약) : 남조(南朝) 양(梁)나라의 시인으로 「중품」에 품제되었다.

9) 三賢(삼현) : 3명의 현인(賢人). 여기서는 왕융(王融)·사조(謝朓)·심약(沈約) 등을 지칭하는 말로 쓰였다.

10) 文辯(문변) : 문론(文論). 곧 문학이론.

11) 精密(정밀) : 정교하고 치밀하다.

12) 襞積(벽적) : 벽적(襞襀). 곧 옷의 주름[을 잡다]. 또는 주름을 잡듯이 거듭 중첩(重疊)하다.

13) 細微(세미) : 세밀하고 정미(精微)하다.

14) 陵架(능가) : 능가(陵駕). 또는 능가(凌駕). 곧 남을 제치고 앞선다는 뜻.

15) 拘忌(구기) : 거리껴 구애되다.

16) 眞美(진미) : 작품 본연의 참다운 아름다움.

17) 文製(문제) : 문학 작품[을 짓다].

18) 諷讀(풍독) : 풍송(諷誦). 곧 시 작품을 소리내어 암송하다.

19) 蹇礙(건애) : 건련(蹇連). 곧 길이 험하거나 피로하여 걷는 데 고생하는 모양.

20) 淸濁(청탁) : 청음(淸音)과 탁음(濁音).

21) 通流(통류) : 막힘없이 통하다.

22) 口吻(구문) : 입과 입술. 또는 언어.

23) 調利(조리) : 순조롭게 잘 어울리다.

24) 蜂腰(봉요) : 심약이 제창한 팔병(八病) 중의 하나로, 오언시 시구 중 제2자와 제5자가 같은 성조(聲調)의 글자로 되어 있는 폐단을 말한다.

25) 鶴膝(학슬) : 역시 팔병(八病) 중의 하나로, 오언시 중 제1구의 제5자와 제3구의 제5자가 같은 성조의 글자로 되어 있는 폐단을 말한다.

26) 閭里(여리) : 마을. 곧 일반 백성들이 사는 시골. 여기서는 민간에서 불리는 노래
나 시 작품을 가리킨 말이다.

제(齊)에 왕원장(王元長)이란 이가 있어, 일찍이 나에게 일러 말하
기를 "궁(宮)·상(商)은 이의(二儀)와 함께 생겨났지만, 옛날부터 사
인(詞人)들이 그를 알지 못하였다. 오직 안헌자(顔憲子)만이 '율려음
조(律呂音調)'를 말하였으나, 기실(其實) 크게 그릇되어 있다. 다만
범엽(范曄)·사장(謝莊)이 자못 그를 깨달았던 것으로 보일 따름이
다. 항상 『지음론(知音論)』을 진상(進上)하고자 하였지만, 아직 이루
지 못하였다"고 하였다. 왕원장은 그 첫머리를 창시(創始)하였고,
사조(謝朓)·심약(沈約)이 그 물결을 일으켰다. 삼현(三賢)이 혹은 귀
공자손(貴公子孫)으로, 어려서부터 문변(文辯)을 지니고 있었다. 이에
사류(士流)가 경모(景慕)하고 정밀(精密)함을 힘써 하였으며, 세미(細
微)함을 중첩하여 오로지 서로 능가(凌駕)하려 하였다. 고(故)로 문
학으로 하여금 구기(拘忌)가 많아지게 하여, 그 진미(眞美)를 손상시
켰다. 내가 말해본다면, 문제(文製)는 본래 모름지기 풍독(諷讀)하여
야 하므로, 가히 건애(蹇礙)할 수가 없다. 다만 청탁(淸濁)으로 하여
금 막힘없이 통하게 하고 언어로 하여금 순조롭게 잘 어울리게
하기만 하면, 이는 족한 것이다. 평상거입(平上去入)에 이르러서는
곧 내가 도저히 이해할 수 없으며, 봉요(蜂腰)·학슬(鶴膝)은 여리(閭
里)에 이미 갖추어져 있다.

제(齊)나라의 문인 왕융(王融)이란 사람이 일찍이 나에게 설명하기를 "5음
계는 천지(天地)와 동시에 생겨났지만 옛 시인들이 그것을 별로 의식하지
못하였다. 오직 안연지(顔延之)만이 음조(音調) 방면에 대해 언급을 좀 하
였지만, 그 역시 내용에서 커다란 오류를 범하고 있다. 다만 범엽(范曄)과
사장(謝莊) 두 사람만이 그 방면에 상당한 인식을 가졌던 것으로 보일 따
름이다. 평상시에 늘 『지음론(知音論)』을 지어서 진상(進上)하고 싶어했지

만, 아직 그 계획을 달성하지 못하고 있다"라고 하였다. 왕융은 성률론(聲律論)을 제창하였고, 사조(謝朓)와 심약(沈約)은 그 설을 더욱더 발전시켰다. 이들 3명의 현인, 곧 왕융·사조·심약 중에는 귀족집안 자손도 있으며, 어린 시절부터 탁월한 문학론을 발휘하였다. 이리하여서 당시 지식인들이 이들을 우러러 흠모하여 성률을 정밀하게 구사하는 노력을 기울였으며, 의복에 주름을 잡듯 미세한 기교들을 중첩시켜 한결같이 서로를 능가하려 하였다. 그 결과 시 작품에 까다로운 제약들이 많이 가해졌고, 시 본연의 참다운 아름다움이 손상되어버렸다. 내가 설명을 덧붙여본다면 다음과 같다. 시 작품은 원래 소리내어 암송하여야 하는 것이므로, 어색한 면이 있어서는 안 된다. 그렇지만 청음(淸音)과 탁음(濁音)이 막힘없이 통하고 말이 순조롭게 어울리도록 지어지기만 하면 충분한 것이다. 그외에 평성(平聲)·상성(上聲)·거성(去聲)·입성(入聲) 등을 까다롭게 따지는 문제에 대해서는 내가 도저히 이해를 할 수 없으며, 또한 봉요(蜂腰)나 학슬(鶴膝)과 같은 폐단을 범하지 않는 정도는 민간의 시 작품들까지도 이미 다들 지키고 있는 실정이다.

성률 중시 풍조가 형성되기까지의 과정과 그 불합리함을 간단히 기술하고 있다.

'석조·유태문장지성(昔曹·劉殆文章之聖)'부터 이 부분까지가 하나의 단락으로서 제10단에 해당된다. 전체적으로 당시 문단에 풍미하였던 성률론의 병폐에 대해 역설해놓고 있다.

'궁·상여이의구생(宮·商與二儀俱生)'의 '이의(二儀)'는 양의(兩儀)라고도 하며, 천지 곧 하늘과 땅을 뜻한다.

'율려음조(律呂音調)'의 '율려(律呂)'는 음조를 뜻한다. '율(律)'은 육률(六律) 즉 여섯 가지의 양성(陽聲) 음조인 황종(黃鍾)·대주(大蔟)·고선(姑洗)·유빈(蕤賓)·이칙(夷則)·무역(無射) 등을 통칭한 말이며, '여(呂)'는 육려(六呂) 즉 여섯 가지의 음성(陰聲) 음조인 협종(夾鍾)·중려(仲呂)·임종(林鍾)·남

160

려(南呂)·응종(應鍾)·대려(大呂) 등을 통칭한 말이다.

범엽(范曄)의 성률론에 대해서는,『전송문(全宋文)』권15에 수록된 그의 「옥중여생질서(獄中與甥姪書)」에 "性別宮商, 識淸濁, 斯自然也. 觀古今文人, 多不全了此處. 縱有會此者, 不必從根本中來."라 하여, 그 자신 역시 상당한 자부심을 피력한 바 있다. 「옥중여생질서」에는 또 "年少中, 謝莊最有其分." 이라 언급하여, 사장(謝莊) 역시 성률 방면에 일가견을 지녔던 사람으로 소 개되어 있다.

『지음론(知音論)』은 왕융이 구상하였던 성률론 관계 저술로서, 그것이 어 떤 내용으로 구상되었는지는 확인할 길이 없다. 다만 그가 제(齊)나라 말기 에 27세의 젊은 나이로 세상을 떠났으므로, 그의『지음론』역시 빛을 보지 못한 채 문제 제기의 단계에서 끝나고 말았으며, 그 내용이 나중에 심약 등 문인들에게 계승되면서 이론체계가 더욱 확고해지고 또 발전을 보게 되었던 것으로 판단된다.

왕융·사조·심약 등의 성률론에 대해서는,『남사』권50 「유견오전(庾肩 吾傳)」에 "齊永明中, 王融·謝朓·沈約, 文章始用四聲, 以爲新變. 至是轉拘 聲韻, 彌爲麗靡, 復踰往時."라 하였고, 또 권48 「육궐전(陸厥傳)」에도 "時[永 明 9년]盛爲文章 : 吳興沈約·陳郡謝朓·琅邪王融, 以氣類相推轂. 汝南周顒, 善識聲韻. 約等文, 皆用宮商. 將平上去入四聲, 以此制韻 : 有平頭·上尾·蜂 腰·鶴膝. 五字之中音韻悉異, 兩句之內角·徵不同, 不可增減, 世號爲永明 體."라 서술되어 있다.

'삼현혹귀공자손(三賢或貴公子孫)'에 대하여, 고직은『종기실시품전』에서 "直案, 王融, 爲宋中書令王僧達之孫 ; 謝朓, 爲宋僕射謝景仁之從孫. 祖述, 吳 興太守. 父緯, 散騎侍郎. 故云 : 或貴公子孫."이라 설명하였다. 왕융은 낭야 (琅邪) 왕씨이고 사조는 진군(陳郡) 사씨로서, 이들 집안은 육조 시대에 명문 귀족으로 정평이 나 있었다. 이에 반해 심약은 상대적으로 낮은 지위의 남방 (南方) 귀족 출신이었으며, 또한 대대로 무관(武官)을 역임하였던 집안에서 출생하였다. 당시와 같은 귀족문벌 사회에서는 무관들이 문관보다 지위가 한 단계 낮은 것으로 인식되는 것이 통념처럼 되어 있었다고 한다. 종영 역시 심약의 가문이 왕융이나 사조의 가문보다는 한 단계 낮은 것으로 생각하였고, 그래서 '삼현(三賢)' 중 왕융·사조 등만을 지적하기 위해 '혹(或)'자를 사용한 것으로 보인다.

'불가건애(不可蹇礙)'의 '건애(蹇礙)'는 『주역』 권11 「하경·건(下經·蹇)」에 "六四, 往蹇來連."이라 하였고 왕필(王弼)의 주석에 "往則無應, 來則乘剛, 往來皆難, 故曰 : 往蹇來連."이라 설명되어 있는데, 바로 이 '왕건내련(往蹇來連)'과 같은 뜻이다. '왕건내련'은 원래 성률 방면에 사용된 용어가 아니었지만, 『문선』 권45에 수록된 양웅(楊雄)의 부(賦) 「해조(解嘲)」 중에 "孟軻雖連蹇, 猶爲萬乘師."라 하였고 이선(李善)의 주(注)에 "蘇林曰 : 連蹇, 言語不便利也."라고 설명되면서부터, 차츰 성률 방면에 전용(轉用)되기 시작하였다. 『문심조룡』 「성률(聲律)」편에도 "往蹇來連, 其爲疾病, 亦文家之吃也."라 하여, 역시 성률의 조화가 제대로 이루어지지 않아서 시어 구사가 자연스럽지 못하고 어색함을 뜻하는 성률 관계 용어로 사용되어 있다.

'문제(文製), …… 사위족의(斯爲足矣)'에 대해서는, 황간(黃侃)의 『문심조룡찰기(文心雕龍札記)』 「성률편(聲律篇)」에 "斯可謂曉音節之理, 藥聲律之拘."라 설명되어 있고, 고직 찬 『종기실시품전』에서도 『남제서』 「문학전·논」 중의 "雜以風謠, 輕脣利吻."과 『문심조룡』 「성률」편 중의 "吐納律呂, 脣吻而已." 그리고 『금루자(金樓子)』 중의 "至如文者, 惟須脣吻遒會, 情靈搖蕩." 등 언급들이 모두 종영의 설과 일치된다고 설명하였다.

'즉여병미능(則余病未能)'은 『문선』 권34에 수록된 매승(枚乘)의 「칠발(七發)」 중의 "太子曰 : 僕病未能也."와 역시 『문선』 권35에 수록된 장협의 「칠명(七命)」 중의 "公子曰 : 余病未能也." 등과 같은 언급들을 의식하고 쓴 표현이다.

'봉요(蜂腰)'와 '학슬(鶴膝)'은 모두 심약이 제창한 팔병, 즉 평두(平頭)·상

미(上尾)·봉요(蜂腰)·학슬(鶴膝)·대운(大韻)·소운(小韻)·방뉴(旁紐)·정
뉴(正紐) 등 시작(詩作)에서 피해야 할 여덟 가지 폐단들 중 하나이다. '봉요
(蜂腰)'는 오언시 시구 중 제2자와 제5자에 같은 성조의 글자를 사용하는 폐
단이다. 예를 들면 고시(古詩) 중의 "聞君愛我甘, 竊欲自修飾."이란 구절은
그중 첫째 구의 제2자와 제5자가 평성자(平聲字)이며, 둘째 구의 제2자와 제
5자는 모두 입성자(入聲字)이다. 머리 부분과 꼬리 부분이 두툼하여서 마치
벌[蜂, 봉]의 잘록한 허리 모양과 흡사하므로 '봉요(蜂腰)'라고 일컫는다. '학
슬(鶴膝)'은 오언시 4구 중 제1구의 제5자와 제3구의 제5자에 같은 성조의
글자를 사용하는 폐단이다. 예를 들면 역시 고시 중의 "客從遠方來, 遺我一
書札. 上言長相思 ; 下言久離別."이란 구절은 그중 '내(來)'와 '사(思)'가 모두
평성자로 되어 있다. 머리 부분과 다리 부분이 가늘고 가운데 부분이 두툼한
학(鶴)의 모습을 연상케 하므로 '학슬(鶴膝)'이라 일컫는다 한다.

 '여리이구(閭里已具)'의 '여리(閭里)'에 대해서는, 『시품』「서」 중에 "민간
에 널리 유전(流傳)될 수 있기를 바라며, 담소할 때의 화젯거리 정도로나 활
용될 수 있도록 발표할 따름이다(庶周旋於閭里, 均之於談笑耳.)"라고 한 동
일한 용례가 보이고 있다.

陳思[1]贈弟[2], 仲宣[3]「七哀」, 公幹[4]思友[5], 阮籍「詠懷」, 子卿[6]雙鳧[7], 叔夜[8]雙鸞[9], 茂先[10]寒夕[11], 平叔[12]衣單, 安仁[13]倦暑[14], 景陽[15]苦雨[16], 靈運[17]「鄴中」[18], 士衡[19]「擬古」[20], 越石[21]感亂[22], 景純[23]詠僊[24], 王微風月, 謝客[25]山泉[26], 叔源[27]離宴[28], 鮑照戍邊[29], 太冲[30]「詠史」[31], 顔延[32]入洛[33], 陶公[34]詠貧之製[35], 惠連[36]擣衣之作[37], 斯皆五言之警策[38]者也. 所以謂篇章[39]之珠澤[40], 文彩[41]之鄧林[42].

1) 陳思(진사) : 진사왕(陳思王) 조식(曹植). 일찍이 진왕(陳王)에 봉해졌고 시호(諡號)가 사(思)였으며, 「상품」에 품제되었다.

2) 贈弟(증제) : 조식이 동생에게 지어보낸 오언시 「증백마왕표(贈白馬王彪)」.

3) 仲宣(중선) : 왕찬(王粲)의 자. 「상품」에 품제되었다.

4) 公幹(공간) : 유정(劉楨)의 자. 「상품」에 품제되었다.

5) 思友(사우) : 유정이 친구를 생각하여 지은 오언시 「증서간(贈徐幹)」.

6) 子卿(자경) : 소무(蘇武)의 자. 『시품』에는 품제되지 않았다.

164

7) 雙鳧(쌍부) : 소무가 두 마리의 물오리를 노래한 오언시 「별이능(別李陵)」. 그중
   에 '雙鳧俱北飛'란 구가 포함되어 있다.

8) 叔夜(숙야) : 혜강(嵇康)의 자. 「중품」에 품제되었다.

9) 雙鸞(쌍란) : 혜강이 두 마리의 난새(봉황의 일종)를 노래한 오언시 「증수재입군(贈
   秀才入軍)」 중 제19수. 그중에 "雙鸞匿景曜"란 구가 포함되어 있다.

10) 茂先(무선) : 장화(張華)의 자. 「중품」에 품제되었다.

11) 寒夕(한석) : 장화가 추운 밤을 묘사한 오언시 「잡시(雜詩)」. 그중에 "繁霜降當
    夕, 悲風中夜興."이란 구절이 들어 있다.

12) 平叔(평숙) : 하안(何晏)의 자. 「중품」에 품제되었다.

13) 安仁(안인) : 반악(潘岳)의 자. 「상품」에 품제되었다.

14) 倦暑(권서) : 반악이 지루한 여름 더위를 묘사한 오언시 「도망시(悼亡詩)」 중 제
    2수. 그중에 "淸商應秋至, 溽暑隨節闌."이란 구절이 보인다. 역시 반악의 「재회현
    작(在懷縣作)」 2수 중 제2수에도 "初伏啓新節, 隆暑方赫羲."라는 구절이 포함되어
    있다.

15) 景陽(경양) : 장협(張協)의 자. 「상품」에 품제되었다.

16) 苦雨(고우) : 장협이 고달픈 장맛비를 묘사한 오언시 「잡시(雜詩)」 중 제10수. 그
    중에 "階下伏泉涌, 堂上水衣生. 洪潦浩方割, 人懷昏墊情."이란 구절이 들어 있다.

17) 靈運(영운) : 사영운(謝靈運)의 이름. 「상품」에 품제되었다.

18) 「鄴中(업중)」: 사영운의 오언시 「의위태자업중집시(擬魏太子鄴中集詩)」 8수.

19) 士衡(사형) : 육기(陸機)의 자. 「상품」에 품제되었다.

20) 「擬古(의고)」: 육기의 오언시 「의고시(擬古詩)」. 「상품」 「고시」조에 "육기가 의
    작의 대상으로 삼았던 14수(陸機所擬十四首)"란 언급이 보이고 있다.

21) 越石(월석) : 유곤(劉琨)의 자. 「중품」에 품제되었다.

22) 感亂(감란) : 유곤이 전란(戰亂)에 대한 감상을 노래한 오언시 「부풍가(扶風歌)」
    또는 「중증노심(重贈盧諶)」.

23) 景純(경순) : 곽박(郭璞)의 자. 「중품」에 품제되었다.

24) 詠僊(영선) : 곽박이 신선을 노래한 오언시 「유선시(游仙詩)」.

25) 謝客(사객) : 사영운. 그의 어릴 적 이름이 객아(客兒)였다.

26) 山泉(산천) : 사영운이 지은 다수의 산수시(山水詩) 작품들.

27) 叔源(숙원) : 사혼(謝混)의 자. 「중품」에 품제되었다.

28) 離宴(이연) : 사혼이 전별연(餞別宴)에서의 감회를 노래한 오언시 「송이왕재영
군부집(送二王在領軍府集)」.

29) 戍邊(수변) : 포조(鮑照)가 변방을 수비하는 병사들을 묘사한 오언시 「출자계북
문행(出自薊北門行)」.

30) 太冲(태충) : 좌사(左思)의 자. 「상품」에 품제되었다.

31) 「詠史(영사)」: 좌사의 오언시 「영사시(詠史詩)」 8수.

32) 顔延(안연) : 안연지(顔延之)의 약칭. 「중품」에 품제되었다.

33) 入洛(입락) : 안연지가 낙양(洛陽)으로 들어갈 때의 감회를 노래한 오언시 「북사
락(北使洛)」.

34) 陶公(도공) : 도잠(陶潛). 「중품」에 품제되었다.

35) 詠貧之製(영빈지제) : 도잠이 가난함을 노래한 오언시 작품 「영빈사(詠貧士)」.

36) 惠連(혜련) : 사혜련(謝惠連)의 이름. 「중품」에 품제되었다.

37) 擣衣之作(도의지작) : 사혜련이 다듬이질하는 것을 묘사한 오언시 작품 「도의
(擣衣)」.

38) 警策(경책) : 사람을 감동시키는 훌륭한 문구나 작품.

39) 篇章(편장) : 문학 작품. '편(篇)'과 '장(章)'은 원래 시(詩)·문(文)의 부류(部類)와
단락(段落)을 나누는 단위였다.

40) 珠澤(주택) : 지명(地名). 오늘날의 사천성(四川省) 서창현(西昌縣)에 속하며, 구슬
이 생산되는 연못이 있었기에 붙여진 이름이라 한다.

41) 文彩(문채) : 문학 작품의 외면적인 화려함.

42) 鄧林(등림) : 『산해경(山海經)』 등에 나오는 전설의 산림(山林).

 진사(陳思)가 아우에게 지어보낸 작품, 중선(仲宣)의 「칠애(七哀)」, 공
간(公幹)이 벗을 생각한 작품, 완적(阮籍)의 「영회(詠懷)」, 자경(子卿)이
두 마리의 물오리를 노래한 작품, 숙야(叔夜)가 두 마리의 난새를
노래한 작품, 무선(茂先)이 추운 밤을 묘사한 작품, 평숙(平叔)이 홑
옷을 노래한 작품, 안인(安仁)이 지루한 더위를 묘사한 작품, 경양

(景陽)이 고달픈 비를 묘사한 작품, 영운(靈運)의 「업중(鄴中)」, 사형 (士衡)의 「의고(擬古)」, 월석(越石)이 전란(戰亂)에 대한 감상을 노래한 작품, 경순(景純)이 신선을 노래한 작품, 왕미(王微)가 청풍명월(淸風 明月)을 노래한 작품, 사객(謝客)의 산수시(山水詩) 작품들, 숙원(叔源) 이 전별연(餞別宴)에서의 감회를 노래한 작품, 포조(鮑照)가 변방을 수비하는 병사들을 묘사한 작품, 태충(太冲)의 「영사(詠史)」, 안연(顔 延)이 낙양(洛陽)으로 들어갈 때의 감회를 노래한 작품, 도공(陶公)이 가난함을 노래한 작품, 혜련(惠連)이 다듬이질하는 것을 묘사한 작 품 등과 같은 것들은 모두 오언(五言)의 경책(警策)이다. 그러므로 편장(篇章)의 주택(珠澤)이요 문채(文彩)의 등림(鄧林)이라 일컫는다.

진사왕(陳思王) 조식(曹植)이 그 동생에게 지어보낸 「증백마왕표(贈白馬王 彪)」와 왕찬(王粲)이 지은 「칠애시(七哀詩)」, 유정(劉楨)이 친구를 그리워 하여 지은 「증서간(贈徐幹)」, 완적(阮籍)이 지은 「영회시(詠懷詩)」, 소무(蘇 武)가 두 마리의 물오리를 노래한 「별이능(別李陵)」, 혜강(嵇康)이 두 마리 의 난새를 노래한 「증수재입군(贈秀才入軍)」, 장화(張華)가 추운 밤을 묘 사한 「잡시(雜詩)」, 하안(何晏)이 홑옷을 노래한 작품, 반악(潘岳)이 지루한 여름 더위를 묘사한 「도망시(悼亡詩)」 또는 「재회현작(在懷縣作)」, 장협(張 協)이 고달픈 장맛비를 묘사한 「잡시(雜詩)」, 사영운(謝靈運)이 지은 「의위 태자업중집시(擬魏太子鄴中集詩)」, 육기(陸機)가 지은 「의고시(擬古詩)」, 유곤(劉琨)이 전란의 참상을 묘사한 「부풍가(扶風歌)」 또는 「중증노심(重 贈盧諶)」, 곽박(郭璞)이 신선을 노래한 「유선시(游仙詩)」, 왕미(王微)가 청 풍명월(淸風明月)을 노래한 작품, 사영운이 지은 여러 산수시 작품들, 사혼 (謝混)이 전별연에서의 감회를 노래한 「송이왕재영군부집(送二王在領軍府 集)」, 포조(鮑照)가 변방을 수비하는 병사들의 애환을 그린 「출자계북문행 (出自薊北門行)」, 좌사(左思)가 지은 「영사시(詠史詩)」, 안연지(顔延之)가 낙양(洛陽)으로 들어갈 때의 감회를 노래한 「북사락(北使洛)」, 도잠(陶潛) 이 가난함을 노래하여 지은 작품 「영빈사(詠貧士)」, 사혜련(謝惠連)이 여인

의 다듬이질을 묘사하여 지은 작품 「도의시(擣衣詩)」 등은 모두 오언시 중에서 가장 뛰어난 대표적 작품들이다. 그러므로 문학 작품의 보배로운 산실이자 문채가 찬란한 아름다운 숲이라 평가되어진다.

이 단은 『시품』 「서」의 마지막 단락으로, 건안(建安) 시기부터 남조(南朝) 송대(宋代)에 이르는 동안의 대표적인 오언시 작품들을 열거함으로써 서문(序文)을 종결지어놓고 있다.

뒷부분의 일부 구절들을 제외하고는 거의 모든 구들이 사자구(四字句)로 구성되어 있기 때문에, 시 작품의 제목 역시 원제(原題)를 그대로 소개한 경우가 드물고 작품내용을 축약적으로 대변할 수 있는 어휘들을 골라 이름을 붙여놓았다. 그러므로 그런 이름들에 해당하는 구체적인 작품들을 가려내기 어려운 경우도 많으며, 시 작품 자체가 이미 망실되어버린 경우도 더러 있다. 원문에는 또한 '애(哀), 회(懷), 난(鸞), 단(單), 서(暑), 우(雨), 고(古), 선(僊), 천(泉), 변(邊), 낙(洛), 작(作), 책(策), 택(澤)' 등의 글자들로 압운(押韻)이 되어 있기도 하다.

'진사증제(陳思贈弟)'는 조식이 그의 이복동생인 조표와의 이별에 즈음하여 지어보냈던 80구로 된 장편 오언시 「증백마왕표(贈白馬王彪)」를 가리키며, 『문선』 권24에 수록되어 있다.

왕찬의 「칠애시(七哀詩)」는 모두 3수로, 그중 2수가 『문선』 권23에 수록되어 있다.

'공간사우(公幹思友)'에 대해서는, 고직이 『종기실시품전』에서 유정의 「증서간시(贈徐幹詩)」 중 "思子沈心曲, 長歎不能言."이란 구절이 바로 이에 해당된다고 설명하였다. 이 작품은 『문선』 권23에 수록되어 있다.

완적의 「영회시(詠懷詩)」는 모두 82수로 이루어진 연작시로서, 그중 17수가 『문선』 권23에 수록되어 있다.

'자경쌍부(子卿雙鳬)'는 『고문원(古文苑)』 권8에 수록된 소무(蘇武)의 「별

이능(別李陵)」이란 작품을 가리키는 말로 보인다. 소무는 한(漢)나라의 장군으로, 「상품」에 품제된 이능의 친구이다. 흉노족에 사신으로 파견되었다가 억류되어 충절을 지키다 19년 만에 극적으로 귀환에 성공하였다는 유명한 일화를 남겼다. 이능과 주고받았던 증답시(贈答詩) 몇 수가 전하고 있지만, 모두 후인들의 위작(僞作)으로 판명된 바 있다. 한편 차주환 교수는 『종영시품교증』에서 『시품』의 「상품」「중품」「하품」 어디에도 소무가 품제되어 있지 않은 점을 들어, '자경(子卿)'은 곧 '소경(少卿, 이능의 자)'의 잘못이며 '쌍부(雙鳧)'가 가리키는 작품 역시 이능의 「증소무(贈蘇武)」일 거라고 추정하였다. 『초학기(初學記)』 권18에 이능의 「증소무」라는 제목으로 수록되어 있는 작품과 『고문원』 권8에 소무의 「별이능」이라는 제목으로 수록되어 있는 작품은 각기 그 원문의 길이가 다르긴 하지만, 둘 다 똑같이 "雙鳧俱北飛, 一鳧獨南翔."이란 구절을 포함하고 있다(『초학기』에는 '雙'이 '二'로 되어 있다). 차교수는 후인들이 소경(少卿, 이능)을 자경(子卿, 소무)으로 잘못 연상하였거나 또는 『고문원』에 의거하여 자경으로 잘못 고친 것일 거라고 추측하였다. 이휘교 교수도 『시품휘주』에서 차교수의 설에 찬동을 표하고, 그 이유로 다음과 같은 네 가지 점을 더 들어놓았다. 첫째, 종영이 이 단에서 오언시의 대표작으로 열거해둔 작품들은 모두가 「상품」과 「중품」에 품급된 시인들의 작품이며 「하품」에 품급된 시인이나 『시품』에 품제되지 않은 시인들의 작품은 하나도 제시되어 있지 않은데, 유독 『시품』에 품제되지 않은 소무의 시만을 거론한다는 사실이 어색하다는 점. 둘째, 「상품」에 품제된 시인들의 작품 중 오언시의 대표작 범위에 포함되지 않은 경우는 「고시」와 반희(班姬) 그리고 이능 등 세 경우뿐인데, 이들 중 「고시」는 작자가 알려져 있지 않고 반희는 「상품」「반희(班姬)」조에 그의 「단선(團扇)」 단장(短章) 즉 「원가행(怨歌行)」에 대한 평가가 별도로 가해져 있는 등의 이유 때문에 생략된 것으로 볼 수 있지만 이능의 경우에는 생략될 만한 뚜렷한 이유를 찾을 수 없다는 점. 셋째, 『시품』「서」 중의 "이도위로부터 반첩여에 이르기까지 거의

100년 사이에 부인이 한 명 있는 외에는 단 한 사람뿐이다(從李都尉, 迄班婕妤, 將百年間, 有婦人焉, 一人而已.)"란 언급을 통해 볼 때 종영이 소무의 시를 믿지 않았음이 분명하다는 점. 넷째, 『문심조룡』에도 소무에 대한 언급이 없으며 강엄(江淹)의 「잡체시30수(雜體詩三十首)」 중에도 이능과 반첩여를 의작(擬作)한 시만 보일 뿐 소무를 의작한 작품은 없다는 사실 등으로 미루어보아, 소무의 시를 믿지 않는 것이 당시의 통념처럼 되어 있었던 것 같다는 점. 이교수는 이상과 같은 이유로 볼 때 '자경(子卿)'이 '소경(少卿)'의 잘못임에 분명하다고 역설한 다음, '소(少)'자가 '자(子)'로 잘못 바뀌게 된 데는 차교수가 제시한 가능성 외에도 두 글자의 초서(草書) 형태가 비슷해서 바뀌었을 가능성도 있다고 추정하였다.

'숙야쌍란(叔夜雙鸞)'은 혜강의 「증수재입군시(贈秀才入軍詩)」 제19수를 가리킨다. 이 작품은 모두 19수로 된 연작시로서, 그중 앞의 18수는 사언시이며 마지막 한 수만 오언시로 되어 있다. 『전삼국시(全三國詩)』 권4에 수록되어 있다.

'무선한석(茂先寒夕)'은 『문선』 권29에 수록된 장화의 「잡시(雜詩)」를 가리킨 말로 보인다. 다만 원문 중에 '한석(寒夕)'이란 단어가 직접 사용되어 있지는 않으므로, 장화의 일시(佚詩) 중 어느 한 수를 가리키는 말일 가능성도 배제할 수 없다.

'평숙의단(平叔衣單)'은 하안의 일시(佚詩) 중 어느 한 수를 가리키는 말일 것이다. 그의 시는 현재 2수가 전할 뿐이며, 두 작품 모두 '의단(衣單)'이란 단어는 사용되어 있지 않다.

'안인권서(安仁倦暑)'에 대해서는, 왕숙민 찬 『종영시품소증』과 허문우 편저 『문론강소』본 『종영시품』 등에서 『문선』 권23에 수록된 반악의 「도망시(悼亡詩)」 3수 중 제2수를 가리키는 것으로 추정하고 있다. 그중에 "淸商應秋至, 溽暑隨節闌."이란 구절이 보인다. 한편 진연걸 찬 『시품주』와 고직 찬 『종기실시품전』 그리고 코젠 히로시 찬 『시품』, 타카키 마사카즈 찬 『종영

170

시품』 등에서는 『문선』 권26에 수록된 「재회현작(在懷縣作)」 2수 중 제2수를 가리키는 것으로 설명하였다. 그중에 "初伏啓新節, 隆暑方赫羲."란 구절이 보이고 있다.

'경양고우(景陽苦雨)'는 『문선』 권29에 수록된 장협의 「잡시(雜詩)」 10수 중 제10수를 가리킨 말일 것이다.

사영운의 「의위태자업중집시(擬魏太子鄴中集詩)」는 모두 8수로 조비를 위시한 건안 시대 시인들의 시를 의작한 작품들이며, 『문선』 권30에 수록되어 있다.

육기의 「의고시(擬古詩)」는 한(漢)나라 때의 고시 작품들을 의작한 것으로, 「상품」 「고시」조에 "육기가 의작의 대상으로 삼았던 14수(陸機所擬十四首)"란 언급이 보이며 그중 12수가 『문선』 권30에 수록되어 전하고 있다.

'월석감란(越石感亂)' 구에 대해서는, 진연걸 찬 『시품주』와 고직 찬 『종기실시품전』, 섭장청 찬 『시품집석』 등이 모두 『문선』 권28에 수록된 유곤의 「부풍가(扶風歌)」를 가리키는 것으로 이해하였으며, 허문우 편저 『문론강소』본 『종영시품』에서는 「부풍가」 외에 『문선』 권25에 수록된 「중증노심(重贈盧諶)」 한 수를 더 제시해두었다.

'경순영선(景純詠僊)'은 곽박의 「유선시(游仙詩)」를 지칭하는 말이다. 그의 「유선시」는 『문선』 권21에 7수가 수록되어 있고, 『전진시(全晋詩)』 권5에 14수가 수록되어 있다.

'왕미풍월(王微風月)'은 청풍명월(淸風明月)을 노래한 왕미의 일시(佚詩) 중 한 작품을 가리킨 말이다. 현존하는 그의 시 4수에서는 '풍월(風月)'이란 말을 찾아볼 수 없다. 허문우 편저 『문론강소』본 『종영시품』에서는 강엄의 「잡체시30수」 가운데 제26수 「왕징군미양질(王徵君微養疾)」 중의 "淸陰往來遠, 月華散前墀."란 구절이 풍월을 묘사하고 있으므로, 이 시의 의작 대상이 되었던 왕미의 원(原) 시에도 이러한 시구가 있었을 거라고 설명하였다.

'사객산천(謝客山泉)'은 사영운이 지은 여러 산수시(山水詩) 작품들을 통칭한 말일 것이다. 차주환 교수는 『종영시품교증』에서 이 단에 한 사람이 두 번씩 거론된 예가 전혀 없는데, 오직 사영운만이 앞부분에서 '영운「업중」(靈運「鄴中」)'이라 하여 이미 거론되었는데도 불구하고 재차 거론되어 있는 점이 어색하다고 보고, 이 대목의 '사객(謝客)'이 본래는 '사조(謝朓)'로 되어 있었을 거라고 추정하였다. 차교수는 사조의 시 「첨역상주여선성리민별(忝役湘州與宣城吏民別)」 중의 "山泉諧所好"란 구와 「직중서성(直中書省)」 중의 "聊恣山泉賞"이란 구들이 바로 그 증거가 된다고 역설한 다음, '사조(謝朓)'가 '사객(謝客)'으로 된 것은 후인들이 단순히 사영운이 산수시에 뛰어났다는 사실만을 생각하고 고쳐버렸기 때문일 거라고 설명하였다.

'숙원리연(叔源離宴)'은 『초학기』 권18과 『전진시』 권7에 수록된 사혼의 「송이왕재영군부집시(送二王在領軍府集詩)」를 가리킨 말일 것이다.

'포조수변(鮑照戍邊)'은 『문선』 권28에 수록된 포조의 「출자계북문행(出自薊北門行)」을 가리킨 말이다.

좌사의 「영사시(詠史詩)」는 『문선』 권21에 8수가 수록되어 있다.

'안연입락(顔延入洛)'은 『문선』 권27에 수록된 「북사락(北使洛)」을 가리킨 말이다.

'도공영빈지제(陶公詠貧之製)'는 『전진시』 권6에 수록된 도잠의 「영빈사(詠貧士)」 7수를 가리킨 말이다. 그중 1수는 『문선』 권30에도 수록되어 있다. 허문우 편저 『문론강소』본 『종영시품』에서는 이 작품들 외에 「걸식(乞食)」 1수와 「음주(飲酒)」 제15수 등도 역시 이에 해당된다고 설명하였다.

'혜련도의지작(惠連擣衣之作)'은 『문선』 권30에 수록된 사혜련의 「도의시(擣衣詩)」를 가리킨다.

상품 上品

고시(古詩)는 당대(唐代) 이후의 근체시(近體詩)와 상대되는 말인 고체시(古體詩)의 약칭으로 흔히 사용되고 있다. 곧 평측(平仄)·대우(對偶)·압운(押韻)·구법(句法) 등의 까다로운 제약에 심하게 구애받지 않는, 비교적 자유로운 형식의 시 작품들을 통칭하는 말이다. 한편 당대 이전에는 줄곧 작자가 알려져 있지 않은 오언시 작품들을 고시라고 일컬었으므로, 협의적(狹義的)인 해석으로는 한대(漢代)에 지어진 작자미상의 오언시 작품들을 지칭하는 말로도 흔히 이해되고 있다. 여기에서의 '고시'도 바로 협의적인 후자의 의미에 해당된다.

『시품(詩品)』의 각 품에는 시대순으로 시인들이 품평되어 있는데, 「고시(古詩)」조는 같은 한대의 작가인 「이능(李陵)」조보다 앞에 놓여 있다. 그 까닭은 작자가 밝혀져 있지 않은 고시의 특성에서 비롯된다. 즉 작자가 밝혀져 있지 않기 때문에 그렇게 배열한 것이지, 고시가 꼭 이능의 작품보다 뛰어나다고 여겨서 그런 것은 아니라 하겠다. 이는 「서(序)」에서 "한(漢) 이능에 이르러서 비로소 오언의 부문이 드러나게 되었다(逮漢李陵, 始著五言之目矣.)"라고 한 언급으로 보더라도 충분히 증명되는 사실이다. 이처럼 작자미상의 작품을 가장 앞쪽에 배열해둔 경우는 『문선(文選)』을 비롯한 육조(六朝) 시대의 다른 작품선집이나 비평저술들 속에서도 흔히 보이고 있다.

其體源出於「國風」[1]. 陸機[2]所擬十四首, 文[3]溫以[4]麗, 意[5]悲而遠, 驚心動魄, 可謂幾乎一字千金. 其外「去者日以疎」[6]四十五首, 雖多哀怨, 頗爲總雜[7]. 舊疑是建安[8]中曹·王[9]所製.「客從遠方來」[10]·「橘柚垂華實」[11], 亦爲驚絶[12]矣. 人代[13]冥滅[14], 而淸音[15]獨遠, 悲夫!

1)「國風(국풍)」: 『시경(詩經)』 중의 15국풍(國風).

2) 陸機(육기) : 진(晉)나라 때 시인. 「상품」에 품제되었다.

3) 文(문) : 문채(文采). 곧 문학 작품에서의 수사(修辭).

4) 以(이) : 이(而)와 같은 용법. ~하고 또는 ~하면서.

5) 意(의) : 의미(意味). 곧 작품에 표현되어 있는 내용.

6) 『문선(文選)』 권29 「고시19수(古詩十九首)」 중 제14수 : "去者日以疎, 生者日以親."

7) 總雜(총잡) : 갖가지 체(體)로 뒤섞여 잡박(雜駁)하다.

8) 建安(건안) : 후한(後漢) 말 헌제(獻帝) 때의 연호로 서기 196~219년 사이.

9) 曹·王(조·왕) : 조식(曹植)과 왕찬(王粲). 둘 다 한말(漢末) 위(魏)나라 때의 시인으로 모두 「상품」에 품제되었다.

10) 『문선(文選)』 권29 「고시19수(古詩十九首)」 중 제18수 : "客從遠方來, 遺我一端綺."

11) 『고시원(古詩源)』 권4 「고시3수(古詩三首)」 중 제1수 : "橘柚垂華實, 乃在深山側."

12) 驚絶(경절) : 경탄할 만큼 절묘하다. 곧 지극히 훌륭하다는 뜻.

13) 人代(인대) : 인물(人物)과 조대(朝代). 곧 작자와 창작 시대를 가리킨 말이다.

14) 冥滅(명멸) : 민멸(泯滅). 곧 소멸되어 없어지다.

15) 淸音(청음) : 맑은 소리. 여기서는 청아(淸雅)한 시 작품을 가리킨 말이다.

기체(其體)는 원(源)이 「국풍(國風)」에서 나왔다. 육기(陸機)가 의작(擬作)한 바 있는 14수는 문(文)이 온(溫)하고 려(麗)하며 의(意)가 비(悲)하고 원(遠)하여 마음을 놀래고 혼백을 움직이니, 가히 일자천금(一字千金)에 가깝다고 할 만하다. 그외에 「거자일이소(去者日以疎)」 등 45수는 비록 애원(哀怨)함이 많기는 하지만 자못 총잡(總雜)하거늘, 구시(舊時)에는 이들이 건안(建安) 중의 조(曹)·왕(王)이 지은 바로 의심되었다. 「객종원방래(客從遠方來)」와 「귤유수화실(橘柚垂華實)」은 또한 경절(驚絶)이다. 인대(人代)가 명멸(冥滅)되었건만 청음(淸音)만은 유독 유원(悠遠)하니, 슬프도다!

고시(古詩) 시체(詩體)의 원류는 『시경(詩經)』 중의 「국풍(國風)」으로부터 나왔다. 육기(陸機)가 의작(擬作)의 대상으로 삼았던 14수의 고시 작품들은 수사(修辭)가 온화하면서도 화려하고 그 내용이 구슬프면서도 심원(深遠)하여서 읽는 이의 마음을 깊이 감동시키니, 마치 한 글자가 천금(千金)에 상당할 정도로 매우 대단한 가치를 지녔다고 할 수 있을 것이다. 그밖에 「세상 떠난 이는 날로 소원해지고(去者日以疎)」를 비롯한 45수는 비록 애상(哀傷)과 원정(怨情)을 많이 담고 있기는 하지만 그 시체들이 매우 잡박(雜駁)한데도, 옛날에는 이들 작품이 건안(建安) 연간에 조식(曹植)과 왕찬(王粲)이 지은 작품일 거라고 의심되기도 하였다. 「나그네 먼 곳으로부터 오셔서(客從遠方來)」나 「귤나무·유자나무가 꽃과 열매 드리운 채(橘柚垂華實)」와 같은 작품들은 또한 지극히 훌륭한 작품이다. 작자도 창작된 시대도 모두 소멸되어 알 길이 없건만, 청아한 시 작품만이 유독 오랜 세월 동안 전해져 내려오니, 슬프구나!

　‘기체(其體)’의 ‘체(體)’자는 『음창잡록(吟窓雜錄)』본에만 없고, 다른 판본들에는 다 있다. 그런데 아래의 다른 조(條)들에서는 「이능(李陵)」조의 “기원출어『초사』(其源出於『楚辭』, 그 원(源)은 『초사(楚辭)』에서 나왔다)”나 「반희(班姬)」

조의 "기원출어이능(其源出於李陵, 그 원은 이능에게서 나왔다)"처럼 '체(體)'자가 사용되지 않았다. 이에 대해 리츠메이칸대학(立命館大學) 시품연구반(詩品研究班) 찬(撰) 『종씨시품소(鍾氏詩品疏)』에서는 뒷부분에 모두 사용되지 않았으므로 본조(本條)에 있는 '체(體)'자는 군더더기 글재[衍字]일 거라고 추측하였다. 한편 차주환(車柱環) 교수 찬(撰) 『종영시품교증(鍾嶸詩品校證)』과 이휘교(李徽敎) 교수 찬(撰) 『시품휘주(詩品彙註)』에서는 뒷부분에 '체(體)'자를 쓰지 않은 것은 첫 조[首條]에서 이미 밝혀두었기 때문에 편의상 생략한 것으로 볼 수 있으며, 의미상으로도 그대로 두는 편이 더 낫다고 설명하였다. 이처럼 주석가(注釋家)들의 견해가 서로 엇갈리고 있어서 어느 것이 『시품』의 본모습일지는 단언하기가 어렵지만, 『음창잡록』본 이외의 다른 판본들에 다 있는 '체(體)'자를 내용에 전혀 무리가 없는데도 불구하고 굳이 군더더기 글자로 보아 산거(刪去)할 필요는 없을 것 같다.

　육기(陸機)의 「의고시(擬古詩)」는 『문선』 권30에 12수가 실려 있으며, 『옥대신영(玉臺新詠)』 권3에도 송각본(宋刻本)과 조영균(趙靈均) 각본(刻本)에 7수가 수록되어 있고 서학모(徐學謨) 각본과 『사부비요(四部備要)』본에는 2수가 더 보가(補加)되어 모두 9수가 실려 있다. 그런데 『옥대신영』에 실려 있는 9수는 모두 『문선』의 것과 중복되므로, 실질적으로 육조 시대 사람들의 손에 의해 편찬된 문헌들 속에 보이는 「의고시」로 명기된 육기의 작품은 모두 12수뿐이다. 그렇다면 이는 종영이 말한 "육기가 의작(擬作)의 대상으로 삼았던 14수(陸機所擬十四首)"와 비교해볼 때 2수가 부족하다. 이에 대해 오여륜(吳汝綸)은 『고시초(古詩鈔)』에서 육기의 「의고시」 중 망일(亡佚)된 2수 가운데 1수는 고시 「구거상동문(驅車上東門)」을 대상으로 하여 의작한 작품일 거라고 추정하였다. 허문우(許文雨) 편저 『문론강소(文論講疏)』본 『종영시품(鍾嶸詩品)』에서는 이를 인정하고 「구거상동문」에 대한 육기의 의작이 바로 「가언출북궐행(駕言出北闕行)」이라고 증명하였으며, 아울러 육기의 시 「오유출서성(遨遊出西城)」이 고시 「회거가언매(迴車駕言邁)」를 대상으로 한

의작이라고 추정하여서, 부족한 2수를 모두 찾아내었다. 이를 토대로 육기의
「의고시」 14수와 육기가 의작의 대상으로 삼았던 고시 14수를 정리해보면
다음 표와 같다.

표3) 육기의 의작 대상 고시 대조표

일련번호	육기의 「의고시」	육기가 의작의 대상으로 삼은 고시
1	「擬行行重行行」(①)	「行行重行行」(一, 3)
2	「擬今日良宴會」	「今日良宴會」(四)
3	「擬迢迢牽牛星」(4)	「迢迢牽牛星」(十, 8)
4	「擬涉江采芙蓉」(7)	「涉江采芙蓉」(六, 4)
5	「擬靑靑河畔草」(5)	「靑靑河畔草」(二, 5)
6	「擬明月何皎皎」(②)	「明月何皎皎」(十九, 9)
7	「擬蘭若生朝陽」(3)	「蘭若生春陽」(6)
8	「擬靑靑陵上柏」	「靑靑陵上栢」(三)
9	「擬東城一何高」(2)	「東城高且長」(十二, 2)
10	「擬西北有高樓」(1)	「西北有高樓」(五, 1)
11	「擬庭中有奇樹」(6)	「庭中有奇樹」(九, 7)
12	「擬明月皎夜光」	「明月皎夜光」(七)
13	「駕言出北闕行」	「驅車上東門」(十三)
14	「遨遊出西城」	「迴車駕言邁」(十一)

1) 일련번호 12까지가 『문선』 권30에 수록된 육기의 「의고시」 12수이며, 순서는 『문
   선』의 순서를 그대로 따랐다.
2) 육기의 「의고시」 작품들 옆의 ( ) 속에 명시한 숫자는 『옥대신영』 권3에 수록된
   육기의 「의고시」 7수의 순서이며, 이들 중 ①과 ②는 『옥대신영』 판본들 중 송
   각본과 조영균 각본에는 수록되지 않았으나 서학모 각본과 『사부비요』본에 의해
   보가된 두 수의 순서이다.
3) 육기가 의작의 대상으로 삼은 고시 작품들 옆의 ( ) 속에 명시한 숫자들 중 한자
   로 된 숫자는 『문선』 권29에 「고시19수」로 수록된 순서이며, 아라비아숫자는 『옥

대신영』 권1에 매승(枚乘)의 「잡시9수(雜詩九首)」로 수록된 순서이다.
4) 일련번호 7의 「의난약생조양(擬蘭若生朝陽)」 중의 ‘조(朝)’자가 『옥대신영』에는 ‘춘(春)’으로 되어 있다.
5) 일련번호 9의 「의동성일하고(擬東城一何高)」 중의 ‘일하고(一何高)’가 『옥대신영』에는 ‘고차장(高且長)’으로 되어 있다.
6) 일련번호 11의 「정중유기수(庭中有奇樹)」 중의 ‘중(中)’자가 『옥대신영』의 매승 「잡시(雜詩)」에는 ‘전(前)’으로 되어 있다.

한편 육기가 의작의 대상으로 삼았던 고시 14수는 「난약생춘양(蘭若生春陽)」 1수를 제외한 13수가 『문선』 권29의 「고시19수(古詩十九首)」 속에 수록되어 있는데, 『옥대신영』 권1에는 이들 14수 중 9수가 매승(枚乘)의 「잡시(雜詩)」로 수록되어 있으며, 또 『문심조룡(文心雕龍)』 「명시(明詩)」편에도 “「古詩」佳麗, 或稱枚叔(枚乘의 자).”이란 언급이 보이고 있다. 이러한 사실들로 미루어보아 이들 14수의 작품들은 이 당시에 매승의 작품일 거라는 의심을 지닌 채, 일반인들에게 ‘고시’라는 명칭하에 한 묶음으로 전해졌던 것 같다. 여기서 주의해서 보아야 할 점은 ‘육기소의14수(陸機所擬十四首)’가 육기가 의작하여 지은 작품을 가리키는 것이 아니라, 육기가 의작의 대상으로 삼았던 고시 작품들을 가리키는 말이라는 사실이다.
　‘온이려(溫以麗)’의 ‘온(溫)’은 “고시(古詩) 시체(詩體)의 원류는 『시경(詩經)』 중의 「국풍(國風)」으로부터 나왔다(其源體出於「國風」.)”고 하였으므로, 『예기(禮記)』 「경해(經解)」편 중의 “溫柔敦厚, 『詩』敎也.”란 언급을 의식한 말이라 하겠다. ‘려(麗)’에 대해서는 『문심조룡』 「명시」편에서도 “「古詩」佳麗.”라 서술하였다.
　‘경심동백(驚心動魄)’은 시 작품이 독자들에게 주는 감동이 매우 깊음을 뜻하는 말이다.
　‘일자천금(一字千金)’은 진(秦)나라의 승상(丞相) 여불위(呂不韋)가 여러 식객(食客)들을 시켜 『여씨춘추(呂氏春秋)』를 완성한 다음, 각 나라의 학자들을 초청하여 한 글자만 더 보태거나 뺄 사람이 있으면 천금(千金)을 주겠노라고 현상금을 내걸었다는 『사기(史記)』「여불위전(呂不韋傳)」의 고사(故事)로부터 나온 숙어이다.

'「거자일이소」45수(「去者日以疎」四十五首)'도 '육기소의14수'가 매승의 작품일 거라는 의심을 지닌 채 한 묶음으로 전해졌듯이, 역시 조식(曹植)과 왕찬(王粲)의 작품일 거라는 의심을 지닌 채 한 묶음으로 전해져왔던 것 같다. 그런데 이 45수가 구체적으로 어떤 작품들이었는지에 대해서는, 섭장청(葉長靑) 찬(撰) 『시품집석(詩品集釋)』 등에서 나름대로 고증을 위한 노력을 기울이고 있지만 납득할 만한 근거가 없는 억지 추산일 뿐, 현재로서는 확인할 길이 전혀 없다. 다만 이 45수가 "옛날에는 건안 연간에 조식과 왕찬이 지은 작품일 거라고 의심되기도 하였다(舊疑是建安中曹·王所製.)"고 하였으므로, 그 창작연대가 육기가 의작의 대상으로 삼았던 14수의 고시 작품들보다 훨씬 나중이었을 것임은 충분히 짐작할 수 있는 사실이라 하겠다.

'애원(哀怨)'이란 평어 역시 고시를 「국풍」의 계통으로 파악하였기 때문에, 『모시(毛詩)』「대서(大序)」 중의 "亂世之音怨以怒, 其政乖 ; 亡國之音哀以思, 其民困."이란 언급에서 '원(怨)'자와 '애(哀)'자를 따온 것으로 보인다.

'총잡(總雜)'은 여러가지 시체(詩體)가 마구 뒤섞여 있어서 잡박(雜駮)하다는 뜻이다. 고시는 작자나 창작시기를 저마다 달리하는 작자미상의 오언시 작품들을 가리키는 말이므로, 그 시체들이 다양하고 잡박하게 이루어져 있었을 것이 분명하다.

'구의시건안중조·왕소제(舊疑是建安中曹·王所製)'에서는 고시 45수를 조식과 왕찬의 작품으로 의심하였던 구설(舊說)을 제시해놓았는데, 종영은 이 구설을 수긍한 것이 아니라 오히려 반박하는 입장을 취하고 있었음이 분명하다. 그 까닭은 종영이 만약 이 작품들을 조식과 왕찬의 작품으로 인정하였더라면, 굳이 「고시」조에서 품평을 가할 이유가 없었을 것이며, 또 '총잡'

이라는 평어나 '인대명멸(人代冥滅)'이라는 탄식과 같이 그렇게 단정적인 어휘들을 사용하지는 않았을 것이기 때문이다. 뿐만 아니라 종영은 「서」에서 고시를 '염한지제(炎漢之製)' 곧 한대(漢代)의 작품으로 규정해놓았으며, 반면에 조식과 왕찬을 모두 위대(魏代) 사람으로 취급하여서 각기 '위진사왕식(魏陳思王植)'과 '위시중왕찬(魏侍中王粲)'으로 표기해두었다. 만약 그가 고시 작품들이 조식과 왕찬의 작품이 아니라는 확신을 갖고 있지 않았더라면, 위대의 작품일지도 모르는 이들 45수의 작품들을 한대의 작품이라고 단정지어놓은 고시에 한데 포함시켜 품평하지는 않았을 것이 분명하다.

「객종원방래(客從遠方來)」와 「귤유수화실(橘柚垂華實)」 두 작품에 대해서는 대부분의 주석가들이 종영이 말한 「거자일이소(去者日以疏)」 45수 안에 포함되는 작품들로 이해하고 있는데, 이휘교 교수 찬 『시품상석(詩品詳釋)』에서는 꼭 그렇게만 이해할 이유는 없다고 지적하였다. 이 점 역시 무어라 단정하기는 매우 어려운 문제이다. 하지만 분명한 사실은 만약 '육기소의14수'와 '「거자일이소」 45수' 등이 각각의 묶음으로 전해져왔고 이 두 수가 위 두 묶음들 중 어느 하나에도 포함되지 않은 순수한 고시 가운데서 뽑힌 작품들임을 인정한다면, 종영이 보았던 고시 작품들은 최소한 14수와 45수, 그리고 이 두 수를 모두 합한 61수 이상이었을 것이다. 반면에 이 두 수를 45수 안에 포함된 작품으로 이해한다면, 종영이 본 고시는 14수와 45수를 합한 59수뿐이었거나 또는 59수 이상이었을 것으로 추측할 수 있다.

종영은 이 「고시」조에서 고시 작품들을 크게 두 단계로 나누어 평가를 해놓고 있다. 첫단계의 작품들로 육기가 의작의 대상으로 삼았던 14수를 일컬어 '일자천금(一字千金)'이라고까지 극찬하였으며, 두번째 단계의 작품들로는 「거자일이소」를 비롯한 45수, 특히 그중 「객종원방래」와 「귤유수화실」과 같은 작품들에 대해 '역위경절(亦爲驚絶)'이라 하여 첫단계의 작품들보다는 못하지만 역시 매우 훌륭한 작품이라는 평가를 내려놓았다.

'인대명멸(人代冥滅)' 이하는 작품을 감상하면서 느끼게 된 인생무상에 대한 감회를 서술한 부분이다. '인대명멸'은 「서」에서 "고시는 지어진 지가 너무 오래되어 그 작자나 지어진 시대를 자세히 알기 어렵다(「古詩」眇邈, 人世難詳.)"라고 한 언급과 맥락을 같이하고 있는데, 고시의 작자와 창작연대가 불확실함을 지적한 말이다. 요즈음에는 일반적으로 고시 작품들이 대부분 후한(後漢) 시대에 지어진 것으로 추정하고 있으며, 그 가운데 일부 작품들이 전한(前漢) 말기경에 지어졌을 것으로 이해되고 있다.

한나라 도위 이능漢都尉李陵

이능(李陵, ?~B.C. 74)은 자가 소경(少卿)이고 농서(隴西, 甘肅省) 성기인(成紀人)이며, 명장 이광(李廣)의 장손으로 무예에 뛰어났고 인품도 훌륭하였다. 무제(武帝) 천한(天漢) 2년(B.C. 99)에 기도위(騎都尉)라는 직책으로 흉노 정벌에 나섰다가, 적진에 포위당해 항복하고 포로가 되었으며 결국 이국 땅에서 일생을 마쳤다. '도위(都尉)'는 기도위(騎都尉)라는 벼슬을 가리킨다.

이능이 항복하였다는 소식을 들은 무제(武帝)는 그가 흉노족의 군사고문으로 추대되어 한(漢)나라에 대항할 군비증강에 일익을 담당하고 있다는 소문까지 믿게 되어, 크게 노한 나머지 그의 일가족 모두를 살해하였다 한다. 또 사마천(司馬遷)은 일찍이 그를 변호한 죄로 궁형(宮刑)에 처해졌고, 이에 격분하여 『사기(史記)』를 저술하게 되었다고도 한다. 그외에도 19년간이나 흉노족에 붙잡혀 있으면서도 끝끝내 굳은 절개를 꺾지 않고 결국은 한나라로 돌아오는 데 성공하였다는 소무(蘇武)와 이능의 친분관계 등이 모두 유명한 일화로 남아 있다.

이능은 『시품』에 품제되어 있는 시인들 중 생존연대가 가장 빠른 사람으로, 그의 시는 후인들의 위작(僞作)이라는 의심을 적지 않게 받고 있다. 대표적으로 육조 시대에 안연지(顏延之)가 「정고(庭誥)」에서 "이능의 여러 작품들은 총잡하여 한 가지 유가 아니므로, 원래 가탁한 것이지 모두가 이능의 작품은 아니다(李陵衆作, 總雜不類, 元是假託, 非盡陵制.)"라고 하여 이능 작품의 일부를 위작으로 보았으며, 유협(劉勰) 역시 『문심조룡』 「명시」편에서 "성제(成帝)에 이르러 삼백여 편을 품록(品錄)하니 조장(朝章)과 국채(國采)가 또한 두루 갖추어졌다고 하겠다. 그러나 사인(辭人)들의 유한(遺翰)에는 오언이 보이지 아니하니, 이 때문에 이능과 반첩여(班婕妤)가 후대에 의심을 받았던 것이다(至成帝品錄, 三百餘篇, 朝章國采, 亦云周備, 而辭人遺翰, 莫見五言, 所以李陵·班婕妤, 見疑於後代也.)"라고 하여, 이능의 작품에 대한 의심을 간접적으로 시사해놓았다. 송대(宋代)에 이르러서는 소식(蘇軾)이 다시 의심을 피력하면서 많은 논란이 일었고, 근래에는 위작이란 쪽이 오히려 정설로 받아들여지고 있다.

표제(標題) '한도위이능(漢都尉李陵)' 아래에는 '시(詩)'자가 있는 판본들도 많은데, 차주환 교수는 『종영시품교증』에서 '시(詩)'자가 있는 것이 『시품』의 본래 모습일 거라고 추정하였다. 무어라 단정짓기는 어렵지만, 문맥상으로는 '시(詩)'자가 있는 편이 더 낫고 의미파악에 있어서는 아무런 차이도 없다 하겠다. 다음에 이어지는 각 조들의 경우에도 마찬가지이다.

『文選』(卷31) 江文通(淹) 「雜體詩三十首」 第2首題 : "李都尉陵."
『隋書』 「經籍志」 : "漢騎都尉李陵集2卷."
『史記』(卷109) 「李將軍列傳」
『漢書』(卷54) 「李廣·蘇建傳」
『全漢三國晉南北朝詩』 「全漢詩」(卷2)

其源出於『楚辭』. 文[1]多悽愴[2], 怨者之流. 陵, 名家子[3], 有殊才[4], 生命[5]不諧[6], 聲[7]頹身喪. 使陵不遭辛苦[8], 其文[9]亦何能至此?

1) 文(문) : 문사(文辭).

2) 悽愴(처창) : 몹시 슬퍼하다. '창(愴)'자가 누락된 판본도 있다.

3) 名家子(명가자) : 명문집안의 자손.

4) 殊才(수재) : 뛰어난 재주.

5) 生命(생명) : 타고난 운명.

6) 諧(해) : 순조롭다. 순탄하다.

7) 聲(성) : 명성(名聲).

8) 辛苦(신고) : 쓰라린 고생.

9) 文(문) : 문학 작품. 여기서는 이능의 오언시 작품을 가리킨 말이다.

 그 원(源)은 『초사(楚辭)』에서 나왔다. 문(文)에 처창(悽愴)함이 많아, 원자(怨者)의 유(流)이다. 능(陵)은 명가자(名家子)로 수재(殊才)를 지녔건만, 생명이 순탄하지 못하여 명성은 무너져내리고 신체는 상망(喪亡)하여버렸다. 가령 능이 신고(辛苦)를 만나지 않았더라면, 그 문(文)이 또한 어찌 이에 이를 수 있으리오?

 이능(李陵) 시체(詩體)의 원류는 『초사(楚辭)』로부터 나왔다. 문사(文辭)에 슬픈 표현들이 많으니, 원정(怨情)을 표현해내는 문학의 유파라고 하겠다. 이능은 명문집안의 자손으로 매우 뛰어난 재주를 지니고 있었지만, 타고난 운명이 워낙 기구하여 명성은 실추되어버렸고 몸도 허망하게 세상을 뜨고 말았다. 만약 이능이 그처럼 쓰라린 고생을 겪지 않았더라면, 그의 시 작품이 어떻게 이처럼 훌륭한 경지에까지 도달할 수 있었겠는가?

이능 시체의 원류가 『초사(楚辭)』로부터 비롯되었다는 데 대해서는, 사진(謝榛)의 『사명시화(四溟詩話)』나 진연(陳衍)의 『시품평의(詩品平議)』 등 여러 저술에 이의가 제기되어 있다. 사진이 제기한 이의에 대하여 허문우 편저 『문론강소』본 『종영시품』에서는 굴원(屈原)과 이능의 불우하였던 생애가 서로 비슷하며, 또 이능의 「별가(別歌)」(『문선』 권29의 「여소무시3수(與蘇武詩三首)」 등을 가리키는 듯)와 『초사』 「국상(國殤)」의 체제를 비교해보더라도 그 원류가 서로 이어진다고 해명하였다. 『문론강소』본 『종영시품』에서는 또 "한초(漢初)의 시는 관화(寬和)한 풍격의 매(枚)・소(蘇) 등과 청경(淸勁)한 풍격의 이능 등 양파(兩派)로 나누어지며, 그후의 오언시들도 이 테두리를 벗어나지 못하였다"라고 한 왕개운(王闓運)의 언급을 제시하고, 여기서 거론된 매승과 소무의 시를 종영은 「고시」에 한데 포함시켜 「국풍」의 계통으로 보아 "온화하면서도 화려하다(溫以麗)"고 하였으며 이능의 시를 『초사』의 계통으로 보아 "원정(怨情)을 표현해내는 문학의 유파(怨者之流)"라고 하였으므로, 종영의 견해는 왕개운의 설과도 그대로 부합된다고 설명하였다. 진연이 제기한 이의에 대해서는, 왕숙민(王叔岷) 찬(撰) 『종영시품소증(鍾嶸詩品疏證)』에서 소무의 시를 「국풍」의 계통으로, 이능의 시를 『초사』의 계통으로 이해한 송렴(宋濂)의 「답장수재론시서(答章秀才論詩書)」의 언급을 제시하고, 역시 종영의 견해가 정당함을 시사하였다.

『시품』에서는 각 시인들의 시체의 원류를 밝힌 다음, 대체로 그 다음의 평문(評文)에서 그에 대한 근거를 간략히 제시하고 있다. 여기서는 '문다처창(文多悽愴), 원자지류(怨者之流)'가 바로 이능의 시체를 『초사』 계통으로 이해한 근거라 하겠다. 뒤에 나오는 같은 계통의 시인들에 대한 평문에도 '처창(悽愴)'이나 '원(怨)'과 같은 용어들이 사용되어 있거나, 직접적인 언급은 없더라도 그와 같은 내용을 감지할 수 있도록 서술되어 있다.

이능의 시를 '처창(悽愴)'이나 '원(怨)' 등의 용어와 동일한 의미로 평한 예는 후인들의 시평(詩評)에서도 많이 보이고 있다. 육시옹(陸時雍)의 『시경총론(詩鏡總論)』에서는 "蘇·李贈言, 何溫而戚也. 多啼涕語, 而無蹶蹙聲, 知古人之氣厚矣."라 평하였고, 왕세정(王世貞)의 『예원치언(藝苑卮言)』권2에서는 "李少卿三章, 淸和調適, 怨而不怒."라고 평하였으며, 허학이(許學夷)의 『시원변체(詩源辨體)』에서는 "慷慨悲懷, 自是羈臣口吻."이라 평하고 있다.

'성퇴신상(聲頹身喪)'은 이능이 흉노족에 항복함으로써 그 명예가 더렵혀지고 일가족 모두가 살해된 사실을 뜻하며, 『문선』 권41에 실린 사마자장(司馬子長, 사마천. 자장은 그의 자)의 「보임소경서(報任少卿書)」 중의 "李陵旣生降, 隤其家聲."이란 언급을 직접 의식한 말이라 하겠다.

이능이 불우한 생애를 살며 겪었던 비운에 찬 경험들이 그의 문학을 훌륭한 경지에까지 끌어올릴 수 있었다는 견해는 작자의 인생과 문학 작품의 상관관계를 설명해주는 문학이론으로, 종영이 제시한 시론(詩論)들 가운데 가장 핵심적인 이론 중 하나라 할 수 있다. 종영이 「서」에서 시를 짓는 동기에 대해 설명하면서 "굴원(屈原) 같은 초(楚)나라 신하가 변경으로 내쫓기고 반첩여(班婕妤)·왕소군(王昭君) 같은 한(漢)나라 궁녀가 궁궐을 떠나감이나, 혹은 시체들이 북녘 들판에 즐비하게 널려 있다거나 혹은 죽은 이의 넋들이 나부끼는 쑥을 따라 배회하고 있다든지, 혹은 창을 쥐고서 멀리 국경지방을 지키는데 무시무시한 살기(殺氣)가 온 변방에 가득 서려 있고, 요새를 지키는 병졸이 홑옷 입고 떨며 지내는데 고향에서 남편 기다리는 홀어미에게는 이제 눈물마저도 다 말라버렸다거나, 혹은 한 선비가 벼슬을 그만두고 조정을 떠나더니 한번 가서는 돌아올 줄을 모르며, 한 여인이 눈썹을 쳐들고서 의기양양하게 총애를 받는데 두 번 쳐다보면 국사(國事)를 돌보지 않아 나라를 망칠 정도로 아름답다든지 하는 등등의 갖가지 상황들은 모두가 사람의 마음을 깊이 감동시키는 것들이니, 시를 짓지 않고서야 어떻게 그러한 생각들을 다 표출해낼 수 있겠으며, 노래를 길게 뽑지 않고서야 어찌 그러한 정감(情感)들을 충분히 표현해낼 수 있겠는가(至於楚臣去境, 漢妾辭宮 ; 或骨橫朔野, 或魂逐飛蓬 ; 或負戈外戍, 殺氣雄邊 ; 塞客衣單, 孀閨淚盡 ; 或士有解佩

出朝, 一去忘反 ; 女有揚蛾入寵, 再盼傾國 : 凡斯種種, 感蕩心靈, 非陳詩何以展其義, 非長歌何以騁其情.)”라고 한 언급이나, 「중품」 「유곤(劉琨)」조에서 “유곤은 원래 훌륭한 문재(文才)를 지닌데다 나라가 멸망하고 집안이 몰락하는 불운까지 겪었기 때문에, 큰 난리의 참상을 잘 묘사해낼 수 있었고 사무치는 원한을 담은 시구들을 많이 남길 수 있었다(琨旣體良才, 又罹厄運, 故善敍喪亂, 多感恨之詞.)”라고 한 평문들도 모두 작자의 비운에 찬 절실한 경험들이 훌륭한 작품을 낳게 하는 주요한 한 요소라는 그의 이러한 이론에 바탕을 두고 있다 하겠다.

사마천은 『사기』 권130 「태사공자서(太史公自序)」에서 “昔西伯(文王)拘羑里, 演『周易』 ; 孔子厄陳蔡, 作『春秋』 ; 屈原放逐, 著「離騷」 ; …… 『詩』三百篇, 大抵賢聖發憤之所爲作也.”라 하여, 비운에 처하였던 역대 인물들이 자신들의 뜻을 펴는 한 방편으로 훌륭한 저술들을 남겼듯이, 그 역시 이능을 변호하다가 참혹한 형벌을 받는 등 곤욕을 치렀지만 여러가지 어려운 상황들을 극복하고 반드시 『사기』를 완성해내겠다는 굳은 의지를 피력해놓고 있다. 그는 이 언급과 똑같은 내용을 「보임소경서」에도 밝혀놓았는데, 종영은 사마천의 이러한 언급들에 착안하여 불행한 일을 당한 인생경험들이 훌륭한 문학 작품을 창작해내는 좋은 밑거름이 될 수 있다는 시론(詩論)으로 발전시켰던 것이다.

종영의 이같은 견해와 내용을 같이하는 이론들은 후세의 여러 문인들의 저술들 속에서도 흔히 찾아볼 수 있다. 구양수(歐陽修)는 『구양문충공집(歐陽文忠公集)』 권42 「매성유시집서(梅聖兪詩集序)」에서 시인들은 영달(榮達)하는 예가 드물고 궁핍한 경우가 대부분이라는 세상사람들의 말을 반박하면서, “대개 [시인이] 궁핍하면 궁핍할수록 [그 시 작품은] 더욱더 훌륭해진다. 그렇다면 시가 사람을 궁핍하게 하는 것이 아니라, 궁핍해진 이후에야 [그 시가] 훌륭하게 되는 것이리라(蓋愈窮, 則愈工. 然則非詩之能窮人, 殆窮者而後工也.)”라고 언급하였으며, 비석황(費錫璜)은 『한시총설(漢詩總說)』에서 굴원의 「이소(離騷)」와 이능의 「별소무시(別蘇武詩)」 및 채염(蔡琰)의 「비분시(悲憤詩)」 등을 예로 들고 "천고(千古)의 절조(絶調)는 반드시 실의(失意)하여서 [맺힌 원(怨)을] 풀 수 없을 때에 이루어지며, 오직 실의하여 풀 수 없게 되어서 지어진 시만이 곧 천고의 절조가 된다(千古絶調, 必成於失意不可解之時. 惟其失意不可解, 而發言乃絶千古.)"고 역설하였다.

한나라 첩여 반희漢婕妤班姬

반희(班姬)는 흔히 반첩여(班婕妤) 또는 첩여(婕仔)라고 일컬어지는데, 성(姓)이 반(班)이고 이름은 알려져 있지 않다. 첩여는 후궁들에게 주어진 관명(官名)의 일종이다.

생졸년(生卒年)도 정확히는 알 수 없고, 부풍(扶風) 안릉인(安陵人)으로 교양이 매우 풍부하고 언행에 절도가 있었다고 한다. 한(漢)나라 성제(成帝)가 즉위한 후 후궁으로 선발되어 한때 황제의 총애를 한몸에 받았지만, 나중에는 조비연(趙飛燕) 자매의 참소를 받아 동궁(東宮)으로 물러앉았다. 성제가 세상을 뜬 후에는 성제의 무덤을 보살피며 여생을 보내다가 이윽고 그녀도 거기에 묻혔다고 한다. 반표(班彪)의 고모였으며 반고(班固)·반초(班超)·반소(班昭) 오누이들의 대고모였다.

반첩여는 「상품」에 품제된 유일한 여류시인이다. 그런데 그녀가 남긴 시 작품은 불과 몇 수밖에 되지 않으며, 그나마 현존하는 작품은 「원가행(怨歌行)」(「원시(怨詩)」 또는 「환선시(紈扇詩)」라고도 한다) 1수뿐이다. 그럼에도 불구하고 그녀는 그 몇 수의 시로, 그중에서도 특히 '「단선(團扇)」 단장(短章)' 즉 「원가행」 한 수가 주목을 받아 종영에 의해 「상품」에 품제된 것이다.

이러한 사실로 미루어볼 때, 종영은 시인들을 비평함에 있어서 그 작품의 양이 많고 적음은 크게 문제시하지 않았음을 알 수 있다.

『文選』(卷31) 江文通(淹) 「雜體詩三十首」 第3首題 : "班婕妤."
『隋書』「經籍志」 : "漢成帝班婕妤集1卷."
『漢書』(卷97下) 「外戚傳・下」

1) 「團扇(단선)」 : 반첩여(班婕妤)의 시 「원가행(怨歌行)」. 제3・4구 "裁爲合歡扇, 團團似明月."에서 각각 '선(扇)'자와 '단(團)'자를 따 '단선(團扇)'이라 불렀다.

2) 短章(단장) : 단편(短篇). 곧 길이가 짧은 시 작품.

3) 詞旨(사지) : 문사(文詞)의 취지(趣旨).

4) 淸捷(청첩) : 맑고 민첩하다.

5) 怨深(원심) : 원정(怨情)이 깊다.

6) 文綺(문기) : 수사(修辭)가 곱고 화려하다.

7) 匹婦(필부) : 한 여인.

8) 致(치) : 정취(情趣).

9) 侏儒(주유) : 난쟁이. 여기서는 편폭(篇幅)이 짧은 시 작품을 뜻하는 말이다.

 그 원(源)은 이능(李陵)에게서 나왔다. 「단선(團扇)」이란 단장(短章)은 사지(詞旨)가 청첩(淸捷)하며, 원(怨)이 심(深)하고 문(文)이 기(綺)하여, 필부(匹婦)의 치(致)를 득(得)하였다. 주유(侏儒)의 일절(一節)로도 그 뛰어남을 가히 알 수 있겠다.

 반첩여(班婕妤) 시체의 원류는 이능의 시로부터 나왔다. 「원가행(怨歌行)」이라고 하는 짧은 시는 그 문사(文詞)의 취지가 맑고 민첩하며, 원정이 깊고 수사가 아름다워 한 여인의 정취를 잘 표현해내었다. 짧은 시 작품 한 수로도 그녀 시의 뛰어난 수준을 충분히 감지할 수 있다.

종영이 반첩여의 시체를 이능의 시체와 같은 계통으로 파악한 근거는 본조의 '사지청첩(詞旨淸捷), 원심문기(怨深文綺)'라는 평문과 「이능(李陵)」조의 '문다처창(文多悽愴), 원자지류(怨者之流)'란 평문에 똑같이 '원(怨)'자를 사용하였듯이, 두 사람의 시가 모두 슬프고 감상적인 원정(怨情)을 담고 있다는 점에서 공통점을 지니고 있는 것으로 보았기 때문이라 하겠다.

'「단선(團扇)」단장(短章)'의 「단선(團扇)」은 『문선』 권27에 수록되어 있는 반첩여의 악부(樂府) 「원가행(怨歌行)」을 가리킨다. 제3·4구가 "재위합환선(裁爲合歡扇), 단단사명월(團團似明月)"로 되어 있는데, 여기서 각각 '선(扇)'자와 '단(團)'자를 따서 '단선'이란 명칭으로 불리어졌다. 이 작품은 『옥대신영』 권1에 「원시(怨詩)」라는 제목으로 실려 있기도 하며, 또 그중 제1·3구인 "신렬제환소(新裂齊紈素)"와 "재위합환선(裁爲合歡扇)"에서 각각 '환(紈)'자와 '선(扇)'자를 따 '환선시(紈扇詩)'라고 부르기도 한다. '단장(短章)'의 '장(章)'은 원래 문장이나 시가에서의 한 단락을 뜻하는 말로 편(篇)의 하위 개념인데, 여기서는 「원가행」이 하나의 장(章)으로 이루어져 있으므로 굳이 편(篇)과 구별지을 필요가 없다.

이 「원가행」은 반첩여가 지은 시 가운데 현존하는 유일한 작품인데, 이를 비롯한 반첩여의 작품들에 대해서는 역대로 그 진위(眞僞) 문제가 줄곧 거론되어왔다. 『문심조룡』 「명시」편에서 "李陵·班婕妤, 見疑於後代也."라고 하여 이능과 함께 반첩여의 시 작품들에 대한 의심을 간접적으로 피력하였으며, 또 엄우(嚴羽)의 『창랑시화(滄浪詩話)』 「고증(考證)」편에서도 "班婕妤「怨歌行」, 『文選』直作班姬之名, 『樂府』以爲顔延年作."이라고 하여 「원가행」의 작자가 반희라는 사실에 의심의 여지가 있음을 암시해두었다.

‘원심문기(怨深文綺)’의 ‘원심(怨深)’은 「원가행」에 표현된 원정(怨情)이 깊음을 지적한 말인데, 사진의 『사명시화』 권1에 “班姬託扇以寫怨.”이라 하였듯이 후세 비평가들도 종영과 마찬가지로 이 작품의 정취를 흔히 ‘원(怨)’으로 분석하고 있다. 이 시는 반첩여가 조비연(趙飛燕) 자매의 참소로 인해 성제의 총애를 잃고 난 후에 자신의 슬픈 신세를 비유한 작품이므로, 그 속에 원정이 두드러지게 표현된 것은 자연스러운 귀결이라 하겠으며, 그래서 제목부터도 ‘원(怨)’자로 지어졌던 것이다. ‘문기(文綺)’는 수사가 곱고 화려하다는 뜻으로, 허학이의 『시원변체』에서 「원가행」을 평한 “託物興寄, 而文采自彰.”이란 언급 중의 ‘문채자창(文采自彰)’이 바로 ‘문기(文綺)’란 용어의 해설에 해당된다.

‘필부(匹婦)’는 『논어(論語)』 「헌문(憲問)」편의 “豈若匹夫匹婦之爲諒也.”라는 언급에서와 같이 흔히 서민계층의 평범한 아낙네를 뜻하는 말로 쓰이는데, 여기서는 문자 그대로 한 사람의 여인네라는 의미로 보는 것이 타당할 듯하다.

‘주유일절(侏儒一節)’은 『태평어람(太平御覽)』 권496 「인사부·언하(人事部·諺下)」에 인용되어 있는 『환자신론(桓子新論)』 중의 “侏儒見一節, 而長短可知.”라는 종영 당시의 속담에서 비롯된 말로, 종영이 이 속담을 끌어와서 반첩여의 시를 평하는 데 사용하였던 것이다. ‘주유일절’은 「원가행」의 편폭(篇幅)이 아주 짧음을 두고 한 말로서, 한편으론 반첩여의 시 작품이 극히 적은 양에 불과하였음도 간접적으로 시사하고 있다 하겠다. ‘주유(侏儒)’는 단소인(短小人) 즉 난쟁이라는 뜻이며, 또 동자기둥 곧 대들보[梁] 위의 용마루[棟]를 받쳐주는 짧은 기둥이란 의미로도 쓰인다.

위나라 진사왕 식_{魏陳思王植}

조식(曹植, 192~232)은 자가 자건(子建)이고 패국(沛國) 초인(譙人)으로, 삼국 시대 조조(曹操)의 셋째아들이며 위(魏) 문제(文帝) 조비(曹丕)의 동생이다. 어려서부터 천재적인 문재(文才)를 발휘하여 부친 조조로부터 대단한 총애를 받았으며, 심지어 조조는 그를 태자로 삼을 생각까지도 여러 번 하였다고 한다. 조조가 세상을 뜨고 맏형인 조비가 즉위한 이후 조비와의 관계 악화가 점점 표면화됨에 따라 조비 측근들로부터 엄중한 경계의 대상이 되어 여러 제후국(諸侯國)으로 옮겨다니면서 고통스러운 나날을 보내야 했다. 결국은 마지막 임지(任地)인 진(陳)에서 절망한 나머지 병까지 얻게 되어 41세의 나이로 비극적인 삶을 마쳤다. 진왕(陳王)으로 있으면서 세상을 떠났고 시호(諡號)가 사(思)였으므로, 흔히 '진사왕(陳思王)'이라 불린다.

조식은 건안(建安) 시기의 문단을 대표하는 시인이다. 그는 당시의 새로운 시풍을 바탕으로 자신이 느낀 비분(悲憤)과 억울한 심경을 생동감있게 표현해내면서 탁월한 문재를 최대한으로 발휘하여 자유롭고 분방한 문학의 세계를 구축해내었으며, 세련된 시어 구사와 치밀한 대우(對偶) 활용 등으로 당시 시가(詩歌)의 예술성을 제고시키는 데에도 크게 공헌하였다. 그로 인해 그는 후세 문인들로부터 대단한 호평을 받아왔으며, 당대(唐代) 이전의 시인들 가운데 가장 뛰어난 시인 중의 한 사람으로 오래도록 명성을 누려왔다.

현재 70여 수의 시 작품이 전하고 있으며, 그외에도 「낙신부(洛神賦)」를 비롯한 50여 편의 서정소부(抒情小賦)와 각종 산문 작품들을 남기고 있다.

『文選』(卷31) 江文通(淹) 「雜體詩三十首」 第5首題 ：“陳思王曹植.”
『隋書』「經籍志」：“魏陳思王曹植集30卷.”
『三國志』(卷19) 「魏書・陳思王植傳」
『全漢三國晉南北朝詩』「全三國詩」(卷2)

其源出於「國風」. 骨氣[1]奇高[2], 詞彩[3]華茂[4] ; 情[5]兼雅怨[6], 體被文質[7] ; 粲溢[8]今古, 卓爾[9]不群. 嗟乎! 陳思之於文章[10]也, 譬人倫[11]之有周・孔[12], 鱗羽[13]之有龍鳳, 音樂之有琴笙[14], 女工[15]之有黼黻[16]. 俾爾懷鉛吮墨者[17], 抱篇章[18]而景慕[19], 映餘暉以自燭[20]. 故孔氏之門如用詩, 則公幹[21]升堂[22], 思王入室[23], 景陽[24]・潘[25]・陸[26], 自可坐於廊廡[27]之間矣.

1) 骨氣(골기) : 문학 작품의 골격을 이루는 기운. 곧 작품을 지탱해주는 왕성한 생명력이나 그 내면에 흐르고 있는 정신을 뜻한다.

2) 奇高(기고) : 기발하고 고상하다. 여기서는 조식(曹植)의 시 작품에 표현되어 있는 정신세계가 독창적이면서 매우 격이 높음을 일컫은 말이다.

3) 詞彩(사채) : 사채(辭采). 곧 표현상의 화려한 수식.

4) 華茂(화무) : 화섬(華贍). 곧 화려하고 풍부하다.

5) 情(정) : 정취(情趣). 정서(情緒).

6) 雅怨(아원) : 아지(雅旨)와 원심(怨心). 바르고 고상한 생각과 원망하는 마음을 뜻한다.

196

7) 文質(문질) : 문채(文采)와 실질(實質). 곧 문학 작품에 있어서의 아름다운 형식과 질박한 내용을 일컫는 말이다.

8) 粲溢(찬일) : 찬연히 넘쳐나다. 곧 보통 수준을 확연히 초월한다는 뜻.

9) 卓爾(탁이) : 탁연(卓然). 곧 몹시 뛰어난 모양.

10) 文章(문장) : 문학. 여기서는 시 분야를 중점적으로 지칭한 말이다.

11) 人倫(인륜) : 인류. 사람.

12) 周·孔(주·공) : 주공(周公, 姬旦)과 공자(孔子).

13) 鱗羽(인우) : 비늘 가진 짐승과 날개 달린 짐승. 곧 어류와 조류. 여기서는 뭇짐승을 통칭하는 말로 보는 것이 좋을 듯하다.

14) 琴笙(금생) : 거문고와 생황(笙簧).

15) 女工(여공) : 여인들이 하는 일이나 공예(工藝).

16) 黼黻(보불) : 옛날 예복(禮服)에 놓았던 수(繡). 보(黼)는 반흑반백(半黑半白)의 빛깔로 놓은 자루 없는 도끼 모양의 수이며, 불(黻)은 반흑반청(半黑半靑)의 빛깔로 놓은 '기(己)'자 둘을 서로 반대로 배열한 모양의 수이다.

17) 懷鉛吮墨者(회연연묵자) : 연(鉛)을 품고 묵(墨)을 핥는 사람. 곧 문장을 짓거나 글씨를 쓰는 일에 종사하는 사람. '연(鉛)'은 잘못 써진 글자를 지울 때 그 위에 바르는 연분(鉛粉)을 의미한다.

18) 篇章(편장) : 문학 작품.

19) 景慕(경모) : 경앙(景仰). 곧 우러러보다.

20) 自燭(자촉) : 자조(自照). 곧 스스로 비추다.

21) 公幹(공간) : 유정(劉楨)의 자.

22) 升堂(승당) : 대청마루에 오르다. 곧 학문이나 도를 깨달은 정도가 이미 고명정대(高明正大)한 수준에까지 이르렀음을 뜻하는 말이다.

23) 入室(입실) : 방에 들어가다. 곧 학문이나 도를 깨달은 정도가 정교하고 세밀하여 심오한 경지에까지 통달해 있음을 뜻하는 말이다.

24) 景陽(경양) : 장협(張協)의 자.

25) 潘(반) : 반악(潘岳).

26) 陸(육) : 육기(陸機).

27) 廊廡(낭무) : 곁채.

그 원(源)은 「국풍(國風)」에서 나왔다. 골기(骨氣)가 기고(奇高)하고 사채(詞彩)가 화무(華茂)하며, 정(情)은 아(雅)와 원(怨)을 겸하였고 체(體)는 문(文)과 질(質)을 덮어서, 금고(今古)에 찬일(粲溢)하여 우뚝이 한데 무리짓지 아니한다. 아! 진사(陳思)의 문학에서의 위치는 비유컨대 인륜(人倫)에 주(周)와 공(孔)이 있음이요, 인우(鱗羽)에 용(龍)과 봉(鳳)이 있음이요, 음악에 금(琴)과 생(笙)이 있음이요, 여공(女工)에 보(黼)와 불(黻)이 있음이라. 회연연묵자(懷鉛吮墨者)들로 하여금 그 편장(篇章)을 끌어안고 경모(景慕)하며 그 여휘(餘暉)를 반사받음으로써 스스로 비추도록 하였다. 고(故)로 공씨지문(孔氏之門)을 시에다 응용해볼 것 같으면, 곧 공간(公幹)은 승당(升堂)하였고 사왕(思王)은 입실(入室)하였으며, 경양(景陽)·반(潘)·육(陸) 등은 스스로 낭무(廊廡)의 사이에나 앉을 수 있었다 할 것이다.

조식(曹植) 시체(詩體)의 원류는 『시경(詩經)』 중의 「국풍(國風)」으로부터 나왔다. 그 내면에 흐르고 있는 정신은 기발하면서도 고상하며, 표현상의 수사(修辭) 또한 화려하고 풍부하다. 그 속에 아지(雅旨)와 원심(怨心), 곧 바르고 고상한 생각과 원망하는 마음 두 가지 정취를 두루 겸비하고 있으며, 아울러 아름다운 형식과 질박한 내용 역시 완벽하게 조화를 이루고 있다. 고금의 시인들을 확연히 초월하여서, 홀로 우뚝 솟아 있는 듯 다른 이들과 도저히 비교가 되지 않을 정도이다. 아! 감격스럽도다. 시에 있어서의 조식의 위치야말로 마치 인류 중의 주공(周公)과 공자(孔子) 같은 성인(聖人)에 비유되고 짐승들 중의 용이나 봉황에 비유되며, 악기 중에서는 거문고나 생황에 비유되고, 여인들의 공예(工藝) 중에서는 보(黼)나 불(黻)과 같은 자수에 비유될 수 있을 정도로 지극히 위대한 존재라 하겠다. 그의 작품은 문학활동에 종사하는 모든 이들로 하여금 그의 시 작품을 숭상하면서 그 남긴 빛을 반사받아서 스스로를 빛내려고 하도록 해주었다. 그러니 공자 문하생들의 학문단계를 역대 시인들에 적용시켜 비평을 가해본다면, 유정(劉楨)은 대청마루에 올라 있는 것처럼 이미 높은 수준을 확보하였고,

조식은 안방 깊숙이 들어가 앉아 있는 듯 더욱 심오한 경지에 도달해 있으며, 장협(張協)과 반악(潘岳) 그리고 육기(陸機) 등은 모두 그럭저럭 곁채 사이에나 자리잡고 앉을 수 있을 정도의 수준이었다고 평할 수 있을 것이다.

조식 시체의 원류가 「국풍(國風)」으로부터 비롯되었다는 데 대해서는, 후세의 여러 비평가들이 견해를 같이하고 있다. 대표적으로 장계(張戒)는 『세한당시화(歲寒堂詩話)』 권상(卷上)에서 "鍾嶸『詩品』, 以「古詩」第一, 子建次之, 此論誠然. 觀子建'明月照高樓'·'高台多悲風'·'南國有佳人'·'驚風飄白日'·'謁帝承明廬'等篇, 鏗鏘音節, 抑揚態度, 溫潤淸和, 金聲而玉振之. 辭不迫切, 而意已獨至, 與三百五篇異世同律. 此所謂韻不可及也."라고 하여, 조식의 시와 『시경』 시들을 같은 계통으로 파악하고 있다. 그외에도 호응린(胡應麟)은 『시수(詩藪)』 「내편(內編)」 권2에서 "陳王四言, 源出「國風」."이라 하였고, 유희재(劉熙載)는 『예개(藝槪)』 권2 「시개(詩槪)」에서 "曹子建「贈丁儀王粲」有云 : '歡怨非貞則, 中和誠可經.' 此意足推風雅正宗."이라 하였으며, 황자운(黃子雲)은 『야홍시적(野鴻詩的)』에서 "子建詩, 駸駸乎有三代之隆焉."이라 하였는데, 허문우 편저 『문론강소』본 『종영시품』에서는 이러한 언급들에 대한 분석을 가하여서 호응린의 언급은 시의 체재(體裁) 면에서, 유희재의 언급은 시의 정취(情趣) 면에서, 황자운의 언급은 시의 기상(氣象) 면에서, 각기 조식의 시와 『시경』 시를 같은 계통으로 파악한 말이라고 풀이하였다.

'골기기고(骨氣奇高)'의 '골기(骨氣)'는 문학 작품의 골간을 형성하여 작품을 지탱해주는 왕성한 생명력이나 또는 작품 내면에 흐르고 있는 시 정신을 뜻하는 말이라 하겠다. 유협의 『문심조룡』 「풍골(風骨)」편에서는 이 '골(骨)'과 '기(氣)'에 대한 언급과 함께 시 작품 내면의 생명력이나 정신에 대하여 체계적인 이론을 전개해놓고 있다. 이외에도 인물비평이나 문학비평에 관한 육조 시대의 다른 저술들 속에서 이 '골(骨)'이나 '기(氣)'와 같은 용어들을 흔하게 찾아볼 수 있으며, 당대(唐代) 이후로도 조씨(曹氏) 부자를 중심으로 한 건안 시대 문학의 특징을 규정짓는 용어로 자주 사용되어왔다.

 ‘사채(詞彩)’는 작품 표현상의 화려한 수식을 뜻하는 말로, ‘골기’가 내면적인 요소라면 ‘사채’는 외면적 요소라 할 수 있다. 『태평어람』과 『시인옥설(詩人玉屑)』의 인용문에는 ‘사채(辭采)’로 되어 있고, 『기찬연해(記纂淵海)』 인용문에는 ‘사채(辭彩)’로 되어 있다. 차주환 교수는 『종영시품교증』에서 ‘사(辭)’자로 되는 것이 옳고 ‘채(采)’와 ‘채(彩)’는 각기 고금자(古今字)라고 지적하였다.

 ‘정겸아원(情兼雅怨)’의 ‘아(雅)’와 ‘원(怨)’은 서로 상대되는 두 가지 정서로서, ‘아(雅)’는 아지(雅志) 곧 어느 한쪽으로도 치우침이 없이 항상 중정(中正)의 평형을 유지하고 있는 바르고 고상한 생각을 뜻하며, ‘원(怨)’은 원심(怨心) 곧 어떠한 모순이나 절망감으로부터 우러나온 원망에 찬 마음을 뜻한다. 이에 대해 고직(古直) 찬(撰) 『종기실시품전(鍾記室詩品箋)』에서는 “『史記』「屈原傳」曰 : ‘「國風」好色而不淫 ;「小雅」怨誹而不亂. 若「離騷」者, 可謂兼之矣.’ ‘情兼雅怨’, 謂兼「國風」·「小雅」之長也.”라 하여, ‘아(雅)’와 ‘원(怨)’이 각기 「국풍」의 특징적인 정서라 할 수 있는 전아(典雅)한 생각과 「소아(小雅)」의 특징적인 정서라 할 수 있는 원망하는 마음을 가리키는 것으로 설명하고 있다. 한편 진연걸(陳延傑) 찬(撰) 『시품주(詩品注)』에서는 “按, 陳思有憂生之嗟, 故樂府贈送·雜詩諸什, 皆具 「小雅」怨誹之致.”라고 하여, ‘아원(雅怨)’이 단지 「소아」에 표현되어 있는 원심(怨心)만을 지칭하는 것으로 이해하고 있다. 주석가들 중에는 이처럼 ‘아(雅)’자를 「소아」의 ‘아(雅)’로 풀이하는 경우도 있고, 또는 ‘원(怨)’과 상대되는 개념의 용어로 보아 전아하다는 ‘아(雅)’로 해석하는 입장도 있어서, 서로 견해를 달리하고 있다. 무어라 단정짓기는 어려우나, 문맥으로 볼 때 그 다음 구의 ‘문질(文質)’이나 ‘금고(今古)’ 등이 모두 서로 대립되는 개념의 두 음절로 이루어져 있듯이 ‘아(雅)’와 ‘원(怨)’도 역시 서로 상대되는 두 가지 정서로 보는 편이 더 순조로운 것만은 분명하다. 또 ‘아(雅)’와 ‘원(怨)’을 각기 「국풍」과 「소아」의 특징적인 정서라고 보기보다는, 종영이 『초사』와 이능 계통의 시인들을 품평하면서 흔히 그 특징을 '원(怨)'이라는 용어로 설명하고 있으므로, 여기서도 '아(雅)'는 「국풍」 즉 『시경』 시 전반에 흐르고 있는 전아한 정서를 가리키는 반면에 '원(怨)'은 『초사』에 흐르고 있는 격렬한 색채를 띤 원망에 찬 정서를 가리키는 말로 보는 편이 더 타당할 것 같다.

'문질(文質)'은 『논어』 「옹야(雍也)」편의 "質勝文則野, 文勝質則史. 文質彬彬, 然後君子."란 언급을 의식하고 한 말로서, '문(文)'은 작품의 외면적인 화려함이나 세련미를 뜻하며 '질(質)'은 작품 내면의 질박한 실질(實質)을 뜻한다. 이 '문'과 '질'은 앞에서 언급한 골기(骨氣)·사채(詞彩)와 마찬가지로 문학 작품을 지탱해주는 가장 중요한 두 기둥이라 할 수 있으며, 이 양자가 유기적으로 조화를 이루고 있는 작품이라야 비로소 훌륭한 작품으로서의 가치를 인정받을 수 있다 하겠다.

종영은 '골기(骨氣)'와 '사채(詞彩)', '아(雅)'와 '원(怨)' 그리고 '문(文)'과 '질(質)' 등 상대적인 두 요소들이 조식의 시 작품 속에서 서로 배척하지 않고 상호 보완적인 작용을 하면서 교묘한 융합을 이루고 있는 것으로 보았다. 그는 조식의 시를 이처럼 완벽한 조화와 균형을 이루고 있는 것으로 파악하였기 때문에, 자연히 조식을 지극히 위대한 시인으로 높이 평가하여 "고금의 시인들을 확연히 초월하여서, 홀로 우뚝 솟아 있는 듯 다른 이들과 도저히 비교가 되지 않을 정도이다(粲溢今古, 卓爾不群.)"라고 하였던 것이다. 조식과 그의 시를 종영처럼 이렇게 높이 평가한 예는 후세 문인들의 여러 저술들 속에서도 흔히 보이고 있다. 『세한당시화』 권상에서는 "古今詩人, 推陳王及古詩第一. 此及不易之論."이라 하였고, 『야홍시적』에서는 "余謂孟德覇則有餘, 而子桓王則不足, 若子建駸駸乎有三代之隆焉."이라 하였으며, 심덕잠(沈德潛)의 『고시원(古詩源)』 권5 '조식(曹植)' 주(注)에서도 "子建詩, 五色相宣, 八音朗暢. 使才而不矜才, 用博而不逞博. 蘇·李以下, 故推大家. 仲宣·公幹, 烏可執金鼓而抗顔行也."라 하였다.

‘주(周)·공(孔)’, ‘용봉(龍鳳)’, ‘금생(琴笙)’, ‘보불(黼黻)’ 등은 각기 그들이 속해 있는 부류들 중 가장 훌륭하다고 여겨지는 존재들로서, 여기서는 조식이 시인으로서 차지하고 있는 위치를 비유하는 데 사용되었다.

공자 문하생들의 학문적인 단계를 도입하여 위(魏)·진(晋) 시대 시인들의 수준을 평한 대목은 『논어』 「선진(先進)」편의 “子曰 : 由也升堂矣, 未入於室也.”라고 한 언급을 연상한 착상이며, 직접적으로는 한대(漢代) 문인 양웅(揚雄)이 『양자법언(揚子法言)』 권2 「오자(吾子)」편에서 한대의 부(賦) 작가들을 평하여 “如孔氏之門用賦也, 則賈誼升堂, 相如入室矣.”라 한 언급으로부터 착안한 표현이라 할 수 있겠다. 종영은 「서」에서도 “평원후(平原侯) 조식과 그의 형 조비는 왕성한 활동으로 당당히 문단의 영도자가 되었고, 유정과 왕찬이 그들을 보필하였다. 그외에도 훌륭한 영도자를 섬겨 명성을 누리고자 스스로 그들 뒤를 따랐던 시인들이 대략 100여 명쯤 되었다. 시의 형식과 내용 면에서의 융성함이 이 당시에 훌륭하게 갖추어졌다. …… 그러므로 이상을 통해 알 수 있듯이, 조식은 건안 시대 시인들 중에서 가장 뛰어났으며 유정과 왕찬이 그를 보좌하였고, 육기는 태강 연간의 시인들 중 가장 빼어났으며 반악과 장협이 그를 보좌하였다. …… 옛날 시인들 중 조식과 유정은 문학 분야의 성인이라 할 만하다(平原兄弟, 鬱爲文棟, 劉楨·王粲, 爲其羽翼. 次有攀龍託鳳, 自致於屬車者, 蓋將百計. 彬彬之盛, 大備於時矣. …… 故知陳思爲建安之傑, 公幹·仲宣爲輔 ; 陸機爲太康之英, 安仁·景陽爲輔. …… 昔曹·劉殆文章之聖.)”라고 하여, 이 대목과 일맥상통하는 견해를 피력하였다.

위나라 문학 유정魏文學劉楨

유정(劉楨, ?~217)은 자가 공간(公幹)이고 산동(山東) 동평인(東平人)이며, 조씨 부자의 청객(淸客)으로 함께 문학활동을 전개하였던 '건안칠자(建安七子)' 중의 한 사람이다. 건안 16년(211)에 조비(曹丕)가 오관중랑장(五官中郎將)이 되자, 그에게 발탁되어 오관중랑장문학(五官中郎將文學)이 되었다 한다. 『삼국지』「위서·왕찬전(魏書·王粲傳)」에 유정의 전기가 보이는데, 이 글에는 그가 '문학(文學)'이 되었다는 언급이 전혀 없으며, 『수서(隋書)』「경적지(經籍志)」와 강엄(江淹)의 「잡체시30수(雜體詩三十首)」 중 제6수의 제목에서는 각각 "위태자문학유정집(魏太子文學劉楨集) 4권, 녹(錄)1권", "유문학정(劉文學楨)"이라 하여 그를 '문학'이란 직명으로 일컫고 있다. 이에 대해 고직 찬 『종기실시품전』에서는 『삼국지』「위서」에서 그러한 언급을 생략한 것으로 보았다.

유정은 젊어서부터 뛰어난 문재를 인정받아 조씨 일가와 매우 친밀하게 지내왔는데, 어느 날 연회석상에서 조비의 부인 견씨(甄氏)에게 공경의 예를 소홀히한 일이 화근이 되어 죄를 문책받아 관직까지 박탈당하였다. 남에게 굽힐 줄 모르는 강직한 성품의 소유자였던 그이지만 만년에는 실의에 빠져 쓸쓸하게 생활하다가, 건안 22년(217)에 때마침 유행하였던 전염병에 걸려 세상을 뜨고 말았다.

종영은 여기서 유정을 위(魏)나라 사람으로 간주하여 '위문학(魏文學)'이라 일컫고 있는데, 사실은 위(魏) 문제(文帝) 조비가 한(漢)나라로부터 황제자리를 찬탈한 것이 건안 25년(220)의 일이고 유정이 세상을 떠난 것은 그보다 3년이 빠른 건안 22년의 일이므로, 엄격히 말해 유정은 한나라 사람이지 위나라 사람이라고는 할 수가 없다. 그러나 유정이 비록 다른 '건안칠자'들과 마찬가지로 위 왕조가 정식으로 성립되기 전에 이미 세상을 떠나기는 하였지만, 그를 비롯한 '건안칠자'들은 대부분이 조씨 삼부자의 막료 내지는 그 예하집단 문인으로 활동하면서, 조씨 삼부자와는 같은 시대를 살았다는 점 외에도 동일한 건국이념을 가졌고 공통된 문학적 특색을 지녔다는 점 등에서 여러 각도로 공동체적인 면을 많이 보이고 있다. 그래서 종영도 이러한 공통점을 고려하여 사람들의 조대(朝代)를 이야기하는 당시의 일반적인 관습을 그대로 좇아 유정을 조씨 삼부자와 함께 위나라 사람으로 취급하였던 것이다. 실제로 문학사가(文學史家)들 사이에서도 '건안칠자'의 문학을 한대(漢代) 문학 범위에 포함시켜 다루기도 하고 위(魏)・진(晋) 문학에 포함시켜 다루기도 한다.

유정은 조비를 비롯한 당시 문인들을 위시하여 역대의 여러 비평가들로부터 매우 훌륭한 시인으로 높이 평가받아왔으며, 특히 오언시 분야에서 그가 남긴 뚜렷한 성과는 널리 인정받고 있다. 그의 작품은 시와 부(賦)가 모두 수십여 편이나 되었다고 하는데, 지금은 대부분이 산일(散佚)되고 전하지 않는다. 현존하는 시 작품은 불완전한 것까지 포함하여 모두 15수 가량으로, 수사(修辭)에 별로 치중하지 않아 평이하면서도 세련된 시어를 구사해놓고 있으며 굳세고도 왕성한 힘을 보유하고 있는 특징을 지니고 있다.

『文選』(卷31) 江文通(淹) 「雜體詩三十首」 第6首題 : "劉文學楨."

『隋書』「經籍志」：“魏太子文學劉楨集4卷，錄1卷.”
『三國志』(卷21)「魏書・王粲傳」
『全漢三國晋南北朝詩』「全三國詩」(卷3)

1) 氣(기) : 골기(骨氣). 곧 문학 작품을 지탱해주는 왕성한 생명력이나 그 내면에 흐르고 있는 정신.

2) 奇(기) : 기발하다. 곧 문학 작품의 독창성을 뜻하는 말이다.

3) 動(동) : 동첩(動輒). 곧 매번, 번번이의 뜻.

4) 振絶(진절) : 심히 위세를 떨치다. 여기서는 작품 속에 내재해 있는 매우 왕성한 원기나 약동하는 정신을 일컫는 말이다.

5) 眞骨(진골) : 진실된 골기(骨氣)나 골력(骨力). 곧 작품 내면에 흐르고 있는 진실된 정신이나 감정을 뜻하는 말이다.

6) 凌霜(능상) : 엄상(嚴霜)을 능멸하다. 곧 혹독한 시련 같은 것을 대수롭지 않게 여기고 잘 견디어낸다는 뜻.

7) 高風(고풍) : 고매한 풍격(風格)이나 풍력(風力).

8) 跨俗(과속) : 유속(流俗)을 뛰어넘어 초월하다.

9) 文(문) : 문채(文采). 곧 작품의 형식적인 아름다움.

10) 雕潤(조윤) : 새겨서 윤색(潤色)을 가하다. 곧 작품에 문채(文采)를 가하고 장식하는 수사(修辭) 작업을 뜻한다.

11) 獨步(독보) : 남이 뒤따를 수 없을 정도로 매우 뛰어남.

그 원(源)은 고시(古詩)에서 나왔다. 기(氣)에 의지하고 기(奇)를 애호(愛好)하여서, 매양 진절(振絶)이 다분하다. 진골(眞骨)은 엄상(嚴霜)

을 능멸하고 고풍(高風)은 유속(流俗)을 뛰어넘었다. 다만 기(氣)가
그 문(文)을 지나쳐서 조윤(雕潤)이 한스럽게도 적다. 그러나 진사
(陳思) 이하로부터 정(楨)이 독보(獨步)로 일컬어진다.

유정(劉楨) 시체(詩體)의 원류는 고시(古詩)로부터 나왔다. 그의 작품은 내
면의 정신을 구현하는 데 치중하고 기발한 독창성을 중시하여서, 항상 매
우 왕성한 생명력으로 가득 차 있다. 그 진실된 골력(骨力)은 강인하여서
어떠한 시련도 견디어낼 듯하고, 그 고매한 풍격은 산뜻하게도 유속(流俗)
을 초월하였다. 다만 작품 중의 정신만이 그 문채(文采)를 도외시한 채 지
나치게 추구되어져서, 애석하게도 아름다운 수사(修辭)가 매우 부족한 결
함을 지니고 있다. 그렇지만 조식을 제외한 그 다음 단계의 시인들 중에서
는, 그래도 유정이 가장 훌륭한 시인으로 높이 칭송될 수 있다 하겠다.

　　유정 시체의 원류가 「국풍」과 고시에서 비롯되었다는 데 대해서는, 후세
의 여러 비평가들 역시 견해를 같이하고 있다. 석(釋) 교연(皎然)은 『시식(詩
式)』 「업중집(鄴中集)」에서 “劉楨辭氣, 偏正得其中. 不拘對屬, 偶或有之. 語
與興驅, 勢逐情起. 不由作意, 氣格自高, 與「十九首」其流一也.”라 하였고, 양
신(楊愼)은 『승암시화(升菴詩話)』 권13에서 “劉公幹「贈從弟詩」, 有「國風」餘
法.”이라 하였으며, 진연걸 역시 『시품주』에서 “楨之「公讌」·「贈從弟」·「雜
詩」等篇, 皆所謂情高會采, 而質朴頗類古詩.”라고 하였다.

　　‘장기애기(仗氣愛奇), 동다진절(動多振絶)’ 구와 유사한 시각으로 유정의
시를 평한 예는 육조 시대 문헌들에서 흔히 찾아볼 수 있다. 대표적으로 조
비는 「여오질서(與吳質書)」(『문선』 권42)에서 “公幹有逸氣, 但未遒耳. 其五言
詩之善者, 妙絶時人.”이라 하여 ‘기(氣)’자와 ‘절(絶)’자로 유정의 시를 평하였
고, 사영운(謝靈運)의 「의위태자업중집시8수(擬魏太子鄴中集詩八首)」 제5수
「유정(劉楨)」조(『문선』 권30)에서는 “卓犖偏人, 而文最有氣, 所得頗經奇.”라
하여 ‘기(氣)’자와 ‘기(奇)’자로 유정의 시를 평하였으며, 『태평어람』 권385에

206

인용된 「문사전(文士傳)」 중의 "劉楨辭氣鋒烈, 莫有折者."란 언급과 『문심조룡』 「체성(體性)」편의 "公幹氣褊, 故言壯而情駭."란 언급들에서도 역시 '기(氣)'를 기준으로 유정의 시를 평하고 있다.

조비는 또 『전론(典論)』 「논문(論文)」편(『문선』 권52)에서 처음으로 이 '기(氣)'라는 용어를 문학비평 용어로 채용하여 설명을 가해놓았다. 그가 말한 '기(氣)'는 "文以氣爲主"에서의 '기(氣)'처럼 문학 작품에 나타난 기세, 곧 작품 내면의 왕성한 생명력이나 정신을 뜻하는 한 가지 측면과 또 "氣之淸濁有體"에서의 '기(氣)'처럼 선천적으로 타고난 작자의 재기(才氣)를 의미하는 다른 한 가지 측면으로 나누어 설명될 수 있다. 그런데 엄격히 따져보면 작품에 나타난 기세 역시 작자의 선천적인 재기를 바탕으로 하여 표출되는 것이므로 여기서는 굳이 구분을 가하지 않고 단순히 작품의 내면에 흐르고 있는 정신으로 해석하였다.

'애기(愛奇)'는 작품에 나타나는 작자의 개성이나 독창성을 중시한다는 의미로서, 종영의 시론에서 커다란 비중을 차지하는 중요한 비평기준 중의 하나이다. 일례로 그는 「하품」 「왕건(王巾)·변빈(卞彬)·변녹(卞錄)」조에서도 "왕건과 변빈·변녹 등의 시 작품은 모두 기발한 독창성을 중시하여 참신한 개성이 뚜렷하게 잘 부각되어 있다(王巾二卞詩, 並愛奇嶄絶.)"고 하여 '애기(愛奇)'를 긍정적인 의미의 칭찬하는 말로 사용하였다. 그외에도 「상품」 「조식(曹植)」조 중의 "작품 내면에 흐르고 있는 정신이 기발하면서도 고상하다(骨氣奇高.)", 「중품」 「사조(謝朓)」조 중의 "독창적이고 뛰어난 구절들이 자주 출현하여 참신하고 힘있는 기풍을 드러내 보인다(奇章秀句, 往往警遒.)", 「하품」 「우희(虞羲)·강홍(江洪)」조 중의 "우희의 시는 독창적인 구절들이 맑고 빼어난 느낌을 준다(子陽詩奇句淸拔.)" 등의 언급들에서 모두 '기(奇)'자를 긍정적인 의미의 평어로 사용하고 있다. 그런데 이 '애기(愛奇)'는 『문심조룡』에도 「사전(史傳)」편 중의 "博雅弘辯之才, 愛奇反經之尤"·"俗皆愛奇, 莫顧實理."와 「서지(序志)」편 중의 "辭人愛奇, 言貴浮詭."이란 언급들에서 그 용례가 보이는데, 이 언급들 중의 '애기(愛奇)'는 모두 기이하고 비현실적인 것만을 좋아한다거나 작품 수사에 있어서 실속이 없고 들뜬 표현에만 치중하는 그릇된 폐단을 지적하는 말로 사용되어 있다. 종영이 '애기(愛奇)'를 긍정적인 의미의 평어로 사용한 데 반하여 유협은 부정적인 의미로 사용해 놓고 있어서, 동시대의 용례이면서도 아주 현저한 차이를 보이고 있다.

 '진골능상(眞骨凌霜), 고풍과속(高風跨俗)' 구에 대해서는, 고직 찬 『종기실시품전』에서 "案, 何義門評公幹「贈從弟詩」曰 : '峻骨凌霜, 高風跨俗.' 要推此等足當之."라 설명하고 있다. '진골능상(眞骨凌霜)'의 '진(眞)'자가 『시인옥설』·『기찬연해(記纂淵海)』·『패편(稗編)』 등의 인용문에는 모두 '정(貞)'으로 되어 있으며, 『의문독서기(義門讀書記)』와 『문선』 등의 인용문에는 '준(峻)'으로 되어 있다. 이에 대해 차주환 교수 찬 『종영시품교증』에서는 "作'貞'蓋『詩品』之舊. '貞'謂堅貞也. 宋人諱'貞'爲'眞', 二字遂多溷用."이라 추정하였다.

 '단기과기문(但氣過其文), 조윤한소(雕潤恨少)'는 유정의 시에 원기왕성한 정신은 잘 갖추어져 있으나 형식 면에서 수사나 표현기교가 상대적으로 매우 빈약하다는 단점을 지적한 말이다. 조비의 『전론』「논문」편에서도 "應瑒和而不壯, 劉楨壯而不密."이라 하여, 유정의 시를 종영과 같은 시각으로 이해하고 있다. 종영은 「서」에서 "흥(興)·비(比)·부(賦) 세 가지 수사기법을 확충시켜서 그들을 잘 참작하고 취사선택하여 사용하며, 왕성한 생명력——풍력(風力)——으로 작품의 근본을 삼고 화려한 수사——단채(丹彩)——를 가하여 작품을 윤택하게 하여서, 감상하는 이들로 하여금 한없이 심취해 있도록 하고 듣는 이들로 하여금 마음속 깊이 감동하도록 하는 시. 이러한 시가 바로 지극히 훌륭한 시이다(宏斯三義, 酌而用之, 幹之以風力, 潤之以丹彩, 使味之者無極, 聞之者動心 : 是詩之至也.)"라고 언급하였는데, 그는 유정의 시가 "왕성한 생명력으로 작품의 근본을 삼는(幹之以風力)" 면에서는 크게 성공하였으나 "화려한 수사를 가해서 작품을 윤택하게 하는(潤之以丹彩)" 면이

크게 결핍되어 있는 것으로 파악하였다. 그는 조식의 시를 정신과 수사 양면
에서 훌륭한 조화를 이루고 있는 것으로 보아서 "그 내면에 흐르고 있는 정
신은 기발하면서도 고상하며, 표현상의 수사 또한 화려하고 풍부하다(骨氣
奇高, 詞彩華茂.)"라고 평하였는데, 이와 비교하여볼 때 유정의 시는 조식 시
의 '골기기고(骨氣奇高)'한 면은 그대로 공유하고 있어서 '장기애기(仗氣愛
奇)'나 '진골능상(眞骨凌霜)'과 같은 평을 받을 수 있기는 하지만, 반면에 수
사상의 아름다움이 매우 부족하여 조식 시의 '사채화무(詞彩華茂)'한 면은 결
여되어 있다고 보았던 것이다. 곧 그는 작품의 수준을 결정짓는 가장 중요한
두 요소로 '기(氣)'와 '문(文)'을 제시한 다음, 조식의 시에는 이 두 가지 요소
가 훌륭하게 조화를 이루고 있다고 보아서 그를 고금을 통틀어 최고의 시인
으로 평가하였던 것이며, 이에 반해 유정의 시에는 조식 시에 다 갖추어져
있는 두 요소 중 '문(文)' 즉 '조윤(雕潤)'이 결여되어 있는 것으로 보았고 그
래서 유정을 조식보다 낮은 수준의 시인으로 평가해놓았다.

　'연자진사이하(然自陳思已下), 정칭독보(楨稱獨步)'라고 한 평가는 「조식
(曹植)」조에서 "공자 문하생들의 학문 단계를 역대 시인들에 적용시켜 비평
을 가해본다면, 유정은 대청마루에 올라 있는 것처럼 이미 높은 수준을 확보
하였고, 조식은 안방 깊숙이 들어가 앉아 있는 듯 더욱 심오한 경지에 도달
해 있다(孔氏之門如用詩, 則公幹升堂, 思王入室.)"라고 한 언급이나 「서」에
서 "옛날 시인들 중 조식과 유정은 문학 분야의 성인이라 할 만하다(昔曹・
劉殆文章之聖.)"라고 한 언급들과 서로 일맥상통된다. 한편 종영은 「서」에서
"평원후 조식과 그의 형 조비는 왕성한 활동으로 당당히 문단의 영도자가
되었고, 유정과 왕찬이 그들을 보필하였다(平原兄弟, 鬱爲文棟, 劉楨・王粲,
爲其羽翼.)"라고 하였으며, 또 "조식은 건안 시대 시인들 중에서 가장 뛰어
났으며, 유정과 왕찬이 그를 보좌하였다(陳思爲建安之傑, 公幹・仲宣爲輔.)"
라고 하여 유정과 왕찬을 함께 병칭해놓고 있긴 하지만, 다른 언급들에서는
모두 왕찬보다 유정을 한 단계 더 높이 평가해두고 있다. 왕찬의 시는 유정

의 경우와 반대로 '기(氣)'와 '문(文)' 중에서 '문(文)' 방면에는 뛰어났지만 '기(氣)' 방면이 상대적으로 빈약하다고 볼 수 있는데, 종영은 이 두 요소 중 '기(氣)'를 더 중요시하여서 유정을 왕찬보다 더 높이 평가하였고 심지어는 조식과 함께 병칭하기까지 하였던 것이다. 이 두 시인에 대한 평가는 '기(氣)'와 '문(文)' 중 어느 것을 더 중시하느냐에 따라 서로 견해가 판이하게 다를 수 있겠지만, 대체로 육조 시대 문인들 사이에서는 왕찬을 더 높이 평가하는 견해가 지배적이었다. 일례로 유협은 『문심조룡』 「명시」 편에서 "若夫四言正體, 則雅潤爲本 ; 五言流調, 則淸麗居宗 ; 華實異用, 性才所安. …… 兼善則子建·仲宣, 偏美則太冲·公幹."이라 하였고 「재략(才略)」 편에서도 "仲宣溢才, 捷而能密. 文多兼善, 辭少瑕累. 摘其詩賦, 則七子之冠冕乎!"라 하였으며, 심약(沈約) 역시 『송서(宋書)』 권67 「사영운전(謝靈運傳)」에서 "子建·仲宣, 以氣質爲體, 並標能擅美, 獨映當時."라 하여 유정보다는 왕찬을 더 높이 평가하고 있다. 후세 비평가들의 비평에서도 왕찬을 건안칠자들 중 가장 뛰어난 시인으로 보는 견해가 압도적으로 많았으며, 왕사정(王士禎) 같은 이는 『어양시화(漁洋詩話)』 권하(卷下)에서 "及以劉楨與陳思並稱, 以爲文章之聖, 夫楨之視植, 豈但斥鷃之與鯤鵬耶."라고 하여 종영이 유정을 터무니없이 높게 평가하였다고 비판을 가하기도 하였다. 그러나 종영은 독자적인 비평기준에 입각하여 '문(文)'보다는 '기(氣)'를 더 중시하였고, 계보(系譜) 면에서도 『초사』와 이능의 계통을 이어서 감상에 치우쳐 있는 왕찬의 시풍보다는 「국풍」과 고시의 계통을 이어서 원기왕성하고 생동감있는 유정의 시풍을 더 선호하였으므로, 왕찬을 더 높이 평가하는 당시의 정설(定說)에 과감히 반기를 들고 나섰던 것이다. 물론 왕찬을 완전히 배제해버리고 유정만을 극찬하여 "조식과 유정은 문학 분야의 성인이라 할 만하다(曹·劉殆文章之聖.)"라고 평한 것이나, "유정은 대청마루에 올라 있는 것처럼 이미 높은 수준을 확보하였고, 조식은 안방 깊숙이 들어가 앉아 있는 듯 더욱 심오한 경지에 도달해 있다(公幹升堂, 思王入室.)"라고 한 평가, 그리고 "조식을 제외한 그 다음

단계의 시인들 중에서는 그래도 유정이 가장 훌륭한 시인으로 높이 칭송될
수 있다(自陳思已下, 楨稱獨步.)”와 같이 언급한 점에 있어서는 너무 독단적
인 평이라는 지적을 면할 수 없겠지만, 그의 개성있는 비평 안목만은 충분히
인정해주어야 할 것으로 여겨진다.

위나라 시중 왕찬_{魏侍中王粲}

왕찬(王粲, 177~217)은 자가 중선(仲宣)이고 산양(山陽) 고평인(高平人)으로 '건안칠자'들 중 대표적인 시인이다. 명문집안에서 태어나 어릴 때부터 뛰어난 재능을 발휘하였으며, 특히 당시의 대학자였던 채옹(蔡邕)으로부터 극찬을 받아 세상에 널리 알려졌다고 한다. 후한(後漢) 말에 동란(動亂)을 피하여 장안(長安)으로부터 형주(荊州)로 옮겨가서 유표(劉表)에게 의지하였으며, 유표가 세상을 뜬 후에는 조조에게 귀순하여 승상연(丞相掾)·군모제주(軍謀祭酒) 등을 역임하였고 건안 18년 조조가 위국공(魏國公)에 봉해지자 시중(侍中)에까지 올랐다. 그는 해박한 지식의 소유자로 당시의 여러가지 제도개혁에도 커다란 공헌을 남겼으며, 특히 비상한 기억력과 완벽한 문장구사로 당시 사람들로부터 평판이 높았다고 한다.

종영은 앞의 「유정(劉楨)」조에서와 마찬가지로 여기서도 왕찬을 위나라 사람으로 간주하여 '위시중(魏侍中)'이라 일컫고 있다. 왕찬 역시 조비가 황제로 즉위하기 3년 전에 이미 세상을 떠났으므로, 엄격히 말하면 한나라 사람이지 위나라 사람이 아니다. 종영이 그를 위나라 사람으로 취급한 이유는 「유정(劉楨)」조에서 이미 설명한 바와 같다. 『수서』「경적지」에서는 왕찬을

'후한시중(後漢侍中)'이라고 바르게 일컫고 있다.

왕찬은 유협을 비롯한 후세 비평가들에 의해 '건안칠자'들 중 가장 뛰어난 시인으로 줄곧 평가받아왔는데, 종영만은 왕찬을 유정보다 한 단계 낮게 평가하고 있다. 그의 시는 현재 사언시를 포함하여 모두 26수 정도가 전하고 있으며, 그외에도 「등루부(登樓賦)」를 비롯하여 현존하는 25편의 서정소부(抒情小賦) 작품들이 또한 일류 부(賦) 작가로서의 그의 면모를 잘 보여주고 있다.

『文選』(卷31) 江文通(淹) 「雜體詩三十首」 第7首題 : "王侍中粲."
『隋書』 「經籍志」 : "後漢侍中王粲集11卷."
『三國志』(卷21) 「魏書·王粲傳」
『全漢三國晋南北朝詩』 「全三國詩」(卷3)

1) 愀愴(초창) : 슬퍼하거나 상심하는 모양.

2) 文秀(문수) : 수사가 빼어나게 아름답다.

3) 質羸(질리) : 실질(實質)이 파리하고 약하다. 여기서는 왕찬의 시가 내용 면에서 지나치게 감상 일변도로만 흐르고 있어서 본질적으로 유약한 허점을 지니고 있음을 지적한 말이다.

4) 曹·劉(조·유) : 조식(曹植)과 유정(劉楨).

5) 一體(일체) : 또 한 가지의 모습. 곧 새롭고 독자적인 시풍(詩風)이나 유파(流派)를 뜻하는 말이다.

6) 방(方) : 견주다. 비교하다.

그 원(源)은 이능(李陵)에게서 나왔다. 초창지사(怊悵之詞)를 발(發)하여서, 문(文)은 빼어나나 질(質)이 파리하다. 조(曹)·유(劉)의 사이에서 달리 한 체(體)를 구축(構築)하였다. 진사(陳思)에 견주면 부족하지만, 위문(魏文)에 비하면 남음이 있다.

왕찬(王粲) 시체(詩體)의 원류는 이능(李陵)의 시로부터 나왔다. 상심에 가득 찬 시구들을 주로 표현해내었으므로, 수사(修辭)는 빼어나게 아름답지만 실질(實質)이 유약한 허점을 남기고 있다. 조식(曹植)과 유정(劉楨)의 사이에서 유달리 독특한 시풍을 형성하였다. 그의 시는 진사왕(陳思王) 조식의 것보다는 수준이 낮지만, 위(魏) 문제(文帝) 조비(曹丕)의 것보다는 한결 더 우수하다.

종영이 왕찬의 시체를 이능의 시체와 같은 계통으로 파악한 까닭은 이능과 왕찬의 시를 각각 "문사(文辭)에 슬픈 표현들이 많다(文多悽愴)"와 "상심에 가득 찬 시구들을 주로 표현해내었다(發愀愴之詞)"라고 평하였듯이, 감상적인 색채가 다분히 함유되어 있는 그들 두 사람 작품의 공통점에 근거를 두고 있다. 사영운의 「의위태자업중집시8수(擬魏太子鄴中集詩八首)」 제2수 「왕찬(王粲)」조(『문선』 권30)에서도 "遭亂流寓, 自傷情多."라 하여, 왕찬의 시가 감상에 치우쳐 있음을 지적한 바 있다.

'문수이질리(文秀而質羸)'의 '문수(文秀)'는 문채(文采) 곧 형식적인 수사가 빼어나게 아름답다는 뜻으로, 앞의 「유정(劉楨)」조에서 "작품 중의 정신만이 그 문채를 도외시한 채 지나치게 추구되어져서, 애석하게도 아름다운 수사가 매우 부족하다(氣過其文, 雕潤恨少.)"라고 한 평문과 상대되는 내용의 용어이다.

'질리(質羸)'는 왕찬의 시가 내용 면에서 본질적으로 유약한 허점을 지니고 있음을 지적한 말이다. 고직은 『종기실시품전』에서 "文秀質羸相對, 言文辭秀拔而體質羸弱也."라 하여, '문수이질리(文秀而質羸)'를 문학 작품은 빼어

214

나지만 체질(體質) 곧 건강상태는 허약하였음을 일컬은 말로 보았으며, 그에 대한 근거로 「위서·왕찬전」 중의 "王粲容貌短小."와 "劉表以粲貌寢而體弱, 不甚重也." 그리고 조비의 「여오질서」(『문선』 권42) 중의 "仲宣獨自善於辭賦, 惜其體弱, 不足起其文." 등의 언급을 제시해놓고 있다. 그러나 이들 언급 가운데 「여오질서」에서 말한 '체약(體弱)'이 왕찬의 건강상태가 허약하였음을 가리키는 것으로 보는 데에는 무리가 많으며, 역시 작품 속의 내용 면이 취약함을 지적한 말로서 종영이 사용한 '질리(質羸)'라는 평어와 그대로 부합되는 것으로 보아야 할 것이다. 호응린 역시 『시수』「내편」 권2에서 "陳王精金粹璧, 無施不可. 公幹才偏, 氣過詞 ; 仲宣才弱, 肉勝骨."이라 하여, 내용 면의 골기(骨氣)가 수사를 따르지 못하고 있는 것으로 왕찬의 시를 평하였다.

'재조·유간(在曹·劉間), 별구일체(別構一體)'는 종영이 조식과 유정의 시체를 모두 「국풍」 내지는 고시의 맥락을 이은 동일한 계통으로 파악한 반면에, 왕찬의 시는 이능 시의 맥락을 이은 『초사』의 계통으로 이해한 데에 근거를 두고 있다. 종영의 관점에 의하면 작품 내면의 본질적인 골기가 왕성한 조식과 유정의 시를 정통으로 인정할 수 있는 반면에, 왕찬의 시는 감상에 치우쳐 있는 이색적인 시풍을 구축하여서 이후 시단의 새로운 유파를 선도한 것으로 볼 수 있다. 참고로 『시품』에서 유정과 왕찬의 시체를 계승한 것으로 파악되어 있는 시인들의 계보를 정리해보면 다음 쪽 표와 같다.

다음 표에서 보는 바와 같이 유정 시체의 맥락을 직접적으로 이어받은 시인은 오직 좌사(左思) 한 명뿐인 데 반하여, 왕찬 시체의 맥락을 이은 작가들로는 진대(晋代) 이후의 유명한 시인들이 대거 선정되어 있다. 이는 후세 시단에 끼친 영향 면에서 왕찬이 유정과는 비교가 되지 않을 정도로 압도적인 우세를 차지하고 있음을 시사해주는 단적인 예라 하겠다. 왕찬 시의 이같은 막대한 영향력에 대해서는 종영 역시 충분히 인식을 하였지만, 그럼에도 불구하고 내용 면에서 지나치게 감상에만 치우쳐 본질적인 취약함을 안고 있다는 점에서 그는 왕찬의 시풍 자체에 대해 부정적인 시각을 견지하였으며,

표 4) 유정과 왕찬의 시체 계보표

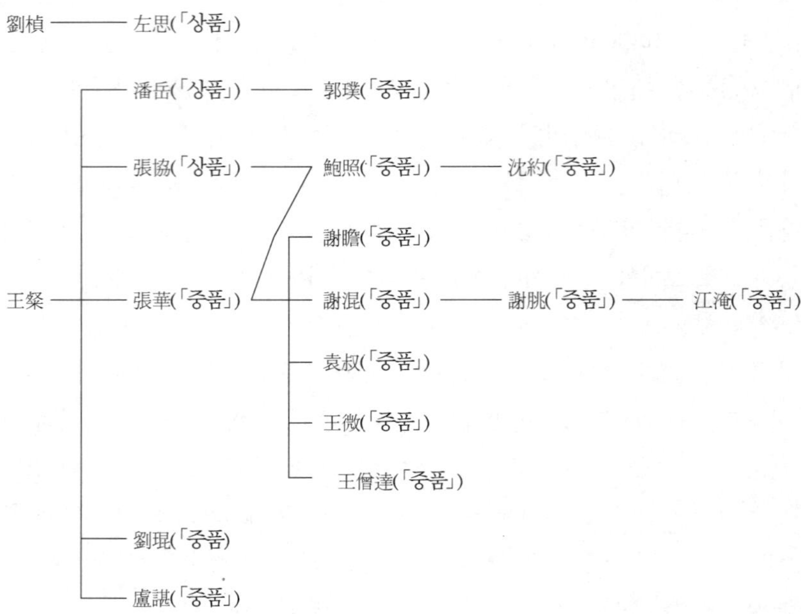

또한 왕찬의 시가 후세에 끼친 영향에 대해서도 별로 탐탁지 않게 생각하였던 것이 분명하다.

'방진사부족(方陳思不足)' 구는 종영이 「서」에서 "조식은 건안 시대 시인들 중에서 가장 뛰어났으며, 유정과 왕찬이 그를 보좌하였다(陳思爲建安之傑, 公幹・仲宣爲輔.)"라고 언급하게 된 이유라 할 수 있으며, '비위문유여(比魏文有餘)' 구는 왕찬과 조비를 각각 「상품」과 「중품」에 품급해놓은 데서 기인한 평문이라 할 수 있겠다.

216

진나라 보병 완적晋步兵阮籍

완적(阮籍, 210~263)은 자가 사종(嗣宗)이고, 진류(陳留) 위씨인(尉氏人)이다. 그의 부친은 '건안칠자' 중의 한 사람으로 「하품」에 품제되어 있는 완우(阮瑀)이다. 완적은 위(魏)나라와 진(晋)나라의 교체기에 활약하였던 시인으로, 친구인 혜강(嵇康)과 함께 '죽림칠현(竹林七賢)'을 대표하는 문인으로 정평이 나 있으며 노장학자(老莊學者)로도 이름이 널리 알려졌다. 당시의 세도가 사마소(司馬昭)가 그를 대장군종사랑중(大將軍從事郎中)으로 임명하였는데, 술을 매우 좋아하였던 그는 보병 주방에 잘 익은 술이 300근이나 저장되어 있다는 소문을 듣고 자청하여 보병교위(步兵校尉)가 되었다고 한다.

완적은 용모가 괴걸(怪傑)하였을 뿐 아니라, 상규(常規)를 벗어난 분방하고 거만한 말과 행동을 일삼아서 특이한 일화들을 많이 남기고 있다. 그 당시 위나라에서는 조씨 집안의 지배권력이 급속히 약화되는 대신에, 사마소 부자가 막강한 권력을 행사하면서 심한 언론탄압과 함께 지식인들을 대상으로 한 회유책을 펴나가고 있었다. 사마소는 일찍이 완적의 딸을 자신의 장남이자 훗날 진(晋) 무제(武帝)로 즉위한 사마염(司馬炎)에게 짝지어주고자 간절히 청혼을 하기에 이르렀는데, 이때 완적은 무려 60일간이나 술에 만취해 있으면서 그들의 생각을 돌리게 하였다고 한다. 그는 사마씨 일파가 자행하였던 공포정치 아래에서 이처럼 괴이한 행동을 일삼음으로써 자신의 지성인으로서의 비판능력을 감추었으며, 또 겉으로 보기에는 자유분방한 듯하면서도 실제로는 세심하고 신중한 태도로 처세하여 사회 각 분야에 만연해 있던 위선과 퇴폐풍조에 대해 역설적인 비판을 가하고자 하였던 것이다.

종영은 완적을 진나라 사람으로 간주하여 '진보병(晉步兵)'이라 일컫고 있는데, 사실 완적은 사마염이 위나라로부터 황제자리를 찬탈하기 2년 전에 이미 세상을 떠났으므로 엄격히 말하면 위나라 사람이라고 하여야 옳다. 그러나 종영은 완적이나 「중품」에 품제되어 있는 혜강(嵇康) 등이 모두 위나라가 쇠퇴일로에 있고 진나라가 일어나려던 교체기에 활약하였던 시인들이란 점에서, 당시의 일반적인 조대(朝代) 구분 관습을 좇아 진나라 사람으로 취급하였던 것이다. 『수서』 「경적지」에서는 완적을 '위보병교위(魏步兵校尉)'라고 바로 일컫고 있다.

그의 시는 「영회시(詠懷詩)」 82수가 대표작인데, 주로 은유적이고 상징적인 수법을 통하여 자신의 불평과 울분을 토로하거나, 또는 당시 사회의 부조리한 면들을 간접적으로 풍자해놓고 있다. 그래서 내용이 매우 복잡하고 난해하다는 평도 듣고 있지만, 오언시의 발전에 크게 기여한 점만은 널리 인정받고 있다.

『文選』(卷31) 江文通(淹) 「雜體詩三十首」 第9首題 : "阮步兵籍."
『隋書』 「經籍志」 : "魏步兵校尉阮籍集10卷."(原注: "梁13卷, 錄1卷")
『三國志』(卷21) 「魏書・王粲傳」
『晉書』(卷45) 「阮籍傳」
『全漢三國晉南北朝詩』 「全三國詩」(卷5)

其源出於「小雅」. 無雕蟲[1]之功. 而「詠懷」[2]之作, 可以陶[3]性靈,[4] 發[5]幽思[6]. 言在耳目之內[7], 情[8]寄八荒之表[9]. 洋洋乎[10]會[11]於 「風」・「雅」[12], 使人忘其鄙近[13], 自致遠大[14]. 頗多感慨[15]之詞, 厥旨淵放[16], 歸趣[17]難求. 顔延年[18]注解, 怯[19]言其志.

1) 雕蟲(조충) : 벌레를 새기다. 곧 벌레 모양을 조각하듯이 시나 문장을 미사여구(美辭麗句)로 아름답게 꾸미는 일을 말한다.

2) 「詠懷(영회)」: 완적(阮籍)의 「영회시(詠懷詩)」 82수.

3) 陶(도) : 만들다. 제조하다. 곧 질그릇을 구워 만들듯이 어떠한 형상을 이루어낸다는 뜻.

4) 性靈(성령) : 마음. 정신.

5) 發(발) : 드러내다. 발산시키다.

6) 幽思(유사) : 마음속 깊숙이 품고 있는 생각.

7) 耳目之內(이목지내) : 귀와 눈으로 접할 수 있는 범위의 안쪽.

8) 情(정) : 정취(情趣).

9) 八荒之表(팔황지표) : 팔방(八方)이 끝나는 곳의 바깥쪽.

10) 洋洋乎(양양호) : 한없이 넓고 먼 곳으로 흘러가는 모양.

11) 會(회) : 합치되다. 일치하다.

12) 「風(풍)」・「雅(아)」: 『시경』 시 중의 「국풍(國風)」과 「소아(小雅)」・「대아(大雅)」.

13) 鄙近(비근) : 상스럽고 천박하다. 또는 일상적이거나 통속적이다.

14) 遠大(원대) : 원대한 세계. 원대한 경지.

15) 感慨(감개) : 마음 깊이 느끼어 탄식하다. 여기서는 정치나 세태에 대한 개탄을 의미한다.

16) 淵放(연방) : 깊고 방자하다.

17) 歸趣(귀취) : 귀착되는 취지. 곧 작품에서 말하고자 하는 궁극적인 진의(眞意).

18) 顔延年(안연년) : 안연지(顔延之). 연년(延年)은 그의 자.

19) 怯(겁) : 겁내다. 두려워하다.

그 원(源)은 「소아(小雅)」에서 나왔다. 조충지공(雕蟲之功)이 없다. 그러나 「영회(詠懷)」라는 작품은 가히 써 성령(性靈)을 형상화하고 유사(幽思)를 발산시킬 수 있었다. 말이 이목(耳目)의 범위 안에 있지만, 정(情)은 팔황(八荒)의 바깥에 머물고 있다. 한없이 멀리로 거슬러올라 「풍(風)」과 「아(雅)」에 합치되며, 사람들로 하여금 그 비근(鄙近)함을 잊게 하고 스스로 원대(遠大)한 데로 이르게 해준다. 자못 감개지사(感慨之詞)가 많은데, 그 뜻이 연방(淵放)하여 귀취(歸趣)를 찾아내기 어렵다. 그래서 안연년(顏延年)의 주해(注解)에서도 그 뜻을 언급하는 것은 두려워하였다.

완적(阮籍) 시체의 원류는 『시경』 중의 「소아(小雅)」로부터 나왔다. 그래서 작품을 아름답게 장식하는 수사기교가 발휘되어 있지 않다. 그렇지만 「영회시(詠懷詩)」 작품은 그의 내면적인 정신을 훌륭하게 형상화시켜놓고 있으며, 또 마음속의 깊은 생각을 잘 토로해놓고 있는 작품이다. 일상생활 중에 흔히 보고 들을 수 있는 비근(卑近)한 시어들로만 구사되어 있는데도, 그 속에 담겨 있는 정취는 까마득한 이 세상 저편에 머물고 있기라도 하듯 대단히 심원하다. 아득히 오랜 옛날로 거슬러올라가서 『시경』 중의 「국풍(國風)」과 「소아(小雅)」・「대아(大雅)」 등 작품들과 그 성격이 부합되며, 독자들의 마음을 일상적이고 통속적인 차원에서 벗어나서 저절로 원대한 경지에까지 도달하도록 이끌어준다. 작품내용 중에는 현실사회에 대한 비분강개(悲憤慷慨)를 표현한 대목이 매우 많지만, 그 발상이 워낙 심오하고 분방하여서 궁극적인 진의(眞意)를 파악하기에는 매우 힘이 든다. 이런 까닭으로 안연지(顏延之)도 일찍이 「영회시」에 대한 주해를 가하면서, 그 뜻에 대하여는 무어라고 지적해낼 자신이 없어서 구체적인 언급을 피하였던 것이다.

종영은 완적의 시체가 「소아(小雅)」의 계통을 이은 것으로 파악하고 있다. 『모시주소(毛詩注疏)』 「대서(大序)」에 "言天下之事, 形四方之風, 謂之「雅」.

「雅」者, 正也, 言王政之所由廢興也. 政有小大, 故有「小雅」焉, 有「大雅」焉."
이라 하였는데, 종영은 완적의 시가 현실정치에서 느낀 여러가지 불평이나
울분 같은 것을 토로하고 있다고 보아 뒷부분에서 "자못 감개지사가 많다(頗
多感慨之詞)"라고 평하였으며, 또 이러한 점에 주목하여서 「소아」와 같은 맥
락으로 파악하였던 것이다. 한편 『춘추좌씨전(春秋左氏傳)』 권19 「양공(襄
公)·29년」에서는 「소아」 시 작품을 평하여 "美哉! 思而不貳, 怨而不言. 其
周德之衰乎? 猶有先王之遺民焉."이라 하였으며, 『사기』 「굴원전(屈原傳)」에
서도 "怨誹而不亂"이라는 말로 「소아」의 성격을 규정짓고 있다. 종영은 또
한 「소아」 시가 현실에 대한 격렬한 비판을 가하면서도 시종 그 표현상의
절도를 잃지 않고 있는 것과 마찬가지로, 완적의 시 역시 그러한 감개를 나
타내고 있으면서도 직접적인 표현을 거의 사용하지 않고, 은유나 상징적인
수법을 통해 완곡하게 나타내고 있다는 점에서 「소아」와 그 성격이 흡사하
다고 판단하였던 것 같다.

　『시품』에서는 「소아」의 계통을 직접적으로 이은 시인으로 오직 완적 한
사람만을 들고 있다. 이는 종영이 완적의 시풍을 일반적인 문학조류와는 다
른 매우 독자적인 것으로 파악하였음을 시사해주는 것이라 하겠다.

　'무조충지공(無雕蟲之功)'의 '조충(雕蟲)'은 양웅의 『양자법언』 권2 「오자」
편에 "童子彫蟲篆刻."이란 언급이 보이는데, 벌레를 조각하고 전자(篆字)를
새기는 것처럼 시문(詩文)을 아름답게 꾸미는 세세한 기교를 의미한다. 종영
과 동시대 사람인 배자야(裴子野)는 『조충론(雕蟲論)』에서 조충하는 기예가
『시경』 시대에는 없었으며 송대(宋代)를 거쳐 제(齊)·양(梁) 대에 와서 매우
성행하게 되었다고 지적하였다. 종영이 평한 '무조충지공'은 완적의 시가 정
치나 사회현실에 대한 문제들을 본질적으로 잘 토로해내는 데에 역점을 두
고 있을 뿐 아름다운 수사기교는 동원하지 않고 있다는 뜻으로서, 그 말 속
에는 완적 시의 이러한 측면이 역시 '조충지공'이 가해지지 않은 「소아」 시
내지는 『시경』 시 전체의 질박한 특성을 잘 계승한 것이라는 생각까지도 내

포되어 있다. 뒷부분에서 "아득히 오랜 옛날로 거슬러올라가서 『시경』 중의 「국풍(國風)」과 「소아(小雅)」·「대아(大雅)」 등 작품들과 그 성격이 부합된다(洋洋乎會於「風」·「雅」)"라고 한 언급도 이러한 생각에 바탕을 둔 말이라 할 수 있을 것이다.

차주환 교수는 『종영시품교증』에서 '무조충지공'의 첫머리에 '수(雖)'자가 추가되어 있는 『태평어람』 인용문을 들고, '수(雖)'는 다음 구절의 '이(而)'와 상응되므로 '수(雖)'자가 있는 편이 더 낫다고 설명하였다. 그러나 이 구절은 그 성격상 바로 앞의 구 '기원출어「소아」(其源出於「小雅」)'의 근거로 제시한 주(注)에 해당되므로, 굳이 「영회시」 작품들에만 국한되는 평문으로 보아 다음 구절들과 연결시켜 파악하기보다는, 완적의 시 작품 전체에 대한 개괄적인 평으로 보는 편이 더 타당할 듯하다. 『종영시품교증』에서는 또 『태평어람』과 『시인옥설』 등의 인용문에 '공(功)'자가 모두 '교(巧)'로 되어 있음을 들고, '공(功)'과 '교(巧)'가 옛날에 서로 통용되기는 하였지만 『시품』에서는 '교(巧)'자를 습용(習用)하고 있지 '공(功)'으로 '교(巧)'를 대신한 예가 없으므로, 금본(今本)에 '공(功)'으로 되어 있는 것은 형오(形誤)일 것이라고 추정하고 있다. 차교수의 주장처럼 '교(巧)'자로 되는 편이 더 이치에 맞음은 분명한 사실이다. 다만 '공(功)'자를 '교(巧)'의 의미로 보지 않고 글자 그대로 공력(功力)이나 공부(功夫)의 의미로 보더라도 뜻은 통한다.

완적의 「영회시」는 현재 82수가 전하고 있는데, 『진서(晋書)』「완적전(阮籍傳)」에 "作「詠懷詩」八十餘篇, 爲世所重."이란 언급이 보이고 있으며, 『문선』 권23에는 이 중 17수가 수록되어 있다. 이 「영회시」는 글자 그대로 마음속으로 느낀 여러가지 감회를 읊은 작품들로서, 모두 오언(五言)으로 되어 있으며 작자가 상당히 오랜 기간에 걸쳐서 창작해낸 연작시들이다. 완적의 시 작품은 이 「영회시」 82수 외에도 사언(四言)으로 되어 있는 같은 제목의 「영회시」 13수가 더 전하고 있다. 그렇지만 그가 시인으로서의 대단한 명성을 누릴 수 있도록 해준 작품이라고 하면 역시 오언으로 된 「영회시」 82수를 들 수 있을 것이다. 이 「영회시」 82수는 당시까지만 하더라도 아직 역사가 그다지 오래되지 못하였던 오언시에 사상적 깊이를 더하여주었다는 점에서 높은 평가를 받아왔으며, 후세에 도잠(陶潛)의 「음주(飮酒)」 20수, 진자앙(陳子昻)의 「감우(感遇)」 38수 및 이백(李白)의 「고풍(古風)」 59수 등 여러 시인들의 연작시가 지어질 수 있는 길을 열어주었다는 점에서도 주목의 대상이 되어온 작품이다.

‘가이도성령(可以陶性靈), 발유사(發幽思)’ 구에 대해서는, 『문선』 권23 완사종(阮嗣宗) 「영회시17수(詠懷詩十七首)」의 이선(李善) 주(注)에 “顏延年曰 : ‘說者, 阮籍在晋文代, 常慮禍患, 故發此詠耳.’”라 하였으며, 왕부지(王夫之)의 『고시평선(古詩評選)』 권4에서는 “且其託體之妙, 或以自安, 或以自悼, 或標物外之旨, 或寄疾邪之思.”라고 「영회시」를 평하였다.

‘언재이목지내(言在耳目之內), 정기팔황지표(情寄八荒之表)’는 완적의 「영회시」가 일상적이고 비근(卑近)한 시어들을 구사하고 있지만, 그 속에 매우 심원한 정취(情趣)를 담고 있음을 지적한 말이다. 『고시평선』 권4에서 완적의 「영회시」를 평하여 “此詩以淺求之, 若一無所懷, 而字後言前, 眉端吻外, 有無盡藏之懷, 令人循聲測影而得之.”라 하였으며, 허학이의 『시원변체』 권4에서도 “嗣宗五言「詠懷」八十二首, 中多興比. 體雖近古, 然多以意見爲詩, 故不免有跡. 其他託旨太深, 觀者不能盡通其意. 鍾嶸謂其言在耳目之內, 情寄八荒之表, 是也.”라고 하여 역시 종영과 견해를 같이하고 있다.

‘양양호회어「풍」·「아」(洋洋乎會於「風」·「雅」)’의 ‘양양호(洋洋乎)’는 『논어』 「태백(泰伯)」편의 “子曰 : 師摯之始, 「關雎」之亂, 洋洋乎盈耳哉!”란 언급을 의식한 말이며, ‘「풍」·「아」’는 『시경』 중의 「국풍」과 「소아」·「대아」를 가리킨다. 타카키 마사카즈(高木正一) 찬(撰) 『종영시품(鍾嶸詩品)』에서는 앞부분 ‘도성령(陶性靈), 발유사(發幽思)’ 구가 바로 「영회시」가 지닌 ‘풍(風)’적인 성격을 설명한 말이며, ‘언재이목지내(言在耳目之內), 정기팔황지표(情寄八荒之表)’ 구는 곧 ‘아(雅)’적인 성격을 설명한 말로 각기 서로 연결지어지는 것으로 판단하고 있다.

'사인망기비근(使人忘其鄙近), 자치원대(自致遠大)' 구는 「영회시」의 작용 내지는 효과를 독자들의 입장에서 서술한 언급이다. '인(人)'은 독자들을 가리킨다. '비근(鄙近)'은 일상적이고 통속적인 데서 작품의 제재(題材)를 취해 온 사실을 의미하며, 앞부분 '언재이목지내(言在耳目之內)' 구와 서로 상응된다. 이에 반해 '치원대(致遠大)'는 '정기팔황지표(情寄八荒之表)' 구와 서로 상응되어, 작품 속에 매우 심원한 정취가 담겨 있어서 독자들을 원대한 경지로 이끌어줌을 뜻한다. 유협은 『문심조룡』 「명시」편에서 "阮旨遙深."이라 하였고, 또 「체성」편에서도 "嗣宗俶儻, 故響逸而調遠."이라 하여, 종영과 마찬가지로 완적의 시가 독자들을 원대한 경지로 이끌어준다는 데 견해를 같이하였다. 호응린 또한 『시수』 「내편」 권2에서 "嗣宗「詠懷」, 興寄冲遠."이라 하였고, 『고시평선』 권4에서도 「영회시」를 평하여 "步兵以高朗之懷, 脫穎之氣, 取神似于離合之間, 大要如晴雲出岫, 舒卷無定質, 當其有所不及, 則弘忍之力, 肉視荊・聶矣."라고 하는 등, 완적의 시가 심원한 정취를 머금고 있다는 데 대하여 역대 비평가들이 일치되는 견해를 보이고 있다.

'파다감개지사(頗多感慨之詞)'의 '감개지사(感慨之詞)'는 정치나 세태에 대한 감개가 표현되어 있는 어휘들을 말한다. 종영은 「중품」에서 유곤(劉琨)의 시를 평하여 '다감한지사(多感恨之詞)'라 하였으며 「하품」에서도 반고(班固)의 「영사시(詠史詩)」를 평하여 '유감탄지사(有感歎之詞)'라 하였는데, 이 '감한지사(感恨之詞)'나 '감탄지사(感歎之詞)' 모두 '감개지사(感慨之詞)'와 마찬가지로 정치적인 어떤 소감을 피력한 말들로 볼 수 있을 것이다. 완적의 「영회시」 제13수에는 "感慨懷辛酸, 怨毒常苦多."란 구절이 들어 있다.

"그 발상이 워낙 심오하고 방자하여서 궁극적인 진의(眞意)를 파악하기에는 매우 힘이 든다(厥旨淵放, 歸趣難求.)"고 평한 데 대하여는, 역대의 여러 비평가들도 견해를 같이하고 있다. 곧 강엄의 「잡체시30수」 제9수 「완보병적(阮步兵籍)」(『문선』 권31) 중에 "精衛銜木石, 誰能測幽微?"라 하였으며, 『문심조룡』에서도 「명시」편에 "阮旨遙深."이라 하였고 「체성」편에 "嗣宗俶儻, 故響逸而調遠."이라 하였다. 후대로 와서도 심덕잠(沈德潛)의 『설시수어(說詩晬語)』 권상(卷上)에 "阮公「詠懷」, 反覆零亂, 興寄無端, 和愉哀怨, 俶詭不羈, 讀者莫求歸趣. 遭阮公之時, 自應有阮公之詩也. 箋釋者必求時事以實之, 則鑿矣. 劉彦和稱嵇旨淸峻, 阮旨遙深, 故當截然分道."라 하였고, 유희재의 『예개』 권2 「시개」에 "阮嗣宗「詠懷」, 其旨固爲淵遠. 其屬辭之妙, 來去無端, 不可蹤跡."이라 하였으며, 『고시평선』 권4에서도 "步兵「詠懷」, 意固逕庭, 而言皆一致. 信其但然而不徒然 ; 疑其必然, 而彼固不然. 不但當時雄猜之渠長, 無可施其怨忌 ; 且使千秋以還, 了無覓脚根處."라고 하는 등, 「영회시」를 모두 같은 시각으로 평하고 있다.

　'안연년주해(顔延年注解), 겁언기지(怯言其志)' 구는 종영이 앞에서 '궐지연방(厥旨淵放), 귀취난구(歸趣難求)'라고 한 평에 대한 단적인 예로 제시한 언급이다. 완적의 시 내용이 워낙 난해하기 때문에 그보다 근 200년 후의 사람인 안연지로서는 그 진의를 정확히 파악하기가 매우 어려웠고, 그래서 구체적인 언급을 삼가고 있음을 비근한 예로 소개해둔 것이다. 『문선』 권23 완사종 「영회시17수」의 이선 주(注)에는 "顔延年・沈約等注 : '嗣宗身仕亂朝, 常恐罹謗遇禍, 因茲發詠, 故每有憂生之嗟. 雖志在刺譏, 而文多隱避. 百代之下, 難以情測. 故粗明大意, 略其幽旨也.'"란 언급이 소개되어 있다. 다만 이 언급이 안연지의 말인지 심약의 말인지는 지금으로서는 확인할 길이 없다.

진나라 평원상 육기晉平原相陸機

육기(陸機, 261~303)는 자가 사형(士衡)이고 오군(吳郡) 화정인(華亭人)이다. 조부 육손(陸遜)과 부친 육항(陸抗) 등이 모두 유명한 무장(武將)으로 활약하였던 삼국 시대 오(吳)나라의 명문집안 출신이었으며, 그 역시 그러한 집안 출신답게 기골이 장대하고 음성이 우레와 같았다고 한다.

20세 때인 280년에 조국 오나라가 멸망하자 그후 줄곧 시골에 묻혀 지내면서 학문에만 몰두하였고, 진(晉) 태강(太康) 말년인 289년에 「중품」에 품제되어 있는 동생 육운(陸雲)과 함께 수도 낙양(洛陽)으로 올라가서 중앙문단에 진출하였다. 그러나 그들 형제는 당시 문단의 중진이었던 장화(張華)에게서 극찬을 받은 것을 제외하고는, 일반 문인들 사이에서 상당한 푸대접을 받았다고 한다.

역설적이게도 육기가 주위로부터 받았던 이러한 푸대접과 멸시는 그의 창작의욕을 더욱 북돋워주었으며 작품 속에 사상적인 깊이를 더하여주고 침울한 염세주의적 색채를 띠게 하는 등, 그가 서진(西晉) 시대 내지는 육조 시대 전반을 통틀어 문단의 우뚝한 거목으로 자리잡게 하는 데 귀중한 촉진제 역할을 한 것으로 알려져 있다. 육기는 성도왕(成都王) 사마영(司馬穎)에게 기

226

용되어 평원내사(平原內史)를 지냈으며, 후에 사마영을 도와 후장군(后將軍)·하북대도독(河北大都督) 직을 맡아 장사왕(長沙王) 토벌에 가담하였다가 전쟁에 패하고 부하들의 무고(誣告)까지 받게 되어 진중(陣中)에서 살해되었다.

그의 시 작품은 현재 104수가 전하고 있어서, 진대(晋代) 문인들 가운데 작품의 양이 가장 많다. 그는 전고(典故)나 대구(對句)를 비롯한 수사기교 면에 뛰어난 역량을 발휘하여 진대 수사주의 문학의 새로운 장을 연 것으로 평가받고 있으며, 특히 악부시체(樂府詩體)를 선호하여 아름답고 세련된 기풍의 악부시(樂府詩)를 많이 남겼다. 시 이외에 사부(辭賦)와 산문 등의 분야에도 두루 뛰어났으며, 특히 그의 「문부(文賦)」는 부(賦) 형식을 빌려서 문학 행위의 본질적인 문제에 대한 해답을 모색하고 있는 비교적 체계적인 문학이론 관계 문장으로 후대에 커다란 영향력을 행사하였다.

종영은 육기의 시가 조식 시의 맥락을 이은 것으로 파악하였으며, 그 점을 높이 평가하여 「상품」에 품급시켜놓았다. 후대 비평가들 중에는 왕사정의 『어양시화』 권하(卷下)에서 "他如「上品」之陸機·潘岳, 宜在「中品」."이라 하는 등, 종영의 평가에 대해 이의를 제기하고 있는 경우도 있다. 그렇지만 『문선』에서도 육기의 시를 많이 뽑아 싣고 있는 점 등을 고려할 때, 육기 시에 대한 높은 평가가 비단 종영 한 사람만의 견해는 아니었음을 알 수 있다.

『文選』(卷31) 江文通(淹) 「雜體詩三十首」 第12首題 : "陸平原機."
『隋書』「經籍志」: "晋平原內史陸機集14卷."(原注 : "梁47卷, 錄1卷, 亡.")
『晋書』(卷54) 「陸機傳」
『全漢三國晉南北朝詩』「全晋詩」(卷3)

1) 陳思(진사) : 조식(曹植). 진왕(陳王)으로 봉해졌었고 시호(諡號)가 사(思)였다.

2) 才高(재고) : 재주가 뛰어나다.

3) 辭瞻(사섬) : 수사(修辭)가 풍부하다.

4) 擧體(거체) : 모든 체재(體裁). 곧 여러 장르의 문학 작품들 모두를 일컬은 말이다.

5) 氣(기) : 골기(骨氣). 곧 문학 작품을 지탱해주는 왕성한 생명력이나 그 내면에 흐르고 있는 정신.

6) 公幹(공간) : 유정(劉楨)의 자.

7) 文(문) : 문채(文采). 곧 작품의 형식적인 아름다움.

8) 仲宣(중선) : 왕찬(王粲)의 자.

9) 規矩(규구) : 법도나 본보기[를 그대로 이어받다].

10) 綺錯(기착) : 아름답게 개착(改錯)하다. 곧 교묘하게 고쳐서 변혁을 가하는 일을 말한다.

11) 直致之奇(직치지기) : 직접적으로 표현해내는 기발함. 곧 이전 작품들의 일정한 본보기나 틀에 구애받지 않고, 있는 그대로를 자연스럽게 표현해내는 독창성을 의미한다.

12) 咀嚼(저작) : 음식물을 씹다. 곧 작품을 깊이 음미하거나 감상한다는 뜻.

13) 英華(영화) : 빼어난 문학 작품.

14) 厭飫(염어) : 싫증이 날 정도로 실컷 먹다.

15) 膏澤(고택) : 기름. 여기서는 작품 중의 정수(精髓) 또는 핵심을 이루는 가장 중요한 부분을 뜻한다.

16) 文章(문장) : 문학(文學). 여기서는 시 분야를 중점적으로 지칭한 말이다.

17) 淵泉(연천) : 깊은 샘.

18) 張公(장공) : 장화(張華).

그 원(源)은 진사(陳思)에게서 나왔다. 재주가 높고 수사(修辭)가 넉넉하여, 거체(擧體)가 화미(華美)하다. 기(氣)는 공간(公幹)보다 적고 문(文)은 중선(仲宣)보다 못하다. 규구(規矩)를 숭상하고 기착(綺錯)을 귀히 여기지 아니하여, 직치지기(直致之奇)를 해침이 있다. 그러나 그는 영화(英華)를 저작(咀嚼)하고 고택(膏澤)을 염어(厭飫)하여서, 문학에서의 연천(淵泉)이 되었다. 장공(張公)이 그 대재(大才)를 감탄한 것이 미덥기만 하도다.

육기(陸機) 시체의 원류는 조식의 시로부터 나왔다. 문학적인 재능이 아주 출중하였으며 작품의 수사기교 역시 매우 풍부하여서, 여러가지 체재의 문학 작품들이 모두 화려하고 아름답다. 다만 작품 내면의 왕성한 정신이 유정의 시보다 부족하고, 형식적인 아름다움은 왕찬의 시보다 뒤떨어진다. 이전 작품들의 본보기를 숭상하였던 반면에 교묘하게 변혁을 가하는 일은 중시하지 않아서, 있는 그대로를 직접적으로 표현해내는 기발한 독창성을 손상시키고 있다. 그렇지만 그는 과거의 뛰어난 문학 작품들을 깊이깊이 음미하고 그들 중의 기름진 영양분을 충분히 섭취하였기에, 시 분야에 있어서 언제나 마르지 않고 물을 흘려보내주는 깊은 샘과 같은 존재가 되었던 것이다. 장화(張華)가 그의 탁월한 재능에 깊이 감탄하였던 것도 과연 충분히 수긍이 가고 남는다.

육기의 시체가 조식 시의 계통을 이은 것으로 파악한 데 대하여는, 허문우 편저 『문론강소』본 『종영시품』에 "『詩紀別集』四引李空同曰 : '陸機本學陳思王, 而四言渾成過之, 然五言則不及矣.'"라 하였고, 허학이의 『시원변체』권5에서도 "士衡樂府五言, 體製聲調, 與子建相類, 而俳偶雕刻, 愈失其體, 時稱曹·陸爲乖調是也."라 하였으며, 섭장청 찬 『시품집석』에서도 "案,『文心雕龍』·『金樓子』各書, 皆曹·陸連擧, 足證淵源."이라 하는 등, 역대 비평가들이 견해를 같이하고 있다.

종영은 『시품』에서 조식 시체의 맥락을 이은 시인으로 육기와 사영운을 들고 있으며, 또 육기 시체의 맥락이 「중품」에 품제되어 있는 안연지에 의해 이어지고 있는 것으로 파악하였다. 그는 조식의 시를 평하여 '사채화무(詞彩華茂)'라 하였고, 육기의 시를 평하여 '재고사섬(才高辭贍), 거체화미(擧體華美)'라 하였으며, 사영운의 시를 평하여 '기번부의재(其繁富宜哉)'라 하였고, 안연지의 시를 평하여 '체재기밀(體裁綺密)'이라 하였다. 이들 평문은 전체적으로 내용이 거의 흡사하며, 특히 그중의 '무(茂)'·'섬(贍)'·'번(繁)'·'부(富)'·'밀(密)' 등은 모두 같은 개념의 글자들이다. 종영은 이들 시인들의 작품에 대하여 이러한 공통된 인식을 가졌고, 그래서 모두 하나의 계통으로 분류해놓았던 것이다.

'재고사섬(才高辭贍)'과 같은 시각으로 육기의 작품을 평한 예는 역대 비평가들의 문헌에서도 흔히 보이고 있다. 『문선』 권17 육사형(陸士衡) 「문부(文賦)」의 이선 주(注)에 "臧榮緒『晋書』曰 : '[陸機]天才綺練, 當時獨絶. 新聲妙句, 係蹤張·蔡.'"라 하였고, 『문심조룡』 「용재(鎔裁)」편에 "至如士衡才優, 而綴辭尤繁."이라 하였으며, 『송서』 권67 「사영운전」에 "降及元康, 潘·陸特秀, …… 縟旨星稠, 繁文綺合."이라 하였고, 허문우 편저 『문론강소』본 『종영시품』에 "『詩紀別集』二引『何氏語林』云 : '陸平原天才秀逸, 辭藻宏麗.'"라 하였다. 그외에도 왕세정의 『예원치언』 권3에 "陸士衡翩翩藻秀, 頗見才致. 無奈俳弱何."라 하였고, 육시옹의 『시경총론』에도 "士衡病靡."라 하였으며, 심덕잠의 『설시수어』 권상(卷上)에도 "士衡舊推大家, 然通贍自足, 而絢綵無力. 遂開出排偶一家."라 하였다. 모두가 육기 시의 아름답고 풍부한 수사를 지적한 언급들이라 하겠다.

'기소어공간(氣少於公幹)' 구는 『문심조룡』 「명시」편에서 "晋世群才, 稍入輕綺. 潘·張·左·陸, 比肩詩衢, 采縟於正始, 力柔於建安."이라 하여, 육기를 비롯한 진대(晋代) 시인들의 작품이 그 기력(氣力) 면에서 건안 시대 시인들의 작품보다 유약하다고 본 유협의 견해와 일치한다.

‘문열어중선(文劣於仲宣)’ 구에 대하여는, 허문우 편저 『문론강소』본 『종영시품』에서 『문심조룡』 「은수(隱秀)」편 중의 “雕削取巧, 雖美非秀.”란 언급을 제시하고, 육기의 시가 지나치게 조탁(雕琢)에 치중하여 자연스러운 맛을 상실하고 있는 데서 비롯된 평가일 거라고 설명하였다.

종영은 조식의 시가 ‘기(氣)’와 ‘문(文)’ 곧 정신과 수사 양면의 조화를 훌륭하게 이루고 있는 것으로 보아서 ‘골기기고(骨氣奇高), 사채화무(詞彩華茂)’라고 평하였으며, 나아가 그의 시를 ‘찬일금고(粲溢今古), 탁이불군(卓爾不群)’이라고까지 격찬하고 또 「서」에서도 그를 ‘건안지걸(建安之傑)’이라 높이 일컬었다. 한편 종영은 조식 시체의 맥락을 이은 육기와 사영운의 시 작품들 역시 그러한 조화를 잘 이루고 있는 것으로 보아서, 육기의 시를 ‘재고사섬(才高辭贍), 거체화미(擧體華美)’, 사영운의 시를 ‘재고사성(才高詞盛), 부염난종(富艶難蹤)’(「서」)·‘흥다재고(興多才高)’·‘기번부의재(其繁富宜哉)’라고 각각 평하였으며, 나아가 「서」에서 그들을 ‘태강지영(太康之英)’과 ‘원가지웅(元嘉之雄)’으로 일컬어 각기 한 시대를 대표하는 최고 시인으로 높은 위치를 부여해놓고 있다. 종영은 이처럼 육기의 시를 ‘기(氣)’와 ‘문(文)’을 잘 조화시켜놓고 있는 것으로 파악하기는 하였지만, 그렇다고 해서 고금을 통틀어 최고의 시인으로 평가해놓은 조식의 작품과 육기의 시를 같은 수준으로 놓고 본 것은 물론 아니다. 그의 관점에 의하면 조식의 작품에서는 ‘기(氣)’와 ‘문(文)’ 두 요소가 완벽하게 이상적인 조화를 이루고 있는 데 반하여, 육기의 작품에서는 그중 ‘기(氣)’가 유정보다 부족하고 ‘문(文)’이 왕찬보다 뒤떨어지는 면을 보이고 있으므로 자연히 조식의 작품보다는 한 단계 낮은 수준으로 볼 수밖에 없었던 것이다.

‘상규구(尙規矩), 불귀기착(不貴綺錯), 유상직치지기(有傷直致之奇)’의 ‘규구(規矩)’와 ‘기착(綺錯)’은 서로 상대되는 개념의 용어이다. ‘규구(規矩)’는 과거의 모범이나 본보기를 그대로 이어받음을 의미하며, 반면에 ‘기착(綺錯)’은 『초사』 「이소(離騷)」 중의 “固時俗之工巧兮, 偭規矩而改錯.”이란 언급을 연상한 말로 보아 교묘하게 고쳐서 변혁을 가하는 일을 뜻한다고 할 수 있겠다. 종영은 「서」에서 육기의 대표작으로 「의고시(擬古詩)」를 들고 있는데, 그의 관점에 의하면 육기는 이러한 작품들을 통하여 이전 작가들의 본보기를 그대로 계승하는 데에 주력하였을 뿐 시풍에 변혁을 가하여 독자적인 세계를 구축하는 면에는 소홀하였던 것으로 파악되었던 듯하다. 뒷부분의 '저작영화(咀嚼英華), 염어고택(厭飫膏澤), 문장지연천야(文章之淵泉也)' 역시 옛 작품들의 본보기에 집착하여 변혁을 가하는 일을 중시하지 않았던 육기의 태도로부터 비롯된 평문이란 점에서, 이 대목과 일맥상통하는 내용의 언급이라 할 수 있다. 왕부지의 『고시평선』 권4에 "平原「擬古」, 步趨如一."이라 하였고, 이중화(李重華)의 『정일재시설(貞一齋詩說)』에 "陸士衡「擬古詩」, 名重當世, 余每病其呆板."이라 하였으며, 왕세정의 『예원치언』에도 "陸病不在多, 而在模擬, 寡自然之致."라 하는 등, 모두 종영과 같은 시각으로 육기의 시를 설명하고 있다.

'기착(綺錯)'을 글자 그대로 아름답게 꾸민다는 의미로 해석하면, '불귀기착(不貴綺錯)'이 아름다운 수사를 중시하지 않는다는 뜻이 되어서 그 다음의 '유상직치지기(有傷直致之奇)' 구와 의미가 통하지 않을 뿐 아니라, 육기 자신이 「문부(文賦)」(『문선』 권17)에서 천명한 바 있는 "詩緣情而綺靡."와 같은 수사주의적인 경향과도 어긋난다. 또한 심약이 『송서』 권67 「사영운전」에서 육기의 시를 평하여 "降及元康, 潘・陸特秀, …… 縟旨星稠, 繁文綺合."이라 하였고, 유협도 『문심조룡』에서 "晋世群才, 稍入輕綺. 張・潘・左・陸, 比肩詩衢."(「명시」편)・"士衡才優而綴辭尤繁."(「용재」편)・"陸機才欲窺深, 詞務索廣, 故思能入巧, 而不制繁."(「재략」편) 등과 같이 육기의 시를 평하였는데, 역대 비평가들의 이러한 견해와도 내용이 완전히 상반된다. 이에 대하여 차주환 교수 찬 『종영시품교증』에서는 '불귀기착(不貴綺錯)'의 '불(不)'자가 잘못 추가된 것이며, '불(不)'자가 없어야만 육기 시에 대한 다른 비평가들의 평과도 일치되고 또 앞부분 '거체화미(擧體華美)' 구와도 상응될 수 있다고 분석하였다. 매우 설득력있는 견해라 여겨진다. 다만 '불(不)'자가 빠져 있는 판본이 전혀 없고, 또 '불(不)'자를 그대로 두고도 '착(錯)'을 개착(改錯)의 의미로 보아 뜻이 충분히 통하므로 무어라 단정짓기가 어렵다.

'기저작영화(其咀嚼英華), 염어고택(厭飫膏澤), 문장지연천야(文章之淵泉也)' 구는 육기가 이전 작가들의 훌륭한 문학 작품들을 깊이 감상하고 그중의 정수(精髓)를 충분히 섭취함으로써, 문학 분야에서 마치 깊은 샘물과 같이 자원이 무궁무진한 존재로 되었음을 뜻한다. 『진서』권54 「육기전(陸機傳)」에도 "後葛洪著書, 稱 : '機文猶玄圃之積玉, 無非夜光焉. 五河之吐流, 泉源如一焉. 其弘麗姸贍, 英銳漂逸, 亦一代之絶乎!' 其爲人所推服如此."라 하여, 육기 시의 화려한 수사와 아울러 과거 작품들에 대한 그의 깊은 조예와 폭 넓은 종합능력을 높이 평가한 바 있다.

'장공탄기대재(張公歎其大才)'의 '장공(張公)'은 당시 정계와 문단을 통틀어 중진으로 군림하였던 장화(張華)를 가리킨다. 『진서』권54 「육기전」에 "機天才秀逸, 辭藻宏麗. 張華嘗謂之曰 : '人之爲文, 常恨才少, 而子更患其多.'"라 하였으며, 『세설신어(世說新語)』「문학(文學)」편의 유효표(劉孝標) 주(注)에도 "人之作文, 患於不才 ; 至子(陸機)爲文, 乃患太多也."라고 한 『문장전(文章傳)』중의 장화의 말이 인용되어 있다.

진나라 황문랑 반악 晋黃門郎潘岳

　　반악(潘岳, 247~300)은 자가 안인(安仁)이고 형양(滎陽) 중모인(中牟人)으로, 육기와 함께 진대(晋代) 수사주의 문학을 대표하는 문인이다. 어려서부터 신동으로 일컬어졌을 만큼 총명하였으나, 지나친 총명이 남들에게 미움을 사서 관직생활은 별로 순탄하지 못하였다 한다. 그러면서도 벼슬에 대한 욕심은 대단하여서 당시 세도가였던 양준(楊駿)이나 황제의 외척이었던 가밀(賈謐) 등에게 온갖 아부를 다하여 관계로의 진출을 꾀하였지만, 끝내 벼슬은 하양령(河陽令)·급사황문시랑(給事黃門侍郎) 등 말직에 그치고 말았다. 그는 가밀이 외출할 때마다 기다리고 있다가 수레 먼지를 향해 엎드려 절을 하였을 정도로 아첨에 능하였으며, 가밀의 민회태자(愍懷太子) 살해 음모에도 깊이 가담하는 등 출세를 위해서는 야비할 만큼 기회주의적인 행동을 일삼았다고 한다. 원호문(元好問)은 『논시30수(論詩三十首)』에서 "高情千古「閑居賦」, 爭信安仁拜路塵?"이라 하여, 반악의 「한거부(閑居賦)」가 보여주고 있는 고상하고 맑은 경지가 그토록 야비하였던 그의 성품과 서로 완전한 모순을 이루고 있는 데 대해 의문을 제시한 바 있다. 훗날 조왕(趙王) 사마윤(司馬倫)이 정변을 일으켜 정권을 장악한 이후, 손수(孫秀)란 이로부터 옛 원한 관계로 인한 모함을 받게 되어 일가족 모두와 함께 살해당하였다.

그는 용모가 매우 빼어나서 당시에 미남자의 대명사처럼 일컬어졌는데, 젊어서 활을 메고 낙양(洛陽) 거리로 나가기만 하면 부녀자들이 그를 에워싸고 과일을 던져주어서 수레에 과일을 가득 싣고 돌아오곤 하였다 한다. 같은 시기 장화(張華)(「중품」에 품제되어 있음)는 생김새가 매우 추하여 나가기만 하면 어린아이들로부터 기왓장이나 돌 세례를 받고 맥이 빠져서 돌아오곤 하였다는데, 두 사람이 좋은 대조를 이루었던 것 같다.

그의 시 작품은 현재 사언시를 포함하여 모두 20수 가량이 전하고 있으며, 그외에 부(賦)·뇌(誄) 등 산문 작품들도 상당수 남아 있다. 작품들이 전반적으로 그의 잘생긴 용모만큼이나 매우 화려한 특징을 보이고 있으며, 그중 특히 「도망시(悼亡詩)」 3수를 비롯하여 죽음을 애도한 작품들이 비애의 정을 잘 표현한 것으로 평가받고 있다.

『文選』(卷31) 江文通(淹)「雜體詩三十首」第11首題 : "潘黃門岳."
『隋書』「經籍志」: "晋黃門郎潘岳集10卷."
『晋書』(卷55)「潘岳傳」
『全漢三國晋南北朝詩』「全晋詩」(卷4)

其源出於仲宣[1]. 『翰林』[2]嘆其 : '翩翩然[3]如翔禽[4]之有羽毛[5], 衣服之有綃縠[6], 猶淺於陸機.' 謝混[7]云 : '潘詩爛若舒錦[8], 無處不佳 ; 陸文[9]如披沙簡金[10], 往往見寶.' 嶸謂 : 益壽[11]輕華[12], 故以潘爲勝 ; 『翰林』篤論[13], 故歎陸爲深. 余嘗言 : '陸才如海, 潘才如江.'

1) 仲宣(중선) : 왕찬(王粲)의 자.

2) 『翰林(한림)』: 이충(李充)의 『한림론(翰林論)』

3) 翩翩然(편편연) : 새가 경쾌하게 홀쩍 날아가는 모양.

4) 翔禽(상금) : 날짐승.

5) 羽毛(우모) : 날개의 깃털 .

6) 綃縠(초곡) : 얇고 고운 명주. '초(綃)'는 삶아서 익히지 않은 명주실을 뜻하며, '곡(縠)'은 주름이 잡힌 고운 명주를 뜻한다.

7) 謝混(사혼) : 동진(東晋) 말기의 시인. 「중품」에 품제되었다.

8) 爛若舒錦(난약서금) : 아름답고 화사하기가 마치 비단을 펴놓은 듯하다.

9) 육문(陸文) : 육기((陸機)의 문학 작품. 여기서는 시 분야를 중점적으로 지칭한 말이다.

10) 披沙簡金(피사간금) : 모래를 파헤쳐서 금을 골라내다.

11) 益壽(익수) : 사혼(謝混)의 자.

12) 輕華(경화) : 가볍고 화려하다.

13) 篤論(독론) : 독실하고 치밀하게 논평을 가하다.

그 원(源)은 중선(仲宣)에게서 나왔다. 『한림론(翰林論)』에서는 그를 한탄하여 "경쾌함이 마치 상금(翔禽)에 우모(羽毛)가 있고 의복에 초곡(綃縠)이 있음과 같지만, 육기(陸機)보다는 천박한 것 같다"고 하였다. 사혼(謝混)은 이르기를 "반시(潘詩)는 난약서금(爛若舒錦)하여 아름답지 않은 곳이 없으며, 육문(陸文)은 피사간금(披沙簡金)하듯 왕왕 보배를 드러낸다"고 하였다. 영(嶸)이 말해본다면, 익수(益壽)는 경화(輕華)하여 고(故)로 반악(潘岳)이 더 낫다고 보았으며, 『한림론』은 독론(篤論)을 가하여 고(故)로 육기가 더 깊이있다고 찬탄(讚歎)하였다. 나는 일찍이 말하기를 "육기의 재주는 바다와 같고, 반악의 재주는 강과 같다"고 하였다.

반악(潘岳) 시체의 원류는 왕찬의 시로부터 나왔다. 이충(李充)의 『한림론(翰林論)』에서는 그의 시를 비판하여 "경쾌한 시풍이 마치 날짐승들의 날

236

개 깃털이나 의복 중의 얇고 고운 명주를 연상케 하지만, 육기의 시보다는 얕고 천박한 느낌을 준다"고 평하였다. 사혼(謝混)은 "반악의 시 작품은 마치 비단을 펴놓은 것처럼 화려하여서 아름답지 않은 구절이 없을 정도이며, 육기의 시는 모래를 헤쳐 금을 골라내듯 때때로 훌륭한 구절들을 드러내 보인다"고 평하였다. 종영이 설명을 덧붙인다면, 사혼은 가볍고 화려한 풍격을 좋아하였기 때문에 반악의 시가 더 뛰어난 것으로 보았으며, 이충의 『한림론』에서는 독실한 논평을 가하여 육기의 시가 더 깊이있는 것으로 칭찬해놓았다. 나는 일찍이 이들 두 사람을 비교하여 "육기의 재능이 바다와 같다면, 반악의 재능은 강과 같다"고 평가한 적이 있다.

종영이 반악의 시체를 왕찬의 시체와 같은 계통으로 파악한 까닭은 반악의 시가 왕찬 시의 '문수이질리(文秀而質羸, 수사는 빼어나게 아름답지만 실질이 유약함)'한 특성을 그대로 이어받았다고 본 때문이다. 본조에서의 평문 특히 이충과 사혼의 말을 인용한 대목을 자세히 검토해보면, 반악의 시가 '문수이질리'한 특성을 다분히 지니고 있음을 알 수 있다.

『한림(翰林)』은 동진(東晋) 초기 이충(李充)이 저술한 『한림론(翰林論)』의 약칭이다. 원래 54권이었다고 하나 지금은 망실(亡失)되어 전하지 않는다. 다만 반악 시에 대한 평문은 『초학기(初學記)』 권21과 『태평어람』 권599 등에 "潘安仁爲文, 猶翔禽之羽毛, 衣被之綃縠."이라 인용되어 전하고 있다.

'편편연여상금지유우모(翩翩然如翔禽之有羽毛)'의 '편편연(翩翩然)'이 『시인옥설』 인용문에는 '편편혁혁(翩翩弈弈)'으로 되어 있으며, 『산당고색(山堂考索)』 인용문에는 '편편역(翩翩亦)'으로 되어 있다. 차주환 교수는 『종영시품교증』에서 '혁(弈, 바둑)'이 '혁(奕, 아름답다)'과 옛날에 서로 통용되었고 '역(亦)'은 '혁(弈)'의 괴자(壞字)이면서 역시 '혁(奕)'과 같은 뜻으로 통용되었다고 설명한 다음, '편편혁혁(翩翩奕奕)'으로 되는 것이 『시품』과 『한림론』의 본모습일 거라고 추정하였다. 그 이유로는 '편편혁혁(翩翩弈弈)'이 반악 시의 문채(文彩)가 아름다움을 형용한 말로서, '편편(翩翩)'이 '상금지유우모(翔禽

之有羽毛)'와 서로 상응되고 '혁혁(奕奕)'이 '의복지유초곡(衣服之有綃穀)'과
서로 상응되어 문맥이 아주 잘 통하게 되는 점을 들고 있다.

'의복지유초곡(衣服之有綃穀)'의 '복(服)'자가 『대우루총서(對雨樓叢書)』본
과 『택시거총서(擇是居叢書)』본 등에는 모두 '피(被)'로 되어 있다. 차주환 교
수 찬 『종영시품교증』에서는 『산당고색』·『산당사고(山堂肆考)』·『패편(稗
編)』 등의 인용문에도 모두 '피(被)'로 되어 있음을 지적하고, 『산당고색』 권
21과 『천중기(天中記)』 권37 등이 이충의 『한림론』 문장을 인용하여 "潘安
仁之爲文也, 猶翔禽之羽毛, 衣被之綃穀."이라 하였으니 당연히 '의피(衣被)'로
되는 것이 옳으며, '피(被)'가 '복(服)'으로 된 것은 형오(形誤)이거나 또는 후
인들이 잘못 고친 것일 거라고 추정하였다.

진연걸 찬 『시품주』와 두천미(杜天縻) 찬(撰) 『시품신주(詩品新注)』 등에
는 『한림론』으로부터 인용한 문장이 '의복지유초곡(衣服之有綃穀)'까지인 것
으로 표점(標點)이 찍혀 있다. 뒷부분에 "『翰林』篤論, 故歎陸爲深."이란 평문
이 추가되어 있음을 고려할 때, '유천어육기(猶淺於陸機)'까지가 『한림론』으
로부터 인용한 문장이라고 보는 편이 타당할 것이다.

반악의 시가 육기의 시보다 천박하다는 평가에 대해서는, 유의경(劉義慶,
403~444)의 『세설신어』「문학」편에서도 "孫興公(孫綽의 자)云 : '潘文淺而淨,
陸文深而蕪.'"라 하여 견해를 같이하고 있다. 유협의 『문심조룡』에서도 「체
성」편에서 "安仁輕敏, 故鋒發而韻流 ; 士衡矜重, 故情繁而辭隱."이라 하였고,
또 「재략」편에서 "潘岳敏給, 辭自和暢, …… 陸機才欲窺深, 辭務索廣."이라
하는 등, 비슷한 시각으로 반악과 육기의 시풍을 대비하여 설명을 가하고 있
다. 『세설신어』「문학」편 주(注)에는 또 "『晉陽秋』曰 : '岳 …… 善屬文, 淸綺
絶世.'"·"『續文章志』曰 : '岳爲文, 選言簡章, 淸綺絶倫.'"이라 하여, 역시 『한
림론』과 일치되는 견해들을 밝혀놓았다.

'반시난약서금(潘詩爛若舒錦), …… 왕왕견보(往往見寶)'가 본조에서는 사
혼(謝混, ?~412?)이 한 말로 인용되어 있는데, 『세설신어』「문학」편에는 "孫

238

興公云 : ‘潘文爛若披錦, 無處不善 ; 陸文若排沙簡金, 往往見寶.’”라 하여 손작(孫綽, 314~371)의 말로 소개되어 있다. 만약 사혼이 그러한 말을 하였다고 하면, 사혼의 사망시기가 『세설신어』의 작자 유의경이 10세 때였던 점을 고려해볼 때 유의경이 그 사실을 몰랐을 것으로 보기 어렵다. 또 유의경은 임천왕(臨川王)이라고 하는 높은 지위에 있으면서 원숙(袁淑)·포조(鮑照) 등 당시의 저명 문인들을 두루 초치하여 함께 문학활동을 하였으므로, 『세설신어』 역시 그들 문인들에 의해 틀림없이 읽혀졌을 것으로 여겨진다. 그런데도 불구하고 그들이 손작의 말로 소개되어 있는 내용을 고치지 않고 그대로 둔 것은 그들 역시 이 말이 손작의 말이라는 데에 인식을 같이하고 있었던 것으로 볼 수 있다. 그리고 유효표(劉孝標[峻]) 주(注) 『세설신어』는 주석의 출처 제시가 매우 상세하고 정확한 것으로 정평이 나 있는데, 여기서도 손작의 말로 소개되어 있는 이 대목에 대해 아무런 이견이 제시되어 있지 않다. 이런 여러가지 상황으로 미루어보아 손작의 말로 소개하고 있는 유의경의 설이 훨씬 더 신빙성이 있으며, 종영이 이 인용문을 사혼의 말로 소개한 것은 잘못으로 보인다. 이 인용문과 같은 시각의 평으로는, “蓋陸氏之文工而縟, 潘氏之文雖綺而淸, 故孫氏論文以爲潘美于陸.”이라고 한 유사배(劉師培)의 언급이 허문우 편저 『문론강소』본 『종영시품』에 인용되어 있다. 『문론강소』본 『종영시품』에서는 또 『문선』 권26에 수록되어 있는 반악의 오언시 「하양현작이수(河陽縣作二首)」 중의 “幽谷茂纖葛, 峻巖敷榮條. 落英隕林趾, 飛莖秀陵喬.”·“川氣冒山嶺, 驚湍激巖阿. 歸雁映蘭時, 游魚動圓波.” 등 구절들이 ‘난약서금(爛若舒錦)’이란 평에 부합된다고 설명하였다.

반악은 육기와 함께 태강(太康, 280~289) 연간의 대표적 시인이면서 진대(晉代) 수사주의 문학의 대표작가였다. 그러면서도 이들은 각기 작품경향을 달리하여, 마치 건안 시기의 시풍이 유정과 왕찬에 의해서 양분 대립되듯이 서진 시대의 문학경향을 양분하는 대표작가로 군림하였다. 그러므로 이들 두 사람의 우열에 대한 평가 역시 예전부터 어떠한 시각을 갖고 보느냐에

따라 이론이 분분하였다. 종영의 견해에 따르면, 육기의 작품이 '골기(骨氣)'
와 '사채(詞彩)'라고 하는 문학 작품의 내·외면적인 요소들을 총체적으로
잘 조화시켜놓고 있는 조식 시의 맥락을 잇고 있는 것으로 파악된 데 반해,
반악의 작품은 문수이질리(文秀而質羸)한 특성을 지닌 왕찬 시의 계통을 이
어받은 것으로 파악되어 있다. 이러한 견해는 곧 반악의 시가 감상에 치우치
고 표현이 매우 아름답고 화려하게 되어 있는 반면에, 내용 면에서는 깊이가
적고 부실한 폐단을 지니고 있음을 간접적으로 시사해주는 것이다. 결국 종
영은 반악 시의 경쾌함보다는 육기 시의 중후함을 더 선호하는 입장에서, 앞
서 소개한 이충의 『한림론』과 사혼의 설 중 『한림론』의 평에 동의하게 되었
다. 그리하여 육기의 시가 깊고 넓은 문학적 공간을 차지하고 있으면서 유동
적인 전개는 부족함을 고려하여 이를 바다에 비유하였으며, 이에 반해 반악
의 시는 넓이나 깊이가 부족하지만 유동적이고 활발한 특성을 다분히 지니
고 있다고 생각하여 강에 비유하였던 것이다. 『진서』「반악전·논(潘岳傳·
論)」에 "機文喩海"·"岳藻如江"이라 하였는데, 고직 찬 『종기실시품전』에서
는 이 말들도 모두 종영의 비유에서 유래된 것으로 설명하였다.

진나라 황문랑 장협晋黄門郎張協

　　장협(張協, 255?~310?)은 자가 경양(景陽)이고 안평인(安平人)이다. 형 장
재(張載)·아우 장항(張亢)과 함께 '삼장(三張)'으로 병칭되었는데, 시 분야에
서는 다른 형제들보다도 훨씬 높은 평가를 받아왔다. 젊어서부터 준재(俊才)
를 인정받았으며, 벼슬로 중서시랑(中書侍郎)·하간내사(河間內史) 등을 역
임하였다. 당시에 팔왕(八王)의 난(亂)과 북방 이민족들의 침입으로 사회가
몹시 혼란해지자 관직을 버리고 초야에 묻혀 창작에만 전념하였으며, 만년
에 황문시랑(黃門侍郎)으로 임명되었지만 병을 핑계로 취임하지 않았다고
한다.

　　그의 시 작품은 현재 13수가 전하고 있는데, 그중『문선』권29에 수록되
어 있는 오언시「잡시10수(雜詩十首)」가 대표작이라 할 수 있다. 규중 여인
들의 그리움이나 객지에서 벼슬살이하는 이들의 향수 또는 자신의 역량을
인정받지 못하는 데 대한 상심과 세상살이의 고달픔 등의 정서를 노래하고
있는데, 수사에 편중되어 있는 감은 있으나 시어 구사가 참신하고 묘사가 생
동적이며 세밀하다는 평을 받고 있다.

『文選』(卷31) 江文通(淹)「雜體詩三十首」第14首題 : "張黃門協."
『隋書』「經籍志」: "晋黃門郎張協集3卷."(原注: "梁4卷, 錄1卷.")
『晋書』(卷55)「張協傳」
『全漢三國晉南北朝詩』「全晉詩」(卷4)

其源出於王粲. 文體[1]華淨,[2] 少病累[3]. 又巧構形似之言[4]. 雄於潘岳, 靡於太冲[5]. 風流[6]調達[7], 實曠代之高手[8]. 詞彩[9]蔥菁[10], 音韻[11]鏗鏘[12], 使人味之, 亹亹[13]不倦.

1) 文體(문체) : 문학 작품의 체재. 여기서는 시 작품의 형식적인 됨됨이를 뜻한다.

2) 華淨(화정) : 화려하고 깨끗하다.

3) 病累(병루) : 폐단 또는 결함.

4) 形似之言(형사지언) : 실제 모습과 흡사하게 묘사하는 말. 곧 사실적인 표현.

5) 太冲(태충) : 좌사(左思)의 자.

6) 風流(풍류) : 고상하고 멋있는 품격.

7) 調達(조달) : 고루 잘 통하다.

8) 曠代之高手(광대지고수) : 여러 세대를 통틀어 드물게 보일 정도로 뛰어난 사람.

9) 詞彩(사채) : 사채(辭彩). 곧 수사상의 아름다움.

10) 蔥菁(총청) : 초목이 무성하게 우거져 푸르른 모양. '총(蔥)'은 '총(葱)'의 본자(本字).

11) 音韻(음운) : 음향. 곧 시 작품의 음조

12) 鏗鏘(갱장) : 금석(金石)이나 옥(玉)이 울리는 소리. 곧 어떠한 소리가 분명하고
    또렷하다는 뜻이다.

13) 亹亹(미미) : 오래도록 끊이지 않고 진행되는 모양.

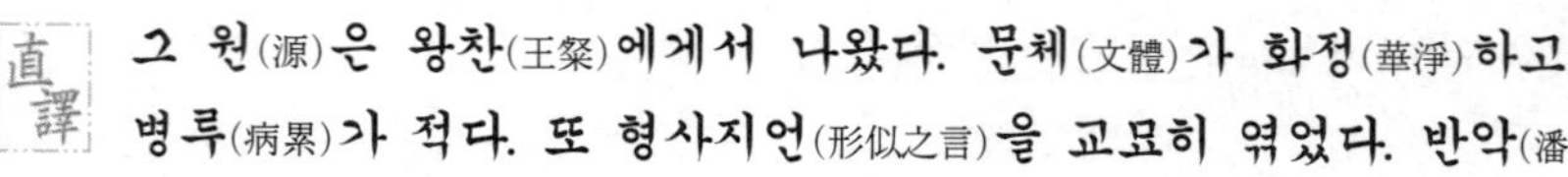

直譯 그 원(源)은 왕찬(王粲)에게서 나왔다. 문체(文體)가 화정(華淨)하고
병루(病累)가 적다. 또 형사지언(形似之言)을 교묘히 엮었다. 반악(潘

岳)보다 웅장하고 태충(太冲)보다 화사하다. 풍류(風流)가 조달(雕達)하니 실로 광대지고수(曠代之高手)이다. 사채(詞彩)가 총청(蔥菁)하고 음운(音韻)이 갱장(鏗鏘)하여, 사람들로 하여금 그를 음미하여 미미(亹亹)하게 싫증내지 않도록 한다.

 장협(張協) 시체의 원류는 왕찬의 시로부터 나왔다. 작품 체재가 화려하고 깨끗하며 결함이 적다. 특히나 사실적인 표현을 교묘하게 잘 구사하였다. 그의 시는 반악의 시보다도 더 힘이 넘치고 좌사의 시보다도 더 화사하다. 고상한 품격이 조화롭게 잘 갖추어져 있으니, 정말이지 여러 시대를 통틀어 드물게 보일 정도로 탁월한 시인의 작품이라 하겠다. 수사상의 아름다움이 대단히 풍부하며 그 음조(音調)는 분명하고 또렷하여, 독자들로 하여금 그를 감상하여서 언제까지나 아끼고 싫증을 느끼지 않도록 해준다.

종영은 장협의 시체가 왕찬 시의 맥락을 이은 것으로 파악하였다. 그가 왕찬의 계통으로 파악하였던 시인은 반악·장협·장화·유곤(劉琨)·노심(盧諶) 등 모두 5명인데, 이들 중에서도 장협은 종영으로부터 유달리 높은 평가를 받고 있다. 참고로 종영은 「반악(潘岳)」조에서 가능한 한 자신의 주관을 배제하고 제3자의 의견을 소개하는 식의 논평을 가한 데 반해, 장협에 대해서는 직접 드러내놓고 절찬을 가하여 자신이 퍽 공감을 느꼈음을 암시하였다. 구체적으로는 '문체(文體)'가 '화(華)'라는 요소뿐만 아니라 '정(淨)'이라는 요소까지 겸비하고 있다고 하여, 그 원류인 왕찬 시에서는 볼 수 없는 일면을 지니고 있는 것으로 파악하였다. 또 "반악보다 웅장하고 태충(좌사의 자)보다 화사하다(雄於潘岳, 靡於太冲)"라고 하여, 장협의 시가 반악 시의 원류인 왕찬 시의 '문수이질리(文秀而質羸)'한 속성을 주로 이어받았으면서도, 한편으로는 좌사 시의 원류인 유정 시의 '기(氣)'가 풍부한 특성까지도 아울러 계승하고 있음을 시사하였다. 어쨌든 장협은 당시 문단의 주류였던 육기·반악 등의 시인들에 대해 나름대로 독자적인 시 세계를 구축하였던 대

가 중의 한 사람이었음에 틀림이 없다. 유희재의 『예개』 권2 「시개」에서도 "張景陽詩, 開鮑明遠. 明遠遒驚絶人, 然練不傷氣. 必推景陽獨步. 「苦雨」諸詩, 尤爲高作. 故鍾嶸『詩品』獨稱之.『文心雕龍』「明詩」云 : '景陽振其麗.' 麗何足以盡景陽哉!"라 하여, 장협 시를 높이 평가해놓았다.

'우교구형사지언(又巧構形似之言)'의 '형사지언(形似之言)'은 대상물을 실제 모습과 흡사하게 묘사하는 말 곧 사실적인 표현을 뜻한다 하겠다.『문심조룡』「물색(物色)」편의 "自近代以來, 文貴形似."란 언급을 통해 볼 때, 육조시대 특히 제(齊)·양(梁) 시대에는 이러한 묘사기법이 매우 중시되었음을 알 수 있다. 종영은 이처럼 사실적인 묘사가 잘 이루어져 있는 것을 장협 일파의 시인들 작품에 나타난 특성으로 인식하였던 듯하다. 그는 이장(二張, 장협·장화) 시의 맥락을 이은 것으로 본 포조(鮑照)의 시를 평하여 '선제형상사물지사(善製形狀寫物之詞, 사실적인 표현을 잘 구사하였다)'·'귀상교사(貴尙巧似, 사실적인 묘사를 숭상하였다)'라 하였으며, 또 장협 시의 면모를 겸비한 것으로 파악한 사영운의 시를 평하여 '상교사(尙巧似, 사실적인 묘사를 숭상하였다)'라 하였다.

'웅어반악(雄於潘岳), 미어태충(靡於太沖)'이란 평에 대하여, 이휘교 교수 찬『시품휘주』에서는 "張協'風流調達'·'音韻鏗鏘', 自當比潘岳淺如翔禽之有羽毛·靡如爛若舒錦者雄. 又其'文體華淨'·'詞彩葱蒨', 自當比之太沖'文典以怨'·'得諷諭之致'者靡矣."라 설명하였다. 허문우 편저『문론강소』본『종영시품』에서는 "陳祚明評選云 : '『詩品』謂雄于潘岳, 靡于太沖, 此評獨當. 一反觀之, 正是靡類安仁. 其情深語盡同, 但差健, 有斬截處, 正是雄類太沖. 其節高調亮同, 但不似太沖簡老, 一語可當數語, 固當勝潘遜左.'"란 설명을 인용해두었다.

'풍류조달(風流調達), 실광대지고수(實曠代之高手)'란 평에 대하여는, 역시 허문우 편저『문론강소』본『종영시품』에 "陳祚明評選又云 : '景陽詩, 寫景生動, 而語蒼蔚, 自魏以來, 未有是也.'"란 설명이 소개되어 있다. '풍류(風流)'

는『시품』「서」중에 “풍류가 그치지 아니하였고, 또한 문학이 중흥되어졌다(風流未沫, 亦文章之中興也.)”라는 언급이 있고,「중품」「사첨(謝瞻)……」조에도 “풍류와 미취를 특수하게 이루어놓았다(殊得風流媚趣)”라고 한 동일한 용례가 보이고 있다.

‘사채총청(詞彩蔥菁)’의 ‘사채(詞彩)’가『역대시화(歷代詩話)』본·고직 찬 『종기실시품전』·섭장청 찬『시품집석』등에는 모두 ‘조채(調彩)’로 되어 있다. 이에 대해 차주환 교수 찬『종영시품교증』에서는 ‘사(詞)’와 ‘조(調)’가 서로 자형(字形)이 비슷한데다 또 바로 앞 문장에 ‘조(調)’자가 있음으로 해서 생겨난 잘못이라고 설명하였다.「상품」「조식(曹植)」조에 ‘사채화무(詞彩華茂)’란 동일한 용례가 보이고 있다. ‘총청(蔥菁)’이 차주환 교수 찬『종영시품교증』에는 ‘총천(蔥蒨)’으로 되어 있으며, 그 주(注)에 “『學詩津逮』本·『歷代詩話』本·古箋本·杜注本‘蒨’皆作‘菁’. 蒨·菁, 音義本各有別, 俗多溷用. 當以作‘蒨’爲是.”라 설명되어 있다. ‘총(蔥)’은 ‘총(葱)’의 본자(本字)이며, ‘총청(葱菁)’과 ‘총천(葱蒨)’은 초목이 무성한 모양을 뜻하는 단어로 같이 쓰이고 있다.

‘음운갱장(音韻鏗鏘)’의 ‘음운(音韻)’은『시품』「서」에 “고로 삼조(三祖)의 문학은 문사(文辭)가 더러 공교(工巧)하지는 못하나, 운(韻)이 들어가서 노래 불려진다. 이는 음운의 의의를 중시한 것이지……(故三祖之詞, 文或不工, 而韻入歌唱. 此重音韻之義也, ……)”라고 한 동일한 용례가 보이고 있다. 고직 찬『종기실시품전』에서는『문심조룡』「명시」편의 “景陽振其麗.”·「체성」편의 “孟陽·景陽, 才綺而相挌.”·「시서(時序)」편의 “應·傅·三張之徒, …… 並結藻淸英, 流韻綺靡.” 등 언급들을 제시하고, 이 중 ‘려(麗)’·‘기(綺)’·‘결조청영(結藻淸英)’·‘유운기미(流韻綺靡)’ 등 평어들이 모두 종영이 말한 ‘조채총청(調彩葱菁), 음운갱장(音韻鏗鏘)’이란 견해와 부합된다고 설명하였다.

<h1 style="text-align:right">진나라 기실 좌사_{晋記室左思}</h1>

좌사(左思, 250?~305?)는 자가 태충(太沖)이고 제국(齊國) 임치인(臨淄人)이다. 그는 빈한한 가문 출신이었기 때문에 관계(官界)로 진출할 수 있는 길이 거의 막혀 있었던데다가, 반악이 대단한 미남자였던 것과 대조적으로 귀족사회에 어울릴 수 없을 정도로 못생긴 추남이라는 신체적인 콤플렉스까지 지니고 있었다고 한다. 그래서 그런지 사회활동을 삼가고 칩거하면서 오로지 문필활동에만 전념하였다. 만년에는 황족이면서 대단한 실력자였던 제왕(齊王) 사마경(司馬冏)에 의해 기실독(記室督)에 임명되었으나, 병을 핑계로 취임하지 않았다고 한다.

그의 시 작품은 현재 「영사시(詠史詩)」·「초은시(招隱詩)」 등 14수가 전하고 있으며, 일찍이 반악·육기·육운·장협 등과 함께 명성을 나란히하여 "삼장(三張)·이륙(二陸)·양반(兩潘)·일좌(一左)"라는 칭호를 얻었다. 특히 「영사시」는 역사를 소재로 하여 당시의 정치현실과 사회풍토 특히 문벌제도의 불합리성에 대해 비판을 가한 8수의 연작시로서, 『시품』「서」에서도 '오언지경책자(五言之警策者, 오언시 중 가장 뛰어난 작품)' 중 하나로 지적된 바 있다. 그외에도 그는 10년이란 긴 세월 동안 심혈을 기울여서, 위(魏)·

촉(蜀)·오(吳) 삼국 수도의 번화함을 사실적인 수법으로 묘사한 장편 부(賦) 작품 「삼도부(三都賦)」를 남기기도 하였다. 이 작품이 발표되자마자 그의 문명은 일약 드높아졌으며, 당시 사람들이 앞을 다투어 이를 베껴쓰려고 하였기 때문에 낙양(洛陽)의 종이값이 폭등하였다고 한다. 또한 당시의 유명 문인이었던 육기 역시 같은 주제의 부(賦) 작품을 구상하고 있다가, 좌사의 「삼도부」를 보고 그 훌륭함에 감복하여 자신의 작품 구상을 철회하였다고 한다.

『文選』(卷31) 江文通(淹) 「雜體詩三十首」 第13首題 : "左記室思."
『隋書』「經籍志」 : "齊王府記室左思集2卷."(原注 : "梁有5卷, 錄1卷.")
『晋書』(卷92) 「文苑傳·左思傳」
『全漢三國晋南北朝詩』「全晋詩」(卷4)

其源出於公幹[1]. 文[2]典[3]以怨[4], 頗爲精切[5], 得諷諭之致[6]. 雖野[7]於陸機, 而深於潘岳. 謝康樂[8]嘗言 : '左太冲詩·潘安仁[9] 詩, 古今難比.'

1) 公幹(공간) : 유정(劉楨)의 자.

2) 文(문) : 문사(文辭). 여기서는 좌사(左思)의 시 작품들을 가리킨 말이다.

3) 典(전) : 전아(典雅)하다. 바르고 고상하다.

4) 怨(원) : 원망스럽다.

5) 精切(정절) : 정교하고 절실(切實)하다.

6) 諷諭之致(풍유지치) : 풍자하는 취지. 비판정신.

7) 野(야) : 거칠다. 질박하다.

8) 謝康樂(사강락) : 사영운. 일찍이 강락공(康樂公)에 봉해졌기에 붙여진 칭호이다.

9) 潘安仁(반안인) : 반악. 안인(安仁)은 그의 자.

그 원(源)은 공간(公幹)에게서 나왔다. 문(文)이 전아(典雅)하되 원망스러우며, 자못 정절(精切)하여 풍유(諷諭)의 뜻을 얻었다. 비록 육기(陸機)보다는 거칠지만, 그러나 반악(潘岳)보다는 깊다. 사강락(謝康樂)은 일찍이 말하기를 "좌태충(左太冲)의 시와 반안인(潘安仁)의 시는 고금(古今)에 비교하기 어렵다"라고 하였다.

좌사(左思) 시체의 원류는 유정의 시로부터 나왔다. 작품경향이 전아(典雅)하면서도 원망하는 감정으로 가득 차 있으며, 그 비판이 상당히 정교하고 절실하게 이루어져 있어서 풍자하는 정신을 잘 살려내었다. 비록 육기의 작품보다 질박한 감은 있으나, 그 속에 담겨 있는 정신은 반악의 작품보다 더 깊이가 있다. 사영운은 예전에 평하기를 "좌사의 시와 반악의 시는 고금을 통틀어 비슷한 시풍의 작품을 찾아보기 어렵다"라고 하였다.

좌사는 『시품』에서 유일하게 유정 시의 계통을 이어받은 작가로 거론되어 있다. 종영은 유정 시의 기(氣)가 왕성하고 활기 넘치는 시풍이 좌사에 이르러 그대로 잘 계승되어 있는 것으로 인식하였다. 이에 대해 허문우 편저 『문론강소』본 『종영시품』에서는 "按, 仲偉前評公幹詩, 以爲仗氣愛奇, 動多振絶, 但雕潤恨少. 『藝苑巵言』(卷3)亦謂太冲莽蒼, 但太不雕琢. 『詩源辨體』(卷5)又論太冲語多訐直. 是皆是徵其淵源之所自也."라 설명하고 있다. 『문심조룡』「명시」편에도 "故平子得其雅, 叔夜含其潤, 茂先凝其淸, 景陽振其麗. 兼善則子建・仲宣, 偏美則太冲・公幹."이라는 평이 보이고 있는데, 이 중 '편미(偏美)'라는 평어는 '아(雅)'・'윤(潤)' 중에서 '아(雅)'라는 요소와 '청(淸)'・'려(麗)' 중에서 '청(淸)'이란 요소에 편중된 아름다움을 뜻하는 말로, 좌사와 유정의 시에 대한 이러한 인식은 종영의 평문 중에도 그대로 드러나 보인다. 유희재의 『예개』 권2 「시개」에서도 "劉公幹・左太冲詩壯而不悲."라 하여, 두 사람의 시를 동일한 맥락으로 파악하고 있다.

'문전이원(文典以怨), 파위정절(頗爲精切), 득풍유지치(得諷諭之致)'는 고직

248

찬 『종기실시품전』의 지적대로 좌사의 「영사시」 8수를 대상으로 한 평일 것이다. 「영사시」는 역사상의 인물들을 소재로 하여 당시의 정치현실과 사회풍토에 대해 비판을 가하고, 특히 자신의 능력과 공명심을 가로막는 귀족 문벌제도에 대한 울분을 토로해놓은 작품이다. 『시품』 「서」에서 '오언지경책자(五言之警策者)' 중 하나로 지적된 바 있고, 심덕잠의 『고시원』 권7 좌사(左思) 「영사8수(詠史八首)」 주(注)에서도 "太冲「詠史」, 不必專詠一人, 專詠一事. 詠古人, 而己之性情俱見, 此千古絶唱也. 後惟明遠·太白能."이라 높이 평가되어 있다. '문전이원(文典以怨)'의 '전(典)'은 고전(古典)에 대한 풍부한 소양을 바탕으로 한 전아(典雅)하면서 정통적인 경향의 시풍을 지적한 말이며, 이에 반해 '원(怨)'은 작품에 나타나 있는 신랄한 비판정신을 가리킨 말로 이해된다. '파위정절(頗爲精切)'의 '정절(精切)'은 그 비판 내용들이 정교하고 절실하게 곧 예리하게 비판되어 있음을 지적한 평어이며, '득풍유지치(得諷諭之致)'의 '풍유(諷諭)'는 『모시(毛詩)』 「서(序)」 중의 "吟咏情性, 以風(諷)其上."이란 설명처럼 시가 지니는 중요한 기능 중의 하나인 비판기능을 가리킨 말일 것이다.

'수야어육기(雖野於陸機), 이심어반악(而深於潘岳)' 구의 '야(野)'는 『논어』 「옹야」편의 "質勝文則野"란 구를 연상하고 쓴 말로, '재고사섬(才高辭贍), 거체화미(擧體華美)'라 평가받은 육기의 시에서처럼 짜임새있는 균형을 살려내지 못하여 거칠고 투박한 인상을 준다는 뜻이다. 「상품」 「반악(潘岳)」조에는 "육기의 시보다는 얕고 천박한 느낌을 준다(猶淺於陸機.)"라는 평이 소개되어 있고, 역시 「상품」 「장협(張協)」조에는 "반악보다 웅장하고 태충보다 화사하다(雄於潘岳, 靡於太冲.)"란 비교가 가해져 있다. 좌사는 진대(晋代) 수사주의 문학의 대표로 군림하였던 육기나 반악 등의 시인들과 구별되는 독자적인 시 세계를 구축하였다는 점에서 주목받고 있으며, 그의 시는 역시 독자적인 풍격을 지니고 있는 장협의 시와도 또다른 일면을 보여주고 있다.

사영운의 말로 인용되어 있는 평문은 그 출처를 확인할 수 없다. '고금난

비(古今難比)’는 좌사나 반악의 작품 수준이 다른 시인들과 비교가 되지 않을 정도로 뛰어났다는 의미라기보다는, 이들의 작품경향이 독특하고 개성이 강한 탓으로 비교할 만한 마땅한 대상을 찾아내기 어렵다는 뜻으로 보아야 할 것이다.

송나라 임천태수 사영운_{宋臨川太守謝靈運}

사영운(謝靈運, 385~433)은 어릴 적 이름이 객아(客兒)였으며, 진군(陳郡) 양하인(陽夏人)이다. 명문집안 출신으로, 그의 조부 사현(謝玄)은 부견(苻堅)이 이끈 북방 전진(前秦)의 침입으로부터 나라를 구한 유명한 장군이었다. 이러한 조부의 작위를 그대로 물려받아 강락공(康樂公)에 봉해졌기에, 흔히 '사강락(謝康樂)'이라 일컬어지기도 한다. 젊어서부터 재주와 학식을 두루 겸비하였고, 서화(書畵)에도 조예가 깊었으며, 시문(詩文)의 아름다움은 남조(南朝) 시대를 통틀어 그와 견줄 사람이 없었을 정도라고 한다. 하지만 가문과 재능을 너무 믿고 방자하게 남을 괴롭히는 등 성격이 좋지 못하였을 뿐 아니라 사치까지 좋아하여 세상사람들의 빈축을 사기도 하였다.

유유(劉裕)가 동진(東晋)을 무너뜨리고 송(宋) 무제(武帝)로 즉위한 후에도 새로운 정권 밑에서 여전히 벼슬을 하였으나, 강락공 작위를 상실당하는 등 냉대를 받을 수밖에 없었다. 사영운은 당시 무제의 아들이면서 문학을 애호하였던 여릉왕(廬陵王) 의진(義眞)과 친분이 두터웠는데, 의진이 그의 이복형이면서 훗날 소제(少帝)로 즉위한 의부(義符)와 황제자리를 놓고 다투다가 세력싸움에서 실패하자, 이 일에 연루되어 영가태수(永嘉太守)로 좌천당하였다. 영가(永嘉) 지역은 원래 토질이 비옥하고 자연경관이 빼어났는데, 그는 이곳에 머문 1년여 기간 동안 불만을 달래는 한 방편으로 주변 산야를 두루 돌아다니며 산수시(山水詩) 창작에 몰두하였다. 그리하여 '산수시인(山水詩人)'이란 평가를 얻기에 이르렀다. 문제(文帝)가 즉위한 후 중앙정계로 복귀하였지만, 여전히 정무(政務)에 뜻을 두지 못하고 은퇴와 방종을 거듭하던 끝에 임천내사(臨川內史)로 있던 말년에 반란을 일으켰다가 실패하여 광주(廣州)로 귀양가던 도중 살해당하였다. 산수시 33수를 비롯하여 현리시(玄理詩) 23수 등 모두 87수의 시 작품이 현존하고 있다.

종영은 본조에서 사영운을 '임천태수(臨川太守)'라는 직함으로 일컫고 있는데, 『송서』「사영운전」과 『남사(南史)』「사영운전」 그리고 『수서』「경적지」 등에는 모두 '임천내사(臨川內史)'로 소개되어 있다. 진대(晋代)와 송대(宋代)에는 군(郡)의 장관(長官)으로 태수(太守)를 두었고, 왕국(王國)에는 내사(內史)를 두어 태수의 임무를 관장하게 하였다. 그러므로 태수와 내사는 원래 명칭만 다를 뿐 동일한 업무를 관장하는 직책이었으며, 또한 당시 왕국의 수가 군에 비해 훨씬 적었기 때문에 흔히 내사를 태수라고도 일컫는 것이 관례처럼 되어 있었다. 임천이 당시 왕국 중의 하나였으므로 엄격히 말한다면 본조의 '임천태수'라는 관직명은 사실상 당시의 관제(官制)와 합치되지 않기 때문에 '임천내사'로 고쳐 적는 것이 정확한 관직명이라 하겠다. 다만 종영은 당시의 관습을 따라 편의상 '임천태수'라고 일컬어놓은 것이다.

『文選』(卷31) 江文通(淹) 「雜體詩三十首」 第23首題 : "謝臨川靈運."
『隋書』「經籍志」: "宋臨川內史謝靈運集19卷."(原注 : "梁20卷, 錄1卷."), "『晋書』36卷."
  (原注 : "宋臨川內史謝靈運撰.")
『宋書』(卷67) 「謝靈運傳」
『南史』(卷19) 「謝靈運傳」
『全漢三國晋南北朝詩』「全宋詩」(卷3)

其源出於陳思[1]，　雜有景陽[2]之體．　故尙巧似[3]，　而逸蕩[4]過之．
頗以繁蕪[5]爲累．嶸謂：若人興多才高，寓目輒書，內無乏思，
外無遺物，其繁富[6]宜哉！然名章迥句[7]，處處間起；麗典新聲[8]，
絡繹[9]奔會．譬猶靑松之拔灌木[10]，白玉之暎塵沙[11]，未足貶其
高潔也．
初，錢唐[12]杜明師，夜夢東南有人來入其館，是夕卽靈運生於會
稽[13]．旬日而謝玄[14]亡．其家以子孫難得，送靈運於杜治[15]養之，
十五方還都．故名客兒．

1) 陳思(진사) : 조식(曹植). 진왕(陳王)으로 봉해졌었고 시호(謚號)가 사(思)였다.

2) 景陽(경양) : 장협(張協)의 자.

3) 巧似(교사) : 교묘하고 흡사한 묘사. 곧 사실적인 묘사.

4) 逸蕩(일탕) : 제멋대로 즐기다. 또는 어떤 일에 지나치게 탐닉하다.

5) 繁蕪(번무) : 번잡하다. 곧 너무 많이 뒤섞여 있어 어수선하다.

6) 繁富(번부) : 많고 풍부하다.

7) 名章迥句(명장형구) : 대단히 뛰어난 장(章)과 구(句).

8) 麗典新聲(여전신성) : 곱고 전아(典雅)한 새로운 노랫소리. 곧 화려하면서도 점잖은
   참신한 시 구절.

9) 絡繹(낙역) : 끊이지 않고 계속 이어져 있는 모양.

10) 灌木(관목) : 더부룩하게 자라나 있는 나무들.

11) 塵沙(진사) : 먼지와 모래.

12) 錢唐(전당) : 전당현(錢唐縣). 곧 오늘날의 절강성(浙江省) 항주시(杭州市) 일대. 진
    (秦)나라 때 설치된 현으로, 당대(唐代) 이후로는 국호와의 혼동을 피하기 위해 ‘당
    (唐)’자를 ‘당(塘)’으로 고쳐 불렀다.

13) 會稽(회계) : 회계군(會稽郡). 곧 오늘날의 절강성 소흥현(紹興縣) 일대. 당시 회계
    군에는 왕씨(王氏)와 사씨(謝氏)들이 많이 살고 있었다고 한다.

14) 謝玄(사현) : 진(晉)나라 때의 유명한 장군. 사영운의 조부.

15) 治(치) : 도가(道家)들이 심신(心身)을 수양하는 방.

그 원(源)은 진사(陳思)에게서 나왔고, 경양(景陽)의 체모(體貌)도 섞여 있다. 고(故)로 교묘하고 흡사한 묘사를 숭상하였지만, 그런 면에 탐닉함이 그를 능가하였다. 자못 번무(繁蕪)함이 폐단이다. 영(嶸)이 말해본다면, 이와같은 사람은 감흥(感興)이 많고 재주가 높아서 눈으로 대한 것은 번번이 써내며, 안으로 생각이 모자람이 없고 밖으로 사물을 빠뜨림이 없으니, 그 번부(繁富)함이 마땅하다 하겠다. 그러나 뛰어난 장(章)과 구(句)들이 처처(處處)에 번갈아 출현하고, 곱고 전아한 새로운 노래들이 끊이지 않고 마구 모여 있다. 비유컨대 마치 청송(靑松)이 관목(灌木)들 무리에서 빼어나며 백옥(白玉)이 진사(塵沙)들에 비치어 있음과 같아서, 족히 그 고결함을 덜 수는 없다.

처음에, 전당(錢唐) 두명사(杜明師)가 밤에 동남쪽으로 어느 사람이 그 집에 들어오는 꿈을 꾸었는데, 이날 저녁이 곧 영운(靈運)이 회계(會稽)에서 태어났던 날이다. 열흘 후에 사현(謝玄)이 사망하였다. 그 집안에서는 자손을 얻기 어려울 거라 생각하여 영운을 두치(杜治)에 보내어 그를 양육시켰고, 15세에 바야흐로 수도로 돌아왔다. 고(故)로 객아(客兒)라 이름지어졌다.

사영운(謝靈運) 시체의 원류는 진사왕(陳思王) 조식의 시로부터 나왔으며, 장협 시의 풍격도 아울러 지니고 있다. 그러므로 [장협과 마찬가지로] 사실적인 묘사를 중시하였지만, 그러한 면에 있어서는 장협보다도 훨씬 더 지나치게 탐닉하였다. 상당히 번잡한 감을 주는 것이 결점이라 하겠다. 종영이 설명을 덧붙인다면, 사영운과 같은 시인은 시흥(詩興)이 풍부하고 재능이 뛰어나서 눈으로 본 것은 모두 다 기록해내며, 머릿속에는 시상이 부족할 때가 없고 겉으로는 묘사할 대상물들을 누락시키는 경우가 없으므로, 그의 시가 그처럼 번잡하면서도 수사가 풍부한 경향을 띠고 있는 것도 당연히 그럴 수밖에 없는 것으로 생각된다. 그렇지만 대단히 뛰어난 시구들이 도처에 산재해 있고, 화려하면서도 점잖은 참신한 구절들이 연이어 계

254

속 집중되어 있다. 비유를 가해본다면, 푸른 소나무가 더부룩하게 자라나
있는 잡초들 가운데서 유독 특출해 보이는 것과 같으며 희고 깨끗한 옥이
먼지나 모래 속에 섞여서 한층 더 빛을 발하는 것과 같아서, 번잡한 감이
들기는 하지만 그 고상하고 깨끗한 풍격에 손상을 가할 정도는 아니다.
예전에 전당현(錢唐縣) 사람 두명사(杜明師)라는 이가 어느 날 밤 동남쪽에
서부터 어떤 사람이 그의 집 안으로 걸어들어오는 꿈을 꾼 적이 있는데,
바로 이날 저녁에 사영운이 회계군(會稽郡)에서 출생하였다. 그로부터 10
일 후에 사영운의 조부 사현(謝玄)이 세상을 떠났다. 그의 집안에서는 자손
을 더이상 얻기 어려울 거라 생각하여 사영운을 두명사가 수양하는 곳으
로 보내어서 그를 양육케 하였으며, 15세가 되어서야 겨우 수도로 돌아올
수 있었다. 그러므로 객아(客兒)라는 이름으로 불리게 되었던 것이다.

종영은 사영운의 시체가 조식 시의 맥락을 이은 것으로 파악하였는데,『시
품』에서는 조식 시체의 맥락을 이은 시인으로 사영운 외에 육기가 더 지적되
어 있다. 종영은 조식의 시를 평하여 '사채화무(詞彩華茂)'라 하였고, 육기의
시를 평하여 '재고사섬(才高辭贍), 거체화미(擧體華美)'라 하였으며, 사영운의
시를 평하여 '기번부의재(其繁富宜哉)'라 하였다. 이들 평문은 전체적으로 내
용이 거의 흡사하며, 특히 그중의 '무(茂)'·'섬(贍)'·'번(繁)'·'부(富)' 등은
모두 같은 개념의 글자들이다. 종영은 이들 시인들의 작품에 대하여 이러한
공통된 인식을 가졌고, 그래서 모두 하나의 계통으로 분류해놓았던 것이다.
  다만 종영의 견해에 있어서 사영운의 시가 육기의 경우와 다른 점은 조식
외에 장협 시의 풍격까지도 아울러 겸비하고 있다는 점이다. 종영은 장협의
시가 지니고 있는 가장 두드러진 특징으로 '교구형사지언(巧構形似之言)'을
지적한 바 있는데, 본조에서 사영운의 시를 평하면서도 '상교사(尙巧似)'라
하였고 또 「중품」에서 역시 장협 시의 맥락을 이은 것으로 파악된 포조의
시를 평하여서 '귀상교사(貴尙巧似)'라 하는 등, 세 사람의 경우 모두에 동일
한 내용의 논평을 가해놓았다.

　‘고상교사(故尙巧似), 이일탕과지(而逸蕩過之)’의 ‘고(故)’자는 앞의 구 ‘잡유경양지체(雜有景陽之體)’를 직접적으로 받고 있다. 「상품」 「장협(張協)」조에서 그의 시를 ‘교구형사지언(巧構形似之言)’이라 평하였으므로, 여기서 ‘고(故)’라는 연사(連詞)를 사용하여 ‘상교사(尙巧似)’라는 평어와 연결을 시킨 것이다. 사영운의 산수시 작품들은 특히 ‘교사(巧似)’ 즉 사실적인 묘사가 두드러지게 돋보인다. ‘일탕(逸蕩)’은 사실적인 묘사에 깊이 탐닉하였음을 지적한 말이며, 그 결과 다음 구에 언급한 것처럼 ‘번무(繁蕪)’한 결함이 생겨난 것으로 인식하고 있다. ‘번무(繁蕪)’의 ‘무(蕪)’자가 진연걸 찬 『시품주』・왕숙민 찬 『종영시품소증』・두천미 찬 『시품신주』 등에는 모두 ‘부(富)’로 되어 있다. 뒷부분에 ‘번부(繁富)’라는 단어가 사용되어 있어서 잘못 고쳐진 것으로 보인다.

　‘약인흥다재고(若人興多才高)’의 ‘약인(若人)’은 약차인(若此人) 즉 이와같은 사람이라는 뜻으로, 『논어』 「공야장(公冶章)」편과 「헌문(憲問)」편에 나오는 “君子哉! 若人.”이란 구절을 연상하고 쓴 표현이다. 「중품」 「안연지(顔延之)」조에 “고상한 재주가 이 사람보다 적으면 곧 곤궁에 빠져 좌절을 겪게 될 것이다(雅才減若人, 則蹈於困躓矣.)”라고 한 용례가 보이고 있다. ‘재고(才高)’는 『시품』 「서」에서도 동일한 용례를 찾아볼 수 있는데, “원가 연간에는 사영운이란 시인이 출현하였는데, 대상을 표현하는 재주가 특출하였고 문장 수사능력 또한 풍부하여서 그 풍부한 재능과 아름다운 수사기교를 다른 작가들이 감히 따를 수 없을 정도였으니, 정말이지 유곤과 곽박을 능가하였을 뿐 아니라, 반악과 좌사까지도 압도하였다(元嘉中, 有謝靈運, 才高詞盛, 富艶難蹤, 固已含跨劉・郭, 凌轢潘・左.)”라고 하여 역시 사영운의 시를 평하는 평문에 동일한 표현을 사용하고 있다. 차주환 교수 찬 『종영시품교증』에서는 ‘재고(才高)’를 ‘재고박(才高博)’으로 기술한 다음, “『御覽』……又引‘博’上無‘高’字, ‘博’譌‘愽’. 『歷代詩話』本・『螢雪軒』本・古箋本・陳注本・杜注本‘高’下皆無‘博’字. 『稗編』・『詩紀・正集』四七引並同. 疑一本‘高’作‘博’, 傳寫因併

潤入, 作博, 音韻較勝, 『山堂考索』引‘博’譌‘愽’(後同)”이란 설명을 덧붙여놓았다. 정건(鄭騫)의 『종시도곡(從詩到曲)』「종영시품사영운조정오(鍾嶸詩品謝靈運條訂誤)」에서는 “興多才高博的博字, 諸本或有或無. …… 其實此字斷不可少. 才高博是才高而博的意思, 才高故‘內無乏思’, 才博故‘外無遺物’, 沒有博字, ‘外無遺物’句便顯得沒有着落. 後人以爲‘興多才高博’五字成句, 不合六朝時句法, 一般習慣又只說才高而很少說才博, 於是認定博字是衍文, 而硬給删掉. 不知, 六朝文章五字成句的並不太少見, 才博卽是才大如海之意, 沒甚麽難懂.”이라 하여, 당연히 ‘재고박(才高博)’으로 되어야 함을 역설하였다.

‘기번부의재(其繁富宜哉)’의 ‘번부(繁富)’는 앞부분에 사용된 ‘번무(繁蕪)’라는 평어가 지나치게 어수선하고 번잡한 경향을 비판한 투의 말인 데 반해, 번다한 중에도 수사가 풍부하고 윤택하게 이루어져 있음을 긍정적으로 인정하고 있는 느낌을 주는 평어라 하겠다. 「하품」「장재(張載)……」조에 “장우부자는 가상할 정도로 번부하다(長虞父子, 繁富可嘉.)”라고 한 동일한 용례가 보이고 있다.

‘명장형구(名章逈句)’는 「중품」「사조(謝朓)」조의 “독창적이고 뛰어난 구절들이 자주 출현하여 참신하고 힘있는 기풍을 드러내 보인다(奇章秀句, 往往警遒.)”라고 한 평 중의 ‘기장수구(奇章秀句)’와 같은 개념의 용어라 할 수 있다.

‘여전신성(麗典新聲)’의 ‘여전(麗典)’은 표현이 아름답고 화려하면서도 고전적이고 정통적인 점잖은 풍격을 겸비하고 있음을 지적한 말로, 「상품」「고시」조 중의 ‘문온이려(文溫以麗, 수사가 온화하면서도 화려하다)’와 「좌사(左思)」조 중의 ‘문전이원(文典以怨, 작품경향이 전아하면서도 원망하는 감정으로 가득 차 있다)’이라 한 용례들이 보이고 있다. 『전양문(全梁文)』권20에 수록된 소통(蕭統)의 「답상동왕구문집급시원영화서(答湘東王求文集及詩苑英華書)」중에 “夫文典則累野, 麗亦傷浮. 能麗而不浮, 典而不野, 文質彬彬, 有君子之致.”라 하여 ‘려(麗)’와 ‘전(典)’ 두 요소를 대비시켜 설명한 대목이 보이고 있으며, 『문심조룡』 중에도 「악부(樂府)」편에 “「桂華」雜典, 麗而不經 ; 「赤雁」群篇,

靡而非典."이라 하였고 「봉선(封禪)」편에 "故稱「封禪」麗而不典, 「劇秦」典而不實, 豈非追觀易爲明, 循勢易爲力歟."라 하여 '려(麗)'와 '전(典)' 두 요소로 작품들을 비평해놓은 예들이 보인다.

'비유청송지발관목(譬猶靑松之拔灌木), 백옥지영진사(白玉之暎塵沙), 미족폄기고결야(未足貶其高潔也)'라는 평에 대하여는, 종영이 『시품』「서」에서도 '사객위원가지웅(謝客爲元嘉之雄)'이라 하여 사영운을 원가(元嘉) 시기의 대표적인 시인으로 높이 평가한 바 있다. '청송(靑松)'은 '고결(高潔)' 중의 '고(高)' 즉 고상한 풍격을 상징한 말이라 하겠고, '백옥(白玉)'은 '고결(高潔)' 중의 '결(潔)' 즉 맑고 깨끗한 기풍을 상징한 말로 보인다. 이에 반해 '관목(灌木)'과 '진사(塵沙)'는 사영운 시의 '번무(繁蕪)'한 폐단을 상징적으로 암시하기 위해 동원된 비유라 할 수 있다.

사영운의 시에 대한 실질적인 품평은 '미족폄기고결야(未足貶其高潔也)'까지이고, 그 뒷부분의 문장들은 사영운의 출생을 둘러싼 일화를 기술해놓은 것으로 시 비평과는 직접적인 관계가 없다. 이처럼 실제 작품비평과 직접 관련이 없는 시인의 일화를 첨부해놓은 경우는 「중품」과 「하품」에 그 예들이 많이 보이고 있다.

'두명사(杜明師)'라는 인물과 관련해서는, 정건의 『종시도곡』「종영시품사영운조정오」에서 『진서』권100 「손은전(孫恩傳)」에 보이는 "孫恩, 世奉五斗米道. 恩叔父泰, 字敬遠, 師事錢塘杜子恭 ; 而子恭有秘術. 嘗就人借瓜刀 ; 其主求之, 子恭曰 : '當卽相還耳.' 旣而刀主行至嘉興, 有魚躍入船中, 破魚得瓜刀. 其爲神效, 往往如此. 子恭死, 泰傳其術."이란 언급을 제시하고, 이 중 '두자공(杜子恭)'이 바로 종영이 말한 '두명사'일 것이며 '명사(明師)'는 이름이 아닌 별칭일 거라고 추측해놓았다.

'순일이사현망(旬日而謝玄亡)'의 '현(玄)'자가 『한위총서(漢魏叢書)』본·『학진토원(學津討源)』본·『자등서옥총서(紫藤書屋叢書)』본·『담예주총(談藝珠叢)』본·『고금도서집성(古今圖書集成)』본·『역대시화』본·『용위비서(龍威

258

秘書)』본·『사부비요』본 등에는 모두 '원(元)'으로 되어 있다. 이는 청(淸) 성
조(聖祖)의 휘자(諱字)를 피하기 위해 고쳤기 때문이다.

사현(謝玄)은 사영운의 조부로, 『송서』「사영운전」에 그에 관해 언급하여
"謝靈運祖玄, 晋車騎將軍. 父瑍, 生而不慧, 爲秘書郎, 蚤亡. 靈運幼便穎悟,
玄甚異之, 謂親知曰 : '我乃生瑍! 瑍那得生靈運?'"이라 한 기록이 보이고 있
다. 허문우 편저 『문론강소』본 『종영시품』에서는 종영이 기술한 것처럼 사
현이 사영운 출생 후 10일 만에 세상을 떠난 것이 사실이라면 그동안에 어
떻게 벌써 손자의 총명함을 알아보고 친지들에게 찬탄의 말을 할 수 있었겠
는가 하는 점을 반문한 다음, 종영이 사영운의 부친 '환(瑍)'을 조부 '현(玄)'
으로 잘못 기재한 것일 거라고 추정하였다. 정건의 『종시도곡』「종영시품사
영운조정오」에서도 『송서』「사영운전」에 사영운이 송(宋) 문제(文帝) 원가
(元嘉) 10년 곧 나이 49세 때 사망한 것으로 밝혀져 있으므로 그의 출생연도
를 역산해보면 진(晋) 효무제(孝武帝) 태원(太元) 10년이 되며, 한편 사현의
사망연도는 『진서』권79 「사현전(謝玄傳)」에 태원(太元) 13년 곧 46세 때로
밝혀져 있는 것으로 보아, 사현이 세상을 떠날 당시에 사영운의 나이는 이미
4세였다고 주장하며 종영이 여기서 사영운 생후 10일 만으로 기술한 것은
잘못이라고 분석해놓았다. 차주환 교수도 『종영시품교증』에서 『송서』「사
영운전」의 기록을 들어 10일 후에 사망한 사람이 사현이 아니라고 반박한
다음, 상식적으로 따져보더라도 조부가 사망하였다고 해서 더이상 자손을
얻기 어렵다는 말을 할 수는 없으므로, 본래는 '현(玄)'이 '환(瑍)'으로 되어
있었는데 두 글자가 발음이 비슷할 뿐 아니라 명장이었던 사현을 쉽게 연상
케 되어 잘못 고친 것일 거라고 추정하였다. 한편 정건의 『종시도곡』「종영
시품사영운조정오」와 섭소설(葉笑雪)의 『사영운시선(謝靈運詩選)』 등에서는
사현의 숙부인 사안(謝安)의 사망연도가 바로 사영운의 출생연도와 일치하
는 점을 들어, '현(玄)'이 '안(安)'으로 고쳐져야 한다고 주장하고 있다. 이휘
교 교수 찬 『시품휘주』에서는 이 두 가지 설에 대한 세밀한 검토를 가하여,

우선 사영운이 유복자라는 기록이 어디에도 없으므로 적어도 영운이 태어난 해까지는 환(瑍)이 생존해 있었을 것으로 추측하였으며, 또한 『진서』 「사현전」에 실려 있는 사현의 상소문 중 "亡叔臣安·亡兄臣靖, 數月之間, 相係殂背. 下逮稚子, 尋復夭昏."이란 대목을 제시하고 이 중 '치자(稚子)'가 바로 환(瑍)을 가리킨 말이므로 안(安)과 환(瑍)이 같은 해에 세상을 떠났을 가능성이 짙다고 분석한 다음, '현(玄)'이 '환(瑍)'의 잘못이라는 설에 동조하고 있다. 사실 『송서』 「사영운전」에 "父瑍, …… 蚤亡."이라 한 기록을 볼 때, 환(瑍)은 부친인 현(玄)보다 먼저 세상을 떠났음이 분명하며, 그 사망연도는 현(玄)의 사망연도인 사영운 생후 3년 이내였을 것으로 추정된다.

'기가이자손난득(其家以子孫難得)'이란 서술은 사환과 사영운이 모두 독자였던 사실과 일치된다.

'송영운어두치양지(送靈運於杜治養之)'의 '치(治)'자에 대하여는 "治音稚, 奉道之家靖室也."라는 원주(原注)가 본조 말미에 첨부되어 있다. 차주환 교수 찬 『종영시품교증』에서는 이 주를 후인들이 추가해넣은 것일 거라고 추측하였다. 정건의 『종시도곡』 「종영시품사영운조정오」에서는 '봉도지가(奉道之家)'의 '도(道)'가 바로 한(漢)나라 말기 장도릉(張道陵)이 창시한 오두미도(五斗米道)이며, '정실(靖室)'은 정실(靜室) 곧 오두미도를 신봉하는 사람들이 수양을 하고 기도를 드리던 곳이라고 설명하였다.

'초(初), …… 고명객아(故名客兒)'는 사영운의 출생을 둘러싼 일화 내지는 어릴 적에 '객아(客兒)'라고 불리게 된 유래를 기술해놓은 문장이다. 허문우 편저 『문론강소』본 『종영시품』에 인용된 육조 시대의 지괴소설집(志怪小說集) 『이원(異苑)』 중에도 "初, 錢塘杜明師夢有人入其館, 是夕, 靈運生於會稽, 旬日而謝玄亡. 其家以子孫難得, 送靈運於杜治養之. 十五方還都, 故名客兒."라 하여 거의 동일한 문장이 보이고 있다. 차주환 교수는 『종영시품교증』에서 이 부분의 내용은 사영운의 시 작품과 아무런 관계가 없으므로, 후인들이 가해놓은 주가 본문으로 잘못 삽입된 것일 거라고 추측하였다.

중품 中品

한나라 상계 진가^{漢上計秦嘉} 진가의 처 서숙^{嘉妻徐淑}

진가(秦嘉)는 자가 사회(士會)이고 농서인(隴西人)이며, 후한(後漢) 환제(桓帝, 재위 146~167) 때의 사람으로 생졸년은 정확히 알 수 없다. 일찍이 농서군(隴西郡) 상계연(上計掾)을 역임하였고, 후에 수도로 나와 황문랑(黃門郎)에까지 올랐으나, 그외의 자세한 사적(事蹟)은 알려져 있지 않다.

서숙(徐淑)은 진가의 처로 농서인이며, 생졸년과 자세한 사적들은 역시 알 길이 없다. 진가가 농서군의 상계연으로 부임할 당시 서숙은 와병(臥病)으로 시골집에 머물고 있었다. 진가는 아내의 병세가 악화되어, 직접 만나서 이별의 정을 나눌 수 없게 되자 그 안타까움을 시로 지어 아내에게 보내주었고, 서숙 역시 그에 대한 답시를 지어 보냈다고 한다. 이 작품들은 모두 부부간의 애정을 잘 표현하고 있어서 후인들로부터 많은 칭송을 받아왔다. 『옥대신영(玉臺新詠)』 권1에 진가의 「증부시3수(贈婦詩三首)」와 서숙의 「답시1수(答詩一首)」가 실려 있으며, 두 사람이 주고받았던 서간문들이 『예문류취(藝文類聚)』 권32에 수록되어 있다.

『隋書』 「經籍志」 : "後漢黃門郎丁廙集1卷."(原注 : "梁又有婦人後漢黃門郎秦嘉妻徐

淑集1卷.")

『全上古三代秦漢六朝文』「全後漢文」(卷66)「秦嘉小傳」

『鐵橋漫稿』(卷7)「後漢秦嘉妻徐淑傳」

『全漢三國晋南北朝詩』「全漢詩」(卷2・3)

夫妻[1]事[2]既[3]可傷，文[4]亦悽怨[5]．爲五言者，不過數家，而婦人居二．徐淑敍別之作，亞於「團扇」[6]矣．

1) 夫妻(부처) : 부부(夫婦). 곧 남편과 아내.

2) 事(사) : 사적(事蹟).

3) 既(기) : 다음 구의 '역(亦)'자와 연결되어, '~할 뿐만 아니라 또한 ~하기도 하다'의 의미로 쓰였다.

4) 文(문) : 문사(文辭). 여기서는 진가(秦嘉)・서숙(徐淑) 부부의 시 작품들을 가리킨 말이다.

5) 悽怨(처원) : 슬프고 원망스럽다.

6) 「團扇(단선)」 : 반첩여(班婕妤)의 시 「원가행(怨歌行)」. 제3・4구 "裁爲合歡扇, 團團似明月."에서 '선(扇)'자와 '단(團)'자를 따 「단선(團扇)」이라 불렀다.

부처(夫妻)는 사(事)가 상심(傷心)스러울 뿐만 아니라 문(文) 또한 처원(悽怨)하다. 오언(五言)을 지은 자들이 수가(數家)에 지나지 않으나 부인(婦人)이 둘을 차지한다. 서숙(徐淑)의 서별지작(敍別之作)은 「단선(團扇)」에 버금간다.

진가(秦嘉)・서숙(徐淑) 부부는 일생 동안의 사적(事蹟)이 매우 비참하였으며, 그래서 그들의 시 작품 역시 슬픔과 원망으로 가득 차 있다. 이 당시만 하더라도 오언시를 지은 시인들은 몇명 정도에 불과하였는데, 그중 여류시

인이 두 명이나 된다. 서숙이 남편과의 이별의 슬픔을 표현한 작품은 반첩 여의 시 「원가행(怨歌行)」에 버금가는 훌륭한 작품이다.

진가·서숙 부부의 일생 동안의 사적이 매우 비참했다는 사실은 그들이 주고받았던 증답시(贈答詩)와 서간문들에 잘 나타나 있다.

'문역처원(文亦悽怨)'의 '문(文)'은 시 작품들을 일컬은 말로, 「상품」 「이능 (李陵)」조 중의 '문다처창(文多悽愴)'과 같은 용례이다. 종영은 「이능(李陵)」 조에서 "문사(文辭)에 슬픈 표현들이 많으니, 원정(怨情)을 표현해내는 문학 의 유파이다(文多悽愴, 怨者之流.)"라 하였고 「반첩여(班婕妤)」조에서 '원심 문기(怨深文綺, 원정이 깊고 수사가 아름답다)'라 평한 것처럼, 『초사(楚辭)』 계 통의 시인들을 품평하면서 '원(怨)' 또는 '처창(悽愴)' 등의 용어를 흔하게 사 용하고 있다. 그러므로 본조(本條)에서도 '문역처원(文亦悽怨)'이라 평한 것으 로 보아, 진가·서숙 부부 역시 이능과 반첩여의 뒤를 이은 『초사』 계통의 시인으로 파악되었음을 유추할 수 있다.

'위오언자(爲五言者), 불과수가(不過數家), 이부인거이(而婦人居二)'는 한대 (漢代)의 오언시 작자들에 국한시킨 평문이다. 종영은 한대의 오언시 작자들 중 통틀어 7명만을 『시품』에 품급시켜놓고——「상품」에 이능과 반첩여, 「중 품」에 진가와 서숙, 「하품」에 반고(班固)·역염(酈炎)·조일(趙壹) 등——있 어서, 한대의 시인들 중 이렇다 할 만한 오언시 작자들은 몇명 정도에 불과 하다고 보았던 그의 견해를 잘 나타내고 있다. 이 7명의 시인들 중 반첩여와 서숙이 여류시인인 까닭에 '부인거이(婦人居二)'라고 하였던 것이다. 『시품』 에는 이들 2명 외에도 「하품」에 포영휘(鮑令暉)와 한난영(韓蘭英) 등 2명의 여류시인이 더 품급되어 있는데, 이들은 모두 제(齊)나라 사람이므로 한대에 만 국한시켜 말한 '부인거이'에는 포함되지 않았다.

'서숙서별지작(徐淑敍別之作), 아어「단선」의(亞於「團扇」矣)' 중의 '「단선 (團扇)」'이 반첩여의 시 「원가행(怨歌行)」을 가리킨 말임에는 의심의 여지가 없으나, '서별지작(敍別之作)'이 어느 작품을 지칭한 말인지에 대해서는 무어라 단언하기가 어렵다. 현존하는 서숙의 시 작품은 『옥대신영』 권1에 수록된 「답시(答詩)」 1수뿐인데, 이 작품은 전체 20구 모두가 구의 중간에 사용된 '혜(兮)'자까지를 포함해야만 오언(五言)이 되므로 엄밀한 의미에서의 오언시로 보기에는 다소 무리가 있다. 그래서 허문우(許文雨) 편저 『문론강소(文論講疏)』본 『종영시품(鍾嶸詩品)』에서는 서숙의 문집 1권이 그 당시에는 존재하다가 지금은 망실(亡失)되고 전하지 않는데, 그 속에 아마 여기서 말한 '서별지작'에 해당되는 오언시 작품이 들어 있었던 것이 아닌가 하고 추측하였다. 『문선(文選)』 권55 유효표(劉孝標) 「광절교론(廣絕交論)」 중의 이선(李善) 주(注)에 "秦嘉婦詩曰: '何用敍我心? 惟思致款誠.'"이라 하여 서숙의 시 2구가 인용되어 있는데, 그 내용으로 미루어볼 때 이 2구가 바로 '서별지작'으로 지칭된 일시(逸詩) 중의 일부였을 가능성도 상당히 짙은 듯하다.

위나라 문제_{魏文帝}

위(魏) 문제(文帝) 조비(曹丕, 187~226)는 자가 자환(子桓)이고 패국(沛國) 초인(譙人)이다. 삼국 시대 조조(曹操)의 장남으로 조조가 세상을 뜬 후 위왕(魏王)의 자리를 계승하였으며, 나아가 후한(後漢)의 마지막 황제인 헌제(獻帝)로부터 제위를 선양받아 위나라 초대 황제로 즉위하였다. 아우 조식(曹植)과 함께 선천적으로 탁월한 재주를 타고난데다 학문을 애호하였던 부친의 영향까지 받아서, 문(文)·사(史)·철(哲)에 두루 달통하였다고 한다.

그는 즉위하기 전부터 이른바 '건안칠자(建安七子)'를 비롯한 당시의 저명한 문인들과 두터운 친분관계를 유지하며 함께 문학활동을 전개하였다. 원래 문학을 좋아하고 저술에 힘을 써서 100편에 달하는 작품들을 남겼다고 하는데, 현존하는 작품으로는 사부(辭賦)·산문 등이 30편 가량 전하고 있고, 시는 약 40수가 남아 있는데 그중 악부시(樂府詩)가 주종을 이루고 있다. 사언시·오언시·칠언시·잡언시(雜言詩) 등 형식에 구애받지 않고 다양한 형식의 시들을 구사하였는데, 그 가운데 특히 「연가행(燕歌行)」은 최초의 완전한 칠언시 작품이란 점에서 매우 중시되고 있다.

조비는 문학창작 분야에서보다도 문학평론 분야에서 훨씬 더 높은 평가를 받고 있다. 『전론(典論)』「논문(論文)」편과 「여오질서(與吳質書)」 등에 그의 문학관이 잘 나타나 있는데, 특히 『전론』「논문」은 문학에 관한 제반 문제를 심도있게 다룬 최초의 전문적인 문학비평 저술로 정평이 나 있다.

『文選』(卷31) 江文通(淹) 「雜體詩三十首」 第4首題 ： "魏文帝曹丕."
『隋書』「經籍志」： "魏文帝集10卷."(原注 ： "梁23卷.")
『三國志』(卷2) 「魏書 · 文帝紀」
『全漢三國晉南北朝詩』「全三國詩」(卷1)

> 其源出於李陵, 頗有仲宣[1]之體則[2]. 所歌百許[3]篇, 率[4]皆鄙直[5]
> 如偶語[6]. 惟「西北有浮雲」[7]十餘首, 殊美贍[8]可翫[9], 始見其工矣.
> 不然, 何以銓衡[10]群彦[11], 對揚[12]厥弟者邪?

1) 仲宣(중선) ： 왕찬(王粲)의 자.

2) 體則(체칙) ： 시체(詩體)의 칙도(則度) 또는 규모.

3) 許(허) ： 쯤. 정도.

4) 率(솔) ： 대강. 대략.

5) 鄙直(비직) ： 비속하고 솔직하다.

6) 偶語(우어) ： 두 사람이 마주 대하여 주고받는 말. 곧 일상 회화체의 말.

7) 『문선(文選)』 권29 위(魏) 문제(文帝) 「잡시2수(雜詩二首)」 중 제2수 ： "西北有浮
   雲, 亭亭如車蓋."

8) 美贍(미섬) ： 아름다움이 풍부하다.

9) 翫(완) ： 아끼다. 즐겨 감상하다.

10) 銓衡(전형) ： 저울[질하다]. 우열을 가리다.

11) 群彦(군언) ： 뭇 선비. 많은 선비들.

12) 對揚(대양) ： 맞서서 날리다. 대응하여서 명성을 드높이다.

 그 원(源)은 이능(李陵)에게서 나왔으며 자못 중선(仲宣)의 체칙(體則)도 지니고 있다. 노래 부른 바 100편 정도가 대개 다 비직(鄙直)하여 우어(偶語)와 같다. 오직 「서북유부운(西北有浮雲)」 등 10여 수만 특히 미섬가완(美贍可翫)하여 비로소 그 뛰어남을 드러내고 있다. 그렇지 않고서야 무엇으로써 군언(群彦)을 전형(銓衡)하고 그 아우에 대양(對揚)하였겠는가?

 조비(曹丕) 시체(詩體)의 원류는 이능(李陵)의 시로부터 나왔으며, 왕찬(王粲) 시체의 면모도 다분히 지니고 있다. 그가 지은 100수 가량의 시 작품들이 모두 대체로 통속적이고 솔직하여 마치 일상 회화체의 말과 흡사하다. 다만 「서북쪽에 뜬구름이 있는데(西北有浮雲)」를 비롯한 10여 수의 작품만이 특별히 풍부한 아름다움을 지니고 있어 즐겨 감상할 만하며, 비로소 그의 훌륭한 솜씨를 드러내 보여주고 있다. 이런 수준이 아니고서야 어찌 뭇 작가들의 작품 수준을 평가하고 또 그의 동생인 조식(曹植)의 작품 수준에 필적하여서 명성을 떨칠 수 있었겠는가?

종영은 조비 시체의 원류가 이능의 시로부터 나왔으며 왕찬 시의 면모도 다분히 지니고 있는 것으로 파악하였다. 그는 이능의 시를 평하여 "문사(文辭)에 슬픈 표현들이 많으니, 원정(怨情)을 표현해내는 문학의 유파이다(文多悽愴, 怨者之流.)"라고 하였는데, 조비의 시 역시 이능 시의 이러한 감상적인 시풍을 바탕으로 하고 있다고 본 것 같다. 진연걸(陳延傑) 찬(撰)『시품주(詩品注)』에서는 "魏文詩感往增愴, 其高古似陵, 其宏贍又似粲."이라 해설하였다.『시품』에는 이능의 계통을 이은 시인들이 모두 세 부류로 나누어져 있다. 그 첫째 유파에는 반첩여 1명이 속하여 "문사의 취지가 맑고 민첩하며, 원정이 깊고 수사가 아름답다(詞旨淸捷, 怨深文綺.)"라는 평을 받았고, 두번째 유파에는 왕찬을 위시하여 반악(潘岳)·장협(張協)·장화(張華)·유곤(劉琨)·노심(盧諶) 등 모두 16명이 속하는데 이들에 대한 평어는 대체로 '문수

(文秀, 수사가 빼어나게 아름답다)'라는 특성으로 요약될 수 있다. 마지막 세번째 유파에는 조비를 필두로 하여 혜강(嵇康)·응거(應璩)·도잠(陶潛) 등 모두 4명이 속하는데, 혜강에게는 '알직(訐直, 표현이 솔직하다)'이란 평어를, 응거에게는 '고어(古語, 고풍스럽고 질박한 시어)'라는 평어를, 도잠에게는 '질직(質直, 질박하고 솔직하다)'이란 평어를 각각 사용하였듯이 대체로 '비직여우어(鄙直如偶語)'와 같은 특성을 지닌 평어들로 비평되어 있다. 여기서 '파유중선지체칙(頗有仲宣之體則)'이라 한 까닭도 뒷부분에서 '미섬가완(美贍可翫)'이라 평한 것처럼 조비 시의 일부가 왕찬 시의 '문수(文秀)'한 특성을 겸비하고 있다고 판단한 때문이라 하겠다.

'파유중선지체칙(頗有仲宣之體則)'의 '칙(則)'자에 대해 차주환(車柱環) 교수 찬(撰) 『종영시품교증(鍾嶸詩品校證)』에서는 "漢魏本·陳注本·杜注本皆從體字斷句, '則'字屬下句讀, 頗覺不詞. 當從則字斷句爲是. 體則謂文體之規模. 『詩宿』引此無'則'字, 蓋不明文義而妄刪."이라 하여, '칙(則)'자를 윗구에 붙여서 단구(斷句)하는 것이 옳다고 지적하였다. 이휘교(李徽敎) 교수 찬(撰) 『시품휘주(詩品彙註)』에서도 차교수의 설이 옳다고 찬성을 표하고, 세계서국(世界書局)본 『시인옥설(詩人玉屑)』 권13의 인용문과 장진경(張陳卿) 찬(撰) 『종영시품연구(鍾嶸詩品研究)』의 부록 「표점(標點) 『시품』 원문」 및 유협(劉勰)의 『문심조룡(文心雕龍)』 「명시(明詩)」편 "文帝·陳思, 縱轡以騁節." 구에 대한 범문란(范文瀾) 주(注)의 인용문 등이 모두 '파유중선지체칙(頗有仲宣之體則)'으로 단구해놓았으며, 최근에 출판된 왕중(汪中) 찬(撰) 『시품주(詩品注)』와 리츠메이칸대학(立命館大學) 시품연구반(詩品研究班) 찬(撰) 『종씨시품소(鍾氏詩品疏)』 등도 역시 이 설을 따르고 있음을 지적하였다.

'소가백허편(所歌百許篇)'의 '소가(所歌)'가 『이문광독(夷門廣牘)』본·『한위총서(漢魏叢書)』본·『진체비서(津逮秘書)』본·『학진토원(學津討源)』본 등에는 '신기(新奇)'로 되어 있으며, 『역대시화(歷代詩話)』본·『형설헌총서(螢雪軒叢書)』본·진연걸 찬 『시품주』·두천미(杜天縻) 찬(撰) 『시품신주(詩品

新注)』·왕중 찬 『시품주』 등에는 '소계(所計)'로 되어 있다. 이에 대해 고직 (古直) 찬(撰) 『종기실시품전(鍾記室詩品箋)』에서는 원문이 의당 '소제(所製)' 로 되어 있었을 것이며, '소(所)'자는 자형(字形)이 비슷하여 '신(新)'으로 와전 되었을 것이고 '제(製)'자는 음이 비슷한 관계로 '기(奇)'나 '계(計)'로 와전되 었을 것이라 추정하였다. '신(新)'자가 '소(所)'자의 잘못이라는 견해에는 바로 수긍이 가지만, '제(製)'자가 '기(奇)'나 '계(計)'로 와전되었다는 설은 출처가 제시되어 있지 않아 그대로 따르기 어렵다. 차주환 교수는 『종영시품교증』 에서 『시인옥설』 권13의 인용문에 '신가(新歌)'로 되어 있음을 들고, 문맥을 고려해볼 때 '신가(新歌)'가 옳다고 지적하였다. 차교수는 '가(歌)'자가 고문 (古文)에서 흔히 '가(哥)'로 쓰였기 때문에 쉽게 '기(奇)'로 와전되었을 것이라 보고, '신기(新奇)'로 해서 문맥이 잘 통하지 않자 후인들이 각각 자형이 비 슷한 '소(所)'자와 음이 비슷한 '계(計)'자로 고쳤을 것이라 추측하였다. '신기 (新奇)'라는 용어는 바로 다음 구의 '비직(鄙直)'·'우어(偶語)' 등의 용어와 그 내용에 있어서 서로 모순을 보이므로 타당하지 못함이 분명하다. 그래서 '기(奇)'자가 '가(哥)'의 형오(形誤)라고 본 차교수의 견해는 내용상의 모순을 해소시켜주는 명쾌한 해설이라 하겠다. 그러나 '신가백허편(新歌百許篇)'이라 고 하면, 현존하는 조비의 시 작품이 40여 수에 불과하고 『삼국지』 권2 「위 서·문제기(魏書·文帝記)」에 "初帝好文學, 以著述爲務, 自所勒成垂百篇."이 라 기록되어 있는 데서 알 수 있듯이 원래 그가 남긴 작품이 통틀어 100편 정도밖에 되지 않았음을 고려해볼 때, 도저히 그대로는 성립될 수가 없는 말 이다. 그러므로 '신(新)'자는 '소(所)'자의 잘못이라고 본 고직의 견해를 따르 고, '가(歌)'자가 '기(奇)'나 '계(計)'로 잘못 와전되었다는 차교수의 설을 따라 서, '소가백허편(所歌百許篇)'으로 고치는 편이 아무래도 타당할 듯하다.

'솔개비직여우어(率皆鄙直如偶語)'의 '비직(鄙直)'이 『역대시화』본·『형설 헌총서』본·진연걸 찬 『시품주』 등에는 모두 '비질(鄙質)'로 되어 있다. '직 (直)'과 '질(質)'은 음과 뜻이 다 비슷하다. 고직 찬 『종기실시품전』에서는 "文

帝天資文藻, 下筆成章."이라 한 진수(陳壽)의 『삼국지』 「위서(魏書)」 중의 평과 "魏文之才, 洋洋淸綺."라 한 유협의 『문심조룡』의 언급 등을 들어서, 종영이 사용한 '비직(鄙直)'이란 평어에 반박을 가하였다. '우어(偶語)'는 두 사람이 마주 대하여 주고받는 일상 회화체의 말 즉 아름답게 다듬어지지 않은 상태의 어휘를 말한다.

'유「서북유부운」10여수(惟「西北有浮雲」十餘首), 수미섬가완(殊美贍可翫), 시현기공의(始見其工矣)'란 평에 대하여는, 왕세정(王世貞)의 『예원치언(藝苑巵言)』 권3에도 "子桓'西北有浮雲' · '秋風蕭瑟', 非鄴中諸子可及, 仲宣 · 公幹, 遠在下風."이라 하여 높이 평가되어 있다.

'전형군언(銓衡群彦)'은 조비가 『전론』 「논문」과 「여오질서」 등의 문장을 통해 당시의 여러 문인들을 비평한 사실을 가리킨 말이다.

'대양궐제(對揚厥弟)'에 관해서는 『문심조룡』 「재략(才略)」편에 "魏文之才, 洋洋淸綺. 舊談抑之, 謂去植千里. 然子建思捷而才儁, 詩麗而表逸 ; 子桓慮詳而力緩, 故不競於先鳴. 而樂府淸越, 『典論』辯要, 迭用短長, 亦無懵焉. 但俗情抑揚, 雷同一響, 遂令文帝以位尊減才, 思王以勢窘益價, 未爲篤論也."라 하였으며, 이에 대한 범문란의 주(注)에 "鍾嶸列思王於「中品」(案 :「上品」之誤), 文帝於「中品」. 「明詩」篇曰 : '兼善則子建 · 仲宣', 是彦和之意, 亦以子建詩優於文帝也. 而樂府淸越, 『典論』辯要, 則亦特有所長, 不得一槪抑之. 彦和此說, 誠是篤論."이라 하였다. 문학 방면에서는 조비보다 아우 조식을 더 높이 평가하는 것이 당시의 보편적인 경향이었는데, 유협 역시 조식이 한 단계 더 높은 수준임을 인정하면서도, 한편으로는 '양양청기(洋洋淸綺)'한 조비의 재능을 강조하면서 세인들의 평가가 너무 단순한 편견으로 흐르는 것을 경계하고자 하였던 것이다. 본조의 내용을 세밀히 검토해보면, 종영 역시 근본적으로는 조식과 조비의 작품 수준에 차이가 있음을 인정하고 있다는 것을 알 수 있다.

진나라 중산 혜강 晋中散嵇康

혜강(嵇康, 223~262)은 자가 숙야(叔夜)이고 초국(譙國) 질인(銍人)이다. 완적(阮籍)과 함께 '죽림칠현(竹林七賢)'을 대표하는 문인의 한 사람이자 저명한 노장학자(老莊學者)이기도 하다. 키가 7척 8촌이나 되었고 풍모가 훤칠하였으며 구속을 싫어하고 부귀영화를 바라지 않아, 하내(河內) 산양현(山陽縣)에 오래도록 기거하면서 '죽림칠현'들과 어울려 지내다가 정적(政敵)인 대장군 사마소(司馬昭)에게 살해당하였다 한다. 그는 본래 위(魏)나라 왕실의 인척으로 일찍이 중산대부(中散大夫)를 지냈으며, 당시의 세도가 사마소 일파의 정책에 대해 노골적인 비판을 서슴지 않아, 그의 친구 완적이 괴이한 행동만 일삼으며 침묵의 자세로 일관하였던 것과 좋은 대조를 이루었다.

종영은 여기서 혜강을 진(晋)나라 사람으로 간주하여 '진중산(晋中散)'이라 일컫고 있다. 그러나 혜강은 사마염(司馬炎)이 황제로 즉위하기 3년 전에 이미 세상을 떠났으므로, 엄격히 말해 위나라 사람이라고 하여야 옳다. 하지만 종영은 「상품」 중의 완적의 경우와 마찬가지로, 이들이 모두 위나라가 쇠퇴일로에 있고 진나라가 일어나려던 교체기에 활약하였던 시인들이란 점에 주목하여, 당시의 일반적인 관습을 그대로 좇아 진나라 사람으로 취급하였던 것이다. 『진서(晋書)』 「혜강전(嵇康傳)」과 『수서(隋書)』 「경적지(經籍志)」에 서는 혜강을 ‘위중산대부(魏中散大夫)’라고 바로 일컫고 있다.

　그의 시 작품은 현재 53수가 전하고 있다. 일정한 격식에 얽매이지 않고 사언(四言)・오언(五言)・육언(六言) 등 다양한 형식의 작품들을 남겼는데, 오언시보다는 사언시가 더 우수하다는 것이 일반적인 평이다.

『文選』(卷31) 江文通(淹) 「雜體詩三十首」 第8首題 : “嵇中散康.”
『隋書』「經籍志 」: “魏中散大夫嵇康集13卷.”(原注 : “梁15卷, 錄1卷.”)
『三國志』(卷21) 「魏書・王粲傳」
『晋書』(卷49) 「嵇康傳」
『全漢三國晉南北朝詩』「全三國詩」(卷4)

頗似魏文[1]. 過爲峻切[2], 訐直[3]露才, 傷淵雅之致. 然託喩[4]清遠[5], 良有鑑裁[6], 亦未失高流[7]矣.

1) 魏文(위문) : 위(魏) 문제(文帝) 조비(曹丕).
2) 峻切(준절) : 대단히 준엄(峻嚴)하다.
3) 訐直(알직) : 솔직함을 들추어내다.
4) 託喩(탁유) : 기탁하여 비유를 가하다.
5) 淸遠(청원) : 청신(淸新)하고 심원(深遠)하다.
6) 鑑裁(감재) : 살펴보고 분별하다. 곧 사리를 분별해내는 예리한 판단력을 가리킨 말이다.
7) 高流(고류) : 높은 등급. 곧 최고의 수준.

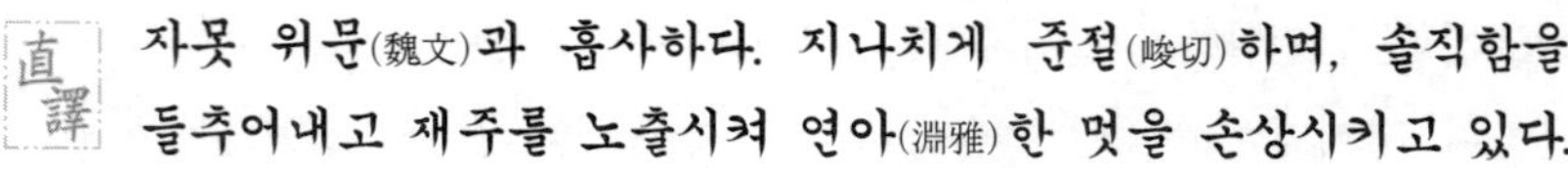

자못 위문(魏文)과 흡사하다. 지나치게 준절(峻切)하며, 솔직함을 들추어내고 재주를 노출시켜 연아(淵雅)한 멋을 손상시키고 있다.

274

그러나 탁유(託喩)가 청원(淸遠)하며 진실로 감재(鑑裁)까지 지니고 있어서, 또한 고류(高流)를 잃지 않았다.

 혜강(嵇康)의 시체는 위(魏) 문제(文帝) 조비(曹丕)의 시와 매우 비슷하다. 그의 작품은 기상이 지나치게 준엄하며, 표현이 솔직하기만 하고 재주가 바로 드러나 있어서 깊고 고아(高雅)한 운치가 부족하다. 그렇지만 그 속에 기탁된 시상들은 청신하고도 심원하며, 사리를 분별해내는 예리한 판단력까지 겸비하고 있기에, 역시 일류 작가의 수준을 벗어나지 않았던 것이다.

'파사위문(頗似魏文)'은 종영이 시인의 계보를 지적하면서 일반적으로 사용한 '기원출어○○(其源出於○○)'이란 표현이나 또는 「응거(應璩)」조에서 '조습위문(祖襲魏文, 위 문제 조비의 시를 본받아 계승하였다)'이라고 한 표현들과 비교해볼 때 한결 소극적인 표현이라 할 수 있다. 『시품』에는 조비와 작품 맥락을 같이하는 시인들로 혜강 이외에 응거·도잠 등 2명이 더 거론되어 있는데, 이들에 대한 평문을 면밀히 검토해보면 혜강에 대한 평문은 다른 3명에 대한 평문과는 다소 차이가 있음을 발견할 수 있다. 종영의 견해에 따르면 혜강 시의 특성인 '알직(訐直)'이 조비·응거·도잠 등의 작품에 나타난 '비직(鄙直)·우어(偶語)'·'고어(古語)'·'진고(眞古, 진실되고 고아하다)·질직(質直)·전가어(田家語, 시골사람들의 투박하고 멋없는 말)' 등의 특성들과 서로 부합되기는 하지만, 조비·응거·도잠 등의 작품들이 동시에 겸비하고 있는 '미섬가완(美贍可翫, 풍부한 아름다움을 지니고 있어 즐겨 감상할 만하다)'·'화미(華美, 화려하고 아름답다)'·'풍화청미(風華淸靡, 화려한 기풍이 맑고도 화사하다)' 같은 요소들이 혜강의 시에는 갖추어져 있지 않은 것으로 파악되고 있다. 그래서 종영은 혜강 시의 계보를 뚜렷하게 단정짓는 대신, '파사위문'이라고 하여 완곡한 표현을 사용하였던 것이다.

'과위준절(過爲峻切), 알직노재(訐直露才), 상연아지치(傷淵雅之致)'라고 평한 데 대하여는, 유협의 『문심조룡』「명시」편에서도 "嵇志淸峻"이라 하여 견해를 같이하고 있다. 리츠메이칸대학 시품연구반 찬 『종씨시품소』와 타카키 마사카즈(高木正一) 찬(撰) 『종영시품(鍾嶸詩品)』 등에서는 현존하는 혜강의 시 60여 수 가운데 『시품』이 비평 대상으로 삼은 오언시는 12수에 불과한데, 사언시이며 대표작이라 할 수 있는 「유분시(幽憤詩)」(『문선』권23에 수록되어 있음)는 '준절(峻切)'·'알직(訐直)' 등의 평어에 해당될 만하지만 12수의 오언시 작품들 중에서는 그러한 평에 부합되는 것을 찾기가 어렵다고 지적한 다음, 이미 망실된 오언시 작품들 중에 혹 부합될 만한 작품이 있었을지 모른다고 추측하였다.

　'연탁유청원(然託喩淸遠), 양유감재(良有鑑裁), 역미실고류의(亦未失高流矣)'에 대해서는, 허문우 편저 『문론강소』본 『종영시품』에서 『문심조룡』「명시」편 중의 "嵇旨淸峻"·"叔夜含其潤" 등 평이 바로 이 대목의 내용과 일치된다고 한 유사배(劉師培)의 해설을 인용해놓았으며, 아울러 "嵇中散詩, 如獨流之泉, 臨高赴下. 其勢一往必達, 不能曲折瀠洄, 然固澂澈可鑑."이란 진조명(陳祚明)의 평문을 인용하고 이 평이 바로 종영이 사용한 '감재(鑑裁)'라는 용어의 의미와 통한다고 설명하였다. 리츠메이칸대학 시품연구반 찬 『종씨시품소』와 타카키 마사카즈 찬 『종영시품』 등에서는 이 대목의 평에 부합되는 작품으로 종영이 『시품』「서」에서 오언시 중의 최우수작으로 제시한 바 있는 '숙야쌍란(叔夜雙鸞)' 즉 혜강의 「증수재입군시(贈秀才入軍詩)」 제19수를 지적해놓고 있다.

진나라 사공 장화晋司空張華

장화(張華, 232~300)는 자가 무선(茂先)이고 범양(范陽) 방성인(方城人)으로, 빈한한 가문에서 출생하였지만 시중(侍中)·중서감(中書監)·사공(司空) 등의 높은 벼슬에까지 올랐던 진(晋)나라 초기의 대정치가이자 뛰어난 문인 중의 한 사람이다. 선천적으로 비상한 기억력과 유창한 언변을 타고난데다 지식욕 또한 대단하여서 뭇 전적(典籍)들을 두루 독파하였다고 하며, 젊어서 지은 「초료부(鷦鷯賦)」가 당시의 선배시인 완적을 감동시켜 '왕좌지재(王佐之才, 임금을 보필할 만한 재능)'라는 칭찬을 받았을 정도라고 한다. 그후 능력을 인정받아 관계로 진출해 정계 요직들을 두루 거치면서, 무제(武帝) 때에 오(吳)나라 토벌을 놓고 끝까지 주전론(主戰論)을 고집하여 전쟁을 승리로 이끌었고 혜제(惠帝) 때에는 가후(賈后) 일족의 폭정을 애써 견제하는 등 나라를 위해 많은 공헌을 하였으나, 만년에 들어 조왕(趙王) 사마윤(司馬倫)의 모반에 동참을 거절하였다가 이들에 의해 살해되었다.

장화가 활약하였던 서진(西晋) 시대 초기에는 문인들 사이에 현실을 이탈하고 문채(文采)만을 중시하는 형식주의적 경향이 두드러지기 시작하였는데, 장화는 바로 이러한 경향을 띤 대표적인 작가 중의 한 사람이다. 그의 시는

30여 수가 현존하고 있는데, 전반적으로 대우(對偶)와 전고(典故) 사용을 비롯하여 화려한 시풍에 역점이 주어져 있다. 시 작품 외에 지리박물(地理博物)에 관한 괴상한 이야기들을 모은 『박물지(博物志)』10권이 초기 지괴소설(志怪小說) 작품으로 널리 알려져 있다.

『文選』(卷31) 江文通(淹)「雜體詩三十首」第10首題 : "張司空華."
『隋書』「經籍志」: "晋司空張華集10卷."(原注 : "錄1卷.")
『晋書』(卷36)「張華傳」
『全漢三國晋南北朝詩』「全晋詩」(卷2)

其源出於王粲. 其體¹⁾華豔²⁾, 興託³⁾不奇⁴⁾. 巧用文字⁵⁾, 務爲姸冶⁶⁾. 雖名高曩代⁷⁾, 而疏亮之士⁸⁾, 猶恨其兒女情⁹⁾多, 風雲氣¹⁰⁾少. 謝康樂¹¹⁾云 : '張公雖復千篇, 猶一體耳.' 今置之「中品」, 疑弱 ; 處之下科¹²⁾, 恨少, 在季孟之間¹³⁾矣.

1) 體(체) : 체재(體裁). 곧 작품의 형식적인 됨됨이.

2) 華豔(화염) : 화려하고 곱다.

3) 興託(흥탁) : 비유를 가하여 기탁하다.

4) 奇(기) : 기발하다. 곧 문학 작품에서의 표현기교 같은 것이 기이하고 독창적임을 뜻하는 말이다.

5) 文字(문자) : [시에 사용된] 글자나 어휘.

6) 姸冶(연야) : 예쁘고 요염하다. 여기서는 문학 작품이 갖추고 있는 수사상의 아름다움을 가리킨 말이다.

7) 曩代(낭대) : 이전 세대. 이전 세상.

8) 疏亮之士(소량지사) : 사리에 두루 달통하여 총명한 선비.

9) 兒女情(아녀정) : 아녀자들의 감상적인 정취.

278

10) 風雲氣(풍운기) : 풍운아적인 기운. 곧 풍운을 타고 다니는 영웅들의 호방한
    기운.

11) 謝康樂(사강락) : 사영운(謝靈運). 일찍이 강락공(康樂公)에 봉해졌으므로 붙여진
    칭호이다.

12) 下科(하과) : 하품(下品). '과(科)'는 품급이나 등급을 뜻한다.

13) 季孟之間(계맹지간) : 노(魯)나라의 대부(大夫)였던 계손씨(季孫氏)와 맹손씨(孟孫
    氏)로부터 유래된 말로, 수준이 윗등급과 아랫등급의 중간에 해당되어 막상막하
    (莫上莫下)인 경우를 일컫는 말이다.

그 원(源)은 왕찬(王粲)에게서 나왔다. 그 체(體)는 화염(華豔)하나 흥
락(興託)이 기발하지 못하다. 문자(文字)를 교묘하게 운용하고 연야
(妍冶)를 힘써 하였다. 비록 낭대(曩代)에 이름이 높았으나, 소량지
사(疏亮之士)들은 오히려 그 아녀정(兒女情)이 많고 풍운기(風雲氣)가
적음을 한스러워 하였다. 사강락(謝康樂)은 이르기를 "장공(張公)은
비록 천 편(篇)을 다시 짓더라도 일률적(一律的)일 수밖에 없을 것
같다"라고 하였다. 지금 그를 「중품」에다 두려니 약할까 두렵고,
그를 하과(下科)에 두자니 부족한 듯 아쉽고, 계맹지간(季孟之間)에
해당된다 하겠다.

장화(張華) 시체의 원류는 왕찬(王粲) 시로부터 나왔다. 그 체재가 화려하
고 곱기는 하지만, 기탁(寄託)된 시상(詩想)에 독창성이 결여되어 있다. 시
어를 뛰어나게 구사하였으며 수사상의 아름다움을 힘껏 추구하였다. 비록
이전 세상에 그의 명성이 자자하긴 하였지만, 학식이 풍부한 선비들은 오
히려 그의 작품들 속에 아녀자의 감상적인 정취가 많이 담겨 있고 풍운아
의 호방한 기운이 부족함을 애석해하기도 하였다. 사영운(謝靈運)은 그의
작품을 평가하여 "장화가 만약 새로 천 편의 시를 더 짓는다 하더라도, 작
품의 정취는 여전히 천편일률적일 수밖에 없을 것이다"라고 말하였다. 지
금 그를 「중품」에다 품급하려고 하니 아무래도 작품 수준이 못 미치는 것

같아 염려되고, 그렇다고 해서 「하품」에다 품급하자니 너무 과소평가하는 것 같아 애석하니, 작품 수준이 「중품」과 「하품」의 중간 정도에 해당된다 하겠다.

　종영이 장화의 시체를 왕찬의 시체와 같은 계통으로 파악한 까닭은, 장화의 시가 '기체화염(其體華豔)·교용문자(巧用文字)·무위연아(務爲姸冶)' 등의 특성을 지니고 있는 반면에 '아녀정다(兒女情多)·풍운기소(風雲氣少)'와 같은 결함도 지니고 있다는 점에서 왕찬 시의 '문수이질리(文秀而質贏, 수사는 빼어나게 아름답지만 실질이 유약함)'한 특성과 일치된다고 보았기 때문이라 하겠다.

　차주환 교수 찬 『종영시품교증』에서는 '기체화염(其體華豔)'의 '기체(其體)'가 본래 '문체(文體)'로 되어 있었는데 윗구의 '기(其)'자로 인해 잘못 고쳐졌을 거라고 의심을 제기한 다음, 「상품」「장협(張協)」조의 "그 원은 왕찬에게서 나왔다. 문체가 화정하고, ……(其源出於王粲. 文體華淨, ……)"와 「중품」「도잠(陶潛)」조의 "그 원은 응거에게게서 나왔고, 또 좌사의 풍력에도 합치된다. 문체가 간략하고 조용하며, ……(其源出於應璩, 又協左思風力. 文體省靜, ……)" 등의 용례를 근거로 들어두었다.

　'흥탁불기(興託不奇)'의 '흥탁(興託)'은 앞의 「혜강(嵇康)」조 중의 '탁유(託喩)'와 같은 뜻의 용어라 할 수 있다. '흥(興)'은 원래 『시경(詩經)』 육의(六義) 중의 하나로, 『시품』「서」에 "시문이 이미 다 끝난 뒤에도 의미의 여운이 남아 있도록 하는 기법을 흥이라 한다(文已盡而意有餘, 興也.)"고 풀이된 용례가 있다. 『주례(周禮)』「춘관(春官)」「대사(大師)」주(注)에 인용된 정사농(鄭司農[衆])의 해설은 "興者, 託事於物."이라 되어 있고, 송대(宋代) 주희(朱熹)의 『시경집전(詩經集傳)』에는 "興者, 先言他物以引起所咏之詞也."라 되어 있으며, 양(梁)나라 황간(皇侃)의 『논어의소(論語義疏)』「양화(陽貨)」편 소(疏)에는 "興, 謂譬喩也."라 되어 있다. '불기(不奇)'는 장화 시의 비유수법이 기발하거나 독창적이지 못하여 내용이 평범한 데에 그치고 있음을 지적한 말로, 뒷부분의 '수부천편(雖復千篇), 유일체이(猶一體耳)'라 한 평과 일맥상통된다. 종영은 「상품」 「유정(劉楨)」조에서 이 '기(奇)'를 중요한 비평기준의 하나로 제시한 바 있으며, 「상품」 「조식(曹植)」조와 「중품」 「사조(謝朓)」조 및 「하품」 「왕건(王巾)·변빈(卞彬)·변녹(卞錄)」조, 「우희(虞羲)·강홍(江洪)」조 등에서 모두 긍정적인 의미의 평어로 사용하였다.

'교용문자(巧用文字), 무위연야(務爲姸冶)'에 대하여, 허문우 편저 『문론강소』본 『종영시품』에서는 『문심조룡』 「시서(時序)」편 중의 "茂先搖筆而散珠."란 평을 인용하고, 이 평 역시 장화 시의 "文字之硏(案 : 當作'姸')冶"한 특성을 지적한 말이라 해설하였다.

이휘교 교수 찬 『시품휘주』에서는 『진서』 「장화전(張華傳)」 중의 "華, 名重一世, 衆所推服."이란 언급을 인용하고, '명고낭대(名高曩代)'의 '명고(名高)'가 비단 장화의 문학 방면에서의 명성만을 가리킨 말은 아닐 것이라고 풀이하였다.

'아녀정다(兒女情多), 풍운기소(風雲氣少)'는 장화 시의 결점을 지적한 말로, 앞부분의 '기체화염(其體華豔)'이나 '무위연야(務爲姸冶)' 등의 내용과 일맥상통된다. 『세설신어(世說新語)』 「배조(排調)」편의 주(注)에는 『문사전(文士傳)』 중의 "華爲人, 少威儀, 多姿態."란 언급이 인용되어 있는데, 이 말은 장화의 사람됨을 평가한 말이지만, 한편 생각해볼 때 '수사상의 아름다움을 힘껏 추구하고(務爲姸冶) 아녀자의 감상적인 정취가 많이 담겨 있으며(兒女情多) 풍운아의 호방한 기운이 부족한(風雲氣少)' 그의 시의 특색과 작자 자신의 사람됨이 실상은 서로 표리(表裏)를 이루는 것으로 볼 수도 있겠다.

사영운이 장화 시의 정취가 천편일률적이라고 평한 데 대하여는, 허학이(許學夷)의 『시원변체(詩源辨體)』 권5에 "張茂先五言, 得風人之致. 題曰「雜詩」·「情詩」, 體固應爾. 或疑其調弱, 非也. 觀其「答何劭」二作, 其調自別矣. 但格意終少變化, 故昭明不多錄耳. 謝康樂云 : 張公雖復千篇, 猶一體也. 語雖

或過, 亦自有見."이라 하였고, 황자운(黃子雲)의 『야홍시적(野鴻詩的)』에서도 "茂先失于氣餒而不健, 然其雍和溫雅, 中規中矩, 頗有儒者氣象.「情詩」·「雜詩」等篇, 不免康樂千篇一體之譏, 餘若「厲志」諸什, 斷不可一槪掩之."라 하여, 모두 비슷한 시각으로 평하고 있다.

  '여치지「중품」(余置之「中品」)'의 '「중품」'과 '처지하과(處之下科)'의 '하과(下科)'가 『시인옥설』 인용문에는 각기 '갑과(甲科)'와 '「중품」'으로 되어 있다. 왕숙민(王叔岷) 찬(撰) 『종영시품소증(鍾嶸詩品疏證)』에서는 '여치지「중품」'의 '「중품」'이 「상품」의 잘못이라고 지적하고, 종영이 장화의 시를 「상품」에 품급하자니 미약한 듯하고 「하품」에 두자니 과소평가하는 것 같았기 때문에 「중품」에 품급한 것이며, 그런 점에서 아래 문장에서 '재계맹지간(在季孟之間)'이라고 한 것이라 설명하였다. 그냥 '「중품」'이라고 하여도 뜻에는 아무런 무리가 없다. '계맹지간(季孟之間)'은 여기서 「중품」과 「하품」의 중간을 의미하며, '계(季)'와 '맹(孟)'은 각기 「중품」과 「하품」을 가리킨다.

  차주환 교수는 『종영시품교증』에서 『시품』「서」 중의 "상·중·하 각 품에서는 대체로 시인들의 생존연대를 기준으로 하여 품평의 순서를 결정하였으며, 작품의 우열에 의거하여 차례를 매기지 않았다(一品之中, 略以世代爲先後, 不以優劣爲詮次.)"라는 언급을 제시하고, 진(晉)나라 장화의 시평(詩評)이 다음다음 조(條)에 나오는 위(魏)나라 응거의 시평과 서로 자리를 바꾸어야만 세대의 순서에 합치되며, 금본(今本)들의 이러한 순서는 착간(錯簡)으로 인해 잘못 전해진 것일 거라고 추정하였다.

위나라 상서 하안_{魏尙書何晏} 진나라 풍익수 손초_{晋馮翊守孫楚}
진나라 저작 왕찬_{晋著作王讚} 진나라 사도연 장한_{晋司徒掾張翰}
진나라 중서령 반니_{晋中書令潘尼}

하안(何晏, 190~249)은 자가 평숙(平叔)이며 남양(南陽) 완인(宛人)으로, 후한(後漢) 말엽의 대장군 하진(何進)의 손자이다. 어려서부터 재주가 뛰어나기로 유명하였으며, 위(魏)나라 공주와 결혼하였다. 벼슬이 시중(侍中)·상서(尙書)에까지 올랐다가, 정적 사마의(司馬懿)에 의해 살해되었다. 노장학(老莊學)에 심취하여 하후현(夏侯玄) 등과 함께 청담(淸談)을 일삼았으며, 저술로 『논어집해(論語集解)』 10권·『노자도덕론(老子道德論)』 2권 등을 남겼다.

『隋書』「經籍志」: "魏尙書何晏集11卷."(原注 : "梁10卷, 錄1卷.")
『三國志』(卷9)「魏書·曹爽傳」
『全漢三國晋南北朝詩』「全三國詩」(卷3)

손초(孫楚, ?~293)는 자가 자형(子荊)이고 태원(太原) 중도인(中都人)이다. 뛰어난 문재(文才)를 지니고 있었지만, 방자한 태도와 남에게 지는 것을 몹시 싫어하였던 성격 탓으로 40세가 넘어서야 겨우 벼슬길에 진출하였으며, 진(晋)나라 혜제(惠帝) 초기에 풍익태수(馮翊太守)를 지냈다 한다.

『隋書』「經籍志」："晋馮翊太守孫楚集6卷."(原注 ： "梁12卷，錄1卷.")
『晋書』(卷56)「孫楚傳」
『全漢三國晋南北朝詩』「全晋詩」(卷4)

　　왕찬(王讚, ?～290?)은 자가 정장(正長)이고 의양인(義陽人)이다. 생졸년이 정확히 알려져 있지 않고 사적 역시 자세히 전하지 않는다. 박학하였고 뛰어난 재주를 지니고 있었으며, 벼슬은 사공연(司空掾)을 거쳐 산기시랑(散騎侍郎)까지 역임하였다 한다.

　　『문선』주(注)와 『진서』 등에 그에 관한 간단한 기록들이 보이나 이들 기록에는 모두 왕찬이 저작랑(著作郎) 벼슬을 지냈다는 언급이 없으며, 『수서』「경적지」에서는 산기시랑(散騎侍郎)이란 직함으로 일컫고 있다.

『隋書』「經籍志」："晋散騎常侍夏侯湛集10卷."(原注 ： "梁有散騎侍郎王讚集5卷, 亡.")
『晋書』(卷104)「載記・石勒上」
『文選』(卷29) 王正長「雜詩」
『全漢三國晋南北朝詩』「全晋詩」(卷4)

　　장한(張翰, 258～319)은 자가 계응(季鷹)이고 오군(吳郡) 오인(吳人)이다. 시문(詩文)에 능하였으며 상식을 벗어난 분방한 성격으로 인해, 당시에 "강동(江東)의 보병(步兵)―완적(阮籍)"이라 일컬어졌다. 일찍이 제왕(齊王) 사마경(司馬冏)의 휘하에서 대사마동조연(大司馬東曹掾)을 지내다가 문득 관직을 버리고 귀향하였는데, 오래지 않아 사마경이 반란을 꾀하다 실패하자 사람들이 모두 그의 선견지명에 감탄하였다고 한다.

　　『진서』의 전(傳)에는 그가 사도연(司徒掾)을 지냈다는 언급이 없으며, 『수서』「경적지」에서도 그를 대사마동조연(大司馬東曹掾)이란 직함으로 일컫고

284

있다. 그래서 고직 찬 『종기실시품전』에서는 종영이 '사도연(司徒掾)'으로 일컬은 것은 잘못일 거라고 추측하였다. 『세설신어』「식감(識鑑)」편의 본문과 유효표 주(注)에 인용된 『문사전』 등에도 모두 [대사마] 제왕(齊王) [경(冏)]의 부름을 받아 동조연(東曹掾)을 역임한 것으로 언급되어 있을 뿐이다.

『隋書』「經籍志」: "晋齊王府記室左思集2卷."(原注 ： "梁有大司馬東曹掾張翰集2卷, 錄1卷.")
『晋書』(卷92) 「文苑傳・張翰傳」
『全漢三國晉南北朝詩』「全晋詩」(卷4)

　　반니(潘尼, ? ~310?)는 자가 정숙(正叔)이고 형양(滎陽) 중모인(中牟人)이다. 「상품」에 품급된 반악(潘岳)의 조카로, 어려서부터 뛰어난 문장력을 발휘하여 흔히 '양반(兩潘)'이라 병칭(並稱)되었다. 반악과는 대조적인 성격의 소유자로 평소 처신을 신중히하여 팔왕(八王)의 난(亂) 동안에도 무사히 화를 면할 수 있었다고 하며, 만년에 벼슬이 중서령(中書令)을 거쳐 태상경(太常卿)에까지 올랐다. 이민족의 침입으로 낙양이 함락될 지경에 이르자 가족들을 이끌고 난을 피하여 시골로 내려가다가, 도중에 병을 얻어 60여세의 나이로 세상을 떠났다 한다.
　　『수서』「경적지」에는 태상경(太常卿)이란 직함으로 일컬어져 있다.

『隋書』「經籍志」: "晋太常卿潘尼集10卷."
『晋書』(卷55) 「潘尼傳」
『全漢三國晉南北朝詩』「全晋詩」(卷4)

1) 平叔(평숙) : 하안(何晏)의 자.

2) 『세설신어(世說新語)』 권중(卷中) 「규잠(規箴)」편 주(注)에 인용된 『명사전(名士傳)』에 "[何晏]著五言詩以言志曰 : ‘鴻鵠比翼遊, 群飛戲太淸. ……'"이라 하였다.

3) 風規(풍규) : 풍간(諷諫).

4) 子荊(자형) : 손초(孫楚)의 자.

5) 『문선(文選)』 권20 손자형(孫子荊) 「정서관속송어척양후작시(征西官屬送於陟陽侯作詩)」 : "晨風飄歧路, 零雨被秋草."

6) 正長(정장) : 왕찬(王讚)의 자.

7) 『문선(文選)』 권29 왕정장(王正長) 「잡시(雜詩)」 : "朔風動秋草, 邊馬有歸心."

8) 累札(누찰) : 여러 개의 간찰(簡札). 또는 거기에 기록된 편지나 문서. 여기서는 다수의 시 작품을 뜻하는 말이다.

9) 季鷹(계응) : 장한(張翰)의 자.

10) 『문선(文選)』 권29 장계응(張季鷹) 「잡시(雜詩)」 : "靑條若摠翠, 黃華如散金."

11) 正叔(정숙) : 반니(潘尼)의 자.

12) 『문선(文選)』 권26 반정숙(潘正叔) 「영대가(迎大駕)」 : "靑松蔭脩嶺, 綠蘩被廣隰."

13) 蚪龍(규룡) : 용(龍)의 일종. 붉은 빛이 돌고 뿔이 돋아 있다는 전설의 동물.

14) 駁聖(박성) : 완벽하게 지성(至聖)의 경지에까지는 도달하지 못하고 성스러운 면과 그렇지 못한 면이 잡박(雜駁)하게 뒤섞여 있는 단계의 성인(聖人).

평숙(平叔)의 「홍곡」지편(「鴻鵠」之篇)에는 풍규(風規)가 드러나 있다. 자형(子荊)의 「영우(零雨)」 이외에 정장(正長)의 「삭풍(朔風)」 이외에 비록 누찰(累札)이 더 있다고는 하나, 진실로 또한 들어본 적이 없

286

다. 계응(季鷹)의 「황화」지창(「黃華」之唱)과 정숙(正叔)의 「연번」지장 (「緣蘩」之章)은 비록 미(美)를 구비하지는 못하였지만, 그러나 문채 (文彩)가 고려(高麗)하다. 모두 규룡(虯龍)의 편갑(片甲)과 봉황(鳳凰)의 일모(一毛)를 획득하였다. 사(事)가 박성(駁聖)과 같아 마땅히 「중품」 에 놓여야 할 것이다.

하안(何晏)의 「홍곡(鴻鵠)」이라는 시 작품에는 풍간(諷諫)의 취지가 잘 나타나 있다. 손초(孫楚)와 왕찬(王讚)의 시로는 각각 「영우(零雨)」라는 작품과 「삭풍(朔風)」이라는 작품 이외에도 다수의 작품이 더 있다고 하는데, 그러한 작품들은 전혀 알려져 있지 않다. 장한(張翰)의 「황화(黃華)」라는 작품과 반니(潘尼)의 「연번(緣蘩)」이라는 작품은 비록 완벽한 아름다움이 두루 갖추어졌다고 할 수는 없지만, 문채(文彩)가 매우 고상하면서도 화려하다. [이들 다섯 시인들의 작품은] 모두가 규룡(虯龍)의 한조각 비늘껍질과 봉황의 한가닥 깃털을 얻었을 정도로 상당히 우수한 경지에까지 도달해 있다. 그들 작품의 수준은 모두 성스러운 면과 그렇지 못한 면들이 어지러이 뒤섞여 있는 단계의 성인(聖人)과 같은 정도이니, 당연히 「중품」에 품급되어야 할 것이다.

  '평숙「홍곡」지편(平叔「鴻鵠」之篇), 풍규현의(風規見矣)'라고 한 평에 대해서는, 허문우 편저 『문론강소』본 『종영시품』에서 "何晏「擬古詩」首句, 卽'鴻鵠比翼遊', 故以稱篇. 其詩云 : '常恐失網羅, 憂禍一旦並!' 蓋有諷時自規之意. 陳祚明評選云 : '非不自知, 而不自克, 悲哉!'"라 하여 동감을 표하고 있다. 종영은 본조에서뿐만 아니라 「상품」「좌사(左思)」조에서 "풍자하는 정신을 잘 살려내었다(得諷諭之致)"고 평하였고 「중품」「응거(應璩)」조에서도 "시인의 신랄한 비판정신을 잘 살려내었다(得詩人激刺之旨)"고 평하는 등, 시 작품에 나타난 풍간(諷諫)의 취지 즉 비판정신을 매우 중시하였음을 알 수 있다.
  손초(孫楚)의 「영우(零雨)」와 왕찬(王讚)의 「삭풍(朔風)」은 『송서(宋書)』

권67 「사영운전·논(謝靈運傳·論)」 중의 "子建函京之作, 仲宣霸岸之篇, 子荊零雨之章, 正長朔風之句, 竝直舉胸情, 非傍詩史, 正以音律調韻, 取高前式, 自騷人以來, 此祕未覩."란 심약(沈約)의 평을 볼 때, 당시에 매우 높은 평가를 받고 있었던 것 같다. '정장「삭풍」지후(正長「朔風」之後)'의 '후(後)'자는 앞의 구의 '외(外)'와 같은 뜻으로, 같은 글자의 중복을 피하기 위해 사용된 글자이다.

장한(張翰)의 「황화(黃華)」라는 작품에 대해서는, 왕숙민 찬 『종영시품소증』에서 "案季鷹「雜詩」云 : '暮春和氣應, 白日照園林, 靑條若總翠, 黃華如散金.' 寫景入神. 江淹「苔賦」: '假靑條兮總翠, 借黃華兮舒金.' 卽本於此. 『晋書』稱其'黃華之什, 潛發神府.' 李白亦云 : '張翰黃華句, 風流五百年!' (「送張土遊東吳詩」) 皆非過譽也."라 해설하였다. 역시 역대 문인들로부터 극찬을 받아 왔음을 알 수 있다.

'수불구미(雖不具美), 이문채고려(而文彩高麗)'와 같은 시각의 평으로는 『문선』 권29 장계응(張季鷹) 「잡시(雜詩)」 이선 주(注)에 "(張翰)文藻新麗"라는 왕검(王儉)의 『칠지(七志)』 중의 언급이 인용되어 있다.

'병득규룡편갑(並得虬龍片甲), 봉황일모(鳳凰一毛)' 구는 본조에 품급된 하안·손초·왕찬·장한·반니 등 5명 모두에게 해당되는 평이다. 종영은 「상품」「조식(曹植)」조에서 조식의 시를 "짐승들 중의 용이나 봉황에 비유된다(鱗羽之有龍鳳)"고 칭송한 바 있는데, 이들 5명의 작품이 조식을 비롯한 일류 시인들의 작품이 지니고 있는 훌륭한 면들 중 일부를 어느 정도 갖추고 있다고 파악하였던 것이다.

'사동박성(事同駁聖)'의 '박성(駁聖)'을 리츠메이칸대학 시품연구반 찬 『종씨시품소』에서는 아성(亞聖)과 같다고 풀이하였다. 앞의 구 '규룡편갑(虬龍片甲), 봉황일모(鳳凰一毛)'와의 호응관계나 문맥 등을 고려해볼 때, 완벽한 시성(詩聖)이 아니라 성스러운 요소와 그렇지 못한 요소들을 두루 지니고 있는 수준의 시인을 의미하는 말로 이해하는 편이 타당할 듯하다.

위나라 시중 응거 魏侍中應璩

응거(應璩, 190~252)는 자가 휴련(休璉)이고 여남인(汝南人)이다. '건안칠자' 중의 한 사람이었던 응창(應瑒)의 동생으로, 박학다식하고 시문(詩文)을 잘 지어서 형제가 함께 문명을 널리 떨쳤으며, 벼슬로는 산기상시(散騎常侍)를 거쳐 시중(侍中)·대장군장사(大將軍長史) 등을 역임하였다.

그의 대표작은 『백일시(百一詩)』로, 그 당시 즉 위(魏)나라 말기에 조상(曹爽)이 정권을 장악한 후 법도를 어겨가며 실정(失政)을 행한 데 대해 풍자를 가하고 있는데, 그중 1수가 『문선』에 수록되어 전한다.

『隋書』「經籍志」: "魏衛尉卿應璩集1卷."(原注 : "梁有綠1卷.")·"干寶撰百志詩9卷."
　　(原注: "梁又有應貞注應璩百一詩8卷, ……亡.")
『三國志』(卷21)「魏書·王粲傳」
『文選』(卷21) 應璩「百一詩」
『全漢三國晋南北朝詩』「全三國詩」(卷3)

1) 祖襲(조습) : 본받아 계승하다.

2) 魏文(위문) : 위(魏) 문제(文帝) 조비(曹丕).

3) 古語(고어) : 고풍스럽고 질박한 어휘.

4) 指事(지사) : 시사(時事)를 지적해내어 비판하다.

5) 雅意(아의) : 작품에 담겨 있는 고상한 뜻.

6) 詩人(시인) : 『시경(詩經)』 시를 지은 무명의 작자들을 가리킨 말이다.

7) 激刺之旨(격자지지) : 격렬하게 풍자하는 취지. 곧 신랄한 비판정신.

8) 「濟濟今日所(제제금일소)」 : 응거(應璩)의 어느 일시(佚詩) 중 첫 구.

9) 華靡(화미) : 화려하고 사치스럽다.

10) 諷味(풍미) : 되풀이하여 외면서 깊이 음미하다.

 위문(魏文)을 조습(祖襲)하였고, 고어(古語)를 잘 사용하였다. 지사(指事)가 은근(殷勤)하고 아의(雅意)가 심독(深篤)하여, 시인의 격자지지(激刺之旨)를 득(得)하고 있다. 「제제금일소(濟濟今日所)」에 이르러서는 화미(華靡)함이 가히 풍미(諷味)할 만하다.

 응거(應璩)의 시체는 위(魏) 문제(文帝) 조비(曹丕)의 시를 본받아 계승하였으며, 고풍스럽고 질박한 시어를 잘 구사하고 있다. 시사(時事)를 지적해내어 비판을 가한 것이 당시 사회 전반에 두루 다 미치고 있으며, 작품에 담겨 있는 고상한 뜻은 깊고도 독실(篤實)하니, 『시경(詩經)』 시 작자들의 신랄한 비판정신을 잘 살려내었다. 「제제금일소(濟濟今日所)」와 같은 작품을 놓고 평해보면, 유독 예외적으로 곱고 화려한 경향을 띠고 있어서 깊이 음미해볼 만하다 하겠다.

290

‘조습위문(祖襲魏文)’은 종영이 시인의 계보를 지적하면서 일반적으로 사용한 ‘기원출어○○(其源出於○○)’보다 한결 능동적인 표현이다. 곧 종영은 응거가 의도적으로 또 보다 적극적으로 조비의 시풍을 본받고 계승한 것으로 파악하였던 것이다. 『시품』에서는 조비·응거·도잠 등을 같은 맥락의 시인들로 분류해두었으며, 조비에게는 ‘비직여우어(鄙直如偶語)’·‘미섬가완(美贍可翫)’, 응거에게는 ‘선위고어(善爲古語)’·‘화미가풍미(華靡可諷味)’, 도잠에게는 ‘진고(眞古)’·‘질직(質直)’·‘풍화청미(風華淸靡)’ 등의 평어를 사용하여 이들의 시풍이 동일한 것으로 설명을 해놓았다. 진연걸 찬 『시품주』에서는 “李充『翰林論』曰 : ‘應休璉五言詩百數十篇, 以風規治道, 蓋有詩人之旨焉.’ 今觀其所作, 頗類「國風」, 謂祖襲魏文, 非也.”라 하여 종영의 견해에 반박을 가하였다. 이에 대해 왕숙민 찬 『종영시품소증』에서는 “休璉詩‘善爲古語’, 亦有‘華靡可諷味’者, 正如魏文詩‘鄙質如偶語’, 後有‘美贍可翫’者, 則仲偉謂休璉‘祖襲魏文’, 固未爲失, 其言某人詩出於某人之例, 大都如此. 陳氏‘頗類「國風」’之說, 只見到‘善爲古語, 詩人之旨’一層.”이라 하여 종영의 견해를 옹호하고 있다.

‘선위고어(善爲古語)’란 평에 대해서는, 역대 문인들도 견해를 같이하고 있다. 곧 『남제서(南齊書)』 권52 「문학전·논(文學傳·論)」에 “……或全借古語, 用申今情, 崎嶇牽引, 直爲偶說, 唯覩事例, 頓失精采, 此則傅咸五經, 應璩指事.”라 하였으며, 허학이의 『시원변체』 권4와 호응린(胡應麟)의 『시수(詩藪)』 「외편(外編)」 권1 등에서도 응거의 『백일시』를 모두 ‘졸박(拙樸, 꾸밈없이 소박함)’이란 평어로 평하였다.

‘지사은근(指事殷勤), 아의심독(雅意深篤), 득시인격자지지(得詩人激刺之旨)’란 평 역시 역대 문인들의 견해와 일치한다. 유협은 『문심조룡』 「명시」편에서 “若應璩『白一』, 獨立不懼, 辭譎義貞, 亦魏之遺直也.”라 하였고 「재략」편에서도 “休璉風情, 則『百壹』標其志.”라 하였다. 『문선』 권21 응거(應璩) 「백일시(百一詩)」의 이선 주(注)에는 “張方賢『楚國先賢傳』曰 : ‘汝南應休璉作百一

篇詩, 譏切時事, 徧以示在事者, 咸皆怪愕, 或以爲應焚棄之, 何晏獨無怪也.' …… 李充『翰林論』曰 : ‘應休璉五言詩百數十篇, 以風規治道, 蓋有詩人之旨焉.’ 又孫盛『晋陽秋』曰 : ‘應璩作五言詩百三十篇, 言時事頗有補益, 世多傳之.’”라 하였고, 『삼국지』권21 「위서·왕찬전(魏書·王粲傳)」의 배송지(裴松之) 주(注)에도 “『文章敍錄』曰 : ‘曹爽秉政, 多違法度, 璩爲詩以諷焉. 其言雖頗諧合, 多切時要, 世共時要, 世共傳之.’”라 하여, 동일한 내용의 평들을 인용해놓고 있다. 왕숙민 찬『종영시품소증』에서도 “至於‘年命在桑楡’(據葛勝中所述, 卽郭茂倩所載『百一詩』第三篇)·‘細微不可愼’(卽胡應麟所稱一篇)·‘散騎常師友’及‘古有行道人’四篇, 古樸敦厚, 猶見詩人之旨. 類書中如 :『北堂書鈔』·『藝文類聚』·『御覽』等, 常稱引休璉詩, 雖不必載其全, 而‘指事殷勤, 雅意深篤’, 猶可槪見.”이라 해설하였다.

‘지어「제제금일소」(至於「濟濟今日所」), 화미가풍미언(華靡可諷味焉)’은 응거의 작품 중 첫 구가 ‘제제금일소(濟濟今日所)’로 시작되는 작품이 그의 대부분 작품들이 지니고 있는 고풍스럽고 질박한 경향과는 달리 화려한 특성을 지니고 있음을 지적한 평이다. 6수 정도에 불과한 응거의 현존 작품 중에는 ‘화미가풍미언’에 해당될 만한 작품이 전혀 없다. 그렇지만『수서』「경적지」원주(原注) 중의 “梁又有應貞注應璩百一詩8卷, ……亡.”이란 기록이나 『문선』권21 응거「백일시」주(注)에 인용된 장방현(張方賢)의『초국선현전(楚國先賢傳)』에 나오는 “應休璉作百一篇詩”, 이충(李充)의『한림론(翰林論)』중의 “應休璉五言詩百數十篇”, 손성(孫盛)의『진양추(晋陽秋)』중의 “應璩作五言詩百三十篇” 같은 언급들을 통해 볼 때, 종영이 생존하였던 양(梁)나라 때만 하더라도 응거의 시 작품들이 많은 양 유통되고 있었음을 알 수 있으며, 또한 이들 작품 중에는 ‘화미가풍미언’이란 평에 해당될 만한 작품들도 일부 있었을 것으로 미루어 짐작할 수 있다.

진나라 청하수 육운晋淸河守陸雲 진나라 시중 석숭晋侍中石崇
진나라 양성태수 조터晋襄城太守曹攄 진나라 낭릉공 하소晋朗陵公何劭

육운(陸雲, 262~303)은 자가 사룡(士龍)이고 오군(吳郡) 화정인(華亭人)이다. 「상품」에 품급된 육기(陸機)의 동생으로, 오(吳)나라 멸망 후 형과 함께 낙양으로 옮겨와 중앙문단에서 문명을 떨쳤다. 성도왕(成都王) 사마영(司馬穎)에게 기용되어 만년에 청하내사(淸河內史)·대장군우사마(大將軍右司馬) 등을 역임하였다 한다.

『진서』「육운전(陸雲傳)」에는 "成都王穎, 表爲淸河內史."라 하였는데, 『수서』「경적지」에서는 육운을 '청하태수(淸河太守)'라는 직함으로 일컫고 있다. 진(晋)·송(宋) 시대 관제(官制)에 의하면 군(郡)에는 태수(太守)를 두었고 왕국(王國)에는 내사(內史)를 두었는데, 이들은 명칭만 구별되었지 실제로는 동일한 업무를 관장하였다. 또한 당시 왕국의 수가 군에 비해 훨씬 적었기 때문에, 흔히 내사를 태수라고도 일컫는 것이 관례처럼 되어 있었다 한다. 『수서』「경적지」에서 '청하태수'라고 일컬은 것도 이러한 관습을 따른 것이라 하겠으며, 종영 역시 본조에서 이러한 관습을 따라 '청하태수'의 간칭(簡稱)인 '청하수(淸河守)'로 육운을 일컫고 있다. 「상품」「사영운(謝靈運)」조에서 사영운을 '임천태수(臨川太守)'라 일컬은 것도 같은 이치이다.

『隋書』「經籍志」 : "晋淸河太守陸雲集12卷."(原注 : "梁10卷, 錄1卷.")
『晋書』(卷54)「陸雲傳」
『全漢三國晋南北朝詩』「全晋詩」(卷3)

　　석숭(石崇, 249~300)은 자가 계륜(季倫)이고 어릴 적 이름[小名]이 제노(齊奴)였으며, 발해(渤海) 남피인(南皮人)이다. 벼슬로는 산기상시(散騎常侍)·시중(侍中) 등을 거쳐 위위(衛尉)까지 지냈는데, 반악(潘岳) 등과 함께 당시의 세도가 가밀(賈謐)에게 비열할 정도로 아첨을 하며 출세를 꾀하였고, 가밀이 주도한 문학집단인 '이십사우(二十四友)' 중의 한 사람이기도 하였다. 그는 극도로 사치스럽고 무절제한 생활을 일삼았던 전형적인 서진(西晋) 시대 귀족들 중의 한 사람으로, 하양(河陽) 땅에 호화로운 금곡(金谷) 별장을 지어놓고 상식을 벗어난 숱한 일화들을 남겼다.

『隋書』「經籍志」 : "晋衛尉卿石崇集6卷."(原注 : "梁有錄1卷.")
『晋書』(卷33)「石崇傳」
『全漢三國晋南北朝詩』「全晋詩」(卷4)

　　조터(曹攄, ?~308)는 자가 안원(顏遠)이고 초국(譙國) 초인(譙人)이다. 양성태수(襄城太守)·정남사마(征南司馬) 등을 역임하였으며 외적을 토벌하던 중 전사하였는데, 뛰어난 재능과 어진 덕을 겸비한 훌륭한 관리로 백성들의 추앙을 한몸에 받아서 『진서』「양리전(良吏傳)」에 등재되었다.

『隋書』「經籍志」 : "晋著作郎束皙集7卷."(原注 : "梁有征南司馬曹攄集3卷, 錄1卷.")
『晋書』(卷90)「良吏傳·曹攄傳」
『全漢三國晋南北朝詩』「全晋詩」(卷4)

하소(何劭, 236~301)는 자가 경조(敬祖)이고 진국(陳國) 양하인(陽夏人)이다. 진(晋) 무제(武帝) 사마염(司馬炎)의 두터운 신임을 얻어 정계의 요직들을 두루 거치고, 벼슬이 사도(司徒)·태재(太宰)에까지 올랐다. 그의 부친 하증(何曾)은 위(魏) 함희(咸熙) 초에 낭릉후(朗陵侯)에 봉해졌고, 진 무제 때에 낭릉공(朗陵公)으로 작위가 격상되었다. 이 낭릉공 작위는 훗날 하소에게 세습되었다. 그래서 종영이 본조에서 '낭릉공'이라 일컫고 있는 것이다.

『隋書』「經籍志」: "晋尚書僕射裴頠集9卷."(原注 : "梁有太宰何劭集2卷, 錄1卷.')
『晋書』(卷33)「何劭傳」
『全漢三國晋南北朝詩』「全晋詩」(卷2)

清河[1]之方平原[2], 殆如陳思[3]之匹白馬[4], 於[5]其哲昆[6], 故稱二陸[7]. 季倫[8]·顔遠[9], 並有英篇[10]. 篤而論之, 朗陵[11]爲最.

1) 淸河(청하) : 육운(陸雲). 일찍이 청하태수(淸河太守)를 역임하였다.

2) 平原(평원) : 육기(陸機). 일찍이 평원내사(平原內史)를 역임하였다.

3) 陳思(진사) : 진사왕(陳思王) 조식(曹植).

4) 白馬(백마) : 백마왕(白馬王) 조표(曹彪). 조식의 이복동생이다.

5) 於(어) : '의(依, 의지하다. 좇다)'와 같은 의미로 쓰였다.

6) 哲昆(철곤) : 철형(哲兄). 곧 명철(明哲)한 형. 여기서는 육기를 가리킨 말이다.

7) 二陸(이륙) : 육기·육운 형제.

8) 季倫(계륜) : 석숭(石崇)의 자.

9) 顔遠(안원) : 조터(曹攄)의 자.

10) 英篇(영편) : 영작(英作). 곧 뛰어난 작품.

11) 朗陵(낭릉) : 하소(何劭). 일찍이 부친의 낭릉공(朗陵公) 작위를 세습받았다.

 청하(淸河)의 평원(平原)에 견주어짐은 진사(陳思)의 백마(白馬)를 필적
함과 거의 같으나, 그 철곤(哲昆)에 의지하여 고(故)로 '이륙(二陸)'이
라 일컬어졌다. 계륜(季倫)과 안원(顏遠)도 모두 영편(英篇)을 지니고
있다. 그들을 독신(篤愼)하게 따져 논평컨대 낭릉(朗陵)이 최고이다.

 청하태수 육운(陸雲)의 작품 수준은 그의 형인 육기(陸機)의 작품과 비교해
보면, 마치 진사왕(陳思王) 조식(曹植)의 작품 수준이 그의 동생인 백마왕
(白馬王) 조표(曹彪)의 작품보다 훨씬 뛰어난 것과 마찬가지로 형보다는 아
무래도 현격한 차이를 보이고 있다. 그러나 육운은 그의 훌륭한 형 육기의
명성 덕분에 '이륙(二陸)'이라 병칭되어왔다. 석숭(石崇)과 조터(曹攄) 역시
뛰어난 작품들을 남겼다. 그렇지만 그 작품들을 신중히 검토하여 평가를
내려보건대, 역시 하소(何劭)가 가장 높은 수준을 차지하고 있다.

　종영의 관점에 따르면 육운의 작품 수준이 그의 형 육기의 작품보다 훨씬
못 미치는 것으로 파악되어 있다. 그는 「서」와 「상품」에서 조식을 최고 수
준의 시인으로 높이 평가해두었으며, 「하품」 「조표(曹彪)」조에서는 "백마왕
조표가 진사왕 조식에게 지어준 답시는 …… 조식의 작품에 비해 훨씬 못 미
칠 정도로 수준이 뒤떨어진다(白馬與陳思答贈, …… 以莛扣鍾.)"라고 하여 조
표의 작품이 그의 형 조식의 것보다 현격한 수준 차이를 보이고 있는 것으
로 평하였다. 육기·육운 형제의 작품 수준 역시 조식·조표 형제의 경우와
거의 흡사하여 육운의 작품은 형 육기의 것을 도저히 필적할 수 없는 수준
임에도, 형과 함께 '이륙(二陸)'이라 병칭될 수 있었던 것은 형 육기의 높은
평판 때문인 것으로 이해하였다. 유협은 『문심조룡』 「용재(鎔裁)」편에서 "至
如士衡才優, 而綴辭尤繁 ; 士龍思劣, 而雅好淸省."이라 하였고, 「재략」편에서
"陸機才欲窺深, 辭務索廣, 故思能入巧, 而不制繁. 士龍明練, 以識檢亂, 故能
布采鮮淨, 敏於短篇."이라 하였다. 오언시 분야에만 국한시킨 평은 아니지만
육기·육운 형제의 문학에 대해 구체적인 비교 논평을 가하여, 역시 형 육기

296

의 재능이 훨씬 뛰어남을 인정하는 한편 육운의 작품이 지니고 있는 직설적
이고 간단명료한 장점도 높이 평가해두었다.

석숭의 작품으로는 왕소군(王昭君)의 비극을 묘사한 오언시 「왕소군사(王
昭君詞)」가 『문선』 권27에 수록되어 전하고 있으며, 조터의 작품으로는 「사
우인시(思友人詩)」·「감구시(感舊詩)」 등 2수의 오언시가 역시 『문선』 권29
에 수록되어 전하고 있다.

하소의 오언시 작품으로는 「유선시(遊仙詩)」·「증장화(贈張華)」·「잡시
(雜詩)」 등이 각기 『문선』 권21·24·29에 수록되어 전하고 있다. 허문우
편저 『문론강소』본 『종영시품』에서는 「증장화」 중의 "暮春忽復來, 和風與節
俱. 俯臨淸泉涌, 仰觀嘉木敷."란 구절을 인용하고, 석숭이나 조터 등의 작품
이 하소 시의 이처럼 청준(淸雋)한 경지에는 미치지 못하였던 것으로 설명하
였다.

진나라 태위 유곤晋太尉劉琨　진나라 중랑 노심晋中郎盧諶

　　유곤(劉琨, 270∼317)은 자가 월석(越石)이고 중산(中山) 위창인(魏昌人)이
다. 젊어서부터 굳은 의지와 높은 기개를 지니고 있었으며, 병주자사(幷州刺
史)의 직책을 맡아 당시 북방에서 기승을 부리던 이민족들에 대항하여 잃어
버린 땅을 되찾기 위해 고군분투하였다 한다. 문학적인 소양 또한 풍부하여
서 육기·반악 등과 함께 당시의 세도가 가밀이 주도하였던 문학집단 '이십
사우' 중의 한 사람으로 활약하기도 하였다. 벼슬로는 시중(侍中)·태위(太
尉) 등을 역임하였다.

『文選』(卷31) 江文通(淹)「雜體詩三十首」第15首題 : "劉太尉琨."
『隋書』「經籍志」: "晋太尉劉琨集9卷."(原注 : "梁10卷.") "劉琨別集12卷."
『晋書』(卷62)「劉琨傳」
『全漢三國晋南北朝詩』「全晋詩」(卷5)

　　노심(盧諶, 284∼350)은 자가 자양(子諒)이고 범양(范陽) 탁인(琢人)이다. 한
(漢)나라 이래 명문으로 일컬어지는 집안 출신으로 젊어서부터 대단한 명성

을 누렸으며, 뛰어난 재주와 청렴결백한 행위로 당시에 대단한 추앙을 받았다 한다. 진(晋) 무제(武帝)의 딸 형양공주(滎陽公主)를 아내로 맞아 부마도위(駙馬都尉)가 되었으며, 유곤이 사공(司空)으로 있을 때 그의 휘하에서 주부(主簿)·종사중랑(從事中郞) 등을 맡았었다. 유곤의 처는 노심의 종모(從母), 곧 이모였다. 유곤과 함께 북벌에 가담하여 갖은 고초를 다 겪었으며, 훗날 후조(後趙)의 석호(石虎)에게 등용되어 관직생활을 하기도 하였으나, 고국으로 돌아가지 못하고 이조(異朝)에서 벼슬을 하고 있는 자신의 신세를 항상 수치스럽게 생각하다가 일생을 마쳤다고 한다.

『文選』(卷31) 江文通(淹)「雜體詩三十首」第16首題 : "盧中郞諶."
『隋書』「經籍志」: "晋司空從事中郞盧諶集10卷."(原注 : "梁有錄1卷.")
『晋書』(卷44)「盧諶傳」
『全漢三國晋南北朝詩』「全晋詩」(卷5)

其源出於王粲. 善爲悽戾之詞[1], 自有淸拔之氣[2]. 琨旣體[3]良才, 又罹[4]厄運, 故善敍喪亂[5], 多感恨之詞. 中郞[6]仰之, 微不逮者矣.

1) 悽戾之詞(처려지사) : 몹시 슬픈 내용의 문사(文辭)나 시어(詩語).
2) 淸拔之氣(청발지기) : 속기(俗氣)가 없이 맑고 빼어난 기운.
3) 體(체) : [선천적으로] 타고나다.
4) 罹(이) : [병이나 재앙에] 걸리다. 봉착하다.
5) 喪亂(상란) : 사람이 많이 죽게 되는 큰 난리. 여기서는 서진(西晋) 말기에 북방 이민족들이 침입해 들어와 일으킨 난리를 지칭한 말이다.
6) 中郞(중랑) : 노심(盧諶). 유곤(劉琨)이 사공(司空)으로 있을 때 그 휘하에서 종사중랑(從事中郞) 직책을 역임하였다.

 그 원(源)은 왕찬(王粲)에게서 나왔다. 처려지사(悽戾之詞)를 잘 지었으며, 스스로 청발지기(清拔之氣)를 지니고 있다. 곤(琨)은 원래 양재(良才)를 타고났을 뿐만 아니라 또한 액운(厄運)에까지 봉착하였기에, 고(故)로 상란(喪亂)을 잘 서술하고 감한지사(感恨之詞)를 많이 남겼다. 중랑(中郞)은 그를 우러러보았지만 조금 미치지 못하였다.

 유곤(劉琨)과 노심(盧諶) 시체의 원류는 왕찬(王粲) 시로부터 나왔다. 그들의 시는 슬픈 내용의 시어(詩語)를 잘 구사하고 있으며, 맑고 빼어난 기운을 독자적으로 잘 보유하고 있다. 유곤은 원래 훌륭한 문재(文才)를 지닌데다 나라가 멸망하고 집안이 몰락하는 불운까지 겪었기 때문에, 큰 난리의 참상을 잘 묘사해낼 수 있었고 사무치는 원한을 담은 시구들을 많이 남길수 있었다. 노심은 유곤을 존경하고 그 작품세계를 본받았으나, 유곤의 작품 수준에까지 도달하기에는 약간 부족하였다.

종영이 유곤과 노심을 한데 묶어서 논평한 것은 이들 두 사람의 작품이 지니고 있는 공통점 외에도 이들간의 교우관계와 그들이 처하였던 비슷한 생활환경 그리고 그들이 주고받았던 증답시(贈答詩) 작품 등 여러가지 점을 고려한 것으로 볼 수 있겠다.

본조에서는 유곤과 노심의 시체가 왕찬의 시체를 이은 것으로 파악되어 있는데, 이들의 시 속에서는 반악·장협·장화 등 왕찬 일파의 작품들이 지니고 있는 문수(文秀, 수사가 빼어나게 아름다움)한 특성을 찾아보기 어렵다. 그러나 유곤과 노심은 왕찬과 마찬가지로 전란의 참상을 직접 체험하였고 각지를 떠돌아다니면서 얻은 견문과 감회를 사실적으로 잘 묘사해놓고 있는 공통점을 지니고 있다. 그래서 종영은 왕찬의 시를 '발초창지사(發愀愴之詞, 상심에 가득 찬 시구들을 주로 표현해내었다)'라 평하였고 유곤과 노심의 시를 '선위처려지사(善爲悽戾之詞)'라 평하였으며, 이들을 같은 계통으로 분류하였던 것이다. 특히 유곤의 작품은 그런 점에서 왕찬의 「칠애시(七哀詩)」의 후예로

300

인식되고 있을 정도이다.

'선위처려지사(善爲悽戾之詞), 자유청발지기(自有淸拔之氣)'란 평에 해당되는 작품으로는, 리츠메이칸대학 시품연구반 찬 『종씨시품소』와 타카키 마사카즈 찬 『종영시품』 등에서 유곤의 「중증노심(重贈盧諶)」(『문선』 권25에 수록)·「부풍가(扶風歌)」(『문선』 권28에 수록), 노심의 「남고(覽古)」(『문선』 권21에 수록)·「답위자제(答魏子悌)」(『문선』 권25에 수록) 등을 들고 있다. 『시품』 「서」에서는 유곤의 시를 평하여 "유곤은 맑고 굳센 기품을 발휘하여 오언시의 힘있는 아름다움이 이루어질 수 있도록 노력을 아끼지 아니하였다(劉越石, 仗淸剛之氣, 贊成厥美.)"라 하였으며, 유협의 『문심조룡』 「재략」편에서도 "「劉琨雅壯而多風, 盧諶情發而理昭, 亦遇之於時勢也.」"라 평하여 종영과 견해를 같이하고 있다.

'우리액운(又罹厄運)'의 '액운(厄運)'은 유곤이 일생 동안 겪었던 여러가지 불운을 지칭한 말이다. 유곤은 유총(劉聰)·석륵(石勒) 등이 이끄는 북방 이민족들의 침공을 받아 나라가 멸망의 위기에 봉착하는 암울한 현실을 목도하였으며, 그 와중에 부모를 잃는 비운까지 맛보게 된다. 더군다나 그는 북벌을 위해 제휴하였던 선비족(鮮卑族) 출신 장군 단필제(段匹磾)로부터 내분에 의해 살해당하는 것으로 비극적인 생의 종말을 맞았다.

'고선서상란(故善敍喪亂), 다감한지사(多感恨之詞)'란 평에 대해서는 역대 비평가들이 일치된 견해를 보이고 있다. 허문우 편저 『문론강소』본 『종영시품』에 "越石英雄失路, 滿衷悲憤, 卽是佳詩, 隨筆傾吐, 如金笳成器, 本擅商聲, 順風而吹, 嘹飄悽戾, 足使櫪馬仰歎, 城烏俯咽."이라 한 유곤 시에 대한 진조명(陳祚明)의 평이 소개되어 있으며, 오건(吳騫)의 『배경루시화(拜經樓詩話)』 권3에서도 유곤의 시를 "……惟以悲涼爲主."라 평하고 있다. 옹방강(翁方綱)은 『오언시평측거우(五言詩平仄擧隅)』에서 유곤의 시 「중증노심」에 대해 "性情之愉戚, 事景之舒慘, 聲調之正變, 蓋各有當也."라 주석(注釋)하고 있는데, 특히 「중증노심」 중의 "功業未及建, 夕陽忽西流. 時哉不我與, 去乎若雲

浮. 朱實隕勁風, 繁英落素秋.”와 같은 대목은 여러 주석서들에 의해 ‘감한지
사(感恨之詞)’의 대표적인 예로 지적되었다.

　‘중랑앙지(中郎仰之), 미불태자의(微不逮者矣)’ 구에 대해서는『문선』권25
에 수록된 노심의 사언시 「증유곤(贈劉琨)」의 서문(序文)에 “謹貢詩一篇, 抑
不足以揄揚弘美, 亦以攄其所抱而已.”라 언급되어 있으며,『진서』「유곤전(劉
琨傳)」에도 “[琨]爲匹磾所拘, 自知必死, 神色怡如也. 爲五言詩(「重贈盧諶」),
贈其別駕盧諶曰 : ‘……’. 琨詩託意非常, 攄暢幽憤, 遠想張陳, 感鴻門·白登之
事, 用以激諶. 諶素無奇略, 以常詞酬和, 殊乖琨心.”이라 서술되어 있다.

진나라 홍농태수 곽박晋弘農太守郭璞

곽박(郭璞, 276~324)은 자가 경순(景純)이고 하동(河東) 문희인(聞喜人)이다. 음양오행술을 비롯하여 천문(天文)·역법(曆法) 등 다방면에 두루 박학하였으며, 특히 그의 신비스러운 예언능력은 당시의 지도층 인사들로부터 상당한 중시를 받았다고 한다. 「유선시(游仙詩)」 14수를 포함하여 22수의 시 작품이 전하고 있으며, 사부(辭賦)에 뛰어나 동진(東晋)의 제일인자로 정평이 났었고 『이아주(爾雅注)』·『방언주(方言注)』·『산해경주(山海經注)』·『목천자전주(穆天子傳注)』·『초사주(楚辭注)』 등 많은 수의 주석서들을 남기기도 하였다. 일찍이 「강부(江賦)」·「남교부(南郊賦)」 등의 작품으로 원제(元帝)의 환심을 사 저작좌랑(著作佐郞)에 임명되었고, 훗날 당시의 실권자 왕돈(王敦)에게 기용되어 기실참군(記室參軍)을 지내기도 하였는데, 왕돈이 꾀하는 반란이 실패할 것이라 예언하였다가 미움을 받아 살해당하였다. 왕돈의 반란이 평정된 후 진(晋)나라 조정으로부터 홍농태수(弘農太守) 직위를 추증받았다.

『한위총서』본·『광한위총서(廣漢魏叢書)』본·『학진토원』본·『자등서옥총서(紫藤書屋叢書)』본·『담예주총(談藝珠叢)』본·『역대시화』본·『사부비요(四部備要)』본·고직 찬 『종기실시품전』·진연걸 찬 『시품주』·두천미

찬 『시품신주』 등에는 '홍농태수(弘農太守)'의 '홍(弘)'이 '굉(宏)'으로 되어 있
는데, 이는 청(淸) 고종(高宗)의 휘자(諱字)를 피하기 위해서이다.

『文選』(卷31) 江文通(淹) 「雜體詩三十首」 第17首題 : "郭弘農璞."
『隋書』「經籍志」: "晋弘農太守郭璞集17卷."(原注 : "梁10卷, 錄1卷.")
『晋書』(卷72) 「郭璞傳」
『全漢三國晋南北朝詩』「全晋詩」(卷5)

憲章[1]潘岳, 文體[2]相輝, 彪炳[3]可翫, 始變永嘉[4]平淡之體, 故稱
中興[5]第一. 『翰林』[6]以爲詩首. 但「游仙」之作[7], 詞多慷慨[8], 乖
遠[9]玄宗[10]. 其云'奈何虎豹姿', 又云'戢翼栖榛梗'[11], 乃是坎壈[12]
詠懷, 非列仙之趣也.

1) 憲章(헌장) : 모범으로 삼아 본받다.

2) 文體(문체) : 문학 작품의 체재. 여기서는 시 작품의 형식적인 됨됨이를 지칭한 말이다.

3) 彪炳(표병) : [범의 가죽처럼] 문채(文彩)가 뚜렷하여 아름다운 모양.

4) 永嘉(영가) : 서진(西晋) 회제(懷帝) 때의 연호로 서기 307~312년 사이.

5) 中興(중흥) : 쇠퇴한 나라나 집안이 다시 흥하다. 여기서는 서진(西晋)이 멸망한 후
   그 일족인 사마예(司馬睿)가 동쪽 건업(建業)으로 옮겨와 다시 나라를 일으켜 동진
   (東晋)을 건국한 사실을 말한다.

6) 『翰林(한림)』 : 이충(李充)의 『한림론(翰林論)』.

7) 「游仙」之作(「유선」지작) : 곽박(郭璞)의 「유선시(游仙詩)」.

8) 慷慨(강개) : 뜻을 이루지 못하여 슬퍼하다.

9) 乖遠(괴원) : 크게 어긋나다.

10) 玄宗(현종) : 도가사상의 근본 취지. 『학진토원(學津討源)』본·『자등서옥총서(紫藤
    書屋叢書)』본·『담예주총(談藝珠叢)』본·『고금도서집성(古今圖書集成)』본·『역

대시화(歷代詩話)』본·『사부비요(四部備要)』본 등에는 '현(玄)'자가 '원(元)'으로 되어 있는데, 이는 청(淸) 성조(聖祖)의 휘자(諱字)를 피하기 위해서이다.

11) '奈何虎豹姿(내하호표자)'와 '戢翼栖榛梗(집익서진경)'은 모두 현존하는 곽박(郭璞)의 「유선시(游仙詩)」 14수 중에 포함되어 있지 않은 「유선시」의 일구(佚句)이다. '집익(戢翼)'은 날개를 움츠린다는 뜻이고, '진경(榛梗)'은 가시나무를 뜻한다.

12) 坎壈(감람) : 세상에서 뜻을 이루지 못하여 불우한 모양.

 반악(潘岳)을 헌장(憲章)하였고, 문체(文體)가 상휘(相輝)하며 표병(彪炳)이 가완(可翫)하여 비로소 영가(永嘉) 연간의 평담지체(平淡之體)를 변모시켰으니, 고(故)로 중흥제일(中興第一)이라 일컬어진다. 『한림론(翰林論)』도 시수(詩首)로 인정하였다. 단 「유선(游仙)」이란 작품만은 사(詞)에 강개(慷慨)가 많고 현종(玄宗)에 크게 어긋난다. 그중에 '내하호표자(奈何虎豹姿)'라 하였고 또 '집익서진경(戢翼栖榛梗)'이라 하였으니, 곧 감람영회(坎壈詠懷)이지 열선지취(列仙之趣)가 아니다.

 곽박(郭璞)의 시체는 반악(潘岳)의 시를 본받아 모방하였으며, 작품 체재가 반악 시에서와 마찬가지로 찬란한 빛을 발하고 있고 문채(文彩)가 뚜렷하고 아름다워 즐겨 감상할 만하다. 처음으로 영가(永嘉) 연간의 평범하고 담박하기만 한 시풍에 변혁을 가하였으므로, 동진(東晉) 시대 최고의 시인으로 칭송된다. 이충(李充)의 『한림론(翰林論)』 역시 그를 동진 시대 시의 제일인자로 평가하였다. 다만 그의 「유선시(游仙詩)」 작품만은 다른 작가들의 '유선시'와 달리 뜻을 이루지 못한 데 대한 원망스러운 심정을 피력한 어휘가 많이 구사되어 있으며, 도가사상의 근본 취지에 크게 위배되는 경향을 띠고 있다. 그중에서도 특히 "범과 표범의 자태를 어이할까나(奈何虎豹姿)"라든지 또는 "날개를 움츠린 채 가시나무에 깃들이고 있도다(戢翼栖榛梗)"와 같은 시구들은 곧 험난한 세상에서 뜻을 이루지 못한 불우한 심정을 노래한 작품이지 여러 신선들의 취지를 제재로 한 작품은 아니다.

　‘헌장반악(憲章潘岳)’은 「응거(應璩)」조 중의 ‘조습위문(祖襲魏文)’이란 표현과 마찬가지로, 곽박이 반악의 시풍을 전형으로 삼아 의도적으로 모방하고 본받았음을 지적한 말이다. 곽박의 시는 아름답고 화려한 문채를 지니고 있다는 점에서 반악의 시풍을 이어받은 것으로 파악되었으며, 또한 더 거슬러올라가서는 반악 시의 원류이면서 ‘문수(文秀)’한 특징을 지니고 있는 왕찬 시의 맥락을 그대로 계승한 것으로 볼 수 있다. ‘문체상휘(文體相輝), 표병가완(彪炳可翫)’이란 평은 곧 「반악(潘岳)」조에서 『한림론』과 사혼(謝混)의 말을 인용하여 가해놓은 평문이나 「왕찬(王粲)」조에 사용된 ‘문수’라는 평어들과 내용이 그대로 부합된다.

　‘시변영가평담지체(始變永嘉平淡之體), 고칭중흥제일(故稱中興第一)’이라는 평은 「서」에서 “영가(永嘉) 시대에는 도가사상을 중시하여 점점 청담(淸談)을 숭상하는 풍조가 만연해졌다. …… 손작(孫綽)·허순(許詢) 등의 시인들에 앞서 곽박은 뛰어난 재능을 발휘하여서 오언시의 풍격에 변화를 가져와 현언시풍(玄言詩風)을 새로이 창출해내었다(永嘉時, 貴黃老, 稍尙虛談. …… 先是郭景純, 用儁上之才, 變創其體.)”라고 한 언급과 일맥상통된다. 곽박 시에 대한 이러한 평가는 『문심조룡』에서도 「명시」편에 “江左篇製, 溺乎玄風, …… 所以景純仙篇, 挺拔而爲俊矣.”라 하였고 「재략」편에 “景純豔逸, 足冠中興, 「郊賦」旣穆穆以大觀, 「仙詩」亦飄飄而凌雲矣.”라 하였으며, 『진서』「곽박전(郭璞傳)」에도 “璞好經術, 博學有高才, 而訥於言論, 詞賦爲中興之冠.”이라 서술되어 있는 등, 역대 비평가들의 일치된 견해로 보인다.

　‘『한림』이위시수(『翰林』以爲詩首)’에 대해서는, 현재 『한림론』 54권이 모두 망실되어 전하지 않으므로 『한림론』에서 곽박의 시를 어떻게 평하였는지 확인할 길이 없다. ‘시수(詩首)’와 비슷한 용례로 『문심조룡』「전부(詮賦)」편에 “景純綺巧, 縟理有餘, …… 亦魏晋之賦首也.”란 언급이 보이는데, 곽박은 부(賦)에서도 역시 최고 수준의 작가로 인정받았음을 알 수 있다.

　‘단「유선」지작(但「游仙」之作), 사다강개(詞多慷慨), 괴원현종(乖遠玄宗)’이

란 평에 대해서는, 유희재(劉熙載)의 『예개(藝槪)』 권2 「시개(詩槪)」에도 "嵇叔夜 · 郭景純皆亮節之士, 雖「秋胡行」貴元默之致 ; 「游仙詩」假棲遯之言, 而激烈悲憤, 自在言外."라 하여 견해를 같이하고 있다. 「유선시」 작품들은 한대(漢代) 이래 확산된 신선사상을 배경으로 생겨났으며, 거의 천편일률적으로 신선세계에서 노닐며 불로장생을 동경하는 것을 내용으로 하고 있다. 그런데 곽박의 「유선시」는 단순한 신선세계에의 동경에 그치지 않고, 뜻을 이루지 못한 데 대한 절망감을 서술하거나 당시 사회에 대한 비판의식을 간접적으로 토로해놓은 대목들이 종종 보이고 있어서 상당히 독특한 일면을 드러내고 있다.

'내하호표자(奈何虎豹姿)'와 '집익서진경(戢翼栖榛梗)'은 둘 다 「유선시」의 일구(佚句)들로서, 모두 뛰어난 능력을 갖추고 있는 자신이 사회로부터 제대로 인정받지 못하고 불우한 신세에 처해 있는 데 대한 한탄을 상징하고 있다. 곽박의 「유선시」는 『문선』에 7수, 『고시기(古詩紀)』에 14수가 수록되어 있으며, 『북당서초(北堂書鈔)』 권158 「지부(地部)」 '혈(穴)'에 4구 그리고 『태평어람(太平御覽)』 권394 「인부(人部)」 '준(蹲)'에 2구가 소개되어 있는데, 본조에 제시된 두 구의 다른 출전을 현재로서는 찾을 수가 없다. '기운'내하호표자'(其云'奈何虎豹姿'), …… 비열선지취야(非列仙之趣也)'란 평은 그 내용 면에서 앞부분 '단「유선」지작(但「游仙」之作), …… 괴원현종(乖遠玄宗)'이란 구절의 해설에 해당된다 하겠다.

종영이 본조에서 곽박의 「유선시」에 대해 가하고 있는 평가는 학자들에 따라 서로 다른 내용으로 받아들여지고 있다. 허학이 · 방동수(方東樹) · 심덕잠(沈德潛) 등은 종영이 곽박의 「유선시」 전체를 낮게 평가한 것으로 이해하였고, 허문우 편저 『문론강소』본 『종영시품』에서는 곽박의 「유선시」 중 일부 작품들만을 낮추어 평가한 것으로 이해하였으며, 고직 찬 『종기실시품전』 · 리츠메이칸대학 시품연구반 찬 『종씨시품소』 · 코젠 히로시(興膳宏) 찬(撰) 『시품(詩品)』 등에서는 본조의 평문 중에 종영이 곽박의 「유선시」를 낮추어 평가하려는 의도가 전혀 나타나 있지 않은 것으로 이해하였다. 종영은 『시품』「서」에서도 이미 오언지경책자(五言之警策者, 오언시 중 가장 뛰어난 작품들)를 지적하면서 '경순영선(景純詠仙)' 즉 곽박의 「유선시」를 거론한 바 있으며, 또한 본조에서도 앞서 '중흥제일(中興第一)'·'시수(詩首)' 등의 평어를 제시해놓고 있으므로, 종영이 「유선시」를 비롯한 곽박의 시 작품들에 대해 낮게 평가할 생각을 하지 않았을 것이라는 데는 의심의 여지가 없다 하겠다. 한편 '단「유선」지작(但「游仙」之作)' 이하의 평문에는 '단(但)'이라고 하는 역접(逆接)의 접속사가 사용되어 있다는 점에서, 「유선시」 작품에 대한 종영 나름의 불만이 조금은 개재되어 있는 것으로 보아야 할 것이다. 그렇다면 이휘교 교수 찬 『시품휘주』에 설명되어 있는 바와 같이, 종영이 곽박의 「유선시」에 대해 지녔던 불만은 「유선시」 작품 자체에 대한 것이 아니라 그 제목이 작품의 본래 취지와 서로 부합되지 않는 점을 좀 아쉽게 생각하였던 것으로 보는 편이 타당할 듯하다. 고직 찬 『종기실시품전』에서는 "'乖遠玄宗'·'非列仙之趣', 言其名雖游仙, 實則詠懷."라 하여, 곽박의 「유선시」가 제목은 비록 '유선(游仙)'으로 되어 있지만 실상은 「영회시(詠懷詩)」라고 하는 편이 더 적절함을 잘 지적해놓고 있다.

진나라 이부랑 원굉 晉吏部郎袁宏

　　원굉(袁宏, 328~376)은 자가 언백(彦伯)이고 어릴 적 자는 호(虎)였으며, 양하인(陽夏人)이다. 사상(謝尙)·환온(桓溫) 등 당시의 세도가들로부터 문학적인 자질을 인정받아, 그들의 휘하에서 벼슬도 하며 문명을 널리 떨쳤다고 한다. 벼슬로는 이부랑(吏部郎)·동양군태수(東陽郡太守) 등을 역임하였다. 원래 시(詩)·부(賦)·뇌(誄)·표(表) 등에 걸쳐 모두 300편 가량의 작품을 남겼다고 하나, 현존하는 시 작품은 「영사시(詠史詩)」 2수를 포함하여 오언시 4수와 사언시 2수가 모두이다. 『문선』에는 권47에 그의 「삼국명신서찬(三國名臣序贊)」이 수록되어 있을 뿐, 시는 한 수도 수록되지 않았다. 편년체(編年體) 역사서인 『후한기(後漢紀)』 30권을 저술하기도 하였다.

『隋書』「經籍志」: "晋東陽太守袁宏集15卷."(原注 : "梁20卷, 錄1卷.")
『晋書』(卷92)「文苑傳·袁宏傳」
『全漢三國晋南北朝詩』「全晋詩」(卷5)

1) 文體(문체) : 문학 작품의 체재. 여기서는 시 작품의 형식적인 됨됨이를 지칭한 말이다.
2) 未遒(미주) : 끝나지 않았다. 곧 완전히 성숙한 단계에까지는 도달하지 못하였다는 뜻.
3) 鮮明緊健(선명긴건) : 선명하고 견고하다. 곧 작품 속에 취지가 선명하게 부각되어 있고 힘이 넘친다는 뜻.

언백(彦伯)의 「영사(詠史)」는 비록 문체(文體)가 미주(未遒)하기는 하나, 그래도 선명(鮮明)하고 긴건(緊健)하여서 범속(凡俗)을 멀리 떠나 있다.

원굉(袁宏)의 「영사시(詠史詩)」는 비록 작품의 형식적인 수사기교가 완전히 성숙되지는 못하였지만, 그 취지가 선명히 드러나 있으면서 힘이 넘치고 있어서 평범한 속인(俗人)들의 작품 수준을 훨씬 초월하였다.

원굉의 「영사시」 2수는 『전한삼국진남북조시(全漢三國晋南北朝詩)』「전진시(全晋詩)」 권5에 수록되어 있다. 『진서』「원굉전(袁宏傳)」과 『세설신어』「문학(文學)」편 등에는 이 시에 관련된 일화가 한 가지 소개되어 있다. 그에 따르면 원굉은 어려서 부친을 여의고 집안이 워낙 빈곤하여, 조세를 운반하는 일을 맡아보며 생계를 꾸려나갔다고 한다. 어느 날 밤 당시의 세도가 사상(謝尙)이 뱃놀이를 즐기고 있는데 청풍명월(淸風明月) 속에서 어디선가 낭랑한 시 낭송 소리가 들려왔다. 매우 운치가 있고 일찍이 들어본 적이 없는 오언시 작품이라 그 아름다움에 탄식이 그치지 않았다. 곧 사람을 시켜 알아보니, 원굉이라는 사람이 자작시인 「영사시」를 읊고 있는 것이라 하였다. 이에 사상은 원굉을 자신의 배에 오르게 하여 밤을 지새우며 얘기를 나누었다. 이 일을 계기로 원굉은 줄곧 사상의 비호를 받으며 관직생활을 하게 되었고,

또한 졸지에 문명을 떨치게 되었다.

　'수문체미주(雖文體未遒)'의 '미주(未遒)'는 『문선』 권42에 수록된 조비의 「여오질서」 중에 "公幹有逸氣, 但未遒耳."라고 한 선례를 의식하고 쓴 용어인 듯하며, 형식적인 수사기교가 그다지 세밀하지 못하고 아직 완숙단계에까지는 도달하지 못한 결점을 지적한 말이다.

　'이선명긴건(而鮮明緊健)'은 형식적인 수사기교가 완벽하지 못한 결점을 지니고 있긴 하지만, 그 속에 작자의 취지가 뚜렷하게 부각되어 있으며 활력이 넘쳐흐르고 있음을 높이 평가한 말이다.

　『진서』「원굉전」에 "曾爲「詠史詩」, 是其風情所寄. …… 宏在舫中諷詠[「詠史詩」], 聲旣淸會, 辭又藻拔."이라 하였고, 『문심조룡』「재략」편에 "袁宏發軫以高驤, 故卓出而多偏."이라 하였으며, 허문우 편저『문론강소』본『종영시품』에도 "先布意深, 後序事蘊藉, 詠史高唱, 無如此矣."라고 한 왕부지(王夫之)의 평이 소개되어 있는 등, 역대 문인들 역시 종영과 마찬가지로 원굉의 「영사시」를 높이 평하고 있다.

진나라 처사 곽태기晋處士郭泰機 진나라 상시 고개지晋常侍顧愷之
송나라 사세기宋謝世基 송나라 참군 고매宋參軍顧邁
송나라 참군 대개宋參軍戴凱

곽태기(郭泰機, 239?~294?)는 하남인(河南人)으로, 자가 알려져 있지 않을 뿐만 아니라 생졸년과 일생의 사적 또한 분명하지 않다. 빈한한 집안 출신으로 부함(傅咸, 「하품」에 품급되어 있음)이라는 시인에게 취직자리를 부탁해보았으나 별 도움을 받지 못하였으며, 부함이 보내준 시에 화답하여 지은 「답부함(答傅咸)」 1수가 현존하는 그의 유일한 작품으로 『문선』 권25에 수록되어 있다.

고개지(顧愷之, 344?~405?)는 자가 장강(長康)이고 진릉(晋陵) 무석인(無錫人)이다. 박학다재하여 문학적인 자질도 뛰어났지만, 시인으로서보다는 위대한 화가로 더 잘 알려져 있다. 심지어 사안(謝安) 같은 이는 그를 평하여 유사 이래 그처럼 훌륭한 화가가 없었다고 하였을 정도이다. 현존하는 그의 시로는 『전한삼국진남북조시』「전진시」 권5에 「신정시(神情詩)」 1수가 수록되어 있을 뿐인데, 이 작품 역시 『도연명집(陶淵明集)』 권3에 「사시(四詩)」라는 제목으로 수록되어 있기도 하여서 고개지의 작품이라고 단정짓기 어렵다. 벼슬로는 산기상시(散騎常侍)에 제수되었다.

『수서』「경적지」에서는 고개지를 '통직상시(通直常侍)'라는 직함으로 일컫고 있다. 진(秦)나라 때 산기(散騎)와 중상시(中常侍)가 처음 신설된 후 위(魏) 문제(文帝) 때 직제가 통합됨에 따라 산기상시로 불리게 되었으며, 그후 산기상시에는 원외산기상시(員外散騎常侍)와 통직산기상시(通直散騎常侍) 등이 있었다고 한다.

『隋書』「經籍志」: "晋通直常侍顧愷之集7卷."(原注 : "梁20卷.")
『晋書』(卷92)「文苑傳·顧愷之傳」
『全漢三國晋南北朝詩』「全晋詩」(卷5)

사세기(謝世基, ?~426)는 진군(陳郡) 양하인(陽夏人)으로, 자가 알려져 있지 않으며 출생연도 역시 분명하지 않다. 재주가 뛰어난 인물이었지만, 숙부인 사회(謝晦)가 송(宋) 문제(文帝)에 대항하여 반란을 일으켜 실패하자 함께 사형에 처해졌다. 현존하는 시 작품으로는 처형을 당하기 전에 숙부 사회와 함께 합작(合作)하였던 「연구시(連句詩)」가 전하고 있을 뿐이다.

사세기의 성명 앞에는 '송(宋)'이라는 조대명(朝代名)만 밝혀져 있을 뿐 관직명이 소개되어 있지 않다. 『시품』에서는 여류시인들을 제외하고는 단 두명, 즉 본조의 사세기와 「하품」 중 양요번(羊曜璠)의 경우에만 관직명이 누락되어 있을 뿐 그외에는 모두 관직명이 밝혀져 있다. 본조에 관직명이 밝혀져 있지 않은 것은 아마 잘못하여 빠뜨린 것일 것이다.

『宋書』(卷44)「謝晦傳」
『全漢三國晋南北朝詩』「全宋詩」(卷5)

고매(顧邁)는 자나 생졸연대 등이 모두 분명치 않다. 『수서』「경적지」에

문집 20권이 있었다고 기록되어 있을 뿐, 그의 사적에 대한 기록은 전혀 찾아볼 수 없다. 시 작품 역시 한 수도 남아 있지 않다.

『隋書』「經籍志」: "宋秘書監王微集10卷."(原注 : "梁又有征北行參軍顧邁集20卷, 亡.")

대개(戴凱) 역시 자나 생졸연대 및 일체의 사적이 전혀 알려져 있지 않다. 『수서』「경적지」에 대개지(戴凱之)의 문집 6권이 있었다는 기록이 있는데, 혹시 '지(之)'자가 잘못 누락되었을 가능성이 있긴 하지만 동일인물인지 여부를 확인할 수가 없다. 시 작품도 전혀 남아 있지 않다.

『隋書』「經籍志」: "宋宛朐令湯惠休集3卷."(原注 : "梁又有戴凱之集6卷, 亡.")

1) 寒女之製(한녀지제) : 곽태기(郭泰機)의 시 「답부함(答傅咸)」을 가리킨 말이다. 아주 훌륭한 솜씨를 지니고 있으면서도 가난하여 베 짤 기회를 얻지 못하는 한 여인의 안타까운 심경을 서술하고 있다.

2) 孤怨(고원) : 고독하고 원망스럽다. 여기서는 알아주는 이 없어 외롭고 원망스러운 곽태기의 신세를 설명한 말이다.

3) 二韻(이운) : 짝수 구, 곧 둘째 넷째 구에 압운(押韻)을 한 4구로 된 짧은 형태의 시.

4) '橫海(횡해)' : 사세기(謝世基)가 처형당하기 전에 지었던 「연구시(連句詩)」 "偉哉橫

314

海鯨, 壯矣垂天翼. 一旦失風水, 齪爲螻蟻食." 중 첫 구에 나오는 단어이다. 그의 숙
부 사회(謝晦)는 이 작품의 뒤를 이어서 "功遂侔昔人, 保退無智力. 旣涉太行險, 斯
路信難陟."이라는 구를 완성하였다.

5) '鴻飛(홍비)' : 고매(顧邁)의 시 중에 '홍비(鴻飛)'라는 단어가 사용된 작품이 있었
을 것으로 추측되나, 현존하는 그의 작품이 한 수도 없어 확인할 길이 없다.

6) 人實貧羸(인실빈리) : 사람됨은 성실하나 집이 가난하여 몸이 수척하다.

7) 才章富健(재장부건) : 문학적인 재능이 현저하여 작품 속의 취지가 풍부하고 기력
이 건장(健壯)하다.

8) 文(문) : 문학 작품. 여기서는 앞서 거론한 다섯 시인의 시 작품들을 중점적으로
지칭한 말이다.

9) 氣調(기조) : 문기(文氣)와 성조(聲調).

10) 進(진) : 진보 가능성.

11) 逮(태) : 미치다. 이르다. 곧 어느 수준에까지 도달한다는 의미.

12) 僉(첨) : 여러 사람. 모든 사람.

 태기(泰機)의 한녀지제(寒女之製)는 고원(孤怨)하여 마땅히 한스럽고.
장강(長康)은 이운(二韻)으로써 4수의 아름다움에 답할 수 있었다.
세기(世基)의 '횡해(橫海)'와 고매(顧邁)의 '홍비(鴻飛)'라는 작품들이 있
었다. 대개(戴凱)는 인실빈리(人實貧羸)하였으나 재장부건(才章富健)하
였다. 이 다섯 사람을 보건대, 문(文)이 비록 많지는 않으나 기조(氣
調)가 경발(警拔)하므로, 내가 그 진보성(進步性)을 인정한다면 곧 포
조(鮑照)나 강엄(江淹)도 족히 미칠 수 없었을 것이다. 「중품」에 월
거(越居)하니, 모두들 마땅하다 할 것이로다.

 곽태기(郭泰機)가 빈한한 여인을 노래한 「답부함(答傅咸)」이란 오언시 작
품은 작자의 고독하고 원망스런 신세를 잘 반영하고 있어 매우 한스럽다.
고개지(顧愷之)는 사구(四句) 이운(二韻)의 짧은 작품으로 4수의 훌륭한 시
에 화답할 수 있었다. 사세기(謝世基)는 '횡해(橫海)'라는 단어가 사용된 작

품을 남겼고, 고매(顧邁)는 '홍비(鴻飛)'라는 단어가 사용된 작품을 남겼다. 대개(戴凱)는 사람됨이 성실하였으나 집이 가난하여 몸이 수척하였지만, 문학적인 재능만은 현저하여 작품 속의 취지가 매우 풍부하고 기력도 건장하였다. 이들 다섯 명의 시인을 통틀어 품평한다면, 시 작품의 양이 비록 많지는 않으나 문기(文氣)와 성조(聲調)가 대단히 탁월하므로, 내가 그들의 진보 가능성을 높이 사서 평가를 내린다면 포조(鮑照)나 강엄(江淹) 같은 시인들 역시 이들의 작품 수준에까지는 제대로 미치지 못하였을 것이다. 일단 한 단계를 건너뛰어 「중품」에 품급시켜두니, 아마도 모든 사람들이 다 정당한 평가라고 수긍할 것이다.

'태기한녀지제(泰機寒女之製), 고원의한(孤怨宜恨)'의 '한녀지제(寒女之製)'는 『문선』 권25에 수록된 곽태기의 오언시 「답부함」을 가리킨다. 빈한한 집 여인이 아주 훌륭한 솜씨를 지니고 있으면서도 베 짤 기회를 얻지 못하는 데 대한 안타까움을 서술하였는데, 그 이면에는 자신의 능력이 세상에 받아들여지지 않는 데 대한 울분을 토로하고 또 부함이라는 시인이 취직 부탁을 받고도 배부른 자가 남의 허기증을 알아주지 못하듯이 자신의 괴로운 심경을 헤아려주지 않는 데 대한 원망도 나타내고자 한 것으로 보인다.

'장강능이이운답사수지미(長康能以二韻答四首之美)'의 '이운(二韻)'에 대해, 고직 찬 『종기실시품전』에서는 고개지의 「신정시(神情詩)」 "春水滿四澤, 夏雲多奇峯, 秋月揚明輝, 冬嶺秀寒松."을 가리키는 것으로 추정하고 있다. 그러나 이 작품은 『도연명집』 권3에 「사시(四詩)」라는 제목으로 수록되어 있기도 하여서 고개지의 작품인지 여부가 확실치 않은 만큼, 종영이 말한 '이운(二韻)'이 바로 이 작품을 가리키는 것으로 보기에는 무리가 많다 하겠다.

'세기'횡해'(世基'橫海'), 고매'홍비'(顧邁'鴻飛')' 구의 다음에도 원래는 어떠한 평어가 가해져 있었을 것으로 생각된다. 그래야만 앞뒤 문장들과 일관성이 있게 되기 때문이다. 같은 맥락에서 차주환 교수 찬 『종영시품교증』에서는 금본(今本)에 이 대목의 평어가 잘못 누락된 것으로 추정하였다.

대개의 작품에 대한 평가 역시 그의 시가 전혀 전하지 않고 있어 확인해 볼 길이 없다.

'문수불다(文雖不多), 기조경발(氣調警拔)'의 '기조(氣調)'는 문기(文氣)와 성조(聲調)를 뜻한다. 그중 '기(氣)'는 문학 작품을 지탱해주는 왕성한 생명력이나 작품 내면에 흐르고 있는 정신을 뜻하는 말로서, 종영은 특히『시품』에서 여러 시인들의 작품을 품평하는 가장 중요한 기준의 하나로 이 '기(氣)'를 제시해두고 있다.『안씨가훈(顔氏家訓)』「문장(文章)」편에 "文章當以理致爲心腎；氣調爲筋骨；事義爲皮膚；華麗爲冠冕."이라 하였고, 조비의『전론』「논문」에도 "文以氣爲主"라 하여 기(氣)가 매우 중요한 요소로 강조되어 있다.

'오허기진(吾許其進)' 구는『논어(論語)』「술이(述而)」편 중의 "與其進也"란 구절을 의식하고 쓴 표현으로, 곽태기를 비롯한 5명의 시인이 그들의 재능을 충분히 발휘하지 못하고 세상을 떠났지만 그 진보 가능성에 초점을 맞추어 평가를 내린다면 포조(鮑照)나 강엄(江淹) 같은 저명 시인들보다도 오히려 더 높은 수준에까지 오를 수 있었을 것이라는 뜻이다. 여기서 포조나 강엄 등을 비교 대상으로 설정한 이유는 이들이 곽태기를 비롯한 5명의 시인들과 마찬가지로 빈한한 가문 출신이면서도 당시에 대단한 명성을 누렸다는 공통점이 있기 때문인 것으로 보인다. '미족태지(未足逮止)'의 '지(止)'자는 별 의미 없이 사용된 조사(助詞)이다.

'월거「중품」(越居「中品」), 첨왈의재(僉曰宜哉)'의 '월거「중품」(越居「中品」)'은 곽태기를 비롯한 다섯 시인의 작품이 「중품」에 품급된 시인들의 일반적인 작품 수준에 비해 좀 뒤떨어지는 감이 있음을 전제로 한 평이다. 「중품」「장화((張華)」조에서 "지금 그를 「중품」에다 품급하려고 하니 아무래도 작품 수준이 못 미치는 것 같아 염려되고, 그렇다고 해서 「하품」에다 품급하자니 너무 과소평가하는 것 같아 애석하니, 작품 수준이 「중품」과 「하품」의 중간 정도에 해당된다 하겠다(今置之「中品」, 疑弱 ；處之下科, 恨少, 在季孟之間矣.)"라고 한 평과 동일한 견지에서 사용한 평어라 하겠다. '첨왈의재(僉曰宜

哉)’는 『상서(尙書)』 「순전(舜典)」 중의 ‘첨왈수재(僉曰垂哉)’·‘첨왈익재(僉曰益哉)’ 등의 구를 의식하고 쓴 표현으로 보인다.

　종영이 본조에서 이들 5명의 시인을 이처럼 높이 평가하고 있는 데 대해, 코젠 히로시 찬 『시품』에서는 종영 역시 한문(寒門) 출신으로 세상살이의 어려움을 뼛속 깊이 통감하고 있던 사람이기에 이들의 재능과 운명 사이에 나타나는 괴리현상을 무심히 보아넘기지 못하고 일종의 동질감 같은 것을 느껴서 다분히 자기이입적인 투의 비평을 가한 것이라고 설명하였다.

송나라 징사 도잠_{宋徵士陶潛}

도잠(陶潛, 365~427)은 자가 연명(淵明)이고 심양(尋陽) 시상인(柴桑人)이다. 혹설에 의하면 이름이 연명이고 자가 원량(元亮)이었다고도 한다. 호(號)는 오류선생(五柳先生)이며, 흔히 정절선생(靖節先生)이라 일컬어지기도 하였다. 29세 때 강주좨주(江州祭酒)로 벼슬살이를 시작하여 군벌의 막료 직을 두루 거치면서 현실에 대한 포부와 기대가 허물어지는 환멸감을 맛보게 되었고, 41세 때 팽택현(彭澤縣) 현령(懸令) 직을 마지막으로 관계(官界)를 떠나 평생 동안 향리에서 은둔생활을 하였다. 양(梁)나라 소명태자(昭明太子) 소통(蕭統)이 편찬한 『도연명집(陶淵明集)』에 오언시 115수가 수록되어 있어서, 육조 시대 시인들 중에서는 가장 많은 양의 작품을 남기고 있다.

종영은 본조에서 도잠을 '송징사(宋徵士)'라 일컫고 있는데, 도잠이 진(晋) 안제(安帝) 의희(義熙, 405~418) 말에 저작좌랑(著作佐郎)에 임명되었지만 취임하지 않았으므로 엄격히 따지면 '진징사(晋徵士)'라 일컬어져야 옳다 하겠다. 안연지의 「도징사뢰(陶徵士誄)」에는 '유진징사(有晋徵士)'라고 바로 일컬어져 있다. 종영은 『시품』에서 각 시인들의 조대명을 명기하면서 대체로 그 사망연도를 기준으로 삼고 있으며, 또한 도잠이 저작좌랑에 임명된 때가 이미 진의 국운이 쇠하고 훗날 송(宋) 무제(武帝)로 즉위한 유유(劉裕)가 상당한 실권을 장악하고 있던 때였으므로 그렇게 일컬은 것으로 보인다.

『隋書』「經籍志」: "宋徵士陶潛集9卷."(原注 : "梁5卷, 錄1卷.")
『晋書』(卷94)「隱逸傳・陶潛傳」
『宋書』(卷93)「隱逸傳・陶潛傳」
『南史』(卷75)「隱逸傳・陶潛傳」
蕭統「陶淵明集・序」
蕭統「陶淵明傳」
顏延之「陶徵士誄」
陶潛「五柳先生傳」

1) 協(협) : 맞다. 합치되다.

2) 風力(풍력) : 풍채(風采)와 골력(骨力). 곧 문학 작품의 내면에 갖추어져 있는 왕성한 생명력을 뜻하는 말이다.

3) 文體(문체) : 문학 작품의 체재. 여기서는 시 작품의 형식적인 됨됨이를 지칭한 말이다.

4) 省靜(생정) : 간략하고 조용하다.

5) 長語(장어) : 길게 늘어뜨린 말. 곧 장황하게 늘어놓거나 지나치게 과장한 말.

6) 篤意(독의) : 독실(篤實)한 생각.

7) 眞古(진고) : 진실되고 고아(古雅)하다.

8) 辭興(사흥) : 수사상의 비유.

9) 婉愜(완협) : 완곡하면서도 만족스럽다.

10) 文(문) : 문학 작품. 여기서는 도잠의 오언시 작품을 중점적으로 지칭한 말이다.

11) 質直(질직) : 질박하고 솔직하다.

12) 『도정절집(陶靖節集)』(卷4) 「독산해경(讀山海經)」 第1首 : "歡言酌春酒, 摘我園中蔬."

13) 『도정절집(陶靖節集)』(卷4) 「의고(擬古)」 第5首 : "日暮天無雲, 春風扇微和."

14) 風華(풍화) : 기세있고 화려하다.

15) 淸靡(청미) : 맑고 화사하다.

16) 直(직) : 겨우. 단지.

17) 田家語(전가어) : 시골사람들의 투박하고 멋없는 말.

그 원(源)은 응거(應璩)에게서 나왔고, 또 좌사(左思)의 풍력(風力)에도 합치된다. 문체(文體)가 간략하고 조용하며 거의 장어(長語)가 없다. 독의(篤意)가 진실되고 고아(古雅)하며 사흥(辭興)이 완곡(婉曲)하면서도 만족스럽다. 매번 그 문(文)을 볼 때마다 그 인덕(人德)을 생각하게 된다. 세인(世人)들이 그 질직(質直)함을 찬탄(讚歎)하였다. '환언작춘주(歡言酌春酒)'나 '일모천무운(日暮天無雲)'과 같은 데 이르면, 풍화(風華)가 맑고 화사한데 어찌 겨우 전가어(田家語)라 할 수 있겠는가. 고금(古今) 은일(隱逸) 시인의 종주(宗主)였다.

도잠(陶潛) 시체의 원류는 응거(應璩) 시로부터 나왔으며, 또한 좌사(左思) 시에 보이는 왕성한 생명력도 아울러 갖추고 있다. 작품체재가 간결하고 안정된 감을 주며, 장황한 어휘가 거의 사용되고 있지 않다. 성실한 생각들이 참되고 고아(古雅)하게 묘사되어 있으며, 수사상의 비유가 완곡하면서도 흡족하게 이루어져 있다. 그의 시 작품을 대할 때마다 늘 그 작자의 높은 덕을 생각하게 된다. 세상사람들이 그 질박하고 솔직한 풍격에 감탄하였다. "즐겁게 이야기하며 봄 술을 따르고(歡言酌春酒)"란 구절이나 "날은 저물고 하늘에 구름 한 점 없는데(日暮天無雲)"라는 구절 등과 같은 작품들은 화려한 기풍이 맑고도 화사한데, 어찌 단순하게 시골사람들의 투박

하고 멋없는 말이라고 혹평을 가할 수 있겠는가? 그는 고금을 통틀어 모든
은일(隱逸) 시인들의 종주 격인 시인이었다.

　도잠의 시가 「중품」에 품제된 데 대해서는 왕사정(王士禎)의 『어양시화
(漁洋詩話)』 권하(卷下)에서 당연히 「상품」에 품급되어야 한다고 역설하였으
며, 고직 찬 『종기실시품전』에서도 "『太平御覽』(586)鍾嶸『詩評』曰 : ‘古詩·
李陵·班倢伃·曹植·劉楨·王粲·阮籍·陸機·潘岳·張協·左思·謝靈
運·陶潛十二人詩, 皆上品.’"이라 지적한 다음, 이에 근거하여 도잠이 본래
는 「상품」에 품제되었는데 후인들이 잘못 고쳐 「중품」에 품급시킨 것일 거
라고 추정하였다. 이에 반해 허문우 편저 『문론강소』본 『종영시품』에서는
"案, 本品所次, 歷受人議, 實則記室絶無源下流上之例, 故應·陶終同卷也. 又
『文選』收陶詩獨少, 則時議亦有所限云. 『太平御覽』刊上品末一人, 雖陶潛名,
顯係後人添入. 果屬原有, 何至次謝靈運下. 適形其風尚陶詩, 爲宋人之見而已."
라 하였고, 왕숙민 찬 『종영시품소증』에서도 "但仲偉旣謂陶詩源出應璩, 應
詩列在「中品」, 則陶詩亦當在「中品」. 列某人之詩於「上品」, 而謂其源出於「中
品」某人之詩, 『詩品』無此例. 故『御覽』引陶詩在「上品」, 疑經後人改竄, 非『詩
品』之舊也."라 하여 역시 고직의 견해를 반박하였다. 차주환 교수 찬 『종영
시품교증』에서는 "古直云 : ‘靖節本在「上品」, 『御覽』可徵.’ 案, 『四部叢刊』影
宋本『御覽』(586)有云 : ‘古詩·李陵·班倢伃·曹植·劉楨·王粲·阮籍·陸
機·潘岳·張協·左思·謝靈運十二人, 詩皆「上品」.’ 淸鮑刻本『御覽』‘靈運’
下雙行註‘陶潛’二字, 乃不知所云十二人包括古詩之無名氏, 而因尊陶觀念妄以
陶潛充數, 得影宋本『御覽』之鐵證, 則陶潛本在「中品」之疑案可得定論矣."라
하여, 역시 고직의 설이 잘못임을 구체적으로 밝혀두었다. 사실 도잠 시의
진가(眞價)가 일반인들 사이에서 제대로 인식되기 시작한 것은 당대(唐代)에
이르러서이며, 그의 시에 대한 높은 평가가 확립된 것은 송대(宋代)에 들어
서였다. 종영이 생존하였던 육조 시대까지만 하더라도 수사주의 문학이 극

성을 누린 가운데, 도잠의 시는 그저 상당히 이색적인 기풍의 작품이라는 정도로 인식되었을 따름이다. 소통(蕭統)은 당시 도잠의 문학 작품을 누구보다 애호하여서 『도연명집』을 편찬하기도 하였지만, 도잠의 문학을 가장 잘 이해하였던 그 역시 『문선』에는 시 8수와 「귀거래사(歸去來辭)」 1편만을 수록해놓고 있을 뿐이다. 이 역시 당시 문인들의 도잠 시에 대한 인식을 단적으로 증명해주는 한 예라 하겠다.

도잠 시체의 원류가 응거의 시로부터 나왔다는 데 대해서도, 역대 문인들 사이에 이론(異論)이 분분하게 제기되어왔다. 종영의 설에 동조하는 견해를 살펴보면, 우선 허학이의 『시원변체』 권6에서 응거와 도잠의 시에 동일한 운자(韻字)가 사용되어 있음을 지적하였고, 또 응거의 「삼수시(三叟詩)」가 간략하고 질박한 기풍을 보이고 있는데다 문답체를 구사하고 있는 점이 도잠 시의 구어체와 비슷하다고 설명하였다. 고직 찬 『종기실시품전』에서는 두 시인의 작품에 나타난 풍자성을 그 근거로 제시하였고, 왕숙민 찬 『종영시품소증』에서는 종영의 설이 '문체(文體)'를 기준으로 한 말일 거라고 추측하였다. 한편 종영이 두 사람의 시를 평하면서 사용한 평어들은 서로 뚜렷한 호응관계를 보이고 있다. 곧 도잠에게 가해진 '독의진고(篤意眞古)'란 평어가 응거의 경우 '선위고어(善爲古語)' · '아의심독(雅意深篤)' 등의 평어와 호응되며, 역시 도잠에게 가해진 "지여(至如)……, 풍화청미風華淸靡)"란 평은 응거의 경우 "지어(至於)……, 화미가풍미언(華靡可諷味焉)"이란 평과 맥락을 같이하고 있다. 또한 도잠의 시구 "즐겁게 이야기하며 봄 술을 따르고(歡言酌春酒)"를 제시하고서 "어찌 단순하게 시골사람들의 투박하고 멋없는 말이라고 혹평을 가할 수 있겠는가(豈直爲田家語邪)"라 평한 대목도 어쩌면 응거의 「백일시(百一詩)」 중 "田家無所有, 酌醴焚枯魚."란 구절을 의식하고 쓴 표현일 것 같기도 하다. 종영은 이처럼 이들 두 시인의 작품이 모두 고전적이고 소박한 면을 지니고 있으며 그 속에 깊고 독실한 취지가 구현되어 있다는 공통된 인식을 가졌기에, 이들을 하나의 계통으로 분류해놓았던 것이다.

　종영의 견해에 의하면, 도잠의 시는 그 원류가 응거로부터 비롯되었으며 또 한편으로 좌사 시에 보이는 풍력(風力)을 함께 구비하고 있는 것으로 파악되어 있다. 그는 도잠의 시를 평하여 "성실한 생각들이 참되고 고아하게 묘사되어 있으며, 수사상의 비유가 완곡하면서도 흡족하게 이루어져 있다(篤意眞古, 辭興婉愜.)"고 하였고, 좌사의 시를 평하여 "작품경향이 전아하면서도 원망하는 감정으로 가득 차 있으며, 그 비판이 상당히 정교하고 절실하게 이루어져 있어서 풍자하는 정신을 잘 살려내었다(文典以怨, 頗爲精切, 得諷諭之致.)"고 하여, 두 사람의 시에 공통적으로 신랄한 비판의식이 깔려 있는 것으로 인식하였다. '풍력(風力)'이란 평어는 『시품』「서」 중에 '건안풍력진의(建安風力盡矣)'·'간지이풍력(幹之以風力)' 등과 같은 동일한 용례들이 보이고 있다.

　'독의진고(篤意眞古)'의 '진(眞)'은 도잠의 「음주시(飮酒詩)」 중 제5수에 "此中有眞意"와 제20수에 "擧世少復眞"이란 구들이 보이듯이, 그가 평소 이상으로 삼았던 참되고 진실된 경지와 일맥상통되는 평어이다. 진역증(陳繹曾)의 『시보(詩譜)』에 "陶淵明, 心存忠義, 心處閒逸. 情眞景眞事眞意眞, 幾於「十九首」矣."라 하였고, 심덕잠(沈德潛)의 『설시수어(說詩晬語)』 권상(卷上)에 "陶詩合下自然. 不可及處, 在眞在厚."라 하였으며, 황자운의 『야홍시적』에 "陶以己之天眞, 運漢之風格."이라 하였듯이, 역대 비평가들 역시 '진(眞)'자를 사용하여 그의 시를 평한 예들이 많이 보인다.

　'매관기문(每觀其文), 상기인덕(想其人德)' 구에서처럼 도잠의 시를 그의 인품과 관련지어 평해놓은 언급들로는 소통의 「도연명집·서(陶淵明集·序)」에 "余素愛其文, 不能釋手, 尙想其德, 恨不同時."라 한 기록을 위시하여, 허의(許顗)의 『언주시화(彦周詩話)』 중에 "陶彭澤詩, 顔·謝·潘·陸皆不及者, 以其平昔所行之事, 賦之於詩, 無一點愧詞, 所以能爾."란 평문과 송대준(宋大樽)의 『명향시론(茗香詩論)』 중에 "淵明田園詩之佳, 佳於其人之有高趣也."란 평문들이 있다.

'세탄기질직(世歎其質直)'의 '질직(質直)'은 『논어』「안연(顔淵)」편 중의 "夫達者, 質直而好義, 察言而觀色, 盧以下人."이란 언급을 연상하고 쓴 평어로서, 당시 문인들뿐만 아니라 역대 비평가들 역시 도잠 시의 질박하고 솔직한 면에 대해서는 대체로 견해를 같이하고 있다.

'환언작춘주(歡言酌春酒)' 구의 '작(酌)'자가 『고씨문방소설(顧氏文房小說)』본 · 『오조소설(五朝小說)』본 · 『설부(說郛)』본 · 『한위총서』본 · 『광한위총서』본 · 『학시진체(學詩津逮)』본 · 『고금도서집성(古今圖書集成)』본 · 『역대시화』본 · 『용위비서(龍威秘書)』본 · 『오조소설대관(五朝小說大觀)』본 · 『형설헌총서』본 · 섭장청(葉長靑) 찬(撰) 『시품집석(詩品集釋)』등과 『산당고색(山堂考索)』 · 『기찬연해(記纂淵海)』 · 『패편(稗編)』 · 『균석산방시화초(筠石山房詩話鈔)』등의 인용문에는 모두 '취(醉)'로 되어 있다. 차주환 교수는 『종영시품교증』에서 '작(酌)'자로 된 것이 『시품』의 본모습일 거라고 추정하고 현존하는 도잠의 시에도 '작(酌)'자로 되어 있음을 지적한 다음, 『북당서초』권148에 인용되어 있는 '작피춘주(酌彼春酒)'라는 응거의 시구를 소개하고 도잠이 이 시구를 의식하여 지은 작품일 거라고 추측하였다.

'풍화청미(風華淸靡)'는 『남사(南史)』권19 「사회전(謝晦傳)」에 "時謝琨風華, 爲江左第一."이라 하였고, 『문심조룡』「재략」편에 "曹攄淸靡於長篇, 季應辨切於短韻."이라 한 용례들이 보인다. 허문우 편저 『문론강소』본 『종영시품』에서는 「응거(應璩)」조에 사용된 '화미(華靡)'란 평어를 늘여 말해 '풍화청미(風華淸靡)'라고 한 것이라 설명하였다.

'고금은일시인지종야(古今隱逸詩人之宗也)'란 평은 『진서』 · 『송서』 · 『남사』 등이 모두 도잠의 전기를 「은일전(隱逸傳)」속에 포함시켜놓은 점과 일치된다. 고직 찬 『종기실시품전』에서는 "案, 六朝人, 如鮑照 · 江淹 · 梁昭明 · 梁簡文 · 楊休之等, 均好陶詩. 陶公固不僅爲古今隱逸詩人之宗, 然古今隱逸詩人, 則未有不宗陶公者. 仲偉之言, 未爲失也."라 하여, 종영의 평이 타당함을 역설하였다.

송나라 광록대부 안연지_{宋光祿大夫顏延之}

안연지(顏延之, 384~456)는 자가 연년(延年)이고 낭야(琅邪) 임기인(臨沂人)이다. 벼슬로는 금자광록대부(金紫光祿大夫)를 역임하였으며, 사후에 산기상시(散騎常侍) 직을 추증받기도 하였다. 천성이 술을 좋아하고 방약무인한 언동을 일삼아 자주 물의를 빚기도 하였지만, 청렴결백하게 분수를 지키며 세속적인 물욕에 초연한 자세로 난세(亂世)를 무난하게 넘길 수 있었다한다. 시에 있어서는 사영운과 함께 반악·육기의 뒤를 이은 최고의 시인으로 평가되면서 '안(顏)·사(謝)'라고 병칭되어왔다. 다만 전고(典故)를 남용하는 등 지나친 수사주의적 경향을 띠고 있어서, 후세의 평가는 그다지 높은 편이 못 되었다. 종영 역시 「서」에서 그를 사영운에 버금가는 존재로 인정하긴 하였지만, 사영운보다는 한 단계 낮은 「중품」에 품급시켜놓음으로써 그들간의 수준차이를 시사해두었다. 오언시 20수 가량이 현존하고 있다.

『文選』(卷31) 江文通(淹) 「雜體詩三十首」 第24首題 : "顏特進延之."
『隋書』「經籍志」: "宋特進顏延之集25卷."(原注 : "梁30卷, 又有顏延之逸集1卷, 亡.")
『宋書』(卷73) 「顏延之傳」
『南史』(卷34) 「顏延之傳」

『全漢三國晋南北朝詩』「全宋詩」(卷2)

其源出於陸機. 尙巧似[1], 體裁綺密[2]; 情喩[3]淵深, 動[4]無虛散[5], 一句一字, 皆致意焉. 又喜用故事[6], 彌見拘束. 雖乖秀逸[7], 是經綸文[8]雅才. 雅才減若人, 則蹈於困躓[9]矣. 湯惠休[10]曰 : '謝詩如芙蓉[11]出水, 顔如錯彩鏤金[12].' 顔終身病之.

1) 巧似(교사) : 교묘하고 흡사한 묘사. 곧 사실적인 묘사.
2) 綺密(기밀) : 곱고 치밀하다.
3) 情喩(정유) : 비유되어 있는 감정.
4) 動(동) : 동첩(動輒). 곧 매번, 번번이의 뜻.
5) 虛散(허산) : 쓸모없다.
6) 故事(고사) : 고사(古事). 즉 예부터 전해오는 유래가 담긴 일. 여기서는 시에 사용되는 전고(典故)를 뜻하는 말이다.
7) 秀逸(수일) : [재주가] 탁월하다.
8) 經綸文(경륜문) : 천하를 다스리는 데 활용되는 문장. 곧 정치에 관한 견해를 피력한 문장을 뜻한다.
9) 困躓(곤지) : 곤궁에 빠져 좌절하다.
10) 湯惠休(탕혜휴) : 남조(南朝) 제(齊)나라의 시인으로 「하품」에 품제되었다.
11) 芙蓉(부용) : 연꽃의 다른 명칭.
12) 錯彩鏤金(착채루금) : 채색을 입혀 꾸미고 금빛으로 아로새기다.

直譯 그 원(源)은 육기(陸機)에게서 나왔다. 교묘하고 흡사한 묘사를 숭상하였고 체재(體裁)가 곱고 치밀하며, 비유된 감정이 깊고 깊어서 매양 쓸모없는 구석이 없고, 한 구(句) 한 자(字)마다에 모두 주의가 기울여져 있다. 또한 고사(故事)를 즐겨 사용하여 더더욱 구속

을 받았다. 비록 탁월함에는 어긋나나, 그래도 정치관계 문장에만
은 고상한 재주가 있었다. 고상한 재주가 이 사람보다 적으면 곧
곤궁에 빠져 좌절을 겪게 될 것이다. 탕혜휴(湯惠休)는 말하기를
"사시(謝詩)는 부용(芙蓉)이 물 위에 나와 있는 듯하고, 안(顔)은 채색
을 입히고 금빛을 새겨둔 것 같다"고 하였는데, 안(顔)은 종신토록
그것을 고심(苦心)하였다.

 안연지(顔延之) 시체의 원류는 육기(陸機) 시로부터 나왔다. 사실적인 묘사
를 중시하였고 작품 구성이 화려하고 짜임새 있으며, 감정표현이 심오하여
서 어떤 경우에도 쓸모없는 표현이 전혀 없고, 하나의 구나 한 글자에 이
르기까지 세심한 배려가 가해져 있다. 또 전고(典故)를 남용하여서 지나치
게 제약을 받고 있다는 느낌을 주기도 한다. 비록 그가 시에 있어서는 그
렇게 뛰어난 편이 못 되었지만, 정치에 관한 문장을 짓는 데는 탁월한 재
능을 발휘하였다. 뛰어난 재주가 안연지보다 부족하면서 무작정 그의 시풍
을 답습한다면, 곤궁에 빠져 좌절당하듯 표현에 차질이 생기게 될 것이다.
탕혜휴(湯惠休)는 평하기를 "사영운의 시는 연꽃이 수면 위로 모습을 드러
내고 있는 듯하고, 안연지의 시는 아름답게 색칠을 하고 금빛으로 아로새
겨놓은 듯한 느낌을 준다"고 하였는데, 안연지는 일생 동안 시를 지으면서
그러한 기풍을 형성하는 데에 전념하였다.

   안연지는 『시품』에서 유일하게 육기 시의 계통을 이어받은 시인으로 거
론되어 있다. 종영이 「육기(陸機)」조에서 가한 '재고사섬(才高辭贍), 거체화
미(舉體華美)'란 평과 본조에 사용된 '체재기밀(體裁綺密)'·'착채루금(錯彩鏤
金)' 등의 평어들은 그 의미가 거의 비슷한데, 실제로 육기와 안연지의 시는
대구(對句)나 전고(典故) 등 수사주의적인 기교들을 많이 구사하고 있고 짜
임새있는 구성을 갖추어놓고 있다는 공통점을 보이고 있다.『문심조룡』「재
략」편에서 육기를 평하여 "陸機才欲窺深, 辭務索廣, 故思能入巧, 而不制煩,"

328

이라고 한 것 역시 종영이 본조에서 안연지를 평한 대목과 흡사한 내용으로
되어 있으며, 시보화(施補華)의 『현용설시(峴傭說詩)』에서도 "五言古詩, 不廢
排比對偶. 然如陸士衡則傷氣, 如顔延之則窒機, 蓋整密中不可無疏宕也."라 하
여 육기와 안연지 시의 유사점을 암시해두었다.

'상교사(尚巧似)'는 「상품」 「사영운(謝靈運)」조 중의 '고상교사(故尚巧似)'
와 「중품」 「포조(鮑照)」조의 '연귀상교사(然貴尚巧似)' 등 동일한 용례들이
보이고 있다. '체재기밀(體裁綺密)'은 심약의 『송서』 권67 「사영운전 · 논」
중에 "延年之體裁明密"이라고 한 평과 동일한 평가이며, 『남사』 권19 「사영
운전(謝靈運傳)」에도 "[靈運]縱橫俊發, 過於延之, 深密則不如也."라 하여 비슷
한 내용의 평이 실려 있다. 「하품」 「포영휘(鮑令暉) · 한난영(韓蘭英)」조에
'난영기밀(蘭英綺密)'이란 동일한 용례가 보인다.

'동무허산(動無虛散)'의 '허산(虛散)'은 시 작품 중의 쓸모없는 면, 즉 내용
이 부실하고 산만한 경향을 뜻하는 말이다. 『시품』 「서」에 "……의미가 들뜨
게 되면 문사가 산만해지게 된다. 마치 즐겁게 노닐며 정처없이 마구 옮겨다
니듯 작품의 내용에 일관성이 결여되고, 문사에 있어서도 어느 한곳에 차분
히 머무르는 듯한 안정감이 없어서, 실속도 없이 난잡하고 산만하기만 한 결
함을 지니게 되는 것이다(……意浮則文散. 嬉成流移, 文無止泊, 有蕪慢之累
矣.)"라고 한 언급과 상통되는 내용의 평어라 할 수 있다.

'우희용고사(又喜用故事)'의 '고사(故事)'는 고사(古事)와 같은 말로 전고(典
故)를 의미한다. 『사기(史記)』 권130 「태사공자서(太史公自序)」에 "余所謂述
故事, 整齊其世傳, 非所謂作也."라 하였고, 『문심조룡』 「사류(事類)」편에 "觀
夫屈 · 宋屬篇, 號依詩人, 雖引古事, 而莫取舊辭."라고 한 용례들이 보인다.
종영은 『시품』 「서」에서 전고 사용의 폐단을 역설한 다음, 까다로운 전고의
사용에 집착하기보다는 작자가 보고 느낀 바를 직접적이면서도 자연스럽게
묘사할 것을 주장한 바 있다.

'시경륜문아재(是經綸文雅才)' 중의 '경륜(經綸)'은 『주역(周易)』 「준(屯)」괘

(卦)에 "君子以經綸"이라 한 것처럼, 천하를 다스린다는 뜻이다. '경륜문(經綸文)' 즉 장(章)이나 표(表)와 같은 공문(公文) 성격의 정치관계 문장에 있어서는 고전(古典)에 출처를 둔 어휘들이나 전고를 많이 사용하는 것이 하나의 필수조건이 될 수도 있으며, 안연지가 그러한 문장을 짓는 데에는 아주 뛰어났다는 설명이라 하겠다. 『시품』「서」에는 "모름지기 시를 지을 때 전고를 사용하는 풍조가 사회 전체의 일반적인 통념처럼 되어 있다. 그러나 나라를 다스리는 데 사용되는 공문서를 작성하는 경우에는 당연히 옛것을 널리 알아야 할 필요가 있겠지만, …… 시를 지을 때에는 전고의 사용을 중시할 필요가 전혀 없다(夫屬詞比事, 乃爲通談. 若乃經國文符, 應資博古, …… 至乎吟詠情性, 亦何貴於用事.)"라고 하여, 나라를 다스리는 데 사용되는 공문서를 작성함에 있어서는 시에서와 달리 옛것을 널리 알아야 할 필요가 있다는 견해가 제시되어 있다.

　'아재감약인(雅才減若人), 즉도어곤지의(則蹈於困躓矣)'에 대하여, 섭장청 찬 『시품집석』에서는 "案, 二句謂 : 才不及顏者學顏, 則蹈於困躓矣."라 설명하였다. 왕숙민 찬 『종영시품소증』과 차주환 교수 찬 『종영시품교증』에서는 '아재감약인(雅才減若人)'의 '아(雅)'자가 바로 앞의 구절에 나온 '아(雅)'자 때문에 잘못 추가된 것일 거라고 추정하였다. '약인(若人)'은 '약차인(若此人)' 또는 '차인(此人)'의 뜻으로, 『논어』「공야장(公冶章)」편과 「헌문(憲問)」편에 나오는 "君子哉! 若人."이란 구절을 연상하고 쓴 표현이다. 「상품」「사영운(謝靈運)」조에 '약인흥다재고(若人興多才高)'라고 한 용례가 보이고 있다.

　탕혜휴의 말로 인용된 대목은 『남사』「안연지전(顏延之傳)」에 "延之嘗問鮑照, 己與靈運優劣. 照曰 : '謝五言如初發芙蓉, 自然可愛 ; 君詩若鋪錦列繡, 亦雕績滿眼.'"이라 하여, 거의 동일한 내용의 평이 포조의 말로 인용되어 있기도 하다. 이 평문을 인용해둔 종영 역시 사영운의 시가 자연스러운 아름다움을 간직하고 있는 데 반해, 안연지의 시에는 인위적인 수식이 지나치게 가해져 있다는 점에 인식을 같이하였던 것으로 보인다.

송나라 예장태수 사첨_{宋豫章太守謝瞻} 송나라 복사 사혼_{宋僕射謝混}
송나라 태위 원숙_{宋太尉袁淑} 송나라 징군 왕미_{宋徵君王微}
송나라 정로장군 왕승달_{宋征虜將軍王僧達}

사첨(謝瞻, 387~421)은 자가 선원(宣遠)이고 진군(陳郡) 양하인(陽夏人)이다. 사혼·사영운 등과 같은 집안에서 출생하여 그들과 함께 문명을 떨쳤다. 원래 욕심이 적었고 부귀영달을 원치 않았다고 하며, 예장태수(豫章太守)를 지내던 중 병으로 세상을 떠났다. 오언시 5수가 『문선』에 수록되어 전하고 있다.

『隋書』「經籍志」: "宋豫章太守謝瞻集3卷."
『宋書』(卷56)「謝瞻傳」
『南史』(卷19)「謝瞻傳」
『全漢三國晋南北朝詩』「全宋詩」(卷3)

사혼(謝混, ?~412?)은 자가 숙원(叔源)이고 어릴 적 자는 익수(益壽)였으며, 진군(陳郡) 양하인(陽夏人)이다. 동진(東晋) 시대의 명재상 사안(謝安)의 손자로, 조부인 사안의 기풍을 그대로 이어받았다 한다. 진나라 조정으로부터 상서좌복사(尚書左僕射) 직을 임명받았고, 송(宋) 무제(武帝) 유유(劉裕)와 적대관계에 있던 유의(劉毅)를 편들었다는 이유로 살해당하였다. 오언시 2수가 전하고 있다.

종영은 본조에서 사혼의 조대명을 '송(宋)'으로 소개하였는데,『수서』「경적지」에서는 그를 '진좌복사(晋左僕射)'라고 일컫고 있다. 그의 사망연도는 정확히 알려져 있지 않으며, 대체로 진(晋) 안제(安帝) 의희(義熙) 8년 즉 412년이었을 것으로 추정되고 있다. 그리고『진서』「사혼전(謝混傳)」중의 "及宋受禪, 謝晦謂劉裕曰 : '陛下應天受命, 登壇日, 恨不得謝益壽奉璽紱.' 裕亦歎曰 : '吾甚恨之, 使後生不得見其風流.'"란 기록을 통해 볼 때, 사혼은 송 왕조가 건립되기 이전에 세상을 떠났음이 분명하다 하겠다. 그러므로 본조의 조대명은 '진(晋)'으로 고쳐지는 편이 타당할 듯하다.

『文選』(卷31) 江文通(淹) 「雜體詩三十首」 第21首題 : "謝僕射混."
『隋書』「經籍志」: "晋左僕射謝混集3卷."(原注 : "梁5卷.")
『晋書』(卷79) 「謝混傳」
『全漢三國晋南北朝詩』「全晋詩」(卷7)

원숙(袁淑, 408~453)은 자가 양원(陽源)이고 진군(陳郡) 양하인(陽夏人)이다. 황태자 유소(劉劭)의 모반을 간(諫)하였다가 살해당하였으며, 사후에 시중(侍中)·태위(太尉) 등의 직을 추증받았다. 오언시 5수가 전하고 있다.

『文選』(卷31) 江文通(淹) 「雜體詩三十首」 第27首題 : "袁太尉淑."
『隋書』「經籍志」: "宋太尉袁淑集11卷."(原注 : "幷目錄, 梁10卷, 錄1卷.")
『宋書』(卷70) 「袁淑傳」
『南史』(卷26) 「袁淑傳」
『全漢三國晋南北朝詩』「全宋詩」(卷5)

왕미(王微, 415~443)는 자가 경현(景玄)이고 낭아(琅邪) 임기인(臨沂人)이다. 천문(天文)과 점술에 뛰어났으며, 만년에는 불안한 사회분위기를 예감하여 모든 관직을 버리고 칩거하는 것으로 일생을 마쳤다고 한다. 오언시 4수가 전하고 있다.

종영은 본조에서 왕미를 '징군(徵君)'이라 일컫고 있는데, 이는 「도잠(陶潛)」조에 사용된 '징사(徵士)'와 같은 의미의 용어이며, 예부터 어떤 관직에 임명되고도 취임하지 않았던 사람들을 존경하여 부르는 말로 흔히 사용되어 왔다. 『송서』 「왕미전(王微傳)」에는 그가 남평왕삭우군자의참군(南平王鑠右軍諮議參軍)을 비롯하여 누차에 걸쳐 여러 관직들을 제수받았지만 번번이 사양하고 취임하지 않았던 사실들이 상세히 기록되어 있다.

『文選』(卷31) 江文通(淹) 「雜體詩三十首」 第26首題 : "王徵君微."
『隋書』 「經籍志」 : "宋秘書監王微集10卷."(原注 : "梁有錄1卷.")
『宋書』(卷62) 「王微傳」
『南史』(卷21) 「王微傳」
『全漢三國晋南北朝詩』 「全宋詩」(卷5)

왕승달(王僧達, 423~458)은 자가 정확히 알려져 있지 않으며, 낭아(琅邪) 임기인(臨沂人)이다. 왕미의 사촌동생으로 자신의 재능과 가문의 권세만 너무 믿고 상식을 벗어난 행동을 일삼다가, 결국 황제의 미움을 사서 사형에 처해졌다 한다. 벼슬이 정로장군(征虜將軍)을 거쳐 중서령(中書令)·황문랑(黃門郎) 등에까지 이르렀다. 오언시 4수가 전하고 있다.

『隋書』 「經籍志」 : "宋護軍將軍王僧達集10卷."(原注 : "梁有錄1卷.")
『宋書』(卷75) 「王僧達傳」
『南史』(卷21) 「王僧達傳」
『全漢三國晋南北朝詩』 「全宋詩」(卷5)

1) 才力(재력) : 재주와 능력.

2) 淸淺(청천) : 청신(淸新)하고 근천(近淺)하다. 곧 산뜻하고 실감나는 기풍을 지적하
   는 말이다.

3) 風流媚趣(풍류미취) : 고상한 멋과 아름다운 정취.

4) 課(과) : 검토하여 등수를 매기다.

5) 實錄(실록) : 실제 기록. 실제 작품.

6) 分庭抗禮(분정항례) : [주인과 손님이] 궁정(宮庭)의 동·서쪽에 나누어 앉아서 서
   로 마주 예(禮)를 표하다. 곧 어떠한 자격이나 수준이 서로 대등하여서 차이가 없
   음을 뜻한다.

7) 後車(후거) : 부거(副車). 곧 수행원들이 타고 뒤따르는 수레.

8) 卓卓(탁탁) : 높고 뛰어난 모양.

9) 驊騮(화류) : 주(周)나라 목왕(穆王)이 탔던 팔준마(八駿馬)의 하나.

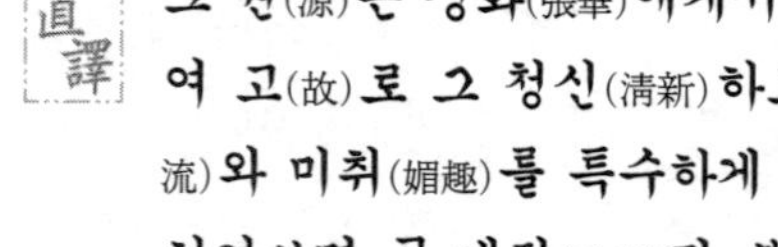

그 원(源)은 장화(張華)에게서 나왔다. 재력(才力)이 괴롭게도 빈약하
여 고(故)로 그 청신(淸新)하고 근천(近淺)한 기풍을 힘써서, 풍류(風
流)와 미취(媚趣)를 특수하게 이루어놓았다. 그 실제 기록들을 검토
하여보면 곧 예장(豫章)과 복사(僕射)는 의당 궁정(宮庭)의 동·서쪽
에 나누어 앉아서 서로 마주 예(禮)를 표하는 격이고, 징군(徵君)과
태위(太尉)는 뒷수레에 의탁하여 탈 수 있었던 격이며, 정로(征虜)는
높은 기상을 지녀 거의 화류(驊騮)의 앞으로 건너뛰려는 듯하다.

이들 5명의 시체의 원류는 장화(張華) 시로부터 나왔다. 이들은 문학적인
재능이 안타깝게도 부족함을 자각하였기 때문에 산뜻하고 실감나는 기풍

334

을 구사하는 데 각별히 주의를 기울였으며, 그리하여 고상한 멋과 아름다운 정취를 독특하게 구현해낼 수 있었다. 이들의 실제 작품들을 면밀히 검토하여서 그 우열을 가려보자면, 사첨(謝瞻)과 사혼(謝混)이 서로 비슷한 수준을 견지한 채 가장 뛰어났고, 왕미(王微)와 원숙(袁淑)은 사첨·사혼 두 사람의 수준에 버금가는 정도이며, 왕승달(王僧達)은 높은 기상을 지녀서 마치 준마의 앞으로 건너뛰기라도 하려는 듯한 면모를 보여준다.

종영이 본조에서 이들 5명의 시인을 한데 묶어 품평해놓은 이유는, 이들 중 사첨·사혼·왕미·왕승달 등이 모두 당시 즉 남조(南朝) 시대에 가장 큰 세도를 부렸던 대표적인 귀족가문인 사씨(謝氏)와 왕씨(王氏) 집안 출신이라는 공통점이 크게 고려되었을 듯하다. 그리고 원숙 역시 비록 이들 4명과 집안은 다르지만, 사씨 집안과 적관(籍貫)이 같은데다 그의 숙모가 왕승달의 어머니였다는 점에서 이들 범주에 함께 포함시킨 것으로 보인다. 한편 이들 5명의 시인은 모두 천수를 다하지 못하고 요절하였거나 혹은 사형에 처해졌다는 공통점을 지니고 있기도 하다.

종영이 이들 5명의 시체를 장화의 시체와 같은 계통으로 파악한 까닭은 이들 시의 '수득풍류미취(殊得風流媚趣)'한 시풍이 바로 장화 시의 '기체화염(其體華豔, 체재가 화려하고 고움)'·'무위연야(務爲妍冶, 수사상의 아름다움을 힘껏 추구함)'한 속성들과 일치되는 것으로 보았기 때문이라 하겠다.

'즉예장·복사(則豫章·僕射), 의분정항례(宜分庭抗禮)'란 평에 대해서는, 『송서』「사첨전(謝瞻傳)」에도 "瞻善於文章, 辭采之美, 與族叔混·弟靈運相抗."이라 하여 동일한 내용의 평이 보이고 있다. '분정항례(分庭抗禮)'는 주객(主客)이 각기 궁정(宮庭) 동편과 서편에 마주보고 앉아서 대등한 자격으로 회담에 임한다는 뜻으로, 여기서는 사첨과 사혼의 작품 수준이 거의 엇비슷함을 설명하는 말로 쓰였다. '항(抗)'자는 '항(伉)'과 같이 '병(並)'의 뜻, 곧 동등한 실력으로 서로 겨룬다는 의미이다.

'정로탁탁(征虜卓卓), 태욕도화류전(殆欲度驊騮前)'이란 평은 왕승달의 시를 칭찬한 말이라기보다는, 그의 시에 나타난 엉뚱하고 방자한 면을 지적한 말로 보는 편이 좋을 듯하다. 허문우 편저『문론강소』본『종영시품』에서는 "今就仲偉評詩之意推之, 宣遠不爲厲響, 叔源頗有閒情, 自無軒輊之分. 陽源語弱, 而時寓古悲 ; 景玄辭哀, 而情入凄怨 ; 若論五言之警策, 自亞於二謝矣. 僧達與顔延年贈答, 雖加事義, 未乖秀逸. 由天才豐盛, 不徒恃閒趣成什故也. 謂之度驊騮前, 殆以此歟."라 설명하고 있다.

송나라 법조참군 사혜련_{宋法曹參軍謝惠連}

사혜련(謝惠連, 397~433)은 자가 정확히 알려져 있지 않으며, 진군(陳郡) 양하인(陽夏人)이다. 사영운의 사촌동생으로, 본조의 평문 말미에 소개되어 있는 일화에서도 알 수 있듯이 사영운으로부터 그 문재(文才)를 높이 인정받 았다고 한다. 경박한 성품 탓으로 그다지 높은 관직에까지는 오르지 못하였 다고 하며, 사도팽성왕의강법조참군(司徒彭城王義康法曹參軍)을 지냈고, 37 세의 젊은 나이로 세상을 떠났다. 오언시 20여 수가 현존하고 있다.

『文選』(卷31) 江文通(淹)「雜體詩三十首」第25首題 : "謝法曹惠連."
『隋書』「經籍志」: "宋司徒府參軍謝惠連集6卷."(原注 : "梁5卷, 錄1卷.")
『宋書』(卷53)「謝惠連傳」
『南史』(卷19)「謝惠連傳」
『全漢三國晉南北朝詩』「全宋詩」(卷3)

小謝[1]才思[2]富捷, 恨其蘭玉[3]夙凋, 故長轡[4]未騁.「秋懷」[5]·「擣衣」[6]之作, 雖復靈運銳思, 亦何以加焉? 又工爲綺麗[7]歌謠[8], 風人[9]第一.

『謝氏家錄』云:‘康樂[10]每對惠連, 輒得佳語. 後在永嘉西堂, 思詩竟日不就. 寤寐間, 忽見惠連, 卽成“池塘生春草”[11]. 故常云: “此語有神助, 非吾語也.”’

1) 小謝(소사) : 사혜련(謝惠連). 여기서는 사촌형인 사영운을 ‘대사(大謝)’라고 일컫는데 대해 사혜련을 일컫는 말로 쓰였으나, 후세에는 대체로 남조(南朝) 시대 제(齊)나라의 시인 사조(謝朓, 「중품」에 품제되었음)를 흔히 ‘소사(小謝)’라 일컫고 있다.

2) 才思(재사) : 재치있는 생각.

3) 蘭玉(난옥) : 지란옥수(芝蘭玉樹)의 준말. 곧 영지버섯과 난초, 그리고 죽지 않는 신비스러운 나무. 여기서는 사혜련의 뛰어난 재주를 비유하는 말로 쓰였다.

4) 長轡(장비) : 긴 말고삐. 여기서는 사혜련의 풍부한 잠재능력을 비유하는 말로 쓰였다.

5) 「秋懷(추회)」:『문선(文選)』 권23에 수록된 사혜련의 오언시. 가을밤 풍경을 보면서 느끼게 된 인생무상을 한탄해놓은 작품이다.

6) 「擣衣(도의)」:『문선(文選)』 권30에 수록된 사혜련의 오언시. 객지로 떠난 남편을 위해 옷을 다듬이질하는 여인의 모습을 노래한 작품이다.

7) 綺麗(기려) : 곱고 화려하다.

8) 歌謠(가요) : 악곡의 반주에 맞추어서 부르는 민요풍의 노래. 여기서는 악부체(樂府體)의 시 작품들을 가리킨 말이다.

9) 風人(풍인) :『시경(詩經)』 시 작품들을 노래 부른 사람들. 여기서는 일반 시인들을 두루 지칭하는 말로 쓰였다.

10) 康樂(강락) : 사영운. 일찍이 강락공(康樂公)에 봉해졌으므로 붙여진 칭호이다.

11) 『문선(文選)』(卷22) 사영운(謝靈運)「등지상루(登池上樓)」:“池塘生春草, 園柳變鳴禽.”

소사(小謝)는 재사(才思)가 풍부하고 민첩하였으나, 한스럽게도 그 지란옥수(芝蘭玉樹) 같은 재주가 일찍 시들어버려서, 고(故)로 긴 말고삐 같은 잠재력이 채 펴지지 못하였다. 「추회(秋懷)」와 「도의(擣衣)」 같은 작품들은 비록 다시 영운(靈運)의 예사(銳思)로도 또한 어찌 더 보탤 수 있었겠는가? 더욱이 곱고 화려한 가요(歌謠)들을 잘 짓는 면에서는 풍인(風人)들 중의 제일이었다.

『사씨가록(謝氏家錄)』에 이르기를 "강락(康樂)은 매양 혜련(惠連)을 대하면 번번이 가어(佳語)를 얻었다. 후에 영가(永嘉)의 서당(西堂)에서 시를 생각하다가 하루해가 다하도록 이루지 못하였다. 자다 깨다 하는 사이에 문득 혜련을 보자마자 곧 '지당생춘초(池塘生春草)'를 이루어내었다. 고로 항상 이르기를 '이 말은 신의 도움이 있었지, 나의 말이 아니다'라고 하였다"고 하였다.

사혜련(謝惠連)은 기발한 사고력이 풍부하고도 민첩하였지만, 안타깝게도 그 뛰어난 재주가 제대로 피어나지도 못한 채 일찍 세상을 떠나버려서, 풍부한 잠재능력이 충분히 발휘되지 못하고 말았다. 그의 오언시 「추회(秋懷)」나 「도의(擣衣)」 같은 작품들은 사영운의 예리한 사고력을 갖고서도 더이상 손댈 곳이 없었을 정도로 뛰어난 작품이라 하겠다. 더군다나 그는 곱고 화려한 악부시(樂府詩) 작품들을 훌륭하게 창작해내는 면에 있어서는 당시의 시인들 중 제일인자였다.

『사씨가록(謝氏家錄)』에 다음과 같은 일화가 소개되어 있다. "사영운은 동생 사혜련을 만나 함께 있을 때마다 늘 훌륭한 표현을 생각해내곤 하였다. 훗날 사영운이 영가현(永嘉縣)의 서쪽 별채에서 시 작품을 구상하다가 날이 저물도록 완성시키지를 못하였다. 그날 밤 비몽사몽간에 우연히 사혜련을 만나자마자 바로 '지당생춘초(池塘生春草)'란 구절을 지어낼 수 있었다. 그러므로 그는 늘 말하기를 '이 표현은 신의 도움으로 지을 수 있었던 것이지, 나 자신의 힘으로 지은 말이 아니다'라고 하였다."

‘소사재사부첩(小謝才思富捷)’의 ‘부첩(富捷)’에 대하여, 차주환 교수는 『종영시품교증』에서 「하품」 「장융(張融)·공치규(孔稚珪)」조 중의 ‘첩질풍요(捷疾豊饒, 어휘 구사가 상당히 민첩하고 시상이 매우 풍부함)’와 같은 뜻이라고 설명하였다. 사혜련이 풍부하고 민첩한 사고력의 소유자였음은 본조의 평문 말미에 추가되어 있는 『사씨가록(謝氏家錄)』 중의 일화를 통해서도 충분히 짐작할 수 있다.

‘한기난옥숙조(恨其蘭玉夙凋), 고장비미빙(故長轡未騁)’ 구에는 37세의 젊은 나이로 세상을 떠나버린 사혜련의 뛰어난 재주를 애석해하는 종영의 심경이 잘 나타나 있다.

‘「추회」·「도의」지작(「秋懷」·「擣衣」之作), 수부영운예사(雖復靈運銳思), 역하이가언(亦何以加焉)?’ 중의 ‘「도의(擣衣)」’는 『시품』 「서」에서도 이미 오언지경책자(五言之警策者, 오언시 중 가장 뛰어난 작품들) 중의 하나로 거론된 바 있다. ‘역하이가언(亦何以加焉)’은 『논어』 「자로(子路)」편 중의 “又何加焉”이란 구를 의식하고 쓴 표현이다.

‘우공위기여가요(又工爲綺麗歌謠)’ 중의 ‘우(又)’자는 『시품』의 품평 대상이 오언시에만 국한되어 있는 데 반해 이 대목에서 거론하려고 하는 사혜련의 ‘가요(歌謠)’, 즉 악부시(樂府詩)는 완전한 오언이 아니기에 사용한 접속사[連詞]라 하겠다.

사혜련의 시에 대한 실질적인 품평은 ‘풍인제일(風人第一)’까지로 마쳐져 있고, 그 뒷부분은 사혜련의 풍부한 사고력을 입증하기 위해 추가로 인용해놓은 일화로서 실제 작품비평과는 직접적인 관련이 없다. 평문 말미에 이처럼 일화가 첨부되어 있는 현상은 「상품」 「사영운(謝靈運)」조에서와 같다.

『사씨가록』은 사씨(謝氏) 집안의 역사나 일화를 기술해놓은 책이었을 것으로 추측되나, 망실되고 전하지 않아서 현재로서는 그 모습을 확인할 수가 없다. 『수서』 「경적지」에 『사씨보(謝氏譜)』 11권이 소개되어 있는데, 혹시 이 책을 가리키는 것이 아닌가 하는 추측도 해볼 수 있다.

‘후재영가서당(後在永嘉西堂)’의 ‘영가(永嘉)’는 절강성(浙江省) 영가현(永嘉縣)을 가리키는 말로, 사영운은 일찍이 영가태수(永嘉太守)를 역임한 적이 있다. ‘지당생춘초(池塘生春草)’는 『문선』 권22에 수록되어 있는 사영운의 오언시 「등지상루(登池上樓)」에 나오는 아주 유명한 구절이다. 『사씨가록』으로부터 인용된 이 일화는 『남사』 「사영운전」에도 보이고 있다.

송나라 참군 포조_{宋參軍鮑照}

포조(鮑照, 405~466)는 자가 명원(明遠)이고 동해인(東海人)이다. 빈한한 가문에서 출생하여 자신의 능력을 제대로 발휘하지 못하다가, 임천왕(臨川王) 유의경(劉義慶)의 막료로 있을 때 「하청송(河淸頌)」을 지어 비로소 그 문재(文才)를 널리 인정받게 되었다 한다. 후에 임해왕(臨海王) 유자욱(劉子頊)의 휘하에서 전군참군(前軍參軍) 직을 역임하였으며, 유자욱이 반란을 일으켜 패배한 와중에 살해당하였다. 그의 시는 현재 악부시(樂府詩) 80여 수를 포함 도합 200여 수의 작품이 전하고 있는데, 통속적인 경향을 띠고 있다 하여 종영으로부터는 그다지 높은 평가를 받지 못하였지만, 후세로 내려와서는 도연명·사영운 등에 버금가는 높은 평가를 받고 있다. 특히 당대(唐代) 시인 이백(李白)은 그의 악부시로부터 커다란 영향을 받은 바 있다.

『文選』(卷31) 江文通(淹) 「雜體詩三十首」 第29首題 : "鮑參軍照."
『隋書』「經籍志」 : "宋征虜記室參軍鮑照集10卷."(原注 : "梁6卷.")
『宋書』(卷51) 「宗室傳·臨川烈武王道規傳」
『南史』(卷13) 「宋宗室及諸王上·臨川烈武王道規傳」
『全漢三國晉南北朝詩』「全宋詩」(卷4)

其源出於二張[1], 善製形狀寫物之詞[2]. 得景陽[3]之詼詭[4], 含茂先[5]之靡嫚[6]. 骨節[7]强於謝混, 驅邁[8]疾於顔延. 總四家[9]而擅美, 跨兩代[10]而孤出. 嗟其才秀人微[11], 故取湮當代. 然貴尙巧似[12], 不避危仄[13], 頗傷淸雅之調[14]. 故言險俗者[15], 多以附照.

1) 二張(이장) : 장협(張協)과 장화(張華). 각기 「상품」과 「중품」에 품제되었다.

2) 形狀寫物之詞(형상사물지사) : 실제 모습을 그대로 나타내고 대상물을 있는 그대로 묘사한 말. 곧 사실적인 표현.

3) 景陽(경양) : 장협의 자.

4) 詼詭(숙궤) : 상식을 벗어나 기이하다. 곧 일탕(逸蕩)하고 자유분방하다.

5) 茂先(무선) : 장화의 자.

6) 靡嫚(미만) : 미만(靡曼). 곧 아름답고 곱다.

7) 骨節(골절) : 뼈마디. 여기서는 문학 작품의 골기(骨氣), 곧 작품 내면에 갖추어진 왕성한 생명력이나 시 정신을 뜻하는 말로 쓰였다.

8) 驅邁(구매) : 말을 몰고 다니다. 여기서는 시 작품에 운용된 어휘 구사를 뜻하는 말로 쓰였다.

9) 四家(사가) : 장협(張協)·장화(張華)·사혼(謝混)·안연지(顔延之) 등 네 사람을 가리킨 말.

10) 兩代(양대) : 진(晉)·송(宋) 두 왕조를 가리킨 말.

11) 才秀人微(재수인미) : 재주는 빼어났지만 신분이 미천하다.

12) 巧似(교사) : 교묘하고 흡사한 묘사. 곧 사실적인 묘사.

13) 危仄(위측) : 위태롭게 한쪽으로 치우치다. 여기서는 너무 지나친 표현을 뜻하는 말로 쓰였다.

14) 淸雅之調(청아지조) : 청신하고 우아한 격조.

15) 言險俗者(언험속자) : 난해하고 저속한 말을 하는 사람. 여기서는 송대(宋代) 이후에 성행하였던 통속적이고 저속한 경향을 띤 시 작품들의 작자를 지칭하는 말로 쓰였다.

 그 원(源)은 이장(二張)에게서 나왔고, 형상사물지사(形狀寫物之詞)를 잘 지었다. 경양(景陽)의 기이(奇異)함을 얻었고, 무선(茂先)의 미만(靡曼)함을 머금었다. 골절(骨節)이 사혼(謝混)보다 강하며, 구매(驅邁)가 안연(顏延)보다 빠르다. 사가(四家)를 총괄하여 아름다움을 제멋대로 하였고, 양대(兩代)를 뛰어넘어 홀로 출중하였다. 한탄스럽게도 그는 재주가 빼어났지만 신분이 미천하여, 고(故)로 당대(當代)에 파묻혀버리고 말았다. 그러나 교묘하고 흡사한 묘사를 숭상하여 위태롭게 치우침을 피하지 못하였기에, 자못 청아(淸雅)한 격조를 손상시켰다. 고로 난해하고 저속한 작품을 짓는 자들은 대다수가 조(照)를 따랐다.

 포조(鮑照) 시체의 원류는 장협(張協)과 장화(張華)의 시로부터 나왔으며, 사실적인 표현을 잘 구사하였다. 장협 시에 나타난 자유분방한 기상을 이루어내었고, 장화 시의 곱고 아름다운 기풍을 흡수하였다. 작품의 생명력이 사혼(謝混)의 시보다 왕성하며, 시어 구사는 안연지(顏延之)의 시보다 더 경쾌하다. 장협·장화·사혼·안연지 등 네 명의 시가 지닌 특색들을 총망라하여서 아름다움을 자유자재로 나타내었으며, 진(晋)·송(宋) 양대를 통틀어 독보적으로 뛰어난 시인이었다. 안타깝게도 그는 훌륭한 재주를 지녔음에도 불구하고 워낙 미천한 집안에서 출생하였기 때문에, 당대에 제대로 인정을 받지 못한 채 매몰되어버렸다. 그렇지만 문학 분야에 있어서는 사실적인 묘사를 너무 중시하여 표현이 불안정해질 수밖에 없었고, 자연히 청신하고 우아한 격조를 손상시키는 결과를 빚고 말았다. 그러므로 통속적인 경향의 시를 짓는 작자들은 대부분이 포조의 시풍을 그대로 답습하고 있다.

포조의 시가 「중품」에 품제된 데 대해서는, 왕사정의 『어양시화』 권하에서 당연히 「상품」에 품급되어야 한다고 역설하였으며, 고직 찬 『종기실시품전』에서도 본조 중의 '총사가이천미(總四家而擅美), 과양대이고출(跨兩代而

344

孤出)'과 같은 평이 「상품」에 품제된 시인에게나 가해질 만한 높은 평가라는 점을 들어 종영이 원래 포조를 「중품」에 품급시킨 것이 아닐 거라고 추정하였다. 하지만 본조에서 "그렇지만 문학 분야에 있어서는 사실적인 묘사를 너무 중시하여 표현이 불안정해질 수밖에 없었고, 자연히 청신하고 우아한 격조를 손상시키는 결과를 빚고 말았다(然貴尙巧似, 不避危仄, 頗傷淸雅之調.)"라고 하여 포조 시의 결함을 지적한 바 있고, 또 『시품』「서」 중의 "그외에도 경박한 무리들이 조식(曹植)과 유정(劉楨)의 작품을 예스럽고 서툴다고 비웃으며, 반대로 포조를 복희씨(伏羲氏)가 황제였던 상고(上古) 시대 때의 사람처럼 훌륭한 대가라고 일컫고, 사조(謝朓)를 고금을 통틀어 독보적인 시인이라고 칭찬한다(次有輕薄之徒, 笑曹·劉爲古拙, 謂鮑照義皇上人, 謝朓今古獨步.)"라는 언급이 시사하고 있는 내용을 고려해볼 때, 종영은 한편으로 포조 시의 뛰어난 수준을 높이 인정하면서도 또다른 한편으로는 그 통속적인 경향에 대해 적잖은 불만을 드러내었다. 그래서 그를 「중품」에 품급시켜 놓은 것으로 보인다. 한편 종영은 심약의 시가 포조의 시를 모방한 것으로 인식하였는데, 그가 인간적인 면에서 심약을 극히 혐오한 사실이 심약 시의 원류인 포조 시까지 낮추어 평가하게 한 것이 아닌가 하는 추측도 가능하다 하겠다.

종영은 포조 시체의 원류가 장협·장화의 시로부터 나온 것으로 파악하였다. 그가 본조에서 평한 '선제형상사물지사(善製形狀寫物之詞)'·'귀상교사(貴尙巧似)' 등은 「장협(張協)」조에 가해진 '교구형사지언(巧構形似之言)'이란 평과, 또 역시 장협 시의 풍격을 겸비한 것으로 파악한 사영운에 대해 가한 '고상교사(故尙巧似)'란 평들과 모두 동일한 내용으로 되어 있다. 그는 장협의 시에 잘 구사되어 있는 사실적인 묘사가 포조의 시에도 그대로 계승되어 있으며, 아울러 장협 시에 담긴 '숙궤(諔詭)' 즉 자유분방한 기상 역시 포조의 시에 그대로 구현되어 있는 것으로 이해하였던 것이다. 또 '함무선지미만(含茂先之靡嫚)'의 '미만(靡嫚)'은 「장화(張華)」조에 사용된 '기체화염(其體華

豔)’·‘무위연야(務爲姸冶)’ 등의 평과 일맥상통되는 평어로, 포조의 시가 장화 시의 곱고 화려한 기풍까지 겸비하고 있음을 설명하고 있다. 소자현(蕭子顯)의 『남제서(南齊書)』「문학전·논(文學傳·論)」에도 “次則發唱驚挺, 操調險急, 雕藻淫豔, 傾炫心魂, 亦猶五色之有紅紫, 八音之有鄭衛, 斯鮑照之遺烈也.”라 하여, 포조의 시가 곱고 화려한 경향을 띠고 있다는 생각은 종영 한 사람만의 견해가 아니라 당시 일반 문인들의 공통된 인식이었음을 짐작케 해준다.

‘골절강어사혼(骨節强於謝混)’이란 평은 포조의 시가 장화 시의 원류를 이어받았다는 점에서 사혼의 경우와 동일하긴 하지만, ‘재력고약(才力苦弱, 문학적인 재능이 안타깝게도 부족함)’한 면을 드러내고 있는 사혼의 시보다는 그 골력(骨力)이 훨씬 더 강성하다는 설명이다. 허문우 편저 『문론강소』본 『종영시품』에서는 “『詩譜』曰 : ‘六朝文氣衰緩, 唯劉越石·鮑明遠, 有西漢氣骨.’ 至如謝混之詩, 仲偉已病其淺弱, 本不能與操調險急之鮑照相擬. 特仲偉以二人同源出張華, 故及之耳. 考叔源「西池」之唱, 起云 : ‘悟彼蟋蟀唱, 信此勞者歌, 有來豈不疾, 良遊常蹉跎.’ 所謂佳製, 已是索莫乏氣之徵. 而明遠之詩, 任擧其一首, 靡不骨節堅强. 如「秋日示休上人」起云 : ‘枯桑葉易零, 疲客心易驚, 今茲亦何早, 已聞絡緯鳴.’ 何其出語之挺拔耶!”라 설명하였다.

‘구매질어안연(驅邁疾於顔延)’이란 평은 포조와 안연지의 시가 각기 ‘선제형상사물지사(善製形狀寫物之詞)’·‘상교사(尙巧似)’란 평을 받은 것처럼 사실적인 묘사를 중시하였다는 공통점을 지니고 있긴 하지만, 포조의 시는 안연지의 시가 전고를 남용하여 ‘미견구속(彌見拘束, 지나치게 제약을 받고 있다는 느낌을 준다)”이란 평을 받은 것과는 달리 시어 구사상의 민첩성을 보유하고 있다는 설명이라 하겠다.

‘차기재수인미(嗟其才秀人微), 고취인당대(故取湮當代)’란 평에 대해서는, 『남사』「송종실급제왕상(宋宗室及諸王上)·임천열무왕도규전(臨川烈武王道規傳)」 중에 “照始嘗謁義慶, 未見知. 欲貢詩言志. 人止之曰 : ‘郎位尙卑, 不可

346

輕忤大王.' 照勃然曰 : '千載上有英才異士, 沈沒而不聞者安可數哉.'"라고 한
기록이 보이고 있다. 역시 빈한한 가문 출신이었던 종영 자신의 입장을 전제
로 한 다분히 자기이입적인 투의 서술이라 할 수 있다. '취인당대(取湮當代)'
는 『송서』에 포조의 전기가 따로 마련되어 있지 않고 「임천열무왕도규전」
속에 첨부되어 있는 사실이 그 단적인 예가 된다.

포조 시의 통속적인 경향이 많은 추종자를 형성하였다는 평은 「하품」 「사
초종(謝超宗)……」조 중의 "대명(大明, 宋 孝武帝 때의 연호) 연간과 태시(泰始,
宋 明帝 때의 연호) 연간 동안에는 포조와 탕혜휴(湯惠休)의 화려한 시 경향이
이미 당시 일반 문단의 풍조를 완전히 바꾸어놓았다(大明·泰始中, 鮑·休
美文, 殊已動俗.)"라는 인용문을 통해 거듭 제기되어 있으며, 『남제서』 「문
학전·논」 중의 "次則發唱驚挺, 操調險急, 雕藻淫豔, 傾炫心魂, 亦猶五色之
有紅紫, 八音之有鄭衛, 斯鮑照之遺烈也."란 기술과도 일맥상통된다. 왕개운
(王闓運)은 『팔대시선(八代詩選)』에서 "明遠詩氣急色濃, 務追奇險, 其品度卑
矣. 然自成格調, 亦無流騁無歸, 無識者乃以爲風韻出顔·謝之上. 是不知翰林
之鷟, 而以爲丹山之鳳也."라고 포조의 시를 평하고 있다.

제나라 이부 사조_{齊吏部謝朓}

사조(謝朓, 464~499)는 자가 현휘(玄暉)이고 진군(陳郡) 양하인(陽夏人)이다. 사영운이 '대사(大謝)'로 일컬어지는 데 반해 그는 흔히 '소사(小謝)'로 불린다. 경릉왕(竟陵王) 소자량(蕭子良)의 주관하에 영명(永明) 연간의 문학을 주도하였던 '경릉팔우(竟陵八友)' 중의 한 사람으로 활약하였으며, 성률(聲律)의 조화를 잘 살리고 자연의 아름다움을 섬세하고 생동감있게 묘사해냄으로써 역대 문인들로부터 대단한 칭송을 받아왔다. 역시 '경릉팔우' 중의 한 사람이었던 선배시인 심약은 "200년 이래로 이만한 시 작품이 없었다(二百年來, 無此詩也.)"고 극찬하였으며, 양(梁) 무제(武帝) 소연(蕭衍)도 "사조의 시를 읽지 않으면 3일 동안 입냄새가 난다(不讀謝詩, 三日覺口臭.)"고 하였을 정도로 제(齊)·양(梁) 대에 걸쳐 많은 문인들의 아낌을 받았다. 그의 시는 이백(李白)을 비롯한 당대(唐代) 시인들의 작품에 커다란 영향을 끼쳐, 육조(六朝) 시와 당시(唐詩)를 잇는 가교 역할을 한 것으로 평가되기도 한다. 고인(古人)의 작품을 좀처럼 칭찬하지 않았던 이백도 사조에 대해서는 건안 시기 이래의 유일한 시인이라고 극찬하였고, 그를 흠모하는 내용의 시 작품을 여러 수 지은 바 있다. 벼슬로는 상서이부랑(尙書吏部郎) 직을 역임하였으며,

강우(江祐) 등으로부터 시안왕(始安王) 소요광(蕭遙光)을 옹립하려는 음모에
참여해줄 것을 제의받았으나 거절하였다. 이에 미움을 사 하옥당하여 옥중
에서 사망하였다. 오언시 140여 수가 전하고 있다.

『隋書』「經籍志」: "齊吏部郞謝朓集12卷. 謝朓逸集1卷."
『南齊書』(卷47)「謝朓傳」
『南史』(卷19)「謝朓傳」
『全漢三國晉南北朝詩』「全齊詩」(卷3)

1) 細密(세밀) : 정세(精細)하고 치밀(緻密)하다.

2) 不倫(불륜) : 전체적인 순차(順次)가 정연하지 못하다. 곧 일관성이 없고 균형이 잡
   혀 있지 않다.

3) 奇章秀句(기장수구) : 기발한 장(章)과 빼어난 구(句). 곧 시 작품 중의 독창적이고
   뛰어난 구절들을 일컫는 말이다.

4) 警遒(경주) : 기경(奇警)하고 주경(遒勁)하다. 곧 참신하고 힘이 넘친다는 뜻.

5) 叔源(숙원) : 사혼(謝混)의 자. 「중품」에 품제되었다.

6) 明遠(명원) : 포조(鮑照)의 자. 「중품」에 품제되었다.

7) 詩端(시단) : 시 작품의 첫머리.

8) 後進士子(후진사자) : 후배 사인(士人). 곧 후배 문인을 뜻한다.

9) 極(극) : 기(亟). 곧 자주, 누차의 뜻.

10) 感激頓挫(감격돈좌) : 격한 감정이 갑자기 무너져버리다. 여기서는 감정의 기복을

뜻하는 말로 쓰였다.

 그 원(源)은 사혼(謝混)에게서 나왔다. 세밀함이 약간 지나쳐 흠이 되고, 자못 순차(順次)가 정연하지 못한 면을 지니고 있다. 한 장(章) 가운데에 저절로 옥과 돌이 섞여 있다. 그러나 기발한 장(章)과 빼어난 구(句)들이 왕왕 기경(奇警)하고 주경(遒勁)하여, 족히 숙원(叔源)으로 하여금 걸음을 멈추게 하고 명원(明遠)으로 하여금 안색(顔色)을 바꾸게 하기에 충분하다. 시의 첫머리를 몸소 잘 지어내었으나, 작품 말미에 차질이 많으니, 이는 뜻은 예민하였으되 재주가 빈약하였던 탓일 것이다. 후배 사인(士人)들의 감탄하고 흠모하는 바가 되기에 이르렀다. 조(脁)는 자주 나와 더불어 시를 논하였는데, 감격(感激)의 기복이 그 문학보다 지나쳤다.

 사조(謝脁) 시체의 원류는 사혼(謝混) 시로부터 나왔다. 성률을 세밀하게 따지는 데에 너무 집착한 것이 다소 흠이라 하겠으며, 작품의 전체적인 균형감이 상당히 결여되어 있다. 한 편의 작품 속에 옥과 같이 훌륭한 부분과 돌처럼 하찮은 부분들이 마구 뒤섞여 있다. 그렇지만 독창적이고 뛰어난 구절들이 자주 출현하여 참신하고 힘있는 기풍을 드러내 보이니, 그 수준이 놀라워 사혼이 걸음을 멈추고 포조가 얼굴색을 바꾸게 하기에 충분할 정도이다. 시의 첫머리 부분을 잘 지어내는 기교가 특히 뛰어났지만, 작품의 끝부분에 가서는 부족한 면이 많이 노출되고 있는데, 이는 곧 시상(詩想)은 매우 예리하였으되 시재(詩才)가 빈약하여 뒷받침되지 못한 때문일 것이다. 후배 문인들로부터 대단한 감탄과 흠모의 대상이 되었다. 사조는 누차 나와 함께 시에 대해 논의한 적이 있는데, 그때마다 그가 보여준 격렬한 감정의 기복이 그의 시 작품에 나타난 것보다 훨씬 더 심하였다.

사조는 『시품』에서 유일하게 사혼 시의 계통을 이어받은 시인으로 거론되어 있다. 종영은 사혼 시의 원류가 장화로부터 비롯되었다고 하였는데, 장화

시의 맥락을 이은 시인들은 모두 곱고 화려하다는 뜻의 '화염(華豔)'·'연야(妍冶)'한 특징을 지닌 것으로 파악되어 있고, 사혼 역시 '수득풍류미취(殊得風流媚趣)'라 하여 비슷한 내용의 평을 받은 바 있다. 역대 문인들이 사조의 시를 평한 언급들을 살펴보면, 『남제서』 및 『남사』「사조전(謝朓傳)」·시보화의 『현용설시』·황자운의 『야홍시적』 등이 모두 '청려(淸麗)'라는 평어를 사용하고 있으며, 왕세정의 『예원치언』 중에 "撰造精麗, 風華映人."이라 하였고 육시용(陸時雍)의 『시경총론(詩鏡總論)』 중에 "豔而韻"이라 하였으며 오건(吳騫)의 『배경루시화(拜經樓詩話)』 중에 "如玉人之攻玉, 錦上之機錦, 極天下之工巧組麗."라고 한 평문들 역시 모두 사조의 시가 곱고 화려한 기풍을 지니고 있다는 데 인식을 같이하고 있다. 종영은 사조 시의 이러한 기풍이 곧 사혼 시의 '수득풍류미취(殊得風流媚趣)'한 면과 일치된다고 생각하였으며, 그래서 이들의 시를 하나의 계통으로 묶은 것이라 판단된다.

'미상세밀(微傷細密)'의 '세밀(細密)'은 『시품』「서」에 "3명의 현인, 곧 왕융·사조·심약 중에는 귀족집안 자손도 있으며, 어린 시절부터 탁월한 문학론을 발휘하였다. 이리하여서 당시 지식인들이 이들을 우러러 흠모하여 성률을 정밀하게 구사하는 노력을 기울였으며, 의복에 주름을 잡듯 미세한 기교들을 중첩시켜 한결같이 서로를 능가하려 하였다(三賢或貴公子孫, 幼有文辯. 於是士流景慕, 務爲精密, 襞積細微, 專相陵架.)"고 한 언급 중의 '정밀(精密)'·'세미(細微)' 등과 같은 개념의 평어로, 성률의 조화를 매우 중시하였던 영명체(永明體) 시인들의 시풍을 대변한 말이다.

'연기장수구(然奇章秀句), 왕왕경주(往往警遒)'에 대해서는, 왕숙민 찬 『종영시품소증』에서 "案, 玄暉妙語深情, 淸麗中時露壯語."라 설명한 다음, 사조 시를 칭송한 역대 문인들의 평문들을 일일이 소개하고 대표적인 시구들을 지적하여 평해놓았다.

'족사숙원실보(足使叔源失步), 명원변색(明遠變色)'이란 평에 대하여는, 황자운의 『야홍시적』에서 "元暉句多淸麗, 韻亦悠揚, 得于性情獨深. 雖去古漸

遠, 而擺脫前人習弊, 永元中誠冠冕也."라 하여 종영과 견해를 같이하였으며, 허문우 편저 『문론강소』본 『종영시품』에서도 "按, 玄暉五言之警策者, 有如 …… 等句, 以視叔源, 則後來居上矣. 若明遠慷慨任氣磊落使才者, 視此工密之 製, 亦不能無愧遜."이라 설명하였다.

 '선자발시단(善自發詩端)' 구와 같이 사조 시의 첫머리 부분이 매우 우수하다는 평은 역대 문인들의 평문들 속에 허다히 보이고 있다. 특히 그의 오언시 「잠사하도야발신림지경읍증서부동료(暫使下都夜發新林至京邑贈西府同僚)」 중 첫 두 구인 "大江流日夜, 客心悲未央."은 왕사정의 『어양시화』 권중(卷中)에 당대(唐代)의 두보(杜甫)·왕유(王維)·고적(高適) 등의 시구와 함께 역대 시 중 첫부분이 가장 잘된 작품들 중 하나로 거론되어 있으며, 양신(楊愼)의 『승암시화(升菴詩話)』 권2에서도 "五言律起句最難. 六朝人稱謝朓工於發端, 如'大江流日夜, 客心悲未央.' 雄壓千古矣."라 평가받았고, 유대근(劉大勤)의 『사우시전속록(師友詩傳續錄)』에서도 "古人謂玄暉工於發端, 如宣城集中'大江流日夜, 客心悲未央.' 是何等氣魄."이라 평가받은 바 있다.

 '일장지중(一章之中)'부터 '차의예이재약야(此意銳而才弱也)'까지는 그 내용으로 보아 앞부분 '파재불륜(頗在不倫)' 구의 주(注)에 해당된다.

 '지위후진사자지소차모(至爲後進士子之所嗟慕)'란 평은 『시품』「서」 중의 "3명의 현인, 곧 왕융·사조·심약 중에는 귀족집안 자손도 있으며, 어린 시절부터 탁월한 문학론을 발휘하였다. 이리하여서 당시 지식인들이 이들을 우러러 흠모하여 성률을 정밀하게 구사하는 노력을 기울였으며……"란 언급과 일치된다. 『태평광기(太平廣記)』 권198에는 "不讀謝詩, 三日覺口臭."라고 한 양(梁) 무제(武帝)의 말이 인용되어 있고, 양(梁) 간문제(簡文帝) 역시 『전양문(全梁文)』 권11에 수록된 「여상동왕서(與湘東王書)」에서 그의 시를 심약의 시와 함께 가장 뛰어난 작품으로 극찬해두었으며, 『남제서』「사조전」에도 "二百年來, 無此詩也."라 한 심약의 말이 인용되어 있고, 『안씨가훈(顔氏家訓)』「문장(文章)」편에는 "劉孝綽旣負重名, 無所與讓, 唯服謝朓. 常以謝詩

置几案間, 動靜輒諷味."란 일화가 소개되어 있다. 그의 시가 여러 문인들로부터 극찬을 받으며 애독되었음을 알 수 있다. 오개(吳開)의 『우고당시화(優古堂詩話)』에 "梁王僧孺「中川長望」詩云 : '岸際樹難辨, 雲中鳥易識.' 蓋全用謝玄暉'天際識歸舟, 雲中辨江樹', 而不及也. 梁元帝詩云 : '遠村雲裏出, 遙船天際歸.' 亦効玄暉, 而遠勝僧孺."라고 한 평이 보이며, 진역증의 『시보』에 "謝脁, 藏險怪於意外, 發自然於句中, 齊梁以下, 造語皆出此."라고 한 평이 보이고 있다.

'조극여여논시(脁極與余論詩)'의 '극(極)'자를 차주환 교수 찬 『종영시품교증』에서는 '기(亟, 자주. 누차)'로 기재한 다음, "他本'亟'皆作'極', 古通. 此作亟爲正, 義猶數也. 累也."라 설명해놓았다.

'감격돈좌과기문(感激頓挫過其文)'의 '돈좌(頓挫)'는 『후한서(後漢書)』「공융전・찬(孔融傳・贊)」에 "北海天逸, 音情頓挫."라고 한 용례가 보이고 있으며, 그 주(注)에 "頓挫, 猶抑揚也."라 풀이되어 있다. 곧 격렬한 감정의 기복을 뜻하는 말이라 하겠다.

제나라 광록 강엄_{齊光祿江淹}

강엄(江淹, 444~505)은 자가 문통(文通)이고 제양(濟陽) 고성인(考城人)이다. 빈한한 가문 출신이었지만 뛰어난 문장력을 지닌데다 기민하면서도 신중한 처세술을 발휘하여, 송(宋)·제(齊)·양(梁) 등 세 왕조에 걸쳐 벼슬을 하였고 최후의 관직이 금자광록대부(金紫光祿大夫)에까지 올랐다.

『문선』 권31에 수록된 「잡체시30수(雜體詩三十首)」를 비롯한 의작시(擬作詩) 창작에 뛰어난 기량을 발휘하였으며, 그외 유명한 서정단부(抒情短賦)인 「한부(恨賦)」·「별부(別賦)」 등의 작품들도 그의 대표작으로 널리 알려져 있다. 현재 오언시 100수 가량이 전하고 있다.

종영은 본조에서 강엄의 조대명을 '제(齊)'로 소개하였는데, 『수서』「경적지」에서는 그를 '양금자광록대부(梁金紫光祿大夫)'라고 일컫고 있다. 그가 금자광록대부에 임명된 것이 양(梁) 무제(武帝) 천감(天監) 원년, 즉 502년의 일이므로 본조의 조대명은 당연히 '양(梁)'으로 고쳐져야 옳을 것이다. 「산당고색」 인용문에는 '양광록강엄(梁光祿江淹)'이라 하여 바로 일컬어져 있다.

『隋書』「經籍志」: "梁金紫光祿大夫江淹集9卷.(原注 : "梁20卷.") 江淹後集10卷. ……

江淹擬古1卷.(原注 : "羅潛注.")"
『梁書』(卷14) 「江淹傳」
『南史』(卷59) 「江淹傳」
『全漢三國晉南北朝詩』 「全梁詩」(卷5)

1) 總雜(총잡) : 갖가지 체(體)로 뒤섞여 잡박(雜駁)하다.
2) 摹擬(모의) : 모의(摸擬). 모의(模擬). 곧 본떠 모방하다.
3) 筋力(근력) : [근육의] 힘 또는 체력(體力). 여기서는 문학 작품의 골력(骨力) 곧 작
   품 내면에 갖추어진 왕성한 생명력을 뜻하는 말이다.
4) 宣城郡(선성군) : 안휘성(安徽省) 소속의 군(郡) 이름. 강엄(江淹)은 제(齊) 명제(明
   帝) 때에 선성태수(宣城太守) 직을 역임한 바 있다.
5) 冶亭(야정) : 야성(冶城)에 있던 여정(旅亭). 곧 여관(旅館).

문통(文通)의 시체는 총잡(總雜)하고 모의(摹擬)에 뛰어났다. 왕미(王
微)에게서 근력(筋力)을 취하였으며, 사조(謝朓)만큼의 성취(成就)를
이루었다.
　처음에, 엄(淹)이 선성군(宣城郡)을 물러나 드디어 야정(冶亭)에 묵
었었다. 꿈에 한 미장부(美丈夫)가 스스로 곽박(郭璞)이라 칭하고 엄
(淹)에게 말하기를 "내가 갖고 있던 붓이 경(卿)이 있는 곳에 두어
진 지 여러 해가 되었다. 돌려받는 것이 좋겠다"고 하였다. 엄이
생각을 더듬던 중, 오색(五色) 붓을 집어서 그에게 주었다. 그후에

시를 지으려 하였지만 다시는 말을 이루지 못하였다. 고(故)로 세
간(世間)에 전하기를 강엄(江淹)의 재주가 다하였다고 하였다.

 강엄(江淹)의 시체는 갖가지 체(體)로 복잡하게 뒤섞여 있으며, 특히 다른
사람의 작품을 모방하는 데 뛰어났다. 왕미(王微) 시의 기풍을 다분히 지니
고 있고, 사조(謝朓) 시와 동일한 정도의 높은 성과를 이루어놓았다.
예전에 강엄이 선성군(宣城郡)의 태수 직을 사임하고 나서 야성(冶城)의 여
관에 숙박한 적이 있었다. 꿈속에 미남자 한 사람이 나타나 자신이 곽박
(郭璞)이라고 하면서, 강엄에게 이야기하기를 "나의 붓을 당신에게 맡겨둔
지 오래되었다. 이제는 돌려받고자 한다"라고 하였다. 강엄이 기억을 더듬
다가, 오색이 칠해진 붓을 한 자루 집어들어 그 미남자에게 건네주었다.
그런 일이 있고 난 후에는 강엄이 아무리 시를 지으려고 애를 써도 다시는
작품이 제대로 이루어지지 않았다. 그래서 강엄의 시재(詩才)가 완전히 없
어져버렸다는 평이 세간에 널리 퍼지게 되었던 것이다.

　'문통시체총잡(文通詩體總雜), 선어모의(善於摹擬)'의 '총잡(總雜)'은 갖가
지 체(體)로 뒤섞여 잡박(雜駁)하다는 뜻의 용어로, 「상품」「고시(古詩)」조
중에 "그밖에「세상 떠난 이는 날로 소원해지고(去者日以疏)」를 비롯한 45
수는 비록 애상(哀傷)과 원정(怨情)을 많이 담고 있기는 하지만 그 시체들이
매우 잡박하다(其外「去者日以疏」四十五首, 雖多哀怨, 頗爲總雜.)"라고 한 용
례가 보이고 있다. 강엄은 「잡체시30수」라는 작품을 통해서 한대(漢代)부터
남조(南朝) 송(宋)에 이르는 기간 동안의 대표적인 시인 30명의 시풍을 모방
한 바 있으며, 또『문선』권31에 수록된「잡체시30수」의 자서(自序) 중에서
"今作三十首詩, 斅其文體, 雖不足品藻淵流, 庶亦無乖商権."이라 언급하기도
하였다. 그는 그외에도「학위문제(學魏文帝)」1수와「효(效)완공(阮公, 阮籍)
시」15수 등 고인(古人)의 작품을 모의(模擬)한 시를 많이 남겨서, 이런 유의
작품들이 현존하는 그의 오언시의 반이나 되는 양을 차지하고 있다. 역대 비

356

평가들 역시 강엄이 의작시(擬作詩)에 뛰어났고 또 그 작품들이 모의 대상으로 삼은 원작자의 작풍을 잘 살리고 있다는 데 대해서는 대체로 견해를 같이하고 있다. 엄우(嚴羽)의 『창랑시화(滄浪詩話)』에서 "擬古惟江文通最長. 擬淵明似淵明, 擬康樂似康樂, 擬左思似左思, 擬郭璞似郭璞."이라 평하고 있고, 진역증의 『시보』에서 "江淹, 善觀古作, 曲盡心手之妙."라 평하였으며, 시보화의 『현용설시』에서도 "江文通一代淸才, 神腴骨秀, 其「雜擬」三十首, 尤可爲後人擬古之法."이라 평하고 있다.

'근력어왕미(筋力於王微), 성취어사조(成就於謝朓)'란 평에 대하여, 진연걸 찬 『시품주』에서는 "其淸怨頗似景玄(王微의 字)雜詩."·"文通淸麗有餘, 風神不足, 亦似玄暉(謝朓의 字)焉."이라 설명하고 있다. 이휘교 교수는 『시품휘주』에서 왕미의 시가 장화 시의 맥락을 잇고 있고 사조의 시 역시 장화 시 계통인 사혼 시의 맥락을 잇고 있으므로 모두 장화의 시와 한 계통이라고 설명한 다음, 종영이 굳이 동일한 계통에 속하는 왕미와 사조 두 사람을 일일이 거론하여 강엄의 시와 비교를 가해둔 것은 강엄의 시 수준을 품평하고자 한 의도 때문이었을 거라고 추정하였다. 「중품」「사첨(謝瞻)……」조 중의 "사첨과 사혼이 서로 비슷한 수준을 견지한 채 가장 뛰어났고, 왕미와 원숙(袁淑)은 사첨·사혼 두 사람의 수준에 버금가는 정도이다(豫章·僕射, 宜分庭抗禮 ; 徵君·太尉, 可託乘後車.)"라고 한 평문과, 또 「사조(謝朓)」조 중의 "그 수준이 놀라워 사혼이 걸음을 멈추게 하기에 충분하다(足使叔源失步.)"라고 한 평문들을 분석해볼 때, 종영은 왕미보다는 사혼의 작품 수준이 높고 또 사혼보다는 사조의 작품 수준이 더 높은 것으로 파악하였으며, 강엄의 작품 수준은 이들 세 시인 중 가장 수준이 높은 사조와 대등한 정도라고 인식하였던 것이다. 한편 이 대목에서 왕미·사조 두 사람을 거론하여 비교 논평해둔 데에는, 강엄의 시체가 총잡하기는 하지만 대체적으로 장화 시와 같은 계통으로 분류될 수 있다는 견해가 시사되어 있다 하겠다. 『택시거총서(擇是居叢書)』본·『대우루총서(對雨樓叢書)』본·『오조소설』본·『설부』본·『한위총서』본·『광한위총서』본·『학시진체』본·『역대시화』본·『용위비서』본·『오조소설대관』본·『형설헌총서』본·진연걸 찬『시품주』·두천미 찬『시품신주』등에는 '근(筋)'자가 모두 '근(觔)'으로 되어 있다. '근(觔)'은 '근(筋)'의 속자(俗字)이다.

강엄의 시에 대한 실질적인 품평은 '성취어사조(成就於謝朓)'까지로 마쳐져 있고, 그 뒷부분은 「사혜련(謝惠連)」조에서와 마찬가지로 실제 작품비평과는 직접 관련이 없이 첨부된 일화이다.

이 일화는 『남사』「강엄전(江淹傳)」에도 본조의 문장과 거의 동일한 문장으로 소개되어 있는데, 거기에는 강엄이 꿈속에서 장협이라 자처하는 어느 사람에게 비단을 되돌려주었으며 그후로 그의 문장력이 상실되어버렸다는 거의 동일한 내용의 일화가 함께 기술되어 있다. 『문선』권16에 수록된 강엄의 「한부(恨賦)」이선 주(注)에도 "嘗夢郭璞謂之曰: '君借我五色筆, 今可見還.' 淹卽探懷以筆付璞, 自此以後, 材思稍減."이란 말이 유번(劉璠)의 『양전(梁典)』으로부터 인용되어 있으며, 차주환 교수 찬 『종영시품교증』에는 당사본(唐寫本) 『유서(類書)』「문필(文筆)」부(部) 「차필(借筆)」조 중의 "江淹少時夢見人與五色筆, 因此有文章. 後二十餘年, 夢還筆, 自此文章不復成."이란 언급이 소개되어 있기도 하다. 이 일화의 내용이 당시에 상당히 널리 유포되어 있었음을 짐작케 한다.

강엄이 선성태수 직을 사임한 시기는 『양서(梁書)』「강엄전(江淹傳)」 중에 "[齊]明帝(在位 494~498)卽位, …… 出爲宣城太守. …… 在郡四年."이라 한 기록을 볼 때, 대략 497년에서 498년 사이, 곧 그의 나이 54세 또는 55세 때였을 것이다. 본조에 소개된 일화의 내용이 어느정도 신빙성을 지닌다고 한다면, 62세까지 생존하였던 그의 일생 중 마지막 7~8년 동안에는 작품활동이 거의 미미하였을 것으로 짐작된다.

양나라 위장군 범운梁衛將軍范雲　양나라 중서랑 구지梁中書郎丘遲

　　범운(范雲, 451~503)은 자가 언룡(彦龍)이고 남향(南鄉) 무음인(舞陰人)이다. 송(宋)·제(齊)·양(梁) 등 세 왕조에 걸쳐 벼슬을 하였으며, 양(梁) 무제(武帝) 소연(蕭衍)·심약·사조 등과 함께 제(齊)나라 경릉왕(竟陵王) 소자량(蕭子良)이 주도하였던 문학집단 '경릉팔우' 중의 한 사람으로 활동하였다. 양(梁) 왕조가 건국된 후에는 무제의 참모로 중용되었으며, 벼슬이 상서우복사(尙書右僕射)에 이르렀고 사후에 시중위장군(侍中衛將軍) 직을 추증받았다. 오언시가 40수 가량 전하고 있는데, 길이가 짧은 작품이 많다는 특징을 보이고 있다.

『隋書』「經籍志」: "梁尙書僕射范雲集11卷."(原注 : "幷錄.")
『梁書』(卷13) 「范雲傳」
『南史』(卷57) 「范雲傳」
『全漢三國晋南北朝詩』「全梁詩」(卷6)

구지(丘遲, 464~508)는 자가 희범(希範)이고 오흥(吳興) 오정인(烏程人)이다. 송(宋)·제(齊) 두 왕조에 걸쳐 벼슬을 하였으며, 특히 양(梁) 무제(武帝)로부터 재능을 높이 인정받았고 관직이 중서랑(中書郎)을 거쳐 사도종사중랑(司徒從事中郎)에까지 이르렀다. 오언시 10수 정도가 전하고 있다.

『隋書』「經籍志」: "梁國子博士丘遲集10卷."(原注 : "幷錄, 梁11卷.")
『梁書』(卷49)「文學傳·丘遲傳」
『南史』(卷72)「文學傳·丘遲傳」
『全漢三國晋南北朝詩』「全梁詩」(卷6)

范詩淸便[1]宛轉[2], 如流風廻雪[3]. 丘詩點綴映媚[4], 似落花依草[5]. 故當淺於江淹, 而秀於任昉.

1) 淸便(청편) : 맑고 분명하다.
2) 宛轉(완전) : 간들간들 천천히 춤추는 모양.
3) 流風廻雪(유풍회설) : 부는 바람이 눈을 흩날리다.
4) 映媚(영미) : 빛나는 아름다움.
5) 落花依草(낙화의초) : 떨어진 꽃이 풀에 기대어 있다.

 범시(范詩)는 청편(淸便)하고도 완전(宛轉)하여서, 부는 바람이 눈을 흩날리는 것 같다. 구시(丘詩)는 찬란한 아름다움을 점철(點綴)하고 있어서, 떨어진 꽃이 풀에 기대어 있는 것 같다. 고(故)로 의당 강엄(江淹)보다 천박(淺薄)하고, 임방(任昉)보다 빼어났다.

 범운(范雲)의 시 작품은 맑고 분명하면서도 나긋나긋한 유연함을 지니고 있어서, 마치 불어오는 바람에 눈꽃송이가 휘날리는 것 같은 느낌을 준다.

구지(丘遲)의 시를 보면 눈부신 아름다움이 여기저기 산재해 있어서, 마치 막 떨어진 꽃들이 풀잎 위에 걸려 있는 듯한 느낌을 준다. 본래 이들 두 시인의 작품은 강엄(江淹)의 시보다는 틀림없이 깊이가 부족하며, 임방(任昉)의 시보다는 분명히 우수하였다.

'범시청편완전(范詩淸便宛轉), 여유풍회설(如流風廻雪)' 구에 대하여 허문우 편저『문론강소』본『종영시품』에서는 범운 시의 성조(聲調) 곧 시어 구사의 빠르기를 평한 말로 풀이하고, 진조명(陳祚明)으로부터 "造章警快"란 평을 받은 범운의 오언시 「증장서주속(贈張徐州謖)」 1수를 그 예로 제시하였다. '유풍회설(流風廻雪)'은 『문선』권19에 수록된 조식의 「낙신부(洛神賦)」 중 "飄飄兮若流風之廻雲."이란 구절을 연상하고 쓴 표현으로, 범운의 시 역시 뒷부분에 이어지는 구지 시에 대한 평문에 언급된 것과 같은 아름다움을 어느정도 지니고 있음을 암시하고 있는 듯하다.

'구시점철영미(丘詩點綴映媚), 사낙화의초(似落花依草)' 구에 대하여 허문우 편저『문론강소』본『종영시품』에서는 구지 시의 사필(辭筆) 즉 수사상의 화려한 필치를 평한 말로 풀이하고, 그의 오언시 「단발어포담(旦發漁浦潭)」 1수 중 "村童忽相聚, 野老時一望, 詭怪石異象, 嶄絶峰殊狀, 森森荒樹齊, 析析寒沙漲, 藤垂島異涉, 崖傾嶼難傍."이란 구절을 그 예로 제시한 다음, "丘遲之作, 如琪樹玲瓏, 金芝布濩, 九霄春露, 三島秋雲."이라고 한 『죽림시평(竹林詩評)』 중의 평을 소개해두었다. 섭장청 찬『시품집석』에는 "此評最當, 彦龍·希範, 頗有佳句, 而'昔去雪如花, 今來花如雪.' 不可無一, 不能無二."라고 한 진연(陳衍)의 설명이 인용되어 있다. 『남사』「문학전(文學傳)·구지전(丘遲傳)」에서도 "遲辭采麗逸."이라 하여 종영과 견해를 같이한 다음, 본조의 평문을 인용해놓았다.

'고당천어강엄(故當淺於江淹), 이수어임방(而秀於任昉)' 구는 범운과 구지 두 사람의 시가 공통적으로 청천(淸淺)한 기풍을 지니고 있어서, 왕미 시의 골력(骨力)을 이어받은 강엄의 시보다는 깊이가 부족하고, 반면에 전고를 남용한 임방의 시보다는 독창적이고 뛰어나다는 내용의 평이라 하겠다. 그러므로 종영은 범운과 구지의 시 수준이 사조 시와 대등한 정도의 성과를 이룩한 강엄의 시보다는 한 수 아래이며, '국사지풍(國士之風, 나라에서 제일가는 선비로서의 풍격)'을 갖춘 시인이란 점에서 억지로 「중품」에 품급시킨 바 있는 임방의 시보다는 아무래도 우수한 것으로 인식하였음을 알 수 있다. 『남사』 「문학전·구지전」에는 이 대목이 "雖取賤文通(강엄의 자), 而秀於敬子(임방의 시호)."로 인용되어 있다.

양나라 태상 임방梁太常任昉

임방(任昉, 460~508)은 자가 언승(彦昇)이고 낙안(樂安) 박창인(博昌人)이다. 양(梁) 무제(武帝) 소연(蕭衍)·심약·범운·사조 등과 함께 '경릉팔우'의 한 사람으로 활동하였으며, 특히 산문 분야에 명성이 높아 양(梁) 왕조가 제(齊)나라로부터 황위(皇位)를 선양받을 무렵 만들어진 거의 모든 공문서들이 그의 손에 의해 작성되었을 정도라고 한다. 여러 방면에 두루 박학하였고 특히 역사학과 서지학에 정통하였으며, 여러가지 이문기사(異聞奇事)를 기록한 『술이기(述異記)』 2권의 저자로 알려져 있기도 하다. 최후에 지냈던 관직이 영삭장군(寧朔將軍)·신안태수(新安太守)이고, 사후에 태상경(太常卿) 직을 추증받았다. 일생 동안 저술한 문장이 수십만 언(言)에 달할 정도로 많은 양의 작품을 남겼으나, 시는 모두 20여 수 정도가 전할 뿐이어서 묘한 대조를 보이고 있다.

『隋書』「經籍志」: "梁太常卿任昉集34卷."
『梁書』(卷14) 「任昉傳」
『南史』(卷59) 「任昉傳」
『全漢三國晋南北朝詩』「全梁詩」(卷6)

1) 少年(소년) : 젊은 나이. 곧 청년기.

2) 沈詩任筆(심시임필) : 심약(沈約)의 시와 임방(任昉)의 문장. '필(筆)'은 문장 곧 산
　문을 뜻하는 말로, 육조 시대에는 주로 시를 비롯한 운문을 '문(文)'이라 일컬었고
　운(韻)이 사용되지 않은 산문을 흔히 '필(筆)'이라 일컬었다.

3) 晚節(만절) : 만년(晚年). 곧 노년기.

4) 文(문) : 문학 작품. 여기서는 '필(筆, 산문)'에 상대되는 개념의 용어로, 임방의 운
　문 즉 시 작품들을 중점적으로 지칭한 말이다.

5) 遒變(주변) : 완전히 변하다.

6) 若銓(약전) : 가려내어서 저울질하다. 곧 구별하여 분명히 밝혀낸다는 뜻. '약(若)'
　은 '택(擇)'의 뜻이다.

7) 拓體(척체) : 새로운 체재나 기풍을 개척하다.

8) 國士之風(국사지풍) : 나라에서 제일가는 선비로서의 풍도(風度).

9) 動輒(동첩) : 매번. 번번이.

10) 用事(용사) : 예사구(隸事句)나 전고(典故)를 사용하다.

11) 奇(기) : 기발하다. 곧 문학 작품의 독창성을 뜻하는 말이다.

12) 少年士子(소년사자) : 소년 사인(士人). 곧 젊은 문인을 지칭하는 말이다.

 언승(彦昇)이 청년기에 지은 시는 훌륭하지 못하여서, 고(故)로 세
인들이 심시(沈詩)와 임필(任筆)을 칭송하였으며, 방(昉)은 그를 깊이
한탄하였다. 만년에는 〔시를〕 애호함이 독실하였을 뿐만 아니라,
운문 작품 또한 완전히 변화되었다. 사리(事理)를 가려내어 저울질
하고 연아(淵雅)함을 새로운 체(體)로 개척해내었으며, 국사(國士)로

서의 훌륭한 풍도(風度)를 지녔으므로, 고로 발탁하여 「중품」에다
두었다. 다만 방은 이미 사물에 박식(博識)하여 번번이 전고(典故)를
사용하였으며, 그래서 시가 기발할 수 없었다. 젊은 사인(士人)들이
그의 이와같음을 본받은 것은 폐단이었다.

 임방(任昉)이 젊었을 때에 지은 시 작품들은 별로 뛰어난 수준을 보이지
못하였기 때문에, 당시 사람들은 흔히 심약(沈約)은 시에 뛰어났고 임방은
문장에 뛰어났다고 평가를 하였는데, 임방은 그러한 사실을 몹시 안타깝게
생각해왔다. 그러나 노년기에 접어들어서는 시를 대단히 아끼고 좋아하였
으므로, 시 작품 역시 큰 발전을 보아 완전히 다른 면모를 보여주게 되었
다. 그의 시는 사물의 이치를 잘 분별하여 밝혀내었고 깊고 고아(古雅)한
기풍을 새로이 개척하였으며, 전국에서 제일가는 선비로서의 훌륭한 풍격
까지 갖추고 있으므로, 이러한 점들을 고려해서 특별히 발탁하여 「중품」
에 품급시켰다. 다만 안타깝게도 임방은 사물들에 두루 해박한 지식을 갖
고 있었기 때문에 시를 지을 때마다 번번이 전고(典故)를 남용하는 버릇을
드러내었으며, 그 결과 시 작품들에 독창성이 결여될 수밖에 없었다. 젊은
문인들이 그의 시에 나타난 이러한 경향을 무비판적으로 모방하고 있으니,
정말 유감스럽다.

  '고세칭심시임필(故世稱沈詩任筆), 방심한지(昉深恨之)' 구는 『남사』 「임방
전(任昉傳)」 중의 "時人云 : '任筆沈詩.' 昉聞, 甚以爲病."이라고 한 기술과 일
치된다. 양(梁) 간문제(簡文帝)는 『전양문』 권11에 수록된 「여상동왕서」에서
"近世謝朓・沈約之詩, 任昉・陸倕之筆, 斯實文章之冠冕, 述作之楷模."라 평
하였고, 양(梁) 원제(元帝)의 『금루자(金樓子)』 「입언(立言)」편에는 "任彦昇甲
部闕如, 才長筆翰, 善輯流略, 遂有龍門之名. 斯亦一時之盛."이란 평이 보인
다. 모두 당시 문인들 사이에 심약의 시와 임방의 문장이 높이 평가되었음을
시사하는 평이라 하겠다. 『남사』 권57 「심약전(沈約傳)」에서는 "謝玄暉(謝

脁)善爲詩, 任彦昇工於筆, 約兼而有之, 然不能過也."라 하여, 시에 있어서는 사조를, 산문에 있어서는 임방을 각기 당시의 최고봉으로 거론해놓고 있다.

'만절애호기독(晚節愛好旣篤)' 구 역시 『남사』 「임방전」 중의 "晚節轉好著詩, 欲以傾沈."이란 기술과 일맥상통된다. 종영이나 『남사』의 저자인 이연수(李延壽)는 임방이 만년에 시작(詩作)에 몰두한 동기가 심약의 시를 능가해보겠다는 욕심에서 비롯된 것으로 이해하였다.

'약전사리(若銓事理)'의 '약(若)'자가 진연걸 찬 『시품주』와 두천미 찬 『시품신주』 등에는 모두 '선(善)'으로 고쳐져 있다. 왕숙민 찬 『종영시품소증』과 차주환 교수 찬 『종영시품교증』에서는 '약(若)'이 '선(善)'의 형오(形誤)일 거라고 설명하였다.

'척체연아(拓體淵雅)'의 '연아(淵雅)'는 「중품」 「혜강(嵇康)」조 중에 "표현이 솔직하기만 하고 재주가 바로 드러나 있어서 깊고 고아한 운치가 부족하다(訐直露才, 傷淵雅之致.)"고 한 동일한 용례가 보이고 있다.

'득국사지풍(得國士之風)'이란 평은 『문선』 권41에 수록된 사마천(司馬遷)의 「보임소경서(報任少卿書)」 중에 이능(李陵)의 사람됨을 평하여 "僕以爲有國士之風."이라 한 언급을 연상하고 쓴 표현으로, 왕통(王通)의 『문중자중설(文中子中說)』 권3 「사군(事君)」 중에 "予謂顔延之·王儉·任昉, 有君子之心焉, 其文約以則."이라고 한 흡사한 내용의 기록이 보이고 있다. 임방의 시가 지니고 있는 높은 품격을 지적한 말이면서, 청렴결백한 관리로 명성이 높았으며 후배 문인들을 극진히 뒷바라지해주어 주위 사람들로부터 추앙을 받았던 그의 높은 인품에 대한 호평도 겸하고 있는 말로 생각된다. 고직 찬 『종기실시품전』에서는 종영이 당시에 임방을 흠모하였던 사람이 워낙 많았기 때문에 그 수준이 약간 못 미침에도 불구하고 하는 수 없이 그를 「중품」에 품급시켰던 것이며, 『시품』 「서」에서 "상·중·하 세 품에 품제된 시인들 사이의 우열에 대해서는 아무래도 이 저술에서의 분류가 절대적인 것이라고 단언할 수 없다 하겠다. 이제 이들 시인들에 대한 새로운 재평가는 다른 여

366

러 박식한 문인들에게 맡기고자 할 따름이다(至斯三品升降, 差非定制. 方申變裁, 請寄知者爾.)"라고 한 언급이 바로 이러한 경우를 염두에 두고 한 말일 거라고 설명하였다.

'임방기박물(任昉旣博物) …… 폐의(弊矣)'는 임방이 박학다식하여 시에 전고를 남용한 것이 결국 그의 시에 독창성이 부족한 결함을 낳게 되었으며, 또한 당시의 젊은 문인들이 이처럼 바람직하지 못한 경향을 무비판적으로 모방하는 어리석음을 범하고 있다는 개탄 섞인 평이라 하겠다. 종영은 『시품』「서」에서 "시를 지을 때에는 전고를 사용할 필요가 전혀 없다(至乎吟詠情性, 亦何貴於用事.)"고 역설한 바 있다. 그는 또한 「서」에서 "최근 임방과 왕융(王融) 등은 표현에 있어서 작자 자신의 독창성을 중요시하지 않고 오직 전고를 사용하는 데에만 주력하였다. 그 이후로 시인들에게는 이러한 전고 사용의 풍조가 차츰 관습처럼 되어버렸다(近任昉·王元長等, 詞不貴奇, 競須新事. 爾來作者, 寖以成俗.)"라고 하여, 임방을 위시한 시인들이 작품의 개성이나 독창성을 중시하지 않고 전고 사용에만 주력하였으며 그후의 다른 시인들에게도 이러한 풍조가 관습처럼 되어버렸음을 지적하기도 하였다. 『남사』「임방전」에서는 "[昉]博學於書, 無所不見. 家雖貧, 聚書至萬餘卷, 率多異本."이라 하여 임방이 박학다식하였음을 단적으로 설명하였고, 또한 "[昉]用事過多, 屬辭不得流便, 自爾都下士子慕之. 轉爲穿鑿, 於是有才盡之談矣."라하여 전고를 남용한 임방 시의 폐단과 그러한 풍조가 당시 문인들 사이에 만연하였음을 지적한 종영과 견해를 같이하고 있다.

양나라 좌광록 심약梁左光祿沈約

    심약(沈約, 441~513)은 자가 휴문(休文)이고 오흥(吳興) 무강인(武康人)이다. 빈한한 가문 출신이었지만, 송(宋)·제(齊)·양(梁) 등 세 왕조에 걸쳐 벼슬을 하였고 양대(梁代) 문단의 영수로 군림하였다. 양(梁) 무제(武帝) 소연·범운 등과 함께 '경릉팔우'의 한 사람으로 활동하면서 소연과 친하게 지냈고, 양 왕조가 건국될 무렵에는 무제를 도와 크게 활약하기도 하였다. 양 왕조 건국 후에 그간의 공로를 인정받아 정계의 요직을 두루 맡으면서 벼슬이 상서령(尙書令)·태자소부(太子少傅) 등을 거쳐 좌광록대부(左光祿大夫)에까지 이르렀다. 만년에는 무제의 신임을 잃고 실의에 잠겨 있다가 세상을 떠났다 한다. 사성팔병설(四聲八病說)을 제창함으로써 성률의 조화에 입각하여 음악적인 아름다움을 잘 살린 시를 지어야 한다고 주장하였으며, 시와 문장 모두에 뛰어나서 당시에 대단한 명성을 누렸고 후세에까지 커다란 영향력을 행사하였다. 원래 다작(多作)인 편인데다 73세까지 장수(長壽)를 누린 덕분에, 『진서』 110권·『송서』 100권·『제기(齊紀)』 20권·『고조기(高祖紀)』 14권·『이언(邇言)』 10권·『시례(諡例)』 10권·『송문장지(宋文章志)』 30권·문집(文集) 100권·『속설(俗說)』 3권·『사성보(四聲譜)』 등 많은 저서를 남길 수 있었다. 작품의 양도 매우 많으며, 시가 170여 수 전하고 있다.

『隋書』「經籍志」: "梁特進沈約集101卷."(原注 : "幷錄.")
『梁書』(卷13)「沈約傳」
『南史』(卷57)「沈約傳」
『全漢三國晉南北朝詩』「全梁詩」(卷4)

觀休文衆製[1], 五言最優. 詳其文體[2], 察其餘論, 固知憲章[3]鮑明遠[4]也. 所以不閑[5]於經綸[6], 而長於淸怨[7]. 永明相王[8]愛文, 王元長[9]等皆宗附[10]之. [約]於時, 謝朓未遒[11], 江淹才盡, 范雲名級[12]故微, 故約稱獨步[13]. 雖文[14]不至, 其工麗[15]亦一時之選也. 見重閭里[16], 誦詠成音[17]. 嶸謂 : 約所著既多, 今翦除淫雜[18], 收其精要[19], 允爲「中品」之第矣. 故當詞[20]密於范[21], 意淺於江[22]也.

1) 衆製(중제) : 중작(衆作). 곧 여러가지 장르의 문학 작품들.

2) 文體(문체) : 문장의 체재(體裁). 여기서는 시의 체재를 가리킨 말이다.

3) 憲章(헌장) : 모범으로 삼아 본받다.

4) 鮑明遠(포명원) : 포조(鮑照). '명원(明遠)'은 그의 자.「중품」에 품제되었다.

5) 閑(한) : 한(嫻). 곧 익숙하다는 뜻.

6) 經綸(경륜) : 천하를 다스리다. 또는 어떤 일을 처리하다.

7) 淸怨(청원) : 맑고 원망스러운 감상(感傷).

8) 永明相王(영명상왕) : 제(齊) 경릉왕(竟陵王) 소자량(蕭子良). '영명(永明)'은 제(齊)나라 무제(武帝) 때의 연호로 서기 483~493년에 해당하며, '상왕(相王)'은 재상(宰相)으로 제후왕(諸侯王)에 봉해진 사람을 일컫는 말이다.

9) 王元長(왕원장) : 왕융(王融). '원장(元長)'은 그의 자.「하품」에 품제되었다.

10) 宗附(종부) : 존경하여 따르다.

11) 未遒(미주) : [성숙된 단계에] 이르지 못하였다.

12) 名級(명급) : 명성과 직급. 여기서는 범운(范雲)의 문학적인 명성과 사회적인 지위를 가리킨 말이다.

13) 獨步(독보) : 남이 뒤따를 수 없을 정도로 매우 뛰어나다.

14) 文(문) : 문채(文采). 곧 문학 작품의 형식적인 아름다움.

15) 工麗(공려) : 교묘한 아름다움.

16) 閭里(여리) : 마을. 곧 일반 백성들이 사는 시골.

17) 音(음) : 음조(音調). 곧 음률의 조화.

18) 淫雜(음잡) : 지나치게 조잡하다.

19) 精要(정요) : 정화(精華). 가장 뛰어나고 중요한 부분.

20) 詞(사) : 문사(文辭). 곧 작품 표현상의 수사(修辭). 차주환(車柱環) 교수 찬(撰) 『종영시품교증(鍾嶸詩品校證)』에서는 『남사(南史)』·『통지(通志)』·『석포헌전집(惜抱軒全集)』 「필기8(筆記八)」 등의 인용문에 모두 '사(辭)'자로 되어 있음을 들고, '사(辭)'로 되는 것이 옳다고 지적하였다.

21) 范(범) : 범운(范雲). 「중품」에 품제되었다.

22) 江(강) : 강엄(江淹). 「중품」에 품제되었다.

 휴문(休文)의 여러 형식의 작품들을 살펴보면, 오언(五言)이 가장 우수하다. 그 문체(文體)를 세밀히 검토하고 그 여론(餘論)을 고찰해 보건대, 진실로 포명원(鮑明遠)을 헌장(憲章)하고 있음을 알겠다. 경륜(經綸)에 익숙하지 못하였기 때문에 청원(淸怨)에 뛰어났다. 영명(永明) 연간의 재상 경릉왕(竟陵王)은 문학을 애호하였고, 왕원장(王元長) 등이 모두 그를 존경하여 따랐다. 당시에 사조(謝朓)는 아직 성숙단계에 이르지 못하였고, 강엄(江淹)은 시재(詩才)가 다해버렸으며, 범운(范雲)은 명성과 직급이 본디 쇠미(衰微)하였으므로, 고(故)로 약(約)이 독보적인 존재로 일컬어졌다. 비록 문채(文采)가 지극하지는 못하지만, 그 교묘한 아름다움은 또한 일시(一時)의 선수(選手)였다. 여리(閭里)에서 중시되고 있으며, 읊조리면 음조(音調)를 이룬다.

영(嶸)이 말해보건대, 약이 지은 바가 워낙 많은데 지금 음잡(淫雜)한 것들을 깎아내어 제거해버리고 그 정요(精要)만을 거두어들인다면, 마땅히 「중품」의 품제에 해당될 것이다. 고로 의당 문사(文辭)는 범운보다 치밀하지만, 의미(意味)는 강엄보다 천박(淺薄)하다.

 심약(沈約)이 지은 여러가지 형식의 시 작품들을 검토해보건대, 오언시가 가장 훌륭하다. 그의 시체를 면밀히 분석하고 그가 남긴 이론들을 고찰해보면, 심약의 시가 포조(鮑照)의 시를 본받아 모방하고 있다는 사실을 분명히 알 수 있다. 정치적인 수완이 부족하였기에, 맑고 원망스러운 감상을 잘 표현해낼 수 있었다. 영명(永明) 연간의 재상이었던 경릉왕(竟陵王) 소자량(蕭子良)은 문학을 매우 좋아하였고, 왕융(王融)을 비롯한 여러 문인들이 모두 그를 받들며 함께 창작활동을 전개하였다. 그 당시 사조(謝朓)는 아직 시의 수준이 성숙단계에까지 도달하지 못하였고, 강엄(江淹)은 그 시재(詩才)가 고갈상태에 접어들었으며, 범운(范雲)은 본래 문학적인 명성이나 사회적인 지위가 아직 미미한 정도에 불과하였으므로, 심약이 가장 뛰어난 시인으로 높이 평가될 수 있었던 것이다. 비록 그의 시가 형식적인 아름다움을 충분히 갖추지는 못하였지만, 그래도 그 교묘하게 아름다운 기풍만은 역시 그 당시의 작품들 중 가장 탁월하였다. 민간인들 사이에 매우 중시되어왔으며, 낭송해보면 음조에 그대로 부합된다. 종영이 평가를 내려보건대, 심약의 작품 양이 매우 많지만 그중에서 지나치게 조잡한 것들은 배제하고 뛰어나고 중요한 작품들만 뽑아서 품급시킨다면, 마땅히 「중품」에도 품제될 수 있는 자격이 충분하다 하겠다. 본래 심약의 시는 수사(修辭)는 범운의 시보다 한결 치밀하긴 하지만, 내용적인 깊이는 강엄의 시보다 훨씬 얕다.

‘관휴문중제(觀休文衆製)’의 ‘중제(衆製)’는 여러가지 장르의 문학 작품들을 뜻하는 말로, 『시품』「서」에 “오언시는 여러가지 문학장르들 중 가장 중요한 위치를 차지하고 있으며, 여러 형식의 시체들 중에서 가장 묘미를 지니고

있는 시체이다(五言, 居文詞之要, 是衆作之有滋味者也.)"라 한 언급 중의 '중작(衆作)'과 같은 개념의 용어이다.

'상기문체(詳其文體), 찰기여론(察其餘論), 고지헌장포명원야(固知憲章鮑明遠也)' 구는 본조에서 '견중여리(見重閭里), 송영성음(誦詠成音)'이라 평한 것처럼 심약의 시가 지니고 있는 통속적인 경향이 바로 포조의 시와 일치된다고 보았기 때문에 가한 평이라 하겠다. 종영이 「중품」「포조(鮑照)」조에서 "통속적인 경향의 시를 짓는 작자들은 대부분이 포조의 시풍을 그대로 답습하고 있다(故言險俗者, 多以附照.)"라고 하여 포조를 계승하여 통속적인 경향의 작품을 짓는 자들을 경멸하는 투의 비평을 가한 것도 역시 심약을 주된 대상으로 생각하고 쓴 표현으로 보인다. '여론(餘論)'은 심약이 남긴 문학이론 곧『송서』「사영운전 · 논」을 비롯한 그의 시론(詩論) 관계 문장들을 가리키는 말일 것이다. '헌장(憲章)'은 「중품」「곽박(郭璞)」조에서 '헌장반악(憲章潘岳)'이라고 한 동일한 용례가 보이고 있다.

'소이불한어경륜(所以不閑於經綸)'의 '경륜(經綸)'은 「중품」「안연지(顔延之)」조에 '시경륜문아재(是經綸文雅才, 정치에 관한 문장을 짓는 데 탁월한 재능을 발휘하였다)'라고 한 용례가 보이는데, 여기서는 심약의 정치적인 수완을 뜻하는 말로 봄이 좋을 듯하다. 그는 동료인 범운이 풍부한 실무능력을 갖추고 무제의 신임을 날로 두텁게 받았던 것과 대조적으로, 십수년 동안이나 요직에 있으면서도 뚜렷한 소신이 없이 무능한 면만 노출하였고 결국 무제의 신임도 잃고 말았다고 한다.

'영명상왕애문(永明相王愛文), 왕원장등개종부지(王元長等皆宗附之)'란 평에 대하여는,『남사』「심약전」에 "時竟陵王招士, 約與蘭陵蕭琛 · 琅邪王融 · 陳郡謝朓 · 南郡范雲 · 樂安任昉等, 皆遊焉. 當世號爲得人."이라 하였고,『양서』권1「무제기 · 상(武帝紀 · 上)」에 "竟陵王子良開西邸, 招文學. 高祖與沈約 · 謝朓 · 王融 · 蕭琛 · 范雲 · 任昉 · 陸倕等並遊焉. 號曰八友."라고 한 기록들이 보이고 있다. 경릉왕(竟陵王) 소자량(蕭子良)은 평소 '경릉팔우'를 비

롯한 여러 문인들을 불러들여 함께 문학활동을 전개하였던 당시 문단의 후
원자로 널리 알려져 있다.

'[약]어시([約]於時)'의 '약(約)'자를 그대로 두고 해석하면 의미가 제대로 통
하지 않는다. 『남사』 권72 「문학전(文學傳)·종영전(鍾嶸傳)」의 인용문에는
이 '약(約)'자가 앞구절의 마지막 글자인 '지(之)'자를 대신하여 기재되어 있
다. 이에 대해 차주환 교수 찬 『종영시품교증』에서는 "王元長等皆宗附約"이
라고 하면 문맥은 통하지만, 종영이 『시품』 「서」에서 성률론의 전개과정을
설명하여 "왕융은 성률론을 제창하였고, 사조와 심약은 그 설을 더욱더 발
전시켰다(王元長創其首, 謝脁·沈約揚其波.)"라고 한 언급과 배치되므로 부
당하다고 역설한 다음, 원문에는 '약(約)'자가 '등(等)'자 앞에 놓여서 '왕원
장·약등개종부지(王元長·約等皆宗附之)'라고 되어 있었을 거라고 추정하
였다. 차교수는 그렇게 보는 근거로 먼저 종영이 『시품』에서 한 사람의 인명
다음에 '등(等)'자를 사용한 예가 없다는 점을 들었으며, 또 이 경우의 '지
(之)'자는 앞구절의 '영명상왕(永明相王)' 즉 경릉왕을 가리킴이 분명한데 이
렇게 보면 『양서』 「무제기·상」과 『남사』 「심약전」 등의 기록에 나타난 대
로 왕융과 심약 등 이른바 '경릉팔우'들이 모두 경릉왕과 함께 노닐며 문학
활동을 전개하였던 사실과도 그대로 부합된다고 설명하였다. 한편 코젠 히
로시 찬 『시품』에서는 '지(之)'자를 연자(衍字)로 보고 『남사』 「종영전(鍾嶸
傳)」의 인용문을 따라 '왕원장등개종부약(王元長等皆宗附約)'으로 기재한 다
음, 심약이 '경릉팔우' 중 가장 연장자였으므로 그보다 26세나 연하인 왕융
등 후배 문인들의 존경을 받으면서 문단의 우두머리 역할을 톡톡히 해내었
던 점을 시사하는 평으로 이해하였다.

'[약]어시([約]於時), 사조미주(謝脁未遒), 강엄재진(江淹才盡), 범운명급고미
(范雲名級故微), 고약칭독보(故約稱獨步)'란 평은 심약이 한창 활동할 당시가
사조·강엄·범운 등이 모두 전성기에 도달하지 못하였거나 아니면 이미 쇠
퇴기에 접어든 이후였기 때문에, 독자적인 능력보다는 그러한 행운에 힘입

어서 '독보'적인 존재로 일컬어질 수 있었다는 뜻을 암시하고 있다. 고직 찬 『종기실시품전』에서는 『남사』「심약전」 중의 "謝玄暉(謝朓)善爲詩, 任彦昇 (任昉)工於筆, 約兼而有之, 然不能過也."란 언급을 제시하고, '약칭독보(約稱 獨步)'가 영명(永明) 연간에만 국한시켜 가한 평일 거라고 설명하였다. 차주 환 교수는 『종영시품교증』에서 '고미(故微)'의 '고(故)'자가 『통지(通志)』「종 영전(鍾嶸傳)」의 인용문에 '상(尙)'으로 되어 있음을 들고, 본래는 '상(尙)'으 로 되어 있던 것이 다음 구의 '고(故)'자에 이끌려서 잘못 고쳐졌을 거라고 추정하였다. '약칭독보(約稱獨步)'는 「상품」「유정(劉楨)」조에 '정칭독보(楨稱 獨步)'라고 한 동일한 용례가 보인다.

'기공려역일시지선야(其工麗亦一時之選也)'의 '기공려(其工麗)'를 장진경 찬 『종영시품연구』 부록 「표점(標點)『시품』원문」과 리츠메이칸대학 시품연 구반 찬 『종씨시품소』·코젠 히로시 찬 『시품』·타카키 마사카즈 찬 『종영 시품』 등에서는 모두 앞구절에 붙여서 '수문부지기공려(雖文不至其工麗)'"로 단구(斷句)해놓고 있다.

'견중여리(見重閭里), 송영성음(誦詠成音)' 구 역시 종영이 『시품』「서」에 서 성률 중시 풍조를 강도 높게 비판하였으며 심지어 "봉요나 학슬과 같은 폐단을 범하지 않는 정도는 민간의 시 작품들까지도 이미 다들 지키고 있는 실정이다(蜂腰·鶴膝, 閭里已具.)"라고까지 언급한 바 있음을 고려할 때, 비 난하는 느낌이 다분히 섞여 있는 평이라 하겠다.

'약소저기다(約所著旣多)' 구에서 말한 바대로 심약이 많은 양의 시 작품 을 남겼음은 『양서』 권49 「문학전(文學傳)·하손전(何遜傳)」 중에 보이는 양(梁) 원제(元帝)의 "詩多而能者沈約, 少而能者謝朓·何遜."이란 평을 통해 서도 충분히 짐작이 가능하다. 오언시 역시 현존하는 작품들보다 훨씬 많은 양의 작품을 남겼을 것으로 추측된다.

종영은 심약의 시를 '금전제음잡(今翦除淫雜), 수기정요(收其精要)'라는 전 제하에 「중품」에 품급시켜놓음으로써, 당시 문학계의 중심인물이었던 심약

374

의 시에 대해 극히 냉담한 평가를 가하고 있다. 『남사』「종영전」에는 "嶸嘗
求譽於沈約, 約拒之. 及約卒, 嶸品古今詩爲評, 言其優劣云 : '…….' 蓋追宿憾,
以此報約也."라고 하는 일화가 소개되어 있는데, 종영이 심약의 시를 이처럼
낮추어 평가한 데에는 일화의 내용에 언급된 것 같은 개인적인 원한도 상당
히 작용하였을 것으로 짐작된다.

'고당사밀어범(故當詞密於范), 의천어강야(意淺於江也)'란 평에 대하여는
허문우 편저 『문론강소』본 『종영시품』에서 "按, 江・范二評, 甫見于前, 故連
類及之耳. 仲偉旣評范詩淸便, 又評沈詞工麗, 則范暢而沈密可知. 又旣評范淺
于江, 而稱江之筋力成就獨厚, 則以工麗見選之沈詩, 自亦視江爲較淺矣."라 설
명하고 있다. '의천(意淺)'은 『시품』「서」에서 "만약에 작품 전체를 통틀어
오로지 비나 흥 두 가지 수사기법만 사용하면 작품 속의 의미가 지나치게
깊이 파묻혀버리는 폐단이 생겨나고, 의미가 깊이 파묻혀버리면 문사(文詞)
가 그 의미를 다 수용하지 못하게 되어 표현에 차질이 생기게 된다. 또한 만
약에 오직 부체(賦體)만을 사용하게 되면 작품 속의 의미가 지나치게 가벼이
들뜨게 되는 폐단이 생겨나며, 의미가 들뜨게 되면 곧 문사가 산만해지게 된
다(若專用比興, 患在意深, 意深則詞躓 : 若但用賦體, 患在意浮, 意浮則文散.)"
라고 한 언급 중의 '의부(意浮)'와 같은 개념의 평어라 할 수 있다.

하품 下品

한나라 영사 반고漢令史班固 한나라 효렴 역염漢孝廉酈炎
한나라 상계 조일漢上計趙壹

반고(班固, 32~92)는 자가 맹견(孟堅)이고 부풍(扶風) 안릉인(安陵人)이다. 전한(前漢)의 역사를 서술한 『한서(漢書)』 100권의 저자로 널리 알려져 있으며, 경학(經學)을 비롯한 다방면에 두루 박학하였다 한다. 문학 분야에서도 후한(後漢) 시대를 대표하는 미문(美文) 작가로 정평이 나 있고, 특히 『문선(文選)』에 수록된 「양도부(兩都賦)」·「유통부(幽通賦)」 등은 대단히 유명한 작품이다. 벼슬로는 난대영사(蘭臺令史) 등을 역임하였다. 대장군 두헌(竇憲)이 흉노족을 정벌할 때 중호군(中護軍) 직책을 맡아 함께 출정하였다가 전쟁에 져서 관직을 박탈당하였으며, 결국은 두헌의 모반(謀反)에 연루되어 체포된 뒤 옥중에서 사망하였다.

그의 「영사시(詠史詩)」는 작자가 알려진 오언시 중 가장 오래된 작품이란 점에서 중국시사(中國詩史)에서 매우 높은 비중을 차지하고 있다.

『隋書』「經籍志」: "後漢大將軍護軍司馬班固集17卷."
『後漢書』(卷70上·下)「班固傳」
『全漢三國晋南北朝詩』「全漢詩」(卷2)

역염(酈炎, 150~177)은 자가 문승(文勝)이고 범양인(范陽人)이다. 한(漢) 고조(高祖) 때 활약하였던 세객(說客) 역식기(酈食其)의 자손으로, 영제(靈帝) 때에 효렴(孝廉)으로 추대되었으나 취임하지 않았으며 평생 동안 관직에는 나아가지 않았다. 훗날 부인 불려(不慮)의 죽음에 대한 의혹을 사서 옥사하였다.

'효렴(孝廉)'은 부모에게 효성스럽고 청렴결백한 선비라는 뜻으로, 한(漢) 무제(武帝) 때에 전국의 군국(郡國)으로 하여금 효렴 1명씩을 천거하도록 하였다고 한다.

『隋書』「經籍志」 : "後漢徵士崔琦集1卷."(原注 : "又有酈炎集2卷, ……, 亡.")
『後漢書』(卷110下)「文苑傳·酈炎傳」
『全漢三國晋南北朝詩』「全漢詩」(卷2)

조일(趙壹)은 자가 원숙(元叔)이고, 한양(漢陽) 서현인(西縣人)이다. 후한(後漢) 영제(靈帝, 재위 168~189) 때 사람으로 역염과 동시대 인물로 추측될 뿐, 생졸년이 모두 분명치 않다. 군상계(郡上計)로 천거된 것을 비롯하여 여러 차례 지방관리로 추천을 받았으나, 줄곧 응하지 않고 평생 벼슬을 하지 않았다. 저술로는 부(賦)·송(頌)·잠(箴)·뇌(誄)·서(書)·논(論) 및 잡문(雜文) 등 16편이 있었다고 한다.

『隋書』「經籍志」 : "後漢京兆尹延篤集1卷."(原注 : "又有 …… 上計趙壹集2卷, 錄1卷, 亡.")
『後漢書』(卷110下)「文苑傳·趙壹傳」
『全漢三國晋南北朝詩』「全漢詩」(卷2)

1) 才流(재류) : 재주가 다방면에 두루 미치다. 곧 박학다식(博學多識)하다.

2) 老(노) : 익숙하다.

3) 掌故(장고) : 나라의 관례(慣例)나 고실(故實).

4) 「靈芝(영지)」: 역염(酈炎)의 「견지시(見志詩)」 2수. 제2수의 첫 구가 '영지생하주(靈芝生河洲)'로 되어 있어서 붙여진 이름이다.

5) 散憤(산분) : 울분을 발산시키다.

6) 「蘭蕙(난혜)」: 조일(趙壹)의 「질사시(疾邪詩)」 2수 중 제2수. 작품 중에 '난혜화위추(蘭蕙化爲芻)'라는 구가 포함되어 있어서 붙여진 이름이다.

7) 指斥(지척) : 손가락질하다. 지적하다.

8) 「囊錢(낭전)」: 역시 조일의 「질사시」 2수 중 제1수. 그 가운데 "불여일낭전(不如一囊錢)"이란 구가 포함되어 있어서 붙여진 이름이다.

9) 勤(근) : 근심스럽다. 걱정스럽다.

 맹견(孟堅)은 재류(才流)하여 장고(掌故)에 노숙(老熟)하였다.「영사(詠史)」를 보면 감탄지사(感歎之詞)를 지니고 있다. 문승(文勝)은 '영지(靈芝)'를 탁영(託詠)하였는데 회기(懷寄)가 얕지 않다. 원숙(元叔)은 '난혜(蘭蕙)'에다 산분(散憤)하였고 '낭전(囊錢)'으로 지척(指斥)하였는데, 고언절구(苦言切句)들이 진실로 또한 근심스럽다. 이 사람들에게 이러한 곤경(困境)이 있었으니, 슬프도다.

 반고(班固)는 재주가 다방면에 두루 풍부하여서 국가의 고실(故實)들에 널리 통달해 있었다. 그의 「영사시(詠史詩)」 작품을 살펴보면, 감동에 젖은 어휘들로 가득 차 있다. 역염(酈炎)은 「견지시(見志詩)」 2수를 통해 생각을

읊고 있는데, 기탁된 회포가 상당히 깊이 있다. 조일(趙壹)은 「질사시(疾邪詩)」 제2수를 통해 울분을 발산하였고 역시 「질사시」 제1수를 통해 당시 세상의 모순점들을 지적해놓고 있는데, 괴로움에 차 있는 말들과 애절한 느낌을 주는 구절들이 진실로 또한 근심스러운 심경을 잘 나타내고 있다. 이처럼 훌륭한 시인들이 그처럼 곤궁한 생활을 하였음을 생각하니, 실로 슬프기만 하다.

'맹견재류(孟堅才流), 이노어장고(而老於掌故)' 구에 언급된 것처럼 반고가 장고(掌故), 즉 국가의 관례(慣例)나 고실(故實)에 익숙하였음은 그가 부친의 유업을 이어받아 『한서(漢書)』를 집필한 데서 충분히 이해할 수 있다. 『한서』에는 그의 장고에 대한 해박함과 더불어 뛰어난 역사가로서의 수완이 잘 발휘되어 있다.

'관기「영사」(觀其「詠史」), 유감탄지사(有感歎之詞)'라는 평에 대해서는, 허문우(許文雨) 편저 『문론강소(文論講疏)』본 『종영시품(鍾嶸詩品)』에도 "孟堅「詠史」結句云: '百男何憒憒, 不如一緹縈!' 詠歎至深."이라 하여 종영과 견해를 같이하고 있다. 반고의 「영사시(詠史詩)」는 모두 16구로 이루어진 오언시로서, 전한(前漢) 문제(文帝) 때의 명의(名醫) 순우의(淳于意)가 죄를 지어 육형(肉刑)에 처해지게 되었을 때 그 딸인 제영(緹縈)이 황제께 글을 올려 아버지의 목숨을 구한 일로 말미암아 육형이 폐지되었다는 설화로부터 내용을 취해온 작품이다. 아버지를 생각하는 딸의 지극한 효심에 대한 작자의 깊은 감동이 잘 나타나 있다. 한편 이 작품은 오언시가 그리 흔치 않았던 후한(後漢) 초기에 지어진 것으로서, 『시품』「서」에서도 "후한 시대 약 200년 동안에는 오직 반고가 지은 「영사」 시가 있긴 하였지만, 질박하기만 하고 문채롭지 못하다(東京二百載中, 惟有班固「詠史」, 質木無文.)"라고 평가된 바 있다.

'문승탁영「영지」(文勝託詠「靈芝」), 회기불천(懷寄不淺)'의 '「영지(靈芝)」'는 역염의 「견지시(見志詩)」 2수를 가리키며, 이 작품들 역시 신령스러운 효험

을 지닌 영지버섯도 제대로 자라날 장소를 얻지 못하고 하주(河洲)에서 자라
난다면 큰 파도에 휩쓸리고 마는 것처럼, 한(漢)나라의 가의(賈誼) 같은 현재
(賢才)도 출생환경이 좋지 못하였던 탓으로 능력을 제대로 발휘하지 못하고
추방당하였음을 내용으로 하고 있다. 역시 당시 세상에서 뜻을 이루지 못한
자신의 깊은 불만을 기탁한 작품이라 하겠다.

'원숙산분「난혜」(元叔散憤「蘭蕙」), 지척「낭전」(指斥「囊錢」) ; 고언절구(苦
言切句), 양역근의(良亦勤矣)'의 '「난혜(蘭蕙)」'와 '「낭전(囊錢)」'은 조일의 「질
사시(疾邪詩)」 2수를 가리킨다. 이 작품들은 『후한서(後漢書)』「조일전(趙壹
傳)」에 수록되어 있는 「자세질사부(刺世疾邪賦)」 중에 포함되어 있기도 한
데, 역시 뛰어난 재능을 인정하려 하지 않고 오로지 금전만 중시하는 그릇된
세태에 대한 울분과 비판을 가해놓고 있다.

'사인야(斯人也), 이유사곤(而有斯困), 비부(悲夫)' 구는 『논어(論語)』「옹야
(雍也)」편 중의 "命矣夫. 斯人也, 而有斯疾也. 斯人也, 而有斯疾也."란 언급
을 의식하고 쓴 말로 보인다.

위나라 무제魏武帝 위나라 명제魏明帝

위(魏) 무제(武帝) 조조(曹操, 155~220)는 자가 맹덕(孟德)이고 패국(沛國) 초인(譙人)이다. 젊어서는 방탕한 부랑자 생활을 하였으나 황건적의 난을 평정하면서부터 일약 두각을 나타내기 시작하였으며, 그후 당시의 경쟁상대였던 동탁(董卓)·원소(袁紹)·원술(袁術)·유표(劉表) 등 군벌들을 차례차례 격파하면서 중국대륙 북방의 실질적인 지배자로 군림하였다. 정치가로서 후한(後漢) 말기의 구체제를 개혁하는 데에 참신한 수완을 발휘하였을 뿐만 아니라, 문학 방면에서도 실제 작품창작과 문학환경 조성 등 여러모로 중대한 공헌을 하여 건안(建安) 문학의 기초를 확립하였다. 현존하는 시 작품은 모두 20여 수로 거의가 사언(四言) 혹은 오언(五言)의 악부시(樂府詩)이다.

종영은 본조(本條)에서 그를 '위(魏) 무제(武帝)'라 일컫고 있는데, 엄격히 말하면 그는 위왕(魏王)으로 세상을 떠났으며, 그의 아들 조비(曹丕)가 한(漢)나라로부터 황제자리를 선양받아 위(魏) 문제(文帝)로 즉위하면서 그도 아울러 무제(武帝)로 추존(追尊)되어졌다.

『隋書』「經籍志」: "魏武帝集26卷.(原注 : "梁30卷, 錄1卷. 梁又有武皇帝逸集10卷, 亡.")

魏武帝集新撰10卷."
『三國志』(卷1) 「魏書·武帝紀」
『全漢三國晋南北朝詩』「全三國詩」(卷1)

위(魏) 명제(明帝) 조예(曹叡, 205~239)는 자가 원중(元仲)이며, 조조의 손자이자 조비의 아들이다. 조비 사후에 2대 황제로 즉위하였으며, 침착한 성격의 소유자이면서 나름대로 결단력도 겸비하고 있었지만 조부인 조조와 비교할 때는 기개가 훨씬 약하다는 평을 받고 있다. 현존하는 시 작품은 악부시 13수 정도가 전부이다.

『隋書』「經籍志」: "魏明帝集7卷."(原注 : "梁5卷, 或9卷, 錄1卷.")
『三國志』(卷3) 「魏書·明帝紀」
『全漢三國晋南北朝詩』「全三國詩」(卷1)

曹公古直[1], 甚有悲涼之句[2]. 叡不如丕, 亦稱'三祖'[3].

1) 古直(고직) : 고풍스럽고 솔직하다.

2) 悲涼之句(비량지구) : 구슬프고 쓸쓸한 내용의 시구(詩句).

3) '三祖(삼조)' : 위(魏) 태조(太祖) 무제(武帝, 조조)와 고조(高祖) 문제(文帝, 조비) 그리고 열조(烈祖) 명제(明帝, 조예) 등 세 사람을 합쳐서 이른 말.

조공(曹公)은 고직(古直)하여 비량지구(悲涼之句)가 심(甚)히 많이 있다. 예(叡)는 비(丕)만 같지 못하나, 또한 '삼조(三祖)'라 일컬어진다.

조조(曹操)의 시는 고풍스럽고 솔직한 경향을 띠고 있어서, 작품 중에 구슬프고 쓸쓸한 내용의 시구가 많이 사용되어 있다. 조예(曹叡)의 작품 수준이

조비(曹丕)의 작품에는 미치지 못하지만, 그래도 조부와 부친과 함께 '삼조(三祖)'라고 병칭되어왔다.

왕사정(王士禎)은 『어양시화(漁洋詩話)』에서 종영이 조조의 시를 「하품」에 품급해둔 데 대해 불만을 표시하고 당연히 「상품」에 품급되어야 한다고 역설하였다. 이처럼 조조의 시는 오늘에 이르기까지 상당히 높은 평가를 받아왔으며, 비평가들에 따라서는 「중품」에 품급된 조비 시의 수준을 오히려 능가하는 것으로 평가하기도 한다. 허문우 편저 『문론강소』본 『종영시품』에서는 "按, 嶸『詩品』以丕處「中品」, 曹公及叡居「下品」. 今或推曹公而劣子桓兄弟者. 蓋鍾嶸兼文質, 而後人專氣格也."라 한 허학이(許學夷)의 말을 인용해놓고 있으며, 왕숙민(王叔岷) 찬(撰) 『종영시품소증(鍾嶸詩品疏證)』에서는 "案, 曹公滿腔霸氣, 奔於筆底, 慷慨蒼涼, 籠罩一世, 迥非翰墨之士所能比擬者. 其詩固應在「上品」之列, 昔賢多已言之. 然而'古直'之風, 不合於南朝好文之習. 如魏文雖多鄙質, 而有美贍可翫之習; 應璩雖爲古語, 而有華靡可味之製; 陶潛雖歎質直, 而有風華淸靡之什. 故雖降品, 猶得居中. 若曹公之徒爲'古直'無丹彩可言, 與南朝風尙不相謀. 此仲偉所以列之於「下品」者歟."라 설명을 가하고 있다. 모두 종영이 조조의 시를 「하품」에 품급시킨 이유를 잘 간파한 설명이라 하겠다. 육시옹(陸時雍)의 『시경총론(詩鏡總論)』에서는 "曹孟德饒雄力, 而鈍氣不無. 其言如推鋒之斧."라 하였고, 유희재(劉熙載)의 『예개(藝槪)』 권2 「시개(詩槪)」에서는 "曹公詩氣雄力堅, 足以籠罩一切. 建安諸子, 未有甚匹也. 子建則隱有仁義之人, 其言藹如之意. 鍾嶸『詩品』不以古道悲涼, 加於人倫周·孔之上, 豈無見乎."라 설명하고 있다.

'조공고직(曹公古直), 심유비량지구(甚有悲涼之句)'에서처럼 조조를 '조공(曹公)'이라 호칭한 것은 『시품』 「서」 중에도 "조공 부자가 이 문(文, 오언시를 가리킴)을 대단히 좋아하였다(曹公父子, 篤好斯文.)"라고 한 동일한 용례가 보이고 있다. 고직(古直) 찬(撰) 『종기실시품전(鍾記室詩品箋)』에서는 '비량지구(悲涼之句)'란 평에 가장 잘 부합되는 대표적인 예로 조조의 시 「호리행(蒿里行)」 중의 "白骨露於野, 千里無鷄鳴. 生民百遺一, 念之斷人腸."이란 구절들을 제시해두었다.

'예불여비(叡不如丕), 역칭'삼조'(亦稱'三祖')' 중의 '삼(三)'자가 『오조소설(五朝小說)』본·『학시진체(學詩津逮)』본·『역대시화(歷代詩話)』본·진연걸(陳延傑) 찬(撰)『시품주(詩品注)』·두천미(杜天縻) 찬(撰)『시품신주(詩品新注)』 등에는 모두 '이(二)'로 되어 있다. 그런데 『시품』「서」 중의 "고로 삼조의 문학은 문사(文辭)가 더러 공교(工巧)하지는 못하나 운(韻)이 들어가서 노래 불려진다(故三祖之詞, 文或不工, 而韻入歌唱.)"라는 평문이나 『문심조룡(文心雕龍)』「악부(樂府)」편 중의 "至於魏之三祖, 氣爽才麗, 宰割辭調, 音靡節平."이라 한 평문에 모두 '삼조(三祖)'라고 병칭되어 있듯이, 중국인들은 예부터 조조·조비·조예 세 사람을 함께 일컬어서 '삼조'라는 말을 습관처럼 흔히 사용해왔다. 고서(古書)들 중에는 '삼(三)'자가 '이(二)'자로 잘못 와전된 경우가 매우 많은데, 이 대목에서 '이(二)'로 된 것도 역시 '삼(三)'의 괴자(壞字)이며 당연히 '삼(三)'으로 되는 것이 옳다 하겠다.

위나라 백마왕 표_{魏白馬王彪} 위나라 문학 서간_{魏文學徐幹}

위(魏) 백마왕(白馬王) 조표(曹彪, 195~251)는 자가 주호(朱虎)이고, 조조의 아들이자 조비·조식(曹植) 형제의 이복동생으로, 조식과는 특히 친하게 지냈다. 황초(黃初) 7년(226)에 백마왕(白馬王)에 책봉되었으며 후에 초왕(楚王)으로 봉해지기도 하였다. 가평(嘉平) 3년(251)에 왕릉(王淩)·영호우(令狐愚) 등이 주동이 되어 당시의 황제 조방(曹芳)을 폐위시키고 조표를 옹립하려던 모반(謀反)이 사전에 누설되어 실패하고 말았는데, 이 일에 대한 책임을 지고 자살하였다 한다.

시 작품은 온전하게 전하는 것이 한 수도 없으며, 형 조식에게 지어보낸 「답동아왕시(答東阿王詩)」가 일부만 남아 있을 뿐이다.

『三國志』(卷20) 「魏書·武文世王公傳·楚王彪傳」

서간(徐幹, 170~217)은 자가 위장(偉長)이고 북해인(北海人)이다. '건안칠자(建安七子)' 중의 한 사람으로, 벼슬은 사공군모좨주연속(司空軍謀祭酒掾

屬)을 거쳐 조비의 휘하에서 오관장문학(五官將文學)을 지냈다. 오언시 3수를 비롯한 시문(詩文)들이 전하고 있으며, 정치철학 관계 논문이라 할 수 있는『중론(中論)』6권을 저술하기도 하였다.

종영은 본조에서 서간을 위나라 사람으로 간주하여 '위문학(魏文學)'이라 일컫고 있다. 그렇지만 서간은 조비가 한(漢)나라로부터 황제자리를 찬탈하기 3년 전에 이미 세상을 떠났으므로, 엄격히 말한다면 '위왕태자문학(魏王太子文學)'이란 직함으로 일컬어져야 옳다. 그러나 종영은 「상품」「유정(劉楨)」조나 「왕찬(王粲)」조 등에서와 마찬가지로, '건안칠자'들이 대부분 조씨 삼부자의 막료 내지는 그 예하집단 문인으로 활동하면서 조씨 삼부자와는 같은 시대를 살았다는 점 이외에도 동일한 건국이념을 가졌고 공통된 문학적 특색을 보이는 등 여러 각도에서 공동체적인 면을 많이 보여주고 있다는 점에서, 당시의 일반적인 관습을 그대로 좇아 서간을 조씨 삼부자와 함께 위나라 사람으로 취급하여 '위문학'이라 일컬은 것이다.『수서(隋書)』「경적지(經籍志)」에서는 서간을 '위태자문학(魏太子文學)'이라고 바로 일컫고 있다.

『隋書』「經籍志」: "魏太子文學徐幹集5卷.(原注 : "梁有錄1卷, 亡.") 徐氏『中論』6卷.
  (原注 : "魏太子文學徐幹撰.")"
『三國志』(卷21)「魏書·王粲傳」
『全漢三國晉南北朝詩』「全三國詩」(卷3)

白馬與陳思[1]答贈, 偉長與公幹[2]往復, 雖曰以莛扣鍾[3], 亦能閑雅[4]矣.

1) 陳思(진사) : 진사왕(陳思王) 조식(曹植). 진왕(陳王)으로 봉해졌었고 시호가 사(思)였다.

2) 공간(公幹) : 유정(劉楨)의 자.

3) 以莛扣鍾(이정구종) : 풀줄기나 작은 나뭇가지로 종(鍾)을 치다. 곧 한쪽이 다른 한
   쪽보다 훨씬 역부족이어서, 도저히 한데 묶어서 비교할 수 없을 정도로 수준 차이
   가 심함을 뜻함.

4) 閑雅(한아) : 얌전하고 우아하다.

 백마(白馬)와 진사(陳思)의 답증(答贈)과, 위장(偉長)과 공간(公幹)의 왕
복(往復)은 비록 이정구종(以莛扣鍾)이라 하겠으나, 그래도 또한 능히
한아(閑雅)하기는 하다.

 백마왕(白馬王) 조표(曹彪)가 진사왕(陳思王) 조식(曹植)에게 지어준 답시와
서간(徐幹)이 유정(劉楨)에게 지어보낸 시는 비록 그 수준이 조식이나 유정
에 비해 훨씬 못 미칠 정도로 뒤떨어지기는 하지만, 그래도 또한 상당히 점
잖고 우아한 멋을 지니고 있다.

　　조식이 동생 조표에게 지어보낸 시 「증백마왕표(贈白馬王彪)」는 『문선』
권24에 수록되어 있다. 이 작품은 종영이 『시품』「서」에서 역대 오언시 작
품들 중 가장 뛰어난 작품으로 평가한 바 있다(陳思贈弟, ……, 斯皆五言之警策者
也). 한편 조표가 조식에게 답하여 쓴 시 「답동아왕(答東阿王)」(조식은 太和 3
년[229]에 동아왕으로 책봉되었다)은 현재 『초학기(初學記)』권18에 "盤徑難懷抱,
停駕與君訣. 卽車登北路, 永歎尋先轍."이란 4구만 인용되어 전하고 있을 뿐,
나머지 부분은 확인이 되지 않고 있다. 일부분이긴 하지만 형제간의 이별에
대해 안타까워하는 심정이 잘 나타나 있다.
　　유정이 서간에게 지어보낸 시 「증서간(贈徐幹)」은 『문선』권23에 수록되
어 있다. 단언하기는 어려우나, 종영이 『시품』「서」에서 가장 대표적인 오언
시 작품 중의 하나로 제시해둔 「공간사우(公幹思友)」라는 작품(公幹思友, ……,
斯皆五言之警策者也.)이 바로 이 작품을 가리키는 말일 가능성이 다분하다. 한

390

편 서간이 유정에게 답하여 쓴 시는 모두 8구로 되어 있으며, 『전삼국시(全三國詩)』권3에 「답유공간시(答劉公幹詩)」라는 제목으로 또 『예문류취(藝文類聚)』권31 「증답부·시(贈答部·詩)」조에 「답유정시(答劉楨詩)」라는 제목으로 수록되어 전하고 있다.

'수왈이정구종(雖曰以莛扣鍾)'의 '정(莛)'자가 『천중기(天中記)』인용문에는 '정(筳)'으로 되어 있다. 차주환(車柱環) 교수 찬(撰)『종영시품교증(鍾嶸詩品校證)』에서는 '정(筳)'으로 되는 편이 의미가 더 잘 통하며 '정(莛, 풀줄기)'은 '정(筳, 작은 댓가지 또는 작은 나뭇가지)'의 예변(隷變)이라고 설명한 다음, 『옥편(玉篇)』중의 "筳, 小簪也."란 풀이를 인용해두었다. 종영은 '백마여진사답증(白馬與陳思答贈)' 중 백마(白馬, 조표)의 답시를 정(筳)으로 진사(陳思, 조식)의 증시(贈詩)를 종(鍾)으로 비유하고, 또 '위장여공간왕복(偉長與公幹往復)' 중 위장(偉長, 서간)의 왕시(往詩)를 정으로 공간(公幹, 유정)의 복시(復詩)를 종으로 비유하여, 함께 비교를 할 수 없을 정도로 조표와 서간의 작품이 조식과 유정의 작품에 비해 그 수준이 훨씬 뒤떨어짐을 전제로 논평을 가하고 있다.

그런데 조표의 작품 수준이 조식보다 훨씬 낮다는 데 대해서는 전혀 이설이 없으나, 서간의 작품 수준이 과연 종영이 비유를 가한 정도로까지 유정의 작품에 비해 차이를 보이고 있느냐에 대해서는 이론이 분분하다. 호응린(胡應麟)은 『시수(詩藪)』「외편(外編)」에서 "以公幹爲巨鍾, 而偉長爲小梃, 抑揚不已過乎."라 하였고, 왕사정은 『어양시화』권하(卷下)에서 "建安諸子, 偉長實勝公幹, 而嶸譏其以莛扣鍾, 乖反彌甚."이라 하였다. 일찍이 조비는 『전론(典論)』「논문(論文)」에서 서간의 사부(辭賦)를 평하여 "徐幹時有齊氣, 然粲之匹也. 如 …… 幹之「玄猿」·「漏巵」·「圓扇」·「橘賦」, 雖張·蔡不過也. 然於他文, 未能稱是."라 하였다.

서간의 문학적인 자질은 매우 탁월하여서 그 당시부터 오늘날까지 줄곧 매우 높은 평가를 받아왔다. 그렇지만 그가 그처럼 높은 명성을 누릴 수 있

었던 것은, 조비의 평에서도 짐작할 수 있듯이 오언시 분야를 제외한 다른
장르, 특히 사부(辭賦) 작품이나 『중론(中論)』 등이 각별한 인정을 받았기 때
문인 것으로 보인다.

위나라 창조속 완우魏倉曹屬阮瑀

진나라 돈구태수 구양건晋頓邱太守歐陽建

진나라 문학 응거晋文學應璩 진나라 중서령 혜함晋中書令嵇含

진나라 하남태수 완간晋河南太守阮侃 진나라 시중 혜소晋侍中嵇紹

진나라 황문 조거晋黃門棗據

완우(阮瑀, ?~212)는 자가 원유(元瑜)이고 진류인(陳留人)이다. 「상품」에 품급된 완적(阮籍)의 아버지로, 후한(後漢) 말기의 대학자 채옹(蔡邕)의 문하에서 수업하였고 '건안칠자' 중의 한 사람으로 활약하였다. 벼슬로는 조조의 휘하에서 창조연속(倉曹掾屬) 직을 역임하였다. 오언시 10수가 전하고 있지만, 시보다는 서(書)나 격(檄) 등 공문서 분야에 오히려 더 뛰어났던 것으로 정평이 나 있다.

종영은 앞의 「서간(徐幹)」조에서와 마찬가지로 여기서도 완우를 위나라 사람으로 간주하여 '위창조속(魏倉曹屬)'이라 일컫고 있다. 완우는 조비가 황제로 즉위하기 8년 전에 이미 세상을 떠났으므로, 엄격히 말하면 한(漢)나라 사람이지 위나라 사람이 아니다. 종영이 그를 위나라 사람으로 취급한 이유는 「서간」조에서 설명한 바와 같다. 『수서』「경적지」에서는 완우를 '후한승상창조속(後漢丞相倉曹屬)'이라 바로 일컫고 있다.

『隋書』「經籍志」: "後漢丞相倉曹屬阮瑀集5卷."(原注 : "梁有錄1卷, 亡.")
『三國志』(卷21) 「魏書 · 王粲傳」

하품 **393**

『全漢三國晋南北朝詩』「全三國詩」(卷3)

　　구양건(歐陽建, ?~300)은 자가 견석(堅石)이고 기주인(冀州人)이다.「중품」
에 품급된 석숭(石崇)의 생질로, 반악(潘岳)·석숭 등과 함께 당시의 세도가
가밀(賈謐)이 주도하였던 문학집단 '이십사우(二十四友)' 중의 한 사람으로
활동하였다. 조왕(趙王) 사마윤(司馬倫)이 정변을 일으켜 정권을 장악한 이
후, 손수(孫秀)의 모함으로 살해당하였다. 사언시「답석숭증(答石崇贈)」1수
와 오언시「임종시(臨終詩)」1수 등 모두 2수가 현재 전하고 있다.
　　『진서(晋書)』에는 그가 풍익태수(馮翊太守) 등의 직을 역임한 것으로 소개
되어 있을 뿐, 돈구태수(頓邱太守)를 지냈다는 언급은 없다. 그러나『수서』
「경적지」에서는 그를 '돈구태수(頓丘太守)'라는 직함으로 일컫고 있어서 종
영의 서술과 합치된다. '구(邱)'와 '구(丘)'는 같은 글자이다.

『隋書』「經籍志」: "晋頓丘太守歐陽建集2卷."
『晋書』(卷33)「歐陽建傳」
『全漢三國晋南北朝詩』「全晋詩」(卷4)

　　응거(應璩)는「중품」에 이미 품급되어 있으므로 본조에서 거듭 거론되는
것이 몹시 어색하다. 더군다나 응거는 시중(侍中) 등을 역임하였을 뿐이므로,
'문학(文學)'이라는 직함과도 일치되지 않는다. 응거에게는 일찍이 오관장문
학(五官將文學)을 지낸 형 응창(應瑒)이 있는바, 본조의 응거는 당연히 응창
으로 고쳐져야 할 것이다.『양문기(梁文紀)』본에는 '응거'가 '응창'으로 되어
있다. 차주환 교수는『종영시품교증』에서 '창(瑒)'이 '거(璩)'로 된 것은 당시
의 저명 문인이었던 동생 응거의 이름을 연상한 데서 비롯된 잘못이거나 또
는 뒤에 함께 거론되어 있는 조거(棗據)의 '거(據)'자와 형태가 비슷한 데서

394

생긴 잘못일 거라고 추정하였다. 그렇다고 하면 '진문학(晋文學)'의 '진(晋)'도 당연히 고쳐져야 한다. 응창은 후한(後漢) 말기 때 사람이므로 정확히 말한다면 '후한문학(後漢文學)'이란 직함으로 일컬어져야 하겠지만, 종영이 「유정(劉楨)」조나 「서간(徐幹)」조 등에서 이들을 모두 위나라 사람으로 취급한 선례와 같이 여기서도 '위문학(魏文學)'으로 고치는 것이 타당할 것이다. 그러므로 '진문학응거(晋文學應璩)'는 '위문학응창(魏文學應瑒)'으로 고쳐져야 옳으며, 아울러 그 위치도 '진돈구태수구양건(晋頓邱太守歐陽建)'의 앞으로 옮겨져야 한다. 고직 찬 『종기실시품전』에서는 "案, 『魏志』曰 : '應瑒魏五官將文學. 瑒弟璩, 官至侍中.' 此已誤瑒爲璩, 又誤魏爲晋也."라 하였고, 진연걸 찬 『시품주』에서는 "晋無應璩, 恐是應貞之訛."라 하였으며, 허문우 편저 『문론강소』본 『종영시품』에서는 "案, 已見中卷, 此與阮·嵇連類而及. 中卷因爲陶潛所師承, 故載之."라 하였다. 이 세 가지 설 중에서 차주환 교수의 지적대로 고직의 설이 가장 신빙성이 있어 보인다.

응창(應瑒, ?~217)은 자가 덕련(德璉)이고 여남인(汝南人)이다. '건안칠자'의 한 사람으로 활약하였고, 조비의 휘하에서 오관장문학(五官將文學)을 지냈다. 오언시 5수가 전하고 있다.

『隋書』「經籍志」: "魏太子文學應瑒集1卷."(原注 : "梁有5卷, 錄1卷, 亡.")
『三國志』(卷21) 「魏書·王粲傳」
『全漢三國晋南北朝詩』「全三國詩」(卷3)

혜함(嵇含, 263~306)은 자가 군도(君道)이고 초국(譙國) 질인(銍人)이다. 「중품」에 품제된 혜강(嵇康)의 종손으로, 오언시 2수가 전하고 있다.

『진서』에는 그가 평월중랑장(平越中郎將)·광주자사(廣州刺史) 등을 역임한 것으로 소개되어 있을 뿐, 중서령(中書令)을 지냈다는 언급은 어디에도 없다. 『수서』「경적지」에서는 그를 '광주자사(廣州刺史)'라는 직함으로 일컫

고 있다. 고직 찬 『종기실시품전』에서는 종영이 그를 '중서령(中書令)'이라
일컫고 있는 것이 잘못일 거라고 추정하였다.

『隋書』「經籍志」：“晋太傅郭象集2卷.”(原注：“又有廣州刺史嵇含集10卷, 錄1卷, 亡.”)
『晋書』(卷89)「忠義傳·嵇紹傳」
『全漢三國晋南北朝詩』「全晋詩」(卷4)

　　완간(阮侃)은 자가 덕여(德如)이고 위씨인(尉氏人)이다. 혜강(嵇康)과 동시
대 인물이었다는 정도 외에는 정확한 생졸년을 알 수가 없고, 사적(事蹟) 또
한 자세히 전하지 않는다. 오언시「답혜강(答嵇康)」2수가 전하고 있다.
　　진연걸 찬『시품주』·고직 찬『종기실시품전』·코젠 히로시(興膳宏) 찬
(撰)『시품(詩品)』·타카키 마사카즈(高木正一) 찬(撰)『종영시품(鍾嶸詩品)』
등에는 '하남태수(河南太守)'의 '남(南)'자가 모두 '내(內)'로 되어 있다. 완간
의 직함에 대하여는『세설신어(世說新語)』「현원(賢媛)」편의 유효표(劉孝標)
주(注)에 “『陳留志名』曰 : '侃, 字德如, ……, 仕至河內太守.'”라 하였으며,『송
서(宋書)』권29「부서지·하(符瑞志·下)」에서는 “河內·南陽太守阮侃”이라
하였고,『수서』「경적지」에서도 “晋河內太守阮侃”이라 일컫고 있다. 이들 기
록이 모두 완간의 관직을 하내태수(河內太守)로 소개하고 있지, 하남태수(河
南太守)를 지냈다는 언급은 어디에도 없다. 그런데『진서』「지리지(地理志)」
를 보면, 당시 하남군(河南郡)·하내군(河內郡)·남양국(南陽國) 등이 모두
각기 다른 행정구역으로 설정되어 있었음을 알 수 있다. 그러므로 완간이 하
내태수를 지냈던 것을 잘못 기술하여 '하남태수'라 일컫은 것인지, 아니면 하
내태수뿐 아니라 하남태수 직까지도 역임하였던 것인지 지금으로서는 확인
할 길이 없다.

『隋書』「經籍志」: “晋少傅山濤集9卷.”(原注: “阮侃集5卷, 錄1卷, 亡.”)
『全漢三國晋南北朝詩』「全三國詩」(卷4)

　　혜소(嵇紹, 253~304)는 자가 연조(延祖)이고 초국(譙國) 질인(銍人)이다.「중품」에 품제된 혜강(嵇康)의 아들로, 사마씨(司馬氏) 일파에 반항하다가 죽임을 당했던 아버지와는 달리, 진(晋) 왕조에서 벼슬을 하며 충절을 다 바쳤다. 벼슬은 시중(侍中)에까지 올랐으며, 팔왕(八王)의 난이 한창일 때 탕음(蕩陰)이란 곳에서 마지막까지 홀로 혜제(惠帝)를 호위하다가 장렬히 전사하였다 한다. 오언시「증석계륜(贈石季倫)」 1수가 전하고 있다.

『隋書』「經籍志」: “晋侍中嵇紹集2卷.”(原注 : “錄1卷.”)
『晋書』(卷89)「忠義傳·嵇紹傳」
『全漢三國晋南北朝詩』「全晋詩」(卷4)

　　조거(棗據)는 자가 도언(道彦)이고 영천(潁川) 장사인(長社人)이다. 본성(本姓)은 극(棘)씨였는데, 그 선조가 원수를 피해서 조(棗)씨로 바꾸었다고 한다. 태강(太康) 연간(280~289)에 50여세의 나이로 세상을 떠났다고 알려져 있을 뿐, 정확한 생졸년은 알 수가 없다. 벼슬은 황문시랑(黃門侍郎)을 거쳐 태자중서자(太子中庶子)에까지 올랐다. 오언시 3수가 현존하고 있다.

『隋書』「經籍志」: “晋司隷校尉傅咸集17卷.”(原注 : “又有太子中庶子棗據集2卷, 錄1
　　卷, ……, 亡.”)
『晋書』(卷92)「文苑傳·棗據傳」
『全漢三國晋南北朝詩』「全晋詩」(卷2)

1) 君(군) : 남에 대한 존칭.
2) 平典(평전) : 평범하고 단조롭다.
3) 古體(고체) : 고풍(古風). 즉 고대적인 풍격.
4) 大檢(대검) : 대강의 법식(法式). 곧 대체적인 모습.

 원유(元瑜)·견석(堅石) 등 일곱 분의 시는 모두 평전(平典)하지만
고체(古體)를 잃지 않았다. 대검(大檢)이 비슷하나 그러나 이혜(二嵇)
가 조금 더 낫다.

 완우(阮瑀)와 구양건(歐陽建)을 비롯한 이들 일곱 시인의 시는 모두 다 평
범하고 단조롭지만, 여전히 고풍스러운 맛을 잃지 않고 있다. 대체적인 작
품경향이 거의 비슷하지만, 혜함(嵇含)과 혜소(嵇紹) 두 사람의 작품 수준
이 다른 사람들보다 약간 더 우수하다.

'평전(平典)'이란 평어는 『시품』「서」에서도 "손작(孫綽)·허순(許詢)·환
(桓)·유(庾) 제공(諸公)들의 시가 모두 평전하기만 하여 마치 도덕론과 유사
하다(孫綽·許詢·桓·庾諸公, 詩皆平典似道德論.)"라고 하여 동일한 용례
가 보이고 있다.

'고체(古體)'라는 평어에 대해서는, 허문우 편저 『문론강소』본 『종영시품』
에서 "按, 此評七君詩爲'古體', 蓋對張華·陸機等之新體而言. 大抵在晋初, 二
派詩之勢力, 足以抗衡 ; 及江左, 則張·陸派占優勢矣."라 설명하고 있다.

'대검사(大檢似)'란 평에 대하여, 차주환 교수는 『종영시품교증』에서 "陳
延傑云 : '余藏(원본에서 '有'자가 누락되었음)明鈔本『詩品』"大檢似", 作"大抵相

398

似'", 疑意改, 以求文意易明矣."라 설명하고 있다. '대검(大檢)'은 육조 시대 서적들 가운데 그 용례가 흔히 보이고 있는데, 대체적인 법식이나 모습을 뜻하는 말로 여기서는 이들 일곱 명의 시가 띠고 있는 대체적인 작품경향을 의미한다 하겠다. 이들 일곱 명 가운데는 완씨(阮氏)와 혜씨(嵇氏) 집안 사람이 4명이나 포함되어 두 집안이 주축을 이루고 있으며, 또 완우와 응창 등은 같이 '건안칠자'로 활약하면서 일종의 인맥 같은 것을 형성하고 있었다. 하지만 종영이 '대검사'라고 평한 것처럼 이들의 작품경향, 즉 오언시에 나타난 시풍이 어느정도의 공통점을 지니고 있었는가 하는 문제는 현존하는 작품의 수가 워낙 적은 관계로 확인하기가 어렵다.

'이이혜미우의(而二嵇微優矣)'란 평에 대하여는, 고직 찬 『종기실시품전』에서 "案, 嵇紹詩, 今存「贈石季倫」一首；嵇含詩, 今存「悅晴」·「伉儷」二首. 就所存觀之, 殊不見其優."라 설명을 덧붙이고 있다. 역시 현존하는 작품의 수가 극히 적기 때문에, 이들의 작품 전반에 걸친 우열을 비교한다는 것이 턱없는 무리일 수밖에 없다.

진나라 영저작 장재晉領著作張載
진나라 사예교위 부현晉司隷校尉傅玄　진나라 사예 부함晉司隷傅咸
진나라 시중 무습晉侍中繆襲
진나라 산기상시 하후담晉散騎常侍夏侯湛

　　장재(張載)는 자가 맹양(孟陽)이고 안평인(安平人)이다. 생졸년이 모두 정확히 알려져 있지 않으며, 「상품」에 품제된 장협(張協)의 형으로 아우 장협·장항(張亢)과 함께 '삼장(三張)'으로 병칭되어왔다. 벼슬로는 중서시랑(中書侍郞) 등을 역임하였으나, 팔왕(八王)의 난 이후로는 벼슬길에 뜻을 잃고 병을 핑계로 향리에서 은거하였다 한다. 오언시 10수 정도가 현존하고 있다.

　　『학진토원(學津討源)』본·『이문광독(夷門廣牘)』본·장진경(張陳卿) 찬(撰) 『종영시품연구(鍾嶸詩品硏究)』 부록 「표점(標點)『시품』원문」·고직 찬『종기실시품전』·진연걸 찬『시품주』·허문우 편저『문론강소』본 『종영시품』·섭장청(葉長靑) 찬『시품집석(詩品集釋)』·두천미 찬『시품신주』·차주환 교수 찬『종영시품교증』·리츠메이칸대학(立命館大學) 시품연구반(詩品硏究班) 찬『종씨시품소(鍾氏詩品疏)』·왕중(汪中) 찬『시품주(詩品注)』·코젠 히로시 찬『시품』·타카키 마사카즈 찬『종영시품』 등에서는 모두 장재를 '중서(中書)'라는 직함으로 일컫고 있다. 『진서』「장재전(張載傳)」에 그가 중서시랑(中書侍郞)·영저작(領著作) 등을 역임하였다는 언급이 보이므로, '영저작(領著作)'이란 직함 역시 잘못된 것은 아니라 하겠다. 『수서』「경적지」에서는 '중서랑(中書郎)'이란 직함으로 일컬어놓았다.

『隋書』「經籍志」: "晋中書郎張載集7卷."(原注 : "梁1本2卷, 錄1卷.")
『晋書』(卷55)「張載傳」
『全漢三國晋南北朝詩』「全晋詩」(卷4)

　부현(傅玄, 217~278)은 자가 휴혁(休奕)이고 북지(北地) 이양인(泥陽人)이다. 시중(侍中)·어사중승(御史中丞)·태복(太僕)·사예교위(司隷校尉) 등 요직을 두루 역임하였으나, 타협을 모르는 강직한 성품 탓으로 대인관계는 원만치 못하였다 한다. 현존하는 시 작품은 모두 60여 수 정도인데, 그중 악부시가 많은 양을 차지하고 있으며 형식이 장단구(長短句)를 두루 사용하여 매우 다채롭고 내용은 남녀간의 애정을 여성적인 필치로 노래해놓은 특징을 보이고 있다. 그외 정치철학 관계 논문인『부자(傅子)』120권을 저술하기도 하였다.
　『이문광독』본·고직 찬『종기실시품전』·진연걸 찬『시품주』·허문우 편저『문론강소』본『종영시품』·섭장청 찬『시품집석』·두천미 찬『시품신주』·차주환 교수 찬『종영시품교증』·리츠메이칸대학 시품연구반 찬『종씨시품소』·왕중 찬『시품주』·코젠 히로시 찬『시품』·타카키 마사카즈 찬『종영시품』등에는 모두 '사예교위(司隷校尉)' 중의 '교위(校尉)' 두 글자가 누락되어 '사예(司隷)'라는 직함으로 일컬어져 있다. '사예'는 '사예교위'의 약칭이다.
　그리고『학진토원』본·『자등서옥총서(紫藤書屋叢書)』본·『담예주총(談藝珠叢)』본·『총서집성(叢書集成)』본·『역대시화』본·『사부비요(四部備要)』본 등에는 '부현(傅玄)'의 '현(玄)'자가 모두 '원(元)'으로 고쳐져 있는데, 이는 청(淸) 성조(聖祖)의 휘자(諱字)를 피하기 위해서인 듯하다.

『隋書』「經籍志」: "晋司隷校尉傅玄集15卷.(原注 : "梁50卷, 錄1卷, 亡.") ……『傅子』
    120卷.(原注 : "晋司隷校尉傅玄撰.")"
『晋書』(卷47)「傅玄傳」
『全漢三國晋南北朝詩』「全晋詩」(卷2)

　　부함(傅咸, 239~294)은 자가 장우(長虞)이고 북지(北地) 이양인(泥陽人)으
로, 부현(傅玄)의 아들이다. 벼슬로는 의랑장(議郎長)·사예교위(司隷校尉)
등을 역임하였으며, 아버지를 닮아 강직한 성품의 소유자였다 한다. 현존하
는 시 작품은 20수 정도인데 그중 사언시가 압도적으로 많은 양을 차지하고
있으며, 작품경향이 화려한 수사보다는 교훈적인 내용을 뛰어나게 잘 구현
해놓은 것으로 정평이 나 있다.
　　『이문광독』본·고직 찬『종기실시품전』·진연걸 찬『시품주』·허문우
편저『문론강소』본『종영시품』·섭장청 찬『시품집석』·두천미 찬『시품신
주』·차주환 교수 찬『종영시품교증』·리츠메이칸대학 시품연구반 찬『종
씨시품소』·왕중 찬『시품주』·코젠 히로시 찬『시품』·타카키 마사카즈
찬『종영시품』 등에서는 모두 부함(傅咸)을 '태복(太僕)'이란 직함으로 일컫
고 있다. 그런데『진서』를 비롯하여 그에 관한 어느 기록에서도 그가 태복을
지냈다는 언급을 찾아볼 수가 없다. 코젠 히로시 찬『시품』에서는 그의 부친
부현이 태복을 지냈던 적이 있으므로 부친의 관직과 혼동하여 잘못 일컬은
것일 거라고 추정하였다. '사예(司隷)'라는 직함으로 일컬어지는 편이 합당할
듯하다.

『隋書』「經籍志」: "晋司隷校尉傅咸集17卷."(原注 : "梁30卷, 錄1卷.")
『晋書』(卷47)「傅玄傳」
『全漢三國晋南北朝詩』「全晋詩」(卷2)

무습(繆襲, 186~245)은 자가 희백(熙伯)이고 동해(東海) 난릉인(蘭陵人)이다. 위나라 때 4대의 황제를 섬기면서, 상서광록훈(尙書光祿勳) 등을 역임하였다. 『세설신어』「언어(言語)」편에서는 그를 '시중(侍中)'이란 직함으로 일컬어놓았고, 유효표 주(注)에도 '시중광록훈(侍中光祿勳)'을 지냈다는 『문장서록(文章敍錄)』 중의 언급이 인용되어 있다. 오언시「만가(挽歌)」 1수와 함께 고취곡사(鼓吹曲辭) 12수 등이 전하고 있다.

고직 찬 『종기실시품전』에서는 『삼국지』「위서·유소전(魏書·劉劭傳)」 중의 "同時東海繆襲, 亦有才學, 官至尙書光祿勳."이란 기록과 그 주(注)에 인용된 『문장지(文章志)』 중의 "襲, 字熙伯, 歷事魏四世, 正始六年卒."이란 언급을 제시하고, 종영이 여기서 무습을 '진시중(晋侍中)'이라 일컫고 있는 것은 잘못이라고 지적하였다. '진(晋)'이란 조대명(朝代名)이 잘못되었음은 의심의 여지가 없으며, 당연히 '위(魏)'로 바로잡혀야 할 것이다. 그렇지만 '시중'이란 직함은 『세설신어』「언어」편이나 그 주에 인용된 『문장서록』 중의 언급 등을 통해 볼 때, 틀렸다고 단정지을 수 없을 것 같다.

『隋書』「經籍志」: "魏散騎常侍繆襲集5卷."(原注 : "梁有錄1卷.")
『三國志』(卷21) 「劉劭傳」
『全漢三國晋南北朝詩』「全三國詩」(卷3)

하후담(夏侯湛, 243~291)은 자가 효약(孝若)이고 초국(譙國) 초인(譙人)이다. 명문집안 출신으로 벼슬이 산기상시(散騎常侍)에까지 이르렀다. 문장가로도 높은 명성을 누렸으며, 시 작품은 현재 6수가 전하고 있다.

『隋書』「經籍志」: "晋散騎常侍夏侯湛集10卷.(原注 : "梁有錄1卷.") …… 『新編』10卷.
   (原注 : "晋散騎常侍夏侯湛撰.")"
『晋書』(卷55) 「夏侯湛傳」

孟陽詩, 乃遠慙[1]厥弟[2], 而近超兩傅[3]. 長虞父子, 繁富[4]可嘉.
孝冲[5]雖曰後進[6], 見重安仁[7]. 熙伯挽歌, 惟以造哀爾.

1) 遠慙(원참) : 대단히 부끄럽다. 곧 수준이 훨씬 뒤떨어진다는 뜻.
2) 厥弟(궐제) : 그 아우. 여기서는 장재(張載)의 동생인 장협(張協)을 가리킨 말이다.
3) 兩傅(양부) : 부현(傅玄)과 부함(傅咸) 두 사람.
4) 繁富(번부) : 많고 풍부하다.
5) 孝冲(효충) : 하후순(夏侯淳)의 자. 하후순은 하후담(夏侯湛)의 동생이다. 본조에서는 형 하후담의 시에 대해 품평을 가하면서, 동생의 자를 잘못 혼동하여 사용해놓고 있다. 당연히 '효약(孝若)'으로 고쳐져야 할 것이다.
6) 後進(후진) : 자기보다 나중에 나온 사람. 곧 후배.
7) 安仁(안인) : 반악(潘岳)의 자.

맹양(孟陽)의 시는 곧 그 동생에게는 대단히 부끄러울 정도이지만, 그러나 가까이로 양부(兩傅)를 초월해 있다. 장우(長虞) 부자는 가상할 정도로 번부(繁富)하다. 효약(孝若)은 비록 후진(後進)이라고는 하지만, 안인(安仁)에게 중시되어졌다. 희백(熙伯)의 만가(挽歌)는 오직 슬픔을 자아낼 따름이다.

장재(張載)의 시는 그 수준이 동생 장협(張協)보다는 훨씬 뒤떨어지지만, 비슷한 시기에 활약하였던 부현(傅玄)·부함(傅咸) 두 사람보다는 뛰어났다. 부함 부자는 가상할 정도로 많은 양의 작품을 남겼다. 하후담(夏侯湛)은 비록 이들 시인들 중 가장 후배이긴 하지만, 반악(潘岳)으로부터 매우 높이 평가받았다. 무습(繆襲)의 시 「만가(挽歌)」는 독자들로 하여금 한껏

슬픈 분위기에 젖어들게 해줄 뿐이다.

장재의 작품 수준이 그 동생 장협보다 뒤떨어진다는 평가에 대해서는, 비평가들에 따라서 견해가 서로 엇갈리고 있다. 고직 찬『종기실시품전』에서는 "案, 三張並稱, 惟亢遠遜. 孟陽「七哀」, 亦何慚於厥弟邪.『文心雕龍』「才略」篇曰：'孟陽·景陽, 才綺而相埒, 可謂魯·衛之政, 兄弟之文也.' 庶幾篤論."이라 하여 종영의 평가에 이의를 제기해놓았고, 허문우 편저『문론강소』본『종영시품』에서는 "許學夷『詩源辨體』曰：'張孟陽氣格不及太沖, 詞彩遠慚厥弟. 太康諸子, 載獨居下.' 至于傅氏父子, 或壇樂府詩, 不免擬漢·魏而拙；或類道德論, 不免貽平典之譏. 是孟陽才華, 固可過之."라 하여 종영의 견해에 찬동을 표하였다. 코젠 히로시 찬『시품』에서는 '원참(遠慚)'의 '원(遠)'이 질적으로 훨씬 미치지 못함을 나타내는 말로서, 다음 구 중의 '근(近)'자가 시간적인 거리를 뜻하는 것과는 다르다고 설명하였다.

'장우부자(長虞父子), 번부가가(繁富可嘉)'란 평에 대하여는,『진서』「부현전(傅玄傳)」중의 "傅玄文集百餘卷, 行于世."란 언급과『수서』「경적지」중의 "傅咸集17卷, 梁30卷."이란 기술 등을 통해 볼 때, 그들이 동시대 문인들 중에서는 특이하게 많은 양의 작품을 남겼다는 사실을 확인할 수 있다.

'효충수왈후진(孝冲雖曰後進), 견중안인(見重安仁)' 중의 '효충(孝冲)'은 하후담의 동생 하후순의 자를 잘못 혼동하여 쓴 것이며, 당연히 '효약(孝若)'으로 고쳐져야 한다. '후진(後進)'이란 용어는 후배와 같은 뜻으로, 「중품」「사조(謝朓)」조에 "후배 문인들로부터 대단한 감탄과 흠모의 대상이 되었다(至爲後進才子之所嗟慕.)"라고 한 용례가 보이고 있다. 리츠메이칸대학 시품연구반 찬『종씨시품소』에서는 이 '후진'이란 단어가 안인(安仁) 즉 반악에 대해 후배라는 말이 아니라, 장재·부현·부함 등보다 후배였음을 이르는 말이라고 설명하였다. 참고로 하후담은 본조에 함께 품제되어 있는 5명의 시인들 중 가장 나이가 어렸으며, 그를 중시하였다는 반악보다는 네 살이 더

많았다.『세설신어』「문학(文學)」편에는 "夏侯湛作「周詩」成, 示潘安仁. 安仁
曰 : '此非徒溫雅, 乃別見孝悌之性.' 潘因此遂作「家風詩」."라는 일화가 소개
되어 있다.『세설신어』에 소개된 「주시(周詩)」는 오언시가 아니고 사언시였
기 때문에 종영이 직접 거론하지 않았을 수도 있지만, 어쨌든 반악으로부터
높이 평가받았던 대표적인 한 예로 보여진다. 반악과 하후담은 아주 절친한
친구 사이였을 뿐 아니라, 두 사람 다 대단한 미남자였다는 공통점도 지니고
있다.『세설신어』「용지(容止)」편에는 반악과 하후담이 모두 미모를 갖추고
서 함께 다니기를 좋아하였으므로 당시 사람들이 그들을 '연벽(連璧)'이라고
일컬었다는 기록이 보이며, 또『문심조룡』「시서(時序)」편에서는 "岳·湛曜
聯璧之華."라 하여 그들의 미모에 대한 평가를 문학 작품의 비평에까지 원
용(援用)해놓고 있다.
　무습의 오언시 「만가(挽歌)」 1수는『전삼국시(全三國詩)』 권3과『문선』
권28에 수록되어 전하고 있다.

진나라 표기 왕제_{晋驃騎王濟} 진나라 정남장군 두예_{晋征南將軍杜預}
진나라 정위 손작_{晋廷尉孫綽} 진나라 징사 허순_{晋徵士許詢}

왕제(王濟, 245?~290?)는 자가 무자(武子)이고 태원(太原) 진양인(晋陽人)
이다. 진(晋) 무제(武帝)의 누이인 상산공주(常山公主)와 결혼하였으며, 벼슬
은 시중(侍中)에까지 이르렀고 사후에 표기장군(驃騎將軍) 직을 추증받았다.
만년에는 관직에서 밀려난 후 호사스러운 생활에 탐닉하였던 것으로도 유명
하다. 시 작품은 사언시 1수가 전할 뿐이다.

『隋書』「經籍志」: “晋散騎常侍王佑集3卷.”(原注 : “梁有晋驃騎將軍王濟集2卷, 亡.”)
『晋書』(卷42)「王渾傳」
『全漢三國晋南北朝詩』「全晋詩」(卷3)

두예(杜預, 222~284)는 자가 원개(元凱)이고 경조(京兆) 두릉인(杜陵人)이
다. 진남대장군(鎭南大將軍) 직을 맡아 오(吳)나라를 토벌하는 과정에서 결정
적인 승리를 이끌어내었으며, 사후에 그 공로를 인정받아 정남대장군(征南大
將軍)과 개부의동삼사(開府儀同三司) 직을 추증받았다. 학문을 애호하여 스
스로 ‘좌전벽(左傳癖)’이라 일컬었을 정도로 특히 『좌전(左傳)』에 심취하였으

며, 그가 저술한 『춘추좌씨경전집해(春秋左氏經傳集解)』30권은 지금까지도
대단히 중요한 가치를 인정받고 있다. 시 작품은 전혀 남아 있지 않다.

『隋書』「經籍志」: "晉征南大將軍杜預集18卷."
『晉書』(卷34)「杜預傳」

  손작(孫綽)은 자가 흥공(興公)이고 태원(太原) 중도인(中都人)이다. 진(晉)
혜제(惠帝) 영녕(永寧) 연간 즉 301년 무렵에 태어나서 효무제(孝武帝) 태원
(太元) 5년 즉 380년경에 세상을 뜬 것으로 기록되어 있을 뿐, 생졸년이 모
두 분명치 않다. 「중품」에 품제된 손초(孫楚)의 손자로, 일찍이 약관의 나이
때 은둔생활의 포부를 밝힌 「수초부(遂初賦)」를 지었지만, 나중에는 관계(官
界)로 진출하여 정위경(廷尉卿)에까지 올랐다. 허순(許詢)과 함께 동진(東晉)
초기 현언시(玄言詩)의 대가로 군림하였으며, 당시 정계 거물급 인사들의 비
문(碑文)을 독차지하여 짓는 등 문단의 우두머리 역할을 하였다. 시 작품은
사언시 7수를 포함하여 모두 10수가 전할 뿐이다.

『文選』(卷31) 江文通(淹)「雜體詩三十首」第18首題 : "孫廷尉綽."
『隋書』「經籍志」: "晉衛尉卿孫綽集15卷."(原注: "梁25卷.")
『晉書』(卷56)「孫統傳」
『全漢三國晉南北朝詩』「全晉詩」(卷5)

  허순(許詢)은 자가 현도(玄度)이고 고양인(高陽人)이다. 손작(孫綽)과 동시
대 인물로서 손작보다는 약간 연장자였던 것으로 추정될 뿐, 자세한 생졸년
은 알려져 있지 않다. 약관의 나이로 요절하였으며, 사도연(司徒掾)에 임명되
었지만 취임하지 않았다고 한다. 당시 현언시의 대가로 또 청담(淸談)의 명

수로 활약하였지만, 시 작품은 원형 그대로 보존된 것이 한 편도 없고 유서(類書)들에 일부분씩 인용되어 전하고 있을 뿐이다.

『文選』(卷31) 江文通(淹) 「雜體詩三十首」 第19首題 : "許徵君詢."
『隋書』「經籍志」: "晉徵士許詢集3卷."(原注 : "梁8卷, 錄1卷.")
『全漢三國晉南北朝詩』「全晉詩」(卷5)

> 永嘉[1]以來, 淸虛[2]在俗, 王武子輩, 詩貴道家之言. 爰洎[3]江表[4],
> 玄風[5]尙備. 眞長[6]・仲祖[7], 桓・庾[8]諸公, 猶相襲, 世稱: '孫・
> 許彌善恬淡之詞[9].'

1) 永嘉(영가) : 서진(西晋) 회제(懷帝) 때의 연호로 서기 307∼312년 사이.
2) 淸虛(청허) : 청정(淸靜)과 허무(虛無)를 중시한 도가(道家)들의 사상.
3) 洎(기) : 미치다. 다다르다.
4) 江表(강표) : 강의 바깥. 곧 강남(江南). 여기서는 동진(東晋) 왕조가 강남 지역에 수도를 정하였으므로 동진 시대를 가리키는 말로 사용되었다.
5) 玄風(현풍) : 도가적인 현묘(玄妙)한 기풍.
6) 眞長(진장) : 유담(劉惔)의 자.
7) 仲祖(중조) : 왕몽(王濛)의 자.
8) 桓(환)・庾(유) : 환온(桓溫)과 유양(庾亮). 둘 다 진(晋)나라 때의 시인으로 『시품』에는 품제되지 않았다.
9) 恬淡之詞(염담지사) : [명리를 탐하지 않고 조용하고 담백한 마음 상태를 중시하는 도가사상에 입각한 어휘.

영가(永嘉) 이래(以來)로 청허(淸虛)가 속(俗)에 있게 되자, 왕무자(王武子) 무리들은 시에 있어 도가(道家)들의 말을 귀히 여겼다. 강표

(江表)로 바뀌고도 현풍(玄風)은 상비(尙備)되었다. 진장(眞長)·중조
(仲祖)·환(桓)·유(庾) 제공(諸公)들이 오히려 서로 답습하였으며,
세인들은 일컫기를 "손(孫)·허(許)가 염담지사(恬淡之詞)를 두루 잘
구사하였다"고 하였다.

영가(永嘉) 연간 이후로 청정(淸靜)과 허무(虛無)를 중시한 도가사상(道家
思想)이 세속에 만연해지자, 왕제(王濟)를 비롯한 여러 시인들은 시를 짓는
데 있어서까지 도가사상이 담긴 어휘들을 매우 중시하였다. 동진(東晋) 시
대로 시대가 변한 뒤에도 도가적인 현묘한 기풍은 여전히 지속되었다. 유
담(劉惔)과 왕몽(王濛) 그리고 환온(桓溫)과 유양(庾亮) 등 시인들이 한결같
이 이러한 시풍을 계승하였으며, 세인들은 말하기를 "손작(孫綽)과 허순(許
詢)이 특히 조용하고 담백한 느낌의 시어들을 뛰어나게 잘 구사하였다"고
높이 평가하였다.

　본조에서는 동진 시대에 극성을 누렸던 현언시(玄言詩)에 대해 논평을 가
해놓고 있는데, 『시품』「서」에서도 비슷한 시각으로 이 시기의 시를 평하여
"영가 시대에는 도가사상을 중시하여 점점 청담(淸談)을 숭상하는 풍조가 만
연해졌다. 그리하여 당시의 시 작품들은 철학적 이치가 문장의 수사보다 지
나치게 중요시되어 담박하며 무미건조하다. 동진 시대로 시대가 변한 뒤에
도 청담을 숭상하던 영가 시대의 여파는 여전히 이어져서, 손작·허순·환
온·유양 등 작가들의 시가 모두 평범하고 단조롭기만 하여 마치 도가사상
을 해설해놓은 문장들과 흡사할 정도이다. 건안 시대의 시 작품들이 지니고
있던 왕성한 생명력이 이 시기에 와서 완전히 사라져버렸던 것이다(永嘉時,
貴黃老, 稍尙虛談. 於時篇什, 理過其辭, 淡乎寡味. 爰及江表, 微波尙傳 : 孫
綽·許詢·桓·庾諸公, 詩皆平典似道德論. 建安風力盡矣.)"라고 하였다.
　종영은 여기서 두예의 시에 대한 평문을 따로 명기해놓지 않고 있다. 그
렇지만 '왕무자배(王武子輩)'라고 한 일단의 시인들 무리에 포함시켜 함께 품

410

평을 가한 것으로 볼 수 있을 것이다. 또 왕제와 두예는 모두 영가 연간 이전에 이미 세상을 떠났으므로, 엄격히 따지자면 '영가이래(永嘉以來)'라는 말과 일치되지 않는다. 종영이 이들 시인들의 사망연도를 정확하게 따지기보다는, 현언시의 발생시기에 초점을 맞추어 대강 어림잡아 그렇게 기술한 것으로 이해할 수 있을 것이다.

왕제의 작품은 현재 사언시 「평오후삼월삼일화림원시(平吳後三月三日華林園詩)」 1수만 전하고 있고 오언시는 한 수도 남아 있지 않으므로, 그의 시가 '귀도가지언(貴道家之言)'이란 평에 합당한지 여부는 확인할 수 없다. 다만 그가 『노자(老子)』·『장자(莊子)』 등 도가 경전들에 정통하였다는 『진서』 중의 기록을 통해 볼 때, 실제로 현언시의 선구자 역할을 톡톡히 해낼 수 있는 자질을 충분히 갖추고 있었던 듯하다. 두예 역시 시 작품이 전혀 전하지 않고 있어서, 도가적인 시풍을 지녔는지 여부를 알 수가 없다.

'원기강표(爰洎江表), 현풍상비(玄風尚備)' 중의 '현(玄)'자가 『학진토원』본·『자등서옥총서』본·『담예주총』본·『총서집성』본·『역대시화』본·『사부비요』본 등에는 모두 '원(元)'으로 되어 있다. 이는 청(淸) 성조(聖祖)의 휘자(諱字)를 피하기 위함이다.

'진장(眞長)'은 유담(劉惔)의 자이고, '중조(仲祖)'는 왕몽(王濛)의 자이다. 두 사람은 아주 절친한 친구 사이로, 모두 노장(老莊) 사상에 밝았고 무위자연적(無爲自然的)인 태도로 생활하였던 당시 청담가(淸談家)의 대표이자 '풍류지종(風流之宗)'으로 칭송받았던 인물들이다. '환(桓)·유(庾)'는 환온(桓溫, 312~373)과 유양(庾亮, 289~340)을 가리킨다. 이들에 관한 평으로는 『진서』 권73 「유양전(庾亮傳)」에 "庾亮善談論, 性好莊·老."라 하였고, 권75 「유담전(劉惔傳)」에 "桓溫嘗問惔：'會稽王談更進邪.' 惔曰：'極進, 然故是第二流耳.' 溫曰：'第一流誰.' 惔曰：'故在我輩.'"라 하였으며, 권93 「왕몽전(王濛傳)」에 "簡文帝爲會稽王時, 嘗與孫綽商略諸風流人物. 綽言曰：'劉惔淸蔚簡令, 王濛溫潤恬和, 桓溫高爽邁出.'"이라 한 기록들이 보이고 있다. 하지만 유담·왕몽·환온·유양 등의 시 작품 역시 현재는 한 수도 전하는 것이 없다.

'세칭(世稱) : '손·허미선염담지사(孫·許彌善恬淡之詞)'' 중의 '염담(恬淡)'
은 아무런 욕심이 없이 담담한 마음 상태를 이르는 말로, 『노자(老子)』 제31
장과 『장자(莊子)』 「각의(刻意)」편 등에 그 용례가 보이고 있다. 손작의 시는
현재 오언시 3수와 사언시 7수가 전하고 있고, 허순의 시는 온전하게 전하
는 것이 한 수도 없다. 『세설신어』 「문학」편에 "簡文稱許掾云 : '玄度五言詩,
可謂妙絶時人.'"이란 평이 보이고 있으나, 두 사람의 경우 모두 현존하는 작
품들만으로는 '미선염담지사(彌善恬淡之詞)'나 '가위묘절시인(可謂妙絶時人)'
이란 평에 부합될 만한 부분을 찾아보기 어렵다.

진나라 징사 대규晉徵士戴逵

대규(戴逵, 337?~396)는 자가 안도(安道)이고 초국(譙國) 질인(銍人)이다.
진(晉) 효무제(孝武帝) 때 산기상시(散騎常侍)·국자박사(國子博士) 등에 임
명되었으나, 부친의 병환을 핑계로 취임하지 않고 평생 향리에 은거하였다
한다. 담론(談論)·문장(文章)·음악(音樂)·서화(書畫) 등 예술 전반에 걸쳐
천부적인 소질을 타고났으며, 특히 불상 조각 방면에서는 육조 시대를 통틀
어 제일인자로 평가받고 있다. 시 작품은 한 수도 전하지 않는다.

『隋書』「經籍志」: "晉徵士戴逵集9卷."(原注 : "殘缺, 梁10卷, 錄1卷.")
『晉書』(卷94)「隱逸傳·戴逵傳」

安道詩，雖嫩弱[1]，有淸工之句[2]. 裁長補短[3]，袁彦伯[4]之亞乎.
逵子顒，亦有一時之譽.

1) 嫩弱(눈약) : 어리고 연약하다.

2) 淸工之句(청공지구) : 맑고 뛰어난 시구.

3) 裁長補短(재장보단) : 장점을 분별하여 취하고 단점을 보강하다.

4) 袁彦伯(원언백) : 원굉(袁宏). 언백(彦伯)은 그의 자.

 안도(安道)의 시는 비록 눈약(嫩弱)하나, 청공지구(淸工之句)를 지니고 있다. 재장보단(裁長補短)한다면 원언백(袁彦伯)의 버금이리라. 규(逵)의 자 옹(顒)은 또한 일시(一時)의 예(譽)를 차지하고 있다.

 대규(戴逵)의 시는 비록 미숙하고 연약하긴 하지만, 그래도 산뜻하고 우수한 시구들을 상당히 지니고 있다. 그 장점들을 취하고 단점들을 보완한다면 능히 원굉(袁宏)의 작품 수준에 버금갈 수 있을 것이다. 대규의 아들 대옹(戴顒)도 또한 당시에 대단한 명성을 누렸다.

『음창잡록(吟窓雜錄)』본과 『대우루총서(對雨樓叢書)』본 발문(跋文)을 제외한 기타 통행본(通行本)들에는 모두 본조의 '진징사대규(晋徵士戴逵)'란 표제어만 보일 뿐, 이에 대한 평문이 제시되어 있지 않고 다음 조의 표제어 '진동양태수은중문(晋東陽太守殷仲文)'이 바로 이어져 있다. 진연걸 찬 『시품주』 정보본(訂補本)에서는 자신이 소장하고 있는 명초본(明鈔本) 『시품』과 『음창잡록』본 등에 의거하여 30자로 된 위와 같은 평문을 추가하였다. 그외 허문우 편저 『문론강소』본 『종영시품』·섭장청 찬 『시품집석』·왕숙민 찬 『종영시품소증』·차주환 교수 찬 『종영시품교증·보(補)』 등에서도 각기 『대우루총서』본이나 『음창잡록』본에 의거하여, 대규의 시를 별도의 조로 설정하고 그에 대한 평문을 보충해두었다. 대규와 은중문(殷仲文)이 본래 별도의 조에 나뉘어 품제되었음은 분명하지만, 이 평문이 과연 『시품』의 본래 모습인지는 이 대목을 포함하고 있는 판본이 워낙 적어서 쉽사리 단정을 내리기 곤란하다. 다만 내용으로 볼 때는 상당히 신빙성이 있어 보인다.

414

‘안도시(安道詩), 수눈약(雛嫩弱), 유청공지구(有淸工之句)’의 ‘공(工)’자가 진연걸 찬 『시품주』 정보본에는 ‘상(上)’으로 되어 있다. 차주환 교수 찬 『종영시품교증』에서는 ‘상(上)’이 ‘공(工)’의 형오(形誤)이며, ‘공(工)’은 ‘교(巧)’와 같고 ‘청공(淸工)’은 역시 「하품」 「포영휘(鮑令暉)」조에 “왕왕 험준하면서도 맑고 교묘하다(往往斷絶淸巧)”라고 한 대목의 ‘청교(淸巧)’와 같은 뜻이라고 설명하였다.

‘재장보단(裁長補短), 원언백지아호(袁彦伯之亞乎)’ 중의 ‘재장보단(裁長補短)’은 『맹자(孟子)』 「등문공·상(滕文公·上)」에 “今滕絶長補短, 亦五十里.”라고 한 유사한 용례가 보이고 있다. 허문우 편저 『문론강소』본 『종영시품』에서는 종영이 대규를 원굉에 비교해놓은 이유로 두 사람 다 은둔생활을 하였다는 공통점 때문일지도 모른다고 추측하였다.

대규의 아들인 대옹(戴顒, 378~441)은 자가 중약(仲若)이고, 형 대발(戴勃)과 함께 부친의 풍도(風度)를 흠모하여 역시 평생 동안 은둔생활을 하였다고 한다. 금(琴)·서(書) 및 불상 조각에 뛰어났던 것으로 알려져 있으며, 시 작품은 한 수도 전하지 않는다. 전기는 『송서』 권93 「은일전(隱逸傳)·대옹전(戴顒傳)」과 『남사(南史)』 권75 「은일전상(隱逸傳上)·대옹전(戴顒傳)」에 수록되어 있다.

‘역유일시지예(亦有一時之譽)’라는 평에 대하여는 『송서』 「대옹전」에 “戴顒, ……, 父逵·兄勃, 並隱遯, 有高名.”이라 한 기록이 보이는데, 코젠 히로시 찬 『시품』에서는 이 평이 대옹의 시인으로서의 재능에 대한 평가라기보다는 은자로서의 명성을 지적한 평가로 생각된다고 설명하였다.

진나라 동양태수 은중문晋東陽太守殷仲文

은중문(殷仲文, ?~407)은 자가 중문(仲文)이고 진군인(陳郡人)이다. 청담가(淸談家)로 활약하였던 은중감(殷仲堪)의 사촌동생으로, 환온(桓溫)의 딸과 결혼하였다. 동진(東晋) 왕조의 전복을 꾀하였던 환현(桓玄)과는 의형제 사이로 일찍이 환현의 모반에 깊이 가담하였으며, 모반이 실패한 후에는 정부 측으로 전향하기도 하였다. 그후 조정으로부터 냉대를 받자 불만을 품고 다시 반란을 일으켰고, 결국 훗날 송(宋) 무제(武帝)로 즉위한 유유(劉裕)에게 살해당하였다. 벼슬로는 동양태수(東陽太守) 등을 역임하였다. 오언시 2수가 전하고 있다.

『文選』(卷31) 江文通(淹) 「雜體詩三十首」 第20首題 : "殷東陽仲文."
『隋書』「經籍志」 : "晋東陽太守殷仲文集7卷."(原注 : "梁5卷.")
『晋書』(卷99) 「殷仲文傳」
『全漢三國晋南北朝詩』「全晋詩」(卷7)

晋・宋之際, 殆無詩乎. 義熙[1]中, 以謝益壽[2]・殷仲文爲華綺[3]
之冠, 殷不競矣.

1) 義熙(의희) : 동진(東晉) 안제(安帝) 때의 연호로 서기 405~418년 사이.
2) 謝益壽(사익수) : 사혼(謝混). 익수(益壽)는 그의 소자(小字). 「중품」에 품제되었다.
3) 華綺(화기) : 화려하고 곱다.

 진(晉)・송(宋)의 때에는 거의 시가 없었다. 의희(義熙) 중에 사익수(謝益壽)・은중문(殷仲文)이 화기지관(華綺之冠)이었지만, 은(殷)이 경쟁하지는 못하였다.

 진(晉) 왕조와 송(宋) 왕조의 정권교체기 동안에는 이렇다 할 만한 시 작품들이 거의 지어지지 않았다. 의희(義熙) 연간에는 사혼(謝混)과 은중문(殷仲文)이 화려하고 고운 시풍의 대표자로 군림하였지만, 역시 은중문의 작품 수준이 사혼에게 필적할 정도는 되지 못하였다.

허문우 편저 『문론강소』본 『종영시품』에서는 본조의 표제어 '진동양태수 은중문(晉東陽太守殷仲文)' 앞에 '진사혼(晉謝混)'이란 세 글자를 추가해놓고, 『대우루총서』본에 의거하여 보충한 것이라 설명하였다. 왕숙민 찬 『종영시품소증』과 차주환 교수 찬 『종영시품교증』에서는 『대우루총서』본・『택시거총서(擇是居叢書)』본 등이 본조의 표제어 뒤에 '진사혼'이란 세 글자를 추가해놓고 있음을 들고, 모두 잘못 삽입된 것이라 지적하였다. 사혼은 이미 「중품」에 품제된 바 있으므로 여기에서 다시 거명되는 사실부터가 어색하다. 또 비록 본조의 평문 중에 '의희중(義熙中), 이사익수・은중문위화기지관(以謝益壽・殷仲文爲華綺之冠)'이란 대목이 있긴 하지만, 역시 그 아래에 '은불경의(殷不競矣)'라 하여 은중문의 작품 수준이 사혼과는 도저히 비교가 되지

않을 정도라고 인식하였던 종영이 이 두 사람을 한데 묶어 품평을 가한 것으로 보기에는 아무래도 무리가 따른다. 종영은 또 『시품』「서」에서도 "의희 연간에 이르러 사익수가 비연(斐然)히 계흥(繼興)하였다(逮義熙中, 謝益壽斐然繼作.)"라고 하여 은중문에 대해서는 전혀 언급하지 않고 사혼의 시에 대해서만 거론해놓았는데, 여기서도 이들 사이의 현격한 수준차이를 분명히 인식하고 있었음을 알 수 있다. 그러므로 이런 여러가지 점들로 미루어볼 때 본조의 표제어는 '진동양태수은중문'으로만 되는 것이 옳으며, 그 평문 중에 사혼에 대한 언급이 포함되어 있는 것은 은중문의 시를 논하면서 참고로 원용(援用)한 것이라고 보는 편이 타당할 듯하다.

'진·송지제(晋·宋之際), 태무시호(殆無詩乎)'라는 평에 대하여는, 『시품』「서」에서도 이미 "동진 시대로 시대가 변한 뒤에도 청담을 숭상하던 영가 시대의 여파는 여전히 이어져서, 손작·허순·환온·유양 등 작가들의 시가 모두 평범하고 단조롭기만 하여 마치 도가사상을 해설해놓은 문장들과 흡사할 정도이다. 건안 시대의 시 작품들이 지니고 있던 왕성한 생명력이 이 시기에 와서 완전히 사라져버렸던 것이다(爰及江表, 微波尙傳 : 孫綽·許詢·桓·庾諸公, 詩皆平典似道德論. 建安風力盡矣.)"라고 하여 동일한 견해를 피력한 바 있다. 종영이 이 시기에 시다운 시가 거의 없었다고 한 말은 당시에 손작과 허순 같은 이들에 의해 현언시의 여파가 계속 이어지며 여전히 득세를 누렸던 상황을 지적한 것으로 이해할 수 있겠고, 그러한 시풍을 일소하는 데 미력이나마 공헌하였던 시인들이 바로 사혼과 은중문 두 사람이었던 것으로 인정할 수 있을 것이다.

은중문이 사혼과 함께 거론된 예는 여러 비평가들의 저술 속에 흔히 보이고 있다. 심약(沈約)의 『송서』「사영운전·논(謝靈運傳·論)」에 "仲文始革孫·許之風 ; 叔源(謝混)大變太元之體."라 하였고, 『문심조룡』「재략(才略)」편에도 "殷仲文之孤興, 謝叔源之閑情, 並解散辭體, 縹渺浮音."이라 하였으며, 『남제서(南齊書)』 권52 「문학전·논(文學傳·論)」에도 "仲文玄氣, 猶不盡除 ;

418

謝混情新, 得名未盛."이라 하였다. 모두 은중문과 사혼의 동일한 문학 노선
을 잘 시사해주는 언급들이라 하겠다.

　참고로 『문선』 권31에 수록된 강엄(江淹)의 「잡체시30수(雜體詩三十首)」
중에도 은중문의 「홍촉(興矚)」과 사혼의 「유람(遊覽)」 등 작품들이 나란히
의작(擬作)되어 있다.

　'은불경의(殷不競矣)'란 평에서처럼 은중문이 시 분야에 있어서 사혼의 경
쟁상대가 될 수 없다는 인식은, 종영이 사혼을 「중품」에 은중문을 「하품」에
품급시켜놓은 사실과 또 「서」에서 은중문에 대한 언급은 피하고 사혼만 거
론해놓은 점 등에 잘 나타나 있다.

송나라 상서령 부양_{宋尙書令傅亮}

부양(傅亮, 374~426)은 자가 계우(季友)이고 북지(北地) 영주인(靈州人)이다. 「하품」에 품제된 진(晉)나라 때 시인 부함(傅咸)의 현손(玄孫)으로, 송(宋) 무제(武帝)의 혁명에 깊이 가담하여 중요한 역할을 하였다. 송 왕조가 건국된 후 상서복사(尙書僕射) 직을 거쳐 중서감(中書監)·상서령(尙書令)·좌광록대부(左光祿大夫) 등에까지 올랐다. 경(經)·사(史)를 두루 섭렵하였고 문장력까지 갖추고 있어서 무제로부터 두터운 신임을 받았으며, 심지어 거의 모든 조칙(詔勅)이 그의 손에서 지어졌을 정도라고 한다. 무제 사후에 그 아들인 문제(文帝)에게 미움을 사서 살해당하였다. 오언시 2수를 포함하여 모두 4수의 시가 전하고 있다.

『隋書』「經籍志」: "宋尙書令傅亮集31卷."(原注 : "梁21卷, 錄1卷.")
『宋書』(卷43) 「傅亮傳」
『南史』(卷15) 「傅亮傳」
『全漢三國晉南北朝詩』「全宋詩」(卷5)

1) 文(문) : 문학 작품. 여기서는 오언시 분야를 중점적으로 지칭한 말이다.
2) 沈特進(심특진) : 심약(沈約). 「중품」에 품제된 시인이자 유명한 비평가. 특진(特進)은 일종의 명예직으로, 심약은 양(梁) 천감(天監) 11년(512)에 이 칭호를 부여받았다.
3) 撰詩(찬시) : 선시(選詩). 즉 시 작품을 골라 뽑다.
4) 平美(평미) : 평범한 정도의 아름다움.

계우(季友)의 문(文)은 내가 항상 소홀히 하여 살피지 아니하였다. 지금 심(沈) 특진(特進)이 시를 뽑으면서 그의 여러 수를 실었지만, 또한 평미(平美)에 머물고 있다.

부양(傅亮)의 시를 나는 평소에 늘 경시하면서 관심있게 살펴보지 않았다. 요 근래에 심약(沈約)이 시선집을 편찬하면서 그의 시를 몇 수 수록해두었지만, 이 작품들 역시 평범한 정도의 수준에 그치고 있다.

'계우문(季友文)'의 '문(文)'은 엄격히 말해 운문을 뜻하며, 산문을 의미하는 '필(筆)'에 상대되는 개념의 용어이다. 여기서는 특히 오언시 분야를 중점적으로 지칭하는 말로 쓰였다.

심약이 편찬하였다는 시선집은 현재 망실되고 전하지 않는다. 고직 찬『종기실시품전』에서는『수서』「경적지」에 심약이 편찬한 것으로 소개되어 있는『집초(集鈔)』10권이 바로 이 선집일지도 모른다고 추측하였다. 이휘교(李徽敎) 교수 찬(撰)『시품휘주(詩品彙註)』에서는『양서(梁書)』「심약전(沈約傳)」에 언급된『송문장지(宋文章志)』30권이 혹시 이 책을 가리키는 것일지도 모른다고 조심스럽게 추측하고 있다. 또한 이 시선집의 편찬시기 역시 지금으로서는 확인할 길이 없는데, 다만 심약이 특진(特進)이란 칭호를 부여받은 것이

앙(梁) 천감(天監) 11년 곧 그가 세상을 뜨기 바로 1년 전이었으므로 그 이전이었을 가능성이 다분하다 하겠다.

‘역부평미(亦復平美)’의 ‘평미(平美)’는 평범한 정도의 아름다움을 뜻하는 말로, 「하품」「왕건(王巾)·변빈(卞彬)·변녹(卞錄)」조 중에 "비록 작품의 규모가 그다지 광대하진 못하지만, 작품 체재가 간략하고 깨끗한 느낌을 주고 있어서 평범한 정도의 수준을 훨씬 초월해 있다(雖不宏綽, 而文體勰淨, 去平美遠矣.)"라고 한 동일한 용례가 보이고 있다. 『시품』에는 이외에도 「서」에 "손작·허순·환온·유양 등 작가들의 시가 모두 평범하고 단조롭기만 하여 마치 도가사상을 해설해놓은 문장들과 흡사할 정도이다(孫綽·許詢·桓·庾諸公, 詩皆平典似道德論.)"라고 하였고, 또 「하품」「완우(阮瑀)……」조에도 "원유·견석 등 일곱 분의 시는 모두 평전(平典)하지만 고체(古體)를 잃지 않았다(元瑜·堅石七君詩, 並平典, 不失古體.)"라 하는 등, ‘평전(平典)’이란 평어가 자주 쓰이고 있다. ‘평미’나 ‘평전’은 모두 평범하고 단조롭다는 뜻의 폄사(貶辭) 즉 비난하는 투의 말이다.

종영은 본조에서 부양의 시를 낮게 평함으로써, 부양의 시를 인정하여 시선집에 수록한 심약에 대해 간접적인 비판을 가해놓았다. 우연의 일치인지는 모르지만, 부양은 일생 동안의 사적 면에서 심약과 많은 공통점을 보이고 있다. 부양은 송(宋) 왕조가 진(晋)으로부터 황제자리를 선양받는 데 중대한 역할을 하였으며, 송 무제(武帝)를 도와 많은 조칙(詔勅)을 대필한 바 있다. 심약 역시 양(梁) 무제가 제(齊)나라에 맞서 혁명을 일으키고 나라를 건국하는 과정에서 커다란 공헌을 남겼으며, 그의 문집에도 부양과 마찬가지로 양 무제를 대신하여 쓴 조칙이 상당 부분을 차지하고 있다. 두 사람이 최후에 지냈던 관직까지도 묘하게 좌광록대부(左光祿大夫)로 동일하다. 인간적인 면에서 심약을 몹시 싫어하였던 종영은 역사상 심약과 너무도 흡사한 역정을 걸었던 부양에 대해서까지 본능적인 혐오감을 억제하기 어려웠고, 자연히 강도 높은 비판을 가하게 되었던 것으로 보여진다.

송나라 기실 하장유^{宋記室何長瑜} 양요번^{羊曜璠}

하장유(何長瑜)는 동해인(東海人)으로 자가 분명치 않으며, 생졸년 역시 자세히 전하지 않는다. 사망연도는 대략 송(宋) 문제(文帝) 원가(元嘉) 22년 즉 445년경이었을 것으로 추정된다. 일찍이 사방명(謝方明)의 집에서 그 아들 사혜련(謝惠連)에게 글을 가르치며 생활하던 중 혜련의 족형(族兄)인 사영운과 알게 되었고, 그후로 늘 산수를 함께 유람하면서 같이 시를 짓곤 하였다 한다. 사혜련·순옹(荀雍)·양선지(羊璿之) 등과 함께 '사우(四友)'라 일컬어졌고, 사영운으로부터는 '금중선(今仲宣)' 즉 오늘날의 왕찬(王粲)이라는 극찬을 받았다. 임천왕(臨川王) 유의경(劉義慶) 밑에서 평서기실참군(平西記室參軍) 직을 맡았었고, 여릉왕(廬陵王) 유소(劉紹) 휘하에서 남중랑행참군(南中郎行參軍) 직을 역임하기도 하였다. 오언시 2수가 전하고 있다.

『隋書』「經籍志」: "宋秘書監王微集10卷."(原注 : "梁有……平南將軍何長瑜集8卷, 亡.")
『宋書』(卷67)「謝靈運傳」
『南史』(卷19)「謝靈運傳」
『全漢三國晋南北朝詩』「全宋詩」(卷5)

양요번(羊曜璠, ?~459)은 이름이 선지(璿之)이고, 요번(曜璠)은 그의 자이다. 태산인(太山人)으로 출생연도가 분명치 않으며, 임천내사(臨川內史)를 지냈다. 경릉왕(竟陵王) 유탄(劉誕)으로부터 인정을 받았지만, 유탄이 반란을 일으켜 실패하자 그 일에 연루되어 살해당하였다. 역시 사영운과 함께 산수를 유람하며 문학활동을 같이하였던 '사우(四友)' 중의 한 사람이다. 시 작품은 전혀 전하는 것이 없고, 『수서』「경적지」에도 그의 문집에 관한 언급이 없다.

종영은 『시품』에서 본조의 양요번과 역시 「하품」 중의 모백성(毛伯成) 등 두 사람의 경우에만 이름이 아닌 자로 표제어를 삼아두었다. 이들 두 사람의 경우에는 일반인들 사이에서 이름 대신 자가 관습처럼 많이 쓰였지 않나 추측된다.

'양요번'이란 표제어 앞에는 조대명과 관직명이 누락되어 있다. '송임천내사(宋臨川內史)' 또는 '송내사(宋內史)'를 보충함이 타당할 것이다.

『宋書』(卷67) 「謝靈運傳」
『南史』(卷19) 「謝靈運傳」

才¹⁾難²⁾, 信矣. 以康樂³⁾與⁴⁾羊·何若此, 而二人文辭⁵⁾, 殆不足奇⁶⁾.

1) 才(재) : 인재(人才). 즉 재능을 갖춘 사람.
2) 難(난) : [구하기] 어렵다.
3) 康樂(강락) : 사영운(謝靈運). 일찍이 강락공(康樂公)에 봉해졌기에 붙여진 칭호이다. 「상품」에 품제되었다.
4) 與(여) : 친하다. 친숙하게 지내다.

5) 文辭(문사) : 문학 작품. 여기서는 오언시 분야를 중점적으로 지칭한 말이다.
6) 奇(기) : 기발하다. 곧 문학 작품의 독창성을 뜻한다.

 인재(人才)는 구하기 어려움이 참으로 그렇구나. 강락(康樂)이 양(羊)·하(何)와 친하였음이 이와같지만, 그러나 두 사람의 문사(文辭)는 거의가 족히 기발하지 못하다.

 훌륭한 인재를 구하기가 어렵다는 것은 참으로 옳은 말이다. 사영운(謝靈運)이 양선지(羊璿之)·하장유(何長瑜) 등과 함께 그처럼 친숙하게 지내며 문학활동을 같이하였지만, 이들 두 사람의 시 작품에서는 사영운의 경우와 달리 기발한 독창성을 거의 찾아보기 힘들다.

『시품』의 거의 모든 통행본(通行本)들에는 본조의 표제어만 제시되어 있을 뿐, 평문이 완전히 누락되어 있다. 차주환 교수 찬 『종영시품교증·보』에서는 『음창잡록』본에 의거하여 평문 21자를 보완한 다음, 진연걸 찬 『시품주』 정보본에도 명초본(明鈔本)에 근거한 동일한 평문이 보충되어 있지만 '이이인문사(而二人文辭)'의 '이(二)'자가 누락되었고 '문(文)'자가 '지(之)'자로 잘못 기재되어 있다고 설명하였다. 리츠메이칸대학 시품연구반 찬 『종씨시품소』와 코젠 히로시 찬 『시품』 그리고 타카키 마사카즈 찬 『종영시품』 등에서도 역시 『음창잡록』본에 의거하여 동일한 평문을 보완해놓았다. 다만 이들은 모두 차주환 교수가 『음창잡록』본의 원문을 그대로 따라 하장유와 양요번을 하나의 조로 설정하고 범엽(范曄)을 별도의 조로 따로 떼어 품제해 놓은 것과 달리, 하장유·양요번·범엽 등을 모두 하나의 조로 묶어서 평문을 부가해놓고 있다. 코젠 히로시는 "才難, ……, 亦爲鮮擧矣."가 모두 '재난(才難)'이라고 하는 동일한 주제하에 이루어진 논평이므로 한 조로 묶는 것이 옳다고 하였고, 이휘교 교수 찬 『시품휘주』에서도 두 개의 조로 나눌 때

‘역위선거의(亦爲鮮擧矣)’의 ‘역(亦)’자가 앞의 내용을 받지 못해 문맥이 잘 통하지 않는 점에 의심을 표해두었다. 그러나 동일한 주제의 평문이라 하더라도 바로 앞뒤에 두 개의 조로 나뉘어 있어서 안 될 것이 없으며, ‘역(亦)’자로 인한 문맥 역시 분조(分條)되더라도 그대로 이어질 수가 있다. 그러므로 『음창잡록』본의 원문을 그대로 따라 두 개의 조로 나누어 독립시키는 편이 좋을 듯하다.

‘재난(才難), 신의(信矣)’는 『논어』「태백(泰伯)」편 중의 “才難, 不其然乎.”란 언급을 연상하고 쓴 말이며, 『문심조룡』「재략」편에도 “贊曰 : ‘才難, 然乎.’”란 유사한 용례가 보이고 있다.

‘이강락여양·하약차(以康樂與羊·何若此)’는 『송서』와 『남사』의 「사영운전(謝靈運傳)」에 언급된 내용대로, 사영운이 양선지·하장유 등과 친숙하게 지내며 함께 노닐고 문학활동을 같이하였던 사실을 설명한 말일 것이다. 양선지와 하장유는 사혜련·순옹 등과 함께 늘 사영운과 어울려 지냈으므로 당시 사람들로부터 ‘사우(四友)’라고 불렸다. 「사영운전」에는 또 양유지와 하장유를 비교하여 “[何]長瑜文才之美, 亞於惠連 ; [荀]雍·[羊]璿之不及也.”라고 한 평도 보이고 있다.

‘태부족기(殆不足奇)’의 ‘기(奇)’는 작품에 나타난 작자의 개성이나 독창성을 의미하는 말로, 종영의 시론에서 커다란 비중을 차지하는 중요한 비평기준 가운데 하나이다. 그는 「상품」「조식(曹植)」조와 「유정(劉楨)」조에서 각기 ‘골기기고(骨氣奇高, 작품 내면에 흐르고 있는 정신이 기발하면서도 고상하다)’와 ‘장기애기(仗氣愛奇, 작품 내면의 정신 구현에 치중하고 기발한 독창성을 중시하였다)’라 하여 ‘기(奇)’를 척도로 삼아 이들의 작품을 높이 평가한 바 있다. 이외에도 「상품」「육기(陸機)」조 중의 ‘유상직치지기(有傷直致之奇, 있는 그대로를 직접적으로 표현해내는 기발한 독창성을 손상시키고 있다)’를 비롯하여, 「중품」「장화(張華)」조 중의 ‘흥탁불기(興託不奇, 기탁된 사상에 독창성이 결여되어 있다)’, 「중품」「사조(謝朓)」조 중의 ‘기장수구(奇章秀句, 독창적이고 뛰어난 구절)’, 「하품」「왕건(王巾)·변빈(卞彬)·변녹(卞錄)」조 중의 '애기참절(愛奇嶄絶, 기발한 독창성을 중시하여 참신한 개성이 뚜렷하게 잘 부각되어 있다)', 「하품」「우희(虞羲)·강홍(江洪)」조 중의 '기구청발(奇句淸拔, 독창적인 구절들이 맑고 빼어난 느낌을 준다)' 등의 평에서처럼 '기(奇)'를 중요한 비평기준의 하나로 자주 활용하고 있다.

　범엽(范曄, 398~445)은 자가 위종(蔚宗)이고, 순양(順陽) 산음인(山陰人)이다. 박학다식하였으며 문장에 뛰어났을 뿐 아니라, 음악에도 정통하였다고 한다. 남에게 구속받기를 싫어하는 성격 탓으로 상서이부랑(尙書吏部郎)에서 선성태수(宣城太守)로 좌천되기도 하였으며, 훗날 반란을 꾀한 죄로 사형에 처해졌다. 최후에 지냈던 관직이 태자첨사(太子詹事)였다. 여러 역사가들의 저술을 두루 모아 산정(刪定)을 가해, 오늘날의 『후한서(後漢書)』를 완성하였다. 오언시 2수가 전하고 있다.

『隋書』「經籍志」 : “宋奉朝請伍緝之集12卷.(原注 : “梁有…… 范曄集15卷, 錄1卷.”)
　　…… 『後漢書』97卷.(原注 : “太子詹事范曄撰.”)”
『宋書』(卷69)「范曄傳」
『南史』(卷33)「范曄傳」
『全漢三國晋南北朝詩』「全宋詩」(卷5)

1) 稱(칭) : 맞다. 합치하다. 곧 '등(等)'과 같다.

 위종(蔚宗)의 시는 곧 그 재주에 걸맞지 못하여, 또한 추거(推擧)됨이 거의 드물게 되었다.

 범엽(范曄)의 시 수준도 그의 뛰어난 재주와는 어울리지 않게 낮은 수준에 머물고 말았으므로, 역시 높이 평가해주는 사람이 드물 수밖에 없었다.

　'위종시(蔚宗詩)' 세 글자가 『시품』의 거의 모든 통행본(通行本)들에는 누락되어 있는데, 차주환 교수 찬 『종영시품교증·보』와 리츠메이칸대학 시품 연구반 찬 『종씨시품소』·코젠 히로시 찬 『시품』·타카키 마사카즈 찬 『종영시품』 등이 모두 『음창잡록』본에 의거하여 보충해놓고 있다.

　'내불칭기재(乃不稱其才)'의 '칭(稱)'은 『주례(周禮)』 「동관(冬官)」 「여인(輿人)」 중의 "爲車, 輪崇車廣衡長, 參如一, 謂之三稱."이란 용례가 보이며, 정현(鄭玄)은 그 주(注)에서 "稱, 猶等也."라 설명하고 있다. 여기서는 범엽의 시 역량을 다른 분야에서 보여준 그의 높은 재능과 비교하는 데 사용된 말이다. 범엽은 당시의 대표적인 대학자이자 문인이었다. 종영 역시 그의 그러한 재주만은 높이 인정을 하면서도, 시 분야에 있어서는 다른 분야에 걸맞지 않게 낮은 수준에 머물고 말아서 묘한 불균형을 보이고 있는 것으로 인식하였던 것이다.

　'역위선거의(亦爲鮮擧矣)'의 '선거(鮮擧)'는 『시경(詩經)』 「대아(大雅)」 「증민(蒸民)」편 중의 "人亦有言, 德輶如毛. 民鮮克擧之, 我儀圖之."란 구절을 연상하고 쓴 말이다.

송나라 효무제宋孝武帝 송나라 남평왕 삭宋南平王鑠
송나라 건평왕 굉宋建平王宏

　송(宋) 효무제(孝武帝) 유준(劉駿, 430~464)은 자가 휴룡(休龍)이고 소자(小字)는 도민(道民)이며, 팽성현(彭城縣) 수리인(綏里人)이다. 문제(文帝)의 셋째아들로, 이복형인 태자 유소(劉劭)가 반란을 일으켜 문제를 살해하자, 그를 토벌하고 원가(元嘉) 30년(453)에 송 왕조의 4대 황제로 즉위하였다. 어려서부터 뛰어난 문장력을 지니고 있었다 하며, 현재 24수의 오언시가 전하고 있어서 진(晋) 이후의 역대 황제들 중 드물게 보일 정도로 작품의 양이 많다.

『隋書』「經籍志」: "宋孝武帝集25卷."(原注 : "梁31卷, 錄1卷.")
『宋書』(卷6)「孝武帝紀」
『南史』(卷2)「孝武帝紀」
『全漢三國晋南北朝詩』「全宋詩」(卷1)

　송(宋) 남평왕(南平王) 유삭(劉鑠, 431~453)은 자가 휴현(休玄)이고, 문제(文帝)의 넷째아들이자 효무제(孝武帝)의 동생이다. 원가(元嘉) 16년(439)에 9세의 나이로 남평왕에 봉해졌다. 문제를 살해하고 정권을 장악한 맏형 유소

(劉劭)의 휘하에서 시중(侍中) 직을 역임하였으며, 훗날 효무제에게 독살당하였다. 어려서부터 학문을 좋아하고 문재가 뛰어나, 약관의 나이가 되기 전에 「의고시(擬古詩)」 30여 수를 짓는 등 당시 사람들로부터 육기(陸機)에 버금갈 정도라고 칭송받았다 한다. 현재 「의고시」 4수를 포함하여 모두 10수의 시가 전하고 있다.

『隋書』「經籍志」: "宋南平王鑠集5卷."
『宋書』(卷72)「文九王傳」
『南史』(卷14)「宋宗室及諸王傳‧下」
『全漢三國晋南北朝詩』「全宋詩」(卷1)

송(宋) 건평왕(建平王) 유굉(劉宏, 434~458)은 자가 휴도(休度)이고, 문제(文帝)의 일곱째 아들이자 유준(劉駿)‧유삭(劉鑠) 등의 동생이다. 원가(元嘉) 21년(444)에 11세의 나이로 건평왕에 봉해졌다. 어려서부터 학문을 좋아하고 문제의 각별한 총애를 받았지만, 선천적으로 병약한 체질을 타고나 25세에 요절하였다 한다. 시 작품은 한 수도 전하는 것이 없으며, 『수서』「경적지」에도 그의 문집에 관한 언급이 없다.

『宋書』(卷72)「文九王傳」
『南史』(卷14)「宋宗室及諸王傳‧下」

孝武詩, 雕文[1]織綵[2], 過爲精密[3], 爲二藩[4]希慕[5], 見稱輕巧[6]矣.

1) 雕文(조문) : 문채(文采)를 조탁(雕琢)하다. 곧 문학 작품을 아름답게 꾸미다.

2) 織綵(직채) : 비단을 짜다.

3) 精密(정밀) : 정교하고 치밀하다.

4) 二藩(이번) : 남평왕(南平王) 유삭(劉鑠)과 건평왕(建平王) 유굉(劉宏)을 가리킴. '번
   (藩)'은 황실을 수호하는 제후(諸侯) 또는 제후국(諸侯國)을 일컫는 말이다.

5) 希慕(희모) : 흠모하여 [그렇게 되기를] 바라다.

6) 輕巧(경교) : 경쾌하고 교묘하다.

 효무(孝武)의 시는 문채(文采)를 조탁(雕琢)함이 비단을 짜놓은 듯하여 지나치게 정밀하므로, 이번(二藩)으로부터 희모(希慕)되었으며 경교(輕巧)하다고 칭찬을 받았다.

 효무제(孝武帝) 유준(劉駿)의 시는 마치 비단을 짜놓은 것처럼 문채(文采)를 화려하게 잘 조탁해놓아서, 지나칠 정도로 정교하고 세밀하다. 그러므로 그의 시는 남평왕(南平王) 유삭(劉鑠)과 건평왕(建平王) 유굉(劉宏)으로부터 흠모의 대상이 되었으며, 또한 세인들로부터도 경쾌하고 교묘하다는 칭찬을 받았던 것이다.

효무제에 대해서는, 『문심조룡』 「시서(時序)」편의 "孝武多才, 英采雲搆."라는 평과 『남사』 권22 「왕검전(王儉傳)」 중의 "宋孝武好文章, 天下悉以文采相尙."이란 평들이 보이고 있다. 작품활동 면에서도 역대 황제들 중 그 유래가 드물 정도로 많은 양의 작품을 남겼으며, 문학을 애호하는 사회 기풍을 진작시킴으로써 당시의 유명 시인들인 사영운·안연지(顔延之)·포조(鮑照) 등의 활약을 도왔던 간접적인 공로자이기도 하다.

'조문직채(雕文織綵)'란 평에 대해서는, 고직 찬 『종기실시품전』에서 그의 오언시 「유복주산(遊覆舟山)」 중의 "層峯亘天維, 曠渚綿地絡, 逢皐列神苑, 遭壇樹仙閣."이란 구절들이 바로 그러한 평에 가장 잘 부합된다고 지적하였다.

'과위정밀(過爲精密)'의 '과위(過爲)'는 「중품」 「혜강(嵇康)」조 중의 '과위

준절(過爲峻切, 작품의 기상이 지나치게 준엄함)'과 동일한 어투이며, '정밀(精密)'은 역시 『시품』 「서」에 "이리하여서 당시 지식인들이 이들을 우러러 흠모하여 성률을 정밀하게 구사하는 노력을 기울였다(於是士流景慕, 務爲精密.)"라고 한 용례가 보이고 있다.

종영은 '위이번희모(爲二藩希慕)'라 하여, 효무제의 시가 남평왕 유삭과 건평왕 유굉 등으로부터 흠모의 대상이 된 것으로 기술하고 있다. 『남사』 「왕검전」 중의 "宋孝武好文章, 天下悉以文采相尙."이란 언급을 통해 볼 때, 효무제의 시풍은 비단 유삭·유굉 두 사람뿐만 아니라 당시의 일반 문인들 사이에서 폭넓은 공감을 얻으면서 많은 영향을 끼쳤던 듯하다.

허문우 편저 『문론강소』본 『종영시품』에서는 효무제의 시 「등작락산(登作樂山)」 중의 "屯煙擾風穴, 積水溺雲根."과 「배형양문왕의계묘(拜衡陽文王義季墓)」 중의 "長楊敷晩素, 宿草披初靑." 같은 구절들이 바로 '조문직채(雕文織綵), 과위정밀(過爲精密), ……, 견칭경교(見稱輕巧)'란 종영의 평에 가장 잘 부합된다고 지적하였다.

본조의 평문은 직접적으로는 효무제의 시에 대한 논평으로 국한되어 있다. 그렇지만 종영은 유삭·유굉 두 사람이 효무제의 시풍을 흠모하여 본받았던 것으로 인식하였으므로, '견칭경교(見稱輕巧)'라는 평 역시 효무제뿐만 아니라 유삭·유굉의 시에도 어느정도 함께 적용하고자 하였던 평으로 볼 수 있을 듯하다.

사장(謝莊, 421~466)은 자가 희일(希逸)이고 진군(陳郡) 양하인(陽夏人)이
다. 7세 때부터 이미 문장을 지을 줄 알았으며, 일생을 통해 지은 문학 작품
이 모두 400여 편에 달한다고 한다. 성률(聲律) 방면에도 상당히 깊은 지식
을 갖고 있어서, 훗날 심약의 이론에 큰 영향을 끼쳤던 것으로 평가받고 있
다. 벼슬은 시중(侍中)·이부상서(吏部尙書) 등을 거쳐 금자광록대부(金紫光
祿大夫)에까지 이르렀다. 오언시 12수가 전하고 있다.

『文選』(卷31) 江文通(淹) 「雜體詩三十首」 第28首題 ： "謝光祿莊."
『隋書』 「經籍志」 ： "宋金紫光祿大夫謝莊集19卷."(原注 ： "梁15卷.")
『宋書』(卷85) 「謝莊傳」
『南史』(卷20) 「謝莊傳」
『全漢三國晋南北朝詩』 「全宋詩」(卷2)

希逸詩, 氣候[1]淸雅[2], 不逮於王・袁[3]. 然興屬[4]閑長[5], 良無鄙促[6]也.

1) 氣候(기후) : 기운(氣韻). 또는 기풍(氣風).
2) 淸雅(청아) : 산뜻하고 우아하다.
3) 王・袁(왕・원) : 왕미(王微)와 원숙(袁淑). 모두 남조(南朝) 시대 송(宋)나라의 시인으로 「중품」에 품제되었다.
4) 興屬(흥촉) : 기탁(寄託)한 흥취(興趣).
5) 閑長(한장) : 느긋하고 장대(長大)하다.
6) 鄙促(비촉) : 완고하고 협소하다.

 희일(希逸)의 시는 기후(氣候)가 청아(淸雅)하나, 왕(王)・원(袁)에게는 미치지 못하였다. 그렇지만 흥촉(興屬)이 한장(閑長)하여, 진실로 비촉(鄙促)함이 없다.

 사장(謝莊)의 시는 그 기풍이 매우 산뜻하기는 하지만, 왕미(王微)와 원숙(袁淑) 같은 시인들의 수준에까지는 미치지 못하였다. 그렇지만 그 기탁(寄託)된 흥취가 느긋하면서도 장대하여서, 정말이지 완고하거나 협소하다는 느낌을 전혀 주지 않는다.

‘기후청아(氣候淸雅)’의 ‘기후(氣候)’는 시 작품이 구축하고 있는 분위기를 지칭한 말로 기운 또는 기풍 등과 비슷한 개념의 용어이며, 『역대명화기(歷代名畵記)』・『고화품록(古畵品錄)』 등 화론(畵論) 관계 서적들에 특히 그 용례가 많이 보이고 있다. ‘청아(淸雅)’는 「중품」「포조(鮑照)」조에 “교묘하고 흡사한 묘사를 숭상하여 위태롭게 치우침을 피하지 못하였기에, 자못 청아한 격조를 손상시켰다(然貴尙巧似, 不避危仄, 頗傷淸雅之調.)”라고 한 용례가 보인다.

‘불체어왕·원(不逮於王·袁)’의 ‘왕(王)·원(袁)’은 왕미(王微)와 원숙(袁淑)을 가리킨 말이다. 차주환 교수는 『종영시품교증』에서 ‘왕(王)·원(袁)’의 ‘왕(王)’자가 『오조소설』본·『설부(說郛)』본·『한위총서(漢魏叢書)』본·『광한위총서(廣漢魏叢書)』본·『학시진체』본·『고금도서집성(古今圖書集成)』본·『역대시화』본·『용위비서(龍威秘書)』본·『형설헌총서(螢雪軒叢書)』본·『오조소설대관(五朝小說大觀)』본·진연걸 찬 『시품주』·두천미 찬 『시품신주』·섭장청 찬 『시품집석』 등에 모두 ‘범(范)’으로 잘못되어 있다고 지적하였다. ‘범(范)’은 범엽(范曄)을 가리킨다 하겠는데, 사장의 작품 수준이 범엽의 수준에 미치지 못하였다는 평은 사장의 시에 가한 “그 기풍이 매우 산뜻하기는 하지만, …… 기탁된 흥취가 느긋하면서도 장대하여서, 정말이지 완고하거나 협소하다는 느낌을 전혀 주지 않는다(氣候淸雅, …… 興屬閒長, 良無鄙促也.)”라는 평문과 범엽의 시에 가한 “그 재주에 걸맞지 못하여, 또한 추거(推擧)됨이 거의 드물게 되었다(乃不稱其才, 亦爲鮮擧矣.)”라는 평문을 서로 비교해볼 때 커다란 모순을 안고 있다. 한편 『송서』 「사장전(謝莊傳)」의 기록을 보면, 사장과 왕미·원숙 사이에 상당한 교류가 있었음을 알 수 있고, 또한 『문선』 권31에 수록된 강엄(江淹)의 「잡체시30수(雜體詩三十首)」 중에도 왕미의 「양질(養疾)」과 원숙의 「종가(從駕)」 그리고 사장의 「교유(郊遊)」 같은 작품들이 나란히 의작(擬作)되어 있다. 그리고 왕미와 원숙은 종영에 의해 「중품」에 나란히 품제된 바 있고, 『문심조룡』 「시서」편에도 “王·袁聯宗以龍章.”이라 하여 함께 병칭되어 있다. 이런 여러가지 점들을 고려해볼 때, 종영은 이들 세 사람의 교우관계를 전제로 이들에 대한 비교평가를 가하여, 「하품」에 품급된 사장이 「중품」에 품급된 왕미·원숙 등의 수준에는 미치지 못하였다고 기술한 것으로 보인다.

‘연흥촉한장(然興屬閒長), 양무비촉야(良無鄙促也)’라는 평에 대하여, 허문우 편저 『문론강소』본 『종영시품』에서는 “按, 希逸詩往往不起議論, 而輝映有餘. 如王船山評其「七夕夜詠牛女應制」是也. 成倬雲又評其「侍宴蒜山」, 詩筆

淸麗, 興致不淺, 蓋與鄙促之體, 適相反矣."라 설명하였다.

왕사정은 『어양시화』 권하에서 종영이 사장을 「하품」에 품제한 데 대해 이의를 제기하고, 반드시 「중품」에 품제되어야 한다고 역설하였다. 중국문학사에서 사장이 차지하고 있는 비중을 고려할 때 그를 「하품」에 품급시킨 것은 적절한 평가가 못 된다는 지적도 많다. 그런데 『시품』 「서」에는 사장이 안연지와 함께 전고(典故)를 가장 많이 사용한 시인으로 제시되어 있으며, 또한 범엽과 함께 성률 방면의 지식이 아주 풍부했던 사람으로 병칭되어 있기도 하다. 종영은 전고의 사용이나 성률에의 집착 등을 매우 반대하는 입장을 견지하였던 사람이므로, 사장을 「하품」에 품급시켜놓은 데에도 그의 그러한 주관적 시관(詩觀)이 상당히 깊이 작용하였을 것으로 생각된다.

송나라 어사 소보생_{宋御史蘇寶生}
송나라 중서령사 능수지_{宋中書令史陵修之}
송나라 전사령 임담서_{宋典祠令任曇緒} 송나라 월기 대법흥_{宋越騎戴法興}

소보생(蘇寶生, ?~458)은 소보(蘇寶)라고 일컬어지기도 하는데, 적관(籍貫)이 분명치 않고 출생연도 역시 자세히 전하지 않는다. 빈한한 가문에서 출생하였지만, 문장력은 아주 뛰어났다고 한다. 문제(文帝) 원가(元嘉) 연간(424~452)에 설립된 국자학(國子學)의 『시경(詩經)』 조교(助敎)를 거쳐, 벼슬이 남대시어사(南臺侍御史)·강녕령(江寧令) 등에까지 이르렀으며, 훗날 고도(高闍)의 반란에 연루되어 살해당하였다. 효무제(孝武帝)의 위촉을 받아 국사(國史)를 편찬하는 일에 종사하기도 하였으며, 시 작품은 현재 한 수도 전하지 않는다.

『隋書』「經籍志」: "宋護軍將軍王僧達集10卷."(原注 : "梁有……, 江寧令蘇寶生集4卷, ……, 亡.")
『宋書』(卷75)「王僧達傳」

능수지(陵修之)와 임담서(任曇緒) 두 사람에 대해서는 전하는 기록이 전혀 없다. 모두 빈한한 가문에서 출생하였음이 분명하며, 그들에게 붙어 있는 직함인 '중서령사(中書令史)'나 '전사령(典祠令)' 등도 역시 보잘것없는 천직(賤職)에 불과하였다. 시 작품 또한 전혀 전하지 않는다.

대법흥(戴法興, 414~465)은 회계(會稽) 산음인(山陰人)으로, 자가 분명치 않다. 가난한 집안에서 태어나 갖은 고생을 다 겪었지만, 훗날 유준(劉駿)의 측근으로 발탁되면서 단번에 지위가 격상되었으며, 유준이 효무제로 즉위한 후에는 차츰 권력을 남용하기도 하였다 한다. 벼슬은 월기교위(越騎校尉)에 까지 올랐고, 권력을 장악하여 지나친 전횡을 일삼다가 결국은 미움을 받아 사형에 처해졌다. 문장력이 매우 뛰어났다고 하나, 시 작품은 전혀 전하지 않는다.

『隋書』「經籍志」: "宋太子中庶子殷琰集7卷."(原注 : "梁又有 …… 越騎校尉戴法興集4
  卷, 亡.")
『宋書』(卷94)「恩倖傳 · 戴法興傳」
『南史』(卷77)「恩倖傳 · 戴法興傳」

蘇 · 陵 · 任 · 戴, 並著篇章[1], 亦爲縉紳[2]之所嗟詠[3]. 人非[4], 文才是愈[5], 甚可嘉焉.

1) 篇章(편장) : 문학 작품. '편(篇)'과 '장(章)'은 원래 시(詩) · 문(文)의 부류와 단락을
  나누는 단위였다.
2) 縉紳(진신) : 조복(朝服)의 큰 띠에 홀(笏)을 꽂다. 곧 높은 벼슬아치를 일컫는 말.
3) 嗟詠(차영) : 감탄하여 읊조리다.
4) 人非(인비) : 사람됨이 올바르지 못하다.
5) 愈(유) : 낫다. 곧 남보다 우수하다.

 소(蘇)·능(陵)·임(任)·대(戴)는 모두 편장(篇章)을 지어서, 또한 진신(縉紳)들의 차영(嗟詠)하는 바가 되었다. 사람됨은 올바르지 못하나, 문재(文才)가 이다지 우수하였으니 심히 칭찬할 만하다.

 소보생(蘇寶生)·능수지(陵修之)·임담서(任曇緒)·대법흥(戴法興) 등 4명의 시인은 모두 훌륭한 문학 작품을 창작하였는데, 그 작품들이 또한 높은 벼슬아치들까지도 감탄하여 애창하였을 정도의 수준이었다. 인격은 올바로 갖추지 못하였지만, 문학적인 재능만은 뛰어났으니 대단히 높이 평가할 만하다.

종영이 본조에서 이들 4명의 시인을 한데 묶어 품평해놓은 이유는, 이들이 모두 빈한한 가문 출신이면서 아첨을 하거나 교활한 처세술을 발휘함으로써 사회적인 지위를 확보하려고 하였던 공통점 때문일 것으로 추측된다.

'병저편장(並著篇章)'의 '편장(篇章)'은 원래 시나 문장의 부류와 단락을 나누는 단위였는데, 여기서는 순수문학 작품을 가리키는 말로서 철학류나 역사류의 문장과 상대되는 개념의 용어로 사용되었다. 『시품』「서」에 "그러므로 문학 작품의 보배로운 산실이자 문채가 찬란한 아름다운 숲이라 평가되어진다(所以謂篇章之珠澤, 文彩之鄧林.)"라고 한 동일한 용례가 보이고 있다.

'역위진신지소차영(亦爲縉紳之所嗟詠)' 중의 '진신(縉紳)'은 조복(朝服)의 큰 띠에 홀(笏)을 꽂는다는 뜻으로, 여기서는 그러한 복장을 갖춘 고관대작들을 지칭한 말이다. 역시 『시품』「서」에 "천자(天子)와 제후(諸侯) 그리고 높은 벼슬을 하고 있는 사대부들을 보면, 매번 정사(政事)를 두루 논의할 때마다 늘 시를 화제로 삼아 이야기를 나누곤 한다(觀王公縉紳之士, 每博論之餘, 何嘗不以詩爲口實.)"라고 한 용례가 보이고 있다. 참고로 본조에 품제된 4명의 시인은 모두 이러한 고급관료 계층에까지는 오르지 못하였다.

'인비(人非), 문재시유(文才是愈), 심가가언(甚可嘉焉)'이란 평문은 문맥이 잘 통하지 않는 탓으로, 여러 주석가들이 표점(標點)을 각기 다르게 찍어놓고 있다. 대체로 요약해보면 세 종류로 나누어진다. 첫번째 설로는 고직 찬 『종기실시품전』·섭장청 찬 『시품집석』·왕중 찬 『시품주』·차주환 교수 찬 『종영시품교증』 등의 "人非, 文才是愈, 甚可嘉焉."을 들 수 있고, 두번째 설은 허문우 편저 『문론강소』본 『종영시품』·리츠메이칸대학 시품연구반 찬 『종씨시품소』·코젠 히로시 찬 『시품』·타카키 마사카즈 찬 『종영시품』 등의 "人非文才是, 愈甚可嘉焉."을 들 수 있으며, 마지막 세번째 설은 장진경 찬 『종영시품연구』 부록 「표점『시품』원문」·진연걸 찬 『시품주』·두천미 찬 『시품신주』 등의 "人非文才, 是愈甚可嘉焉."을 들 수 있다. 이 세 가지 설 중에서 세번째 설은 문맥이 순조롭게 잘 통하지 않으므로 취할 바가 못 된다. 앞의 두 설이 비교적 종영의 의도에 가깝게 부합되는 듯한데, 두 설이 각기 구두점만 다르게 찍혔을 뿐 그 의미는 거의 같다. 이휘교 교수는 『시품휘주』에서 이 세 가지 설이 모두 문맥이 통하도록 하기 위해 궁여지책으로 구두점을 찍은 것이며 어느 경우도 명쾌한 설명이 되지 못한다고 지적한 다음, 이 평문 중의 '시(是)'자가 '족(足)'자의 형오(形誤)이거나 또는 앞부분의 '비(非)'자와 호응되도록 하기 위해 잘못 고친 것일 가능성이 있다는 견해를 제시하였다. 매우 수긍이 가는 설명이긴 하지만, '시(是)'자가 '족(足)'자로 되어 있는 판본이 전혀 없으므로 단정을 내리기는 어렵다.

차주환 교수는 『종영시품교증』에서 '인비(人非), 문재시유(文才是愈)'란 평이 「중품」 「포조(鮑照)」조 중의 "그는 재주가 뛰어났으나 신분이 미천하였다(其才秀人微)"란 평과 같은 뜻이라고 해설하였다. '인비(人非)'에 대하여는 고직 찬 『종기실시품전』에서 "如戴法興在『宋書』「恩倖傳」, 故曰人非."라 하였으며, 허문우 편저 『문론강소』본 『종영시품』에서는 "蘇·戴二人, 均罪至誅死. 餘陵·任二人未詳."이라 설명해놓고 있다. 이들은 모두 빈한한 가문 출신이면서 아첨에 능하고 교활하게 처신함으로써 사회적인 지위를 추구하였으며, 그러한 과정에서 비인격적인 면들을 상당히 많이 드러냈을 것으로 짐작된다. 종영이 그들의 이러한 비인격적인 면들을 지적하여 '인비(人非)'라 평한 것으로 이해하면 큰 무리가 없을 것이다. '문재시유(文才是愈)'에 대하여, 고직 찬 『종기실시품전』에서는 "『宋書』: '蘇寶生有文義之美 ; 戴法興能爲文章, 頗行于世.'"라 설명하였다.

'심가가언(甚可嘉焉)'의 '가가(可嘉)'는 「하품」「장재(張載)……」조에 "가상할 정도로 많은 양의 작품을 남겼다(繁富可嘉)"라고 한 용례가 보인다.

송나라 감전사 구혜공_{宋監典事區惠恭}

구혜공(區惠恭)은 5세기 중엽에 생존하였던 인물로 추측될 뿐, 생졸년이
정확히 알려져 있지 않고 사적에 관한 기록도 전혀 전하는 것이 없다. 본조의
평문에 기술된 대로 오랑캐 지역 출신의 이방인이었던 것 같으며, '감전사(監
典事)'라는 직명 역시 정규적인 관직이 아니라 팽성왕(彭城王) 유의강(劉義康)
의 휘하에서 개인적인 업무를 관장하였던 직책이었을 것으로 보인다. 작품도
전혀 전하지 않는다.

惠恭本胡人[1], 爲顔師伯[2]幹[3]. 顔爲詩筆[4], 輒偸定之. 後造「獨
樂賦」[5], 語侵給主, 被斥. 及大將軍修北第[6], 差充作長[7]. 時謝
惠連[8]兼記室參軍. 惠恭時往, 共安陵[9]嘲調[10], 末作「雙枕詩」[11]
以示謝. 謝曰: '君誠能, 恐人未重. 且可以爲謝法曹[12]造, 遺大
將軍.' 見之賞歎, 以錦二端[13]賜謝. 謝辭曰: '此詩, 公作長所
製, 請以錦賜之.'

1) 胡人(호인) : 북방 또는 서방 오랑캐 지역의 사람.

2) 顔師伯(안사백) : 남조(南朝) 송(宋)나라의 시인. 『시품』에는 품제되지 않았다.

3) 幹(간) : 간사(幹史). 또는 부리(府吏). 곧 특정 관청의 속료(屬僚).

4) 詩筆(시필) : 시와 산문. '필(筆)'은 시를 비롯한 운문에 상대되는 개념의 산문을 가리키는 말이다.

5) 「獨樂賦(독락부)」 : 구혜공(區惠恭)이 지은 부(賦) 작품. 현재는 망실(亡失)되고 전하지 않는다.

6) 北第(북제) : 북쪽 저택(邸宅).

7) 作長(작장) : 작업반장. 곧 공사의 현장책임자를 뜻한다.

8) 謝惠連(사혜련) : 남조(南朝) 송(宋)나라의 시인으로 「중품」에 품제되었다.

9) 安陵(안릉) : 안릉현(安陵縣) 곧 오늘날의 하남성(河南省) 언릉현(鄢陵縣) 서북 일대. 여기서는 전국(戰國) 시대 때 안릉군(安陵君)에 봉해졌던 안릉전(安陵纏)을 가리킨 말이다. 성씨가 안릉(安陵)이고 이름이 전(纏) 또는 단(壇)이었다.

10) 嘲調(조조) : 조롱하여 놀림. 여기서는 상관을 즐겁게 해주기 위한 어떤 역할이나 그러한 목적의 시작(詩作)을 가리킨 말이다.

11) 「雙枕詩(쌍침시)」 : 구혜공이 지은 시 작품. 현재는 망실되고 전하지 않는다.

12) 謝法曹(사법조) : 사혜련(謝惠連). 팽성왕(彭城王) 유의강(劉義康)의 휘하에서 법조참군(法曹參軍)을 역임하였다.

13) 端(단) : 옷감의 길이 단위. 『집운(集韻)』에서는 6장(丈) 곧 60척(尺)이 1단(端)이라 하였고, 『육서고(六書故)』에서는 16척이 1단이라 하였으며, 『소이아(小爾雅)』 「도(度)」와 『춘추좌씨전(春秋左氏傳)』 「소공(昭公)」 '이십육년(二十六年)' 두예(杜預) 주(注) 등에서는 20척이 1단이라 하였고, 『강희자전(康熙字典)』 권8에 인용된 『예기소(禮記疏)』에서는 18척을 1단이라 하여, 모두 다르게 설명하고 있다.

 혜공(惠恭)은 본래 호인(胡人)으로, 안사백(顔師伯)의 간리(幹吏)가 되었다. 안(顔)이 시문(詩文)을 지으면, 매번 남몰래 그것을 바로잡아 주었다. 후에 「독락부(獨樂賦)」를 지었는데, 말이 급주(給主)의 기분을 상하게 하여 배척당하였다. 대장군이 북제(北第)를 수측(修築)하

444

게 되자 작업반장으로 뽑혀 충당되었다. 당시 사혜련(謝惠連)은 기실참군(記室參軍)을 겸하고 있었다. 혜공은 때때로 가서 안릉군(安陵君)의 조조(嘲調)를 함께 하였고, 마침내 「쌍침시(雙枕詩)」를 지어서 사(謝)에게 보였다. 사가 말하기를 "당신은 진실로 재능이 있지만, 사람들이 중시하지 않을까봐 두렵다. 또한 사법조(謝法曹)가 지은 것이라 하여 대장군에게 보내는 편이 좋겠다"라고 하였다. 〔대장군은〕 그것을 보고 상탄(賞歎)하여, 비단 2단을 사에게 하사하였다. 사가 사양하면서 말하기를 "이 시는 공(公)의 작업반장이 지은 바이니, 청컨대 비단을 그에게 하사하십시오"라고 하였다.

 구혜공(區惠恭)은 원래 오랑캐 지역 출신의 시인으로서, 안사백(顔師伯)의 부관으로 임용되었다. 안사백이 시나 산문을 지을 때마다 늘 은밀하게 보완을 가해주곤 하였다. 훗날 「독락부(獨樂賦)」를 지었는데, 그중의 어느 대목이 후원자인 안사백의 노여움을 사게 되었고, 그로 인해 내쫓기고 말았다. 대장군 유의강(劉義康)이 북쪽 저택을 건립할 때에 공사의 현장책임자로 선발되었다. 그 당시 사혜련(謝惠連)은 대장군의 기실참군(記室參軍) 직을 겸임하고 있었다. 구혜공은 기회 있을 때마다 사혜련이 있는 곳으로 가서, 옛 전국(戰國) 시대 안릉군(安陵君) 전(纏)이 그러하였듯이 유의강을 즐겁게 해줄 시 작품을 함께 짓곤 하다가, 드디어 「쌍침시(雙枕詩)」를 지어서 사혜련에게 보여주게 되었다. 그러자 사혜련이 말하기를 "당신이 지은 이 「쌍침시」는 대단히 훌륭하지만, 당신 작품이라고 하여서는 아마도 사람들이 그다지 인정을 해주지 않을 것이다. 그러니 아무래도 사혜련이 지은 작품이라고 하고서 대장군 유의강에게 보내드리는 편이 좋을 듯하다"고 하였다. 대장군 유의강이 그 「쌍침시」를 읽어보고는 대단히 훌륭한 작품이라고 찬탄하면서, 비단 2단을 사혜련에게 내려주었다. 이에 사혜련은 그 비단을 사양하며 말하기를 "이 「쌍침시」가 사실은 전하의 공사 현장책임자인 구혜공의 작품이오니, 청하옵건대 비단 역시 그에게 내려주시기를 바라옵니다"라고 하였다.

『시품』에서는 「상품」 「사영운(謝靈運)」조와 「중품」 「사혜련(謝惠連)」조 및 「강엄(江淹)」조 등에서와 같이 해당 시인의 시평(詩評) 말미에 실제 작품 비평과는 직접적인 관련이 없는 일화가 첨부되어 있는 예가 더러 있다. 그런데 본조의 평문은 그러한 예들과 달리, 실제 작품비평은 전혀 가해져 있지 않고 처음부터 끝까지 일화 소개만으로 일관되어 있는 점이 특기할 만하다. 이 일화의 내용은 남조(南朝) 시대 시단(詩壇)의 이면사 중 한 단면이라 할 수 있겠는데, 그 당시에는 시가 상류계층 지식인들의 독점물로서 그들의 유희도구로 주로 활용되었으며, 구혜공과 같이 뛰어난 문재를 갖춘 하급관리들이 바로 그러한 유희를 위한 봉사자 역할을 수행하였던 것이라 하겠다.

안사백(顔師伯, 419~465)은 남조(南朝) 송(宋)나라의 시인으로, 자가 장연(長淵)이고 낭아(琅邪) 임기인(臨沂人)이다. 안연지(顔延之)의 조카이며, 효무제(孝武帝)의 두터운 신임을 받았고 효무제 사후에는 나이 어린 전폐제(前廢帝)를 보좌하면서 절대적인 권력을 행사하였다. 당시 그의 저택에는 승진을 위해 뇌물을 들고 찾아오는 벼슬아치들이 줄을 이었으며, 그러한 뇌물공세 속에서 그는 대단히 방자하고 사치스럽게 생활하였다 한다. 훗날 전폐제가 친정(親政)을 베풀려 하면서 차츰 권좌에서 밀려나게 되었고, 결국 전폐제의 폐위를 꾀하다가 발각되어 살해당하였다. 현재 오언시 1수가 전하고 있고, 전기는 『송서』 권77과 『남사』 권34에 보이고 있다.

'안위시필(顔爲詩筆)'의 '필(筆)'자가 『한위총서』본·진연걸 찬 『시품주』·허문우 편저 『문론강소』본 『종영시품』·두천미 찬 『시품신주』 등에는 모두 다음 구의 '투(偸)'자 뒤로 잘못 옮겨 기재되어 있다. '필'은 「중품」 「임방(任昉)」조 중에 보이는 '심시임필(沈詩任筆, 심약의 시와 임방의 문장)'의 '필'과 동일한 개념의 용어로서, 육조 시대 문인들은 시를 비롯한 운문에 상대되는 개념의 산문을 뜻하는 말로 이 '필'이란 용어를 즐겨 사용하였으며, '시'와 '필'을 병칭한 예들도 흔히 보이고 있다.

'어침급주(語侵給主)'의 '급주(給主)'에 대하여는, 대부분의 주석가들이 봉

446

급이나 급료를 지급해주는 주인이란 뜻으로 풀이하고 있다. 차주환 교수는
『종영시품교증』에서 '급(給)'자가 '급(及)'의 의미를 지니고 있다고 하고, "『國
語』「晉語」: '豫而後給.' 韋昭注 : '給, 及也.' 『淮南子』「兵略」篇 : '疾雷不及塞
耳.' 日本『古鈔卷子本』'及'作'給', 並其證."이란 설명을 가해놓았다.

　'급대장군수북제(及大將軍修北第), 차충작장(差充作長)'의 '대장군(大將軍)'
은 뒷부분에 기술된 사혜련과 관련된 내용들을 고려해볼 때, 팽성왕(彭城王)
유의강(劉義康)을 가리킨 말이 분명하다. 『송서』 권68 「팽성왕의강전(彭城王
義康傳)」 중에 "永初元年, 封彭城王, 食邑三千戶. …… 十六年, 進位大將軍."
이라고 한 기록이 보이고 있다. '작장(作長)' 역시 정규적인 관직명은 아니고,
건축공사의 작업반장 내지는 현장책임자를 일컫는 말로 이해된다.

　사혜련(謝惠連)은 원가(元嘉) 7년(430) 곧 그가 세상을 뜨기 3년 전에 사도
팽성왕의강법조참군(司徒彭城王義康法曹參軍) 직을 맡은 바 있다. 본조에 소
개된 일화 역시 이 시기를 전후하여 있었던 사실일 것으로 추측된다. 『송서』
권53 「사혜련전」과 『남사』 권19 「사혜련전」 등에는 그가 유의강의 휘하에
서 법조참군(法曹參軍)을 지낸 것으로 기술되어 있을 뿐, '기실참군(記室參
軍)' 직을 겸임하였다는 언급은 없다.

　'공안릉조조(共安陵嘲調)'의 '안릉(安陵)'은 안육군(安陸君) 전(纏)을 가리킨
말로, 『전국책(戰國策)』 「초책(楚策)」과 『설원(說苑)』 「권모(權謀)」편 등에
그가 뛰어난 미모 덕분에 초(楚) 선왕(宣王)의 총애를 받게 되었다는 고사(故
事)가 소개되어 있다. 여기서는 '조조(嘲調)'라는 말과 연결되어 구혜공을 비
롯한 당시 대장군 팽성왕 유의강의 총애를 받던 측근들이 유의강의 기분을
맞춰주기 위해 도모하였던 여러가지 계획이나 또는 그러한 의도하에서 행해
졌던 작시(作詩) 행위 등을 가리킨 말이라 하겠다.

　'사왈(謝曰) : 군성능(君誠能), 공인미중(恐人未重). 차가이위사법조조(且可
以爲謝法曹造), 유대장군(遺大將軍).' 견지상탄(見之賞歎), 이금이단사사(以錦
二端賜謝).'란 대목은 구두점이 주석본들마다 다르게 찍혀 있으며, 그 인용부

호 역시 각기 다르게 표기되어 있다. 비교적 문맥이 잘 통하게 단구(斷句)해
놓은 것으로 세 가지를 들 수 있다. 첫째로 허문우 편저 『문론강소』본 『종영
시품』에서는 '謝曰 : "君誠能, 恐人未重. 且可以爲謝法曹造遺." 大將軍見之賞
歎, ……'으로 단구해놓았고, 둘째로 차주환 교수 찬 『종영시품교증』에서는
'謝曰 : "君誠能, 恐人未重. 且可以爲謝法曹造, 遺大將軍." [大將軍]見之賞歎,
……'으로 단구해놓았으며, 셋째로 리츠메이칸대학 시품연구반 찬 『종씨시품
소』·코젠 히로시 찬 『시품』·타카키 마사카즈 찬 『종영시품』 등에서는 '謝
曰 : "君誠能, 恐人未重. 且可以爲謝法曹造." 遺大將軍, 見之賞歎, ……'으로
단구해놓고 있다. 이에 대해 이휘교 교수는 『시품휘주』에서 애초에 「쌍침시
(雙枕詩)」를 대장군에게 보내려고 생각한 사람이 바로 구혜공이 아니라 사혜
련이었을 거라는 점에서 '유(遺)'자를 앞구에 붙여 단구한 허문우의 설에 무
리가 있음을 지적하였고, 또 사혜련이 구혜공의 시를 탐내어서 자기가 지은
것으로 알리고 싶어하였으므로 대장군에게 보내자는 말까지 사혜련의 말에
포함되는 편이 더 자연스럽다는 점에서 차교수가 표기한 인용부호가 가장
타당해 보인다고 설명하였다. 이교수는 다만 차교수가 '대장군(大將軍)'이란
세 글자를 보충해넣어야 한다고 주장한 데 대하여는 이견을 표시하여, 「하
품」「모백성(毛伯成)……」조에서 "탕휴(湯休)가 원(遠)에게 이야기하기를 '나
의 시는 가히 당신 시의 부친 격이다'라고 하였는데, [원이] 그것으로써 사광
록(謝光祿)에게 물어보니 [사광록은] 말하기를 '그렇지 않다. 탕(湯)이 가히
서형(庶兄) 격이다'라고 하였다(湯休謂遠云 : '我詩可爲汝詩父.' 以訪謝光祿.
云 : '不然, 爾湯可爲庶兄.')"라고 한 언급 중에도 '이방사광록(以訪謝光祿)'
다음에 사광록(謝光祿)이란 주어를 중복시키지 않고 생략한 것처럼 옛날 문
장들 중에는 분명하게 알 수 있는 주어가 생략된 예들이 허다하다고 설명한
다음, '대장군' 세 글자가 보충된 판본이 전혀 없고 또 보충하지 않더라도 문
맥이 통하는 데 아무런 지장이 없으므로 굳이 보충해넣을 필요가 없을 것이
라고 역설하였다. '유대장군(遺大將軍)'의 '유(遺)'자가 『고씨문방소설(顧氏文

房小說)』본·『오조소설』본·『설부』본·『양문기』본·『한위총서』본·『광한위총서』본·『학시진체』본·『고금도서집성』본·『역대시화』본·『용위비서』본·『오조소설대관』본·『형설헌총서』본·진연걸 찬 『시품주』·두천미 찬 『시품신주』·섭장청 찬 『시품집석』·문학고적간행사(文學古籍刊行社)본 및 『산당고색(山堂考索)』 인용문 등에는 모두 '견(遣)'자로 되어 있다. '견(遣, 보내다. 파견하다)'은 '유(遺, 보내다. 보내주다)'의 괴자(壞字)이다.

제나라 혜휴상인齊惠休上人 제나라 도유상인齊道猷上人
제나라 승려 보월齊釋寶月

혜휴상인(惠休上人)은 본성(本姓)이 탕(湯)이고 자가 무원(茂遠)이며, 생졸년은 모두 분명치 않다. 「중품」에 품제된 포조와 인간적인 면에서나 문학 면에서 두루 가까이 지냈다고 하며, 『포명원집(鮑明遠集)』에는 그가 포조와 서로 주고받았던 증답시(贈答詩)인 「증포시랑(贈鮑侍郎)」·「답휴상인(答休上人)」 등이 수록되어 있다. 훗날 송(宋) 세조(世祖) 즉 효무제(孝武帝)의 부름을 받아 환속(還俗)하여 이름을 제(濟)라 하였고, 벼슬이 양주종사사(揚州從事史)에까지 이르렀다. 시 작품은 현재 11수가 전하고 있다.

종영은 본조에서 혜휴의 조대명을 '제(齊)'로 소개하였는데, 『수서』「경적지」에서는 그를 '송완구령(宋宛朐令)'이라 일컫고 있다. 그의 사망연도가 분명치 않아 단언하기는 어려우나, 제나라가 건국된 479년 이전에 세상을 떠났을 가능성이 많아 보인다.

『文選』(卷31) 江文通(淹) 「雜體詩三十首」 第30首題 : "休上人."
『隋書』「經籍志」 : "宋宛朐令湯惠休集3卷."(原注 : "梁4卷, ……亡.")
『宋書』(卷71) 「徐湛之傳」
『全漢三國晋南北朝詩』「全宋詩」(卷5)

도유상인(道猷上人)은 『고승전(高僧傳)』 권7에 전기가 실려 있는데, 그에 따르면 오(吳) 지역 출신으로 처음에 생공(生公)의 제자로 있던 중 송(宋) 효무제(孝武帝)의 인정을 받아 신안사(新安寺)의 주지가 되었다 한다. 시 작품은 현재 1수도 전하지 않는다.

『고승전』 권5 「축도일전(竺道壹傳)」에는 백도유(帛道猷)라는 이름의 또다른 승려에 대한 언급이 보이는데, 그는 본성(本姓)이 풍(馮)이고 산음인(山陰人)이며, 약야산(若邪山)에 주로 거하였다 한다. 작품으로 도일(道壹)에게 지어보낸 오언시 1수가 전하고 있다.

본조에서 신안사의 주지를 지냈던 도유와 약야산에 거주하였던 백도유 등 두 명의 승려 중 어느 사람을 지적한 것인지 명확하게 구별을 가해놓지 않은 점을 볼 때, 종영은 아마도 이 두 사람을 동일인물로 혼동하였던 것이 아닌가 의심된다. 다만 평문 중의 '유[강]·백이호(庾[康]·帛二胡)'란 구를 놓고 본다면, 백도유를 염두에 둔 품평일 가능성이 짙다 하겠다.

한편 종영이 본조에서 도유의 조대명을 '제(齊)'로 소개하고 있는 것 역시 착오로 보여진다. 신안사 주지를 지냈던 도유는 송(宋) 원휘(元徽) 연간(473~476)에 71세의 나이로 세상을 떠난 것으로 알려져 있다. 그리고 약야산에 거주하였던 백도유 역시 그와 교유가 있었던 축도일(竺道壹)이 동진(東晋) 융안(隆安) 연간(397~401)에 71세의 나이로 세상을 떠났던 점으로 미루어볼 때, 그 역시 동진 말기의 승려임에 분명하며 혹 송대까지 생존하였을 가능성은 있을지 모르지만 제나라가 건국된 479년까지 생존하였을 가능성은 전혀 없다 하겠다. 그러므로 '제(齊)'로 소개되어 있는 본조의 조대명은 당연히 '진(晋)' 또는 '송(宋)'으로 고쳐져야 할 것이다.

釋 慧皎 『高僧傳』(卷5·7)
『詩記』 '晋'(17) 「帛道猷小傳」
『全漢三國晋南北朝詩』 「全晋詩」(卷7)

보월(寶月)은 제(齊)나라 무제(武帝, 재위 482~493) 때의 승려로, 『악부시집(樂府詩集)』 권48 「고객악(估客樂)」에 『고금악록(古今樂錄)』으로부터 인용해 놓은 그에 관한 짤막한 기록이 남아 있다. 그는 음률 방면에 매우 뛰어나서 제(齊) 무제가 지은 「고객악」이란 시에 곡을 붙였으며, 그 자신 역시 별도의 「고객악」 2수를 지어서 무제에게 바치기도 하였다 한다.

『樂府詩集』(卷48) 「估客樂」
『全漢三國晋南北朝詩』 「全齊詩」(卷4)

> 惠休淫靡[1], 情過其才. 世遂匹之鮑照[2], 恐商·周[3]矣. 羊曜璠[4]云:'是顔公[5]忌照之文[6], 故立休·鮑之論.' 庚[康][7]·帛[8]二胡[9], 亦有淸句.[10]
>
> 「行路難」[11]是東陽[12]柴廓[13]所造. 寶月嘗憩其家, 會廓亡, 因竊而有之. 廓子賚[14]手本出都, 欲訟[15]此事, 乃厚賂止之.

1) 淫靡(음미) : 음란하고 화사하다.

2) 鮑照(포조) : 남조(南朝) 송(宋)나라의 시인으로 「중품」에 품제되었다.

3) 商·周(상·주) : 상(商, 殷)나라와 주(周)나라. 여기서는 상나라 주왕(紂王)이 주나라 무왕(武王)에게 잠시도 버티지 못하고 금방 패배해버린 것처럼, 혜휴(惠休)의 시 수준이 포조(鮑照)의 시에 도저히 비교가 될 수 없음을 뜻하는 말로 쓰였다.

4) 羊曜璠(양요번) : 남조 송나라의 시인으로 「하품」에 품제되었다.

5) 顔公(안공) : 안연지(顔延之). 남조 송나라의 시인으로 「중품」에 품제되었다.

6) 文(문) : 문학 작품. 여기서는 오언시 분야를 중점적으로 지칭한 말로 쓰였다.

7) 庚[康](유[강]) : 보월(寶月)의 성씨(姓氏). '유(庚)'는 '강(康)'의 오기(誤記)인 듯.

8) 帛(백) : 도유(道猷)의 성씨(姓氏).

9) 胡(호) : 북방 또는 서방 오랑캐.

452

10) 淸句(청구) : 맑고 뛰어난 구절.

11) 「行路難(행로난)」 : 잡곡가사(雜曲歌辭)에 속하는 악부(樂府) 민가(民歌)의 하나.

12) 東陽(동양) : 동양군(東陽郡). 곧 오늘날의 절강성(浙江省) 금화현(金華縣) 일대.

13) 柴廓(시곽) : 보월(寶月)과 동시대의 인물이었던 듯하나, 그에 관한 기록이나 작
   품이 전혀 전하지 않는다.

14) 賫(재) : 재(賷)의 속자(俗字). 곧 가지다. 휴대하다.

15) 訟(송) : 송사(訟事)하다. 곧 고발하여 밝히다.

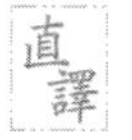
혜휴(惠休)는 음란하고 화사하며, 정감(情感)이 그 재주를 초과해
있다. 세인들이 드디어 그를 포조(鮑照)에 필적(匹敵)시키고 있으나,
아마도 상(商)나라와 주(周)나라를 견주는 것과 같을 듯하다. 양요
번(羊曜璠)은 말하기를 "이는 안공(顔公)이 조(照)의 문학 작품을 싫어
하여서, 고(故)로 휴(休)와 포(鮑)에 대한 대등론(對等論)을 수립하였
다"라고 하였다. 유(庚)〔강(康)〕와 백(帛) 등 두 명의 호인(胡人)들에게
도 또한 맑고 뛰어난 구절들이 있다.
「행로난(行路難)」은 동양(東陽) 시곽(柴廓)이 지은 바이다. 보월(寶月)
이 일찍이 그의 집에서 휴식하였는데, 마침 곽(廓)이 사망하였던
때라 그것을 훔쳐서 가져버렸다. 곽의 아들이 수본(手本)을 휴대하
고 도읍으로 나와 이 일을 송사(訟事)하고자 하였으며, 이에 후하
게 뇌물을 주고 그를 막았다.

혜휴(惠休)의 시 작품은 지나치게 통속적인 경향을 띠고 있으며, 과도한 감
정표현이 그의 시재(詩才)의 한계를 벗어나 있다. 세상사람들이 흔히 혜휴
시의 수준을 포조의 시와 대등한 것으로까지 높이 평가하고 있지만, 혜휴
의 시는 아무래도 상나라 주왕(紂王)이 주나라 무왕(武王)에게 도저히 상대
가 되지 않았던 것과 마찬가지로 포조의 시보다 훨씬 낮은 수준에 불과하
다. 양요번(羊曜璠)은 "세인들의 이러한 평가는 안연지가 포조의 시를 싫
어하여서 깎아내리려는 의도로, 혜휴와 포조의 시 수준이 대등하다는 평가

를 제시하였던 데서 유래된 것이다"라고 말하였다. 강보월(康寶月)과 백도유(帛道猷) 등 두 명의 서역인들 작품 중에도 역시 맑고 뛰어난 시구들이 다수 포함되어 있다.

「행로난(行路難)」이란 작품은 원래 동양군(東陽郡) 사람 시곽(柴廓)이 지은 작품이다. 보월(寶月)이 어느 날 시곽의 집에 묵게 되었는데, 그때가 마침 시곽이 막 세상을 떠난 뒤였기에 「행로난」이란 작품을 몰래 훔쳐서 자신의 작품으로 삼아버렸다. 그후 시곽의 아들이 부친의 작품 원고를 가지고 서울로 올라와서, 보월이 작품을 훔쳤다는 사실을 세상에 공개하려고 하였다. 이에 보월은 후한 뇌물을 주고 겨우 그를 만류할 수 있었다.

'혜휴음미(惠休淫靡)'의 '음미(淫靡)'는 상당히 비난 섞인 투의 평어로, 혜휴의 「원시행(怨詩行)」·「양화곡(楊花曲)」·「백저가(白紵歌)」 등 작품들에 보이는 달콤하고 저속한 유행가 조의 시풍을 지적한 말이라 하겠다. 허문우 편저 『문론강소』본 『종영시품』에는 "側艷之調, 起源自昔, 晋·宋樂府, 如「桃葉歌」·「碧玉歌」·「白紵詞」·「白銅鞮歌」, 均以淫豔哀音, 被于江左, 迄于蕭齊, 流風益盛. 其以此體施於五言詩者, 亦始晋·宋之間, 後有鮑照, 前則惠休."라고 한 유사배(劉師培)의 언급이 인용되어 있다.

'세수필지포조(世遂匹之鮑照)'에 대하여는 「하품」 「사초종(謝超宗)……」조 중의 "나의 종조인 정원(正員)께서는 일찍이 말씀하시기를 '대명(大明, 송 효무제 때의 연호로 457~464년 사이) 연간과 태시(泰始, 송 명제 때의 연호로 465~471년 사이) 연간 중에는 포(鮑)와 휴(休)의 화미(華美)한 문풍(文風)이 거의 이미 속(俗)을 움직여놓았다'(余從祖正員嘗云: "大明·泰始中, 鮑·休美文, 殊已動俗.")"라는 기술이나 소자현(蕭子顯)의 『남제서』「문학전·논」 중의 "休·鮑後出, 咸亦標世."란 기술 등을 통해 볼 때, 혜휴와 포조의 화려한 시풍이 당시에 널리 유행하였으며 또 이들 두 사람을 같이 놓고 평가하는 것이 당시의 일반적인 통념이었음을 쉽게 짐작할 수 있다.

‘공상·주의(恐商·周矣)’는『춘추좌씨전(春秋左氏傳)』「환공(桓公)」‘십일
년(十一年)’ 중의 “師克在和, 不在衆. 商·周之不敵, 君之所聞也.”란 언급을
의식하고 쓴 표현으로, 여기서는 혜휴의 시 수준이 상나라 주왕의 세력에 비
교되는 데 반해 포조의 시 수준은 주나라 무왕의 세력에 비교될 정도여서,
혜휴가 도저히 포조의 비교상대가 될 수 없다는 뜻이다.

　종영은 세인들이 혜휴 시의 수준을 포조의 시와 대등한 것으로까지 높이
평가하게 된 유래로 “이는 안공(顔公)이 조(照)의 문학 작품을 싫어하여서,
고(故)로 휴(休)와 포(鮑)에 대한 대등론을 수립하였다(是顔公忌照之文, 故立
休·鮑之論.)”라는 양요번의 언급을 인용해놓고 있다. 안연지는 포조와 혜휴
의 통속적인 시풍을 매우 경멸하였으며, 특히 혜휴의 시에 대하여는『남사』
「안연지전(顔延之傳)」 중의 “延之每薄湯惠休詩, 謂人曰 : ‘惠休製作, 委巷中
歌謠耳, 方當誤後事.’”라고 한 기술에 보이는 것처럼 혹평을 가한 바 있다.
한편 포조와 혜휴 역시 안연지의 점잖은 수사주의적 시풍에 대해 부정적인
반응을 나타내었다.「중품」「안연지(顔延之)」조에 “사영운의 시는 연꽃이 수
면 위로 모습을 드러내고 있는 듯하고, 안연지의 시는 아름답게 색칠을 하고
금빛으로 아로새겨놓은 듯한 느낌을 준다(謝詩如芙蓉出水, 顔如錯採鏤金.)”
고 한 혜휴의 평이 인용되어 있으며,『남사』「안연지전」에는 혜휴의 평과
거의 동일한 내용의 문장이 포조의 말로 인용되어 있기도 하다. 양쪽이 서로
상당히 심각한 대립관계를 드러내었던 것으로 보여진다.

　‘유[강]·백이호(庾[康]·帛二胡)’의 ‘유(庾)’는 호인(胡人) 즉 이방인의 성씨
로 보기에 무리가 많다. 그래서 고직 찬『종기실시품전』에서는 “案, 權德輿
「送清浤上人謁陸員外詩」云 : ‘佳句已齊康寶月.’ 則寶月非姓庾也. 攷漢沙門有
康巨·康孟詳, 曹魏沙門有康僧鎧, 吳沙門有康僧會, 晉沙門有康法暢·康法
邃·康僧淵.『高僧傳』云 : 康僧會, 其先康居人 ; 康僧淵, 本西域人, 生於長安,
貌雖梵人, 語實中國云云. 疑寶月卽僧會·僧淵之族也. 康·庾形近易誤, 故康
法暢,『世說新語』亦誤爲庾法暢. 賴『高僧傳』可正也.”라 설명하고 있다. 고직

의 주장처럼 '강(康)'자로 고쳐서 보월(寶月)의 성씨로 보는 편이 좋을 듯하
다. '백(帛)'은 『대우루총서』본과 『역대시화』본을 제외한 대부분의 『시품』
판본들에 '백(白)'자로 되어 있다. 삼국 시대 위나라나 오나라에 백씨(帛氏)
성을 가진 승려들이 많았으며, 백거이(白居易)의 「옥주산선원기(沃州山禪院
記)」 중에 "初有羅漢僧西天竺人帛道猷居焉."이란 언급이 보이므로, 백도유
(帛道猷)의 성씨인 '백(帛)'자로 되는 것이 옳다 하겠다. 차주환 교수 찬『종
영시품교증』에서는 '백(白)'자가 '백(帛)'의 괴자(壞字)라고 설명하였다.

'역유청구(亦有淸句)'란 평에 대하여는, 허문우 편저『문론강소』본『종영
시품』에서 백도유의 「능봉채약촉흥위시(陵峯採藥觸興爲詩)」 중 "連峯數千
里, 修林帶平津"·"茅茨隱不見, 鷄鳴知有人." 같은 구절들과 보월의 「고객악
(估客樂)」 2수가 바로 그러한 평에 해당될 만한 것으로 추측해놓고 있다. 한
편 왕사정의 『어양시화』 권하에서는 백도유와 탕혜휴 두 시인이 당연히 「중
품」에 품급되어야 한다고 역설하였다.

혜휴·도유·보월 등 세 사람의 시에 대한 실질적인 품평은 '역유청구(亦
有淸句)'까지로 마쳐져 있고, 그 뒷부분에 보월의 「행로난(行路難)」이란 시
작품과 관련된 일화가 추가로 첨부되어 있다.

「행로난」은 잡곡가사(雜曲歌辭)에 속하는 악부(樂府) 민가(民歌) 작품으로,
문제가 된 이 작품이『옥대신영(玉臺新詠)』권9와『전제시(全齊詩)』권4 등
에 승려[釋] 보월(寶月)의 작품으로 수록되어 있다. 허문우 편저『문론강소』
본『종영시품』에서는 후인들이 편찬한 시선집들이 대부분 이「행로난」을 시
곽(柴廓)의 작품으로 수록해놓고 있는데, 이는 바로 본조에 소개된 일화의
내용으로부터 비롯된 것이라고 설명하였다. 시곽이란 인물에 대해서는 전하
는 기록이 전혀 없다.

'곽자재수본출도(廓子賫手本出都)'의 '재(賫)'자가 차주환 교수 찬『종영시
품교증』과『광박물지(廣博物志)』인용문 등에는 '재(齎)'로 되어 있으며,『고금
도서집성』본·『사부비요』본·『형설헌총서』본·진연걸 찬『시품주』·문학

고적간행사본 등에는 모두 ‘재(賫)’로 되어 있다. ‘재(齎, 가지다. 휴대하다)’와 ‘재(賫)’는 동자(同字)이고, ‘재(賷)’는 ‘재(賫)’의 속생자(俗省字)이며, 모두 같은 뜻으로 통용된다. 고직 찬 『종기실시품전』·리츠메이칸대학 시품연구반 찬 『종씨시품소』·코젠 히로시 찬 『시품』·타카키 마사카즈 찬 『종영시품』 등에는 ‘뢰(賚)’로 되어 있는데, ‘뢰(賚, 주다. 하사하다)’는 ‘재(賷)’와 음과 뜻이 모두 다른 별자(別字)로서 형태가 비슷하여 잘못 고쳐진 글자라 하겠다.

제나라 고제_{齊高帝} 제나라 정북장군 장영_{齊征北將軍張永} 제나라 태위 왕문헌_{齊太尉王文憲}

제(齊) 고제(高帝) 소도성(蕭道成, 427~482)은 어릴 적 이름이 투장(鬪將)이었고 자가 소백(紹伯)이며, 난릉인(蘭陵人)이다. 신흥 군벌세력의 우두머리로 군림하다가 송(宋)나라 말기에 군사력을 완전히 장악하였으며, 479년에는 송 왕조로부터 황위를 선양받는 형식으로 정권을 탈취하기에 이르렀다. 학식도 겸비하였고 문장력도 뛰어났다고 하는데, 시 작품은 현재 오언시「군학영(群鶴詠)」1수를 포함하여 모두 2수가 전하고 있다.

『南齊書』(卷1・2)「高帝紀上・下」
『南史』(卷4)「齊高帝紀」
『全漢三國晋南北朝詩』「全齊詩」(卷1)

장영(張永, 410~475)은 자가 경운(景雲)이고 오군(吳郡) 오인(吳人)이다. 송(宋) 문제(文帝) 말기 때부터 북벌에 가담해 대단한 활약을 하였으며, 벼슬로는 정북장군(征北將軍)・남연주자사(南兗州刺史) 등을 역임하였다. 시 작품은 현재 1수도 전하지 않는다.

458

　종영은 본조에서 장영의 조대명을 '제(齊)'로 소개하고 있다. 『송서』「장영전(張永傳)」에 의하면 그가 정북장군(征北將軍)・남연주자사(南兗州刺史) 직에 임명된 것이 송 후폐제(後廢帝) 원휘(元徽) 2년(474)의 일이고, 사망시기 역시 그 이듬해인 원휘 3년(475) 즉 그의 나이 66세 때였으며, 사망 후 3년 뒤인 송 순제(順帝) 승명(昇明) 2년(478)에 시중(侍中)・우광록대부(右光祿大夫) 직을 추증받은 것으로 기술되어 있다. 이러한 모든 사실이 제나라가 건국된 479년 이전의 일이므로, 장영의 조대명은 당연히 '송(宋)'으로 고쳐져야 옳다 하겠다. 다만 장영이 북벌에 가담하여 한창 활약하였던 송 문제(文帝) 말기가 바로 훗날 제나라를 건국하였던 소도성(蕭道成)이 신흥 군벌세력으로 두각을 나타내기 시작하였던 시기였으므로, 장영과 소도성 사이에 어떠한 교류가 있었을 가능성도 전혀 배제할 수는 없다. 그리고 장영이 사망한 시기 역시 제나라 건국 4년 전이긴 하지만, 이 당시는 송의 국운이 이미 쇠하여졌고 소도성이 군사력을 완전히 장악하고 있던 때였다. 그러므로 종영이 이런 점들을 고려하여 의식적으로 장영을 제나라 사람처럼 취급하였는지도 모른다.

　허문우 편저 『문론강소』본 『종영시품』에는 장영의 관직명이 '북정장군(北征將軍)'으로 잘못 기재되어 있다. 『수서』「경적지」 원주(原注)에 "梁又有右光祿大夫張永集十卷."이란 기록이 보이는데, 허문우 편저 『문론강소』본 『종영시품』과 왕중 찬 『시품주』에서는 이 기록을 인용하면서 각기 "梁又有宋右祿大夫張永集十卷."・"又有宋古祿大夫張永集十卷."으로 인용하여 모두 '송(宋)'이란 조대명을 삽입하고 관직명을 틀리게 기재하고 있다. 이휘교 교수 찬 『시품휘주』와 양조율(楊祖聿) 찬(撰) 『시품교주(詩品校注)』 등에서는 이 중 '장영(張永)'의 '영(永)'자를 '미(未)'자로 잘못 오인하여, 여러 주석본들이 어디에 근거하여 '미(未)'자를 '영(永)'자로 고쳐 인용하였는지 알 수가 없다고 의심을 피력해놓았다.

『隋書』「經籍志」: "宋太中大夫徐爰集6卷."(原注 : "梁……又有……右光祿大夫張永集
   10卷, ……亡.")
『宋書』(卷53)「張茂度(張裕의 字)傳・張永傳」
『南史』(卷31)「張裕傳・張永傳」

　　왕문헌(王文憲) 즉 왕검(王儉, 452~489)은 자가 중보(仲寶)이고 낭아(琅邪)
임기인(臨沂人)으로, 시호가 문헌(文憲)이었다. 송나라의 중신(重臣)이었지만
소도성의 혁명에 가담하여 황위를 선양받는 데 결정적인 역할을 수행하였으
며, 제(齊) 고제(高帝)와 무제(武帝) 등 2대에 걸쳐 절대적인 신임을 받았고
사후에 태위(太尉) 직을 추증받았다. 한(漢) 유흠(劉歆)의 『칠략(七略)』을 모
방한 도서목록 『칠지(七志)』 40권을 비롯하여 많은 양의 저술을 남겼으며,
시 작품은 현재 오언시 5수를 포함하여 모두 8수가 전하고 있다.
　　종영은 본조에서 유독 왕검의 경우에만 이름 대신 시호를 사용해놓고 있
다. 종영이 오늘날의 국립대학에 해당하는 국자감(國子監)의 학생 신분으로
있었을 때 그 당시 좨주(祭酒, 오늘날의 대학 총장직에 해당함)로 있던 왕검의 지
도를 직접 받은 바 있으므로, 스승의 휘자(諱字)를 바로 거명하는 대신에 시
호인 문헌(文憲)으로 일컬어놓은 것이라 추측된다.

『隋書』「經籍志」: "齊太尉王儉集51卷."(原注 : "梁60卷.")
『南齊書』(卷23)「王儉傳」
『南史』(卷22)「王儉傳」
『全漢三國晉南北朝詩』「全齊詩」(卷2)

齊高帝詩, 詞藻意深[1], 無所云少. 張景雲, 雖謝文體[2], 頗有古
意[3]. 至如王師文憲, 旣經國圖遠[4], 或忽是雕蟲[5].

1) 詞藻意深(사조의심) : 문사(文辭)가 아름답고 뜻이 심오하다.

2) 文體(문체) : 문학 작품의 체재. 여기서는 시 작품의 형식적인 됨됨이를 가리킨 말이다.

3) 古意(고의) : 고풍스러운 취지.

4) 經國圖遠(경국도원) : 나라를 다스리는 데 있어서의 원대한 포부.

5) 雕蟲(조충) : 벌레를 새기다. 곧 마치 벌레 모양을 조각하듯이 시나 문장을 미사여
구로 아름답게 꾸미는 기교를 말한다.

 제(齊) 고제(高帝)의 시는 문사(文辭)가 아름답고 뜻이 심오(深奧)하
여서, 부족하다고 할 만한 바가 없다. 장경운(張景雲)은 비록 문체
(文體)를 사양하였지만, 자못 고의(古意)를 지니고 있다. 왕문헌(王文
憲) 스승님 같은 분에 이르면, 이미 나라를 다스리는 데 있어서의
원대한 포부를 지니고 계셨기에, 혹시 이러한 시문상(詩文上)의 조
충(雕蟲)하는 기교에는 소홀하셨는지도 모르겠다.

 제(齊) 고제(高帝) 소도성(蕭道成)의 시 작품은 형식상의 수사가 아름답게
이루어져 있으면서도 내용 면에서 심오한 생각까지 잘 구비하고 있으므로,
비난을 받을 만한 구석이 전혀 없다. 장영(張永)의 시는 비록 작품 체재가
좀 뒤떨어지는 감은 있지만, 그래도 고풍스러운 취지를 잘 살려내었다. 나
의 스승이신 왕검(王儉) 선생님 같은 분은 원래가 원대한 정치적 포부를
지니고 계셨던 분이므로, 혹시나 이처럼 시 작품을 아름답게 꾸미는 기교
와 같은 사소한 일에는 관심을 덜 기울이셨는지도 모르겠다.

'사조의심(詞藻意深)'의 '의심(意深)'이란 평에 대해서는, 코젠 히로시 찬 『시
품』에서 소도성의 유일한 오언시 「군학영(群鶴詠)」(八風儛遙翮, 九野弄淸音. 一摧

雲間志, 爲君苑中禽.)이 그가 송나라 장군으로 있을 때 명제(明帝)로부터 충성심을 의심받은 데 대한 깊은 근심을 잘 나타내고 있다고 설명하였다.『시품』「서」중에 "만약에 작품 전체를 통틀어 오로지 비(比)나 흥(興) 두 가지 수사기법만 사용하면 작품 속의 의미가 지나치게 깊이 파묻혀버리는 폐단이 생겨나고, 의미가 깊이 파묻혀버리면 문사(文詞)가 그 의미를 다 수용하지 못하게 되어 표현에 차질이 생기게 된다(若專用比興, 患在意深, 意深則詞躓.)"라고 한 동일한 용례가 보이고 있다.

'무소운소(無所云少)'의 '소(少)'를 고직 찬『종기실시품전』과 허문우 편저『문론강소』본『종영시품』등에서는 모두 고제의 작품 양이 적음을 뜻하는 말로 이해하고 있다. 실제로 고제의 현존 작품은 잡언시(雜言詩)인「새객음(塞客吟)」1수와 오언시인「군학영(群鶴詠)」1수 등 도합 2수밖에 되지 않는다. 그렇지만 이 대목의 '소(少)'자는 작품 양의 많고 적음을 뜻하는 말이라기보다는, 작품의 질적인 수준이 낮고 부족함을 의미하는 말로 보는 편이 좋을 듯하다.

'장경운(張景雲), 수사문체(雖謝文體), 파유고의(頗有古意)'란 평의 타당성 여부는 장영의 현존하는 시 작품이 전혀 없으므로 확인할 방법이 없다. '문체(文體)'에 대하여는, 이휘교 교수 찬『시품휘주』에서 "「中品」「陶潛」條有'文體省淨', 「中品」「沈約」條有'詳其文體'之語, 而此條云'文體'者, 與衆不同, 蓋以其詩體之工整與否而言也."라 설명하였다. '고의(古意)'는「중품」「도잠(陶潛)」조 중의 '독의진고(篤意眞古, 성실한 생각들이 참되고 고아하게 묘사되어 있다)'와 동일한 개념의 용어라 하겠는데, 종영은 그외에도「서」중의 '소조·유위고졸(笑曹·劉爲古拙, 조식과 유정의 작품을 예스럽고 서툴다고 비웃다)',「중품」「응거(應璩)」조 중의 '선위고어(善爲古語, 고풍스럽고 질박한 시어를 잘 구사하고 있다)',「하품」「위무제(魏武帝)·위명제(魏明帝)」조 중의 '조공고직(曹公古直, 조조의 시는 고풍스럽고 솔직한 경향을 띠고 있다)' 등의 평에서처럼 '고(古)' 즉 고풍스럽고 소박한 기풍을 시 품평의 중요한 척도의 하나로 삼고 있다.

왕검은 『양서』 「종영전」과 『남사』 「종영전」 등에 기술된 대로, 종영이 국자생(國子生, 오늘날의 국립대학 학생에 해당함)으로 있을 당시에 국자좨주(國子祭酒, 오늘날의 국립대학교 총장에 해당함) 직을 맡고 있으면서 종영을 직접 가르치기도 하였던 스승이다. 종영은 존경하는 스승의 이름을 함부로 부를 수 없어서, 유독 그의 경우에만 이름을 바로 거명하지 않고 시호를 사용하여 간접 거론해놓은 것이다. 한편 고직 찬 『종기실시품전』에서는 종영이 자신의 스승인 왕검을 겨우 「하품」에 품급시켜놓은 사실만 보더라도, 그가 개인적인 은혜나 원한 같은 사사로운 감정에 얽매이지 않고 공정하게 시인들의 우열을 가려내려고 하였음이 충분히 증명된다고 역설하였다.

'기경국도원(旣經國圖遠)'이란 평에 대해서는, 『남제서』 「왕검전」과 『남사』 「왕검전」에 "儉寡嗜慾, 唯以經國爲務. 車服塵素, 家無遺財. 手筆典裁, 爲當時所重."이라고 한 기록이 보이고 있다.

'혹홀시조충(或忽是雕蟲)'의 '혹(或)'자 역시 존경하는 스승의 작품을 직접적으로 평가하기가 송구스러운 나머지, 감히 단언을 내리지 못하는 감정상의 동요를 엿보게 해주는 표현이다. '시(是)'자는 '이러한' 곧 '저종(這種)'이란 현대어와 같은 의미로 이해된다. '조충(雕蟲)'에 대하여는, 양웅(揚雄)의 『양자법언(揚子法言)』 권2 「오자(吾子)」편에 "童子彫蟲篆刻."이란 언급이 보이는데, 벌레를 조각하고 전자(篆字)를 새기는 것처럼 시문을 아름답게 꾸미는 세세한 기교를 의미한다. 「상품」 「완적(阮籍)」조에 '무조충지공(無雕蟲之功, 작품을 아름답게 장식하는 수사기교가 발휘되어 있지 않다)'이라고 한 동일한 용례가 보이고 있다.

제나라 황문 사초종齊黃門謝超宗
제나라 심양태수 구영국齊潯陽太守丘靈鞠
제나라 급사중랑 유상齊給事中郎劉祥
제나라 사도장사 단초齊司徒長史檀超 제나라 정원랑 종헌齊正員郎鍾憲
제나라 제기령 안칙齊諸暨令顔則 제나라 수재 고칙심齊秀才顧則心

　사초종(謝超宗, ?～483)은 자가 기경(幾卿)이고 진군(陳郡) 양하인(陽夏人)이다.「상품」에 품제된 사영운의 손자로, 어려서부터 문학적인 재능이 탁월하여 사영운이 다시 태어난 것 같다는 평판을 받았을 정도라고 한다. 송(宋)·제(齊) 두 왕조에 걸쳐 벼슬을 하였고, 관직이 황문랑(黃門郎)을 거쳐 경릉왕정북자의참군(竟陵王征北諮議參軍)에까지 이르렀다. 자신의 재능을 과신하여 술을 마시고 불손한 행동을 자주 저질렀으며, 또 반역자인 장경아(張敬兒)의 딸을 며느리로 맞이한 것이 화근이 되어 월주(越州)로 귀양가던 도중, 스스로 목숨을 끊었다. 시 작품은 현재 1수도 전하지 않는다.

『南齊書』(卷36)「謝超宗傳」
『南史』(卷19)「謝超宗傳」

　구영국(丘靈鞠)은 오흥(吳興) 오정인(烏程人)으로, 자가 분명치 않으며, 생졸년 역시 자세히 전하지 않는다. 사망시기는 대략 제(齊) 무제(武帝) 영명

(永明) 2년(484) 이후쯤으로 추측된다. 「중품」에 품제된 구지(丘遲)의 부친으로, 송(宋)·제(齊) 두 왕조에 걸쳐 벼슬을 하였고 진남장사(鎭南長史)·심양상(潯陽相) 등을 거쳐 장사왕거기장사(長沙王車騎長史)·태중대부(太中大夫) 등을 역임하였다. 그 역시 사초종과 마찬가지로 술을 마셨다 하면 남에 대해 이러쿵저러쿵 험담을 하는 좋지 못한 술버릇을 가지고 있었다고 하며, 송대까지는 문명(文名)이 매우 드높았지만 그의 후반기에 해당하는 제나라 이후에는 창작활동이 침체국면으로 접어들었다는 평가를 받고 있다. 시 작품으로는 송 효무제(孝武帝) 비(妃)의 죽음을 애도하여 지은 「만가시(挽歌詩)」 3수 중 2구만이 남아 있을 뿐이다.

『南齊書』(卷52) 「文學傳·丘靈鞠傳」
『南史』(卷72) 「文學傳·丘靈鞠傳」

　유상(劉祥)은 자가 현징(顯徵)이고 동완(東莞) 거인(莒人)이다. 생졸년이 모두 분명치 않고, 대략 제(齊) 무제(武帝) 영명(永明, 483~493) 초기에 39세의 나이로 세상을 떠난 것으로 추정되고 있다. 벼슬로는 장사왕진군자의참군(長沙王鎭軍諮議參軍)·예장왕대사마자의(豫章王大司馬諮議)·임천왕표기종사중랑(臨川王驃騎從事中郞) 등을 역임하였다. 그 역시 지나치게 술을 좋아하였고, 상대의 지위 고하를 막론하고 방자한 언행을 일삼다가 결국은 광주(廣州)로 유배되었으며, 귀양살이에 대한 괴로움으로 병을 얻어 젊은 나이에 세상을 뜨고 말았다 한다. 시 작품은 현재 1수도 전하지 않는다.

　종영은 본조에서 그를 '급사중랑(給事中郞)'이란 직함으로 일컫고 있는데, 사서(史書)에는 그가 급사중랑을 지냈다는 기록이 전혀 없다. 그리고 고직찬 『종기실시품전』과 리츠메이칸대학 시품연구반 찬 『종씨시품소』·코젠 히로시 찬 『시품』·타카키 마사카즈 찬 『종영시품』 등에는 모두 '급사중(給事中)'으로 기재되어 있다.

『隋書』「經籍志」：“齊竟陵王子良集40卷.”(原注 ： “梁又有 …… 領軍諮議劉祥集10卷,
  亡.”)
『南齊書』(卷36)「劉祥傳」
『南史』(卷15)「劉祥傳」

　　단초(檀超)는 자가 열조(悅祖)이고 고평(高平) 금향인(金鄕人)이다. 생졸년
이 모두 분명치 않고, 대략 제(齊) 고제(高帝) 건원(建元, 479~482) 연간 직후
에 세상을 떠난 것으로 추정된다. 고제의 인정을 받아 효기장군상시(驍騎將
軍常侍)·사도우장사(司徒右長史) 등을 역임하였으며, 강엄(江淹)과 함께 국
사(國史) 편찬에도 참여하였지만 완성을 보지 못하고 세상을 떠났다. 그 역
시 술을 즐겨 마시고 다른 사람 험담을 잘하였던 자유분방한 성품의 소유자
였다 한다. 시 작품은 현재 1수도 전하지 않는다.

『南齊書』(卷52)「文學傳·檀超傳」
『南史』(卷72)「文學傳·檀超傳」

　　종헌(鍾憲)은 종영의 종조부로, 본조의 평문 외에는 그의 전기에 관한 자료
가 전혀 없다. 『전한삼국진남북조시(全漢三國晋南北朝詩)』「전제시(全齊詩)」
권4에 수록된 오언시「등군봉표망해(登群峯標望海)」1수가 그의 유일한 현존
작품인데, 이 작품은 『사조집(謝朓集)』에도 실려 있어서 흔히 사조의 작품으
로 간주되어왔다.
　　‘정원랑(正員郞)’이란 관직명에 대하여, 차주환 교수 찬 『종영시품교증』에
서는 정원산기시랑(政員散騎侍郞)의 간칭(簡稱)인 ‘정원랑(政員郞)’으로 고쳐
져야 한다고 지적한 다음, “『通志』21「職官」3 ‘通直散騎侍郞’下注云 ： ‘歷代
常侍, 或有員外者, 或有通直者. …… 其非員外及通直者, 或謂之政員散騎侍郞,

或單謂之政員郎.'"이란 설명을 가해놓았다.

안칙(顏則)은 고직 찬 『종기실시품전』에서 주장한 대로, 안연지(顏延之)의 차남인 안측(顏測)을 지칭한 말인 듯하다. 차주환 교수 찬 『종영시품교증』에서는 '칙(則)'과 '측(測)' 두 글자의 모양[形]·음(音)·뜻[義]이 모두 비슷한데다 바로 다음에 소개된 '고칙심(顧則心)'의 '칙(則)'자에 이끌려서 혼동되었을 가능성이 짙은 것으로 설명하였다. 『남사』 「안준전(顏竣傳)」과 『수서』 「경적지」 등에는 이름이 '측(測)'으로 밝혀져 있고, 『송서』 「안연지전」에는 이름이 '측(惻)'으로 기재되어 있다. 어느 글자가 본래 이름인지 단정짓기는 어려우나, 본명이 '측(測)'이었을 가능성이 가장 짙어 보인다.

그는 문장력이 뛰어났으며, 벼슬이 강하왕의공대사마녹사참군(江夏王義恭大司馬錄事參軍)에 이르렀지만, 일찍이 요절하고 말았다 한다. 종영이 말한 안칙이 안연지의 차남인 안측을 잘못 혼동한 것이라고 한다면, 본조의 조대명 역시 '송(宋)'으로 고쳐져야 옳다 하겠다. 『남사』 「안연지전」 중의 "帝嘗問以諸子才能, 延之曰 : '竣得臣筆, 測得臣文.'"이란 기록을 볼 때 시에 특히 뛰어났음을 알 수 있으나, 시 작품은 현재 1수도 전하지 않는다.

『隋書』 「經籍志」 : "宋大司馬錄事顏測集11卷."(原注 : "幷目錄.")
『宋書』(卷73) 「顏延之傳」
『南史』(卷34) 「顏延之傳·顏竣傳」

고칙심(顧則心) 역시 전기가 전혀 전하지 않는다. 『전한삼국진남북조시』 「전제시」 권4에 수록된 오언시 「망해전수죽(望廨前水竹)」 1수가 그의 유일한 현존 작품인데, 이 작품은 『하손집(何遜集)』에도 실려 있어서 흔히 하손(何遜)의 작품으로 간주되어왔다.

檀[1]·謝[2]七君, 並祖襲[3]顔延[4], 欣欣[5]不倦, 得士大夫之雅致[6]乎. 余從祖正員[7]嘗云：‘大明[8]·泰始[9]中, 鮑[10]·休[11]美文, 殊已動俗. 唯此諸人, 傅顔[12]·陸[13]體, 用固執不如顔, 諸暨[14]最荷家聲[15].’

1) 檀(단) : 단초(檀超).

2) 謝(사) : 사초종(謝超宗).

3) 祖襲(조습) : 본받아 계승하다.

4) 顔延(안연) : 안연지(顔延之)의 약칭. 「중품」에 품제되었다.

5) 欣欣(흔흔) : 기뻐하는 모양. 또는 어떤 일을 기꺼이 받아들여 열심히 전념하는 모양.

6) 雅致(아치) : 고상하고 점잖은 기풍.

7) 正員(정원) : 종헌(鍾憲). 본조의 표제어에 '정원랑(正員郎)'이란 직함으로 일컬어져 있다.

8) 大明(대명) : 남조(南朝) 시대 송(宋) 효무제(孝武帝) 때의 연호. 서기 457～464년 사이.

9) 泰始(태시) : 남조(南朝) 시대 송(宋) 명제(明帝) 때의 연호. 서기 465～471년 사이.

10) 鮑(포) : 포조(鮑照). 「중품」에 품제되었다.

11) 休(휴) : 탕혜휴(湯惠休). 「하품」에 품제되었다.

12) 顔(안) : 안연지(顔延之).

13) 陸(육) : 육기(陸機). 「상품」에 품제되었다.

14) 諸暨(제기) : 안칙(顔則). 본조의 표제어에 '제기령(諸暨令)'이란 직함으로 일컬어져 있다.

15) 家聲(가성) : 가문(家門)의 명성(名聲). 여기서는 안연지 집안의 문학적인 전통을 가리킨 말이다.

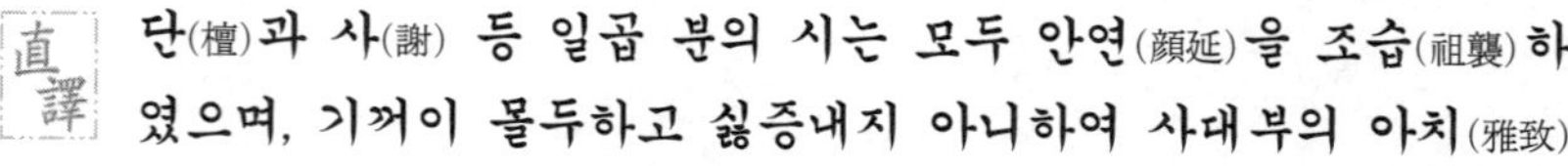

단(檀)과 사(謝) 등 일곱 분의 시는 모두 안연(顔延)을 조습(祖襲)하였으며, 기꺼이 몰두하고 싫증내지 아니하여 사대부의 아치(雅致)

를 획득하였다. 나의 종조인 정원(正員)께서는 일찍이 말씀하시기
를 "대명(大明) 연간과 태시(泰始) 연간 중에는 포(鮑)와 휴(休)의 화
미(華美)한 문풍(文風)이 거의 이미 속(俗)을 움직여놓았다. 오직 이
몇 사람들만이 안(顔)과 육(陸)의 시체(詩體)를 받들어서 고집(固執)
하였지만 안(顔)과 같지는 못하였으며, 제기(諸暨)가 가성(家聲)을
가장 잘 떠맡았다"라고 하셨다.

단초(檀超)와 사초종(謝超宗)을 비롯한 이들 일곱 시인의 시는 모두 다 안
연지(顔延之)의 시를 본받아 계승하였으며, 열심히 싫증내지 않고 안연지
의 시풍을 모방한 결과 사대부들의 고상하고 점잖은 풍격을 이루어낼 수
있었다. 나의 종조부이신 정원랑(正員郎) 종헌(鍾憲)께서는 일찍이 이들에
대한 평가를 내려 다음과 같이 말씀하신 적이 있다. "대명(大明) 연간과 태
시(泰始) 연간 동안에는 포조(鮑照)와 탕혜휴(湯惠休)의 화려한 시 경향이
이미 당시 일반 문단의 풍조를 완전히 바꾸어놓았다. 단지 이들 몇 명의
시인들만은 안연지와 육기(陸機)의 시풍을 높이 숭상하여, 그러한 점잖은
기풍을 굳건히 지켜왔지만 역시 안연지만큼 철저하지는 못하였으며, 그들
중에서는 제기령(諸暨令) 안칙(顔則)이 가문의 문학적인 전통을 가장 잘 계
승하였다."

  '단·사칠군(檀·謝七君), 병조습안연(並祖襲顔延)' 구에서처럼 사초종을
위시한 7명 시인들의 시체(詩體)의 원류를 밝혀놓고 있는 것은, 「하품」의 다
른 조들에 모두 원류관계의 언급이 생략되어 있고 대체로 간략한 평문이 가
해져 있는 점과 비교해볼 때 아주 특수한 경우라 하겠다. 이들의 시가 안연
지 시의 계통을 잇고 있다는 데 대하여는, 현존하는 그들의 작품이 거의 없
는 실정이므로 얼마만큼 안연지의 시풍과 유사한 면을 보였는지 확인할 길
이 없다. 다만 이들은 인간적인 삶의 태도 면에서 안연지와 많은 유사점을
보여주고 있다는 사실이 주목을 끈다. 안연지의 아들인 안측과 전기가 전혀

전하지 않는 종헌·고칙심 등 세 사람을 제외시켜놓고 보면, 사초종·구영국·유상·단초 등 4명의 시인들은 한결같이 술을 좋아하였고 방자한 언동을 일삼았던 것으로 알려져 있다. 안연지 역시 일생을 통해 누구보다도 술을 좋아하였으며 술을 마신 후 나중 일을 생각지 않고 직언을 일삼아 자주 물의를 빚었던 적이 있으므로, 그러한 면에서는 사초종을 비롯한 4명의 시인들과 같이 비교될 수 있는 전형적인 인물이라 하겠다. 이렇게 본다면, 시 작품을 평하면서 그 작자의 인물에 대한 평을 아울러 도입하려고 하였던 종영의 비평방식의 특징이 여기에서도 잘 드러나 있는 것으로 이해할 수 있다. '조습(祖襲)'은 「중품」 「응거(應璩)」조 중에 '조습위문(祖襲魏文, 위 문제 조비의 시를 본받아 계승하였다)'이라 한 동일한 용례가 보이고 있다.

종영은 본조에서 사초종을 비롯한 7명의 시인들이 모두 안연지의 시풍을 계승하여 사대부들의 고상하고 점잖은 풍격을 이루어놓았다고 상당히 높은 평가를 가해두었다. 이는 이들이 당시 문단의 주류를 형성하였던 포조와 탕혜휴의 '음미(淫靡)' 즉 지나치게 통속적인 시풍에 동화되지 않고, 그와는 정반대의 경향을 띠고 있는 안연지의 시풍을 굳건히 고수하고 있다는 점을 크게 고려한 평가라 하겠다. 안연지의 시풍이 포조나 탕혜휴의 시 경향과 심각한 대립관계를 드러내었음은 「중품」 「안연지(顔延之)」조와 「하품」 「혜휴상인(惠休上人)……」조 등의 평문 중에도 충분히 시사되어 있다. 종영은 안연지의 시에 대해서 그렇게 높은 평가를 가하지 않았지만, 그래도 포조나 탕혜휴의 통속적인 시풍보다는 한결 우수한 것으로 인식하였음을 알 수 있다.

'여종조정원상운(余從祖正員嘗云)'의 '정원(正員)'은 본조의 표제어에 '정원랑(正員郎)'이라고 일컬어져 있는 종헌을 가리킨 말이다. 차주환 교수 찬 『종영시품교증』에서는 '정원(正員)'이 '정원랑(政員郎)'의 간칭(簡稱)이라고 설명하였다.

종헌의 말로 인용되어 있는 대목은 출전을 확인할 길이 없으므로, 어디까지 인용부호 안에 넣어야 하는지에 대해서도 역시 의문이 많다. 대부분의 주석가들은 본조의 평문 끝까지를 종헌의 말로 보아 인용부호를 표시해놓고 있다. 그렇게 본다면 '유차제인(唯此諸人)'이란 말 속에 종헌 자신은 물론 포함될 수가 없겠지만, 자신과 문학적인 경향을 같이하는 단초·사초종 등 시인들을 막연하게 두루 지칭함으로써 그 자신의 시 역시 은연중에 언급의 대상으로 함께 포함시키고 있는 것으로는 이해할 수 있을 것이다. 두천미 찬 『시품신주』와 이도현(李道顯) 찬(撰) 『시품연구(詩品硏究)』·양조율 찬 『시품교주』 등에는 종헌의 말이 '수이동속(殊已動俗)'까지인 것으로 인용부호가 표기되어 있다.

'대명·태시중(大明·泰始中), 포·휴미문(鮑·休美文), 수이동속(殊已動俗)'에 대해서는, 소자현의 『남제서』「문학전·논」 중에도 "休·鮑後出, 咸亦標世."라고 한 동일한 시각의 서술이 보이고 있다. '동속(動俗)'은 『시품』「서」 중에 "그러나 전자는 수가 많고 후자는 수가 적어 속(俗)을 움직일 수 없었다(然彼衆我寡, 未能動俗.)"라고 한 동일한 용례가 보인다.

'유차제인(唯此諸人), 부안·육체(傅顏·陸體), 용고집불여안(用固執不如顏)' 구에 대해서는, 허문우 편저 『문론강소』본 『종영시품』에서 "按, 仲偉前評延之詩: '其源出於陸機.' 故連及稱顏·陸焉. 大抵顏·陸以華曠典正爲宗 ; 休·鮑以雕藻淫艷相尙. 顏·陸師古, 不愧正統之派, 休·鮑炫時, 直如異軍突起耳."라 설명하고 있다. '부안·육체(傅顏·陸體)'의 '부(傅)'자가 『대우루총서』본·『택시거총서』본·『학진토원』본·『담예주총』본·『사부비요』본·고직 찬 『종기실시품전』·허문우 편저 『문론강소』본 『종영시품』·섭장청 찬 『시품집석』·왕중 찬 『시품주』 등에는 모두 '전(傳)'으로 되어 있다. 이에 대해 차주환 교수는 『종영시품교증』에서 '부(傅)'로 되는 편이 의미가 더 잘 통한다고 지적한 다음, "傅與附通, 謂附和也. 傅字俗書作傳, 往往與傳相亂.「中品」評鮑照詩有云'故言險俗者, 多以附照.' 評沈約詩有云'王元長等皆宗附之.' 兩附字並與此傅字同意."라 설명하였다.

진연걸 찬 정보본(訂補本) 『시품주』에서는 명초본(明鈔本) 『시품』에 근거하여 '용고집불여안(用固執不如顔)'의 '여(如)'자를 '이(移)'자로 고친 다음, '안(顔)'자를 따로 떼어 다음 구에 붙여 단구해놓았다. 리츠메이칸대학 시품연구반 찬『종씨시품소』·코젠 히로시 찬『시품』·타카키 마사카즈 찬『종영시품』 등에서도 모두 이를 따르고 있다. 이에 대해 차주환 교수 찬『종영시품교증』에서는 "案'如'作'移'蓋因從'如'字斷句則文意不完, 乃改如爲移, 與固執相應, 且以足句義耳. 又案此當從'顔'字斷句."라 설명하였다. 상장청(向長淸) 찬(撰)『시품주석(詩品注釋)』에서는 '여(如)'자를 그대로 두고 '안(顔)'자를 다음 구에 붙여 단구해놓고 있는데, 의미가 비슷하기는 하지만 그렇게 분명하지 못하고 문맥 역시 매끄럽지 못한 감을 준다. '고집(固執)'이란 평어는 안연지의 시에 보이고 있는 집요한 전고의 사용 내지는 신중한 시어 선택 등을 지적한 말로, 차주환 교수 찬『종영시품교증』에서 설명한 대로「중품」「안연지(顔延之)」조 중의 "매양 쓸모없는 구석이 없고, 한 구 한 자마다에 모두 주의가 기울여져 있다(動無虛散, 一句一字, 皆致意焉.)"라는 평에 해당하는 말이라 하겠다.

'제기최하가성(諸暨最荷家聲)'의 '제기(諸暨)'는 본조의 표제어에 '제기령(諸暨令)'이라고 일컬어져 있는 안칙(측)을 가리킨 말이다. '가성(家聲)'은 안연지·안칙(측) 부자 집안의 문학적인 전통을 지적한 말이며,『남사』「안연지전」중의 "延之曰 : '竣得臣筆, 測得臣文(詩를 뜻함).'"이란 기록을 통해 볼 때 안측이 시에 있어서 가문의 전통을 잘 이어받았음을 충분히 알 수 있다.

제나라 참군 모백성齊參軍毛伯成　제나라 조청 오매원齊朝請吳邁遠
　　　　　　　　　　　　　　제나라 조청 허요지齊朝請許瑤之

　　모백성(毛伯成)은 이름이 현(玄)이며, 백성(伯成)은 그의 자이다. 영천인(潁川人)으로 생졸년이 모두 분명치 않다. 벼슬로는 동진(東晉) 시대에 정서행군참군(征西行軍參軍) 직을 역임하였다. 자신의 재주에 대해 대단한 자부심을 지니고 있어서, 늘상 "차라리 난초가 되어 부러지고 옥이 되어 부스러질지언정, 쑥이 깔려 우거진 것처럼 무능한 채로 영화를 누리지는 않겠다(寧爲蘭摧玉折, 不作蕭敷艾榮.)"고 말하곤 하였다 한다. 시 작품은 현재 1수도 전하지 않는다.

　　종영은 본조에서 모백성의 조대명을 '제(齊)'로 소개하였는데, 『수서』 「경적지」에서는 그를 진대(晉代) 사람으로 기술하고 있다. 이에 대해 고직 찬 『종기실시품전』과 차주환 교수 찬 『종영시품교증』・코젠 히로시 찬 『시품』 등에서는 모두 종영이 조대명을 착각한 것이므로 당연히 '진참군(晉參軍)'으로 고쳐져야 한다고 주장하였다. 하지만 본조의 평문을 검토해보건대 모백성이 탕혜휴(湯惠休, 포조와 동시대 인물로 남조 송 혹은 제나라 때에 세상을 떠났음)나 오매원(吳邁遠, 남조 송 명제 때의 시인) 같은 시인들과 동시대 인물이었을 거라는 추측이 가능하므로, 사망연도를 기준으로 하여 조대명을 밝히고 있는 『시품』에 모백성의 조대명이 '진(晋)'으로 기재되는 것 역시 온당한 기술로 보기 어렵다.

『世說新語』(卷上)「言語」篇 劉孝標注引『征西寮屬名』曰 : "毛玄, 字伯成, 潁川人. 仕
　至征西行軍參軍."
『隋書』「經籍志」 : "晋毛伯成集1卷."・"毛伯成詩1卷."(原注 : "伯成, 東晋征西將軍.")

　　오매원(吳邁遠)은 남조(南朝) 송(宋) 명제(明帝, 재위 466~472) 때에 생존하
였던 사람으로 추측될 뿐 생졸년이나 자, 적관(籍貫) 등이 모두 분명치 않다.
전기 역시 『남사』「단초전(檀超傳)」 중에 짤막한 기록이 보일 뿐, 그외에는
그의 사적에 관한 자료가 전혀 없다. 그는 자부심이 대단하였고 남을 곧잘
업신여겼으며, 시가 지어질 때마다 그 작품을 땅바닥에 내동댕이치면서 "조
식과 같은 시인들도 이만한 작품을 지을 수는 없을 것이다"라고 호언장담하
곤 하였다 한다. 시 작품은 현재 오언시 10수를 포함하여 모두 11수가 전하
고 있다.
　　종영은 본조에서 오매원을 '조청(朝請)'이란 직함으로 일컫고 있다. '조청'
은 원래 제후나 신하가 천자를 알현한다는 뜻으로, 봄에 알현하는 것을 '조
(朝)'라 하였고 가을에 알현하는 것을 '청(請)'이라 하였다 한다. 여기서는 한
(漢)나라 때 황제를 배알할 수 있는 자격을 부여받았던 '봉조청(奉朝請)'이란
관명의 준말로 쓰였다. 『수서』「경적지」에서는 오매원을 '송강주종사(宋江州
從事)'라고 일컫고 있어서, 종영이 소개한 조대명・관직명 등과 모두 일치되
지 않는다.

『隋書』「經籍志」 : "宋江州從事吳邁遠集1卷."(原注 : "殘缺, 梁8卷, 亡.")
『南史』(卷72)「文學傳・檀超傳」
『全漢三國晋南北朝詩』「全宋詩」(卷5)

474

허요지(許瑤之)의 전기는 전혀 전하는 것이 없다. 『전송시(全宋詩)』 권5에
그의 오언시 3수가 수록되어 있는데, 그 주(注)에 "宋刻『玉臺』「目錄」作許瑤
之, 而題則作許瑤. 按『詩品』齊有許瑤之, 則題爲誤脫. 今從「目錄」補'之'字."
란 설명이 덧붙여져 있다.

『全漢三國晉南北朝詩』「全宋詩」(卷5)

伯成文[1]不全佳, 亦多惆悵[2]. 吳善於風人答贈[3]. 許長於短句詠
物[4]. 湯休[5]謂遠云：'我詩可爲汝詩父.' 以訪謝光祿[6] 云：'不
然爾. 湯可爲庶兄[7].'

1) 文(문) : 문학 작품. 여기서는 오언시 분야를 중점적으로 지칭한 말이다.

2) 惆悵(추창) : 실망하여 탄식하는 모양.

3) 風人答贈(풍인답증) : 『시경(詩經)』 시 작가들이 주고받은 시 작품. 여기서는 민간
   가요풍의 연애시(戀愛詩) 작품들을 가리키는 말로 봄이 좋을 듯하다.

4) 短句詠物(단구영물) : 오언사구(五言四句)로 이루어진 사물을 노래한 시 작품.

5) 湯休(탕휴) : 탕혜휴(湯惠休)의 약칭. 「하품」에 품제되었다.

6) 謝光祿(사광록) : 사장(謝莊). 일찍이 금자광록대부(金紫光祿大夫)를 역임한 바 있
   으며, 「하품」에 품제되었다.

7) 庶兄(서형) : 서모(庶母) 즉 아버지의 첩(妾)에게서 난 형.

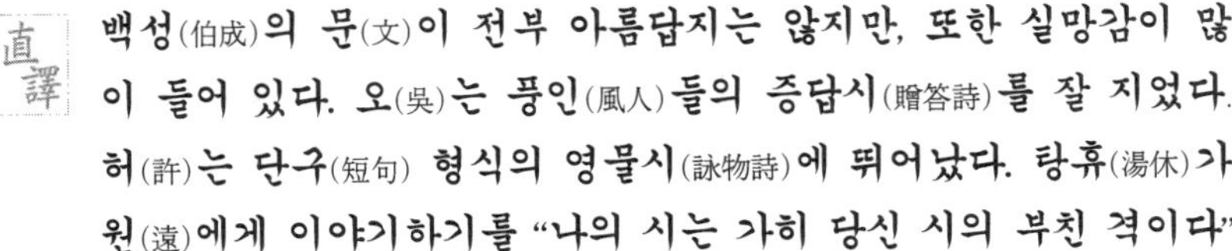

백성(伯成)의 문(文)이 전부 아름답지는 않지만, 또한 실망감이 많
이 들어 있다. 오(吳)는 풍인(風人)들의 증답시(贈答詩)를 잘 지었다.
허(許)는 단구(短句) 형식의 영물시(詠物詩)에 뛰어났다. 탕휴(湯休)가
원(遠)에게 이야기하기를 "나의 시는 가히 당신 시의 부친 격이다"

라고 하였는데, 〔원이〕 그것으로써 사광록(謝光祿)에게 물어보니 〔사
광록은〕 말하기를 "그렇지 않다. 탕(湯)이 가히 서형(庶兄) 격이다"
라고 하였다.

 모백성(毛伯成)의 시가 모두 다 훌륭하다고는 할 수 없지만, 그래도 실망에
찬 비애의 감정이 풍부하게 잘 갖추어져 있다. 오매원(吳邁遠)은 『시경』
시와 흡사한 가요풍의 연애시를 잘 지었으며, 허요지(許瑤之)는 오언사구
(五言四句)로 된 영물시(詠物詩)에 특히 뛰어났다. 탕혜휴(湯惠休)가 오매원
에게 이야기하기를 "나의 시는 당신 시의 부친 격이라 할 수 있을 정도로
현격한 수준 차이를 보이고 있다"라고 한 적이 있었다. 오매원이 사장(謝
莊)을 찾아가서 그 말을 전하니, 사장은 평하기를 "그 정도로 차이가 나지
는 않는다. 탕혜휴의 작품이 당신 작품의 서형(庶兄) 격이라 할 수 있을 정
도로 약간의 차이가 날 뿐이다"라고 하였다.

　모백성의 시는 현재 1수도 전하지 않으므로, 그 면모를 확인할 길이 없다.
다만 본조의 평문으로 미루어 추측해보건대, 오매원이나 허요지의 작품과
시풍이 유사하고 탕혜휴의 작품과도 맥락을 같이하는 달콤한 유행가 조의
작품이었을 것 같다. '역다추창(亦多惆悵)'이란 평 역시 감상적인 표현이 풍
부한 민간 가요풍의 속성을 시사하고 있다.
　'풍인답증(風人答贈)'은 『시경』 시의 주종을 이루는 민간 가요풍의 작품을
지은 작자들이 주고받았던 연애시, 특히 「위풍(衛風)」이나 「정풍(鄭風)」같이
통속적인 경향을 띠고 있는 작품들을 가리키는 말로 봄이 좋을 듯하다. 오매
원의 현존 작품들을 놓고 보면, 총 11수 중 9수가 『악부시집(樂府詩集)』에
수록되어 있어 악부가요가 전체 작품 중 절대다수를 차지하고 있으며, 특히
『옥대신영』 권4에 「의악부4수(擬樂府四首)」란 제목으로 수록되어 있는 작품
들은 모두 남녀간의 사랑을 노래한 연애시 성격의 작품들이다. 「중품」 「사
혜련(謝惠連)」조 중에 "더욱이 곱고 화려한 가요들을 잘 짓는 면에서는 풍인

들 중의 제일이었다(又工爲綺麗歌謠, 風人第一.)"라고 하였고, 「하품」 「조표
(曹彪)·서간(徐幹)」조 중에 "백마왕 조표가 진사왕 조식에게 지어준 답시(白
馬與陳思答贈)"라고 한 동일한 용례들이 보이고 있다.

　'단구영물(短句詠物)'의 '단구(短句)'는 오언사구 즉 20자로 된 절구(絶句)
형식의 작품을 의미하며, 『남사』 권43 「제고제제자전(齊高帝諸子傳)·무릉
소왕엽전(武陵昭王曄傳)」 중에 "與諸王共作短句詩, 學謝靈運體, 以呈高帝. 帝
報曰 : '見汝二十字, 諸兒作中, 最爲優者.'"라고 한 용례가 보이고 있다. 현존
하는 허요지의 시 3수는 모두 오언사구로 된 단구시(短句詩)이며, 그중 「영남
류침(詠枏榴枕)」 1수는 영물시(詠物詩)에 해당한다.

　탕혜휴의 말로 인용된 대목은 자신과 오매원의 작품 수준이 각기 아버지
와 자식으로 비교될 만큼 현격한 차이를 보이고 있다는 자신감 넘치는 호언
장담이라 하겠다. 『남사』 「단초전」의 기록을 보면, 오매원은 늘 자신의 작품
을 과대평가하고 남의 작품을 업신여기다가 동시대 인물인 단초로부터 비웃
음을 산 일도 있었다 한다. 탕혜휴의 말은 이처럼 자신의 작품을 지나치게
과대평가하였던 오매원의 기를 꺾어 굴복시키고자 하는 의도에서 나온 말로
이해할 수 있을 것이다.

　종영은 뒤이어 사장의 말을 인용해둠으로써, 탕혜휴와 오매원의 시 작품
은 그 수준 차이가 부자간에 해당될 정도는 아니고 탕혜휴의 작품이 서형에
해당될 정도로 약간 더 우수할 뿐이라는 사장의 견해에 동감을 표하고 있다.

　본조의 평문에 나타난 전체적인 내용의 흐름을 통해 볼 때, 오매원을 비
롯한 모백성·허요지 등 세 사람의 시 작품들이 모두 탕혜휴의 '음미(淫靡)'
즉 지나치게 통속적인 시풍을 공유하고 있었던 것으로 짐작되며, 이러한 유
행가풍의 통속적인 시 경향에 대해 종영은 원래 부정적인 시각을 견지하고
있었다.

<h1 style="text-align:center">제나라 포영휘_{齊鮑令暉} 제나라 한난영_{齊韓蘭英}</h1>

포영휘(鮑令暉)는 동해인(東海人)으로, 「중품」에 품제된 포조의 누이동생이다. 생졸년이 모두 분명치 않은데, 오라버니인 포조가 지은 문장 「청가계(請假啓)」 중에 그녀의 죽음을 애도한 대목이 포함되어 있으므로, 포조가 사망한 송(宋) 명제(明帝) 태시(泰始) 2년 즉 466년 이전에 세상을 떠났을 것으로 추측된다. 포조에 버금가는 문학적 재능을 발휘하였으며, 『향명부집(香茗賦集)』을 저술하기도 하였다. 오언시 7수가 현존하고 있다.

'제(齊)'라고 소개되어 있는 조대명은 '송(宋)'으로 고쳐짐이 옳다.

『玉臺新詠』(卷4·10)
『全漢三國晋南北朝詩』 「全宋詩」(卷5)

한난영(韓蘭英)은 오군인(吳郡人)으로, 역시 생졸년이 모두 분명치 않다. 송(宋) 효무제(孝武帝, 재위 453~464) 때 「중흥부(中興賦)」를 헌납하여 인정을 받고 후궁으로 들어가게 되었으며, 제(齊) 무제(武帝, 재위 482~493) 때에는 박사(博士)로 봉해져서 육궁(六宮)들을 교육시키기도 하였는데, 그 당시

나이가 많고 박학다식하여 '한공(韓公)'으로 일컬어졌다 한다. 시 작품은 현재 1수가 전하고 있다.

『隋書』「經籍志」: "宋司徒袁粲集11卷."(原注 : "宋後宮司儀韓蘭英集4卷, 亡.")
『南齊書』(卷20)「皇后傳·武穆裴皇后傳」
『南史』(卷11)「后妃傳上·武穆裴皇后傳」
『金樓子』「箴戒篇」

令暉歌詩[1], 往往嶄絶[2]淸巧[3]. 擬古[4]尤勝, 唯「百願」[5]淫矣. 照[6]嘗答孝武[7]云:'臣妹才自亞於左芬[8]. 臣才不及太沖[9]爾.'蘭英綺密[10], 甚有名篇[11], 又善談笑. 齊武[12]謂韓云:'借使二媛[13]生於上葉[14], 則"玉階"之賦[15], "紈素"之辭[16], 未詎[17]多[18]也.'

1) 歌詩(가시) : 악부가요(樂府歌謠)와 시(詩).

2) 嶄絶(참절) : 깎아지른 듯이 험준한 모양. 여기서는 작자의 개성이 매우 참신함을 뜻하는 말이다.

3) 淸巧(청교) : 맑고 교묘하다. 여기서는 작품의 수사가 대단히 산뜻함을 지적한 말이다.

4) 擬古(의고) : 옛 작품들을 모방하여 지은 시 작품.

5) 「百願(백원)」: 포영휘(鮑令暉)가 지은 시 작품의 제목인 것으로 추측되나, 현재 망실되고 전하지 않는다.

6) 照(조) : 포조(鮑照). 남조(南朝) 송(宋)나라의 시인으로 「중품」에 품제되었다.

7) 孝武(효무) : 남조(南朝) 송(宋)나라의 제4대 황제였던 효무제(孝武帝) 유준(劉駿, 재위 453~464). 「하품」에 품제되었다.

8) 左芬(좌분) : 진(晋)나라 때의 여류시인. 좌사(左思)의 누이동생으로, 『시품』에는 품제되지 않았다.

9) 太冲(태충) : 좌사(左思)의 자. 진(晉)나라 때의 시인으로 「상품」에 품제되었다.

10) 綺密(기밀) : 곱고 치밀하다.

11) 名篇(명편) : 유명한 시 작품.

12) 齊武(제무) : 남조(南朝) 제(齊)나라의 제2대 황제였던 무제(武帝) 소색(蕭賾, 재위 482~493).

13) 媛(원) : 궁녀(宮女).

14) 上葉(상엽) : 상대(上代). 여기서는 한(漢)나라 시대를 중점적으로 지칭한 말이다.

15) ‘玉階’之賦(‘옥계’지부) : 반첩여(班婕妤)가 지은 「自悼賦(자도부)」.

16) ‘紈素’之辭(‘환소’지사) : 반첩여의 시 「원가행(怨歌行)」.

17) 詎(거) : 증(曾). 곧 ‘일찍이’의 뜻.

18) 多(다) : 낫다. 뛰어나다.

 영휘(令暉)의 가(歌)와 시는 왕왕 험준하면서도 맑고 교묘하다. 의고시(擬古詩)가 더욱 뛰어나지만, 오직 「백원시(百願詩)」만은 음란(淫亂)하다. 조(照)가 일찍이 효무(孝武)에게 답하여 말하기를 “신의 누이동생의 재주는 스스로 좌분(左芬)에 버금가지만, 신의 재주는 태충(太冲)에 미치지 못할 뿐입니다”라고 하였다. 난영(蘭英)은 곱고 치밀하여 유명한 작품이 대단히 많으며, 또한 담소(談笑)에도 능하였다. 제무(齊武)가 한(韓)에게 말하기를 “가령 두 궁녀(宮女)가 상대(上代)에 태어났더라면, 곧 ‘옥계’지부(‘玉階’之賦)나 ‘환소’지사(‘紈素’之辭)들이 일찍이 그렇게 뛰어나다고 인정받지 못하였을 것이다”라고 하였다.

 포영휘(鮑令暉)의 악부가요(樂府歌謠)와 시 작품들은 때때로 개성이 매우 참신하고 수사가 대단히 산뜻하다. ‘의고시(擬古詩)’ 작품들이 특히 더 뛰어났지만, 단지 「백원시(百願詩)」라는 작품만은 지나치게 통속적인 감을 준다. 포조(鮑照)가 예전에 효무제(孝武帝) 유준(劉駿)의 질문에 답하여 말하기를 “저의 누이동생인 포영휘의 시재(詩才)는 좌분(左芬)과 비교될 만큼

480

뛰어나지만, 저의 시재가 좌분의 오빠인 좌사(左思)에게 뒤져서 안타깝습니다"라고 한 적이 있었다. 한난영(韓蘭英)의 시는 화려하고 짜임새가 있어서 훌륭한 작품들이 대단히 많으며, 또한 담소에 매우 능한 일면을 보이고 있기도 하다. 제(齊) 무제(武帝) 소색(蕭賾)이 한난영에게 말하기를 "만약 포영휘·한난영 두 궁녀들이 한나라 시대쯤에 태어났더라면, 반첩여(班婕妤)의 「자도부(自悼賦)」나 「원가행(怨歌行)」 같은 작품들 역시 예전에 그처럼 높은 평가를 받을 수는 없었을 것이다"라고 하였다.

『시품』에 품제된 여류시인은 「상품」의 반첩여와 「중품」의 서숙(徐淑) 그리고 본조의 포영휘·한난영 등 모두 4명이다. 본조의 평문 내용으로 볼 때, 종영은 포영휘와 한난영의 시 역시 서숙과 마찬가지로 반첩여의 수준에 버금가는 훌륭한 작품들로 높이 인정하였던 듯하다.

'영휘가시(令暉歌詩)'의 '가시(歌詩)'는 음악의 반주에 맞춰 노래 불려졌던 악부가요 형식의 작품과 음악으로부터 분리된 시 작품 등 두 분야를 함께 통칭한 말로, 『문심조룡』「악부」편 중에 "昔子政品文, 詩與歌別."이라고 한 용례가 보이고 있다.

'왕왕참절청교(往往嶄絶淸巧)' 구의 '참(嶄)'자는 대부분의 『시품』 판본들에 '단(斷)'자로 되어 있다. 이에 대해 차주환 교수 찬『종영시품교증』에서는 '참(嶄)'과 '단(斷)' 두 글자의 모양이 비슷한데다 '단절(斷絶)'이란 단어를 연상하여 잘못 고쳐졌을 것으로 추정하였다. '참절(嶄絶)'은 원래 산의 험준한 모습을 뜻하는 단어인데, 여기서는 작자의 개성이 매우 풍부함을 지적한 말로 보았다. 「하품」「왕건(王巾)……」조 중에 "병애기참절(並愛奇嶄絶, 모두 기발한 독창성을 중시하여 참신한 개성이 뚜렷하게 잘 부각되어 있다)"이라고 한 동일한 용례가 보이고 있다. '청교(淸巧)'는 작품 중의 수사가 매우 산뜻하고 세련되어 있음을 지적한 평어로 이해하였다. 허문우 편저『문론강소』본『종영시품』에서는 포영휘의 시 「기행인(寄行人)」 중의 "是時君不歸, 春風徒笑妾."

2구가 '참절청교(嶄絶淸巧)'란 평에 해당하는 것으로 지적하였다.

'의고(擬古)'는 작자가 알려져 있지 않은 한대(漢代)의 오언고시 작품들을 모방하여 지은 작품을 말한다. 포영휘는 「의청청하반초(擬靑靑河畔草)」·「의객종원방래(擬客從遠方來)」 등을 비롯 '의고시(擬古詩)' 작품들을 많이 남기고 있다. '유「백원」음의(唯「百願」淫矣)'의 「백원(百願)」은 포영휘가 지은 시 작품의 제목이거나 혹은 그녀가 지은 시 중에 포함되어 있는 단어였을 것으로 추측되지만, 현재는 그러한 작품이 망실되고 전하지 않는다. 다만 종영이 '음(淫)'이라고 평해놓은 점으로 볼 때, 그가 싫어하였던 탕혜휴의 음미(淫靡)한 시풍을 공유하였던 작품이었을 것으로 짐작된다.

좌분(左芬, ?~300)은 「상품」에 품제된 시인 좌사(左思)의 누이동생으로, 학문을 좋아하고 문장을 잘 지어서 오빠에 버금갈 정도로 이름을 떨쳤으며, 진(晋) 무제(武帝)의 후궁으로 들어가 귀빈(貴嬪)이 되었다. 1930년 낙양에서 발견된 그녀의 묘지에는 이름이 분(棻)으로 되어 있고, 자가 난지(蘭芝)로 밝혀져 있다. 『진서』 권31 「후비전상·좌귀빈전(后妃傳上·左貴嬪傳)」에 그녀의 전기가 보이고 있으며, 『수서』「경적지」에 "晋江州刺史王凝之妻謝道韞集2卷."(原注 : "梁有婦人……晋武帝左九嬪集4卷, ……亡.")이라 소개되어 있으나, 시 작품은 현재 『전한삼국진남북조시』「전진시(全晋詩)」 권7에 오언시 2수가 수록되어 전하고 있을 뿐이다. 본조에 인용된 포조의 말은 자기들 오누이의 문학적인 자질을 좌사 남매의 그것과 비교함으로써, 은연중에 좌사에 대한 각별한 친근감 같은 것을 시사하고 있다. 이러한 저변에는 좌사 남매가 모두 대단한 문명을 떨쳤다는 공통점 외에도, 그들 역시 자기들 오누이와 마찬가지로 빈한한 가문 출신이었다는 동질감이 상당히 작용하였을 것으로 짐작된다.

'난영기밀(蘭英綺密), 심유명편(甚有名篇), 우선담소(尤善談笑)'에 대하여는, 『금루자(金樓子)』「잠계편(箴戒篇)」에 "齊鬱林王時, 有顔氏女. 夫嗜酒, 父母奪之入宮爲列職. 帝以春夜, 命後宮司儀韓蘭英, 爲顔氏賦詩, 曰 : '絲竹猶

在御, 愁人獨向隅. 棄置將已矣, 誰燐微薄軀!' 帝乃還之."라고 한 일화가 소개
되어 있다. '기밀(綺密)'과 '담소(談笑)'는 각각 「중품」 「안연지(顔延之)」조 중
의 "체재가 곱고 치밀하며, 비유된 감정이 깊고 깊다(體裁綺密, 情喩淵深.)"
와 「서」 중의 "종영의 지금 기록이 여리에 주선되기를 바라면서 담소에다
그것을 줄 따름이다(嶸之今錄, 庶周旋於閭里, 均之於談笑耳.)"라고 한 용례
들이 보이고 있다.

'차사이원생어상엽(借使二媛生於上葉)'의 '이원(二媛)'은 두 명의 궁녀란 뜻
으로, 포영휘와 한난영을 가리킨 말이 분명하다. 다만 포영휘의 전기에 관한
자료가 거의 전하지 않고 있어서, 그녀가 후궁으로 들어간 사실이 있는지 여
부를 확인할 수 없다. '상엽(上葉)'은 구체적으로 반첩여가 생존하였던 한대
(漢代)를 지칭한 말이다.

'"옥계"지부("玉階"之賦)'는 반첩여가 황제의 총애를 상실하고 난 후 동궁
에 머물면서 지었던 「자도부(自悼賦)」(『漢書』 卷97下 「外戚傳·下」에 소개되어 있
음)를 가리킨 말이며, 그중에 "華殿塵兮玉階菭, 中庭萋兮綠草生."이란 구절이
포함되어 있다. '"환소"지사("紈素"之辭)'는 역시 반첩여가 지은 시 「원가행
(怨歌行)」(『문선』 권27에 수록되어 있음)을 가리키는 말로, 그중 제1·2구가 "新
裂齊紈素, 皎潔如霜雪."로 되어 있다. 종영은 「중품」 「진가(秦嘉)·서숙(徐
淑)」조에서도 서숙의 '서별지작(敍別之作, 남편과의 이별의 슬픔을 표현한 작품)'
이 반첩여의 「원가행」에 버금간다고 평하였듯이, 이 작품을 비교 대상으로
삼아서 반첩여를 역대 여류시인들 중 가장 훌륭한 시인으로 평가하였던 것
이다.

'미거다야(未詎多也)'의 '거(詎)'는 '하(何)'나 '기(豈)'와 같이 반어(反語)의
조사로 흔히 쓰이는데, 여기서는 '증(曾, 일찍이)'의 뜻으로 풀이함이 좋을 듯
하다. '다(多)'는 작품의 수준이 뛰어나다고 높이 평가한다는 뜻으로 이해하
였다.

제나라 사도장사 장융齊司徒長史張融 제나라 첨사 공치규齊詹事孔稚珪

장융(張融, 444~497)은 자가 사광(思光)이고 오군(吳郡) 오인(吳人)으로, 「하
품」에 품제된 장영(張永)이 그의 종숙(從叔)이다. 벼슬로는 사도우장사(司徒右
長史)·사도좌장사(司徒左長史) 등을 역임하였다. 상식을 벗어난 자유분방한
성격의 소유자로 정평이 나 있었으며, 문학 작품 역시 그의 그러한 성격을
반영하듯 기괴하고 과장된 내용들이 많은 특징을 보이고 있다. 시 작품은 현
재 오언시 3수를 포함하여 모두 4수가 전하고 있다.

『隋書』「經籍志」 : "齊司徒左長史張融集27卷."(原注 : "梁10卷. 又有張融『玉海集』10
　　卷, 『大澤集』10卷, 『金波集』60卷, ……亡.")
『南齊書』(卷41) 「張融傳」
『南史』(卷32) 「張融傳」
『全漢三國晉南北朝詩』「全齊詩」(卷4)

공치규(孔稚珪, 447~501)는 자가 덕장(德璋)이고 회계(會稽) 산음인(山陰
人)이다. 『남사』에는 그의 성명이 '공규(孔珪)'로 밝혀져 있다. 벼슬로는 태자

첨사(太子詹事)·산기상시(散騎常侍) 등을 역임하였고, 사후에 금자광록대부
(金紫光祿大夫) 직을 추증받았다. 본조에 같이 품제된 장융(張融)과는 고종사
촌간으로, 두 사람이 서로 의기투합하여 사이가 매우 좋았다. 세속의 일들을
싫어하고 은둔생활의 묘미를 추구하였으며, 산수 경치와 술을 통해 마음의
안정을 꾀하였다 한다. 현재 오언시 4수가 전하고 있다.

『隋書』「經籍志」: "齊金紫光祿大夫孔稚珪集10卷."
『南齊書』(卷48)「孔稚珪傳」
『南史』(卷49)「孔珪傳」
『全漢三國晉南北朝詩』「全齊詩」(卷4)

思光紆緩[1]誕放[2], 縱[3]有乖文體[4], 然亦捷疾[5]豐饒[6], 差不局促[7].
德璋生於封谿[8], 而文[9]爲雕飾[10]. 靑於藍矣.

1) 紆緩(우완) : 구부러져서 완만하다. 즉 맺고 끊음이 분명치 못하다.

2) 誕放(탄방) : 방종(放縱). 곧 제멋대로 굴다.

3) 縱(종) : 수(雖). 비록 ~하긴 하지만.

4) 文體(문체) : 문학 작품의 체재. 여기서는 시 작품의 보편적인 양식을 가리킨
   말이다.

5) 捷疾(첩질) : [어휘 구사가] 민첩하다. 빠르다.

6) 豐饒(풍요) : [시상이] 풍부하고 넉넉하다.

7) 局促(국촉) : 좁고 협소한 모양.

8) 封谿(봉계) : 봉계현(封谿[溪]縣). 오늘날의 베트남 북부 일대. 여기서는 송(宋) 효무
   제(孝武帝) 때 봉계령(封溪令)을 역임하였던 장융(張融)을 지칭한 말이다.

9) 文(문) : 문채(文采). 곧 문학 작품의 형식적인 아름다움.

10) 雕飾(조식) : 조각하듯이 꾸며서 장식하다.

사광(思光)은 완만(緩慢)하고 방종하여 비록 문체(文體)에 어긋남이 있지만, 그러나 또한 민첩(敏捷)하고 풍요(豊饒)로워서 조금도 협소하지 않다. 덕장(德璋)은 봉계(封谿)에게서 생겨났지만, 그러나 문채(文采)가 잘 조식(雕飾)되어 청색(靑色)이 남색(藍色)보다 더 푸른 격이다.

장융(張融)의 시는 맺고 끊음이 분명치 못하고 제멋대로 방종하는 경향을 띠고 있어서, 시 작품의 보편적인 양식과는 상당히 다른 면을 보여준다. 비록 그렇긴 하지만 어휘 구사가 상당히 민첩하고 시상(詩想)이 매우 풍부하여서, 협소하다는 느낌을 거의 주지 않는다. 공치규(孔稚珪)의 시는 장융의 시로부터 영향을 받았지만, 작품의 형식미가 아름답게 잘 갖추어져 있어서, 마치 청색이 남색으로부터 생겨났으면서도 오히려 남색보다 더 푸른 것과 마찬가지로 오히려 장융을 더 능가하였을 정도이다.

'사광우완탄방(思光紆緩誕放), 종유괴문체(縱有乖文體)'에 대하여는 『남제서』「장융전(張融傳)」에도 "融文辭詭激, 獨與衆異."라고 한 동일한 내용의 평이 보이고 있으며, 장융 자신도 『남사』「장융전」에 인용된 「문율자서(問律自序)」란 문장 속에서 "吾文章之體, 多爲世人所驚. 汝可師耳. …… 夫文豈有常體, 但以有體爲常. 政當有其體. 丈夫當刪詩書, 制禮樂, 何至因循, 寄人籬下."라 하여 문학에 있어서의 상체(常體, 보편적이고 일정한 양식)를 인정하지 않고 단지 각자의 개성에 맞게 마음속의 감동을 자유로이 표현해내면 그만이라는 생각을 밝힌 바 있다. 이휘교 교수 찬 『시품휘주』에서는 '우완탄방(紆緩誕放)'이 장융의 사람됨을 평한 말이라고 지적한 다음, 『남제서』와 『남사』에 소개되어 있는 장융에 관한 허다한 기문일사(奇聞逸事)들 중 대표적인 경우들을 몇 가지 제시해두었다. '종(縱)'은 다음 구의 '연(然)'자와의 호응관계를 고려하여 '수(雖)'의 의미로 이해하였는데, 「하품」「제고제(齊高帝)……」조 중의 "장영(張永)의 시는 비록 작품 체재가 좀 뒤떨어지는 감은 있지만,

그래도 고풍스러운 취지를 잘 살려내었다(張景雲, 雖謝文體, 頗有古意.)"란 구절과 비슷한 어투의 표현이라 하겠다.

'연역첩질풍요(然亦捷疾豊饒), 차불국축(差不局促)'의 '첩질(捷疾)'이란 평어에 대하여는 『남사』 권39 「유회전(劉繪傳)」 중에 "時張融以言辭辯捷."이라고 한 동일한 시각의 평이 보이고 있다. 이휘교 교수 찬 『시품휘주』에서는 '첩질풍요'가 장융의 시재(詩才)를 평한 말이라고 지적한 다음, 「중품」「사혜련(謝惠連)」조에 보이는 '재사부첩(才思富捷, 기발한 사고력이 풍부하고 민첩하다)'이란 평 중의 '부(富)'와 '첩(捷)'이 바로 각각 '풍요(豊饒)'·'첩질(捷疾)'과 같은 개념의 평어라고 설명하였다. 허문우 편저 『문론강소』본 『종영시품』에서는 장융의 오언시 「우단음(憂旦吟)」과 「별시(別詩)」 같은 작품들이 "捷疾而不局促"이란 평을 받을 만하며, '풍요'라는 평어에 해당될 만한 작품은 현존하는 작품들 중에서 찾아볼 수 없다고 설명하였다.

'덕장생어봉계(德璋生於封谿)' 구에 대하여는, 『남제서』와 『남사』의 전기들에 기술된 내용을 검토해볼 때 공치규와 장융이 성품이나 처세태도 심지어는 종교적인 취향 등에 이르기까지 많은 공통점을 지니고 있었음을 알 수 있으며, 또한 『남사』「공규전(孔珪傳)」 중에 "[孔稚珪]與外兄張融, 情趣相得."이라 기술되어 있듯이 두 사람이 서로 뜻이 아주 잘 통하였던 것 같다. 이들이 이처럼 많은 공통점을 지녔고 또 그렇게 사이가 좋았던 점으로 미루어보아, 문학 방면에 있어서도 상당한 영향을 받았을 것으로 짐작된다. '생(生)'자는 이휘교 교수 찬 『시품휘주』에서 설명한 대로, '원출(源出, 시체의 원류가 ~의 시로부터 나왔다)'의 의미로 풀이할 수 있다.

'청어람의(青於藍矣)'는 『순자(荀子)』 권1 「권학(勸學)」편 중의 "青取之於藍, 而青於藍."이란 구절을 연상하고 쓴 표현이다. 이 문장이 『태평어람(太平御覽)』 권996 「백초부(百草部)」에는 "青生於藍, 而青於藍."이라 인용되어 있는데, 종영이 앞에서 '덕장생어봉계(德璋生於封谿)'라고 한 대목 중의 '생어(生於)' 역시 여기에 바탕을 둔 표현이라 하겠다.

제나라 영삭장군 왕융齊寧朔將軍王融 제나라 중서자 유회齊中庶子劉繪

　　왕융(王融, 468~494)은 자가 원장(元長)이고 낭야(琅邪) 임기인(臨沂人)이다. 제(齊)나라 경릉왕(竟陵王) 소자량(蕭子良)에게 재능을 인정받아 영삭장군군주(寧朔將軍軍主) 직에 기용되면서 젊은 나이로 권좌에 올랐지만, 소자량을 옹립하려는 계획이 실패로 끝나자 하옥당하여 살해되었다. 심약 등과 함께 '경릉팔우(竟陵八友)' 중의 한 사람으로 활동하였으며, 「삼월삼일곡수시·서(三月三日曲水詩·序)」(『문선』권46에 수록되어 있음) 같은 명문(名文)을 남기기도 하였다. 시 작품이 현재 90수 가량 전하고 있어서, 제나라 시인들 중에서는 사조(謝朓) 다음으로 많은 양의 작품을 남겼다.

『隋書』「經籍志」: "齊中書郞王融集10卷."
『南齊書』(卷47)「王融傳」
『南史』(卷21)「王融傳」
『全漢三國晋南北朝詩』「全齊詩」(卷2)

　　유회(劉繪, 458~502)는 자가 사장(士章)이고 팽성(彭城) 안상리인(安上里

人)이다. 왕융(王融)의 누나를 부인으로 맞이하였으며, 벼슬이 태자중서자(太子中庶子)를 거쳐 대사마종사중랑(大司馬從事中郎)에까지 이르렀다. 젊은 시절 경릉왕(竟陵王) 소자량(蕭子良)의 서저(西邸)에서 '후진영수(後進領袖)'로 두각을 나타내었으며, 시어 구사가 민첩하여 왕융의 시와 비슷한 면을 보이고 있다. 현재 오언시 7수가 전하고 있다.

『隋書』「經籍志」 : "齊太尉徐孝嗣集10卷."(原注 : "梁…… 又有……梁國從事中郎劉繪集10卷, 亡.")
『南齊書』(卷48)「劉繪傳」
『南史』(卷39)「劉繪傳」
『全漢三國晋南北朝詩』「全齊詩」(卷4)

1) 盛才(성재) : 왕성한 재주. 여기서는 왕성한 문학적 자질을 가리킨 말이다.

2) 詞美(사미) : 수사(修辭)가 아름답다.

3) 英淨(영정) : 빼어나게 깨끗하다.

4) 尺有所短(척유소단) : 한 자(尺)의 길이에도 짧은 바가 있다. 곧 능력있는 사람에게도 경우에 따라서는 부족한 면이 있음을 비유하는 말이다.

5) 應變將略(응변장략) : 임기응변하는 장수(將帥)로서의 전략(戰略).

6) 武侯(무후) : 제갈양(諸葛亮). 삼국 시대 촉(蜀)나라의 유명한 군략가(軍略家)로, 그의 시호(諡號)가 충무후(忠武侯)였다. 『삼국지(三國志)』 권35 「촉서・제갈양전(蜀書・諸葛亮傳)」에 그의 전기가 실려 있다.

7) 臥龍(와룡) : 잠자는 용(龍). 곧 때를 기다리며 숨어 지내는 영웅호걸을 비유하는 말이다. 여기서는 제갈양을 지칭한 말로, 그가 무명인사였을 때 서서(徐庶)란 이가 그를 평하여 '와룡(臥龍)'이라 일컬은 적이 있다.

 원장(元長)과 사장(士章)은 모두 성재(盛才)를 지니고 있어서, 수사(修辭)가 아름답고 빼어나게 깨끗하다. 오언지작(五言之作)에 이르러서는 '척유소단(尺有所短)'에 거의 가깝다. 비유컨대 응변(應變)하는 장수(將帥)로서의 전략이 무후(武侯)의 뛰어난 바가 아니었지만, 족히 그것으로써 와룡(臥龍)을 깎아내릴 수는 없다.

 왕융(王融)과 유회(劉繪)는 모두 왕성한 문학적 자질을 갖추고 있었기에, 작품 수사가 아름다우면서 대단히 깨끗한 느낌을 준다. 그렇지만 그들의 오언시 작품들은 마치 한 자(尺)의 길이에도 짧은 바가 있는 것과 마찬가지로 그다지 훌륭해 보이지 않는다. 비유를 가하여 설명한다면, 임기응변하는 전략 면에서는 제갈양이 그렇게 뛰어나지 못한 감이 있긴 하지만, 그러한 약간의 부족함을 갖고서 제갈양이라고 하는 위대한 인물을 낮추어 평가할 수는 없는 것과 마찬가지라 하겠다.

왕융의 시를 왕사정의 『어양시화』 권하에서는 당연히 「중품」에 품제되어야 한다고 역설해놓고 있다. 왕융은 산문 분야에서는 대단히 높은 평가를 받은 바 있지만, 시 작품은 현존하는 작품이 90여 수나 될 정도로 많은 양임에도 불구하고 소통(蕭統)의 『문선』에 1수도 수록되지 않은 것에서 알 수 있듯이 그 당시에 그다지 인정을 받지 못하였던 듯하다. 특히 종영은 『시품』「서」에서 왕융 등 시인들의 전고 남용 또는 성률 중시와 같은 풍조를 강도 높게 비판한 바 있으므로, 그러한 기준에 입각하여 그의 시를 「하품」에 품급시킨 것으로 짐작된다.

 '원장(元長)·사장(士章)'은 각기 왕융과 유회의 자이다. 종영이 『시품』의 평문 가운데서 시인을 자로 일컬어놓고 있는 것은 상당히 드물게 보이는 현상인데, 이에는 왕융과 유회 두 사람에 대한 존경심이 어느정도 작용한 것으로 보인다. 왕융은 특히 『시품』「서」와 「중품」「심약(沈約)」조 등에서 거론될 때마다 한결같이 '원장(元長)'이라는 자로 일컬어져 있는데, 종영이 스승인 왕검(王儉)을 존경하는 뜻에서 왕검의 친척인 왕융에게까지 이름을 바로 부르지 않고 자로 일컫게 된 것이 아닌가 하는 추측이 가능하다. 한편 일설에는 종영이 제(齊) 화제(和帝) 소보융(蕭寶融)의 휘자(諱字)를 피하기 위해 왕융을 자로 일컫게 된 것이라고 보는 견해도 있는데, 바로 앞조의 평문에서 장융을 역시 자로 일컬어놓고 있는 점을 볼 때 이 견해도 상당히 설득력이 있어 보인다. 유회의 경우에는 종영이 『시품』「서」에서 저술동기를 설명하여 "근래 팽성인 유사장(劉士章)은 준상지사로서 그 어지러움을 싫어하였기에, 당세의 시 품평을 하고자 하여 그 표방(標榜)을 구진(口陳)하였다. 그렇지만 그 문(文)이 이루어지지 못하였으므로, [내가] 이에 느껴 [이 『시품』을] 짓는다(近彭城劉士章, 俊賞之士, 疾其淆亂, 欲爲當世詩品, 口陳標榜. 其文未遂, 感而作焉.)"라고 하였듯이, 유회가 자신보다 앞서 시 비평 저술의 집필을 구상하였던 선구자라는 점을 고려하여 역시 존경의 뜻으로 이름 대신 자로 일컬은 것이라 생각된다.

'병유성재(並有盛才)'는 왕융과 유회 두 사람이 풍부한 문학적 자질을 갖추고 있었다는 뜻의 평으로, 왕융에 대하여는 『남제서』「왕융전(王融傳)」 중의 "融少而神明警惠, 博涉有文才."·『남사』 권59 「임방전(任昉傳)」 중의 "時琅邪王融, 有才俊, 自謂無對." 그리고 유회에 대하여는 『시품』「서」 중의 "근래의 팽성인 유회는 작품을 비평하는 안목이 매우 뛰어났던 선비였다(近彭城劉士章, 俊賞之士.)"라는 언급들이 보이고 있다.

'사미영정(詞美英淨)'은 여러 장르의 문학 작품 전반에 걸친 평가로 보아야 할 것이다. 왕융의 「삼월삼일곡수시·서(三月三日曲水詩·序)」와 같은 문장은 『남제서』「왕융전」 중에 "文藻富麗, 當世稱之上."이라 기술되어 있듯이, 당시에 대단한 명성을 누렸던 것이 사실이다. 허문우 편저 『문론강소』 본 『종영시품』에서는 "『南史』「劉繪傳」云 : '繪麗雅有風.' 陳祚明評王融云 : '元長詞備華腴.' 『竹林詩評』云 : '王融作「遊仙詩」如金莖百尺, 仙掌銅盤, 集沆瀣於中天, 倚清寒而獨矯也.'"라 설명하고 있다. 차주환 교수 찬 『종영시품교중』에서는 이 구의 문맥이 순조롭게 통하지 않으므로 본래는 “詞彩英淨”으로 되어 있었을 것이라고 추정한 다음, 「상품」「조식(曹植)」조 중의 ‘사채화무(詞彩華茂, 수사가 화려하고 풍부하다)’나 「장협(張協)」조 중의 ‘사채총청(詞彩蔥菁, 수사상의 아름다움이 대단히 풍부하다)’ 등이 모두 이 구와 동일한 구법(句法)이라고 설명하였다.

　‘기호척유소단(幾乎尺有所短)’에 대하여 허문우 편저 『문론강소』본 『종영시품』에서는 “『詩源辨體』(卷8)云 : ‘王元長五言, 較玄暉·休文, 聲韻盆卑, 大半入梁·陳矣. 故昭明獨無取焉.’ 按, 士章亦坐此, 故仲偉並抑之.”라 설명하고 있다. ‘척유소단’은 『초사(楚辭)』「복거(卜居)」편 중의 “夫尺有所短, 寸有所長.”이란 구절을 의식하고 쓴 표현이다.

　‘비응변장략(譬應變將略), 비무후소장(非武侯所長)’은 『삼국지』「제갈양전(諸葛亮傳)」 중의 “然連年動衆, 未能成功, 蓋應變將略, 非其所長歟.”란 구절을 염두에 두고 쓴 표현이며, ‘미족이펌와룡(未足以貶臥龍)’에 대하여는 「상품」「사영운(謝靈運)」조 중에 “미족펌기고결야(未足貶其高潔也, 그 고상하고 깨끗한 풍격에 손상을 가할 정도는 아니다)”라고 한 비슷한 용례가 보이고 있다. 왕융과 유회의 오언시가 그다지 뛰어나진 못하지만, 그렇다고 해서 그들의 문학 전반에 걸친 명성까지 깎아내려 낮게 평할 수는 없음을 비유한 말이다.

제나라 복사 강석_{齊僕射江祏}

강석(江祏, ?~499)은 자가 홍업(弘業)이고 제양(濟陽) 고성인(考城人)이다.
그의 고모는 제(齊) 고제(高帝)의 형인 시안왕(始安王) 소도생(蕭道生)의 비
(妃)이자 제(齊) 명제(明帝)의 어머니였다. 어려서부터 명제와 절친하였고 그
의 신뢰를 배경으로 절대적인 권세를 누리며 벼슬이 상서우복사(尙書右僕射)
에까지 이르렀다. 명제 사후에 동생 강사(江祀)와 함께 포악한 동혼후(東昏
侯)를 폐위시키고 시안왕(始安王) 소요광(蕭遙光)을 옹립하려 하다가, 실패로
끝나고 형제가 함께 처형당하였다. 작품이 전혀 전하지 않으며, 사서(史書)들
어디에도 그의 문학에 대한 언급은 한마디도 보이지 않는다.

『시품』의 통행본(通行本)들 중에는 강석의 이름이 '우(祐)'로 되어 있는 판
본들이 상당수 있다. 『남제서』와 『남사』 등에 모두 '석(祏)'으로 기재되어 있
으므로 '석'이 옳을 것이다.

섭장청 찬 『시품집석』에서는 본조의 표제어 다음에 '석제사(祏弟祀)'라는
세 글자를 추가한 다음, "或本有'祏弟祀'三字, 並補入."이란 설명을 덧붙이고
있다. 이에 대해 차주환 교수 찬 『종영시품교증』에서는 "아우 사(祀)는 선명
하고 화려하여 가히 생각할 만하다(弟祀明靡可懷.)"라는 평은 강석의 시를

평하면서 아우 강사(江祀)의 시를 함께 곁들여 언급해놓은 것으로, 역시 「하품」「대규(戴逵)」조에 대규의 아들인 대옹(戴顒)의 시에 대한 평(逵子顒, 亦有一時之譽. 대규의 아들 대옹도 또한 당시에 대단한 명성을 누렸다)이 곁들여져 있는 경우와 같다고 설명하였다.

『南齊書』(卷42) 「江祏傳」
『南史』(卷47) 「江祏傳」

祏詩猗猗[1]淸潤[2], 弟祀[3]明靡[4]可懷.

1) 猗猗(의의) : 아름답고 무성한 모양.
2) 淸潤(청윤) : 맑고 윤택하다. 곧 청신(淸新)하고 풍부하다.
3) 祀(사) : 강사(江祀). 강석(江祏)의 아우.
4) 明靡(명미) : 선명하고 화려하다.

 석(祏)의 시는 아름답고 무성하며 맑고 윤택하다. 아우 사(祀)는 선명하고 화려하여 가히 생각할 만하다.

 강석(江祏)의 시는 수사가 아름다우면서도 감정이 풍부하고, 기풍이 청신하면서도 생각이 풍부하다. 강석의 동생 강사(江祀)의 작품은 시상이 선명하면서도 수사가 화려하게 이루어져 있어서, 깊이 음미해볼 만하다.

'의의청윤(猗猗淸潤)'의 '의의(猗猗)'에 대하여는 『시경』「위풍(衛風)」「기욱(淇奧)」편 중의 "瞻彼淇奧, 綠竹猗猗."란 구절이 보이는데, 정현(鄭玄)의 전(箋)에 "猗猗, 美盛貌."라 설명되어 있다. '청윤(淸潤)'은 『문심조룡』「명시

494

(明詩)」편 중의 “夫四言正體, 則雅潤爲本. 五言流調, 則淸麗居宗.”이란 언급
에 제시되어 있는 ‘윤(潤)’과 ‘청(淸)’ 등 시 작품의 두 가지 속성을 뜻하는 용
어이다.

  강사(江祀, ?~499)는 강석의 아우로, 자가 경창(景昌)이고 벼슬이 남군왕
국상시(南郡王國常侍)를 거쳐 시중(侍中)에까지 이르렀다. 시 작품은 현재 1
수도 전하지 않으며, 『남제서』와 『남사』의 「강석전(江祏傳)」에 그에 관한 전
기가 일부 소개되어 있다.

  ‘명미가회(明靡可懷)’는 직접적으로는 강사의 시에 대한 평이겠지만, 아울
러 강사의 인물에 대한 평가도 겸하고 있는 표현으로 보인다. ‘명미(明靡)’에
대하여는 『문심조룡』 「장구(章句)」편에 “篇之彪炳, 章無疵也 ; 章之明靡, 句
無玷也.”라고 한 용례가 보이고 있다.

제나라 기실 왕건_{齊記室王巾} 제나라 수원태수 변빈_{齊綏遠太守卞彬}
제나라 단계령 변녹_{齊端溪令卞錄}

왕건(王巾, ?~505)은 자가 간서(簡棲)이고 낭야(琅邪) 임기인(臨沂人)이다. 「두타사비문(頭陁寺碑文)」(『문선』 권59에 수록되어 있음)을 지어 세상에 널리 알려지게 되었으며, 영주종사(郢州從事)·정남기실(征南記室) 등을 역임하였다 한다. 시 작품은 현재 1수도 전하지 않는다.

『전양문(全梁文)』본에는 왕건의 이름이 '좌(屮, '左'의 古字)'로 기재되어 있다. 하작(何焯)은 『독서기(讀書記)』에서 "簡栖之名當作屮, 古文左字也."라 하여 '좌(屮)'가 옳음을 역설하였고, 허문우 편저 『문론강소』본 『종영시품』에서도 "『文選·筆記』: '嘉德案徐楚金『說文通釋』云: "……齊有輔國錄事參軍王屮, 字簡栖, 作「武昌頭陀寺碑」, 見稱于世." 今各本作王巾, 字之誤耳.'"라 하여 견해를 같이하고 있다.

종영은 본조에서 왕건의 조대명을 '제(齊)'로 소개하고 있는데, 『문선』 권59 「두타사비문」의 이선(李善) 주(注)에 인용된 『성씨영현록(姓氏英賢錄)』에는 왕건의 사망연도가 양(梁) 천감(天監) 4년(505)으로 밝혀져 있다. 그가 양대(梁代) 이후로 벼슬을 하지 않았을 가능성이 많아 보이긴 하지만, 『시품』에서는 대체로 사망시기를 기준으로 하여 조대명을 밝히고 있으므로 본조의 조대명 역시 '양(梁)'으로 고쳐지는 것이 옳다 하겠다.

『隋書』「經籍志」：“謝朓逸集1卷.”(原注 : “梁又有王巾集11卷, 亡.”)·“『法師傳』10卷.”
　(原注 : “王巾撰.”)
『文選』(卷59) 王簡棲 「頭陁寺碑文」 李善　注

　　변빈(卞彬)은 자가 사위(士蔚)이고 제음(濟陰) 원구인(宛句人)이다. 생졸년
이 모두 분명치 않으며, 사망시기는 대략 제(齊) 동혼후(東昏侯) 영원(永元,
499~500) 연간쯤이었을 것으로 추측된다. 벼슬로는 평월장사(平越長史)·수
건태수(綏建太守) 등을 역임하였다. 술을 즐겨 마시고 자신을 돌보지 않는
방탕한 기질의 소유자였으며, 세상을 풍자하는 해학적인 작품을 잘 지어 민
간인들 사이에 대단한 인기를 누렸다 한다. 시 작품은 현재 1수도 전하지 않
는다.
　　종영은 본조에서 변빈의 관직명을 '수원태수(綏遠太守)'로 일컫고 있는데,
『남제서』와 『남사』의 「변빈전(卞彬傳)」에는 모두 그가 '수건태수(綏建太守)'
직을 역임한 것으로 기술되어 있을 뿐 '수원태수'란 관직에 대한 언급이 없다.
한편 『남제서』 권14·15의 「주군지(州郡志)」를 보면 수건군(綏建郡)은 소개
되어 있으나 수원군(綏遠郡)이란 군명(郡名)은 보이지 않는다. 그러므로 '수원
태수'의 '원(遠)'자는 '건(建)'자의 형오(形誤)일 것으로 추정된다. 진연걸 찬 『시
품주』와 두천미 찬 『시품신주』 등에는 '수건태수'로 바로 일컬어져 있다.

『南齊書』(卷52) 「文學傳·卞彬傳」
『南史』(卷72) 「文學傳·卞彬傳」

　　변녹(卞錄)에 대해서는 전기가 전혀 전하지 않고, 시 작품도 전혀 남아 있
지 않다.

이휘교 교수 찬『시품휘주』에서는『음창잡록』본에 본조의 표제어가 '변삭(卞鑠)'으로 소개되어 있는 것에 근거하여, '녹(錄)'이 '삭(鑠)'의 형오(形誤)일 것으로 추정하였다. 이교수가 설명한 대로,『남제서』에는 변씨 성을 가진 사람 중 변빈만이 유일하게 등재되어 있을 뿐이지만,『수서』「경적지」에 "齊前軍參軍虞義集9卷."(原注 : "梁…… 又有……卞鑠集16卷, ……亡.")이라 소개되어 있는 것을 볼 때 변삭이라는 제나라 문인이 존재하였음이 분명하다. 그리고『남사』권72「문학전(文學傳)·구거원전(丘巨源傳)」중의 "初仲明與劉融·卞鑠, 俱爲袁粲所賞, 恒在坐席. 粲爲丹陽尹, 取鑠爲主簿. 好詩賦, 多譏刺世人, 坐徙巴州."란 기술로 미루어 짐작컨대, 변삭이 시에 상당히 뛰어났음을 알 수 있다.

1) 二卞(이변) : 변빈(卞彬)과 변록(卞錄[鑠]) 두 시인.
2) 奇(기) : 기발하다. 곧 문학 작품의 독창성을 뜻하는 말이다.
3) 嶄絶(참절) : 깎아지른 듯이 험준한 모양. 여기서는 작자의 개성이 참신함을 뜻하는 말이다.
4) 袁彦伯(원언백) : 원굉(袁宏). 언백(彦伯)은 그의 자. 동진(東晉) 시대 시인으로「중품」에 품제되었다.
5) 宏綽(굉작) : 넓고 여유 있다.
6) 文體(문체) : 문학 작품의 체재. 여기서는 시 작품의 형식적인 됨됨이를 가리킨 말이다.
7) 勦淨(초정) : 간략하고 깨끗하다. '초(勦)'는 '절(絶, 끊다. 절단하다)'의 뜻.
8) 平美(평미) : 평범한 정도의 아름다움.

왕건(王巾)과 이변(二卞)의 시는 모두 기(奇)를 애호(愛好)하여 험준한 듯 뚜렷하니, 원언백(袁彦伯)의 기풍을 흠모한 것이다. 비록 넓고 여유있지는 못하지만, 그러나 문체가 간략하고 깨끗하여서 평미(平美)를 멀리 떠나 있다.

왕건(王巾[Ħ])과 변빈(卞彬)·변록(卞錄[鑠]) 등의 시 작품은 모두 기발한 독창성을 중시하여 참신한 개성이 뚜렷하게 잘 부각되어 있으므로, 원굉(袁宏)의 시풍을 받들어 모방한 것으로 보여진다. 비록 작품의 규모가 그다지 광대하진 못하지만, 그래도 작품 체재가 간략하고 깨끗한 느낌을 주고 있어서 평범한 정도의 수준을 훨씬 초월해 있다 하겠다.

'병애기참절(並愛奇嶄絶)'이란 평에 대해서는, 왕건·변빈·변록 등 세 사람의 시 작품이 전혀 전하지 않으므로 그 평의 타당성 여부를 확인할 길이 없다. 다만 오언시 분야는 아니지만 『문선』권59의 이선 주(注)에 왕건의 「두타사비문」을 평하여 "文詞巧麗, 爲世所重."이라고 한 『성씨영현록』 중의 언급이 인용되어 있으며, 변빈의 「조슬부(蚤虱賦)」나 「하마부(蝦蟆賦)」 같은 작품들은 일반 문인들이 잘 채택하지 않는 특이한 제재(題材)를 취하고 있어서 그의 문학의 독창적인 면을 시사해준다. '애기(愛奇)'는 작품에 나타나는 작자의 개성이나 독창성을 중시한다는 의미로, 종영의 시론에서 커다란 비중을 차지하는 중요한 비평기준 중의 하나이다. 「상품」「유정(劉楨)」조 중에 '장기애기(仗氣愛奇, 작품 내면의 정신 구현에 치중하고 기발한 독창성을 중시하였다)'라고 한 동일한 용례가 보이고 있다. '참절(嶄絶)'은 원래 산의 험준한 모습을 뜻하는 단어인데, 여기서는 작자의 개성이 매우 풍부함을 지적한 말로 보았다. 「하품」「포영휘(鮑令暉)·한난영(韓蘭英)」조 중에 '왕왕참절청교(往往嶄絶淸巧, 때때로 개성이 매우 참신하고 수사가 대단히 산뜻하다)'라고 한 동일한 용례가 보이고 있다.

　‘수불굉작(雖不宏綽), 이문체초정(而文體勦淨), 거평미원의(去平美遠矣)’는 「중품」「원굉(袁宏)」조 중의 “비록 작품의 형식적인 수사기교가 완전히 성숙되지는 못하였지만, 그 취지가 선명히 드러나 있으면서 힘이 넘치고 있어서 평범한 속인(俗人)들의 작품 수준을 훨씬 초월하였다(雖文體未遒, 而鮮明緊健, 去凡俗遠矣.)”라고 한 대목과 동일한 어투의 평이다. 종영이 본조에 품제된 3명의 시를 비평하면서, 그들이 모방 대상으로 삼았던 원굉에 대해 가한 평문과 의도적으로 같은 문투를 사용해놓은 것으로 보인다. ‘굉작(宏綽)’은 크고 넓어서 여유가 있다는 뜻인데, 여기서는 문학 작품의 규모나 스케일이 큰 것을 의미하는 말일 것이다. ’초정(勦淨)’은 ‘초(勦)’가 ‘절(絶)’과 서로 통하기 때문에, 필요 없는 부분을 과감히 절단하여서 간략하고 깨끗한 느낌을 준다는 뜻으로 이해하였다. ‘평미(平美)’는 「하품」「부양(傅亮)」조 중에 ‘역부평미(亦復平美, 역시 평범한 정도의 수준에 그치고 있다)’라고 한 동일한 용례가 보이는데, 평범한 정도의 아름다움을 뜻하는 일종의 폄사(貶辭) 즉 비난하는 투의 말이다. 본조에서는 3명의 시를 ‘거평미원의(去平美遠矣)’라 하여 평범한 정도의 수준을 훨씬 능가한 것으로 높이 평가하고 있다.

원하(袁嘏)는 진군인(陳郡人)으로, 자와 생졸년 등이 모두 분명치 않다. 제
(齊) 명제(明帝) 건무(建武, 494~497) 연간 말기에 제기령(諸暨令)을 역임하였
으며, 반란군 우두머리인 왕경칙(王敬則)에게 살해당하였다. 『남제서』와 『남
사』의 「변빈전」에 간단히 언급되어 있는 외에, 전기가 거의 전하지 않는다.
시 작품 역시 현재 1수도 전하지 않는다.

『南齊書』(卷52) 「文學傳 · 卞彬傳」
『南史』(卷72) 「文學傳 · 卞彬傳」

嘏詩平平[1]耳, 多自謂能. 嘗語徐太尉[2]云 : '我詩有生氣[3], 須人
捉着[4], 不爾便飛去.'

1) 平平(평평) : 평범한 모양.
2) 徐太尉(서태위) : 서효사(徐孝嗣). 제(齊)나라 때의 문인으로, 사후에 태위(太尉) 직

을 추중받았다.

3) 生氣(생기) : 살아 움직이는 듯 활발한 기운.

4) 捉着(착착) : 붙잡다.

 하시(韻詩)는 평범(平凡)할 뿐인데, 다분히 스스로 능(能)하다고 말하였다. 일찍이 서태위(徐太尉)에게 말하기를 "나의 시는 생기(生氣)를 지니고 있어서, 모름지기 사람들이 꼭 붙잡아야지 그렇지 않으면 곧 날아가버린다"라고 하였다.

 원하(袁韻)의 시는 그 수준이 평범한 정도에 불과한데도, 그 자신은 항상 훌륭한 작품으로 대단히 높이 평가하곤 하였다. 예전에 서효사(徐孝嗣)에게 자신의 시를 평하여 말하기를 "나의 시는 생기가 흘러넘쳐 마치 살아 움직이는 듯하므로, 사람들이 꼭 붙잡고 있어야지 그렇게 하지 않으면 곧 바로 날아가버리고 만다"라고 한 적이 있었다.

'다자위능(多自謂能)'은 조식의 「여양덕조서(與楊德祖書)」 중의 "以孔璋(陳琳)之才, 不閑於辭賦, 而多自謂能與司馬長卿同風."이란 구절을 의식하고 쓴 표현일 것이다. 『남제서』와 『남사』의 「변빈전」에서도 "又有陳郡袁韻, 自重其文, ……"이라 기술하고 있다.

'서태위(徐太尉)'는 서효사(徐孝嗣, 453~499)를 가리킨 말로 추정된다. 그는 자가 시창(始昌)이고 동해(東海) 담인(郯人)이며, 제(齊) 화제(和帝) 중흥(中興) 원년(501)에 태위(太尉) 직을 추중받은 바 있다. 『수서』「경적지」에 "齊太尉徐孝嗣集10卷."(原注 : "梁7卷, ……亡.")이라 소개되어 있고, 『남제서』 권44와 『남사』 권15에 각각 그의 전기가 실려 있다. 『남제서』「서효사전(徐孝嗣傳)」 중에 "孝嗣愛好文學, 賞託淸勝, 器量弘雅, 不以權勢自居."라고 기술되어 있는 점으로 미루어볼 때, 자신의 시에 대해 대단한 자부심을 갖고 있었던 원하가 서효사에게 본조에 인용된 것과 같은 말을 서슴지 않고 할 수 있었을 것으로 보여진다.

'아시유생기(我詩有生氣), …… 불이변비거(不爾便飛去)'에 대하여는, 『남제서』「변빈전」 중에 "袁蒨, …… 謂人云 : '我詩應須大材迗之, 不爾飛去.'"라는 동일한 내용의 문장이 보이고 있다. '생기(生氣)'는 육조 시대의 인물평이나 화론(畵論) 관계 문장들에 흔히 사용되었던 용어로, 작품이 지니고 있는 살아 움직이듯 활발한 기운을 뜻하는 말이다.

제나라 옹주자사 장흔태_{齊雍州刺史張欣泰}
양나라 중서랑 범진_{梁中書郞范縝}

장흔태(張欣泰, 456~501)는 자가 의형(義亨)이고 경릉인(竟陵人)이다. 무관 집안에서 출생하였지만 무예보다 학문을 더 좋아하여서, 제(齊) 무제(武帝)를 따라 신림(新林)으로 동행하였을 때에는 직무를 등한히하고 소나무 아래에서 술을 마시며 시를 짓곤 한 적도 있었다 한다. 사조(謝朓)와 함께 수왕(隋王) 소자륭(蕭子隆)의 담객(談客)으로 대단히 중시되기도 하였으며, 벼슬로는 영삭장군(寧朔將軍)·상서도관랑(尙書都官郞) 등을 거쳐 제나라 말기에 옹주자사(雍州刺史) 직을 역임하였으나, 동혼후(東昏侯)를 폐위시키려다 실패하고 살해당하였다. 시 작품은 현재 1수도 전하지 않는다.

『南齊書』(卷51) 「張欣泰傳」
『南史』(卷26) 「張欣泰傳」

범진(范縝, 450?~502?)은 자가 자진(子眞)이고 남향(南鄕) 무음인(舞陰人)이다. 「중품」에 품제된 범운(范雲)의 종형(從兄)으로, 학식이 매우 풍부하였

으며 성품이 강직하여 직언을 서슴지 않았다 한다. 독실한 불교신자였던 경
릉왕(竟陵王) 소자량(蕭子良)의 초대를 받은 자리에서 불교에 반대하는 이론
을 전개하여 유명한 일화를 남긴 바 있으며, 정신이 육체와 마찬가지로 일회
적인 것이라는 요지의 「신멸론(神滅論)」을 저술하여 불교가 대단히 성행되
고 있던 당시 사회에 커다란 반향을 불러일으키기도 하였다. 벼슬로는 중서
랑(中書郎)·국자박사(國子博士) 등을 역임하였다. 29세 때 이미 머리가 하
얗게 세어버린 것을 한탄하여 「상모시(傷暮詩)」·「백발영(白髮詠)」 등을 지
었다고 하는데, 모두 망실되고 시 작품이 현재는 1수도 전하지 않는다.

『隋書』「經籍志」: "梁尙書左丞范縝集11卷."
『梁書』(卷48)「儒林傳·范縝傳」
『南史』(卷57)「范縝傳」

欣泰·子眞, 並希古[1]勝文[2], 鄙薄[3]俗製[4]. 賞心[5]流亮[6], 不失雅
宗[7].

1) 希古(희고) : 옛것을 희구(希求)하다. 곧 고풍스러운 경향을 흠모한다는 뜻.
2) 勝文(승문) : 문채(文采)를 능가하다.
3) 鄙薄(비박) : 비천하게 여겨 박대하다.
4) 俗製(속제) : 통속적인 작품. 또는 그러한 경향.
5) 賞心(상심) : 완상(玩賞)하는 마음.
6) 流亮(유량) : 유량(瀏亮). 곧 맑고 밝은 모양.
7) 雅宗(아종) : 문아(文雅)의 정종(正宗). 곧 문학과 같은 고상한 분야에서의 종주 격
   인 위치를 뜻하는 말이다.

흔태(欣泰)와 자진(子眞)은 모두 고풍(古風)을 희구하여 문채(文采)를 능가하였으며, 통속적인 작품들을 비천하게 여겨 박대하였다. 완상(玩賞)하는 마음이 맑고 밝아서 문아(文雅)의 정종(正宗) 자리를 잃지 않았다.

장흔태(張欣泰)와 범진(范縝)의 시는 모두 고대적인 시풍을 흠모하여 질박한 경향이 화려한 문채(文采)를 압도하고 있으며, 통속적인 시풍을 천박하게 여기고 경멸하였다. 사물을 제대로 즐길 줄 아는 마음이 맑고 선명하게 잘 나타나 있어서, 문단의 제일인자로 군림하기에 조금도 손색이 없다.

'흔태·자진(欣泰·子眞)'에서처럼 한 사람은 이름으로, 한 사람은 자로 지칭해놓고 있는 경우는 『시품』의 기술(記述) 방식으로 볼 때 매우 예외적인 현상이다. 확실히 단언할 수는 없지만, 혹 장흔태와 범진 중 범진에 대한 경의를 표해둠으로써 두 사람에 대한 평가를 구별하고자 하는 의도에서 그렇게 하였을 수도 있겠고, 혹은 4자구로 글자수를 가지런하게 정돈하고자 하는 의도에서 그렇게 하였을 수도 있을 것 같다.

'희고승문(希古勝文)'은 고대적인 시풍을 흠모하여서 내용 면에 치중한 질박한 경향이 형식 면에 치중한 화려한 문채를 앞지르고 있음을 지적한 평이다. '승문(勝文)'은 『논어』 「옹야(雍也)」편 중의 "質勝文則野, 文勝質則史."란 구절을 의식하고 쓴 표현일 것이다.

'비박속제(鄙薄俗製)'의 '속제(俗製)'는 그 당시에 널리 유행하고 있던 통속적인 시풍을 지칭한 말이다. 종영이 부정적인 시각으로 보았던 포조나 탕혜휴, 더 거슬러 올라가서는 심약 등의 통속적인 작품경향을 주로 염두에 두고 쓴 평어로 보인다.

'상심유량(賞心流亮), 부실아종(不失雅宗)'이란 평은 장흔태와 범진의 시 작품에 대한 평이면서, 아울러 이들 두 사람의 사물을 대하는 높은 식견이나 훌륭한 인품 등에 대한 종영의 존경 섞인 평가도 겸하고 있는 것으로 보인

506

다. '상심(賞心)'은 사영운의 시에 자주 출현하는 단어로 자연의 아름다움을 제대로 이해하고 즐길 줄 아는 마음을 뜻하는 말이지만, 여기서는 비단 자연에만 국한시키지 않고 일반적인 모든 사물이나 사람들의 진면목을 정확히 인식하고 감상할 수 있는 마음을 뜻하는 것으로 보았다. '유량(流亮)'은 '유량(瀏亮)'과 같이 맑고 밝은 모양을 뜻하는 말인데,『문선』권17에 수록된 육기(陸機)의「문부(文賦)」중에 "詩緣情而綺靡, 賦體物而瀏亮."이란 용례가 보이며 이에 대한 이선의 주(注)에 "瀏亮, 淸明之稱."이라 설명되어 있다.

양나라 수재 육궐梁秀才陸厥

　　육궐(陸厥, 472~499)은 자가 한경(韓卿)이고 오군(吳郡) 오인(吳人)이다. 제(齊) 무제(武帝) 영명(永明) 9년(491)에 수재(秀才)로 천거되었으며, 벼슬로는 후군행삼군(後軍行參軍) 직 등을 역임하였다. 제(齊) 동혼후(東昏侯) 영원(永元) 원년(499)에 부친 육한(陸閑)이 시안왕(始安王) 소요광(蕭遙光)의 반란에 연루되어 처형당할 때, 그도 체포되어 하옥당하였다가 곧바로 석방되었지만, 아버지가 사면받지 못한 것을 슬퍼하다가 세상을 떠났다고 한다. 28세의 젊은 나이로 세상을 떠났지만 『남제서』「육궐전(陸厥傳)」에 "[陸厥]五言詩, 體甚新奇."라고 기술되어 있을 정도로 당시에 상당한 호평을 받았던 것 같으며, 현재 악부시를 중심으로 11수의 시가 전하고 있다.

　　종영은 본조에서 육궐의 조대명을 '양(梁)'으로 소개하고 있는데, 그의 사망시기가 양나라가 건국되기 3년 전인 499년이므로 당연히 '제(齊)'로 고쳐져야 옳을 것이다. 『수서』「경적지」에서는 육궐을 '제후군법조참군(齊後軍法曹參軍)'이라 바로 일컫고 있다.

『隋書』「經籍志」: "齊後軍法曹參軍陸厥集8卷."(原注: "梁10卷.")

『南齊書』(卷52)「文學傳・陸厥傳」
『南史』(卷48)「陸厥傳」
『全漢三國晋南北朝詩』「全齊詩」(卷4)

觀厥文緯[1], 具識丈夫之情狀. 自製[2]未優, 非言之失也.

1) 文緯(문위) : 문학 작품의 경위(經緯). 여기서는 육궐이 저술한 문학이론 관계 문장
   을 지칭한 말인 듯하다.
2) 自製(자제) : 손수 지은 작품.

궐(厥)의 문학이론을 보면, 장부(丈夫)의 마음 상태를 두루 깨닫고
있다. 손수 지은 작품이 우수하지는 못하지만, 〔그 이론만은〕 말의
낭비가 아니다.

육궐(陸厥)의 문학이론 관계 문장을 읽어보면, 대장부의 높은 마음의 경지
를 두루 잘 파악하고 있음을 알 수 있다. 실제 시 작품이 그렇게 훌륭하지
는 못하지만, 그의 이론만은 쓸데없는 말이 한마디도 없을 정도로 대단한
탁견(卓見)이었다.

　'관궐문위(觀厥文緯), 구식장부지정상(具識丈夫之情狀)'의 '문위(文緯)'는 문
(文)의 경위(經緯) 곧 문학의 근본이치를 뜻하는 말로, 여기서는 「여심약서(與
沈約書)」를 비롯한 육궐의 문학이론 관계 문장을 염두에 두고 쓴 말로 보인
다. 「여심약서」는 『남제서』와 『남사』의 「육궐전」에 인용되어 있는데, 여기
서 육궐은 심약이 『송서』 「사영운전・논」에서 인위적인 성률의 조화를 부르
짖고 있는 데 대해 정면으로 반박을 가하여 자연스러운 음률의 조화를 역설
하고 있으며, 아울러 역대 시인들이 의도적으로 꾸미지 않았으면서도 시의

음악성이 자연스럽게 잘 살아나 있는 예들을 구체적으로 제시해놓고 있다. 종영은 『시품』「서」에서 심약 등에 의해 제창된 바 있는 인위적인 성률 중시 풍조를 강도 높게 비판하고 있으므로, 자연히 육궐의 견해에 완전히 찬동하는 입장에 있었고 그래서 '구식장부지정상(具識丈夫之情狀)'이라 높이 평가한 것으로 추측된다. '장부(丈夫)'란 용어는 육궐의 「여심약서」에도 "是以子雲(揚雄)譬之雕蟲篆刻云：'壯夫不爲.'"라고 한 비슷한 용례가 보이고 있다.

차주환 교수는 『종영시품교증』에서 '문위(文緯)'를 육궐이 저술한 문학이론 관계 문장을 가리키는 것으로 보지 않고, '문지조직(文之組織)' 즉 육궐의 시 작품상의 구성 면을 가리킨 말로 풀이하였다. 아울러 '식(識)'자 역시 『산당고색』 인용문에 '직(織)'자로 되어 있음을 들고, 옛날에 두 글자가 서로 통용되었지만, 여기서는 앞구에 쓰인 '문위'라는 단어와의 호응관계를 고려할 때 '직'으로 되는 것이 옳을 거라고 설명하였다.

'자제미우(自製未優)'의 '자제(自製)'는 '문위'가 문학이론 관계 문장 또는 타인의 문학 작품에 대한 비평을 가해놓은 문장을 뜻하는 데 반해, 육궐 자신의 실제 작품 특히 오언시 작품들을 지칭한 말로 보인다. 종영은 육궐의 오언시가 그다지 훌륭하지 못한 것으로 인식하였지만, 『남제서』「육궐전」에는 "[陸厥]五言詩, 體甚新奇."라 기술되어 있어서 그 당시에 상당한 호평을 받았음을 알 수 있다. 그의 오언시는 소통의 『문선』에도 2수가 수록되어 있어서, 당시의 그러한 평가를 반영하고 있다.

'비언지실야(非言之失也)'는 첫 구의 '문위'와 연결되는 말로, 『논어』「위령공(衛靈公)」편 중의 "子曰：'可與言而不與之言, 失人. 不可與言而與之言, 失言. 知者不失人, 不失言.'"이란 언급을 의식하고 쓴 표현으로 보인다. 전체적으로 육궐의 시 작품보다는 그의 성률론에 초점을 맞추어 찬양을 가해놓은 평이며, 그 이면에는 종영이 지녔던 심약에 대한 적대감이나 심약의 사성팔병설(四聲八病說)에 대한 반발심 같은 것이 다분히 작용되어 있다 하겠다.

510

양나라 상시 우희梁常侍虞義 양나라 건양령 강홍梁建陽令江洪

우희(虞義)는 자가 자양(子陽) 또는 사광(士光)이고, 회계(會稽) 여요인(餘姚人)이다. 7세 때부터 문장을 지을 줄 알았으며, 태학생(太學生) 시절에는 왕승유(王僧孺)·강홍(江洪) 등과 함께 경릉왕(竟陵王) 소자량(蕭子良)의 서저(西邸)에 초대되어 문재(文才)를 높이 인정받기도 하였다. 벼슬로는 시안왕(始安王)의 시랑(侍郞)으로 임용되어 건안정로부주부공조(建安征虜府主簿功曹)·기실참군사(記室參軍事) 등을 겸임하였다. 시 작품은 현재 오언시 10수를 포함하여 모두 12수가 전하고 있다.

종영은 본조에서 우희의 조대명을 '양(梁)'으로 소개하고 있는데, 『수서』 「경적지」에서는 그를 '제전군참군(齊前軍參軍)'으로 일컫고 있다. 우희의 주된 활약시기는 제나라 때였음이 분명하지만, 『문선』 권21의 이선 주(注)에 인용된 「우희집·서(虞義集·序)」에 그의 사망시기가 양(梁) 무제(武帝) 천감(天監, 502~519) 연간으로 기술되어 있으므로 종영이 '양(梁)'으로 소개한 것이 옳을 듯하다. 한편 『남사』 「왕승유전(王僧孺傳)」에는 그가 제나라 진안왕(晉安王)의 시랑으로 재임하던 중 세상을 뜬 것으로 기재되어 있다.

종영이 일컫고 있는 '상시(常侍)'라는 직함 역시 『수서』 「경적지」나 「우희집·서」 그리고 『남사』「왕승유전」 등에는 언급되어 있지 않다. 그의 전기가 자세하게 전하지 않으므로 확인할 길이 없다.

『隋書』「經籍志」: "齊前軍参軍虞羲集9卷."(原注 : "殘缺, 梁11卷.")
『文選』(卷21) 虞子陽「詠霍將軍北伐」李善 注引「虞羲集·序」
『南史』(卷59)「王僧孺傳」
『全漢三國晋南北朝詩』「全梁詩」(卷12)

강홍(江洪)은 제양인(濟陽人)으로 자와 생졸년 등이 모두 분명치 않다. 건양령(建陽令) 직을 맡고 있던 중 어느 사건에 연루되어 사형당하였다는 것 외에는 전기도 거의 전하지 않는다. 한번은 경릉왕 소자량이 밤에 문인들을 초치(招致)하여 촛불이 한 치[寸] 정도 타는 사이에 8구(句) 4운(韻)으로 된 시를 짓는 내기를 하자고 제안하자 강홍을 비롯한 몇몇 문인들이 그렇게 긴 시간 동안에 사운시(四韻詩)를 짓는 것이 무엇이 어렵겠느냐고 이의를 제기하고, 동발(銅鉢)을 한번 쳐서 그 소리가 다 끝나기도 전에 시를 완성하였는데 그 작품들이 모두 볼 만한 것들이었다는 일화가 『남사』「왕승유전」에 소개되어 있다. 현재 오언시 17수가 전하고 있다.

『隋書』「經籍志」: "梁建陽令江洪集2卷."
『梁書』(卷49)「文學傳·吳均傳」
『南史』(卷59)「王僧孺傳」
『南史』(卷72)「文學傳·吳均傳」
『全漢三國晋南北朝詩』「全梁詩」(卷12)

1) 奇句(기구) : 기발하고 독창적인 시구.
2) 淸拔(청발) : [속기(俗氣)가 없이] 맑고 빼어나다.
3) 謝朓(사조) : 남조(南朝) 제(齊)나라의 시인으로「중품」에 품제되었다.
4) 嗟頌(차송) : 감탄하여 칭송하다.
5) 逈出(형출) : 대단히 빼어나다.

 자양(子陽)의 시는 기구(奇句)가 청발(淸拔)하여, 사조(謝朓)가 항상
그를 감탄 칭송하였다. 홍(洪)은 비록 많음은 없지만, 또한 능(能)히
스스로 대단히 빼어날 수 있었다.

 우희(虞羲)의 시는 독창적인 구절들이 맑고 빼어난 느낌을 주고 있어서, 사
조(謝朓)가 언제나 그 작품들을 극구 칭찬하였다. 강홍(江洪)의 시 역시 비
록 작품 양이 그다지 많지는 않지만, 그래도 또한 대단히 훌륭한 수준을
독자적으로 확보할 수 있었다.

‘기구청발(奇句淸拔)’이란 평에 대하여는,『문선』권21에 수록된 우희의
오언시「영곽장군북벌(詠霍將軍北伐)」같은 작품이 바로 그러한 평에 해당
하는 것으로 볼 수 있다. 이 작품은 흉노족을 토벌하는 데 큰 공을 세웠던
한(漢)나라 명장 곽거병(霍去病)을 예찬한 영사시(詠史詩) 작품인데, 왕성한
기운을 담고 있어서 속기(俗氣) 즉 육조 시대의 화미(華靡)한 경향에 물들지
않은 채 건안 시대 작품에 보이는 풍골(風骨)을 느끼게 해주는 것으로 후세
비평가들로부터 공통된 평가를 받아왔다. 종영은「중품」「사조(謝朓)」조에
서 사조의 시를 가리켜 “그렇지만 독창적이고 뛰어난 구절들이 자주 출현하

여 참신하고 힘있는 기풍을 드러내 보인다(然奇章秀句, 往往警遒.)"라고 평한 바 있는데, 본조에서 사조로부터 칭송받았다는 우희의 시를 평하면서도 이와 비슷한 시각의 평을 해놓고 있다. '청발(淸拔)'은 「중품」 「유곤(劉琨)·노심(盧諶)」조 중에 '자유청발지기(自有淸拔之氣, 맑고 빼어난 기운을 독자적으로 잘 보유하고 있다)'라고 한 동일한 용례가 보인다. 한편 『양서』 「오균전(吳均傳)」에서는 양대(梁代)의 대표적 시인이면서 우희의 후배 문인이었던 오균(吳均, 469~520)의 시를 평하여 "吳均文體淸拔有古氣."라 서술하고 있어서, 우희와 오균의 시풍이 서로 비슷하였음을 짐작케 해준다.

'사조상차송지(謝朓常嗟頌之)'와 관련하여, 우희와 사조 두 사람 사이에 어떤 교류가 있었는지는 분명치 않다. 다만 사조가 진안왕진북자의(晋安王鎭北諮議)를 역임한 바 있고 우희 역시 『남사』 「왕승유전」에 진안왕시랑(晋安王侍郞)을 지낸 것으로 서술되어 있는 점으로 미루어보아, 두 사람이 서로 알고 지냈을 가능성은 다분하다 하겠다.

'홍수무다(洪雖無多)'의 '무다(無多)'는 강홍의 작품 양이 많지 않음을 지적한 말이다. 『수서』 「경적지」에 "梁建陽令江洪集2卷."이라 소개되어 있음을 볼 때, 그가 원래 작품을 적게 남겼던 시인이었을 것으로 짐작된다.

'역능자형출(亦能自逈出)'에 대하여는, 허문우 편저 『문론강소』본 『종영시품』에서 강홍의 오언시 「호가곡(胡笳曲)」 2수와 「추풍곡(秋風曲)」 3수 등이 모두 이러한 평에 해당될 만한 작품이라고 지적해놓았다. '형출(逈出)'은 앞부분의 '청발(淸拔)'이란 평어와 호응되어, 우희와 강홍 두 사람의 시가 공통된 경향을 띠고 있음을 시사해준다. '역(亦)'자를 사용한 것 역시 강홍의 시 수준이나 작품경향이 우희와 동일하다고 인식한 때문이라 하겠다. 한편 강홍의 전기가 『양서』와 『남사』의 「오균전」에 첨부되어 있는 점으로 미루어 추측컨대, 강홍 역시 우희와 마찬가지로 오균과 비슷한 시풍을 지니고서 이른바 '오균체(吳均體)'의 선구자 역할을 하였을 가능성도 있어 보인다.

양나라 보병 포행경梁步兵鮑行卿 양나라 진릉령 손찰梁晋陵令孫察

　　포행경(鮑行卿)은 동해인(東海人)으로 자와 생졸년 등이 모두 분명치 않다. 박학다식하고 재주가 뛰어났으며, 벼슬이 후군임천왕녹사겸중서사인(後軍臨川王錄事兼中書舍人)을 거쳐 보병교위(步兵校尉)에까지 이르렀다. 양(梁) 무제(武帝)에게 「옥벽명(玉璧銘)」을 지어 바쳐 대단한 칭찬을 받은 바 있으며, 문집 20권을 남겼고『황실의(皇室儀)』13권·『승여용비기(乘輿龍飛記)』2권을 저술하기도 하였다. 시 작품은 현재 1수도 전하지 않는다.

　　『옥대신영』권5에는 앞조에 품제된 강홍과 역시 양(梁)나라 초기 시인인 고상(高爽)의 작품들에 바로 뒤이어 포자경(鮑子卿)의 오언시 「영화선(詠畵扇)」·「영옥계(詠玉階)」 등 2수가 수록되어 있다. 고직 찬『종기실시품전』에서는 이 포자경이 바로 본조에 품제된 포행경과 동일인물일지도 모른다고 추측해놓았다.

『隋書』「經籍志」 : “『皇室儀』13卷.”(原注 : “鮑行卿撰.”)
『南史』(卷62) 「鮑泉傳」

손찰(孫察)에 대하여는 전기가 전혀 전하지 않고, 시 작품도 전혀 남아 있지 않다.

진직(陳直) 찬(撰) 『시품약주(詩品約注)』에서는 『양서』 권53 「양리전(良吏傳)·손겸전(孫謙傳)」 중의 "從子廉, 歷御史中丞, 晋陵·吳興太守."란 언급을 제시하고 손염(孫廉)이 바로 본조에 품제된 손찰일 거라고 추정한 다음, 『양서』의 저자인 요사렴(姚思廉)이 자기의 부친인 요찰(姚察)의 휘자(諱字)를 피하기 위하여 '찰(察)'자를 뜻이 비슷한 '염(廉)'자로 고쳤을 가능성이 많으며 『남사』 역시 『양서』를 따라 그대로 '염'으로 기재한 것일 거라고 그 이유를 설명하였다.

行卿少年, 甚擅風謠[1]之美. 察最幽微,[2] 而感賞[3]至到[4]耳.

1) 風謠(풍요) : 속요(俗謠). 민간가요.
2) 幽微(유미) : 세상에 알려지지 않은 채 미천하다.
3) 感賞(감상) : 시적인 감각이나 감상능력.
4) 至到(지도) : 지극히 주도면밀하다.

 행경(行卿)은 젊은 시절에 풍요(風謠)의 아름다움을 심히 제멋대로 구사하였다. 찰(察)은 가장 유미(幽微)하였지만, 그러나 감상(感賞)만은 지극히 주도면밀하였다.

 포행경(鮑行卿)은 청년 시절에 이미 민간가요의 아름다움을 자유자재로 유감없이 발휘하였다. 손찰(孫察)은 세상에 전혀 알려지지 않은 극히 미천한 신분이었지만, 그러나 그의 시적 감각과 감상능력만은 대단히 주도면밀하였다.

516

‘심천풍요지미(甚擅風謠之美)’는 「중품」 「포조(鮑照)」조 중의 ‘총사가이천미(總四家而擅美, 사가[四家], 장협·장화·사혼·안연지)를 총괄하여 아름다움을 제멋대로 하였다)’와 동일한 어투의 표현이다. ‘풍요(風謠)’는 민간가요를 뜻하는 말로, 『후한서(後漢書)』 권61 「양속전(羊續傳)」 중에 “觀歷縣邑, 採問風謠.”라고 한 용례가 보이고 있다.

‘찰최유미(察最幽微)’의 ‘유미(幽微)’는 세상에 알려지지 않은 채 미천한 신분에 머물러 있음을 뜻하는 말로, 역시 「중품」 「포조(鮑照)」조에서 “안타깝게도 그는 훌륭한 재주를 지녔음에도 불구하고 워낙 미천한 집안에서 출생하였기 때문에, 당대에 제대로 인정을 받지 못한 채 매몰되어버렸다(嗟其才秀人微, 故取湮當代.)”라고 한 서술과 맥락을 같이한다. 포조에 대해서와 마찬가지로 손찰이 빈한한 가문 출신으로 정당한 평가를 받지 못하고 있는 데 대한 종영의 동정심이 다분히 깔려 있다 하겠다. 『양서』나 『남사』 등에 손찰의 전기가 전혀 실려 있지 않고 『수서』 「경적지」에도 그의 저술이 소개되어 있지 않은 점 등이 바로 ‘최유미(最幽微)’란 말을 단적으로 증명해주는 예라 할 수 있다.

‘이감상지도이(而感賞至到耳)’ 역시 손찰이 세상에 제대로 알려지지 않은 채 매몰되어버리고 말았지만, 그의 문학적인 역량만은 대단히 훌륭하였음을 애석해하는 내용의 서술이다. ‘감상(感賞)’은 시적인 감각과 감상능력을 통칭한 말로 보인다. ‘지도(至到)’는 지극히 주도면밀하여 빈틈이 전혀 없다는 뜻으로, 『문심조룡』 「애조(哀弔)」편 중에 “故賓之慰主, 以至到爲言也.”라고 한 비슷한 용례가 보이고 있다.

찾아보기

520

540

560

586

618

630

632

648